飘

下册

[美]玛格丽特·米切尔 著

王梓涵 译

GONE WITH
THE WIND

by Margaret Mitchell

第四部

第三十一章

一八六六年一月一个寒冷的下午,斯嘉丽坐在小账房里给皮蒂姑妈写信,第十次向她详细解释为什么她和梅兰妮、阿什利不能回亚特兰大跟她一起住。她越写越心烦,因为她知道皮蒂姑妈打开信看不了几行就不再往下看了,紧接着就会再次给她写信,哀求说:"可我一个人住害怕呀!"

她的双手冻得冰冷,只好停下笔来搓搓手,再把双脚朝裹着的旧棉被里再伸进去一些。她那双便鞋的后跟都已经被磨没了,只好用几块破地毯碎片垫补进去。那几片破地毯碎片虽然能让她的双脚不用直接接触地面,但起不到任何保暖的作用。这天早上,威尔骑马去了琼斯博罗,给马换马掌去了。斯嘉丽愤愤不平地想,马都有新马掌,可人却只能像院子里的狗一样光着脚,这是什么世道啊!

她重新拿起鹅毛笔来写信,可一听到威尔从后门进来的声音,便又把笔放下了。她听见威尔从过道经过时那条木头假腿咚咚敲地板的声音。到了账房门口,那声音停了下来。斯嘉丽等着他进来，可等了半天也没动静，于是她便叫了他一声，他这才进屋。他耳朵冻得通红，淡红色的头发乱蓬蓬的，站在那里低头看着斯嘉丽，嘴角挂着一丝幽默的浅笑。

"斯嘉丽小姐，"他问道，"您现在手头还有多少现金？"

"你不会是看中了我的钱要跟我结婚吧，威尔？"她有些恼火地反问道。

"不，小姐。我只是想了解一下。"

斯嘉丽用探询的目光盯着他瞧。威尔的样子并不严肃，可他向来都是这样。不过，她还是觉得有点儿不对劲儿。

"我手里还有十美元的金币，"她说，"那个北方佬的钱就剩下这么多了。"

"哦，小姐，看来还不够。"

"不够干什么？"

"不够交税。"他回答道，然后一瘸一拐走到壁炉边，弯下身子，把一双冻得通红的手伸到火上烤着。

"税？"斯嘉丽重复道，"看在上帝的分儿上，威尔！我们已经交过税了。"

"是的，小姐。可他们说你税金没交够。我今天在琼斯博罗听说的。"

"可是，威尔，我真不明白，这到底是什么意思？"

"斯嘉丽小姐，我知道您烦心的事儿已经够多的了，我真不想再给您添烦恼，可这事儿我必须得跟您说。他们说您得补交一大笔税金，比您之前交过的税钱要多得多。他们把塔拉的税额定得比天还高,我敢说,比县里任何地方的税都高。"

"可我们已经交过税了啊,他们不能强迫咱们再交税。"

"斯嘉丽小姐,幸亏您不常到琼斯博罗去。近来那里已经不是太太小姐们能去的地方了。可如果您常去的话,就会知道眼下那里已经成了一群投敌叛贼[1]、共和党人,以及提包客[2]的天下。您要是看见了,准得把肺都给气炸了。另外那些黑鬼也猖狂极了,在街上横冲直撞,竟敢把白人推下人行道,还有——"

"可这跟咱交税有什么关系呢?"

"我正要说到这儿呢,斯嘉丽小姐。我也不知道为什么,那帮人把塔拉的税额定得老高,高得就好像每年都能收获一千包棉花似的。我听到这消息之后,就去了几个酒吧,想从别人的闲谈里打探些内幕。这一打听才知道,有人看中了塔拉这块地方,要是咱们交不出这笔额外的税款,县里就会把塔拉庄园公开拍卖,到时候他们就会低价把塔拉买走。而且人人都清楚,您是交不出这笔税款的。到底是谁想买走塔拉,我还没打探到。但我觉得那个跟凯思琳结婚的懦夫希尔顿八成知道,因为我跟他打听这事儿时,他笑得不怀好意。"

威尔坐到沙发上,揉着他那条残腿。天气寒冷,再加上木头假腿接得不好,他的那条残腿老是疼。斯嘉丽心慌意乱地看着他。他敲响了塔拉的丧钟,自己却跟没事儿人似的。把塔拉在县

---

[1] 加入了共和党的南方人。

[2] 到南方来投机牟利的北方佬。

里公开拍卖？那让他们一大家子人去哪儿呢？就让塔拉落在别人手里吗？不行，绝对不行！门儿都没有！

她把精力全都放在了塔拉的种植和生产上，对外面的世界关注甚少。现在琼斯博罗和费耶特维尔的事情都是由威尔和阿什利去处理，她很少离开塔拉。晚饭后，威尔和阿什利在饭桌旁谈论战后重建的事情，她从来都不怎么听，就像战前父亲总是谈论战争时，她也不爱听一样。

噢，当然，她知道那些投敌的叛贼——就是一群因为贪图私利而加入了共和党的南方人。她也知道提包客——就是那些北佬投机商，南方刚一投降，他们就像蝗虫一样涌到南方来，把全部家当装在一个提包里就飞奔过来了。她和那个自由民局[1]也打过几次交道，都闹得很不愉快。她也听说过，有些被解放后的黑人变得十分蛮横无理。可她觉得难以相信，因为她从来没见过蛮横无理的黑人。

但还有许多事情是威尔和阿什利暗中商量好不让她知道的。战争的劫难过去之后，紧跟而来的就是重建之时的劫难。但这两个男人达成了一致，当他们在家里讨论战后局势时，有意避开那些更令人惊慌不安的细节。斯嘉丽就算能够耐着性子听，也是左耳朵进，右耳朵出。

她听阿什利说过，南方如今被视为被征服之地，因此那些

---

[1] 自由民局指的是在南北战争后的1865年，美国政府设立的旨在为重建美国南部服务的机构，主要职能是为被解放的黑奴提供福利和物资安排。

征服者的主要政策就是对南方施以报复。但这些话在斯嘉丽听来毫无意义，因为政治是男人的事。她也听威尔说过，他认为北方佬是决计不会让南方重新站起来的，要永远把它踩在脚下。算了，斯嘉丽心想，男人总是爱没事瞎担心。就拿她自己来说，过去北方佬从没动过她一个指头，所以现在他们也不会对她怎么样的。唯一要紧的就是得拼命干活，别理北佬政府。毕竟，仗已经打完了。

斯嘉丽并没有意识到，世道已经改变，所有的规则都已经不一样了。辛苦干活已经不会再得到应有的回报。现如今，佐治亚实际上已受军事管制，整个州里到处都驻扎着北佬的军队，一切都由自由民局来全权掌控，他们制定的规则都是为了他们自己的利益。

这个自由民局是由联邦政府设立的，专门负责照管那些被解放的战前黑奴，他们刚刚获得自由，一个个高兴得不得了，却又闲着没事干。自由民局把这些成千上万的人从种植园招收到村镇和城市里。他们没有活儿干，自由民局就养着他们，还给他们洗脑，教唆他们跟原先的主人作对。杰拉尔德原先的监工乔纳斯·威尔克森如今当上了本地自由民局的头儿，他的副手就是希尔顿，也就是凯思琳·卡尔弗特的丈夫。这两人到处竭力散布谣言，说南方人和民主党人正在暗中伺机而动，要把黑人重新变回奴隶，还说黑人们要想逃脱这样的厄运，唯一的希望就是得到自由民局和共和党的保护。

威尔克森和希尔顿还对黑人说，黑人和白人在各个方面都是平等的。很快，白人和黑人就可以通婚；很快，他们原来主人的土地和财产就会被均分给黑人，每个黑人都能分到四十英亩地和一匹骡子。他们蓄意煽动黑人的情绪，编造白人残害黑人的种种谎言，使这片素来以主奴关系融洽友爱而著称的地方，开始滋生出仇恨和质疑。

自由民局背后有军队撑腰，军方发布了许多自相矛盾的法令来管制被征服的平民百姓。动不动就会有人被抓捕，甚至如果对自由民局的官员稍有怠慢，也会被逮捕。军法管制一切——学校、卫生部门都得听从军方的法令，就连衣服上缝什么扣子、出售什么商品等等，几乎一切都受军管。斯嘉丽无论进行什么交易和买卖，威尔克森和希尔顿都有权干涉，她出售或交换任何东西，他们都可以随意定价。

幸运的是，斯嘉丽跟这两个坏蛋没打过什么交道，因为威尔劝她专心管理庄园，生意的事由他来处理。亏得威尔性情温和，所以好几桩麻烦事都被他顺利应付过去了，但他对斯嘉丽只字未提。如果有必要的话，那帮提包客和北方佬，威尔都能应付。但眼下出现这么大一个难题，他实在没有办法。这笔额外要缴纳的税款和有可能失去塔拉的危险，可事关重大，必须得让斯嘉丽知道，而且越快越好。

斯嘉丽目光炯炯地盯着他，两眼直冒火。

"噢，该死的北方佬！"她大叫道，"他们叫咱们吃了败仗，让咱们穷成了叫花子还不够，难道还要把那些流氓恶棍放出来欺负我们吗？"

战争已结束,也宣告了和平,可北方佬还照样可以抢夺她的财产,让她挨饿,甚至还可以把她赶出自己的家园。她可真是蠢啊,苦熬了好几个月,还满心以为等撑到春天,一切就都会好起来了。过去一年里,她玩儿命干活,累得腰都快断了,结果威尔却带来了这么个晴天霹雳的消息,叫她如何承受得了。

"噢,威尔,我还以为仗一打完,一切麻烦就都没了呢!"

"没有,小姐,"威尔抬起那张下巴尖尖、充满乡土气的瘦脸,凝视许久才开口,"咱们的麻烦才刚刚开始。"

"需要再交多少税?"

"三百块钱。"

她惊得目瞪口呆。三百块钱!对她来说简直就跟三百万一样。

"什么,"她支支吾吾地说,"那——那,那咱们就得想办法凑足三百块钱啦。"

"是的,小姐——就像凭空变出一道彩虹或者摘下一个月亮。"

"噢,可是,威尔,他们不能把塔拉拍卖啊!怎么——"

威尔温和的淡蓝色眼睛里透出一种深恶痛绝的仇恨和痛苦之色,令斯嘉丽大吃一惊。

"他们不能吗?不,他们能,不但能,而且绝对乐意这么做!斯嘉丽小姐,请原谅我说句粗话,咱们这块地方真他妈的成地狱了。那些提包客和投敌叛贼都有选举权,可咱们民主党人却多数都没选举权。在咱们这个州,凡是在一八六五年的税簿上记载交税超过两千美元的民主党人都没有选举权,像您父亲、塔尔顿先生、麦克雷一家和方丹兄弟都没有资格。另外战争中凡是当过上校或以上军官的人也被排除在外。斯嘉丽小姐,我敢打赌,咱们这个州当过上校的人比南方任何一个州都多。还有,曾在南部邦联政府里任职的人,下到公证员,上至法官也一律被剥夺了选举权。如今林子里藏着的都是这类人。实际上,北方佬搞了个大赦宣誓,只要在战前稍有点儿身份的人都没有了选举权——聪明有本事的人、有名望有地位的人,以及有钱的人都没了资格。

"呵,不过如果我参加了那该死的宣誓,倒是能有选举权。一八六五年那时,我穷得叮当响,当然也没当过上校,更不是什么有头有脸的人物。可我才不去宣什么誓呢,不给他们那个脸!瞧那帮北方佬那些所作所为,要是他们真行得正坐得端,我早就去宣誓了,可现在我不去。我的人可以被他们收进联邦,但我的心他们收不走。就算我今后再也没有选举权,我也不去宣那个破誓——可像希尔顿那样的败类却有选举权,像乔纳斯·威尔克森那样的流氓和斯莱特利家那样的穷白佬,还有麦金托什家那样的废物,他们倒能选举了。眼下是他们这些家伙说了算,要是他们想叫你交比这再多十几倍的税,他们也能办到,而你却一点儿办法没有,只能照办。就好比黑鬼杀死白人也不会被绞死或者——"他突然觉得说得有些过头,立刻停住不说了。因为他们都想起了洛夫乔伊附近一个独自住在偏僻农场里的白人妇女的遭遇……"那些黑鬼对咱们什么事都干得出来,自由民局和军队用枪杆子给他们撑腰。咱们没有选举权,别的什么办法也没有。"

"选举!"斯嘉丽大喊道,"选举!选举到底跟这有什么关系呢,威尔?咱们现在说的是交税的事……威尔,谁都知道塔拉是个多好的种植园,要是实在没办法的话,咱们可以把它抵押出去,先弄到钱交了税再说别的。"

"斯嘉丽小姐,您是个挺聪明的人,怎么有时候却净说傻话呢。现如今谁能拿出这么多钱来借给你?你把这种植园抵押给谁呢?除了那些挖空心思想把塔拉从你手里夺走的提包客,还能有谁?咱们乡下人谁没土地?可谁家的地不是一团糟?所以你的土地是抵押不出去的。"

"我还有从那个被打死的北方佬身上搜来的钻石耳环呢。我们可以把它卖掉。"

"斯嘉丽小姐,咱们这儿谁还有钱买耳环呢?人们穷得连腌肉都买不起了,更别说这些华而不实的玩意儿了。如果你真有十块钱的金币,那我敢发誓,你已经比大多数人都有钱了。"

两人又陷入了沉默。斯嘉丽感觉自己就像在拿脑袋撞石墙似的。过去一年来,也不知撞了多少回石墙了。

"咱们该怎么办,斯嘉丽小姐?"

"我也不知道。"她郁郁寡欢地说,觉得自己其实并不担心,只不过又多了一堵石墙罢了。但她突然觉得很累,浑身的骨头都在疼。她干吗要这么拼命,这么奋斗,把自己累得筋疲力尽呢?每次奋斗,到头来都以失败而告终,被命运嘲弄。

"我不知道,"她说,"但是这事儿别告诉我爸爸,他会担心的。"

"我不会说的。"

"这事儿你跟别人说过吗？"

"没有，我一回来就直接来找你了。"

"是啊，"她心想，"谁有坏消息或倒霉事总是直接来找她，真是烦死了。"

"威尔克斯先生在哪儿？也许他能给些建议。"

威尔温和的目光注视着她，阿什利回来的那天，他就用这样的眼光看着她，斯嘉丽感觉好像他什么都知道。

"他在果园里劈栅栏条呢。我拴马的时候听到了斧子的声音。不过他的钱未必比咱们多。"

"我想跟他商量商量这事儿，总可以吧？"斯嘉丽有些气急败坏地说，接着一脚踢开了裹着脚的破棉被。

威尔并没有生气，继续在火上搓着双手："最好把披肩围上，斯嘉丽小姐，外面冷得很。"

但斯嘉丽没围披肩，因为披肩在楼上，而她迫不及待地要见阿什利，把自己的一大堆烦心事向他倾诉。

如果找到他时，他是一个人在干活，那就好了！自从他回来之后，她没有跟他私下里说过一句话。家里人老是围着他，梅兰妮也总是在他身边，时不时碰碰他衣袖，以证明他真是在自己身边，好让自己放心。过去的几个月里，斯嘉丽一直以为阿什利已经死了，所以对梅兰妮的妒意渐消，可如今看到对方那幸福而带着占有性的小动作，心里的妒火又熊熊燃起。于是她决定要单独见阿什利。这次谁也别想阻拦她,她必须得跟阿什利单独谈谈。

她从光秃秃的树枝下走过果园,地上潮湿的草弄湿了她的双脚。她听到了斧头的声音,那是阿什利正在把从沼泽地运来的圆木劈成木条。修复被北方佬拆了烧掉的栅栏是件既费时又费力气的活儿。可哪件事不是费时费力的呢?一想到这里,斯嘉丽就又泄气又厌倦,烦得心里直冒火。要是阿什利是她而不是梅兰妮的丈夫,她就可以扑进他的怀里,靠在他的肩膀上大哭一场,把她身上所有的重担都移到他的身上,一切都交给他去想办法处理,那该有多好啊。

她绕过一片石榴树丛,树上光秃秃的枝条在寒风中摇曳。刚绕过树丛,便看见了阿什利的身影,他正倚着斧子的长柄,用手背擦去额头上的汗水。他穿着他那条灰胡桃色的破军裤,上身穿的是杰拉尔德的旧衬衫。这件褶领衬衫过去杰拉尔德只有在去法院旁听审判或者参加烧烤会时才穿,但穿在阿什利身上显然有些太短了。因为干活太热,他把外衣脱了,挂在一根树枝上,正站着歇会儿的时候,斯嘉丽走上前来。

看着阿什利衣衫褴褛,手里拿着把大斧子,斯嘉丽的心里便不禁涌起一股爱怜,同时又对命运的不公而感到愤愤不平。她实在不忍心看到阿什利穿着破衣烂衫干辛苦的体力活。她的阿什利那么风流倜傥,那么纤尘不染,他的一双手生来就不是干活儿的,他的身上也只应该穿上好的毛呢料和精细的亚麻布料衣服。上帝本是要让他坐在富丽堂皇的大房子里,与上等人谈笑风生,弹弹琴，写写辞藻优美却没什么意义的诗句。

斯嘉丽能忍心看着自己的儿子穿麻袋布做的围兜，姑娘们穿脏兮兮的破方格布裙，也能忍心看着威尔干的活比哪个黑奴都重。但看到阿什利这样，她就受不了了。他那娇贵之躯，怎么能干这等粗活。他实在太令她疼惜了，她宁愿自己去劈木头，也不愿看着他吃苦受累，自己心里难受。

"听说林肯先生早年也干过劈木条这活儿。"等斯嘉丽走近时，阿什利揶揄道，"看来我将来的前途也不可限量啊！"

斯嘉丽眉头紧皱。他总是拿艰苦的经历开玩笑。可对斯嘉丽来说，这些艰辛和苦难都是极为严重的事情，有时听到他这种不以为然的腔调，她就气不打一处来。

斯嘉丽直接把威尔打听来的消息告诉了他，说得很干脆，毫不拖泥带水，感觉说出来之后，心里轻松了不少，因为相信他肯定会想出办法帮她的。但是阿什利一句话也没说，看到她浑身发抖，便拿起自己的外衣给她披在肩上。

"那个，"斯嘉丽终于忍不住开口，"我们得找地方弄钱去，你说是吗？"

"是的，"他说，"可上哪儿弄去呢？"

"我在问你啊！"斯嘉丽有些气恼，刚才那种如释重负的感觉顿时消失。就算他帮不上忙，说几句宽慰人的话也不会吗？哪怕就说句"噢，真叫人难过"也好啊。

他笑了。

"从我回家后的这几个月以来，我只听说过一个人有钱，那就是瑞特·巴特勒,他是真的有钱。"他说。

皮蒂帕特姑妈上星期给梅兰妮写信,说瑞特回亚特兰大了,带着一辆马车、两匹上好的马,口袋里满是绿钞。不过她也暗示说,他的钱来路不正。皮蒂姑妈和大部分亚特兰大人都认为,瑞特神不知鬼不觉地把南部邦联国库里好几百万的巨款给卷跑了。

"别跟我提那家伙,"斯嘉丽没好气地说,"他是个卑鄙无耻的小人。想想咱们一大家子人该怎么办吧。"

阿什利放下手里的斧子,望向远处,仿佛望到了遥远的异乡,连斯嘉丽也目力所不及。

"我在想,"他说,"我不仅在想生活在塔拉的我们该怎么办,还在想整个南方的人该怎么办。"

斯嘉丽真想冲他大吼一声:"让全南方的人都见鬼去吧!关键是咱们该怎么办?"但她还是强忍住,没喊出来,因为她感到一种从未有过的身心俱疲。阿什利真是一点儿忙也帮不上。

"当一种文明毁灭时,情况都是一样的。有脑子、有胆量的人能活下来,而那些没脑子、没胆量的人就会被历史淘汰。能亲眼看见这'诸神的黄昏'[1],虽让人不舒服,但至少还蛮有趣。"

"目睹什么?"

"'诸神的黄昏'。不幸的是,咱们南方人的确是把自己当成神了。"

"上帝啊,阿什利!别站在这儿跟我瞎扯些有的没的,现在

---

[1] 诸神的黄昏指的是北欧神话中的诸神之战,即世界末日的传说。

眼看着咱们就要被淘汰了！"

斯嘉丽的疲惫和恼怒总算让阿什利有所触动，把他从无边的遐思中拉了回来。他温柔地拉起斯嘉丽的双手，翻过来看着她掌心上的老茧。

"这是我平生见过的最美的一双手了。"说完，他便在斯嘉丽两个手掌上各轻吻了一下，"这双手美丽至极，因为这手显示着坚强，每一块茧子都是一枚奖章，斯嘉丽，你手上的每一个水泡都是对你勇敢和无私的报偿。这双手是为了我们大家才变粗糙的，为了你的父亲、妹妹、梅兰妮、宝宝，为了那些黑人，还有我。亲爱的，我知道你在想什么。你在想：'瞧瞧眼前这个不切实际的傻瓜，对活人的危险不管不顾，却满口胡扯什么死去的天神，对吗？'"

斯嘉丽点了点头，真希望他能永远这样握着她的手，可他却把手松开了。

"你来找我，是希望我能帮你的忙。可惜我帮不了你。"

他看向那把斧头，还有那堆木头，眼里流露出痛苦的神情。

"我的家没了，所有的钱也没了。以前我一直理所当然地认为那些钱是我的，所以根本没当回事。在这个世界上，我是个一无是处的废人，因为属于我的世界已经一去不返。我帮不了你，斯嘉丽，我只能尽量努力做个笨手笨脚的农夫。可这样也无法帮你保住塔拉。你以为我不明白我们的处境有多惨，不明白我们一家是靠你的接济住在这儿的吗——噢，是的，斯嘉丽，我们的确在靠着你的接济度日。你一片好心为我和我全家所做的一切，我这辈子也无以为报,而且每一天这种感觉都愈发深切,每一天我都愈加清楚地意识到,我对降临到咱们头上的种种困难有多无能为力——我真该死,因为我每天都在逃避现实,这让我更加难以面对新的现实。你明白我的意思吗?"

斯嘉丽点了点头。阿什利的话她虽然不是太明白,但她一直屏气凝神地听着,一字一句都记在了心里。这是阿什利第一次对她说出心里的想法,虽然他看起来依然离她很遥远。斯嘉丽心里激动不已,感觉好像马上就要窥探到他心中的秘密了。

"我最大的一个弱点,就是不愿正视赤裸裸的现实。战争爆发前,生活对我来说就像是映在幕布上的影子戏,毫不真实。但我喜欢那样的生活。我不喜欢所有的事情都清清楚楚,轮廓分明。我喜欢一切都朦朦胧胧,更模糊些。"

他停了下来,脸上露出一丝淡淡的微笑,寒风透进他单薄的衬衫,令他忍不住打了个寒战。

"换句话说,斯嘉丽,我是个懦夫。"

他说的什么影子戏啊,轮廓模糊啊什么的,斯嘉丽完全听不懂,不过最后那句话她明白,但她知道这话说得不对。他身上没有半点儿懦夫的影子。他精瘦身躯上的每一根线条都显示出他们家族代代相传的英勇和侠义之气,而且他在战场上的表现,斯嘉丽都记得清清楚楚。

"噢,才不是呢!你要是懦夫的话,会在葛底斯堡战役中爬到大炮上重整队伍,鼓舞军威吗?你要是懦夫的话,将军会亲自给梅兰妮写信吗?还有——"

"那算不上是勇敢,"他厌倦地说,"打仗就跟香槟酒一样,它既能壮起英雄胆,也能壮起孬人胆。到了战场上,傻子也能拼命,因为不拼命的话就会送命。我说的不是这个,我的懦弱比头一次听到炮声就吓得抱头鼠窜还要糟糕。"

他语速很慢,而且很艰难,仿佛说出这些话来让他心里感到很痛苦。他就像是个站在一边的旁观者,伤心地聆听着自己所说的这些话。要换作别的男人,斯嘉丽肯定会不屑一顾,认为这是为了博得别人的称赞而假意谦虚。但阿什利似乎是认真的,而且他的眼神也让斯嘉丽困惑不解——不是恐惧,也不是歉疚,而是在承受着一种难以抑制、无法抵挡的紧张和压力。冬日的寒风掠过斯嘉丽的脚踝,她不禁又打了个寒战,但这次打寒战并不完全是因为冷风,而更多的是阿什利的话令她从心里泛起一股寒意。

"可是,阿什利,你到底在怕什么呢?"

"哎,很多事情说也说不清楚,如果说出来会很愚蠢可笑,这主要还是由于生活一下子变得太过真实,现实与个人联系太紧密,太息息相关。我并不介意站在这泥地里劈木头,但我在意的是这种生活所代表的意义。最令我心痛和难过的是,我失去了往日生活中那些美好的东西,那些令我最为热爱的东西。斯嘉丽,战前的生活是多么温馨而美好啊,就像一件希腊的艺术品,完美而匀称,极富魅力。也许并非人人都有这样的感觉,我现在明白这一点了。可对我来说,十二橡树的生活的确很美好。我属于那种生活,并融入其中,是那种生活的一部分。而现在那种生活已经不复存在了。眼前的新生活令我感到很不自在,甚至格格不入,让我很害怕。现在我终于明白,过去的我看到的只是影子戏,我始终在回避一切非虚幻的东西,回避真实的人和活生生的现实。我甚至也回避过你,斯嘉丽,你太有活力,太真实了,而我却太懦弱,宁愿活在幻影和梦境里。"

"可——可是——梅丽呢?"

"梅兰妮是个最温柔的梦,是我梦境中的一部分。如果没有这场战争,我本可以在十二橡树幸福安稳地度过一生,死后也被安葬在这里。我本可以心满意足地看着时光流逝,永远活在自己的世界,不问世事。但战火燃起,真实的生活咄咄逼人地向我压来。我第一次作战——是在奔牛河,你还记得吗——我亲眼看着从小一起长大的伙伴被炮弹炸成了碎片,亲耳听到垂死的战马在哀号,看到被我打中的敌人缓缓倒下,浑身是血,那种感觉可怕得令人恶心。但这些都不是战争的最可怕之处,斯嘉丽,最可怕的就是我不得不与别人相处。"

"我这人向来不爱与人有过多交往,交友十分谨慎。但战争让我明白,过去的我创造了一个自己的世界,里面全是梦境中的人。战争让我明白了真正的人是什么样子的,但并没有教会我如何与他们相处。而且恐怕我永远也学不会了。如今为了养活我的妻儿,我知道我必须得跟世上那些与我没有任何共同点的人们相处,在茫茫人海中闯出自己的生存之路。而你,斯嘉丽,你敢于抓住命运的触角,让它听从你的摆布。可我在这世上却何处容身呢?说实话,我真的很害怕。"

他用低沉而磁性的声音不断诉说着,听着令人心中无限凄凉，但其中的感情斯嘉丽无法理解。她努力抓住一些只言片语，竭尽所能领会其中的含义。但那些话就像手中的一把沙粒从她指缝中溜走。仿佛阿什利的背后有什么东西在用一根无情的尖头刺棒逼迫他，驱赶着他，但她不明白那东西到底是什么。

"斯嘉丽，我的影子戏早已收场了，我自己也不知道这个凄惨的事实我是什么时候意识到的。也许就是在奔牛河那场战役的头五分钟，我开枪打死的第一个人倒在地上的那一刻吧。猛然间我明白我再也不能当观众了，突然间我就成了演员，站在幕布前，假意摆弄出各种姿势，做出各种徒劳无益的动作。我内心那一方小小的天地已经不存在了，而且被许多陌生人侵入，那些人跟我的思想格格不入，行为举止更是像非洲的霍屯督人[1]一样怪异。他们用污秽的脚践踏我的世界，让我无法忍受，却又无处藏身。我被关在战俘营里时，我还在想：等战争结束，我就可以回到原来的生活，继续做我的旧梦，接着去看我的影子戏。但是斯嘉丽，我再也回不去了。而如今我们要面对的境况比战时还要严峻，比关在战俘营里还要凄惨——而且，对我来说，比死亡更加可怕……所以，你瞧，斯嘉丽，如今我正在为自己的胆小懦弱而遭受惩罚。"

"可是，阿什利，"斯嘉丽听得越来越迷糊，仿佛置身于一片迷茫的沼泽中，不禁挣扎道，"如果你害怕的是大家会挨饿的话，

---

[1] 霍屯督人，南部非洲的种族集团。自称科伊科伊人。主要分布在纳米比亚、博茨瓦纳和南非。一般认为属于尼格罗人种科伊桑类型，但更像是远古蒙古人种的残存后代。

那——那——噢,阿什利,我们总会有办法挺过去的!我知道咱们会有办法的!"

刹那间,阿什利的目光又回到了斯嘉丽身上,那双清澈的灰色眼睛目光炯炯,眼里充满钦佩之情。可转眼间,他的视线又从她身上移开,望向无人知晓的遥远之地了。斯嘉丽心一沉,明白令他忧虑的并非挨饿。他们俩总是这样,仿佛各自在用不同的语言交谈,各说各话。但她真的太爱阿什利了,每当他像刚才那样从她身上移开目光,她就感觉仿佛温暖的太阳忽然落了下去,独留她在黄昏的寒露中瑟瑟发抖。她想抱住他的双肩,钻进他的怀中,让他知道她是有血有肉的人,而不是他读的书里或梦境中的虚幻。她多么渴望能与他有心心相印的感觉,这种感觉她期盼了很久很久,自从他刚从欧洲回来,站在塔拉门前的台阶上,抬头朝她微笑的那一刻起,她心中就涌起了这种渴望,一直盼到今天。

"挨饿确实不好受,"他说,"我饿过肚子所以我知道,但我害怕的不是这个。我害怕的是往昔世界的安然静美已经逝去,而我却不得不面对这个事实,不得不直面新的世界。"

斯嘉丽绝望地想,看来只有梅兰妮明白他话里的意思。梅丽和他经常说这样的蠢话,什么诗歌啊、书啊、梦啊、月光啊、星尘啊什么的。她害怕的事情,他并不害怕。他不怕饥肠辘辘没饭吃,不害怕寒风彻骨没衣穿,也不害怕被赶出塔拉没家住。令他恐惧的东西她从不了解,也无法想象。因为在她看来,在这个满目疮痍的世界里,除了挨饿受冻、失去家园以外,还有什么好害怕的呢?

她本以为只要她用心聆听,就能知道怎么回答阿什利。

"哦!"她话里透着满心的失望,就像孩子兴奋地打开包装精美的盒子,却发现里面什么也没有。听出她语调里的失望,阿什利苦笑了一下,像是在表示歉意。

"原谅我刚才说的那些话,斯嘉丽。我无法让你明白,因为你不知道什么是害怕。你有一颗狮子一般勇敢的心,但是缺乏想象力。这两点都令我羡慕。你从来不怕面对现实,也从来不愿意像我这样逃避现实。"

"逃避!"

他说了这么多话,似乎只有这个词她能听明白。阿什利和她一样,厌倦了挣扎和奋斗,想要逃避,于是她激动得连呼吸也急促起来。

"噢,阿什利,"她大声说,"你错了。我也想逃避,我对这一切都厌烦透了!"

阿什利扬起眉毛,似乎并不相信。斯嘉丽则热情而急切地伸出一只手,搭在他的肩上。

"听我说,"她说话就像连珠炮似的,没有一丝停顿,"我对这一切都烦透了,从骨子里感到厌烦,实话告诉你,我再也受不了了。为了吃的、为了钱,我拼命干活,得拔草、锄地、摘棉花,甚至还得犁地,这样的日子,我一分钟也忍受不了了。我跟你说,阿什利,南方已经完了!彻底完了!北方佬和那些被放自由的黑鬼,还有提包客,他们已经把南方的一切都抢走了,咱们什么也没有。阿什利,咱们逃走吧!"

阿什利低下头凝视着她的脸,目光如炬,发现此时她的脸红得像火烧似的。

"没错,咱们逃走吧——把这一切都统统抛开!我烦透了为全家人累死累活。会有人来照料他们的。不能照顾自己的人,总会有人照应的。噢,阿什利,咱们逃走吧,就你和我。我们可以去墨西哥——那里的军队正需要军官呢,我们可以在那里过得很幸福。我会伺候你,为了你,我什么都愿意做,阿什利。你明知你自己并不爱梅兰妮——"

他的脸上布满了忧愁和苦闷,想要说话却总是被斯嘉丽滔滔不绝的话堵得没机会开口。

"你那天亲口跟我说,跟梅丽比起来,你更爱我——噢,你肯定还记得那天,对吧!我知道你对我的心意没变!我看得出你没有变!你刚刚还说,她只不过是你的一个梦——噢,阿什利,咱们走吧!我会让你幸福快乐的。再说,"她又恶意地加上一句,"梅兰妮她不能——方丹医生说,她再也不能生孩子了,可我能给你生——"

阿什利双手紧紧抓住她的肩膀,抓得她生疼。她这才停了下来,气喘吁吁。

"我们说好要把十二橡树的那天忘掉。"

"你以为我忘得掉吗?你自己忘掉了吗?你敢发自真心地说你不爱我吗?"

阿什利深吸一口气,急忙回答她:"是的,我不爱你。"

"你说谎。"

"就算是说谎吧,"阿什利的声音极其平静,"但这种事是无法争辩的。"

"你是说——"

"就算我不喜欢梅兰妮和孩子,你以为我就能一走了之,扔下他们母子不管吗?你以为我能忍心让梅兰妮伤心痛苦,任由他们母子寄人篱下,靠亲友的施舍度日吗?斯嘉丽,你疯了吗?你心肠就那么狠吗?能忍心撇下你的父亲和妹妹们不管吗?他们是你的责任,如同梅兰妮和小博是我的责任一样。不管你厌烦与否,只要他们在这儿,你就得肩负起责任,一直忍下去。"

"我可以抛下他们——我讨厌他们——讨厌透了——"

他倾身向前凑近她,一时间,她的心怦然一动,以为他要将她拥入怀中。然而,他却只是拍了拍她的胳膊,就像哄小孩一样,对她说:"我知道你很疲乏,也很厌烦,所以你才会说出这种话来,毕竟你一个女人肩负着三个大男人才能挑起的重担。不过今后我一定会帮你的——我不会总是这么笨,净给你添麻烦的——"

"你要帮我,就只有一个办法,"斯嘉丽神情凝滞地说,"那就是带我离开这儿,咱们去别的地方重新开始,给咱们一个机会再次开启幸福的生活。这里已经没有什么值得我们留恋的了。"

"是没有,"他平静地说,"是没有——除了道义。"

斯嘉丽满怀压抑的渴望热切地凝望着阿什利,头一次发现他那月牙一般弯弯的睫毛是那么浓密,就像成熟的金色麦穗一样,他的脖颈赤裸,头高高昂起,透着一身骄傲。阿什利的身材颀长而挺拔,显出名门望族的尊严。即使一身的破衣烂衫,也挡不住他身上由内而外散发出的高贵。她的目光与他的相对,她的热情和恳求表露无遗。而他的眼神却犹如灰色的苍穹之下静谧的湖水,深不可测。

从他的眼神中,斯嘉丽看到了自己狂妄的梦想和疯狂的欲望终究还是破灭了。

伤心和疲惫一齐袭来,斯嘉丽双手掩面失声痛哭起来。阿什利从来没见她哭过,也从来没想到像她这般坚毅刚强的女人还会有眼泪,心里顿时涌起无限温柔怜爱和悔意。他连忙走上前去,一把拥她入怀,将她的头紧贴在自己的胸口,紧搂着她轻声安慰:"亲爱的!我勇敢的宝贝儿——别哭!别哭了!"

阿什利就这样抱着斯嘉丽,感觉怀中的斯嘉丽有些不同寻常,那苗条的身子有种不可思议的狂热和魔力,抬头仰望着他的绿色眼眸里闪动着炽烈而充满柔情的光芒。刹那间,阿什利突然觉得凛冽的寒冬不见踪影,春天又回来了。那朦胧记忆里温暖和煦的春天,绿影婆娑,鸟语花香。多么惬意而悠然自得的春天啊,日子总是那么无忧无虑。他心里重新燃起青春的热情,苦难的岁月仿佛消逝无踪。只见眼前的娇嫩朱唇红润而诱人,颤抖着迎了上来,他便情不自禁地吻了她。

斯嘉丽觉得耳朵里嗡地一响,就像把海螺壳贴在耳边时听到的声音一样。在这嗡嗡声中,她还隐约听到了自己的心在狂跳的怦怦声。她的身体仿佛与他的融在了一起,时间也仿佛没有了尽头，两人紧紧相拥，他如饥似渴地吻着她的唇，好像永远也吻不够似的。

突然间，他放开了斯嘉丽，她身子一晃，站都站不稳了，连忙抓住旁边的围栏，以免摔倒。她抬起眼帘望着他，那双眼睛里燃烧着爱意和胜利之火。

"你的确是爱我的！你爱我！你说——你说啊！"

他的双手还抓着斯嘉丽的肩膀。斯嘉丽能感觉到他的双手在颤抖，她喜欢他这样的颤抖。她倾身向前，热情似火地靠近他，但他把她推开，并凝视着她，眼睛里那漠然而遥远的神情已然消失，取而代之的是苦楚的挣扎和绝望。

"别这样！"他说，"别这样！再这样，我就控制不住自己，在这儿要了你。"

她露出了灿烂而热情的笑容，忘却了时间，忘却了自己身在何处，忘却了一切，只记得他的唇吻着她的感觉。

他突然用力摇晃着她的身体，摇得她一头黑发散落下来，披散在肩头，仿佛在对她——也对自己怒不可遏似的。

"我们不能这样！"他说，"我跟你说，我们决不能这样！"

要是他再这么用力摇晃她的话，她的脖子就要被他摇断了。散落下来的头发遮住了她的视线，她觉得自己被阿什利摇得头晕目眩。她拼命从他的手里挣脱开，直直地凝视着他。阿什利额头上冒出了一层细密的汗珠，两手痉挛似的曲成虎爪状，似乎很痛苦。一双灰色的眼睛直视着她，目光锐利如箭，仿佛要把她刺穿似的。

"都是我的错——不怪你。这种事再也不会发生了,因为我打算带着梅兰妮和孩子走了。"

"走?"斯嘉丽痛苦地大喊道,"噢,不,别走!"

"我要走,必须得走!你以为发生了这样的事以后,我还能继续待在这儿吗?万一以后这种情况再发生——"

"可是,阿什利,你不能走。为什么要走呢?你是爱我的——"

"你想要我说出来,是吗?那好,我说,我爱你。"

他突然靠近她,样子十分粗暴,吓得斯嘉丽直往后退,靠在了围栏上。

"我爱你,爱你的勇敢、你的顽强,爱你如火的热情和决绝的冷酷无情。要是问我爱你到底有多深?那我可以告诉你,我爱你爱得深到刚才差点儿毁了塔拉一家人收留我和我全家的深情厚谊;深到几乎忘了我有一位世上少有的贤妻;深到险些在这片泥地里就要了你,就像个——"

斯嘉丽心乱如麻,就像被一根冰锥刺穿了心脏,又冷又痛。她语无伦次地说:"如果你真那么想——却没有要我——就说明你根本不爱我。"

"我永远也无法让你明白我的心。"

两人都陷入了沉默,相顾无言。斯嘉丽突然打了个冷战,仿佛千里跋涉回来,发现这里已是严冬,田地荒芜,满目萧瑟,她觉得冷极了。她又看到了阿什利那张像以往一样冷漠的面孔,那熟悉的冷漠又回来了,一如这寒冷的冬天,冷漠之中还夹杂着悔恨与心伤。

她本想立刻转身离开,跑回家找个没人处躲起来。可她太累了,一点儿也动弹不得,就连说话都觉得疲累。

"什么也没有了,"她过了好久才开口说道,"我什么都没了,再没有值得我去爱的,再没有值得我去为之奋斗的了。你走了,而塔拉也要被夺走了。"

阿什利凝视她许久,然后弯下腰,从地上抓起一把红土。

"不,你并不是一无所有,"他说,那抹熟悉的苦笑又浮现在他脸上,既是在嘲笑她,也在嘲笑自己,"你还拥有一样东西,你爱它胜过爱我,只是你还没意识到罢了——你还有塔拉。"

他拉起她柔软无力的手,把湿润的红土放在她的掌心,然后把她的五指合拢,让她把手里的红土紧紧握住。此时,他的手已不再激动不安,而她的手也一样。她盯着手里的红土瞧了半天,不明白是什么意思。她又看向阿什利,隐约发现他身上有股凛然之气,无论她用多么炽烈的热情,都无法使其瓦解,任何人都无法动其分毫。

就算他死了也不会离开梅兰妮;即使他至死都对斯嘉丽心怀狂热的欲望,他也绝不会碰她,甚至会竭力克制自己,跟她保持一定的距离。她永远也别想打破他身上那副金刚铁甲。在他心里,誓言、友情、忠诚和荣誉,比她要重要得多。

手里的红土让她觉得好冷,她又低下头看了看。

"是啊,"她说,"我还有它。"

一开始,她没觉得这句话有什么含义,不过就是一把红土而已。但她看着红土,不由得想到了塔拉周围的那片一望无际的红色土地。这片红土地多么宝贵啊,她费尽千辛万苦才把它保住啊。今后要想继续保住它,她还得继续不辞辛苦地奋斗下去。她又看向阿什利,不禁纳闷他刚才的那股火热激情跑哪儿去了。她可以用脑子思考,却无法用心去感觉,对他是这样,对塔拉也是如此,因为她所有的情感都已经枯竭了。

"你们不用走,"她明明白白地说,"我不会让你们全家都饿死,就因为我勾引了你。这种事以后再也不会发生了。"

她转过身,迈步穿过高低不平的田野往家走,边走边把头发拢到脖子后面。阿什利目送她离去,看到她边走边把那瘦小单薄的双肩挺直。这一幕深深印刻在他的心里,比她说过的任何话语都更令他刻骨铭心。

第三十二章

斯嘉丽走上前廊的台阶时，手里还攥着那团红土。她特意没从后门进屋，因为嬷嬷眼神太尖，一眼就能看出她不对劲儿来。此时的斯嘉丽不想见到嬷嬷，也不想看见任何人。现在她既不失望，也不痛苦，只感觉双膝发软，心里空荡荡的。她紧攥着手里的红土，直到把土挤得从指缝里漏了出来。她像鹦鹉一样一遍一遍地对自己说："我还有它。是的，我还有它。"

如今她除了这片红土地，真的一无所有了，而就在几分钟前，她还心甘情愿地把这片红土地像丢块破手绢儿似的扔掉。而现在，这片土地对她来说又成了宝贝，她木然地心想，自己刚才到底中了什么邪，竟然把它看得一钱不值。假如阿什利听了她的话，她肯定会撇下家人和朋友，头也不回地跟他一起远走高飞。但即便此刻心里空荡荡的，她也清楚抛下这一座座亲切而熟悉的红色山峦、一道道长年流水潺潺的溪谷，还有一棵棵坚韧挺拔的黑松树，她会心碎欲绝，至死都会伤感怀念的。假如把塔拉从她的心里连根拔去，那么就连阿什利也无法填补她内心的空虚。

阿什利真是个聪明人，并且真的太了解她了！他只是将一把湿润的泥土放在她的手里，就立刻让她头脑清醒，恢复了理智。

她走进过道，正要把前门关上，突然听到了马蹄声。她转过头朝车道望去。怎么偏偏这个时候有人来访，真讨厌！她想赶紧回自己屋里，装作头疼不出来了。

可是当马车渐渐驶近时，她大吃一惊，停下了要逃开的脚步。那是一辆崭新的马车，油光锃亮，马具也是新的，车上到处镶着擦得闪亮的铜片。肯定是陌生人，因为她认识的人里，谁也没钱买这么豪华而崭新的马车。

她站在门口观望，冷飕飕的穿堂风吹来，吹得她的裙裾在湿漉漉的脚踝边飘个不停。马车驶到房前停了下来，走下车来的人竟然是乔纳斯·威尔克森。斯嘉丽见到她家从前的监工坐着这么豪华的马车，穿着这么华丽的大衣，大吃一惊，简直不敢相信自己的眼睛。威尔跟她说过，自从威尔克森在自由民局里混到一份差事之后就立刻富了起来。威尔说，他靠着这份差事捞了不少油水，一面欺诈黑人，一面诈骗政府，他还没收百姓的棉花，硬说那是属于南部邦联政府的。如今世道艰难，他却一下子有了这么多钱，那钱肯定不是正道来的。

而现在他却到塔拉来了。他走出那辆华丽的马车，然后扶着一个女人从车上下来，那个女人从头到脚豁出命似的打扮，连牙齿都没放过。她穿得极为花哨，一看就俗不可耐，可尽管如此斯嘉丽的一双眼睛还是贪婪地打量着那女人一身的衣裳。毕竟她已经好久好久没见过时髦的衣裳了。哎呀！原来今年不流行宽大的裙撑了,她一边打量着那女人身上的红格裙子,一边心想。瞧那件黑色的天鹅绒宽外套,那么短啊!还有那顶帽子,真精致啊!系带的软帽肯定是过时了,因为这女人戴着的帽子顶部是扁平的,是红色天鹅绒做的,样子怪怪的,就像一块硬邦邦的薄煎饼贴在了那女人的头顶上。帽带不像软帽那样绑在下巴上,而是系在帽后垂下来的一大束假发卷上,那发卷一看就是假的,跟那女人头发的颜色和质地都不一样。

那女人走下马车,朝房子这边张望。她脸上涂着厚厚的一层粉,脸形像兔子一样,那张脸看起来十分眼熟。

"啊,是艾米·斯莱特利!"斯嘉丽惊讶不已,竟然把这句话大声喊了出来。

"是的,是我。"艾米把头一扬说道,然后带着虚情假意的媚笑迈步走上台阶。

艾米·斯莱特利!那个蓬头垢面的臭婊子!她生下的小杂种还是妈妈给施的洗礼,可就是这个艾米把伤寒传给了妈妈,把妈妈害死了。这个低贱、粗俗、肮脏的垃圾,臭不要脸的穷白佬,竟然敢打扮得花枝招展地登上塔拉的台阶,还趾高气扬一脸奸笑,就好像这地方是她的一样。一想起妈妈,斯嘉丽空荡荡的心里突然燃起一股杀气腾腾的怒火,气得她浑身发抖,就像得了疟疾一样。

"给我滚下台阶去,你这个不要脸的贱货!"她大声喝道,"从这儿给我滚出去!滚!"

艾米顿时沉下脸来,瞟了一眼乔纳斯。乔纳斯也气得绷着个脸,但仍强压着怒火,装出派头十足的样子。

"不要这样对我的妻子说话。"他说。

"妻子?"斯嘉丽放声大笑起来,笑声中充满轻蔑,像锋利的刀一样直扎人心,"这时候娶她做你太太了?你们害死了我妈妈之后,是谁给你们那窝小杂种施洗的?"

艾米大叫一声,急忙退下了台阶,可乔纳斯却粗鲁地抓住她的胳膊,不让她逃向马车。

"我们是来拜访——看望老朋友的,"他抬高了声音嚷嚷道,"另外要跟老朋友谈点儿事情——"

"朋友?"斯嘉丽的声音就像拿鞭子抽人一样,"我们什么时候跟你们这种人做朋友了?斯莱特利一家以前一直靠我们接济过活,可他们却恩将仇报,害死了我妈妈——还有你——你——爸爸是因为你跟艾米私通生下杂种才把你解雇了的,这你心里清楚得很。朋友?哼,立刻给我滚出去,不然我就要叫本廷先生和威尔克斯先生来了,快滚!"

一听这话,艾米急忙挣脱开她丈夫的手,拔腿就跑,奔向马车,然后连滚带爬地上了马车,漆皮靴子一闪,露出红色的鞋帮和红色的穗带。

此时乔纳斯也跟斯嘉丽一样怒气冲冲,灰黄色的脸气得通红,活像一只愤怒的火鸡。

"还这么神气活现的是吗?哼,你们家的情况瞒不过我。我知道你们脚上连双鞋都没得穿。我还知道你爸爸变成了白痴——"

"给我滚出去!"

"哼,你神气不了多久了。我知道你已经穷得底儿掉,连税都交不起了。我来这儿是想跟你买下这里——我会给你个好价钱的。艾米想要住在这里。可现在,哼,我一分钱也不会给你!等你交不上税,让人把你这块地方公开拍卖的时候,你这不知天高地厚的爱尔兰人才会知道这地方是谁说了算。到时候,我就会买下这里,连同家具统统买下来,我要住进来,当这里的主人。"

原来想不择手段买下塔拉的人是乔纳斯·威尔克森——乔纳斯和艾米,他们曾经在这儿干过见不得人的事,丢人现眼,抬不起头来。如今他们挖空心思,想强占这里,好借此一雪前耻。斯嘉丽每一根神经都充满了愤恨,就像那天她拿枪朝那个大胡子北方佬脸上开火时一样。她真希望此刻手里能有把枪。

"不等你们俩的脚跨过这门槛,我就先把这房子拆了,每块砖都扒掉,然后再放把火烧了,还要把每一寸田地都撒上盐,"她大叫道,"马上给我滚!滚出去!"

乔纳斯气呼呼地瞪着她,又说了几句,然后转身走向马车。他爬上马车,坐在呜呜直哭的妻子旁边,掉转马头。看着他们驾车离开,斯嘉丽真想啐他们一口。她还真啐了一口。她知道这么做很粗俗,而且太幼稚,但她心里痛快多了。真想当面啐他们一口啊。

这俩跟黑鬼勾搭的家伙竟敢跑到这儿来,还奚落她穷!那狗东西压根儿就没打算出钱买塔拉。他只是以此为借口带着艾米一起来,在她斯嘉丽面前炫耀、耍威风。这些肮脏无耻的投敌叛贼、卑鄙下贱的穷白佬，居然敢觍着脸说要住进塔拉！

突然，一阵恐惧涌上她心头，心中的怒火尽消。该死的！他们真会来住进这里的！她没办法阻止他们买下塔拉，也没办法阻止他们扣下家里的所有镜子、桌子和床，抢走妈妈那些闪亮的红木和檀木家具，虽然北方佬来时把那些家具破坏得伤痕累累，但每一件家具对她来说都珍贵无比。还有妈妈从娘家带来的祖传银器，也宝贵得很。"我决不会让他们得逞的，"斯嘉丽愤愤地想，"不，我就是放把火把这儿烧了，也决不能让他们把塔拉霸占了去！艾米·斯莱特利休想踏进这里一步，妈妈走过的地板岂能容这种下贱人践踏！"

她关上了大门，背靠着门，心里觉得害怕极了，比那天谢尔曼的人闯进门来时还害怕。那天她最担心的就是塔拉会被那群北方佬一把火烧掉。可这次更糟——这些下贱的东西竟然要住进来，还会向跟他们一样下贱的同伙们吹嘘，说他们把高傲的奥哈拉一家都赶跑了。没准儿他们还会把黑鬼带到这儿来吃饭睡觉呢。威尔跟她说过，乔纳斯一个劲儿嚷嚷着要跟黑人平等，跟他们一起吃饭，到黑人家里做客，用自己的马车带着他们四处兜风，还跟他们勾肩搭背，好不亲热。

一想到塔拉要遭到如此奇耻大辱，她的心就怦怦狂跳不止，连气都喘不上来。她想冷静下来思考问题，好想出个办法来，但每次她一想，愤怒和恐惧就会一齐袭来，怎么也静不下心。肯定能有办法的，这世上总会有某个地方有某个人能借给她钱。钱这东西，既不会化成灰，也不会被风刮走。有钱人总是有的。这时，她突然想起阿什利刚才说的玩笑话:"只有一个人有钱,那就是瑞特·巴特勒……他是真的有钱。"

瑞特·巴特勒。她快步走进客厅,把门关上。屋里拉着窗帘,光线昏暗朦胧,冬日黄昏的暮色将她笼罩。没人会想到来这儿找她,她需要一个人静静地思考,不受打扰。刚才脑子里冒出来的那个主意真是再简单不过了,真不明白她怎么早没想到。

"我要从瑞特那儿弄到这笔钱。我可以把那对钻石耳环卖给他。或者可以跟他借钱,把耳环押在他那儿,等我把钱还给他时,再把耳环赎回来。"

想到这里,她心里终于松了一口气,不禁感觉身子疲惫极了。她终于可以把税交上,并且当面嘲笑乔纳斯·威尔克森一番了。但还没高兴一秒,她就发现严酷无情的现实正紧随其后。

"不光是今年交完税就没事了,还有明年、后年,我这辈子都得交税。如果我这次交清了税款,那下次他们就会把我的税额定得更高,直到我交不起税,把我赶走为止。要是棉花收成好,他们就会把税额提高,让我一分钱也赚不着,或者他们干脆把棉花没收,说这是南部邦联的棉花。北方佬跟这群恶棍是一伙儿的,他们狼狈为奸,想怎么算计我就怎么算计。我这一辈子,只要还活着,就得整天提心吊胆,怕他们会使各种阴招儿整我。我这一辈子都得担惊受怕地拼命挣钱,累死累活地干,到最后却什么都没落下,棉花也都被人给抢走了……借三百块钱去交税,只能临时救急。我想要的是彻底摆脱这个困境,一劳永逸。这样我才能晚上睡得安稳,不用今天担心明天,这个月担心下个月,今年担心明年。"

她前思后想,脑子里渐渐产生了一个冷静而合理的主意。她想起了瑞特,想起了他黝黑的脸、洁白的牙,还有他用一双充满嘲讽的眼睛抚慰她的眼神。她回想起在亚特兰大时那个闷热难耐的晚上,那时围城的攻势已近尾声,他坐在皮蒂姑妈家的前廊,在夏日暮色的掩映下,他对她说:"我想要你,对任何别的女人都没有这么强烈的欲望——而且我一直在等你,对任何别的女人都没有等过这么久。"此时,她仿佛又感受到他温暖的手握住她肩膀时的灼热。

"我要嫁给他,"她冷静地盘算着,"这样我就再也不用为钱而发愁了。"

噢,多好的主意啊,比盼着上天堂还美呢。她再也不用为钱而犯愁,而且塔拉能够保住,全家人也衣食无忧。她再也不用四处碰壁,撞得遍体鳞伤了!

她觉得很冷。下午的这一桩桩、一件件的事把她所有的情感都掏空了:先是听到了额外加税的骇人消息,接着是跟阿什利的事,最后是对乔纳斯·威尔克森杀气腾腾的愤恨和怒意。不,现在她所有的感情真的都枯竭了。她的感情要是还没耗尽的话,那她就应该极力反对刚才想出来的主意。因为她恨瑞特,这个世上她最恨的人就是他。但她已经没有感情了,只会思考,而且想法很实际。

"那天晚上他把我们几个人扔在半路上时,我狠狠骂了他几句,但我能让他把那些狠话都忘掉,"她对此毫不在意,并且对自己的魅力仍然信心十足，"见到他我就装出一副天真害羞的样子，让他觉得我一直是爱他的，那天骂他只是因为太惊慌、太害怕了。哼，男人都自负，捧捧他们，说几句好听的，他们就高兴了，跟他们说什么都会相信的……我决不能让他看出我眼下处境艰难，得等把他钓到手之后才行。对，他绝对不能知道！一旦他怀疑我们日子很穷，他就会知道我想要的不是他，而是他的钱。不过，我们日子有多穷他根本无从得知，因为就连皮蒂姑妈也不知道我们穷到了什么地步。等我跟他结了婚之后，他就不得不帮我了，因为他总不能眼睁睁看着自己老婆的娘家人挨饿吧。"

他的妻子，瑞特·巴特勒的太太。她头脑很冷静，但内心深处泛起一丝反感，可随即就被她平复了下去。她想起了她和查尔斯短短的几日蜜月里那些令人尴尬和厌恶的情景，他乱摸乱抓的手、他笨拙的动作，还有他那莫名其妙的激动——随后就有了韦德·汉普顿。

"眼下我不能想这些。等我跟他结婚以后再想好了……"

等我嫁给了他。往事又涌上心头，脊背上窜过一股寒意。她再次回忆起那晚在皮蒂姑妈家的前廊下，她问他是不是打算向她求婚，可他却可恶地大笑起来，说："亲爱的，我不打算结婚。"

倘若他现在还是不打算结婚呢？假如无论她如何诱惑献媚，他都不为所动，坚决不跟她结婚怎么办呢？要是——噢，真要这样可就完了——要是他早把她忘了，正在追求别的女人，那可怎么办呢？

"我想要你,对任何别的女人都没有这么强烈的欲望……"

斯嘉丽紧握着拳头,指甲都嵌进了手心里:"要是他把我忘了,我就让他重新想起我,让他重新想要我。"

假如他不想跟她结婚,却又想要她,那她也有法子弄到钱。他不是说过要她做他的情妇吗?

在这个一片昏暗的客厅里,斯嘉丽与束缚着她灵魂的三大绳索激烈地交战,并且迅速而果敢地将所有的绳索斩断。第一条绳索是对母亲埃伦的怀念,第二条绳索是她长久以来的宗教信仰,第三条绳索是她对阿什利的爱。她相信妈妈如今已在天堂,而且也知道如果妈妈在天有灵得知了她心里的盘算,肯定会痛心疾首。她明白私通是一种伤风败德的罪孽,也清楚自己既深爱着阿什利,却又去勾引别的男人,这是双重的出卖贞操。

然而她的心早已变得冷酷无情,而且眼下已经陷入了绝境,所以她只能抛开一切,孤注一掷。妈妈已经去世了,也许死亡能宽恕一切。宗教的教义禁止私通,违者将饱受地狱烈火的炙烤。但她这么做是想要保住塔拉,让全家人不至于饿死,所以实属无奈,如果教会能看到这一点的话——算了,这个问题就让教会去伤脑筋吧,她管不了那么多了,至少,现在她没工夫去想。至于阿什利——他不想要她。不,他的确是想要她的。刚才的激情热吻就是证明。但他绝不会带她远走高飞的。奇怪,跟阿什利私奔她并不觉得是罪孽,可跟瑞特——

在冬日下午苍茫的暮色中,斯嘉丽人生中一段漫长的旅程终于走到了尽头。而这段旅程的起点便是亚特兰大沦陷的那天晚上。刚踏上这段旅程时,她还是个娇滴滴的小姐,只会考虑自己,从未尝过生活的艰辛。那时的她充满青春的活力,满腔热情,而且不知世事艰难。而如今这段路已到了尽头,原先的那个姑娘已经不复存在了。饥饿、劳苦、恐惧、担忧,还有无论战时和战后都遭遇到的种种灾祸,已把她的青春、热情和温柔全部夺走。她的内心深处已被一层硬壳所包裹,而且在那漫长的几个月里,随着时间的流逝,这层硬壳越积越厚,也越来越硬。

但直到今天之前,她一直心怀两个希望,她靠着这两个希望才一直支撑到现在。一是希望战争结束后,生活能恢复到从前的样子;二是希望阿什利归来能给她的生活带来新的意义。可如今这两个希望都破灭了。在乔纳斯·威尔克森出现在塔拉门前那一刻,她突然意识到,对她乃至对整个南方来说,战争远没有结束,而且永远也不会结束。最艰苦的恶战、最残忍的报复才刚刚开始。而阿什利则被自己的诺言所囚禁,并且这诺言比世上任何牢狱都坚固。

期盼的和平并未到来,阿什利也令她满心失望,这两件事竟发生在同一天。这使她心中硬壳的最后一道缝隙也合拢封住了,从而彻底变得坚硬。她最终还是变成了方丹老太太劝她不要变成的那种女人——遭遇过最惨痛的经历后,对任何事都再也不感到害怕的女人。不怕生活艰辛、不怕母亲责备、不怕失去爱人,也不怕舆论的指责。唯一害怕的只有挨饿和挨饿时的梦魇。

现在她终于硬下心来斩断了与往日的一切束缚,与过去的自己彻底决裂。这样一来,她心里倒有了一种前所未有的轻松和自由感。她主意已定,而且谢天谢地,她并没有害怕。反正也没什么可失去的,她终于下定了决心。

要是能诱骗瑞特答应娶她,那就大功告成了。可要是她没能诱骗成功呢——嗯,反正钱也照样能弄到手。一时间,她不禁好奇,不知道做别人的情妇到底要做些什么。瑞特会不会非要让她留在亚特兰大?因为听说他养着那个叫沃特琳的情妇时就是这样的。要是他叫她留在亚特兰大的话,那就得让他掏一大笔钱——得足够补上她离开塔拉的损失才行。斯嘉丽对男人生活中隐秘的一面一无所知,根本不知道男人是如何养情妇的。不知道会不会跟他生出个孩子来,那样的话可就太糟了。

"眼下不能想这些,等以后再想好了。"她把这令她烦心的念头抛到脑后,以免动摇自己的决心。今晚她就跟家里人说她要去亚特兰大想办法借钱,如果必要的话,就把种植园抵押出去。他们只需要知道这些就行了,其余的先瞒着大伙儿,等到那可恶的日子来了,他们自然就会发现真相。

想到该开始行动了,她便昂起头、挺起胸来。她知道这件事做起来并没那么容易。过去是瑞特向她献殷勤,百般讨她欢心,那时占主动权的是她。而现在是她要向他乞讨,而乞讨者是没有资格和权利跟别人谈条件的。

"可我不能真像个叫花子似的去见他。我得摆出女王驾临的气势来。反正他也不知道实情。"

她走到穿衣镜前,端详着镜中的自己,头高高昂起。从镶着镀金镜框布满道道裂痕的镜子里,她看到的仿佛是一个陌生人。

这似乎是她这一年来头一次看清了自己真实的样貌。实际上，每天早晨她都会照一眼镜子，看自己的脸是否干净，头发是否整齐，但因为每天都有操不完的心、干不完的活儿，所以她也顾不上对着镜子仔细瞧。可现在，瞧瞧这张陌生的脸！这个双颊深陷、瘦弱憔悴的女人，怎么可能是她斯嘉丽·奥哈拉呢？！斯嘉丽·奥哈拉可是漂亮、迷人又容光焕发的啊！可眼前的这张脸却一点儿也不漂亮，而且还毫无魅力可言。这张脸面色苍白、神情紧张，一双眼梢上翘的绿眸之上，那两弯黑黑的眉毛在惨白脸庞的映衬下，就像只受惊的小鸟支棱起来的一对翅膀。镜子里的这张脸，活生生一副生活困苦、走投无路的样子。

"这副惨淡相可一点儿不漂亮，怎么可能迷住他呢！"她想着，心里又绝望起来，"我太瘦了——噢，天啊，瘦得简直不像样了！"

她拍了拍自己的脸颊，又心急地摸了摸自己的锁骨，感觉自己瘦得皮包骨，锁骨都快从紧身上衣里突出来了。另外她的乳房也变小了，几乎跟梅兰妮的一样小了。她必须得在衣服的胸口处垫些褶边，好显得胸部丰满些。过去她一向瞧不起用这种小花招遮掩自己缺陷的姑娘。褶边！这又让她想起另一件事——衣服。她低头看着自己身上的这身衣服，两手展开打满补丁的裙摆。瑞特喜欢衣着考究、打扮时髦的女人。她想起了守丧结束后，她第一次露面时穿的那条镶荷叶边的绿裙子，不禁勾起了满心的怀念。当时她穿着这条绿裙子，还搭配了瑞特买给她的那顶装饰着漂亮羽毛的绿色软帽。当时瑞特对她大加赞赏和恭维的话语至今言犹在耳。她又想起了艾米·斯莱特利穿的那条红格呢裙子、装饰着红色穗带的红帮漆皮靴子，还有那顶跟煎饼似的帽子，不禁嫉恨得牙痒痒。那身打扮俗不可耐，却又新潮时髦，而且抢眼得很。噢，她多想也这么抢眼啊！尤其是想要迷住瑞特·巴特勒的眼！要是让他看到自己穿得破衣烂衫，他肯定就会猜到塔拉境况不妙。但这事绝不能让他知道。

她真是傻啊，以为就凭她如今这副脖子像麻秆、眼睛像饿猫似的模样，穿着一身破衣烂衫到亚特兰大去，就能迷住瑞特，让他跟她结婚，真是太异想天开了！当初她花容月貌，有漂亮衣服穿时，都没能迷得他向她求婚呢，现在她人变丑、衣又破，就更没指望了。如果皮蒂姑妈所言属实的话，他应该说是亚特兰大最有钱的人了，多少漂亮女人，体面的，不体面的，还不由他随便挑？"不过嘛，"她不服气地心想，"我身上有一样多数漂亮女人都没有的东西，那就是决心。要是我能有条漂亮裙子就好了，哪怕就一条也行啊——"

可是塔拉一件漂亮裙子也没有，所有的裙子都至少被改过两次了，而且还都打了补丁。

"这下完了。"她沮丧地低头看着地板，看到母亲埃伦留下的那块苔藓绿色的天鹅绒地毯因为被数不清的士兵们睡过，如今已千疮百孔，而且满是污渍。这破旧不堪的地毯，更令她心情沉重，让她不由得想到塔拉也跟这块地毯一样残败又破旧。房间里越来越黯淡的光线令她感到压抑，她走到窗边，推起窗框，拉开百叶窗，让冬日的最后一抹余晖照进房间来。然后她关上了窗，头靠在天鹅绒窗帘上，朝窗外望去，目光掠过荒凉的牧场，凝视着远处墓地那边一片黑黢黢的雪松。

她的脸颊贴着苔藓绿的天鹅绒窗帘，感觉上面的绒毛软软的，又有点儿痒痒地扎人，于是便像一只小猫似的把脸贴在上面舒服地摩挲着。突然，她猛地抬起头，看着这窗帘。

转眼工夫，她把一张沉甸甸的大理石面桌子从屋子另一头拉了过来，桌腿下面生锈的小滚轮嘎吱作响，就好像在表示抗议似的。她把桌子拖到窗边，然后提起裙子爬到桌子上，踮起脚尖，伸手去够窗帘杆。可是窗帘杆太高，她够不着，情急之下，她干脆用力拉拽，竟连钉子也拔了出来，结果窗帘连同杆子一齐哗啦一声全落了下来，掉在地板上。

这时，就像变魔术似的，客厅的门开了，露出嬷嬷那张宽宽的大黑脸盘，脸上的每条皱纹都写满了强烈的好奇和深深的怀疑。嬷嬷颇为不悦地看着正站在桌子上的斯嘉丽，她正把裙子撩过膝盖，准备从桌子上跳下来。她脸上那欣喜而得意的神情，令嬷嬷不由得心生狐疑。

"你拿埃伦小姐的窗帘干什么？"她问道。

"你干吗在门外偷听？"斯嘉丽反问道，同时敏捷地从桌上跳下来，拢起了一段沾满厚厚灰尘的天鹅绒窗帘布。

"这么大动静不用偷听也听得见，"嬷嬷反驳道，准备要好好训诫一下斯嘉丽，"你不能动埃伦小姐的窗帘，瞧瞧，怎么把窗帘杆都拽下来了？还扔在了地上，多脏啊。埃伦小姐对这窗帘可爱惜了，俺可不能让你这么瞎胡闹。"

斯嘉丽一双绿色的眼眸注视着嬷嬷，眼里闪烁着雀跃和欢喜，仿佛又成了过去的那个快乐的斯嘉丽，那个让嬷嬷摇头叹气的淘气小姑娘。

"快去阁楼一趟，把我那盒衣服样纸拿来，嬷嬷，"她一边嚷着一边把嬷嬷轻轻往外推，"我要做条新裙子。"

嬷嬷拖着那两百磅的身子走路都费劲，更别说让她去爬阁楼了，一听这话，她可气坏了。同时，她也有种不祥的预感，怀疑有什么可怕的事情要发生。于是她一把从斯嘉丽手里抢过窗帘，把那堆窗帘紧紧地抱在松垮下垂的胸前，仿佛那是什么圣物一般。

"就算要做新裙子也不能用埃伦小姐的窗帘布做，不许你打这窗帘的主意。只要俺还有一口气，你就别想。"

一时间，在这位塔拉庄园年轻女主人的脸上闪过一丝别样的表情，嬷嬷常把这种表情称作"倔牛性子"，但这表情转瞬即逝，瞬间就换成了甜美的微笑，令嬷嬷实在难以抗拒。但这小花招儿骗不过老嬷嬷，她知道斯嘉丽那甜甜的笑意是假的，只是想哄骗她，让她让步，但在这件事上，她是决不会让步的。

"嬷嬷，别这么小气嘛。我要到亚特兰大去借钱，总得弄件新裙子穿啊。"

"你不需要什么新裙子，别的太太小姐们不也都没有新裙子嘛。大伙儿都在穿旧衣服，谁也没觉得难为情啊。别人都穿，埃伦小姐的孩子有什么理由不穿呢？就算你穿着旧衣服，别人也会当你穿着绸缎一样尊敬你的。"

那"倔牛性子"的表情又重新浮现在她脸上。天啊,真是怪了,这斯嘉丽小姐怎么越大越像杰拉尔德先生,越来越不像埃伦小姐了呢!

"好了,嬷嬷,你知道的,皮蒂姑妈来信说范妮·埃尔辛小姐这周六要结婚,我当然得去参加婚礼了,所以得弄件新裙子穿嘛。"

"我看你身上这件裙子就挺好,跟范妮小姐的婚纱一样漂亮啊。皮蒂小姐在信上也说了,埃尔辛一家现在日子也穷得很呢。"

"可我一定得有件新衣服!嬷嬷,你不知道我们现在多需要钱啊。那税款——"

"是的,俺知道税款的事,可是——"

"你知道?"

"哎哟,上帝也给了俺两只耳朵不是吗?有耳朵自然就会听到别人说话呗。尤其是威尔先生,他说话时向来不压低声音,而且还总不关门。"

真不知道有什么事儿是嬷嬷没偷听到的。斯嘉丽真是纳闷儿,嬷嬷那么庞大的身躯,走起路来地板都震得发颤,怎么偷听别人说话的时候竟然一点儿动静都没有,神不知鬼不觉的呢?

"哦,既然这些你都听到了,那你也应该听到了乔纳斯·威尔克森和那个艾米——"

"是的,小姐。"嬷嬷顿时眼里蹿起了怒火。

"哎呀,那你就别这么固执了,嬷嬷。你还不明白吗,我得去亚特兰大借钱好交税啊!我得想办法弄钱去,必须得弄到钱才行！"她一手紧握小拳头，猛地砸向另一只手的掌心，"天啊，嬷嬷，他们要把咱们赶出家门，撵到大街上去，没有了塔拉，咱们能去哪儿呢？艾米·斯莱特利那个害死妈妈的下贱货都快要搬进来住，睡到妈妈睡过的床上了，你还为妈妈的窗帘这点儿小事跟我争论吗？"

嬷嬷两只脚的重心来回转移，看上去就像头烦躁的大象。她隐隐感觉到自己似乎正一点点被斯嘉丽说服。

"不，小姐，俺当然不希望看到那贱货住进埃伦小姐的家，也不希望咱们一家人都被赶到大街上，可是——"她突然盯着斯嘉丽，眼里满含责备，"你打算跟谁去借钱？去借个钱为啥还得穿身新衣服？"

"那，"斯嘉丽吃了一惊，连忙说，"那是我自己的事。"

嬷嬷目光锐利地盯着她。斯嘉丽小时候闯了祸，想要花招找借口搪塞过去的时候，嬷嬷就是用这种目光盯着她，似乎总能看穿她的心思。斯嘉丽不由得垂下眼帘，头一次为自己要做的事感到羞愧。

"也就是说你需要一件漂亮的新裙子，好穿着它去借钱？可这话俺怎么听都觉得不对劲儿啊。而且问你去哪儿借钱，你也不告诉俺。"

"我就不说，"斯嘉丽气鼓鼓地说，"这是我自己的事。你到底给不给我窗帘？帮不帮我做裙子？"

"好吧，小姐。"嬷嬷口气突然软了下来，立刻就让步了，反而让斯嘉丽诧异起来，"俺这就帮你做裙子，依俺看，这窗帘的缎子衬里还能拆下来做条衬裙,帘子上的花边也能拆下来镶裤子的褶边。"

她把天鹅绒窗帘还给斯嘉丽,脸上露出一抹狡黠的笑容。

"梅丽小姐跟你一块儿去亚特兰大吗,斯嘉丽小姐?"

"不,"斯嘉丽断然说道,开始明白嬷嬷在打什么主意了,"我自己去。"

"这只是你自己的想法,"嬷嬷语气坚定地说,"但是俺得跟你和你的新裙子一块儿去。没错,小姐,一路上俺一步也不离开你。"

斯嘉丽眼前立刻浮现出一幅场景,去亚特兰大的一路上都有嬷嬷跟着,就连跟瑞特说话时,嬷嬷也在边上守着,就跟守在冥府门口的看门狗一样。她又微微一笑,一只手放在嬷嬷胳膊上。

"亲爱的嬷嬷,你真好,愿意跟我一起去,帮我的忙。可是塔拉上上下下哪儿能离得开你啊?你也知道整个塔拉都是你在打理呢。"

"哼!"嬷嬷说,"少甜言蜜语地哄俺了,斯嘉丽小姐。你的第一块尿布都是俺给你垫的,对你俺还不清楚嘛。俺说俺要跟你一起去亚特兰大,就一定要去。那里满大街都是北方佬和放出来的黑鬼,埃伦小姐要是知道你要一个人去那儿的话,就是在坟墓里心里也不安哪。"

"可我会住在皮蒂帕特姑妈家里。"斯嘉丽心急火燎地找对策。

"皮蒂帕特小姐是个好人,她以为她什么都明白,可其实她啥都不懂。"嬷嬷说着便转过身去,带着不容反驳的威严结束了这次谈话。她走进过道,震得地板发颤,然后大声发话:"普利茜,丫头!快去楼上,把斯嘉丽小姐的衣服纸样从阁楼拿下来,再找把剪刀来。别磨磨蹭蹭的,半天也下不来。"

"这下可糟了,"斯嘉丽沮丧地想,"身后总得跟着条猎狗了。"

晚饭后,餐桌都收拾干净了,斯嘉丽和嬷嬷把衣服纸样摊开在餐桌上。苏埃伦和卡琳忙着把窗帘上的缎子衬里拆下来。梅兰妮则用一把干净的毛刷把天鹅绒窗帘上的灰尘刷掉。杰拉尔德、威尔和阿什利坐在餐厅里一边抽烟,一边笑呵呵地看着女士们忙活。斯嘉丽今天格外兴奋,她那快乐的情绪也感染了大伙儿,但谁也不知道她为什么那么高兴。斯嘉丽脸上泛着红晕,眉飞色舞,眼睛也闪烁着喜悦而激动的光彩,还不时开心地大笑起来。她的笑声让大家也很开心,因为这几个月以来他们从没听过斯嘉丽这么开怀的笑声。杰拉尔德尤其高兴,看着斯嘉丽在屋里走来走去,他的视线一直追随着自己宝贝女儿的身影,眼神也不像平时那样呆滞了。每当斯嘉丽走近他时,他都会赞许地拍拍她。姑娘们也兴高采烈的,就像要准备参加舞会似的。她们拆布的拆布,裁剪的裁剪,缝衣服的缝衣服,就像给自己做舞会穿的裙子一样。

斯嘉丽要去亚特兰大借钱,必要的话,还得把塔拉抵押出去。但抵押究竟是怎么一回事呢?斯嘉丽跟她们说等明年棉花收了之后,他们就能把欠款还清,把塔拉赎回来,而且还能余下些钱呢。她说这话时口气十分肯定,所以姑娘们也没多问。她们问斯嘉丽跟谁去借钱,斯嘉丽则回答说:"小孩子别多问。"于是大家都被她的调皮样子逗笑了,还开玩笑说她肯定是有个百万富翁朋友。

"肯定是瑞特·巴特勒船长。"梅兰妮狡黠地说,引得大伙儿一阵哄笑。谁都知道斯嘉丽恨死瑞特了,一提起他来总是骂他"瑞特·巴特勒那个无耻的混蛋"。

但斯嘉丽听了这话并没有笑,正笑着的阿什利看到嬷嬷别有用意地瞟了斯嘉丽一眼,突然敛住了笑意。

苏埃伦被一家人这其乐融融的气氛所感动,竟慷慨地拿出了她那条镶着爱尔兰花边的领子。虽然那领子有些旧了,仍旧挺漂亮的。卡琳也坚持让斯嘉丽穿她的便鞋去亚特兰大,因为整个塔拉就她这双鞋还像样。梅兰妮恳求嬷嬷给她留点儿天鹅绒碎布,好给她那顶破软帽换个帽边,还说家里的那只老公鸡要是不赶紧逃走,跑到沼泽地里去,它可就再也见不着自己尾巴上那几根古铜、墨绿色的羽毛了,一句话又引得大伙儿捧腹大笑。

斯嘉丽望着忙碌的姑娘们,听着众人的笑声,把痛苦和轻蔑都深藏在了心底。

"他们对我、对他们自己乃至对整个南方发生了什么还一点儿都不知道呢。都快被逼到绝境了,他们还不知愁、不知害怕呢。就因为他们觉得自己姓奥哈拉、姓威尔克斯、姓汉密尔顿。就连那些黑人也这么想。哎,真是一群傻瓜!他们永远也明白不了！他们还会依照过去的方式思考，依照过去的方式生活，什么都改变不了他们。梅丽可以穿得破破烂烂，可以去摘棉花，甚至可以帮我杀人，但无论发生什么都改变不了她。她依然是那个害羞腼腆又有教养的威尔克斯太太，依旧是那个完美无瑕的贵妇人！而阿什利可以亲眼看见死亡，可以亲身经历战争，可以一身是伤地躺在战俘营里，最后回到一无所有的家中。但他依然像在十二橡树时那样，仍旧是个绅士。威尔则不同。他知道现实情况是什么，但他从来没失去什么，因为他从来就没什么东西可失去。至于苏埃伦和卡琳——她们还以为这一切都只是暂时的，都不肯改变自己以适应这早已改变的环境。因为她们认为这一切都会很快过去的。她们认为上帝会创造奇迹，尤其会为了她们而创造奇迹。但上帝不会这么做的。如今塔拉唯一能指望的奇迹就是由我去找瑞特·巴特勒，找他想办法……这群人是不会改变的，而且我看他们也无法改变。只有我变了——可要不是实在没辙了，我也不想变啊。"

嬷嬷最后还是把男士们都请出了餐厅，然后把门关上，这样才能让斯嘉丽试穿新衣服。波克搀扶杰拉尔德上楼休息，独留阿什利和威尔站在灯光昏暗的前厅过道里。一时间，两个人都沉默不语。威尔嘴里嚼着烟草，就像一头安静的反刍动物。但他那张温和的脸上神色一点儿都不平静。

"去亚特兰大这事儿，"他终于开口，缓缓说道，"我不赞成，一点儿都不赞成。"

阿什利瞟了威尔一眼，视线又马上移开。他嘴上什么也没说，心里在思忖着威尔的担心和疑虑是不是跟他一样。但这不可能，因为威尔并不知道下午在果园里发生的事，也不可能知道这件事最终把斯嘉丽逼上了绝路。当提到瑞特·巴特勒时，威尔也不可能注意到嬷嬷脸上异样的神色。再说，威尔也不知道瑞特有钱，而且名声很坏。至少阿什利认为威尔不知道这些事情。可是自从回到塔拉以来，他也发现威尔跟嬷嬷一样，不用别人告诉就什么事都知道，就像能未卜先知一样。阿什利觉得有种不祥之兆，但到底怎么回事，他也不知道。可他没有能力帮斯嘉丽，无法把她从绝境中解救出来。她整个晚上都没有看他一眼，而她那股神采飞扬的劲头儿却让他感到忧心和害怕。那个一直揪着他心的疑虑和担忧实在太可怕，可怕得难以用语言来描述。但他不能亲口问她，以证实自己的疑虑，因为他无权过问，而且对斯嘉丽来说，这么做也是一种侮辱。他忍不住握紧了拳头。凡是跟斯嘉丽有关的事，他都已经无权干涉了。因为今天下午，他亲手把这个权利剥夺了，永远地剥夺了。他帮不了她。谁也帮不了她。不过想起嬷嬷刚才裁剪天鹅绒窗帘时那副坚定的神情，他心里又稍稍宽慰了些。不管斯嘉丽愿不愿意，嬷嬷都会照看好她的。

"这都怪我，都是我一手造成的，"他绝望地想，"是我把她逼到这个地步的。"

他想起了下午她转身离他而去时，挺直肩膀的样子；想起了她昂起头时的那股倔强劲儿，不由得对她心生怜爱。他既为自己的无能为力而痛心，也因对她心怀钦佩而神伤。他很清楚在斯嘉丽知道的所有词汇里根本没有"巾帼须眉"这四个字，他也明白如果当面告诉斯嘉丽,说她是他见过的最有侠义之气的人,她肯定会一脸茫然,不明白他在说什么。他知道她不会明白,每当他想到她那巾帼不让须眉的气魄,就会不由得想起她身上许多真正美好的品质。他知道斯嘉丽总是能勇敢地直面生活,不管遇到什么艰难险阻,她都会用自己坚强的意志去抵挡,用坚定的决心去抗争,她从不会认输,即使注定失败,她也要斗争到底。

然而,四年来,他也见过不少不肯认输的人,他们斗志昂扬地投入这场注定会失败的灾难当中,因为他们身上有勇敢的侠义之气。但他们照样还是失败了。

在昏暗的过道里,他看着威尔,心里在想,威尔永远也不会明白,当斯嘉丽·奥哈拉穿着用她母亲的天鹅绒窗帘改做的衣裙,戴着用公鸡尾羽做装饰的帽子去征服这个世界时,她是多么的英勇无畏。

第三十三章

第二天下午，斯嘉丽和嬷嬷坐火车来到亚特兰大，当她们走下火车时，顿觉刺骨的寒风呼啸而过，头顶的铅灰色的天空上乌云滚滚。自从这座城市被烧毁之后，火车站一直没有被修复，她们下了车，站在一片焦土和泥泞中，距车站旧址焦黑的废墟只有几码远。斯嘉丽出于老习惯，仍然左顾右盼寻找彼得大叔，还有皮蒂姑妈的那辆马车。因为在打仗的那几年里，每次她从塔拉回到亚特兰大，都是彼得大叔赶着皮蒂姑妈的马车来接她。突然，她回过神来，哼了一声，似乎在嘲笑自己刚才的失神。彼得大叔当然不会来，因为她根本没有事先通知皮蒂姑妈说她要来，更何况她还记得这位老姑娘曾经在信里一把鼻涕一把泪地说过，南方投降后，皮蒂姑妈要回亚特兰大，于是彼得大叔在梅肯"弄到"了一匹老马，可惜那匹老马把她送回亚特兰大之后就死了。

斯嘉丽环顾着车站周围这片布满道道车辙，而且坑坑洼洼的空地，盼着能看到某个老朋友或熟人的马车，没准儿可以搭他们的马车到皮蒂姑妈家去。可惜车站周围的人，无论黑人还是白人，她一个也不认识。如果皮蒂姑妈在信里所言属实的话，那么在她认识的那些老朋友和熟人里，如今可能已经没有一家有马车了。世道艰难，连人的衣食温饱都成问题，哪还养得起牲口呢。皮蒂姑妈和她的大多数朋友一样，现在出门只能靠走路了。

货运车厢旁停了几辆正在卸货的马车，还有几辆溅满泥浆的轻便马车。赶车的都是些样貌粗野的外乡人。私人马车只有两辆，一辆是有车篷的，另一辆是敞篷的。敞篷的马车里坐着一个衣着华丽的女人和一个北方佬军官。斯嘉丽看到那身军服，不禁倒吸一口冷气。虽然皮蒂姑妈在信里提到过亚特兰大如今有北佬驻军，满大街都是士兵。但是乍一看见蓝色的军服她还是吓了一跳。她一时忘了战争已经结束，这个北佬军官并不会追赶她、抢劫她，甚至侮辱她。

车站周围比过去空荡了许多，这让斯嘉丽想起了一八六二年的那天早上她来到亚特兰大时的情景。那时她刚守寡，穿着一身丧服，头上披着黑绉纱，心情烦闷至极。她记得当时这里熙熙攘攘，挤满了运货马车、私人马车和救护车，车夫们大声叫着、骂着，人们大声嚷嚷着，跟朋友互相打招呼。想起战争年月里那些轻松而快乐的日子，她不禁叹了口气。而想到她们得一路走到皮蒂姑妈家，她不由得又叹了口气。但她还是抱着一丝希望，但愿走到桃树街的时候能碰到个熟人，让她们搭个便车，把她们送到皮蒂姑妈家。

她正站在那儿东张西望时，突然有一个马鞍色皮肤的中年黑人赶着有篷的马车来到她跟前,从车厢前探过身子,问道:"要车吗,太太?两毛五,去城里什么地方都行。"

嬷嬷狠狠地瞪了他一眼,就像要把他吃了似的。

"是辆出租马车!"她嘟囔着,"黑鬼,你知道俺们是什么身份吗?"

嬷嬷是个乡下黑奴,但她并不是一直住在乡下。她知道如果没有家中男性的陪同,体面的女人是不会坐出租马车——尤其是这种有篷马车的。即使有她这样的黑人女佣陪在身边,也照样是不合礼数的。她看到斯嘉丽看着那辆马车像是动了心,于是连忙瞪了她的小姐一眼。

"斯嘉丽小姐,离这马车远点儿!一辆出租马车加上一个自由黑鬼!哼,都不是什么好东西。"

"俺不是自由黑人,"车夫气呼呼地说,"俺是老塔尔伯特小姐家的,这马车是俺家小姐的,俺赶马车只是为了给家里挣点儿钱。"

"哪个塔尔伯特小姐?"

"就是米利奇维尔的苏珊娜·塔尔伯特小姐啊。俺们老爷马尔斯先生打仗死了之后,俺们就搬到这儿来了。"

"你认识她吗,斯嘉丽小姐?"

"不认识,"斯嘉丽遗憾地说,"米利奇维尔的人,我认识的没几个。"

"那咱们就走着去吧,"嬷嬷语气坚定地说,"把车赶走吧,黑鬼。"

她拎起装着斯嘉丽新天鹅绒裙子、帽子和睡衣的旅行包,再把包着她自己东西的印花大包袱夹在腋下，领着斯嘉丽穿过那片湿漉漉的焦土。斯嘉丽虽然很想坐马车，但并没有跟嬷嬷争论，因为她不想跟嬷嬷起争执。自从昨天下午嬷嬷发现她扯下天鹅绒窗帘那一刻开始，嬷嬷的眼里就多了一分警惕和怀疑，令斯嘉丽心里有些不安。要想逃开嬷嬷的陪同是很困难的，除非万不得已，她不想激起嬷嬷的怒火和好斗的脾气。

她们沿着狭窄的人行道朝桃树街走去。一路上看到亚特兰大满目疮痍，与她记忆中的样子完全不同，她不禁黯然心伤。她们走过亚特兰大旅馆的遗址，瑞特和亨利叔叔过去曾住在这里，昔日格调优雅的旅馆如今只剩下一副残破的空架和焦黑的残垣断壁。沿着铁轨绵延四分之一英里的货栈，原先堆满了一吨又一吨的军需品，至今没有被修复，只剩下块块长方形的地基，在灰暗的天空下显得死气沉沉。铁路两旁没有了建筑物，车棚也没了，铁轨就这样赤裸裸地暴露着。在这一大片废墟中，还有属于斯嘉丽的一座货栈，是查尔斯留给她的遗产之一，可惜已经难以辨认。亨利叔叔帮她交了去年的税，这笔钱她迟早得还给他。这又是一件令她烦心的事。

她们转过街角，来到了桃树街。她朝五角场的方向望去，不禁惊叫起来。尽管弗兰克已经告诉过她，整座亚特兰大城都被大火夷为平地了，但她没有想到这座城竟被毁得如此彻底。她以为这座令她万分钟爱的城市依旧是建筑林立，漂亮房子鳞次栉比。但眼前的桃树街空空荡荡，界标也没了，她的心头涌起一股完全陌生的感觉，就像从没来过这儿似的。在打仗的那些日子里，她坐着马车在这条泥泞的街道上不知来回了多少趟；围城期间，她缩着脑袋，低着身子，在呼啸的炮火中沿着这条街拼命地奔逃；在撤离亚特兰大那天，尽管酷热难当而且匆匆忙忙，她还是回过头朝这条街看了最后一眼。而如今这里竟然面目全非，完全认不出来了，她真想大哭一场。

自从谢尔曼的队伍撤出这座烈火燃烧的城市，邦联军队再次进驻之后，虽然又陆续盖起了不少新的房屋，但五角场周围还是一片空旷，遍地垃圾和荒草，到处都是残砖破瓦。只有几座残留下来的房子，她依稀还有些印象，但这些房子都没了屋顶，只剩下几面砖墙，黯淡的阳光直直地照进来，没了玻璃的窗户大开着，就像张着大嘴似的，几根烟囱孤零零地耸立着。她也偶尔会发现几家熟悉的店铺，它们侥幸躲过了炮火的侵袭，如今已被修复，新墙上的砖红得耀眼，跟旧墙上的焦黑灰垢形成了鲜明的对比。在新店铺门脸和新事务所的玻璃窗上，她高兴地看到了一些熟悉的名字，但更多还是陌生的名字。特别是招牌上那些陌生的医生、律师和棉花商的名字，大概有好几十个。以前全亚特兰大城的人她几乎都认识，而如今看到这么多陌生人的名字，她感到心里很不是滋味。但看到沿街有许多新的房屋正在盖着，她心里又高兴了起来。

正在新盖的房子有好几十幢，而且有几幢还是三层楼高的呢！她想调整自己，以适应这座新的亚特兰大城，于是放眼望去，看见到处都在盖房子，大兴土木，锤击声、锯木声不绝于耳，她还注意到有许多脚手架正一层一层搭建起来，工人们背着砖头在爬梯子。她望着这条她心爱至极的街道,眼睛不知不觉地湿润了。

"他们放火烧了你,"斯嘉丽心生感慨,"还把你夷为平地。但他们没有打垮你,也打不垮你。你会重整旗鼓,变得跟从前一样强大、一样漂亮而自信!"

斯嘉丽沿着桃树街往前走,嬷嬷像鸭子似的摇摇晃晃跟在后面。斯嘉丽发现人行道上熙来攘往,跟仗打得最激烈的时候简直一模一样。这座正在复苏的城市,还和过往一样依旧忙忙碌碌,喧闹嘈杂,让她不禁热血沸腾,就像很久以前她第一次来探望皮蒂姑妈,见到亚特兰大时的感受一样。坑坑洼洼、泥泞不堪的街道上,颠簸行驶的马车竟然也跟过去一样川流不息,只不过如今没有了邦联的救护车。店铺门口的木质遮篷前拴马架上拴着的骡子和马,也和从前一样多。虽然人行道上很拥挤,但斯嘉丽看到的一张张面孔跟头顶上的一块块招牌一样,都是陌生的。无论是样貌粗野的男人还是衣着俗艳的女人,都素不相识。几乎每条街道上都是黑压压的,到处都是无所事事的黑人,有的倚墙站着,有的坐在街边的路牙,好奇地看着过往的车辆,就好像天真无知的孩子在看马戏团游行似的。

"全是些刚获自由的乡下黑鬼,"嬷嬷不屑地哼了一声,"就好像一辈子都没见过像样的马车似的,瞧那副模样,真是要多粗鲁有多粗鲁。"

他们看上去确实粗鲁,斯嘉丽也深有同感,因为他们正放肆无礼地盯着斯嘉丽瞧。但她看到那些穿蓝色军服的人后,又吃了一惊,立刻就把眼前的那些黑人也忘了。城里到处是北佬士兵,骑马的、走路的、坐军队马车里的、在街上闲逛的,还有从酒吧跟跟跄跄走出来的。

"我永远也看不惯这帮人,"她紧握拳头愤愤地想,"永远也看不惯。"接着,她转过头喊道:"快点儿,嬷嬷,咱们赶紧离开这群人。"

"来啦,等俺把这几个挡俺路的黑鬼踢开。"嬷嬷一边大声回答,一边把旅行包抡起,朝她前面一个正在闲逛的黑人身上砍去,把那人撞到了一边,"俺可真不喜欢这里,斯嘉丽小姐。净是北方佬和下贱的自由黑人。"

"人少的地方会好些。等穿过五角场就没那么多人了。"

她们深一脚浅一脚地踏着滑不溜丢的踏脚石,跨过泥泞的迪凯特街,继续走在桃树街上。此时,行人渐渐稀疏。走到卫斯理教堂时,斯嘉丽想起一八六四年的那一天,梅兰妮要生孩子了,她一路飞奔去找米德医生,中途就是在这儿停下来歇脚喘口气的。此时她看着眼前的教堂,突然大笑起来,笑得突兀又冷酷。嬷嬷那双老辣的眼睛带着狐疑和不解的神色瞟了斯嘉丽一眼,没有看出斯嘉丽在笑什么,因而十分好奇。其实斯嘉丽是想起了那天她吓得多么惊慌失措,现在看来觉得自己当时真是可笑。当时的她吓得战战兢兢,腿都软了,既害怕北方佬要来,又害怕梅兰妮要生孩子。现在回想起来,她真搞不懂自己当时怎么能怕成那样,就像个小孩似的,声音稍微大点儿都吓得直哆嗦。那时的她以为北方佬、大火和战败就是降临在她头上最大的灾祸了,多幼稚啊!比起妈妈的去世和爸爸的痴呆,比起挨饿受冻和累弯了腰的劳作,以及为了生计没有着落而日夜忧心,噩梦不断,这些事情算什么啊!她现在才发现勇敢地抵挡入侵的敌军是多么容易,而要解除塔拉面临的危险却是多么困难!不,现在她除了受穷以外,别的什么也不怕了。

从桃树街另一头驶来一辆有篷马车,斯嘉丽急忙跑到人行道边上,想看看马车里坐着的是不是她认识的人。因为皮蒂姑妈家离这儿还有好几个街区远呢。马车渐渐驶近,她和嬷嬷探出身子,伸长脖子,斯嘉丽脸上也堆满了笑意,这时一个女人的头伸出了车窗外,斯嘉丽一看惊讶得差点儿叫出声来——这女人一头耀眼的红发,戴着一顶华丽的毛皮帽子。两人打了个照面,都认出了对方,斯嘉丽不禁后退了一步。原来是贝尔·沃特琳。斯嘉丽瞥见那女人厌恶地皱了皱鼻,然后就把头缩回车里去了。真奇怪,她见到的第一张熟悉的面孔竟然是贝尔。

"那是谁?"嬷嬷狐疑地问,"她明明认识你,可怎么连个招呼都不打。俺这辈子都没见过这么红的头发。就连塔尔顿家的人头发也没这么红。我看呀——这头发肯定是染的!"

"是染的。"斯嘉丽说得简单干脆,同时加快了步伐。

"你认识这个染头发的女人?那俺问你,她到底是谁呀?"

"她是城里的坏女人。"斯嘉丽没好气地说,"我向你保证,我真不认识她,你还是别多问了。"

"噢,天啊!"嬷嬷目瞪口呆地看着马车离去,既惊讶又好奇。自从二十多年前她跟随埃伦离开萨凡纳,从来也没见过以出卖肉体为营生的坏女人，真后悔刚才没靠近点儿把贝尔看仔细。

"她穿戴得可真讲究，马车也漂亮，她还有车夫呢，"嬷嬷低声咕哝着，"俺真搞不懂上帝是怎么想的，让坏女人这么享福，俺们这些好人却得挨饿受冻，天天只能光着脚。"

"上帝好几年前就不管咱们了，"斯嘉丽愤愤地说，"别跟我说要是妈妈听到这话，在坟墓里也不会心安这种话。"

她想在道德上压过贝尔，让自己感到比贝尔更尊贵体面，可是她却办不到。如果她的计划成功，那她就跟贝尔没什么两样，而且她们两人还是被同一个男人包养。虽然她并没有对自己的决定感到后悔，但这件事的本质的确让自己感到羞愧难堪。"眼下我不能想这个。"她对自己说道，同时加快了脚步。

她们经过米德家原来居住的地方，因为如今他家的房子已经荡然无存，只剩下门前可怜的几级台阶和一条原本通向房子的甬道，可惜甬道的尽头已经什么都没有了。怀廷家也成了一片光秃秃的平地，连基石和砖砌的烟囱都不见了，都是被人拆掉运走的，如今只留下了把它们运走时留下的车辙印。埃尔辛家的砖房倒是还在，屋顶是新盖的，还加盖了二楼。邦内尔家修补得很难看，盖屋顶用的不是木瓦，而是些粗糙的木板，虽然看起来破破烂烂挺寒酸的，倒是能住人。不过这两户人家的窗前，都一个人也看不到，门廊下也没有人影。斯嘉丽反而感到挺庆幸，因为她此刻不想跟任何人说话。

接着，皮蒂姑妈家那盖了新石板屋顶的红砖房子映入眼帘。斯嘉丽的心怦怦直跳。谢天谢地啊，上帝没有把这幢房子夷为平地或是弄得无法修复!这时,只见彼得大叔从前院走出来,手上挎着个菜篮子。他看到斯嘉丽和嬷嬷拖着疲惫的步伐走来,黑黑的脸上绽开灿烂而惊喜的笑容。

"我真想亲亲这个傻乎乎的黑老头儿,见到他我真是太高兴了。"斯嘉丽开心地想。然后她兴奋地大叫道:"彼得大叔,快去把姑妈晕倒时用的嗅盐瓶拿来!我来啦,真的是我!"

当天晚上,皮蒂姑妈的餐桌上又是一如既往的玉米粥和干豌豆。斯嘉丽一边吃着,一边暗暗发誓,等她有了钱,绝对不让这两样东西再出现在她的餐桌上了。不管付出多大代价,她都一定要把钱弄到手,而且不仅够交塔拉的税款,还要比这更多。不管怎样,总有一天,她要弄到好多好多钱,哪怕要她去杀人也在所不惜。

在餐厅昏黄的灯光下,她跟皮蒂姑妈问起家里的经济状况。她心里抱着一线希望,企盼能从查尔斯家的人这里借到她急需的钱。她问得很直接,毫不拐弯抹角,但皮蒂好不容易盼到个亲人来跟她说说话,高兴还来不及,所以根本没觉得这个问题问得唐突。她一把鼻涕一把泪地哭诉自己的种种不幸遭遇。连她自己都不清楚她那些农场,还有城里的房产和钱都跑哪儿去了,总之是都没了。反正她的哥哥亨利是这么跟她说的。他没办法给她的房产交税,因为除了她现在住的这幢房子,她什么也没有了。不过她没有想过,其实就连这幢房子也不是她的,从来就不是,因为这房子是属于梅兰妮和斯嘉丽的共有财产。她的哥哥亨利只能给这幢房子交税了,另外每个月再给她点儿生活费。虽然觉得拿他的钱很丢脸,但她也没有别的办法,只能这样。

"我哥哥亨利说,他自己的负担也很重,而且现在税额又这么高,实在是入不敷出。当然他也可能是在撒谎,没准儿他手里钱多得是呢,就是不愿意多给我些罢了。"

斯嘉丽知道亨利叔叔并没有撒谎。亨利叔叔只给她寄过几封信,都是跟她通报查尔斯的财产情况。从信里可以看出,为了保住这幢房子和市中心原先是货栈的那块地皮,好让韦德和斯嘉丽在战后的一片狼藉中还能剩下些东西,这位老律师可以说是拼尽了全力。斯嘉丽明白,亨利叔叔为了替她缴纳这幢房子的税钱,已经付出了很大的牺牲。

"他当然没有钱了,"斯嘉丽闷闷不乐地想,"好了,就把他和皮蒂姑妈从我的名单里画掉吧。这下除了瑞特真没人能帮我了。那我就只能走这条路了,但眼下我不能想这事……我得引她多谈谈瑞特,这样我就能找机会不经意地暗示她,让她请瑞特明天到家里来。"

她笑意盈盈,双手紧握住皮蒂姑妈两只胖胖的小手。

"亲爱的姑妈,"她说,"咱们别再谈钱啊什么让人烦心的事儿了,把这些都忘掉吧,咱们聊点儿高兴的事儿。跟我说说咱们的那些老朋友吧。梅里韦瑟太太和梅贝尔现在怎么样?我听说梅贝尔的那个小个子义勇兵平安回来了。埃尔辛家和米德医生家还好吗?"

见话题一转,皮蒂姑妈立刻来了精神,面露喜色,那张胖乎乎的娃娃脸上泪水也止住了。她详细地向斯嘉丽描述了老邻居们的情况，他们在干什么、吃什么、穿什么、想什么，说得面面俱到。她还特别用惊异而夸张的语调说起在小个子勒内·皮卡德还在前线打仗时，梅里韦瑟太太和梅贝尔为了糊口，竟靠烤馅饼卖给北方佬士兵赚钱。真是让人难以置信！有时梅里韦瑟家后院竟然有二三十个北方佬士兵站着等馅饼出锅呢。现在勒内回来了，他每天赶着一辆破马车到北方佬的营地去，卖给他们蛋糕、馅饼和小酥饼。梅里韦瑟太太说，等再多攒些钱她就在热闹的商业街上开一家烘焙店。皮蒂并不想对这件事说长道短，但终究——反正要换作是她，她说她宁愿饿死也不做北方佬的生意。她还说她每回在街上碰到北佬士兵，都不会正眼瞧他们，而是立马走到街对面，故意让他们看到自己对他们不屑一顾的样子。可是吧——她说——碰上下雨天的时候，这么做挺麻烦的。斯嘉丽看得出，在皮蒂帕特姑妈看来，即使这样会把鞋子弄得满是污泥，但为了表现出对南部邦联的忠诚，这点儿牺牲也不算什么。

北方佬放火烧城时，米德医生家的房子被付之一炬。他们既没有钱也没心思重新盖房子，因为他们的两个儿子菲尔和达西都战死了。米德太太说她再也不想要什么家了，儿子、孙子都没有，还算什么家呢？米德两口子觉得很孤独，于是就搬去跟埃尔辛一家住在一起。埃尔辛家已经把自家房子被毁坏的那部分修好了。怀廷夫妇也在那儿借住。另外邦内尔太太也说要搬过去，前提是她能有好运气把她自己的房子租出去，租给某个北方佬军官和他的家眷住。

"可这么多人住一块儿怎么挤得下呀？"斯嘉丽惊呼，"还有埃尔辛太太,还有范妮和休呢——"

"埃尔辛太太和范妮睡在客厅里,休睡在阁楼。"皮蒂姑妈解释道,朋友和街坊邻里家的事没有她不知道的。"亲爱的,我真不愿跟你说这些,可是——埃尔辛太太管他们叫'付钱客',可是,"皮蒂压低了嗓门说,"其实就是房客呗。埃尔辛太太在开提供膳食的寄宿处呢!你说这还要不要脸面呀!"

"我觉得这样挺好,"斯嘉丽毫不犹豫地说,"要是去年塔拉也有这种'付钱客'就好了,可惜住进来的都是吃住不给钱的人。不然我们如今也不至于这么穷。"

"斯嘉丽,你怎么能这么说呢?塔拉庄园竟然要收客人的钱,要是你可怜的母亲听到这话,在坟墓里也不会心安的!当然,埃尔辛太太这么做也是实在没辙了。她自己揽针线活儿做,范妮给人在瓷器上画画,休挨家挨户地卖柴火挣几个小钱,但仅靠这些他们还是难以糊口。你想想,休这可爱的孩子竟然被逼得没法儿,只能去卖柴火!他原本可是立志要当大律师的呀!咱们的孩子竟然落魄到这步田地,想想我就忍不住要哭!"

斯嘉丽不由得想起了黄铜一般耀眼的阳光下,塔拉庄园那一排排的棉花;想起了她弯着腰顶着毒辣的日头摘棉花,累得腰酸背疼的情景。她还想起了她用布满血泡的双手抓着犁耙犁地时的滋味。相比之下就觉得休·埃尔辛其实也没什么可值得心疼和同情的。皮蒂真是个天真幼稚又无知的老太太,尽管周围都成了一片废墟,她自己却被保护得好好的。

"要是他不喜欢沿街卖柴火,那干吗不去当律师呢?难道亚特兰大就没人需要打官司了吗?"

"噢,亲爱的,当然有!打官司的多得是呢。如今几乎人人都相互打官司。一切都被大火烧光了,地界也没了,谁都搞不清自己的那块地皮从哪儿开始,打哪儿结束。但即使帮人打官司也挣不着钱,因为这年头谁有钱付诉讼费啊?所以休还是只能卖柴火……哎呀,我差点儿忘了!我写信告诉你没有?范妮·埃尔辛明天晚上要结婚,她的婚礼你当然得去参加。埃尔辛太太要是知道你来了,肯定会很高兴邀请你去的。要是你还有别的裙子就好了。并不是说你身上这件不好看,亲爱的,不过——呃,就是看起来有些旧了。噢,你有漂亮的裙子?那太好了。你知道吗,自从亚特兰大沦陷以来,这可是咱们城里举行的头一个婚礼呢。婚礼仪式之后,他们还准备了点心和酒,还有舞会呢。不过埃尔辛家这么穷,也不知道他们怎么办得起这婚礼。"

"范妮跟谁结婚啊?我以为达拉斯·麦克卢尔在葛底斯堡战死之后——"

"亲爱的,这也怪不得范妮,不是每个姑娘都像你一样对可怜的查理这么忠贞,为他守寡的。让我想想啊,她嫁的人叫什么来着?我总也记不住别人名字——好像叫汤姆什么的。他妈妈跟我倒是很熟,因为我们俩在拉格兰奇女子学院一起念过书。她是拉格兰奇人,姓汤姆林森,她母亲的娘家姓——让我想想……珀金斯?帕金斯?对,姓帕金森!是斯巴达人[1]。家世倒是不错,

---

[1] 斯巴达是佐治亚州汉考克县的首府。

不过也没什么用——我知道我不该说，可我实在搞不懂范妮怎么会嫁给这么个男人！"

"难道他是个酒鬼？还是——"

"亲爱的，不是的！那人的人品倒是没得说，但是，你不知道，他下半身受过伤，炮弹爆炸时炸坏了他的两条腿，把他炸得——炸得，哎呀，我真不愿意说出口——炸得他两腿向外分开，走起路来别提有多难看了。我真不明白为什么她偏要嫁给这样的人。"

"姑娘总是要嫁人的。"

"可也不是非嫁不可啊，"皮蒂有些气恼地说，"我就没嫁过人。"

"哎呀，亲爱的姑妈，我不是说您！谁不知道您当年多招人喜欢，到现在也一样！哦，那个老法官卡尔顿不是老向您抛媚眼嘛，后来我——"

"哎呀，斯嘉丽，别说了！那个老傻瓜！"皮蒂咯咯笑了起来，心情又好了，"话说回来，范妮这姑娘挺讨人喜欢的，本可以嫁个更好的人家。我不信她爱那个叫汤姆什么的，也不信她忘了死去的达拉斯·麦克卢尔。但她不像你，亲爱的，你对死去的查理真是忠贞不渝，你要是想改嫁，早就嫁不知道多少回了。大伙儿背地里说你没心没肺，举止轻浮，但我和梅丽都知道你一直把查理记在心里。"

斯嘉丽对这些没边没沿的贴心话没有理睬，而是不露痕迹地引着皮蒂从一个朋友说到另一个朋友，但皮蒂越说，斯嘉丽就越不耐烦，急着想把话题引到瑞特身上。她不能刚一来，就直接跟皮蒂打听瑞特的消息，这样太冒失，甚至会引起老太太的怀疑，往不该想的地方去想。如果瑞特拒绝跟她结婚，那么以后皮蒂姑妈有的是时间对她起疑心。

皮蒂越聊越带劲儿，兴致勃勃地说个没完，终于有人听她说话了，她高兴得像个孩子。她说亚特兰大现在一团糟，都是因为那些共和党人作恶多端，而且干坏事没有完的时候。最可恨的是他们竟然给那些可怜的黑鬼脑子里灌输了一大堆的邪念。

"亲爱的，他们还要让黑鬼们参加投票选举呢！你听说过比这更荒唐的事吗？虽然——我也不知道——不过现在看来，我倒觉得彼得大叔都比我见过的那些共和党人更有脑子、更明事理，而且举止也更有规矩。当然了，彼得大叔是极有教养的人，他才不会去参加什么投票选举呢。但是被共和党人这么一洗脑，黑鬼们可乱了套，有些人就变坏了，既粗野又蛮横。天黑以后上街都不安全。就算在大白天，他们也敢明目张胆地把女士从人行道上推下去，推到泥地里。要是有男人站出来打抱不平，他们就会把这人抓起来——亲爱的，我告诉过你吗？巴特勒船长被抓进监狱了。"

"瑞特·巴特勒？"

虽然这个消息很令人震惊，但斯嘉丽还是很感激皮蒂姑妈总算主动提起他，不用自己先提到他了。

"是的，千真万确！"皮蒂兴奋得脸都红了，她坐直身子，说道，"他现在就在牢里呢，因为他杀了个黑人，说不定要被绞死呢！你能相信吗，巴特勒船长居然要被绞死了！"

一时间，斯嘉丽惊愕得喘不过气来，直愣愣地盯着眼前的这位胖老太太。而胖老太太见她的话这么语出惊人，得意极了。

"他们还没有确凿的证据，但那个侮辱了一位白人妇女的黑人的确是被人杀死了。北方佬气坏了，因为最近有不少蛮横无理的黑鬼都被杀了。他们无法证明凶手就是巴特勒船长，但他们想拿他开刀，杀一儆百，米德医生是这么说的。他还说要是他们把巴特勒船长绞死了，那倒算是北方佬做的头一件大快人心的好事呢。可是，我不明白……你想啊，巴特勒船长上星期还来过这儿呢，送给我一只特别可爱的鹌鹑。他还问起你呢，说是他在围城时得罪了你，恐怕你再也不会原谅他了。"

"他得在牢里关多久？"

"谁知道呢。也许一直关到他被绞死吧。不过他们可能最终也找不到他杀人的证据。但是话说回来，北方佬才不在乎你有罪没罪呢，绞死个人还不容易嘛。他们现在又气又急，跟热锅上的蚂蚁似的，"皮蒂压低嗓门，神秘兮兮地说，"都是被三K党[1]闹的。你们县里也有三K党吗？亲爱的，我想肯定有，只不过阿什利不让你们这些姑娘家知道罢了。三K党的人都是秘密

---

[1] 三K党成立于1886年，由在南北战争中被击败的前南方邦联军队退伍老兵组成。在其发展初期，三K党的目标是在美国南部恢复民主党的势力，并反对由联邦军队在南方强制实行的改善旧有黑人奴隶待遇的政策。这个组织经常通过暴力来达成目的，后发展成为一个奉行白人至上和歧视有色族裔主义运动的党派并延续至今，是美国种族主义的代表性组织。对于三K，也就是缩写为K. K. K.的Ku Klux Klan的含义有两种说法：一是这三个字原始字义是指手枪扳机扣扳机时的三步骤声响，为学习射击时的口诀；另一种则是Ku Klux二字来源于希腊文KuKloo，意为集会。Klan则是种族。

的。他们在三更半夜装扮得像鬼似的,骑着马到处跑,专门去找那些投机倒把、赚不义之财的提包客,还有气焰嚣张的黑鬼。有时他们只是吓唬吓唬他们,警告他们滚出亚特兰大。但如果那些人不听话,就会挨顿鞭子。"另外——"皮蒂小声说,"有时候还会杀了这些人,把尸首留在容易被人发现的地方,还在尸体上留下一张三K党的卡片……北方佬气得头顶冒烟,一直想要抓到一个杀一儆百……但休·埃尔辛跟我说,他认为北方佬不会绞死巴特勒船长的,因为北方佬坚信巴特勒船长知道那些钱藏在哪儿,只是不肯说出来。他们正在想办法逼他招出来呢。"

"钱?"

"你不知道吗?我没写信告诉你吗?亲爱的,塔拉的消息也太闭塞了吧?巴特勒船长回亚特兰大时,闹得全城都议论纷纷呢。他赶着匹上好的骏马,马车也十分豪华,他口袋里塞满了钱,可咱们城里的老百姓却家家都吃了上顿没下顿,穷得揭不开锅呢。所以城里人人都很气愤,一个天天说南部邦联坏话的投机分子竟然富得流油,而他们却穷得叮当响。大伙儿都急着想知道他的那些钱是怎么弄到的,可谁也不敢去问他——只有我问过他。可他听了却哈哈大笑,还说:'反正来路不正就是了。'你也知道,要想从他嘴里听到些正经话有多难啊。"

"不过,他的钱自然是靠偷闯封锁线赚来的啊——"

"是啊,亲爱的,有一部分是。但他的钱可多得去了呢,相比之下,闯封锁线赚的那点儿钱不过是九牛一毛罢了。大伙儿都认为当初邦联政府的几百万金元都落到了他手里,就连北方佬也相信有这么一回事。"

"好几百万——金元?"

"哎呀,亲爱的,可不是嘛,不然咱们邦联的金元到哪儿去了?肯定是被人拿走了,而巴特勒船长就是其中之一。北方佬原以为是戴维斯总统撤离里士满时把金元带走了,但当北方佬把那个可怜的人抓住之后,发现他身上一分钱也没有。战争结束后,国库里的钱也都没了。所以大伙儿都认为肯定是那些偷闯封锁线的人把钱拿走了,而且神不知鬼不觉。"

"几百万——金元啊!可他们是怎么——"

"巴特勒船长不是把好几千包棉花运到英国和拿骚去,要替邦联政府卖掉吗?"皮蒂得意扬扬地问道,"不光是他自己的棉花,还有政府的棉花,对吗?打仗的时候棉花在英国能卖什么价,你也不是不知道,简直是想卖什么价就卖什么价!他是个自由代理商,为政府办事,他的任务就是把棉花卖了,然后用卖棉花得到的钱买军火,再把军火运进来给政府。可后来封锁线围得太严,他没法把军火运进来,因此卖棉花的钱连百分之一也没花掉,所以这些钱就落在了巴特勒船长和其他那些偷闯封锁线的商人手里。于是他们就把这好几百万美元存入了英国的银行,想等封锁线的形势稍微缓和了再说。不用说,他们肯定不会以邦联政府的名义存钱,而是以他们个人的名义,而且这些钱现在还在银行里……

"南方投降后,大伙儿就一直在议论这件事,并且严厉谴责那些偷闯封锁线的人。北方佬因为巴特勒船长杀了黑人而把他抓起来时，肯定也听说了这些传言，因为他们一直逼问他，让他招出那些钱的下落。要知道如今咱南部邦联的钱全都归北方佬所有了——至少北方佬是这么认为的。但是巴特勒船长坚持说自己什么也不知道……米德医生说，不管怎么说，他们都应该把他绞死，对这么个窃取邦联钱的盗贼和投机商来说，绞死他还算轻的呢——亲爱的，你脸色怎么这么难看啊！头晕吗？我说这些是不是吓着你了？我知道他曾经追求过你，但我以为你们俩早就闹翻了。我向来就打心眼里看不惯这家伙，这么无赖的一个人——"

"他不是我朋友，"斯嘉丽勉强挤出这么一句话来，"围城时我跟他大吵了一架，那时您已经去梅肯了。那他——他现在在哪儿？"

"在广场附近的消防站！"

"消防站？"

皮蒂姑妈得意地笑了起来。

"是啊，他在消防站里。眼下北方佬把那儿当监狱用了。北方佬在广场上的市政厅四周搭了好多棚屋当营房，消防站就在那儿的沿街上，巴特勒船长就被关在那里。对了，斯嘉丽，昨天我还听说了他一件有趣的事儿。我忘了这事儿是谁告诉我的。你也知道，他这个人向来衣着整洁得体又时髦，对穿着讲究得很呢，可北方佬一直把他关在消防站里，而且不让他洗澡。于是每天他都闹着要洗澡，后来他们就把他带出了牢房，来到广场上的一个长长的饮马槽旁，全团的士兵都是一同在那个水槽里洗澡的，水都没换呢！他们告诉他可以在这里洗澡，可他却说不洗了，他宁愿留着一身南方人的污垢，也不愿沾上半点儿北方佬的污秽——"

斯嘉丽听她兴冲冲地说个没完，却一个字也没听进去，脑子里只反复想着两件事：一是瑞特比她想象中还有钱，二是他被关在牢里了。如今他坐了牢，而且可能会被绞死，这就使事情有了变化，变得对她更有利了。瑞特要被绞死，她几乎无动于衷。她现在急需要钱，满脑子都是怎么弄到钱，哪有心思管那家伙的死活。况且，她多少也有些赞同米德医生的看法，绞死他算便宜他了。一个大男人半夜三更竟然把一个女人扔在两军交战的险地中间，自己却跑去为已经失败的事业而战斗，这种人活该被绞死……要是她能趁他还在牢里的时候跟他结婚，那几百万的财产不就是她的了吗？等他被绞死之后，那些钱不就归她一个人了吗？如果没办法马上结婚，那就先跟他借一笔钱，并且承诺等他一出狱就跟他结婚，或者答应他——哎呀，答应他什么都行！反正他要是被绞死了，她欠他的那些钱就永远也不用还了。

一时间，她不知不觉浮想联翩起来，要是北方佬政府能干件好事，帮她再做一回寡妇该多好。那样一来，几百万的金元就是她的了！她可以用这些钱修复塔拉，雇好多干农活的人，种下绵延好几十英里的棉花。她可以穿漂亮的衣服，可以想吃什么就吃什么，苏埃伦和卡琳也一样。还有韦德也能吃上有营养的东西，让他那尖瘦的小下巴变得胖乎乎的。他还可以有暖和的衣服穿，有家庭教师给他上课，将来可以上大学……他再也不用一天到晚光着脚丫满处跑,长大以后像个穷白佬似的没知识没脑子了。她还可以请个好大夫给爸爸看病,至于阿什利——为了阿什利,她还有什么不能做的呢!

皮蒂帕特姑妈自顾自的唠叨突然停下了,只听皮蒂姑妈问道:"什么事啊,嬷嬷?"斯嘉丽这才一下子从刚才的浮想联翩中缓过神来,回到现实。她看见嬷嬷正站在门口,两手插在围裙下,目光警惕而锐利。她不知道嬷嬷在那儿站多久了,也不知道对方听到看到了多少。从嬷嬷那双老练而深邃的眼神来看,八成什么都看到了,也什么都听到了。

"斯嘉丽小姐看起来有些累了,俺觉得还是让她先去休息吧。"

"我的确有点儿累,"斯嘉丽站起身来,像个孩子似的无助地看着嬷嬷,"怕是有些伤风感冒了。皮蒂姑妈,明天我想多休息会儿,不跟您去拜访朋友了,可以吗?以后我什么时候去都可以的。对了,明天晚上范妮的婚礼我是一定要去的。可要是我的感冒加重了的话就去不成了。能在床上歇一天对我来说真是再好不过了。"

嬷嬷摸着斯嘉丽的手,又瞧了瞧她的脸色,顿时担忧起来。斯嘉丽的确脸色不太好。因为刚才思潮涌动的兴奋劲儿突然没了,所以此时的她脸色苍白,浑身都在发抖。

"你的手怎么这么凉啊,宝贝儿。快上床去,俺给你煮点儿黄樟茶喝,再给你拿块热砖焐一焐,好发发汗。"

"我真是太粗心了,"胖乎乎的老太太连忙从椅子上跳起身来,拍着斯嘉丽的手臂,大声说,"光顾着自己说个没完,竟一点儿也没替你着想。亲爱的,你明天就在床上好好歇着吧,我可以来陪你说说话——噢,亲爱的,不行!我不能陪你了,我已经答应明天要去陪邦内尔太太了。她得了流感病倒了,她家的厨娘也是一样。嬷嬷,真高兴有你在。你明天早晨得跟我一起去,帮帮我的忙呀。"

嬷嬷催着斯嘉丽快步走上黑乎乎的楼梯,一边走一边唠叨着小姐的手太冷、鞋太薄之类的话。斯嘉丽则乖乖地听着,看上去十分温顺。要是能骗过嬷嬷,减弱她的疑心,明天早上打发她出门,那一切就好办多了。等她们都走了之后,她就可以去北方佬的监狱看望瑞特了。她正上着楼梯,突然听到外面响起了雷声。她站在熟悉的楼梯台阶上,不禁想到这声音多像围城时的炮声啊,于是不由得浑身发起抖来。对她来说,雷声将永远都意味着炮声和战火了。

第三十四章

第二天清晨,阳光忽隐忽现,凛冽的寒风吹赶着乌云滚滚掠过。大风刮得窗户玻璃一直响个不停,犹如微弱的呻吟在屋子里回响一般。斯嘉丽暗暗祷告,感谢上帝总算让下了一夜的雨停了下来。昨夜她一直躺在床上没睡着,听着窗外的雨声,心想这下她的新天鹅绒裙子和帽子可要遭殃了。而此时看到阳光时隐时现,她的心情顿时就好起来。她一分钟都不想躺在床上,可又不得不装出病恹恹的样子,还不时干咳几声,就等着皮蒂姑妈、嬷嬷和彼得大叔一齐出门去邦内尔太太家了。终于,大门砰的一声关上了,家里只有厨娘在厨房里哼着歌。她赶紧从床上一跃而起,从衣柜的挂钩上取下她的那身新衣服。

好好睡了一觉让斯嘉丽感觉神清气爽,身上也有了力气。她从内心深处的那个冰冷的硬壳里汲取了一股勇气。一想到自己就要跟一个男人——无论是哪个男人吧——斗智斗勇了,她就不禁精神抖擞,斗志昂扬。数个月来,在经历了无数挫折之后,她终于要面对一个看得见摸得着的对手了,而且她稍微努把力的话，很有可能会把这个对手征服，这让她不禁有种轻松愉快的感觉。

没人帮忙穿起衣服来还真挺费劲的，不过她最终还是穿戴好了。她戴上那顶插着招摇羽毛的帽子，跑进皮蒂姑妈的房间，对着一面长长的镜子照着，一边整理妆容，一边欣赏自己。她看上去可真漂亮啊！帽子上的公鸡羽毛让她看起来精神抖擞；暗绿色的天鹅绒帽子衬得她的那双眼睛格外明亮，就像翡翠一样。身上的这件裙子也无与伦比，华丽、大方又高贵！能再次穿上这么漂亮的裙子，感觉真是太美妙了。看到自己漂亮又迷人，她心里开心极了，不由得凑到镜子前，亲吻镜子里的自己，紧跟着又觉得自己这傻乎乎的举动实在可笑。她披上妈妈的那条佩斯利纹细毛披肩，但可惜披肩旧得都褪色了，跟苔藓绿色的裙子很不搭调，显得有些寒酸。于是她打开了皮蒂姑妈的衣柜，拿出了一条黑色绒面呢斗篷。这件秋季外套料子轻薄，皮蒂姑妈只有礼拜天才舍得穿。她把斗篷披上，再戴上从塔拉带来的那副钻石耳环，然后晃了晃脑袋，看看效果如何。耳环随着摇晃发出清脆的叮当声，令她十分满意。她暗暗嘱咐自己，和瑞特说话的时候一定要记得多摇摇头，摇来晃去的耳环总是能给女孩增添一抹娇媚动人的魅力，吸引男人的目光，令他们为之倾倒。

可惜啊，皮蒂姑妈除了此刻胖胖的手上戴的那副手套外，一双别的手套都没有！女孩不戴手套感觉实在是有失体面。可自从逃离亚特兰大之后，她就再也没戴过手套。在这漫长的几个月里，她在塔拉天天干粗活，手都变粗糙了，难看至极。唉，没办法了,她只能把皮蒂姑妈的海狸毛暖手筒戴上,把她的双手藏在里面。这下斯嘉丽才觉得穿戴齐备,像个样子了。现在谁看见她也不会怀疑她是个明摆着打算要借钱的穷光蛋了。

最重要的是决不能让瑞特起疑心,要让他以为她没有任何别的动机,只有对他的满腔柔情。

她蹑手蹑脚地走下楼梯,溜出大门,此时厨娘还在厨房里大声哼着歌呢。斯嘉丽小心翼翼避开街坊四邻的目光,急匆匆走过贝克街,来到常春藤街一幢被烧毁的房子前,坐在了一块马车下车台上,想等等看有没有马车或者运货的大车经过,让她搭个便车。太阳躲在匆匆掠过的云团后,时隐时现,淡淡的阳光洒在街面上,没有一丝暖意。冷风吹动着她衬裤的褶边,天气比她料想的更冷。她将皮蒂姑妈的那件薄料斗篷围得更紧些,又急又冷,直打哆嗦。她正准备起身穿过城里,走老远的路去北方佬营地时,一辆破旧的运货大车出现在眼前。赶车的是一位老太太,嘴上沾满了鼻烟,头上戴着一顶褐色的遮阳帽,帽子下面是一张饱经风霜的脸。老太太正赶着一头慢慢吞吞的老骡子,朝市政厅的方向驶去。她极不情愿地让斯嘉丽上了车,不过显然,她对斯嘉丽的裙子、帽子和暖手筒都瞧不顺眼。

"她以为我是个放荡的女人吧,"斯嘉丽心想,"也许她猜对了!"

最后她们终于到了市中心的广场,市政厅白色的圆顶赫然矗立在眼前。她谢过那位赶车的老太太,然后从车上爬下来,目送那位乡下老太太赶车远去。她小心翼翼地环顾四周,确定自己没有被人注意到,然后用手捐了捐自己的脸蛋,好显得脸色红润些;又使劲儿咬了咬嘴唇,让嘴唇也红润些。她整理了一下头上的帽子,把头发向后拢了拢,然后环视了一下广场四周。只见这座红砖砌成的共有两层的市政厅在大火中幸存了下来,但在灰蒙蒙的天空下却显得孤独凄凉又破乱不堪。市政厅大楼在广场的中央,在这幢楼的周围全是一排排棚屋营房,外面溅满泥浆,看上去脏兮兮的。到处都有北方佬士兵在溜达闲逛,斯嘉丽看着他们,心里有些打鼓,勇气也渐渐消退。在这敌人的营地里,她怎么才能找到瑞特呢?

她朝沿街的消防站望去,看到消防站宽敞的拱门紧闭,还插着沉重的铁栅。两名哨兵在消防站的门口左右两边各自把守,来来回回地走着。瑞特就被关在那里。可她该跟那几个北方佬士兵说什么呢?士兵们又会有什么反应呢?她挺直了肩膀,当初亲手杀死那个北方佬士兵时都没害怕,现在跟个北方佬哨兵说几句话又有什么可怕的?

她深一脚浅一脚地踩着烂泥路上铺着的踏脚石,穿过大街往前走,直到被一名哨兵上前拦住。这名哨兵穿着蓝色的军大衣,扣子一直扣到了脖子,好抵挡寒风。

"有什么事吗,太太?"哨兵一口中西部的口音,虽然听起来怪怪的,但语气倒是挺客气,对她也蛮恭敬。

"我想去看看这里面的一个人——一个囚犯。"

"哦,这我可做不了主,"哨兵挠了挠头,说道,"上面管得很严,探监的不能随便进去,而且——"他突然停了下来,紧盯着她的脸:"上帝啊,太太!您别哭啊!您到那边的营区司令部跟我们的长官说说吧,我敢保证,他们一定会让您进去的。"

斯嘉丽根本就没想哭,一听这话,便对那名哨兵莞尔一笑。他转过身对另一个正在不紧不慢踱着步的哨兵说:"喂,比尔,过来一下。"

另一个哨兵是个大块头,身上紧裹着蓝色的军大衣,一脸黑络腮胡子露在外面,面相很凶,他正踏着泥地朝他们走来。

"你带这位太太到司令部去。"

斯嘉丽谢过他,跟着另一名哨兵走了。

"当心,太太,踩稳踏脚石,别崴了脚,"那名哨兵搀着她的胳膊,说道,"您最好把裙子提起来些,免得沾上泥浆。"

这个大胡子哨兵说话也带着浓重的鼻音,不过语气很和善,令人愉快。他搀着她胳膊的手力道也很稳健,态度也恭敬有礼。看来北方佬一点儿也不坏嘛!

"太太这么冷的天出门,真是辛苦啊,"护送她的大胡子哨兵说道,"您从很远的地方来吗?"

"噢,是的,从城的另一头过来的。"她回答道。哨兵的语气很和善,令斯嘉丽感到心里暖暖的。

"这种天气可不适合太太出门,"士兵说道,"现在流感正传得厉害呢。这里就是哨兵司令部了,太太——您怎么了?"

"这房子——这房子就是你们的司令部吗?"斯嘉丽抬头望着这座面对着广场的漂亮而熟悉的老房子,差点儿哭出来。打仗的那些日子里,她曾经在这座房子里参加过好多次舞会和聚会,这地方曾经充满欢声笑语,而如今——这座房子的屋顶上却飘着一面硕大的联邦旗帜。

"您没事吧?"

"没事——只是——只是——我只是想起以前我有熟人住在这里。"

"哦,那真遗憾。我想即使他们亲眼见到这房子,估计也会认不出来的。如今这里面被破坏得面目全非了。好了,您快进去吧,太太,有事尽管跟我们的队长说。"

斯嘉丽一路抚摸着破损的白栏杆,走上台阶,推开了前门。大厅里又暗又冷,冷得像地下墓穴一样。一个冻得直发抖的哨兵正靠在关着的双扇门上。在过去美好的年岁里,那门里面便是餐厅。

"我要见队长。"她说。

那名哨兵推开门,斯嘉丽走了进去,心怦怦直跳,脸色也因为又激动又紧张而涨得通红。屋子里因为不通风而有些闷,而且混合着炉火的烟味儿、烟草味儿、皮革味儿、潮湿的毛料军服味儿,还有许久没洗澡的体臭味儿。一片混乱的景象呈现在她眼前:墙壁光秃秃的,墙纸破烂斑驳,钉子上挂着一排排蓝色军大衣和帽边耷拉着的军帽。炉火烧得很旺,长长的桌子上堆满了文件,桌子旁坐着一群穿着蓝色军服的军官,军服上的纽扣都是铜的。

她深吸一口气,终于鼓起勇气开了口。她不能让这些北方佬看出她心里很害怕。她必须摆出自己最妩媚动人的姿态,同时显出若无其事的样子。

"队长?"

"我倒是个队长。"一个军服上衣大敞四开的胖子说道。

"我要见一个囚犯,瑞特·巴特勒船长。"

"又是要找巴特勒的?那个家伙倒是挺有人缘啊,"队长大笑,然后把嘴里叼着的雪茄拿下来,说道,"您是他亲戚吗,太太?"

"是的,我是他的——是他妹妹。"

那胖子又笑了。

"他妹妹还真多啊,昨天刚来过一个呢。"

斯嘉丽脸唰的一下红了。肯定是个跟瑞特经常厮混的贱货,没准儿就是那个叫沃特琳的女人。这帮北方佬肯定以为她也是那种女人了,真是太可气了。就算是为了塔拉,她也受不了这种侮辱,一刻也不想再待下去了。于是她立刻转身冲到门口,气冲冲地抓住门把手,但另一个军官快步走了过来。这个军官很年轻,胡子也刮得挺干净,一双眼睛含着笑意,看起来很面善。

"等等,太太。先坐下来在炉边烤烤火,暖暖身子好吗?我去看看有什么办法。您叫什么名字?昨天来的那位女士——他就不肯见呢。"

他给她拿了一把椅子让斯嘉丽坐下。斯嘉丽坐在椅子上,狠狠瞪了一眼那个表情尴尬的胖军官,报上了自己的名字。那个和气的年轻军官穿上大衣离开了房间。其余的军官们则全都移到桌子的另一头,一边抓着文件,一边低声交谈。斯嘉丽满心感激地把脚伸到火炉边,这时才感觉到自己的双脚冻得有多冰凉,她真后悔竟然忘了把一只鞋底上的破洞用硬纸板垫上。过了一会儿，门外传来隐隐约约的说话声，她听到了瑞特的笑声。这时，门开了，一股寒风灌进屋里，紧接着瑞特出现在门口。他没戴帽子，肩上胡乱地披了件长长的斗篷。他身上脏兮兮的，胡子没刮，阔领结也没系，尽管衣衫不整，却依旧神采飞扬。一看到她，他那双乌黑的眼睛里就立刻闪耀出喜悦的光芒。

"斯嘉丽！"

他紧握住斯嘉丽的双手，跟从前一样，他紧握的手让她感到一种热情、活力和兴奋。她还没反应过来，瑞特就已经弯下腰亲吻她的脸颊，胡子扎得她痒痒的。发觉到她吃了一惊，想要挣脱开时，他一把搂住了她的双肩，说道："我亲爱的小妹！"说完低头朝她咧嘴直笑，好像很享受看着她抗拒自己的爱抚却又无可奈何的样子。见他趁机占她便宜，斯嘉丽也忍不住对他一笑。真是个无赖啊！都坐牢了还劣性不改。

胖子队长嘴里叼着雪茄，口齿不清地对那个面善的军官说："你也太乱来了。他该被关在消防站里的，这命令你又不是不知道。"

"哎呀，看在上帝的分上，亨利！要是让那位太太待在那破地方，还不得冻僵了。"

"唉，好吧，好吧！出了事儿可算你头上啊。"

"我跟你们保证，先生们，"瑞特转过头对他们说，但双手仍握着斯嘉丽的肩膀，"我的——妹妹没带锯子，也没带锉刀，不会帮我逃跑的。"

大伙儿都笑了起来。斯嘉丽迅速打量了一下周围。天啊，难道得让她当着六个北方佬军官的面跟瑞特说话吗?他这个犯人就这么危险吗,非得眼睛都不眨地盯着才行?见她神色焦急,那位面善的军官推开了一扇门,里面的两个小兵一看见他进来就立刻跳起身来,立正站好。军官对那两个小兵低声交代了几句,两个小兵就拿起枪,把门关上,走进了过道里。

"如果你们愿意的话,可以坐在这间值班室里谈,"年轻的军官说,"别想从那扇门逃跑,门外有士兵把守呢。"

"你瞧,我可真是个危险分子啊,斯嘉丽,"瑞特说,"谢谢您,上尉,您真是太好了。"

瑞特随意地鞠了个躬,抓住斯嘉丽的胳膊把她拉起来,然后推着她走进了那间又黑又脏的值班室。她在那之后再也没想起来那间屋子是什么样子的,只记得房间很小,黑乎乎的,冷得要命,破破烂烂的墙上钉着一张张手写的纸条,椅子上有牛皮坐垫,上面还有牛毛呢。

瑞特关上门,快步走到她面前,弯下身子看着她。斯嘉丽明白他想干什么,连忙把头扭开,却又眉梢一翘,眼角一扬,抛给他勾魂一笑。

"难道现在还不能让我真正吻你一下吗?"

"吻我额头吧,像个好哥哥那样。"她故作矜持地回答。

"不了,谢谢。我宁愿等着,等比这更好的事儿降临。"他盯着她的嘴唇,目光流连,然后说道,"你来看我真是太好了,斯嘉丽!自从我入狱之后,你是第一个来看我的正经体面人,坐了牢才知道朋友情谊有多珍贵。你什么时候到城里来的?"

"昨天下午。"

"可你今天一大早就来看我了？哦，亲爱的，你真是太好了。"他低头微笑着看她，斯嘉丽头一次在他脸上看到这种发自内心的喜悦和开心。她心里暗暗高兴，故意低下头，装作害羞的样子。

"当然，我立刻就来看你了。皮蒂姑妈昨晚跟我说了你的事，我——我一夜都没睡，整晚都在想着你的事，太可怕了，瑞特，我可为你难过呢！"

"哦，真的吗，斯嘉丽！"

他的声音很温柔，还带着一丝颤抖。斯嘉丽抬起头看着他黝黑的脸庞，丝毫看不到那熟悉的怀疑和嘲讽之色。在他目不转睛的直视下，她再次垂下眼帘，心里竟真有些心慌意乱了。事情的进展比她期望的还顺利。

"能再见到你，听你说这样的话，我就是坐牢也值了。他们说你来看我，听到你的名字时，我简直不敢相信自己的耳朵。你知道吗，当初我半夜三更把你们扔在半路，扔在拉夫雷迪附近，然后转身就奔向战场，我这虽是出于一腔爱国之心，却从来没敢指望能被你原谅。可你今天来看我，是不是意味着你已经原谅我了呢？"

虽然事情已经过去许久了，可一想起那个晚上，她依然忍不住怒火中烧。但她强压住了心里的愤怒，突然把头一扬，弄得耳环晃来荡去。

"不，我没原谅你。"她噘着嘴说。

"又一个希望破灭了。我为国家而战,舍生忘死,在富兰克林的雪地里光着脚打仗,还得过最厉害的疟疾,我吃过的那些苦你听都没听说过!难道这样还不能原谅我吗?"

"我不想听你的那些——痛苦,"她说,虽然还在噘着嘴,但斜翘的眼梢里却含着笑意,"我到现在还因为那天晚上的事而恨你,也从来没打算要原谅你。你竟然那么狠心把我孤零零地扔在那儿,也不管我们会遇到什么危险!"

"可结果你们不是什么事都没有嘛。所以,你瞧,我对你那么有信心是对的。我就知道你们会平安到家的,而且上帝保佑你们,路上没让你们碰上北方佬!"

"瑞特,你到底为什么要干那种傻事呢——明明知道咱们会被打败,眼看仗都快打完了,却还要在最后一刻去参军。你不是总说那些去参军送死的人都是傻瓜吗?"

"斯嘉丽,别说了!一想起这个我就惭愧得无地自容。"

"哦?看来你为那么对待我而感到愧疚了,那还算你有点儿良心。"

"你误会了。很抱歉,对于我把你抛下不管这件事,我心里并没有觉得有什么可愧疚的。但说到参军——一想到自己穿着那么锃亮的靴子,那么洁白的亚麻布衬衫,手里拿着两把决斗用的手枪就去参军了,就觉得自己太荒唐。结果我的靴子穿破了,身上连件大衣都没有,光着脚在冰天雪地里长途跋涉,还得饿着肚子打仗……我真不明白,当时我怎么没逃跑呢?那时我全凭着一股愚蠢的狂热,但这种狂热是骨子里与生俱来的,流淌在每个南方人的血液里。南方人从来就不服输,即使明知要失败也决不放弃斗争。好了,别管我为什么要参军了,你已经原谅了我,这就够了。"

"我才没原谅你呢。我觉得你就像只猎狗。"但"猎狗"那两个字斯嘉丽说得极为暧昧,就像说的是"亲爱的"一样。

"别蒙我。你已经原谅我了。不然像你这样年轻的太太,怎么敢闯北方佬的岗哨,来见一个囚犯,仅仅是出于好心吗?而且还穿着天鹅绒的裙子,戴着插羽毛的帽子,还有海狸毛的暖手筒,打扮得这么漂亮。斯嘉丽,你真是漂亮!谢天谢地,你没穿得衣衫褴褛,也没穿丧服!要是见到女人穿着邋遢的旧衣服或者成天戴着黑绉纱,我心里会难受的。你看上去就像巴黎繁华街道上的时髦女郎。亲爱的,转一圈,让我好好看看你。"

这么说他注意到我的衣服了。当然,衣着服饰这类东西他肯定会注意到的,不然就不是瑞特了。她开心地微微一笑,手臂展开,踮着脚尖转了个圈,裙环飘动,微微扬起,露出了镶着花边的衬裤。瑞特一双乌黑的眼睛把她从头到脚仔细打量,一览无遗,那眼神还是像以前那样放肆无礼,就像把她衣服扒光了似的,总是让她浑身起鸡皮疙瘩。

"你看上去那么雍容华贵、那么清爽干净,真想一口把你吃了。要不是外面有北方佬守着——不过你放心,亲爱的,坐下吧,我不会像上次那样占你便宜的。"他摸了摸自己的脸,装出一副十分悔恨的样子,说道,"说真的,斯嘉丽,你不觉得那天晚上你有点儿太自私了吗?你想想我为你做了那么多事情,甚至不惜豁出命去——为你冒着生命危险,偷了匹马——那是多好的一匹马啊!我还为了捍卫咱们光荣的事业,奋不顾身地去冲锋打仗!结果我吃了那么多苦,受了那么多罪,换来的是什么呢?被你臭骂了一顿,还被狠狠打了一耳光。"

斯嘉丽坐了下来。谈话正在一点点偏离她所希望的方向。刚刚见面的时候,他似乎很亲切和蔼,对她来看他而感到由衷的高兴。他几乎就像个正经的上等人,而不是从前那个性情乖戾的坏蛋了。

"你每回吃苦都非得要得到什么回报吗?"

"噢,那当然!我是个自私自利的坏蛋,这你应该知道啊。我付出的一切都是得有回报的。"

这话让她心里不禁泛起一股寒意。但她立刻又振作起精神来,把耳环晃荡得叮当响。

"哎呀,瑞特,你这人其实没那么坏。你只是爱出风头罢了。"

"噢,我的天啊,你变了!"他大笑着说,"你什么时候变得这么仁慈了?我一直从皮蒂帕特小姐那里打听你的消息,可她并没有告诉我你变得更温柔似水,更有女人味儿了。快跟我说说你的事儿吧,斯嘉丽。自从上次跟你分开之后,你过得怎么样?"

昔日对他的恼怒和恨意至今依然那么强烈,她真想狠狠骂他一通。然而她却甜甜一笑,脸上露出可爱的小酒窝。他拉了把椅子,挨着她坐下。她倾身向前,自然而然地把手轻轻放在瑞特的胳膊上。

"噢，我很好，谢谢，塔拉现在也一切都好。当然，谢尔曼的军队路过时，把塔拉洗劫之后，我们也过了一段苦日子。不过幸亏他们没把我们的房子烧掉，黑奴们把大部分牲口都赶到了沼泽地里藏了起来，才没被抢走。今年秋天棉花的收成还不错，收了大概有二十包。当然，这跟塔拉的实际产出能力相比根本不算什么，可我们现在地里人手太少。爸爸说，到明年我们的日子肯定会更好。但是，瑞特，如今乡下的日子无聊透了。你想想，舞会没有了，烧烤会也没了，大家一见面就只会诉苦！天啊，我真是厌烦透了！上个星期我实在忍不下去了，爸爸说我该出门走走，散散心。所以我就上这来，做了几件新衣服，然后再去查尔斯顿看我姨妈。终于又能参加舞会了，真让人高兴。"

"瞧，"她引以为豪地想，"刚才扯的这番谎多么恰到好处！没把自己说得太富，也没说得太穷。"

"你穿上舞裙漂亮极了，亲爱的，而且你自己心里也明白，唉，真是可惜！我看哪，你出来的真正原因是县里的那些情郎你都混腻了，想去远点儿的地方找新目标吧？"

斯嘉丽暗暗庆幸，谢天谢地，瑞特之前几个月都一直在国外待着，最近才回亚特兰大。不然他绝不会说出这可笑的话来。她想起了乡下的那些小伙子，衣衫褴褛、内心痛苦的方丹家兄弟，一贫如洗的门罗家兄弟，还有琼斯博罗和费耶特维尔的那帮小伙儿，都忙着耕田犁地、劈木条围篱笆、喂养又老又有病的牲口，早就忘了还有舞会和打情骂俏这种美事。但斯嘉丽强压下脑子里的这些回忆，故意咯咯地笑起来，仿佛承认他说的话没错。

"哎呀,瞧你说的。"她装作难为情地说。

"你真是个没心肝的人,斯嘉丽,不过这也许正是你的魅力所在。"他笑着说,笑容仍像从前一样,一边的嘴角微撇,不过她知道他这是在恭维她,"因为,你当然知道自己多么迷人,你的魅力超过了法律所能允许的范围。就连我这个对感情麻木的人都情不自禁为你动了心。我一直搞不懂,你身上到底有什么让我总是对你念念不忘。要知道,我认识的女人多得很,比你漂亮、比你聪明得多的女人有的是,而且恐怕在人品上也比你更诚实、更善良。可不知为什么,我就是忘不了你。在邦联投降后,我有好几个月都待在法国和英国那里,见不到你的人,也听不到你的消息,身边美女如云,可我总是会想起你,惦记你过得怎么样。"

一听见他竟然说有别的女人比她更漂亮、更聪明、更善良,她就气不打一处来,但怒火刚一燃起来,就又被一股喜悦给浇灭了,因为他说她迷人,说对她念念不忘。这么说他一直没有忘记她!那事情就好办多了。他现在态度很好,几乎就像个绅士一样。现在,她只要把话题引到他自己身上,那么她就可以向他暗示,她也没有忘记他,之后——

想到这里,她轻轻捏了捏他的手臂,又露出了甜甜的酒窝。

"噢,瑞特,你干吗老是拿我这个乡下姑娘取笑!我清楚得很,自从那天晚上你把我扔下之后,就再也没想起我来。那么多漂亮的法国女人、英国女人围在你身边,你哪还会想到我呢?

不过我大老远来可不是听你取笑我的。我来是——是——因为——"

"因为什么?"

"噢,瑞特,我真是为你难过!担心死你了!他们什么时候才能放了你,让你离开这鬼地方啊?"

瑞特立刻握住她的手,然后把她的手紧紧按在自己的手臂上。

"我真高兴你能为我难过。至于我什么时候能出去,谁知道呢?也许得等他们把绞索放得更长些。"

"绞索?"

"是的,恐怕我得等脖子套上绞索才能离开这儿了。"

"他们不会真把你绞死吧?"

"只要再找到点儿对我不利的证据,他们就会绞死我的。"

"噢,瑞特!"她手捂胸口,惊声叫了起来。

"你会为我感到难过吗?如果真的难过的话,我会在遗嘱里提到你的。"

他捏着她的手,一双乌黑的眼睛在肆无忌惮地嘲笑她。

他的遗嘱!她连忙垂下眼帘,害怕露出马脚,被他看出破绽,但动作还是迟了一步,因为他眼睛一亮,突然露出好奇的神色。

"按照北方佬的意思,我必须立份详细的遗嘱。他们似乎对我目前的经济状况很感兴趣。每天我都被拉去审问,问我一大堆愚蠢的问题。有传闻说,南部邦联政府的一大批黄金被我卷跑了。"

"是真的吗?"

"亏你问得出来!你跟我一样清楚,邦联政府只印纸币,他们只有印刷厂,连铸币厂都没有。"

"那你的钱是从哪儿来的呢?做投机生意?皮蒂姑妈说——"

"你倒是真会盘问啊!"

可恶的家伙!他当然有钱。斯嘉丽变得激动起来,没法再跟他假情假意地说话了。

"瑞特,你被关在这里,我很为你难过,你觉得能有机会出去吗?"

"我的座右铭是'Nihil desperandum'[1]。"

"什么意思?"

"意思是'也许',我迷人的小傻瓜。"

她忽闪了一下浓密的睫毛,睁着大眼睛看着他,接着又忽闪了一下,垂下眼帘。

"噢,你那么精明,怎么会让他们把你绞死!我知道你肯定会想出妙计打败他们,离开这里的!等你出去了——"

"等我出去了怎样?"他又靠近了些,轻声问道。

"呃,我——"她竭力装出十分窘迫的样子,小脸涨得通红,一脸娇羞。要让脸红并不难,因为她此刻正喘不过气来,心

---

[1] Nihil desperandum是拉丁语,意为希望不灭,天无绝人之路。

跳得像在打鼓似的。"瑞特,我——我那天晚上——你知道,就是在拉夫雷迪——我对你说的那些话——一想起来就觉得后悔。我当时——噢,我吓坏了,心里很慌乱,而你又那么——那么——"她低下头,看见他那晒黑的手把她的手握得更紧了,"所以——当时我就下定决心,永远永远不会原谅你了!可昨天皮蒂姑妈告诉我,说你——说他们要把你绞死——我就一下子蒙了,我——我——"她抬起头用哀求的目光看着瑞特的眼睛,一副伤心欲绝的样子:"噢,瑞特,他们要是把你绞死,我也不想活了!我实在忍受不了!你知道,我——"看到他眼睛里那灼热的目光,犹如燃烧的火光在闪烁,刺得她招架不住,她连忙又垂下了眼帘。

她既诧异又激动,心想:"再这样下去,我可真要哭了。我到底要不要哭出来呢?哭了是不是会显得更自然些?"

瑞特连忙说:"我的天啊,斯嘉丽,你难道是说你——"他的手握得更紧了,把她的手攥得好痛。

她紧紧闭上眼睛,想挤出几滴眼泪来,但仍不忘把小脸微微仰起,好让瑞特轻而易举地吻到她。好了,过不了多会儿他就会吻住她的嘴唇了。她突然想起他那火热而持久的吻,曾经吻得她浑身瘫软。然而他却并没有吻她。她感到一股莫名的失望,眼睛睁开一条小缝,偷看了他一眼。只见他低下头,拉起她的一只手,吻了一下,然后拉起她的另一只手,贴在自己的脸上。本以为他会情难自控,对她如猛兽一般激情狂热。但没想到他竟然如此温情,让她吃了一惊。不知道他脸上是什么样的表情,可他一直低着头,让她没办法看清楚。

她怕瑞特突然抬起头,看见她此刻脸上的神情,于是连忙垂下眼帘。她明白自己心里的得意和喜悦肯定会透过眼神流露出来。过不了多会儿,他就会向她求婚了——或者至少会向她表白,说他爱她,然后……她透过如面纱般的睫毛看着他的一举一动,见他把她的手翻了过来,掌心向上,也想吻上去,突然间却倒吸了一口凉气。斯嘉丽低头一瞧自己的手掌,一年来头一回看清了自己的手是什么样子,心里顿时蹿起一股冰冷刺骨的恐惧。这完全是一个陌生人的手,绝不是她斯嘉丽·奥哈拉那白嫩细腻、柔若无骨的手。瞧瞧眼前这手,因为干活而变得粗糙,被晒得黢黑,还有点点的雀斑。指甲也断裂了,还参差不齐,手掌上长着厚厚的老茧,拇指上还有个没结痂的水泡,上个月被热猪油烫伤时留下的红色伤疤难看得让人触目惊心。她惊恐地看着自己的手,想都没想就立刻攥起了拳头。

瑞特还是没有抬起头来。斯嘉丽也还是看不见他的脸。他毫不留情地硬把她的拳头掰开,看了一眼,然后又抓起她的另一只手,将两只手放在一起,低头不语地盯着瞧。

"看着我,"终于,他抬起头来,声音平静地说,"别再装得那么一本正经的了。"

斯嘉丽极不情愿地迎上他的眼睛,一脸的倔强与反抗。他那两道乌黑的剑眉一挑,两眼闪着凌厉的目光。

"你说你在塔拉一直过得很好,是吗?种的棉花都卖出去了,挣了不少钱,所以能到处走亲访友,出来玩儿了。那你用这双手在干什么活呢——犁地吗？"

她想把手挣脱开，但他紧紧攥着，还用大拇指摩挲着她手上的老茧。

"这可不是一双太太的手。"说着，他把她的手猛地撂在她的膝头。

"噢，你住嘴！"她大叫着，感觉终于能把心里话说出来了，一时间轻松了不少，"我用这双手干什么活儿关你什么事？"

"我真是笨死了，"她狠狠地骂自己，"我应该找人借副手套或者从皮蒂姑妈那儿偷一副手套戴的。可我没想到自己的手竟然丑成这样啊，当然会被他注意到。现在我发了脾气，看来计划全泡汤了。唉，怎么偏偏就在他要跟我告白，要向我求婚的节骨眼儿上出了这种事！"

"你的手当然不关我的事。"瑞特冷冷地说，慵懒地往椅子上一靠，面无表情。

这下对付他可就难了。哎，虽然不情愿，但为了扭转局面、达到目的，她还是得忍。也许几句甜言蜜语就能——

"你这么大劲儿把我可怜的手甩开，真是太无礼了。我只不过是上个星期骑马时没戴手套，才把手伤着的——"

"骑马？见鬼去吧！"他语气还是那么冷淡，"你一直在用这双手干农活，就像个黑奴一样拼死拼活，对吗？为什么要跟我撒谎，说塔拉一切都好呢？"

"哦，瑞特——"

"咱们开门见山吧。你来看我的真正目的是什么？你装模作样地在我面前卖弄风情,我差点儿就信了,以为你真的关心我,为我难过。"

"噢,对不起!我真的——"

"不,不是真的。就算他们把我吊得比哈曼[1]还高,你也不会在乎的。这已经清清楚楚写在你脸上了,正如那些粗活、重活都明明白白写在了你手上一样。你想从我这儿得到某样东西,而且要得很急,所以才在我面前演戏。为什么你不直截了当跟我说呢?那样的话你得到的机会要大得多,因为对于女人,我只看重一样品德,那就是坦率。但是你没那么做,而是一个劲儿地摇晃你的耳环,拼命地搔首弄姿,活像个拉客的婊子。"

他说最后一句话时,并没有提高嗓门,也没有加重语气,但是在斯嘉丽听来,这话就像鞭子一样抽在她脸上。她想引诱他跟她求婚的盘算落了空,希望全都化成了泡影,她绝望至极。他要是像别的男人那样,因为虚荣心受到了伤害而大发雷霆,或者大骂她一顿,她也许还能有办法对付。可他的声音却出奇地平静,平静得让她害怕,她慌了神,完全不知道下一步该怎么办。虽然他是个囚犯,而且北方佬就在隔壁,但她突然明白了一个事实——瑞特·巴特勒是个危险人物,这个人可不是好惹的。

"看来我的记性是越来越差了。我本该想到你跟我是一样的人,无论干什么事都是另有所图的。好吧,让我来猜猜,你到底

---

[1] 哈曼是《圣经·以斯帖记》中的人物,哈曼是波斯国的宰相,他想陷害王后以斯帖的族人(即犹太人),钉了五丈高的木制刑架,却被王后先发制人,报告国王,哈曼因此被钉死在自制的刑架上。

葫芦里卖的什么药,汉密尔顿太太。你不会异想天开地以为我会向你求婚吧?"

斯嘉丽的脸涨得通红,没有回答。

"你该不会是忘了我一再跟你申明的那句话吧?我这个人是不会结婚的。"

看她仍然一声不吭,他突然暴跳如雷,粗声粗气地说:"你没忘对吗?回答我。"

"我没忘。"她痛苦而沮丧地说。

"你简直就是个赌徒,斯嘉丽!"他讥讽道,"你看到我被关在牢里,身边没了女人,所以就想趁机勾引我,以为我就会像条鳟鱼似的见了你下的鱼饵就上钩。"

"你刚才不就上钩了吗,"斯嘉丽气呼呼地想,"要不是因为我这双手——"

"好了,现在大部分真相都揭开了,就差你来这儿的目的还没弄清。你还是老老实实告诉我吧,你为什么要勾引我跟你结婚?"

他语气很温和,甚至带着几分调侃,于是她又振作起来。也许事情还没完全泡汤,还有挽回的余地。当然,结婚是没戏了,尽管有些失望,不过她还是很高兴。这个男人铁石心肠,无情得让她觉得可怕,嫁给他就更不敢了。不过要是她聪明点儿,利用他的同情心和过去的交情,跟他借笔钱没准儿能行。于是她装出一副孩子般天真稚气的表情,似乎想要安抚他的情绪。

"噢,瑞特,你确实能帮我一个大忙——要是你发点儿善心的话。"

"我最喜欢的就是发善心了。"

"瑞特,看在老朋友的分上,求你帮我这个忙吧。"

"这么说,你这位手上长满老茧的太太终于要说真话了。恐怕你这次来根本不是要'探望病人和囚犯'的。你想要什么?钱?"

斯嘉丽本来想打感情牌,利用感情迂回地达到目的,可没想到瑞特问得这么直截了当,把她的如意算盘又给毁了。

"别这么刻薄嘛,瑞特,"她连哄带骗地说,"我的确是想要点儿钱,想找你借三百块钱。"

"实话终于说出来了。嘴里口口声声说什么爱情,心里想的却是钱。多么现实的女人啊!你这么急着用钱?"

"嗯,是——哦,也不是那么急,不过我需要这笔钱。"

"三百块钱,可不是小数目啊。你要拿这钱干什么?"

"缴塔拉的税款。"

"这么说你真想借钱。好吧,既然你跟我讲生意,那我也跟你讲生意。你拿什么来做抵押呢?"

"什么?"

"抵押担保啊。我投出去的钱总得有个保障,当然不想把钱白白扔出去打水漂啊。"他的声音轻柔而平滑,就像丝绸一样,其实却是在哄她。可她并没有在意,觉得没准儿事情最终会顺利的。

"我的耳环。"

"我对耳环没兴趣。"

"那我把塔拉抵押给你。"

"眼下我要个农场有什么用?"

"哦,有用——肯定有用——这是个很好的种植园。你绝不会亏的。等我明年收了棉花就能把钱还给你了。"

"这可说不准。"他身子向后斜靠在椅子上,两手插进口袋里,"棉花价格一直在跌。世道艰难,钱紧得很哪。"

"噢,瑞特,你在跟我开玩笑吧!你明明有好几百万呢!"

瑞特看着她,目光如炬,眼里闪着恶念。

"这么说,你一切都挺好,而且也不太缺钱。嗯,这真让人高兴。我巴不得老朋友们都过得好呢。"

"噢,瑞特,看在上帝分上……"斯嘉丽急疯了,所有的勇气和自制力都开始崩溃瓦解。

"小声点儿,我猜你不想让北方佬听到吧?有没有人告诉过你,你的眼睛很像猫——在黑暗中的猫?"

"瑞特,别这样!我把一切都告诉你。我的确急需这笔钱。我——我刚才说一切都好,其实是骗你的。实际上一切都糟透了。爸爸他——他神志不清了,自从妈妈死后,他就呆呆傻傻的,一点儿忙也帮不了我。他自己就像个孩子。地里一个干农活的黑奴都没有,没人种棉花,却有十几张嘴等着吃饭。还有塔拉的税——税太高了。瑞特,我什么都告诉你吧。一年多来,我们一直在忍饥挨饿,差点儿要饿死。哎,你不知道!你哪能知道啊!我们从来没吃过一顿饱饭,醒来时饿得难受,睡觉时也饿得难受,真是太煎熬了。全家人连御寒的冬衣都没有,孩子们总是受冻,还老闹病——"

"那你这身漂亮裙子是哪儿来的?"

"是用妈妈的窗帘做的,"她回答说,她急得没办法,也顾不上撒谎遮羞了,"要光是挨饿受冻我还能挺住,可眼下——眼下这帮提包客又给我们加了税,而且还得马上交。我手里只有一枚五块钱的金币,除此之外一分钱都没有了。所以我必须得弄到钱交税!你还不明白吗?如果我不把税交上,我就——我们就会失去塔拉,无论如何塔拉也不能丢!我决不能失去塔拉!"

"那你为什么一开始不跟我说实话,偏要折磨我这颗脆弱而敏感的心呢——凡事一涉及漂亮的女人,我的心就特别脆弱。哦,斯嘉丽,别哭了。你什么招儿都使出来了,就差哭这招儿了。这我可受不了。当我发现你要的是我的钱,而不是我这个魅力十足的男人时,我心里失望极了,感情上受到了极大的伤害。"

她记得每当他这样嘲讽自己,也挖苦别人时,往往吐露的都是真心话。所以她急忙抬起头来看着他。他真的感情受伤了吗?他真的喜欢她吗?刚才他看到她的手掌之前,真的是想跟她求婚吗?还是说,他还是像前两次一样,想要再提那个令人恶心的建议?要是他真心喜欢她的话,说不定她能把他的心收服。可他那双黑眼睛打量着她,眼里没有一丝爱意,一点儿也不像是在看着心上人。他轻轻一笑。

"我不喜欢你的抵押品。我又不懂经营种植园。你还有什么可以抵押的吗?"

啊,终于谈到正题了。那就来吧!她深吸一口气,直视着他的眼睛。此时的她,打起十万分的精神,应对这个令她最为害怕的事情,于是也就完全顾不上假惺惺地撒娇卖俏了。

"我还有——我自己。"

"什么?"

斯嘉丽的下颌紧绷,下巴变方,眼睛绿得像一块翡翠。

"你还记得围城时,有天晚上你在皮蒂姑妈家的门廊下对我说过的话吗?你说——你当时说你想要我。"

瑞特漫不经心地往椅背上一靠,盯着她那张神情紧张的脸,黝黑的脸庞表情高深莫测,让人难以捉摸。他那双眼睛深处仿佛有什么东西在闪烁,但嘴上什么也没说。

"你说——你说你想要我,对任何别的女人都从没有过这么强烈的欲望。如果你现在还想要我的话,你可以拥有我。瑞特,你叫我干什么都行,看在上帝分上,请你开张支票,把钱借给我!我发誓,我说话算话,决不反悔。如果你不放心的话,我写张字据给你也行。"

瑞特用异样的眼神看着她,脸上的表情仍旧让人难以捉摸。她心急火燎地跟他亮出底牌时,也看不出来他到底是高兴还是厌恶。他倒是说句话呀,说什么都行!她觉得自己的脸烫得跟火烧似的。

"我必须马上拿到钱,瑞特。不然的话,他们会把我们赶到大街上去的。而塔拉就要被爸爸原来的那个该死的监工抢走了,而且——"

"等等。你怎么能确定我还想要你?凭什么认为你值三百块钱呢?大部分女人可都不值这么高的价。"

斯嘉丽的脸腾的一下红了,一直红到了发根,感觉被羞辱到了极点。

"你为什么非要这么做呢?干吗不放弃那座农场,搬到皮蒂帕特小姐的家里住。毕竟那座房子有一半是你的。"

"上帝啊!"她大叫道,"你是白痴吗?我不能失去塔拉。那是我的家。我决不会抛弃它的。只要我还有一口气,就决不放弃!"

"爱尔兰人啊,"他坐直身子,把两只手从口袋里抽出来,说道,"真是要命。他们总是把很多没必要的东西看得很重,比如土地。天底下的土地不都一样吗,有什么区别?好了,我就直说了吧,斯嘉丽。你来是找我做交易的,我给你三百块钱,你就同意做我的情妇。"

"是的。"

既然那个最令人厌恶的字眼已经说出了口,她反倒感觉有些释然了,心里又重新燃起一丝希望。他刚才说"我给你三百块钱"时,眼里射出恶魔般的光芒,就好像有什么东西让他觉得很好笑似的。

"可是之前,当我厚着脸皮跟你提出同样的事时,你却把我赶出了大门,还狠狠地臭骂了我一顿,说你不想生一窝'小杂种'。不,我亲爱的,我并不是在戳你的伤疤,我只是纳闷你那小脑瓜里的想法怎么这么奇怪。你不愿意为了自己快乐这么干,却可以为了不让一家人挨饿受冻而甘愿就范。这就又证明了我的观点:一切美德都是有价格的。"

"行了,瑞特,你还没完了是吧!你要是想羞辱我,随你便好了,不过得把钱给我。"

此刻的斯嘉丽感觉心里松了一口气。以瑞特的脾气秉性，他肯定会极尽所能地折磨她、侮辱她，好报复她过去对他的种种蔑视和刚才对他的耍弄。好吧，尽管来吧，她忍得了，她什么都忍得了，为了塔拉，哪怕受尽一切折磨和侮辱也值得。一时间，她想象着自己置身在仲夏的午后，天空一片湛蓝，她慵懒地躺在塔拉的草坪上，身下是厚而柔软的三叶草，天上是滚滚白云，周围是朵朵白花芬芳扑鼻，耳边是忙碌的蜜蜂欢快悦耳的嗡嗡声。多么宁静而惬意的夏日午后，远处一望无际的红土地上，马车声隐隐约约，由远及近。这些值得她付出一切，甚至付出更多。

她抬起了头。

"你会给我钱吗？"

瑞特看着她，一副自得其乐的样子。可一说话，声音却平静而冷酷。

"不，我不会给的。"他说。

斯嘉丽愣了半天，没反应过来。

"就算我想给，现在也给不了。我身上一分钱都没有。在亚特兰大也一个子儿没有。没错，我是有一些钱，但不在这里，也不想说出钱在哪儿、有多少。可如果我给你开支票的话，就会被北方佬盯上，像饿虎扑食似的咬住我不放，到那时咱俩谁也别想拿到钱。你明白吗？"

斯嘉丽的脸气得铁青，鼻子上突然显出好多雀斑，嘴也气歪了，跟杰拉尔德大发雷霆时的样子一模一样。她腾的一下跳起来，发出了一声歇斯底里的尖叫，惊得隔壁房间里嗡嗡的说话声突然止住。瑞特像头迅猛而敏捷的猎豹，立刻走到她跟前，用厚重而有力的手掌捂住她的嘴，手臂紧搂住她的腰。她拼命挣扎，想咬他的手、踢他的腿，想大声尖叫，发泄满腔的愤怒、绝望、痛恨和自尊心受伤的痛苦。她竭力扭动身躯，想尽一切办法挣脱他那铜墙铁壁般的手臂。她的心都快要迸裂，紧身胸衣勒得她喘不上气来。瑞特紧紧地抱着她，甚至粗暴得把她都弄疼了。那只捂着她嘴的手狠狠地掐着她的下巴。他那张晒得黝黑的脸变得煞白，冷冽的目光中显出忧虑和焦急。他把斯嘉丽抱起来，搂在怀里，然后坐在椅子上，任由斯嘉丽坐在他的腿上挣扎扭动。

"亲爱的，看在上帝分上！别闹了！嘘！别叫。再叫他们立刻就会冲进来的。冷静点儿。难道你想叫北方佬看到你这副样子吗？"

斯嘉丽根本不在乎被人看到，她什么都不在乎了，只恨不得把他杀了。可她突然感到一阵头晕，喘不上气来，他捂着她的嘴呢。紧身胸衣就像个迅速收紧的铁圈。他的双臂紧紧抱着她，怎么也挣脱不开，让她心里又恨又气，浑身发抖。紧接着，他的声音变得越来越微弱，越来越模糊，低头看着她的那张脸也朦朦胧胧，就像在一团迷雾里打转，雾越来越浓，最后看不见他那张脸——而且什么也看不见了。

当她无力地抬了抬手臂，昏昏沉沉地苏醒过来时，感觉浑身虚弱，骨头都快散架了，而且一脸茫然。她发现自己正躺在椅子上，帽子掉了。瑞特正在拍她的手腕，乌黑的眼睛正满含焦急地盯着她的脸。那位面善的北方佬军官正拿着一杯白兰地往她嘴里倒,结果都洒在了她的脖子上。其他几名军官帮不上忙,围在一旁来回转悠,交头接耳,比比画画。

"我想——我刚才大概是晕过去了。"她说,感觉自己的声音很缥缈,就好像是从很远的地方传过来似的,吓了她一跳。

"把这个喝了吧。"瑞特拿过酒杯,凑到她嘴边。她清醒过来,想起了刚才发生的事,虚弱无力地看着他,连发火的力气都没有。

"求你了,喝吧,看在我的面子上。"

她喝了一大口,呛得直咳嗽。可他又把酒杯送到她嘴边。她又吞了一大口。烈酒猛地灌进喉咙里,一下子感觉火辣辣的。

"我看她现在好些了,先生们,"瑞特说,"多谢诸位了。一听到我要被绞死,她就承受不住,晕过去了。"

那群穿蓝色军服的人听到这话感觉有些不自在,清了清喉咙,便缓步走了出去。那位年轻的上尉走到门口停住了脚步。

"如果还有什么需要我帮忙的——"

"不用了,谢谢。"

于是他走了出去,随手把门关上。

"再喝点儿。"瑞特说。

"不喝。"

"喝吧。"

于是她又喝了一口,浑身开始暖和起来,颤抖的双腿也慢慢有了些力气。她推开酒杯,想站起来,却被瑞特按了回去。

"把你的手拿开,我要走了。"

"还不行,再等等,说不定你还会晕倒的。"

"我宁愿晕倒在大街上,也不愿跟你待在这儿。"

"不管怎么样,反正我不能让你晕倒在路上。"

"让我走,我恨你。"

听到这话,瑞特脸上又露出了一丝淡淡的微笑。

"这才像是你说的话。你应该觉得好些了吧。"

斯嘉丽稍稍放松地躺了一会儿,想要发火,想要打起精神。可她太累了,累得连恨都没力气恨了,可以说什么也顾不上了。失败像铅块一样压在她心里。她押上了一切赌注,却输得精光,最后连自尊都输掉了。她仅存的一丝希望现在可以说是真的破灭了。塔拉完了,塔拉的一大家子人全都完了。她双眼紧闭,躺了好久,只听见身边的瑞特粗重的喘息声。白兰地的酒劲儿渐渐传遍全身,让她觉得身上有了力气,也有了暖意。最终,她睁开眼睛,看着他那张脸,怒火又重新燃起。她两弯蛾眉紧蹙,瑞特的脸上又浮现出那熟悉的微笑。

"看你眉头一皱,就说明你已经好多了。"

"我当然没事。瑞特·巴特勒,你这人太可恨了,我从来没见过像你这样无耻的混蛋!我刚一开口,你就知道我要说什么了,也知道你不会借给我钱的。可你却还让我一直说下去,你本来完全可以放过我——"

"放过你?那我不就什么也听不到了吗?那怎么能行呢。我在这儿本来就没什么乐子。不过话说回来,我还从没见过这么有趣的事呢。"他突然哈哈大笑起来,而且是赤裸裸的嘲笑。听到这笑声,斯嘉丽腾的一下站起来,抓起了自己的帽子。

瑞特突然抓住了她的肩膀。

"还不能走。你现在感觉好了吗?能好好谈谈了吗?"

"放开我!"

"看来你已经没事了。那就回答我一个问题吧。你是不是就盘算着钓我这一条鱼?"他的目光锐利而警觉,仔细观察着她脸上每一个细微的变化。

"什么意思?"

"你是不是打算只在我一个人身上耍这套花招?"

"这跟你有什么关系?"

"关系大了。你没想过钓别的男人吗?回答我!"

"没有。"

"得了吧,我看你至少还有五六个备用的。肯定会有人接受你那有趣的建议的,我敢跟你保证。所以我要给你一点儿小小的忠告。"

"我不需要你的忠告。"

"可我非要给。眼下我唯一能给你的似乎只有忠告了。听着,这可是金玉之言。当你想从一个男人身上得到什么时,千万不要像刚才对我那样一股脑和盘托出。一定要再含蓄些,更有诱惑力一些。这样才能得到更好的效果。这些手段你过去都知道的,而且用得还得心应手。但是刚才你提出拿你的——呃——抵押品跟我借钱时,你看上去太冷硬,就像根钉子似的。我以前跟别人决斗时,对手站在离我二十步以外,举着枪对准我,看我的眼神就跟你刚才看我时一模一样,叫人很不舒服。这种眼神挑不起男人的一丝热情来。这可不是对付男人的办法,亲爱的。你把你当年受过的训练都忘到脑后了。"

"我不需要你来告诉我怎么做。"斯嘉丽气呼呼地说,然后不耐烦地戴上了帽子。她真不明白,这个家伙绞索都套到脖子上了,看到她这么凄惨可怜的境遇,竟然还有心情开玩笑。可她没有注意到,他插在裤兜里的手已经紧握成了拳头,仿佛在为自己的无能为力而愤恨不已,内心苦苦挣扎。

"打起精神来,"斯嘉丽正系帽带时,瑞特这样对她说道,"等我上绞刑架时,你可以来看我被绞死,那样你就会觉得心里痛快多了。到那时,你我之间的旧账——连同这笔账一起——也就一笔勾销了。我会把你的名字写在我遗嘱里的。"

"谢了,不过就怕他们迟迟不绞死你,到时候再交税就来不及了。"她突然恶狠狠地回击他,而她不但嘴上是这么说的,心里也真是这么想的。

第三十五章

斯嘉丽走出消防站，天正下着雨，天色阴沉，灰蒙蒙一片。广场上的士兵们都躲进了木屋营房里，街上空无一人，也看不到一辆马车。她知道这下她只能大老远地走回去了。

她在雨中艰难跋涉，体内白兰地的酒劲儿也渐渐散去。寒风瑟瑟，吹得她浑身直打哆嗦，冰冷的雨点打在她脸上像针扎一样。皮蒂姑妈的薄斗篷很快就被雨水打湿了，黏糊糊地粘在她身上。她知道自己的这身天鹅绒裙子注定是要完了。帽子上的羽毛也湿漉漉地耷拉了下来，当初它还长在大公鸡尾巴上时，在塔拉的谷场上淋了雨也是这副样子。人行道上的路砖支离破碎的，有时甚至老长的一段路上都没有一块砖。在这些残缺不全的地方，泥浆都没到了脚踝，她的鞋陷在泥里，就像被胶水黏住了一样，有时用力一抬脚，脚出来了，鞋却黏在了泥里。她只得弯下腰把鞋从泥里拽出来，然后重新穿上，但每次弯下腰时，裙边就会沾上泥浆。碰到小泥坑时，她也不避开，麻木地径直踩过去，任由厚重的裙摆拖在后面。她能感觉到湿漉漉的衬裙和长裤裹住她脚踝，冰凉冰凉的。但此时此刻，她完全没心思顾及身上这套下了血本用作赌注的衣裳。因为她现在已经心灰意冷，无路可走了。

当初她话说得那么信誓旦旦，现如今她哪还有脸回塔拉去面对他们呢？她怎么跟他们开口，让大伙儿都搬走，到别处去呢？她怎么舍得离开那里的一切，离开那一片片红色的田野、巍然挺立的松林、黑黑的沼泽地，还有雪松浓密的树荫下母亲埃伦长眠的墓地呢？

她沿着湿滑的人行道深一脚浅一脚地走着，心里又燃起对瑞特的怒火。这个十恶不赦的混蛋！她真恨不得那帮北方佬赶紧把他绞死，这样她就再也不用见到这个让她备受羞辱的无耻之徒了。如果他想给她钱，肯定能帮她搞到的。哼，绞死他还算便宜他了呢！感谢上帝，没让他看见她这副狼狈相。她现在全身衣服都湿透了，头发乱糟糟地披散着，牙齿直打战。她这样子肯定很难看，要是让他看见了不定怎么笑话她呢！

她匆匆忙忙地走着，在泥泞中跌跌撞撞，一步一打滑，时不时还得停下来把鞋从泥里拔出来，累得她气喘吁吁。身旁经过的黑人们都放肆无礼地朝她咧嘴笑，这帮臭黑猴子！竟敢笑她，竟敢笑塔拉庄园的斯嘉丽·奥哈拉！她真恨不得把这帮黑鬼用鞭子挨个狠抽一顿，抽得他们皮开肉绽，血肉横飞。北方佬真是可恶，竟然把他们给解放了，给他们自由，让他们肆无忌惮地嘲讽白人！

她沿着华盛顿街一直走，路边的景象跟她此时的心情一样阴郁凄凉。这里没有一丝像桃树街上那样的繁忙喧闹，也没有半点儿生气和活力。过去这里有好多漂亮的房子,如今大多都已被毁,重建的却没有多少。到处都是焦黑的地基和孤零零、黑乎乎的烟囱,现在,这些烟囱被人们称为"谢尔曼的哨兵",因为大家满眼都是它们,而且一看就让人觉得丧气。曾经通向房屋的小径如今杂草丛生——从前绿油油的草坪现在满是枯草。一块块马车下车台上刻着的那些熟悉的名字如今依然还在,但一根根拴马柱上却再也不会有缰绳系在上面了。凄风冷雨,满地泥浆,树木光秃秃的,四周寂静无声,一片荒凉。她两只脚都湿透了,可回家的路却依然漫长。

她忽然听到身后传来马蹄踩踏泥浆的声音,于是连忙往狭窄的人行道里侧挪了挪,以免皮蒂姑妈的斗篷被溅上更多的泥点儿。一匹马拉着一辆轻便马车从后面缓缓驶来。她转过头看,心想要是赶车的是个白人,她就请求这人载她一程。雨水模糊了她的视线,但她仍能看出赶车的人正从防雨的油布里探出头来打量着她。那人有些面熟,她朝街心走去,想看个清楚。这时,那人难为情地轻声咳嗽了一下,然后惊喜地大声叫了起来,声音听起来十分耳熟:"没错,真是斯嘉丽小姐!"

"啊,是肯尼迪先生!"斯嘉丽一边喊着,一边踩着泥浆穿过马路,靠在满是污泥的车轮上,也顾不上是不是会把斗篷弄脏了,"见到你真是太高兴了,我这辈子都没这么高兴过呢!"

听到她这么热情而真诚的话,肯尼迪高兴得脸都红了。他连忙扭过身转到车子另外一侧,把嘴里的烟草汁吐了,然后敏捷地跳下车。他热情地跟斯嘉丽握了握手,接着掀起油布,扶她上了马车。

"斯嘉丽小姐,你怎么一个人跑到这儿来了?你不知道近来这里很不安全吗?瞧你,全身都湿透了。来,快用这条毯子把脚裹上。"

他一边手忙脚乱地照料斯嘉丽,一边像只老母鸡一样咯咯叫个不停。斯嘉丽任由他摆布,享受着他殷勤的照顾。有个男人围着她转,照顾她、关心她、叨叨她,感觉真好,哪怕是像弗兰克·肯尼迪这样婆婆妈妈的男人,也能让她心里美滋滋的。特别是在刚刚被瑞特无情地羞辱了一番之后,受到另一个男人殷切的照顾,更是让她心里感到很安慰。更何况,她离家这么远,竟在这儿碰到了老乡,让她备感亲切!她注意到弗兰克衣装整齐又得体,马车也是新的。拉车的马看上去年轻力壮,被喂得膘肥体健。但他看上去比实际年龄老多了,甚至比上次他带着部下在塔拉过圣诞夜时又老了许多。他身子瘦弱,面色灰黄,一双水汪汪的黄眼睛,深陷在松弛而皱巴巴的眼皮里。他那姜黄色的胡子比以前更稀疏了,上面还沾着一道道烟草汁,而且乱蓬蓬的,就像他总是用手又挠又抓给弄乱了似的。但他看上去倒是挺精神,心情也不错,与随处可见的那些愁眉苦脸的人完全不同。

"见到你真高兴,"弗兰克兴奋地说,"我不知道你进城来了。我上星期还见过皮蒂帕特小姐呢,她没告诉我你要来啊。有没有——呃——那个——还有没有别人跟你一块儿从塔拉来啊?"

他还在想苏埃伦呢,这个老傻瓜。

"没有,"她一边说着,一边把毯子往身上裹,想把脖子也围上,"我一个人来的,而且事先也没跟皮蒂姑妈打招呼。"

弗兰克朝马吆喝了一声,马便慢吞吞地走了起来,小心翼翼地在湿滑的路上前行。

"塔拉全家人都还好吧?"

"哦,是的,还行吧。"

她得找点儿话说,可怎么也想不出该说什么。刚才的惨败让她心情很沉重,她只想裹在这温暖的毯子里躺着,并对自己说:"眼下我不能想塔拉的事,等心情好点儿时再想吧。"要是能想出一个话题,让他一个人滔滔不绝地讲个没完,一直讲到她到家该多好。那样一来,她只要时不时随意应和两句,"真棒啊""你真厉害"什么的就行了。

"肯尼迪先生,我真没想到会碰到你。我知道我这个人太不够意思,一直也不跟老朋友联系,可我真不知道你在亚特兰大。我记得有人跟我说你在玛丽埃塔[1]。"

"我在玛丽埃塔做生意,买卖还不少呢,"他说,"我已经在亚特兰大安顿下来了,苏埃伦小姐没告诉你吗?她没跟你说我开店的事吗?"

她依稀记起苏埃伦曾叽叽喳喳地说起过弗兰克和他开店的事,但她对苏埃伦说的话从来就不怎么留意。她只要知道弗兰克还活着,有朝一日能把苏埃伦娶走,把这个包袱赶紧接过去,这就足够了。

---

1 玛丽埃塔位于美国俄亥俄州东南部俄亥俄河畔,是华盛顿县的县治所在。

"没有啊,她一个字也没提,"她撒谎道,"你开了间店铺?你可真厉害啊!"

一听苏埃伦没有把这个消息告诉大伙儿,弗兰克有些伤心,可一听到斯嘉丽的恭维,他又高兴起来。

"是啊,我开了间店铺,而且还经营得不错呢。大伙儿都说我天生就是个生意人。"他开心地大笑起来,斯嘉丽一向很反感这总咯咯的傻笑。

"真是个自以为是的老傻瓜。"她心想。

"噢,肯尼迪先生,你无论干什么都能成功的。不过你这间店铺是怎么开起来的呢?前年圣诞节的时候我见到你,你还说自己穷得一个子儿都没有呢。"

弗兰克清了清嗓子,声音很刺耳,然后又捋了捋胡子,紧张而又腼腆地笑了笑。

"哦,那可说来话长了,斯嘉丽小姐。"

"感谢上帝,太好了!"斯嘉丽心想,"没准儿他这一说就能说到她家门口呢。"于是她便大声说道:"那就快说说吧!"

"我们上次去塔拉给部队搜集供给,你还记得吧?在那之后不久,我就去服现役了——就是真的上前线打仗去了。在军需部我也没什么事可干,实际上当时军需部也没什么存在的必要了,斯嘉丽小姐,因为我们也没法为部队筹到些什么。我觉得我堂堂一个大男人应该上前线去打仗才是,于是我就加入了骑兵队,打了一阵子仗,直到肩膀上挨了一粒子弹。"

他看上去满脸骄傲。斯嘉丽说道:"真吓人啊!"

"噢，没那么严重，只伤到了皮肉而已，"他不以为意地说，"我被送到了南方的一所医院，等我的伤差不多快好时，碰上了北方佬的骑兵突袭，哎呀，我的天啊，那时事态可真紧急啊。我们事先没有得到半点儿消息，凡是腿还能走的人都赶紧帮忙把军需物资和医院设备运送到火车站的铁轨边，好方便装车运走。刚装好一列火车，北方佬的骑兵队就突然从城那头打过来了，我们就赶紧往城的另一头跑。哎呀，天啊，那情景可真惨啊。我们坐在火车顶上，看着北方佬把我们留在车站上的那些军需物资全都给烧了。斯嘉丽小姐，那可是堆在铁轨边上足有半英里长的物资啊，全都被烧了。我们也只是侥幸逃生而已啊。"

"太可怕了！"

"是啊，没错，真可怕。那时咱们的部队已经回到了亚特兰大，所以我们的火车也就开到了这里。后来没过多久，战争就结束了——哎，斯嘉丽小姐，你知道吗，火车上有好多瓷器、折叠床、垫子、毯子、当时都没人认领。我想这些东西依法应是属于北方佬的，这是投降条款上规定的，不是吗？"

"嗯。"斯嘉丽心不在焉地回应。她现在感觉身上暖和多了，就觉得有点儿困了。

"到现在我也不知道自己这么做对不对，"他有些不悦地说，"我觉得吧，这些东西归了北方佬也没什么用，反正他们也会一把火烧了。可这些东西都是咱们邦联的人花钱买的啊。所以我认为这些东西仍旧应该属于邦联，或者说是咱们邦联百姓的。你明白我的意思吗？"

"嗯。"

"我真高兴你同意我的看法,斯嘉丽小姐。这事儿一直搅得我良心不安。好多人跟我说:'得了,弗兰克,别瞎琢磨了,把这事儿忘了吧。'可我忘不了啊。我要是干了错事,连头都抬不起来。你认为我做得对吗?"

"当然对了。"她说,其实那个老傻瓜在叨叨什么,她根本没听进去,只知道他在和自己的良心过不去。其实什么良心不良心的,像弗兰克这把年纪的人,早就应该懂得不要为了鸡毛蒜皮的事而烦心。可他一把年纪了却还是这么紧张兮兮,跟个老姑娘似的,大惊小怪又婆婆妈妈。

"听你这么说,我真高兴。邦联投降时,我身上只有十块钱的银币,别的一无所有。你也知道,北方佬把琼斯博罗毁成什么样子,我在那里的房子和店铺全完了。我真不知道该怎么办了。我用那十块钱银币给五角场边上的一家旧店铺盖了个屋顶,然后把医院的设备都搬了进去,开始售卖。当时人人都需要床、瓷器和垫子,所以我就以很便宜的价格卖出去,因为我觉得这些东西不只是我一个人的,也是大伙儿的。不过我还是从中赚了点儿钱,然后又进了批东西接着卖,店铺的生意就这样顺利地做起来了。我想要是继续这样干下去的话,一定能赚不少钱的。"

一听到"钱"字,斯嘉丽立刻又把注意力转到了他身上,脑子也立马清醒了。

"你说你赚到钱了?"

见她突然这么感兴趣,弗兰克也愈发得意起来。除了斯嘉丽，女人们对他几乎都很敷衍，只是表面上客气几句。而现在这个当年的大美人斯嘉丽居然对他的话这么感兴趣，真让他受宠若惊。他让马放慢速度，以便能在斯嘉丽到家之前，让他把自己的经历讲完。

"我可不是什么百万富翁，斯嘉丽小姐，而且跟我过去拥有的财产相比，这点儿钱简直不值一提。但今年我赚了一千块钱呢。当然，其中的一半还得用来进新货、修缮店铺、付房租什么的。但我也净赚了五百呢。而且生意肯定会越来越好，明年我至少能赚两千块钱。这笔钱也肯定有大用场，因为你知道吗，我还有一件事要做呢。"

一谈到钱，斯嘉丽一下子兴致就高了。她含羞带怯地垂下眼帘，用浓密的睫毛遮住眼睛，往弗兰克身边又靠近了些。

"是什么事呀，肯尼迪先生？"

他大笑起来，挥鞭抽了一下马背，然后说道："我没完没了地在谈做生意的事，我想你一定感到厌烦了吧，斯嘉丽小姐。像你这样的小美人儿没有必要了解生意上的事。"

这个老傻瓜！

"噢，我知道我对生意一窍不通，可我很感兴趣呢！请你跟我说说吧，要是我有什么不明白的，你可以给我解释嘛。"

"那好吧，我要做的另一件事是开个锯木厂。"

"什么？"

"锯木厂，就是把木料锯开，做成木板的工厂。我还没把锯木厂买下来，但打算要买。有个叫约翰逊的人有一家锯木厂，就在桃树街上,正急着脱手。他急需现金,所以想把厂子卖掉,然后留下来帮我经营,每个星期从我这儿领工钱。这一带锯木厂没剩下几家了,斯嘉丽小姐,大部分都被北方佬毁了。如今谁要是有一家锯木厂就相当于有了座金矿,因为这年月木材的价格随便你开。北方佬烧了这么多房子,大伙儿都没地方住了,急着重新盖房子。他们没办法尽快搞到足够的木材。现在人们都纷纷涌入亚特兰大,其中有从乡下来的人,没有了黑奴,他们没法种地了;另外还有北方佬和提包客,他们一窝蜂地涌到这里,觉得在咱们身上榨的油水还不够,还想把咱们的骨髓也吸干。我跟你说,亚特兰大很快就要兴旺发达起来了。几乎人人都需要木材盖房子,所以我要尽快把这家锯木厂买下来,只要——呃,只要把别人欠我的账一收回来就立刻买。到明年这个时候,我手头上的钱就会宽裕些了。我——我想你应该知道我为什么这么急着赚钱,对吧?"

他脸一红,又咯咯地笑了起来。"他肯定是在想苏埃伦呢。"斯嘉丽没好气地心想。

一时间,她想开口找他借三百块钱,可又腻烦地打消了这个念头。他肯定会很为难,吞吞吐吐的,找各种借口不借给她钱。他这么辛辛苦苦地赚钱,为的就是来年春天能把苏埃伦娶进门。可要是把钱借给她,那他的婚期又得往后推,不知道又要拖到什么时候了。就算她打感情牌,激起他的同情心,让他愿意为未来的家庭承担一些责任,把钱借给她,但她很清楚苏埃伦是绝不会答应的。苏埃伦快成老姑娘了,越来越担心自己会嫁不出去,所以肯定会竭尽全力阻止一切让婚期延误的事情。

这个老傻瓜也真是，那个成天发牢骚、爱抱怨的苏埃伦有什么好的，竟让他这么迫不及待地想给她弄个安乐窝？苏埃伦哪里配得上有这么一个疼爱她的丈夫，哪配得上享有店铺和锯木厂赚得的收益？那个苏埃伦，只要手里一有钱，肯定就会摆出不可一世的架子，让人受不了，而且她一分钱也不会给塔拉。她绝对不会的！她会庆幸自己终于摆脱塔拉了，以后不管塔拉是因为交不起税被卖掉了，还是被一把火烧成了平地，都跟她没有半点儿关系，她只要自己有漂亮衣服穿，有"某某太太"这个身份就行了。

一想到苏埃伦有了安稳的未来，而自己和塔拉却还朝不保夕，斯嘉丽就一肚子火，觉得命运太不公平。她连忙把脸转向车外，看着泥泞不堪的街道，以免让弗兰克看到她脸上的表情。她将要失去一切，可苏埃伦却——突然，她脑子里冒出了一个念头，并且心里打定了主意。

苏埃伦休想得到弗兰克，也别想拥有他的店铺以及锯木厂！

苏埃伦不配拥有这一切。她斯嘉丽要把这一切都弄到手。她想到塔拉，又想起了乔纳斯·威尔克森站在塔拉门前台阶下的那副嘴脸，就像条响尾蛇一样阴险恶毒。她就像在一艘沉船上，眼看船就要沉没，没想到这时竟漂来了最后一根救命稻草，她要紧紧抓住。瑞特没能救她，但上帝又赐给了她另一个救星，那就是弗兰克。

"可我能把他弄到手吗？"她茫然地望着雨水，握紧了拳头，

"我能不能让他忘了苏埃伦,尽快向我求婚呢?既然刚才能让瑞特都差点儿向我求婚,那收服弗兰克应该也不在话下!"她又看向弗兰克,眼睛一眨一眨,上下打量。"当然,他长得一点儿也不好看,"她冷冷地想,"牙也难看,呼出的口气臭烘烘的,年纪老得都能当我爹了。而且他总是怯生生的,胆小又懦弱。男人身上的缺点他几乎占全了。不过至少他还算是个绅士,跟他一起生活总比跟瑞特要好些,当然,他也比瑞特更容易对付。不管怎样,我自己都已经落魄得跟个乞丐差不多了,还有什么权利挑三拣四呢?"

弗兰克虽是她妹妹苏埃伦的未婚夫,但她丝毫没有为此而感到良心不安。她心里的道德防线早已崩溃,不然她也不会来亚特兰大找瑞特。所以抢走妹妹的未婚夫在她看来根本不算什么,都到这时候了,哪还顾得了这么多。

她心里又燃起了新的希望之火,脊背也不自觉挺直了,甚至忘了自己的双脚又湿又冷。她眯起眼睛,直直地盯着弗兰克,让他吃了一惊。于是她连忙垂下眼帘,突然想起瑞特对她说的话:"我以前跟别人决斗时,对手举着枪口对准我,看我的眼神就跟你刚才看我时一模一样……这种眼神挑不起男人的一丝热情来。"

"怎么了,斯嘉丽小姐?着凉了吗?"

"是的,"斯嘉丽可怜兮兮地说。"你介不介意——"她害羞又腼腆地说,"介不介意让我把手伸进你大衣口袋里?天太冷了,我的暖手筒都湿透了。"

"哦——啊——当然不介意！你手套都没戴呀！哎呀呀，瞧我这人，你都快冻僵了，得赶紧烤烤火，可我却还慢悠悠地赶着车，跟你叨叨个没完，我真是该死。驾！快点儿走，萨莉！对了，斯嘉丽小姐，我一直只顾着说自己的事儿，都忘了问这大雨天的你一个人来这儿干吗？"

"我到北方佬的总部去了。"她想都没想就回答说。

弗兰克惊得沙黄色的眉毛都竖了起来。

"可是，斯嘉丽小姐！那些士兵——他们——"

"圣母玛利亚啊，求您让我赶紧想出个合理的借口吧。"她心里连忙祈祷起来。绝对不能让弗兰克怀疑她去找过瑞特。他始终认为瑞特是恶棍里的恶棍，体面规矩的女人连跟他说句话都有危险。

"我是去——我是去那儿看看——有没有军官想买点儿我做的刺绣活儿，好捎回家送给他们的妻子。我刺绣的手艺可好呢。"

弗兰克惊得身子向后靠在车座背上，又气愤又有些困惑不解。

"你跑到北方佬的营地去——可是斯嘉丽小姐！你不该去的。你——你……你父亲肯定不知道这事吧！皮蒂帕特小姐肯定也——"

"噢，你要是告诉皮蒂帕特姑妈，我可就死定了！"她真的急得哭起来。其实要哭容易得很，因为她本来就又冷又伤心，可没想到这一哭，效果却很惊人。弗兰克惊慌失措，一脸窘相，就像斯嘉丽突然在他面前开始脱衣服似的。他吓得张口结舌，说不出话来，一个劲儿地嘟囔着："哎呀！哎呀！"几次想伸出手安慰她，却又没胆量。他脑子里闪过一个大胆的想法，他想把她的头揽到自己的肩膀，让她靠在自己的怀里，然后轻轻地拍着她。但他从来没对女人做过这种事，所以一时间不知道该如何下手。斯嘉丽·奥哈拉，那么热情、活泼又漂亮的女人，居然在他的马车里哭了。斯嘉丽·奥哈拉，那么高傲的千金小姐，竟然向北方佬售卖自己做的刺绣活儿。他的心像火烧一样疼。

斯嘉丽抽抽搭搭地哭着，边哭边断断续续地自言自语。他听了半天终于听明白了，原来塔拉情况不妙。奥哈拉先生依然神志不清，塔拉那么一大家子人，吃不上饱饭，所以她不得不到亚特兰大来，给自己和儿子赚点儿钱。弗兰克又支支吾吾不知该说什么，这时他突然发现斯嘉丽的头已经靠在他肩膀上了。他自己也不知道她的头是怎么靠上来的。肯定不是他主动揽过来的，可她的头却实实在在地靠在了他的肩膀上。斯嘉丽正可怜巴巴地靠在他瘦弱的胸口，无助地抽泣呢。一阵从未有过的悸动和莫名的兴奋在他心中奔涌激荡，于是他便忍不住伸出手拍了拍她的肩膀。一开始他还有些胆怯，小心翼翼又战战兢兢，见她没有拒绝，他胆子便大了些，拍得更用力了些。多么楚楚可怜又惹人疼惜的小女人啊，想靠卖针线活儿来挣钱，多勇敢又多傻气啊。可一个女人去跟北方佬做买卖——这怎么能行呢。

"我不会告诉皮蒂帕特小姐的，可你必须答应我，斯嘉丽小姐，以后你可不能再做这种事了。你可是你父亲的宝贝女儿啊——"

斯嘉丽一双绿眸泪眼蒙眬,楚楚可怜地看着弗兰克。

"可是,肯尼迪先生,我总得想办法做些什么啊。我得养活我可怜的儿子,现在还能指望谁来照顾我们母子啊。"

"你真是很勇敢,"他说,"可我不能让你去做这种事,你的家人也会因此而蒙羞的。"

"那我该怎么办呢?"她抬起泪汪汪的眼睛看着他,就好像她相信他什么都懂,正急切地等着他指点迷津似的。

"呃,这一时半会儿我也说不上来。不过我会想出办法的。"

"噢,我知道你肯定会的!你是个聪明人,弗兰克。"

斯嘉丽过去一直叫他肯尼迪先生,这还是她头一回叫他弗兰克。他听了心里又惊又喜。这个可怜的姑娘大概是心里太愁苦了,竟一时失了口也没发觉。这更激起了他对斯嘉丽的好感和保护欲。只要能帮到苏埃伦·奥哈拉的姐姐,他什么事情都愿意去做。他拿出了一块红色的印花手帕递给斯嘉丽。她用手帕擦了擦眼泪,然后羞涩地笑了笑。

"我真是个小傻瓜,"她充满歉意地说,"让你见笑了。"

"你不是小傻瓜,你是勇敢的小女人。你肩上的担子实在太重了。恐怕皮蒂帕特小姐也帮不上你什么忙。我听说她的大部分财产都丢了,亨利·汉密尔顿先生也自身难保。要是我有个家能让你住该多好。不过,斯嘉丽小姐,请你记住我的话,等苏埃伦和我结了婚之后,你和韦德·汉普顿可以来我家住,我们的家就是你们的家。"

好,现在正是时候!圣人和天使肯定在天上保佑她呢,赐给她一个这么好的时机!她尽力装出十分吃惊又难为情的样子,张着嘴,想说又不说,欲言又止。

"来年春天我就是你妹夫了,你别跟我装不知道。"他有些不安地开玩笑说。突然,他看到斯嘉丽的眼里又噙满了泪水,连忙问道:"出什么事了?苏埃伦小姐不会生病了吧?"

"噢,不!没有!"

"肯定是出了什么事。快告诉我。"

"噢,我不能!我不知道!我以为她肯定写信告诉你了呢——哎呀,真是的!"

"斯嘉丽小姐,到底什么事啊?"

"噢,弗兰克,这话我本不该说的,我以为你肯定知道了——以为她写信告诉你了呢——"

"写信告诉我什么?"他急得浑身发抖。

"噢,你人这么好,她怎么能这么对你呢!"

"她做什么啦?"

"她没写信告诉你吗?唉,看来她是觉得愧疚,没脸跟你说。她应该感到愧疚的!哎,我怎么会有这么个妹妹,真是丢人啊!"

弗兰克此时连话都问不出来了。他坐在那儿直愣愣地盯着斯嘉丽,面如死灰,手里的缰绳也松了。

"她下个月就要跟托尼·方丹结婚了。噢,真对不起,弗兰克。很抱歉,这事最后竟会由我来告诉你。她是等得实在不耐烦了,害怕自己会变成老姑娘才这样做的。"

弗兰克扶斯嘉丽下马车时，嬷嬷正站在房前的门廊上。显然，她已经站了有段时间了，包在头上的头巾都湿透了，紧裹在身上的旧披肩也被雨点打湿。嬷嬷那布满皱纹的黑脸上写满怒气和担忧，嘴唇也噘得老高，斯嘉丽从来没见过她嘴噘得这么高。嬷嬷迅速扫了一眼弗兰克，认出他是谁之后，脸上又换了一副表情——既高兴又困惑，同时还有一丝内疚。她摇摇摆摆地走上前去，高兴地跟弗兰克打招呼，他跟她握手时，她笑得合不拢嘴，还向他行了个屈膝礼。

"看到老乡真是高兴啊，"她说，"你好吗，弗兰克先生？哎呀，你看上去气色真好！要是早知道斯嘉丽小姐是跟您一起出门的，俺就不这么担心了。俺相信您一定会照顾好她的。俺回来时发现她不在家，急得俺跟没头苍蝇似的到处找。一想到她一个人在城里走，街上到处都是放出来的黑鬼，万一出什么事可怎么办啊，可把俺担心死了！宝贝儿，你出门怎么不跟俺说一声啊？瞧，受凉了吧！"

斯嘉丽狡黠地朝弗兰克眨了眨眼，尽管刚才听到了坏消息，心里十分痛苦而沮丧，但弗兰克还是微微一笑，明白她是要他别说出去，刚才说的那些话是他们两人之间的小秘密。

"嬷嬷，赶快上楼去给我拿套干衣服，"斯嘉丽说，"再弄点儿热茶来。"

"天啊，你这身新衣服全完了，"嬷嬷咕哝着，"俺还得费老大工夫给它烘干，然后刷干净，今晚你还得穿这身衣服参加婚礼呢。"

嬷嬷走进了屋，斯嘉丽凑近弗兰克，小声说："今天晚上你一定要来我家吃饭。家里就我们几个人,太寂寞了。吃完晚饭我们要去参加婚礼,你一定得陪我们去!对了,千万别跟皮蒂姑妈提——提苏埃伦的事。她听了会难过的,而且我也不想让她知道我妹妹——"

"噢,我不会说的!不会的!"弗兰克连忙说,这事他连想都不敢想。

"你今天对我真是太好了,帮了我大忙。我觉得又有勇气了。"临分别时,斯嘉丽紧紧握住他的手,直勾勾地看着他,两眼电光四射,释放出自己所有的魅力。

嬷嬷就在门里等着,等斯嘉丽一进门,她意味深长地看了一眼,然后气喘吁吁地跟着斯嘉丽上了楼,走进卧室。她帮斯嘉丽脱下那身湿漉漉的衣服,搭在椅子上,然后伺候斯嘉丽上床睡觉,全程都一声不吭。不一会儿她又端来了热茶,还拿来了一块用法兰绒包着的热砖。她低头看着斯嘉丽,用近乎道歉的口吻对斯嘉丽低语,斯嘉丽从未听过她用这种语气跟自己说话:"宝贝儿,你怎么不实话告诉俺你想干啥呢?俺要早知道你是这心思,俺就不用大老远陪你到亚特兰大来了。俺老了,又这么胖,经不起这么跑来跑去的。"

"你这话什么意思?"

"亲爱的,你甭想骗俺。俺太了解你了。刚才弗兰克脸上的表情还有你的表情,俺都看在眼里了。你的那点儿心思啊,俺都懂,就跟神父讲《圣经》一样,什么都一清二楚。俺还听见你小声跟他说苏埃伦小姐的事。俺要是早知道你打的是弗兰克先生的主意,俺就待在家里不跟你出来了。"

"哦,"斯嘉丽蜷在被窝里,舒服地动了动,心里明白想要瞒过嬷嬷是不可能的了,于是问道,"那你原来以为我是打谁的主意呢?"

"孩子,这俺可不知道,但你昨天那脸色让俺很不喜欢。俺记得皮蒂小姐曾经给梅丽小姐写信,说巴特勒那个坏蛋有好多钱。这话俺到现在还记着呢。可弗兰克先生呢,他虽然长得不怎么好看,但不管怎么说也是个正经的体面人。"

斯嘉丽目光锐利地瞪了她一眼,嬷嬷也回瞪了一眼,一副什么都心知肚明的神情。

"哦,那你打算怎么做?去跟苏埃伦告密吗?"

"俺要想尽一切办法,帮你讨弗兰克先生的欢心。"嬷嬷一边说,一边把斯嘉丽脖子边的毯子给掖好。

嬷嬷在房间里忙来忙去,斯嘉丽则静静地躺着。此刻她感到满怀欣慰,她和嬷嬷之间心意相通,无须言语。她不需要解释,也不用受责备。嬷嬷明白她,所以什么也没说。斯嘉丽发现嬷嬷是一个比她还坚定的现实主义者。那双昏花的老眼充满了智慧,看得比谁都深远,比谁都通透。当心爱的宝贝儿受到威胁,面临危险时,嬷嬷会跟原始人或孩子一样,立刻反抗,丝毫不考虑什么良心不良心的。斯嘉丽就是嬷嬷心爱的宝贝儿,只要是她想要的,就算是别人的东西,嬷嬷也愿意帮她弄到手。至于苏埃伦和弗兰克·肯尼迪的权益,嬷嬷连想都没想,最多也就心里冷笑几声。斯嘉丽遇到了困难,正拼尽全力地应对,而她是埃伦的女儿。所以嬷嬷毫不犹豫地站在了斯嘉丽这边,坚决支持她。

斯嘉丽感受到了嬷嬷无声的支持,脚边的热砖暖烘烘的,回家路上迸发出的那缕希望的火苗,此刻在她心里突然剧烈燃烧起来。熊熊火焰燃遍她的全身,让她的心怦怦狂跳,血脉偾张。她浑身又有了力气,兴奋得想要放声大笑。"谁也别想把我打垮。"她欣喜而得意地想。

"嬷嬷,把镜子给我。"她说。

"把肩膀盖好了,别露出来啊。"嬷嬷一边嘱咐着,一边把镜子递给她,厚厚的嘴唇上挂着一抹笑意。

斯嘉丽看着镜子里的自己。

"我这张脸白得跟鬼一样,"她说,"头发也乱糟糟,跟马尾巴似的。"

"是没以前精神了。"

"嗯……外面雨下得大吗?"

"你不是知道嘛,下得老大呢。"

"哦,那你替我去一趟城里吧。"

"这么大的雨,俺可不去。"

"不行,你得去,不然我就自己去了。"

"什么事这么急啊,等等都不行?你这一天还不够累啊?"

"我想要,"斯嘉丽一边细细端详着镜子里的自己,一边说道,"一瓶香水。你帮我洗洗头,然后在头发上搽点儿香水。再给我买一罐榅桲籽发胶,把头发弄顺些。"

"这种天气,俺可不会给你洗头,也不给你头发搽香水什么的,弄得跟那些贱女人一样。俺只要还有一口气,就不许你这么干。"

"不行,我偏要。去拿我的钱包,里面有一枚五块钱的金币。你拿着钱去一趟城里。哦,对了,嬷嬷,你到了那儿顺便再给我买——一盒胭脂。"

"胭脂是啥玩意儿?"嬷嬷狐疑地问。

斯嘉丽瞪着嬷嬷,丝毫没有察觉到自己的眼神里竟有几分冷漠。她根本无法知道嬷嬷能被逼到什么程度。

"甭管了,买来就行。"

"不知道的东西,俺是不会买的。"

"好吧,既然你一定要知道,那我就告诉你,那是一种红色的颜料,搽在脸上的。好了,别站在这儿,跟只蛤蟆似的气鼓鼓的了,快去吧。"

"颜料!"嬷嬷突然大喊,"搽在脸上的!哼,你别以为你长大了,俺就揍不了你!俺这辈子都没丢过这种脸!你发什么疯啊!埃伦小姐这会儿就是在坟墓里也要被你气得不安生呢!把脸搽得就像个——"

"罗比拉德外婆不也搽胭脂吗,这你比我还清楚呢,而且——"

"是的,没错,而且她还只穿一条衬裙,还故意用水打湿,让布料贴在腿上,好显出腿型来。但这并不是说你也能这么干!老夫人年轻时那年代尽是歪风邪气,但现在时代不同了,他们——"

"我的老天啊!"斯嘉丽发起火来,一把将毯子撩开,大叫道,"你赶紧给我回塔拉去吧!"

"除非俺自己想走,否则你休想把俺赶回去,俺是自由身,"嬷嬷也火大了,"俺偏要待在这儿。给俺躺回床上去。你想得肺炎是吗?把胸衣脱下来!给我脱下来,宝贝儿。好了,斯嘉丽小姐,这种天气你哪儿也不能去。哎呀,你真是跟你爸一个样!快回床上躺着去——俺才不去给你买那搽脸的玩意儿呢!要是让人家知道俺给自家的孩子买这东西,让俺这老脸往哪搁呀!斯嘉丽小姐,你这脸蛋这么漂亮,这么招人喜欢,根本不用搽这东西。宝贝儿,只有坏女人才用那玩意儿呢。"

"哦,可她们搽了胭脂更好看,不是吗?"

"主啊,听听她说的这话!宝贝儿,这种话可说不得啊!把湿袜子脱下来,亲爱的。俺也不能让你自己去买那东西。埃伦小姐要是知道了,在坟墓里也饶不了俺。回床上去。俺这就去给你买东西,说不定俺能找到一家谁都不认识俺的店铺。"

当晚在埃尔辛太太家,范妮的婚礼如期举行。老利瓦伊和其他几位乐师正在调试乐器,准备为舞会伴奏。斯嘉丽环顾四周,满心欢喜。终于又能参加真正的舞会了,真让人激动。另外主人的盛情接待也让斯嘉丽感到很高兴。当她挽着弗兰克的胳膊走进屋子时,大家都朝她奔拥过来,一个个欢呼雀跃,热情地欢迎她,还纷纷迎上前亲吻她,跟她握手,都说很想她,叫她别回塔拉了。男士们都很有风度,忘了曾经她有多么令他们伤心。姑娘们也都忘了她曾经多么千方百计地勾引她们的情人。就连梅里韦瑟太太、怀廷太太、米德太太等一众在战争后期的那段日子里对她十分冷淡的年长妇人，也忘了她曾经举止有多么轻浮，忘了她们对她的放荡行为有多么看不惯，背地里没少议论她。她们只记住了她跟大伙儿一样因为战争受了不少苦，经历了许多磨难；她们只记得她是皮蒂的侄媳妇，是查尔斯的遗孀。她们亲吻她，听说埃伦去世，她们眼里含着泪轻声安慰她，还十分关心地询问她父亲和两个妹妹的情况。人人都向她问起梅兰妮和阿什利，问他们俩为什么也不回亚特兰大。

尽管受到如此热情的欢迎令人很高兴，但斯嘉丽还是隐隐感到有些不安，并且尽力加以掩饰。这不安源自她身上的这条天鹅绒裙子。虽然嬷嬷和厨娘使尽浑身解数，用盛着沸水的水壶反复熨烫，用干净的毛刷反复刷洗，然后在火堆边翻来覆去地烘烤，但还是不行，膝盖以下还是潮乎乎的，裙边上还是有点点的污渍。斯嘉丽害怕有人看出她这身衣服曾被泥水弄脏，看穿她只有这一条像样的裙子。不过令她宽慰的是大多数客人的衣服还不如她呢，不是旧的就是小心打过补丁的，还有反复熨烫过的。至少，她这身裙子没有补丁，而且是新的。虽然有点儿湿——但实际上，除了新娘范妮穿的那件白缎婚纱以外，她身上这条裙子是婚礼上唯一的一件新衣服了。

她想起皮蒂姑妈曾经跟她说过埃尔辛家的经济状况，所以很纳闷他们家哪来的钱买白缎子做礼服，哪来的钱买这些点心、满屋子的装饰，哪来的钱雇这些乐师。这肯定得花不少钱呢。可能是找人借的吧，也许整个埃尔辛家族都出了钱，为范妮举办了一场这么奢华的婚礼。如今世道艰难，在斯嘉丽看来，办这么一场豪华的婚礼就跟塔尔顿家给三兄弟立大理石墓碑一样奢侈浪费。此时此刻她感到有些反感甚至恼火，就跟当初站在塔尔顿家墓地时的心情一模一样。可以挥金如土、肆意挥霍的日子已经一去不返了，可眼下这些人为什么还要打肿脸充胖子，强摆过去那样的排场呢？

不过她立刻就把这恼人的情绪给甩掉了，花的又不是她的钱，别人犯傻她气个什么劲儿，不能因为这个破坏了她今晚的兴致。

她发现原来她跟新郎之前就熟识，他是汤米·韦尔伯恩，老家在斯巴达。一八六三年他肩部受了伤，她护理过他。当时他是个年轻英俊的小伙子，一米八几的大高个，放弃了学医，参军加入了骑兵团。可如今的他，看上去却像个小老头，由于臀部受过伤，他只能弯腰弓背，佝偻着身子，走起路来也很吃力，就像皮蒂姑妈说的那样，两条腿向外分开，样子很难看。但他似乎对自己的这副形象全然不知，或者根本不在乎，也没有求助过任何人。他已经放弃了继续学医的希望，现在成了个包工头，手底下有一群爱尔兰工人，正在建造一座新旅馆。斯嘉丽心里很纳闷，他这副身板怎么干得了这么繁重的工作？但她并没有开口问，暗暗苦笑了一下，心想："人啊，受生活所逼，什么事干不了？"

汤米、休·埃尔辛和长得跟猴子似的勒内·皮卡德几个人正站着跟斯嘉丽说话，所有的椅子和家具都被推到了墙边，为舞会作准备。休倒是没怎么变，斯嘉丽上次见到他是在一八六二年，现在的他还跟当年一样瘦，而且还是那么敏感，前额依旧耷拉下来一绺浅褐色的头发，那双手依然如记忆中那么娇嫩，什么活儿也干不了。不过勒内自从上次休假跟梅贝尔·梅里韦瑟结婚后可变了不少。那双乌黑的眼睛里依旧闪烁着高卢人[1]特有的光芒，骨子里还洋溢着克里奥尔人[2]那种对生活的热情，尽管他笑得很轻松，但笑容背后隐藏着一种沧桑和艰辛。在战争初期，他的脸上可从来没有过这种神情。当年他穿着一身帅气的祖阿夫兵军服，看上去意气风发又风度翩翩，可如今早就没有了当年的那副派头。

"真是面若桃花、眸似碧玉啊！"说着，他一边轻吻了一下斯嘉丽的手，一边恭维她脸上的胭脂，"跟当年在义卖会上第一次见到你时一样美！你还记得吗？我永远也不会忘记你把你的结婚戒指放进我篮子里时的情景。哈，真是太了不起了！不过我万万没想到，你等了这么久，还没给自己再弄到一枚戒指！"

他的眼里闪烁着狡黠的目光，然后用胳膊肘捅了捅休的肋间。

"我也万万没想到，你竟然赶着车卖馅饼啊，勒内·皮卡德。"斯嘉丽回敬了一句。不过虽然被别人指出他干的营生低人一等，但勒内并没有觉得有什么不光彩，反而乐得哈哈大笑，还一边

---

[1] 高卢指的是现今西欧的法国、比利时、意大利北部、荷兰南部、瑞士西部和德国莱茵河西岸一带。

[2] 克里奥尔人这个名称在16—18世纪时本来是指出生于美洲而双亲是西班牙或者葡萄牙人的白种人，以区别于生于西班牙而迁往美洲的移民。

笑一边拍休的后背。

"说得好!"他大声说,"这可是我的岳母大人梅里韦瑟太太给我派的活儿,也是我这辈子干的头一份儿工作。我勒内·皮卡德,本来是打算养养赛马、拉拉小提琴度过余生的!而如今,没想到我却赶着马车卖起馅饼来了,不过我倒挺喜欢干这个的!我那位岳母大人就是有本事,能差遣男人干任何事。她应该去当将军,要是让她去指挥打仗,咱们早就赢了。是吧,汤米?"

"得了吧,"斯嘉丽心想,"他们家过去拥有密西西比河沿岸十英里的土地呢,在新奥尔良还有幢大房子!喜欢赶车卖馅饼?亏他说得出口。"

"要是当年咱们的岳母大人们都能参军打仗,那不出一个礼拜就能把北方佬打得满地找牙。"汤米一边赞同地说,一边目光寻找着刚刚成为他岳母的埃尔辛太太那高高瘦瘦而又倔强的身影,"这场仗我们之所以坚持了这么久,全是因为我们身后的这些女人们不肯服输。"

"应该说是永不屈服。"休纠正道,笑容中带着骄傲,但也带着一丝挖苦,"不管她们家里的男士们在阿波马托克斯[1]是怎么做的,今晚在场的女士中,没有一个投降。其实她们的日子比咱们男人的更难过,因为至少咱们还能靠打仗出气。"

"还靠仇恨。"汤米替休把话说完。"你说呢,斯嘉丽?女人

---

[1] 阿波马托克斯是弗吉尼亚州的一个僻静小镇,1865年4月9日李将军率领的南军在此地向格兰特将军率领的北军投降,从而宣告了南北战争结束。

们眼看她们家里的男人只能屈服于命运，落到今天这地步，肯定比男人们心里更难受。休本来可以当法官的，勒内可以当小提琴家，给欧洲的王公大臣们演奏——"看到勒内抡起拳头要揍他，他赶紧低头躲过，"而我呢，本可以当个医生，可如今——"

"给我们点儿时间嘛！"勒内大声说，"到时我就能成为南方的馅饼王子了！我亲爱的休老弟就是柴火大王，而我的汤米呢，你会拥有一大群爱尔兰奴隶，而不是黑奴。到时候跟现在比可就大不一样了——多有意思啊！到那时你们在做什么呢，斯嘉丽小姐，还有梅丽小姐？挤牛奶？摘棉花？"

"不，才不呢！"斯嘉丽冷冷地说，她真不明白勒内那家伙，生活如此艰辛，他却乐在其中，"我们会让黑奴去干的。"

"我听说梅丽小姐给他的儿子起名叫'博雷加德'[1]。请你帮我转告她，我勒内很喜欢这名字，除了'耶稣'之后，再没有比这更好的名字了。"

他面带微笑，一提到路易斯安那州那位威震八方的英雄将领，他眼里依然闪烁着骄傲和自豪。

"哦，还有'罗伯托·爱德华·李'，"汤米说，"我并不是想贬低博老将军的声望，不过等我有了儿子，我就给他起名叫'鲍勃·李·韦尔伯恩'。"

勒内耸了耸肩，然后哈哈大笑起来。

"我给你们讲个笑话，不过这可是件真事。你们可以听听克

---

[1] 皮埃尔·博雷加德（1818—1893），美国作家、政治家、南北战争期间南军名将。

里奥尔人对我们勇敢的博雷加德将军和你们的李将军是怎么看的。在新奥尔良附近的一列火车上,有个弗吉尼亚人,是李将军麾下的士兵,他碰到了博雷加德部队里的一个克里奥尔人。那个弗吉尼亚人没完没了地夸耀李将军长,李将军短。而那个克里奥尔人呢,听得挺认真的样子,皱着眉头好像在回忆什么,然后他笑着说:'李将军!啊,对了!我想起来了!李将军啊!就是博雷加德将军表扬过的那个人!'"

斯嘉丽出于礼貌也跟他们一起笑了起来,但她一点儿也不明白这故事有什么可笑的,只觉得克里奥尔人跟查尔斯顿人和萨凡纳人一样都很狂妄自大。而且她一直认为阿什利的儿子应该取孩子父亲的名字。

乐师们调了调琴,然后奏起了《老丹·塔克》这首曲子。汤米转头看向斯嘉丽。

"你想跳舞吗,斯嘉丽?我没法跟你跳,不过休或者勒内——"

"不了,谢谢。我还在为我母亲服丧呢,"斯嘉丽连忙说道,"我坐着看看就好了。"

她目光一扫,从人群中找到了弗兰克·肯尼迪,她朝弗兰克使了个眼色,把他从埃尔辛太太身边叫了过来。

"我在那边的凹室里坐会儿,请你给我拿些点心来,咱们可以好好聊聊天。"那三个男人走开后,她对弗兰克说。

弗兰克连忙为她端来了一杯酒,还有一块薄得跟纸一样的蛋糕,斯嘉丽在客厅尽头的凹室里坐了下来,小心翼翼地弄好裙摆,把最显眼的污渍遮起来。因为又能见到这么多人,又能听到这么动听的音乐了,所以斯嘉丽的心里很激动,把瑞特羞辱她的那个早晨忘得一干二净。明天她再去想瑞特的所作所为,再去想她受到的羞辱,再承受心里的痛苦吧。明天再去想她在弗兰克受伤而彷徨的心里留下什么印象吧。今晚她什么都不想,今晚她要让自己神采奕奕,从头到脚都充满活力,她要让自己身上每个感官都充满希望,让自己的两眼也焕发光彩。

她从凹室朝宽敞的客厅望去,看着正在翩翩起舞的人们,想起了在战争期间她刚来亚特兰大时,这间客厅是多么漂亮。那个时候,脚下的硬木地板亮得像玻璃一样,头顶上悬挂着巨大的枝形吊灯,上面有数百个小巧的棱镜,将吊灯上几十支蜡烛放出的光芒反射到四面八方,让整个房间充满了犹如钻石、蓝宝石和火焰一般的耀眼光辉。四周的墙壁上挂着先辈的画像,画中的人高贵而端庄,带着亲切而好客的目光俯视着前来的宾客。花梨木沙发柔软舒服,其中最大的一张就曾放在她坐着的这间凹室里,摆在最显眼的位置。那张沙发是她最喜欢的座位,过去每当参加晚宴聚会时,她都会坐在这里。从这里她不仅可以看到整个华丽的大厅,就连大厅另一头的餐厅也能一览无余:椭圆形的红木餐桌可以围坐下二十个人,还有二十八个细腿椅子整整齐齐地摆在墙边。巨大的餐具柜里摆满了沉甸甸的银器、好几个七枝烛台、高脚酒杯、调味瓶、雕花玻璃盛酒瓶和亮晶晶的小玻璃杯。在战争刚开始的头几年里,斯嘉丽经常坐在那张沙发上,身边总有年轻英俊的军官围着。她坐在这里听着小提琴、大提琴、手风琴和班卓琴的悠扬琴声,耳边萦绕着人们跳舞时踩在打过蜡的光滑地板上发出的窸窣舞步声。

而如今,头顶上的枝形吊灯一片漆黑,歪歪斜斜,大部分棱镜都碎了,就好像那些北军占领者们觉得那些棱镜太漂亮,故意要用脚上的大皮靴把它们踩碎似的。如今整个大厅只由一盏煤油灯和几根蜡烛照着,屋子里大半的亮光都来自宽大的壁炉里熊熊燃烧的火焰。火光忽明忽暗,映出了失去光泽的旧地板上的累累疤痕和道道裂纹,已经无法修复了。墙上褪色的墙纸裸露着好几个大大的方块,显然那里曾是挂画像的地方。一道道宽宽的灰泥裂缝让人想起了围城时有颗炮弹在房顶上爆炸的情景,当时屋顶的一部分和二楼的楼板被炸翻了。古老而沉重的红木餐桌上摆满了蛋糕和盛酒瓶,在空荡荡的餐厅里,这张餐桌占据着显要位置。但桌面上满是划痕,桌腿也曾经断过,能明显看出被粗糙修补过的痕迹。巨大的餐具柜、银器和细腿椅子全都没了。客厅后面原来挂在几扇拱形落地窗上的暗金色锦缎帷幔也不见了,只剩下几块带花边的窗帘,虽然看上去挺干净,但显然是打过补丁的。

原先她最喜欢的那张弧形沙发,如今换成了一张硬木长椅,坐着一点儿也不舒服。她坐在那张长椅上,尽可能摆出优雅的姿势,心想她的裙子要是不让她这么难堪该多好,那样她就可以去跳舞了。不过在这僻静的凹室里当然也有好处,她对付弗兰克更能得心应手,比起在舞池里只能气喘吁吁地跟他跳舞,在这里她吸引他的办法更多,也更有效。她可以装作十分入迷地听他说话,怂恿他干些更蠢的事。

不过这音乐实在让人心驰神荡,她的脚忍不住合着老利瓦伊那只朝外分开的大脚一起打拍子。老利瓦伊正拨动刺耳的班卓琴,大声喊着叫人们快来跳弗吉尼亚舞。舞池里的人们舞步沙沙作响,舞伴们双双排成两行,时而相互凑近,时而彼此后退,时而相拥旋转,时而用手臂搭出拱形。

老丹·塔克,喝得醉醺醺——
(抱着你的舞伴转起来!)
他跌进了火堆,踢起了柴块!
轻轻跳,女士们!

在塔拉过了好几个月单调而又劳累的日子之后,现在终于又听到了音乐和舞步声,又见到了许多老朋友在微弱的灯光下那熟悉而友善的面孔,又听到了他们开心地说着当年的玩笑、俏皮话,互相挖苦,彼此打情骂俏,这感觉真是太好了,简直就像死而复生一样,仿佛五年前那美好的时光又回来了。假如斯嘉丽闭上眼,不去看那些改了又改、补了又补的衣裙,打着补丁的靴子和便鞋,她不去回想舞池中消失的那些小伙儿的面容,她几乎会以为这些年来一切都没有改变。然而当她看到老头儿们聚在餐厅里,围在盛酒瓶旁;看到老太太们靠墙边坐成一排,没有扇子,就用手挡着嘴聊天;又看到年轻人在舞池里翩翩起舞时,她突然不寒而栗,原来一切都变了,眼前这些熟悉的身影,仿佛都成了鬼魂。

他们看上去像是没变，但实际上完全变了。哪儿变了呢？难道只是老了五岁吗？不，不只是岁月的流逝，还有比这更深层的东西，好像他们身上失去了什么，有种东西从这个世界上消失了。五年前，有一种安全感轻柔地笼罩着他们，可他们一点儿也没有察觉。在这种安全感的庇护下，他们的生活多姿多彩。而如今这种庇护消失了，而往日里那如火的激情，那无处不在的欢乐和兴奋，还有那令人心醉神迷的生活方式也随之而去了。

斯嘉丽明白，她自己也变了，但不像他们变化那么大，这使她感到很困惑。她坐在那儿看着众人，觉得自己跟他们格格不入，陌生而孤立，仿佛她来自另一个世界，彼此之间语言也不通，都听不懂对方的话。突然她意识到，这种感觉就跟她和阿什利在一起时的感觉一样。跟他在一起，跟与他同类的人在一起——而在她所处的环境里，大多数都是这些人——所以她觉得自己游离在某种东西之外，而她也不明白这种东西到底是什么。

大家的容貌几乎没怎么变化，言谈举止更是跟过去一样有礼有节。可在她看来，这些老朋友们身上唯一没变的也就这两点了。不管岁月如何变迁，他们身上的高贵气质和豪爽风度将会永远留存，至死不变。但同样无尽无休的还有他们所遭受的痛苦，一种锥心刺骨的痛苦，无法用言语形容，这种痛苦会一直伴随着他们直到生命尽头，带着痛苦被埋进坟墓。他们谈吐温和、性情刚烈，却感到十分疲惫。他们虽然被打败，却不肯认输，他们虽然被打垮，却依然挺直腰杆。他们是被征服之地的公民，受到残酷的镇压，孤立无助。他们眼看着自己热爱的家园故土遭到敌人的蹂躏；眼看着恶棍们肆意践踏法律，无法无天；眼看着曾经的黑奴对自己恶意恐吓和威胁；眼看着男人们被剥夺了选举权，女人们受尽侮辱。他们想到了死亡。

在他们旧的世界里，一切都变了，只剩下旧的躯壳。但旧的习俗依然延续，而且必须延续，因为这是他们仅存的东西了。他们紧紧抓住旧日里自己最熟悉、最心爱的东西不放——从容不迫的仪态，谦逊有礼的言行，还有待人接物时随和而令人如沐春风的态度。最重要的是，男人有责任保护女人。他们也的确一直在恪守从小就被教导的传统，对女人殷勤体贴，温柔有礼。他们几乎成功地营造出一种保护女人的氛围，仿佛真的让女人们远离了一切残酷的现实，以及一切不适宜让女人亲眼见到的事物。在斯嘉丽看来，这一点尤为荒唐，因为在过去的五年里，女人们什么没见过？就连最闭门在家、不问世事的女人，也什么都见过了。女人们护理伤员，亲手为死者合上眼睛，她们饱受战乱之苦，历经炮火硝烟的摧残，尝尽恐惧、逃难和饥饿的痛苦。

然而，不管他们见过什么可怕的场景，干过或者还得干多么卑贱的活儿，他们依然是体面的女士和绅士，是落魄的贵族——他们痛苦、疏离、淡漠，但相互之间仍亲切友善。他们如金刚石一般坚毅，却又如头顶那盏破损的枝形吊灯上的水晶一样，明亮又脆弱。往日时光一去不返，但这些人依然如故，仿佛仍旧过着以往那种悠然而惬意的生活，坚决不肯像北方佬那样争财夺利，哪儿有油水往哪儿钻，也坚决不肯脱离旧有的生活方式。

斯嘉丽知道自己也变了很多，不然，离开亚特兰大后，她也不会去干那些干过的事，不然此时此刻她也不会费尽心机做不得不做的事。然而他们的坚毅和她的有所不同，但到底有什么区别，她这会儿也说不清楚。或许不同之处就在于她什么事都敢干，而他们有很多事情是宁死也不肯去干的。又或许是在于他们即使已经失去了希望，也能笑着面对生活，优雅地向生活低头行礼，从容地从其身边走过。而这一点斯嘉丽却做不到。

她做不到无视现实。她得活下去，可现实太残酷、太无情了。这种严酷的现实，即使用微笑也掩盖不住。这些朋友们身上的这种淡定、勇气和不肯屈服的骄傲，在斯嘉丽看来一钱不值。从他们身上，她只看到了愚蠢的固执和傲慢，他们看到了真相，却一笑而过，不敢正视。

斯嘉丽望着那些跳舞跳得满脸通红的人，心里暗暗纳闷，不知他们是否也跟她一样饱受生活的摧残。心上人死了，丈夫残了，孩子们在挨饿，田地没了，心爱的家园被陌生人占据。他们当然也遭受了这一切！她了解他们的境况，只不过不像对自己的情况了解得那么详细清楚罢了。他们也跟她一样，遭受了同样的损失；他们也跟她一样，贫困潦倒；他们也跟她一样，遇到同样的麻烦。可他们的态度和反应却跟她截然不同。此时此刻，她在这大厅里见到的一张张面孔并不是真的，而是一个个面具，永远不会摘下的完美面具。

然而，假如他们跟她一样在残酷的现实中饱受苦难的话——他们的确如此——那他们怎么能这么轻松愉快呢？他们为什么要这么做呢？实在是让她难以理解，而且隐隐令她有些恼火。她做不到像他们一样，她做不到面对这样一个残破不堪的世界依然无动于衷。她就像一只被追捕的狐狸，拼命地逃跑，势必要在被猎狗追上之前跑进洞里去。

突然间她好恨这些人，因为他们跟她不一样，因为他们承受损失的那种态度，她永远做不到，也不想去做。她恨他们，恨这些脸上洋溢着笑容、脚下舞步轻盈的陌生人，恨这些傲慢自负的傻瓜，失去了东西却还引以为傲。女人们装得高贵优雅，一个个宛如贵妇淑女，可实际上她们天天都得干仆人干的卑贱活儿，不知道哪年哪月才能添上件新衣服。好一群贵妇淑女啊！可她呢，尽管她穿着天鹅绒裙子，头发上洒了香水，尽管她出身高贵，曾经拥有令人羡慕的财富，可她却丝毫感觉不到自己是个贵妇人。整天在塔拉的红土地上辛苦劳作，她的一身高贵和淑女风范，早就被残酷的现实抹去。她心里很清楚，除非她的餐桌上摆满银餐具、水晶器皿和热气腾腾的丰盛美食，除非塔拉的马厩里有健壮的好马和漂亮的马车，除非在塔拉的田地里摘棉花的是黑人而不是白人，她永远也不会觉得自己是淑女。

"咳！"想到这里，她突然气愤地吸了一口气，心想，"区别就在这儿啊！就算她们穷得叮当响，可她们仍然觉得自己是体面的贵妇淑女，可我却不觉得是。那些傻女人们似乎还是没明白，没有钱就根本成不了贵妇淑女！"

虽然她突然恍然大悟，她还是隐隐觉得，她们是傻，但傻得对。要是妈妈还在世，肯定也是这么想的。这使她感到很不安，她明知自己应该跟那些女人有同样的感觉和想法，可她就是做不到。她明知自己应该跟那些女人一样，始终坚信生来就尊贵的女人，即使穷困落魄了也照样尊贵。可她现在就是无法相信这一点。

从小到大，她总听别人嘲笑那些北方佬，因为他们自诩为上等人，凭靠的不是教养，而是财富。但是此时此刻，她虽然觉得荒谬，却不得不承认，即使北方佬在别的事情上全是错的，但至少在这一点上是对的。那就是做贵妇淑女必须得有钱。她知道如果妈妈听到自己的女儿竟然说出这种话来，肯定会气晕过去的。妈妈是不管多穷也不会觉得丢人的。丢人！没错，此时此刻，斯嘉丽就是有这种感觉。她太穷了，穷到不得不舍下脸面，穷到身上一个子儿没有，穷到得干黑人干的活儿。这还不丢人吗？

她气恼地耸了耸肩。也许这些人是对的，而她错了。但这又有什么区别呢？这些自负的傻瓜依然不会像她一样向前看，不会想尽一切办法，甚至不惜出卖自己的尊严和名誉，把失去的东西夺回来。他们认为玩命追逐钱财有失体面，绝不肯做。如今世道残酷而艰辛，要想活下去就必须进行艰苦而激烈的斗争。斯嘉丽知道家族的传统会阻止这些人参与到这种斗争中去——因为这种斗争的最终目的显然就是赚钱。他们全都认为一门心思地赚钱甚至谈钱都是俗到极点的事。当然，这其中也有例外。梅里韦瑟太太做烘焙、勒内赶马车卖馅饼，这些都是例外。还有休·埃尔辛劈柴火挨家售卖、汤米做承包商干工程，这些也是例外。另外还有弗兰克居然也鼓起勇气开起店铺来了。可大多数人在干什么呢？种植园主守着几英亩薄田，辛苦劳作，可日子却十分贫苦。律师和医生们回去干自己的老本行，也许天天都得干等，没有顾客上门。至于其他人呢，那些过去一直靠着祖上产业不劳而获，过着悠闲日子的人呢？他们又会怎样？

可她不想一辈子都这么受穷，也不打算期待奇迹发生，坐等天上掉馅饼给她。她要在残酷的生活中打拼，尽自己所能夺取想要的东西。她父亲当年刚来美国时两手空空，后来不也白手起家，挣下了塔拉这么大一片土地吗？他能做到的事，他的女儿也能做到。她跟这些人不同，他们把一切赌注都押在了一场已经失败的事业上，即使输了，即使作出了那么大牺牲也觉得值。他们是从过去汲取勇气，而她是从未来得到力量。眼下，弗兰克·肯尼迪就是她的未来。至少他有间店铺，还有笔现金。要是她能跟他结婚，把他的钱弄到手，那塔拉就能再维持一年。之后呢——弗兰克必须得买下锯木厂。她亲眼见到了这座城市正在迅速重建，眼下木材生意没有什么竞争对手，谁做木材生意，就等于谁拥有了一座金矿。

突然从她的脑海深处闪出了一个久远的记忆，她想起战争初期瑞特说过他靠偷闯封锁线赚钱的话。当年她懒得动脑子去想那些话，但现在那些话想起来却令她醍醐灌顶。她不知自己当年是因为太年轻还是因为脑子太笨，竟没发现那些话这么有道理。

"建设文明能赚钱，破坏文明也同样能发财。"

"他早就预见到如今这破败的局面了吧，"她心想，"他是对的。只要不怕吃苦,或者说不怕去抢夺,就会有大把大把的钱可以赚。"

她看到弗兰克手里端着一杯黑莓酒,托着一个盛着一小片蛋糕的盘子,穿过客厅朝她走来。她脸上立刻绽放出笑容。为了塔拉嫁给弗兰克到底值不值,她连想都没想。她认为值,所以就再也不去多想了。

她一边浅酌着黑莓酒,一边抬头对他微笑。她深知自己的双颊艳若桃李,比舞池里任何一个姑娘的脸蛋都红润诱人。她把裙摆挪开些,让弗兰克坐在她身边,同时还悠然地摇着手帕,让香水味儿飘进他鼻子里。这香水让她十分得意,因为在场的其他女人里谁也搽不起香水,而且弗兰克也注意到了她身上的香水味儿,竟壮起胆子凑到她耳边,低声对她耳语,说她面色红润,像一朵玫瑰,鲜艳而芬芳。

要是他别这么羞答答的该多好!他那模样让斯嘉丽想起了胆小的褐色老兔子。要是他有塔尔顿家几个兄弟那样的豪爽和热情该多好,哪怕有点儿瑞特·巴特勒那样的厚颜无耻也行啊!不过,假如他性格中真有那些特质的话,他也许早就察觉出她那双频频眨巴着的睫毛下,隐藏着走投无路的绝望和孤注一掷。实际上,他对女人并不太了解,以致从没怀疑过她的动机和目的。这对斯嘉丽来说是她的运气,但这并没有让她对他多上哪怕一分的尊重。

第三十六章

经过旋风一般猛烈的追求,两个星期后,斯嘉丽便嫁给了弗兰克·肯尼迪,成了他的妻子。她红着脸对弗兰克说,他的情意太热烈,让她简直透不过气,这份热情令她实在难以抵挡。

弗兰克完全不知道,在那两个星期里,斯嘉丽天天深夜里在卧室走来走去,咬牙切齿地抱怨他怎么这么慢慢吞吞,她都给了那么多暗示和鼓励,结果他还是那么迟钝。同时她也暗暗祈祷,希望苏埃伦千万别在这个节骨眼给弗兰克写信,毁了她煞费苦心的计划。谢天谢地,她这个妹妹是最不爱写信的人了,她只喜欢收到别人的来信,自己却懒得动笔。可凡事无绝对,总会有个万一,万一苏埃伦写信了呢?漫漫长夜里,斯嘉丽穿着睡衣,紧裹着妈妈那条褪色的披肩,在卧室冰冷的地板上来回踱步,脑子里思来想去,心里惴惴不安。弗兰克不知道,她收到了威尔寄来的一封简短书信,说乔纳斯·威尔克森又去了塔拉,得知她去了亚特兰大,气得大吵大闹,最后被威尔和阿什利给赶走了。威尔的信再次给她敲响了警钟——而她自己也清楚得很——距离交纳额外税款的日子越来越近了。时间一天天过去，她的心里也越来越绝望，恨不得抓住时间的沙漏，不让时间的流沙一粒粒落下去。

但她把自己的情绪掩饰得很好，把自己的角色也扮演得惟妙惟肖。弗兰克丝毫没有对她产生怀疑，对他表面所看到的一切都深信不疑——她是查尔斯·汉密尔顿的遗孀，年轻漂亮而又无助的小寡妇，每天晚上都会在皮蒂帕特小姐家的门廊跟他打招呼，每次都会屏息凝神，又一脸崇拜地听着他叨叨未来如何发展他的店铺，等他买下锯木厂之后能赚多少钱什么的。她对他说的每一句话都由衷地赞同和支持，眼睛也闪闪发亮，显然对他说的一切十分感兴趣，这对他来说是一种莫大的安慰，如同一贴神奇的药膏，治愈了因苏埃伦变心而给他造成的创伤。苏埃伦的背叛既令他十分痛心，也让他感到很困惑。他知道自己人到中年，还是光棍一个，对女人没有任何吸引力，因此他身为一个中年人那敏感又胆怯的虚荣心受到了深深的伤害。他不敢给苏埃伦写信，谴责她的不忠，别说写信了，他连想都不敢想。可他可以在斯嘉丽面前谈苏埃伦，让自己的心得到安慰。无须说苏埃伦一句坏话，斯嘉丽就能让他知道，她明白自己的妹妹有多么对不起他，而他值得一个真正欣赏他的女人倾心相待。

这位身材娇小、面若桃花的汉密尔顿太太真是个漂亮而又迷人的女人。她时而因想起自己的凄苦境况而唉声叹气，时而又因听到他讲的小笑话而开心，发出银铃般的笑声。她的那身绿色长裙已经被嬷嬷熨洗干净，完美地衬托出她苗条的身材和纤细的腰身，多么婀娜多姿。她的手帕和头发上总是会散发出淡淡的幽香，多么令人迷醉！如此娇美可人的小女子尚未知晓世间疾苦便突逢乱世，孤独又无助，真是可怜。她没有丈夫，也无兄弟，如今就连父亲也无法保护她。弗兰克觉得这个世界本就残酷，对这样的一个孤苦无依的女人来说更是艰难。对于这一点，斯嘉丽心里也由衷地表示赞同。

他每天晚上都登门拜访，因为皮蒂小姐的家里气氛很愉快，令人感到安心而舒服。站在门口迎接他的嬷嬷总是满面笑容，她只有对上等的体面人才会露出这样的微笑；皮蒂姑妈特意请他喝加了些许白兰地的咖啡，而且在他身边忙前忙后；斯嘉丽则全神贯注地听他说的每一句话。有时，他下午出去做生意的时候会带上斯嘉丽，陪她坐轻便马车出去兜风。跟她一起坐车兜风真是开心，因为她总会问一些傻乎乎的问题——"女士就是这样。"他得意地对自己说。她对生意一窍不通，说出来的话总会让他忍不住发笑。而她也跟着笑起来，还说："哎呀，我这种傻傻的小女子哪懂得你们男人的事儿啊。"

在与斯嘉丽的相处中，弗兰克这个老光棍平生第一次觉得自己是个顶天立地的男子汉，上帝创造他时赋予了他比别的男人更高贵的品质，专为保护世上那些孤独无助的傻女人。

最后，他们终于站在一起举行了婚礼。弗兰克握着斯嘉丽那柔若无骨的小手，看着她低垂的睫毛，犹如两弯黑色的新月，投映在粉嫩的脸颊上。直到此时他仍不明白这一切是怎么发生的。他只知道自己平生第一次做了件浪漫而又激动人心的事。他，弗兰克·肯尼迪,竟然让这么个美人为他倾心,被他迷倒,投入他有力的怀抱。他简直激动得飘飘欲仙了。

他们的婚礼上既无朋友,也没亲戚在场,就连证婚人也是临时从街上拉来的陌生人。斯嘉丽执意要这么做,弗兰克虽然不乐意,但也只好让步。他本来是打算请他的妹妹和妹夫从琼斯博罗过来参加他们婚礼的。还打算在皮蒂小姐家举行婚宴,请亲戚朋友来给新娘祝酒庆贺,那该有多开心啊。可斯嘉丽怎么也不听,就连请皮蒂姑妈出席婚礼,她都不愿意。

"就咱们两个人就行了,弗兰克,"她捏了捏他的胳膊,央求道,"就跟私奔一样。我其实一直就想跟人私奔结婚呢!求你了,亲爱的,就答应我吧!"

弗兰克还没听过她这么亲热地称呼他,心里喜不自胜,再加上她那双淡绿色的眼眸里泪光闪闪,那充满恳求的目光实在令人动容,所以最终还是让步了。再说,作为一个男人本就该对新娘多迁就些,特别是在婚礼这件事上,要多多忍让,因为女人向来感性,对这种事总是看得很重。

于是他就这样稀里糊涂地结了婚。

弗兰克给了斯嘉丽三百块钱。一开始他并不乐意,因为这样一来,他就没办法立刻买下锯木厂了。可他被斯嘉丽撒娇式的软磨硬泡迷晕了头,没招架几下就缴械投降了。再说,他也不忍心眼睁睁看着她的家人被人从塔拉赶出去啊。看到她拿到钱后喜笑颜开的样子,他心里的失望情绪立刻就减去了大半。随后,她为了感激他的慷慨大方对他"主动表示"亲热,这下他心里的失望顿时就烟消云散了。从来没有女人对他"主动"亲热过,他突然觉得这钱真是花得值。

斯嘉丽随即就打发嬷嬷回到塔拉,叫她着手去办三件事:一是把钱交给威尔,二是告诉大家她已经结婚了,三是把小韦德接到亚特兰大来。两天后,她收到了威尔寄来的短笺,她把这信带在身上,看了又看,越看越高兴。威尔在信上说,税款已经付清,乔纳斯·威尔克斯听到这个消息后"气得头顶冒烟",不过到目前为止,还没有进一步威胁的举动。在信的末尾,威尔祝她生活幸福,只说了这么一句客套话,丝毫没提他自己的看法。她知道威尔理解她所做的一切,明白她的苦衷,所以对她的做法不置一词,既不褒也不贬。"可阿什利会怎么想呢?"她心里慌乱不安地想,"不久前在塔拉的果园里,我还对他表白心意呢,如今他会怎么看我呢?"

另外,她还收到了苏埃伦的信,上面错字连篇,措辞也十分激烈,骂骂咧咧,还有斑斑的泪痕。整封信里满是对斯嘉丽人品的谩骂和侮辱,但说得针针见血,斯嘉丽一辈子也忘不了这封信,也永远不会原谅写信的人。但她还是很高兴,因为塔拉得救了,至少暂时安全了,即使苏埃伦那封恶言恶语的信也丝毫影响不了她喜悦的心情。

如今斯嘉丽长居亚特兰大,而不在塔拉了,这一事实令她一时很难接受。她之前一直在拼尽全力弄钱交税,脑子里只想着救塔拉,使其免遭威胁,从来没想过别的。即使在结婚那一刻,她也没想到过为了保全自己的家，她付出的代价竟然是要永远地离开它。如今事已至此，她意识到自己再也回不了头，满心思乡的愁绪挥之不去。但生米已经煮成了熟饭，既然做了交易，就得信守承诺。况且她对弗兰克十分感激，因为是他救了塔拉。她由此也对他产生了缕缕温情，同时心里下定决心不让他因娶她为妻而感到后悔。

亚特兰大的太太小姐们对街坊邻里的事情向来了若指掌，就跟自己家里的事一样清楚，而且对邻居家的兴趣比自己家还大。她们都知道，这么多年来弗兰克·肯尼迪和苏埃伦·奥哈拉两人虽没挑明，但彼此"心照不宣"。实际上，弗兰克曾经还腼腆地说打算来年春天就娶她呢。所以当他跟斯嘉丽已经悄悄结婚的消息公开之后，各种流言蜚语和猜疑立刻传得满天飞。这一点儿也不奇怪。梅里韦瑟太太尤其爱打听，也最按捺不住自己的好奇心，于是直截了当地问弗兰克，为什么他本来跟妹妹订了婚，最终娶的却是姐姐，之后，又跟埃尔辛太太说，自己跟弗兰克打听了半天，结果得到的答案只是一副傻乎乎的表情。但即使像梅里韦瑟太太这样泼辣又强悍的人，也不敢当面问斯嘉丽这个问题。最近这段日子里，斯嘉丽娴静又妩媚，但眼神中透着得意，让人看着就来气。她还摆出一副盛气凌人的架势，所以谁也不敢去惹她。

斯嘉丽心里清楚，整个亚特兰大的人都在背地里议论她，但她一点儿也不在乎。再说，她嫁人又不是什么见不得人的事。只要塔拉安全了就行，别人爱说什么就说什么去吧。她要操心的事儿还多着呢。最重要的是,她得想办法委婉地让弗兰克明白,他的店铺还得再多赚些钱。自从上次受到乔纳斯·威尔克森的威胁之后,她的一颗心总是悬着,觉得除非她和弗兰克再赚些钱,否则她永远无法安心。而且就算没有什么意外的事情发生,弗兰克也得多赚钱,因为斯嘉丽还得攒钱为塔拉交明年的税。再说,弗兰克跟她说的锯木厂的事也让她心里一直惦记着,要是能把锯木厂买下来,肯定能赚好多钱。如今木料价格贵得离谱,做木材生意绝对能发财。可是弗兰克的钱不够多,没办法既缴清塔拉的税款,同时又把锯木厂买下来,所以她心里暗暗发愁。她下定决心,无论如何都得让弗兰克的店铺多赚些钱,而且得快,好抢在别人前面尽快把锯木厂买下来。她看得出,这笔生意绝对划得来。

她要是个男人,她宁可把店铺抵押出去,先筹到钱把锯木厂盘下来再说。可结婚第二天,她不露声色地把这个想法暗示给弗兰克时,他却只是笑了笑,还让她别为了生意上的事费神,别让她那可爱的小脑袋瓜累着。不过他倒是很惊讶,她居然知道什么是抵押,一开始还觉得挺有趣。不过新婚没过多久,这种"有趣"很快就变成了"震惊"。有一次,弗兰克不小心说漏了嘴,跟斯嘉丽说"有些人"(他很小心,没有提到那些人的名字)欠他的钱,到现在还没办法还他。当然,他也不愿意逼那些老朋友还钱,毕竟他们都是上等的体面人。弗兰克很后悔跟斯嘉丽提这事,因为从那之后,斯嘉丽就一而再再而三地跟他追问这件事。每次问起这事的时候,她都一副天真可爱的样子,像个单纯的孩子,说自己只是好奇，想知道是谁欠他钱不还，欠了多少钱。弗兰克含糊其词，紧张得直咳嗽，然后摆摆手，一再地跟她说别为这事费神，别折磨她那可爱的小脑袋瓜一类的蠢话。

不过，他最终还是开始明白过来，她那漂亮可爱的小脑袋瓜实际上非常"精于算计"，甚至比他的脑袋瓜还聪明。这让他感到很不安。他惊讶地发现斯嘉丽能快速心算一长串的数字加法，而他呢，超过三个数就得拿纸笔写下来才行。而且连分数的计算也难不倒她。他觉得一个女人既懂分数，又懂做生意，实在有失体统。他认为一个女人即使不幸天生就懂体面女人不该懂的事情，也该装作不懂才对。虽然结婚前他很喜欢跟斯嘉丽谈论生意上的事，可现在他很不想跟她谈。当初他以为斯嘉丽根本不懂生意，所以才很乐意讲给她听。可现在他才发现她对生意上的事明白得很。通常男人一旦发现女人表里不一，便会心生气愤，而他也不例外。另外，男人一旦发现女人有聪明的头脑，便会满心失望，而他也是如此。

斯嘉丽为嫁给他耍了手腕，弗兰克究竟是婚后多久才发现自己被骗的，谁也不知道。也许是仍旧单身的托尼·方丹来亚特兰大做生意时，也许是他那位住在琼斯博罗的妹妹得知他们结婚大吃一惊，直接写信告诉他时。当然，他肯定不会从苏埃伦那里得知真相，因为她从不给弗兰克写信，而弗兰克也不可能给她写信亲口跟她解释。他婚都已经结了，解释还有什么用呢？一想到苏埃伦永远也不会知道真相，永远都会认为是他狠心绝情抛弃了她，弗兰克的心里就不是滋味。可能别人也都是这么想的吧，也许大伙儿都在背地里谴责他吧。他现在处境真的很尴尬，可他又有冤无处诉，有理说不清，他一个大男人，总不能到处跟人说自己被一个女人迷昏了头吧。他是个体面人，怎么能到处张扬，说自己结婚是被老婆骗了，中了她的圈套呢。

斯嘉丽已经成了他的妻子，而妻子有权要求丈夫对自己忠诚。再说，他无论如何也不肯相信，她对自己一点儿感情都没有就硬着头皮跟他结婚了。男人的虚荣心不允许他这种念头存留太久。他宁愿相信斯嘉丽是突然爱上了他，所以即使要手段也要得到他。这样想他心里才舒服些。可这么想的话，道理也说不通。他知道自己对女人没什么吸引力，更不用说斯嘉丽了，她年龄比他小一半，既漂亮又聪明，怎么会看上他呢。但弗兰克是个老实的体面人，把所有的困惑和疑虑都藏在心里，毕竟斯嘉丽是他的妻子，问她这种难堪的问题是对她的羞辱，他不能这么做。更何况即使问了也于事无补。

而且弗兰克也并没有什么遗憾想要弥补，因为他的婚姻还算挺幸福的。斯嘉丽妩媚迷人，别提多令人心动神驰了。他觉得她简直十全十美——就是有些太倔强、太任性了。新婚没几天，弗兰克就发现只要事事顺她的意，生活就会幸福无比，可要是不依着她……凡事只要依了她，她就会开心得像个孩子，总是乐呵呵的，还会说些傻乎乎的笑话，坐在他的大腿上捋他的胡子，非要他发誓说自己觉得年轻了二十岁才肯放手。她会出乎意料地对他温柔体贴，晚上他回家时，她早已把拖鞋放在火边烘热，等他回家时穿。他湿了脚或者脑袋总是受风头疼时，她会忙前忙后地照顾他。她总会记着他爱吃鸡胗，咖啡要放三匙糖。是的，跟斯嘉丽在一起，生活幸福又甜蜜，日子温馨又舒服——只要事事都依着她就行。

结婚两个星期之后，弗兰克患上了流行性感冒，米德医生让他卧床休息。战争的头一年，弗兰克因患肺炎住过两个月的院，从那以后，他就一直害怕再得肺炎。所以他乖乖地听医生话，躺在床上，盖了足足三层被子，好让自己发汗，而且每隔一小时就喝一次嬷嬷和皮蒂姑妈给他熬的热汤药。

可日子一天天过去，弗兰克的病还不见好转，他越来越担心店里的生意。现在店铺一直都由店里的一个伙计打理，他每天晚上到家里来给他汇报当天生意的情况。可弗兰克还是不放心，心里为这事烦恼不已。斯嘉丽一直在等待这样一个时机，她把一只冰凉的手放在他的额头，说道："好了，亲爱的，看你这么忧心，我心里也不好受。要不我进城去店里看看情况吧。"

弗兰克无力地表示反对，但都被她笑着驳回去了，于是她便去了店里。新婚后的三个星期里，她一直急着想看他的账簿，想看看账上到底有多少钱。如今他卧病在床，真是个天赐的好机会！

弗兰克的店铺在五角场附近，虽然墙是原先的，墙砖被烟熏得黑乎乎，不过屋顶是新盖的，在老墙的映衬下显得格外闪亮。木制遮篷遮住了人行道，一直延伸到街边，连接着篷柱的长铁杆上拴着几匹马和骡子。马和骡子淋着冷冷的细雨，全都耷拉着脑袋，背上搭着破旧的毯子和被子。店里的摆设跟琼斯博罗的布拉德商店差不多一样，只不过熊熊燃烧的炉火边没围着一群游手好闲的懒汉，不停地往沙箱里吐烟草汁。这间店铺比布拉德商店大，但光线暗多了。木遮篷挡住了冬日里的大部分阳光，店铺里面又暗又脏，只有一线阳光透过边墙高处几扇布满苍蝇屎的小窗户照射进来。地上满是沾着烂泥的木屑，到处都积着灰尘。店铺的正面还算整齐，高高的货架一直耸立到上面的暗处，货架上摆着色彩鲜艳的布匹、瓷器、炊具和各种杂货。但是店铺后头，也就是隔板后面，简直是乱七八糟。

里面没铺地板，硬泥地上杂乱地堆着各种货物。昏暗中，她看到了一箱箱、一包包的货物，还有犁具、马具、马鞍和廉价的松木棺材。另外还有各种二手的旧家具，从便宜的桉木家具，到昂贵的红木和花梨木家具，一应俱全，全都乱七八糟地堆在暗处。华丽却有些破旧的锦缎和马鬃椅垫闪亮夺目，在周围脏兮兮的环境里显得格格不入。瓷夜壶、瓷碗、成套的瓷壶瓷罐堆满一地，四周的墙边围了一圈高高的木箱，黑漆漆的也看不清里面装了什么。斯嘉丽把灯直接举到箱子上面照，这才看见里面装着种子、钉子、螺栓和干木工活的工具。

"还以为像弗兰克这么婆婆妈妈的老男人肯定挺有条理，东西摆得整齐又干净呢。"斯嘉丽一边用手帕擦着脏手，一边心想，"没想到这地方简直跟猪圈一样。他就是这么开店的啊！这些货品上面尽是灰尘，他也不掸掸，把它们摆在前面多好，这样还能卖得快些。"

连店铺都这么乱糟糟的，那他的账簿还不定乱成什么样子呢！

"我现在就去查查他的账簿。"她心想。于是她举着灯,来到店铺前堂。店里的伙计威利极不情愿地把那本又脏又破的大账簿递给了她。显然,尽管他年纪不大,但观点跟弗兰克相同:男人做生意,女人瞎掺和什么。可斯嘉丽狠狠地凶了他一句,让他闭嘴,然后打发他去吃饭了。等那伙计走了之后,斯嘉丽心里才舒服些。连个伙计都反对她看账,真是气人。她在火炉边一张藤条椅上坐了下来,一条腿盘起来,然后把账簿打开,放在腿上。由于正是中午吃饭的时候,街上空荡荡的,没顾客来买东西,店铺里只有她一个人。

她慢慢翻查着账簿,仔细查看上面一行行的名字和数字,这些都是弗兰克亲笔写的,字体倒是工整,但密密麻麻看着费劲。果然如她所料,她发现弗兰克还真不是做生意的料,不禁皱起了眉头。账上至少有五百块钱的欠款,有几笔已经拖欠了好几个月没还,那些欠账的人她都很熟悉,其中甚至还包括梅里韦瑟家和埃尔辛家。平时弗兰克说到欠他钱的"人们"时,总是一语带过,她还以为数目不大呢。可没想到居然是这么大的一个数字!

"他们要是没钱就别买呀!"她气坏了,心想,"弗兰克也真是的,明知道他们掏不出钱来,干吗还卖给他们呢?其实只要他态度强硬点儿,多数人还是付得起钱的。埃尔辛家就掏得起这钱,范妮结婚时,他们有钱买新的缎子婚纱,有钱办那么气派的婚礼,怎么就没钱付账呢?弗兰克就是心太软了,尽被别人占便宜。哎,这些欠账哪怕收回一半,那锯木厂就能买下来了啊,剩下的钱连交塔拉的税都够了。"

她又想:"想想弗兰克会怎么经营锯木厂吧!天啊!他把这店铺都开成了慈善堂,还指望他能从锯木厂赚到钱?恐怕不出一个月就被县里给收走了吧。哎,要是我来经营锯木厂,肯定比他干得好,就算我不懂木材生意,也绝对比他强!"

女人能和男人一样做生意,甚至比男人干得还好。对斯嘉丽来说,这是个大胆的念头,一种具有颠覆性的理念,因为她从小就接受传统观念的教育和熏陶,所有人都灌输给她这样一种观念:男人无所不知、无所不能,而女人却都不怎么聪明。当然,她早就发现了这种观念并不完全正确,但她只是把它当成一个有趣的发现,并深藏在心里,从来没把这想法跟别人说起过。她静静地坐着,厚厚的账簿摊在膝间,嘴巴吃惊地微张着,回想着在塔拉熬过的那几个月艰难困苦的日子。她发现自己一直在干着男人干的活儿,而且干得很好,不比男人差。从小到大她都被灌输这样一个信念:女人单枪匹马什么事也干不成。可在威尔没来以前,她没有男人帮助,不也把种植园打理得挺好吗?"嗯,嗯,没错,"她心里揣度着,"依我看哪,没有男人帮忙,女人照样事事都能干成——只有生孩子除外。上帝清楚,女人但凡脑子正常一点儿,谁乐意要孩子啊。"

她和男人一样能干,一想到这个,她心里就突然涌起一股自豪感,还有一种强烈的想要证明自己的欲望,她要像男人一样为自己赚钱。她赚来的钱都归她自己,再也不用找男人要钱,并且再也不用跟男人报账。

"要是我自己有钱把那家锯木厂买下来就好了,"她叹了口气,大声说,"我肯定能把锯木厂经营得红红火火。而且我决不会让人赊账,就连一块小木片也别想从我这儿白白拿走。"

她又叹了口气。她没地方弄钱去啊,所以这个愿望是不可能实现的。弗兰克只要收回别人欠的账,就能买下锯木厂了。这笔买卖肯定能稳赚不赔。等他买下了锯木厂,她自然能想出办法让他更用心地管理,经营得比这间店铺强。

她从账簿后面撕下一页,把那些好几个月没还账的欠债人名单抄下来。她一回家就要跟弗兰克商量这件事,要让他明白,朋友归朋友,但欠的钱必须得还,就算拉下脸来硬逼他们,也得还钱。弗兰克可能会很为难,因为他胆子小,脸皮又薄,还喜欢听好话,所以他宁愿不要这钱,也不愿拉下脸来硬逼人家还钱。

他很可能会跟她说,大伙儿都没钱还他。嗯,也许真是这样。这年头人人都穷得叮当响。但几乎家家都存着些银器、珠宝首饰或者有点儿房产什么的。弗兰克大可以让他们用这些东西抵债嘛。

她能想象到弗兰克听到她出的这个主意时,肯定会不停地唉声叹气。竟然让他把朋友们的首饰和房产抢走,这种事他怎么干得出来呢!"哼,"她耸了耸肩,心想,"他爱怎么说就怎么说吧,反正我要告诉他,他甘愿为了朋友而受穷,我可不愿意。他要是狠不下心来,那他就什么也干不成。可他必须得干出点儿名堂来!他得赚钱养家,哪怕得由我站出来当家主事,也得逼他这么干。"

她表情严肃,正紧咬着牙关忙着抄写名单时,店门突然开了，一股冷风吹进店里。一个高大的男人迈着像印第安人那样的轻快脚步，走进昏暗的店内。斯嘉丽抬头一瞧，原来是瑞特·巴特勒。

他穿着一身华丽的新衣服，大衣外面还披着一件时髦的斗篷，罩住他厚实的肩膀。两人目光相对，瑞特立刻摘下高高的帽子，一只手捂在胸前一尘不染的褶领衬衫上，向她深深鞠了一躬。他那洁白的牙齿在褐色脸庞的衬托下，显得格外闪亮，一双乌黑的眼睛正肆无忌惮地打量着她。

"我亲爱的肯尼迪太太，"他边说边朝她走来，"我最亲爱的肯尼迪太太！"他突然开心地大笑起来。

斯嘉丽一开始吓了一跳，以为店里进了鬼呢。可紧接着，她立刻放下盘着的那条腿，挺直胸膛，冷冷地瞪着他。

"你来这儿干吗？"

"我刚刚去拜访了皮蒂帕特小姐，这才得知你结婚了，所以赶紧过来向你道喜。"

斯嘉丽想起上次在他那里受到的羞辱，不由得满脸通红。

"真不明白，你怎么还有脸来见我！"她大喊道。

"恰恰相反！是你怎么还有脸面对我。"

"噢，你这个最最——"

"咱们俩休战吧，好吗？"他低头笑着看她，笑得十分开心，笑容也特别灿烂，但这笑里带着一股轻狂无礼，丝毫没有为自己上次的行为而感到愧疚，也没有对她表示谴责。斯嘉丽也笑了笑，但笑得很勉强，也很尴尬。

"他们怎么没把你绞死,真是太遗憾了!"

"恐怕别人也是这么想的吧。好了,斯嘉丽,放松点儿,你瞧你,就像吞了根推弹杆似的,没必要嘛。当然了,过了那么长时间,我跟你——呃——开的那个小小的玩笑——你也应该忘掉了吧?"

"玩笑?哼!我一辈子也忘不了!"

"噢,不会的,你会忘了的。你只是在我面前故意摆出这副怒气冲冲的样子罢了,因为你觉得这样才不会让你丢面子。我可以坐下来吗?"

"不行。"

他却径自在她旁边的椅子上坐了下来,然后咧嘴一笑。

"我听说你连两个星期都不肯等我,"他装模作样地叹了口气,"女人真是善变啊!"

斯嘉丽没有回应,于是瑞特继续说下去。

"告诉我,斯嘉丽,咱们可是朋友,而且是十分亲密的老朋友——你等我从牢里出来不是更好吗?还是你觉得跟弗兰克·肯尼迪那老家伙结婚比跟我偷情更有吸引力?"

和以往一样,每次他的冷嘲热讽都能激起她的怒火,但他那厚颜无耻的样子又把她气得直想笑。

"别胡说。"

"还有一件事困扰我好久了,你可否让我的好奇心得到一点儿满足呢?你为什么总要嫁给你不爱甚至一丝好感都没有的男人呢,而且嫁了一个还不够,又嫁了第二个,你就没有一点儿出于女人的厌恶,也没有一点儿女人的柔弱胆怯吗?还是说,我对咱们南方女性的柔弱理解有误?"

"瑞特!"

"我有我自己的答案。尽管从小大人们就教导我,说女人脆弱、温柔又敏感,但我一直认为女人坚韧而刚强,而男人对此却并不了解。不过,按照欧洲的规矩,丈夫和妻子相互爱慕是件糟糕的事,一点儿乐趣都没有。我一向认为欧洲人对婚姻的观念是很正确的。结婚是为了彼此方便,恋爱是为了寻找快乐。这套理念很合理,你觉得呢?看来你比我想象的更像欧洲人。"

她真想冲他大喊一声:"我才不是为方便才结婚的呢!"那该有多解气啊。但可恨的是,瑞特直击要害,说得她哑口无言。她要是说自己是无辜被冤枉的,并对此表示抗议,那只会招来他更多的讽刺和挖苦。

"你还有完没完,"她冷冷地说,并急于改变话题,于是问道,"你是怎么从牢里出来的?"

"噢,说到这个啊,"他摆出一副无所谓的样子,说道,"没费什么劲儿,他们今早把我放出来的,我在华盛顿有个朋友,在联邦政府委员会里的地位很高。我略施小计,稍稍讹诈了他一下。他是个了不起的大人物,也是一位坚定拥护联邦的爱国者。当年我给南部邦联买的枪和带裙箍的裙子,都是从他手里弄来的。我通过某种适当的渠道让他知道了我倒霉的处境,于是他赶紧利用他的权势,让他们把我给放了。权势就是一切,斯嘉丽,万一哪天你被抓起来了,一定要记住这一点。有权有势万事不愁,有罪无罪只不过就是个名义上的字眼而已。"

"我敢发誓,你绝对是有罪的。"

"嗯,既然我已经逃过了法网,那我就坦白承认吧,我跟该隐[1]一样有罪。我的确杀了那个黑鬼。他对一位女士放肆无礼,身为南方的男子汉,我岂能袖手旁观?既然对你坦白了,那索性我就都说了吧,我还在酒吧里跟一个北方佬骑兵起了口角,然后一枪把他打死了。这事没人知道是我干的,所以这桩杀人案没算在我头上,不知哪个倒霉蛋做了我的替死鬼,估计那可怜虫早就被绞死了吧。"

他说起自己杀人时竟然这么轻松,斯嘉丽吓得浑身发冷,血液都快凝固了。她刚想义正词严地教训他几句,突然想起了被埋在塔拉葡萄架下的那个北方佬。她不是也像踩死一只蟑螂似的把他一枪打死,而且良心没有任何不安吗?她跟瑞特一样有罪,所以她没资格坐在这儿对他横加指责。

"既然我把一切都跟你坦白了,那么我就干脆再告诉你一件事吧,不过这事你可千万得保密,尤其是别告诉皮蒂帕特小姐。我真的有钱,在利物浦的银行里存着呢。"

"钱?"

"对,就是北方佬一心想查到的那些钱。斯嘉丽,那天你找我要钱,我没给你,绝不是因为我吝啬。当时我要是给你开支票

---

[1] 该隐是《圣经》中记载的人物,名字意为"得到"。杀亲者,是世界上所有恶人的祖先。由人类祖先亚当以及妻子夏娃最早所生的两个儿子之一,该隐为兄长。因为憎恶弟弟亚伯的行为而把亚伯杀害,后受到了上帝的惩罚。

的话,他们就会追踪到那笔钱的下落。万一那些钱被他们发现的话,我估计你到头来连一分钱也拿不着。所以我只能不动声色。我知道那些钱很安全,要是万一最糟的情况发生,他们找到了那些钱的下落,想要把钱抢走,我就会把在战争期间卖给我枪支弹药的那些北方爱国者的名字说出来,把他们都拉下水。那些人如今可都是在华盛顿位高权重的大人物,要是把他们抖搂出来,他们的名声可就臭了,那可是惊天的丑闻哪。实际上,这回就是因为我威胁说要告发他们,他们才把我放出来的。我——"

"你是说——你手里真的有邦联的黄金?"

"不全在我手里。上帝啊,真不是全在我这儿。当年偷闯封锁线的生意人有五六十个呢,那些人手里也有好多钱呢,都存在了拿骚、英国和加拿大。邦联里的那些人肯定恨透了我们,因为他们没我们精明。我手里差不多有五十万。想想看,斯嘉丽,五十万哪,要是你性子别那么暴躁,再有点儿耐心,别那么急着再婚,那该多好啊!"

五十万啊!一想到这么多钱,她就心里疼得要死。真难以想象,在这个艰难困苦的世界上,竟然还有这么多钱。这么多的钱,多得数不过来的钱。可这些钱却是别人的——人家轻而易举地就能得到钱,却又不着急用钱。而她呢,在这个残酷无情的世界上,只有一个年老又多病的丈夫,还有一间又脏又寒酸的小店铺。这世道真是太不公平了,像瑞特·巴特勒这样的恶棍竟能拥有这么多钱,而她这个肩负重担的人,却身无分文。她恨他,恨他穿戴得跟花花公子似的,坐在这儿一个劲儿地奚落她。哼,她才不会恭维他,夸他精明睿智呢,那样只会让他更得意忘形。她只想用最尖刻的话顶他,挫挫他的傲气。

"你以为拿了邦联的钱还挺心安理得的是吗?哼,一点儿也不光彩,这钱明明就是偷的,你自己心里也清楚。换作是我的话,这种昧心钱我才不要呢。"

"哎哟!这葡萄可真酸啊!"他故意皱着眉,大声喊道,"那你说我是偷了谁的钱呢?"

斯嘉丽不吭声了,脑子里正拼命想着他的钱到底是从谁那儿偷来的。可说到底,瑞特的所作所为不跟弗兰克干的事一样吗,只不过弗兰克干得没瑞特那么大而已。

"这些钱里有一半的确是我自己赚的,"他继续说道,"有一部分是一些北部联邦爱国者帮我赚的。他们自愿在背地里出卖联邦,把货物卖给我,因为他们赚到的利润是百分之百的。还有一部分是我在战争初期做棉花生意赚的钱。我低价买入棉花,后来看到英国的棉纺厂棉花奇缺,我就以一美元一磅的价格,把棉花卖给他们。还有一部分是我做粮食投机生意赚的。我辛辛苦苦赚来的钱,凭什么让北方佬白白抢走呢?不过其余的那些钱原先确实是属于南部邦联的,是我想办法偷越封锁线,把邦联政府的棉花偷运到利物浦,以极高的价格把棉花卖出去赚来的钱。当时邦联政府很信任我,把棉花交给我,并委托我用卖棉花赚来的钱购买皮革、枪支和机器。而我也忠于自己的职责,收下棉花,并替政府购买物品。政府命我把黄金以我个人的名义存在英国的银行里,好让我在银行建立良好的信用。你应该还记得吧,后来封锁线形势越来越紧张，没有一条船能驶出邦联的港口，也没有一条船能进来。所以那些钱就一直留在了英国。可我能有什么办法呢？难道像个傻子一样，把黄金从英国取出来，想办法运回威尔明顿吗？最后让北方佬都抢走才好？封锁线越来越严，这也能怪我吗？南方大业失败了，是我的错吗？没错，钱的确是邦联的，可现在邦联政府已经没了啊——不过有些事也是道听途说，究竟怎么回事谁也说不准。可你说我该把这钱交给谁呢？北佬政府吗？人人都把我当成了贼，我真是恨哪。"

说着，他从口袋里掏出一个皮质的小盒子，从里面抽出一根雪茄烟，陶醉地闻了闻，同时假装焦急地看着斯嘉丽，仿佛等着看她如何反应似的。

"这该死的家伙，"她心想，"总是比我抢先一步。不过他的这番话听起来总觉得有点儿不对劲儿，可就是弄不明白哪儿不对劲儿。"

于是她义正词严地说道："那你可以把钱分给穷人嘛。邦联政府是没了，可邦联支持者还多得是啊，而且家家都穷得吃不上饭，快要饿死了呢。"

瑞特仰起头来，放声大笑。

"每当你道貌岸然装好人时，最迷人也最可笑。"他乐不可支地说，"你还是说实话吧，别撒谎了，斯嘉丽。爱尔兰人最不会扯谎了。得了吧，别装了，你什么时候在乎过邦联的死活了，又哪里关心过支持邦联的百姓有没有挨饿了？要是我提出把所有的钱都分出去，你肯定第一个尖叫起来，高声反对，除非我先把数额最大的那份分给你。"

"我才不要你的破钱呢。"她尽量装出一副冷淡而尊贵的样子来。

"哦,真的吗!此刻你手心直痒痒吧?要是我拿出一枚二十五美分的硬币来,你准会立刻扑过来抢的。"

"如果你到这儿来就是为了羞辱我,笑话我穷的话,那就请你走人吧。"她一边言语反击,一边把厚厚的账簿从腿上拿开,好站起来说话,显得更有气势。不过还没等她起身,瑞特就立刻站到她面前,笑着把她推回到椅子上。

"一听到真话就发火,你这毛病什么时候才能改改呢?你说别人时一点儿不客气,怎么别人说你时,你就动不动就发脾气呢?我绝没有羞辱你的意思,我甚至认为贪得无厌也是一种良好的品德。"

斯嘉丽并不明白"贪得无厌"是什么意思,但既然他夸奖她有品德,她的火气也就稍稍降了些。

"我不是来嘲笑你穷的,而是来祝你婚姻幸福美满、长长久久的。顺便问一句,你妹妹苏埃伦对你的横刀夺爱有何感想呢?"

"我的什么?"

"就是你从她眼皮底下把弗兰克抢走了。"

"我没有——"

"行了,咱就别抠字眼了,她怎么说的?"

"她什么也没说。"斯嘉丽回答。他目光闪闪,显然知道她在撒谎。

"她倒是真大方啊!好了,来说说你有多穷吧。既然你不久前到监狱里看了我一趟,那我就有权知道你现在的情况。难道弗兰克的钱没你希望的那么多吗?"

斯嘉丽根本没法摆脱他的放肆无礼。她要么忍着,要么就叫他滚。可眼下她不想让他滚。他的话虽然带刺,但说得都在理。他知道她做了什么,也明白她为什么要那么做,但并没有因此而看轻她。他的问题虽然问得太直接,让人有点儿不舒服,但的确是出于朋友的关心和一番好意。他是唯一能让她吐露心声的人。这对她来说是一种极大的安慰,因为她已经好久没有跟别人说心里话,坦白自己的意图了。她每回跟别人讲真话,对方都会大惊失色,甚至产生厌恶和反感。而跟瑞特谈话就很轻松,就好比穿着一双很紧的舞鞋跳了一场舞之后,换上了一双旧拖鞋一样,特别舒服。

"你还没筹到钱交税吗?别告诉我恶狼还在塔拉门口盯着呢。"他说话的语气好像变了。

斯嘉丽抬起头迎上他那双黑色的眼睛,突然发现他脸上的表情令她既惊讶又困惑,然后让她不知不觉就露出了笑容。这笑容甜美而迷人,她好久都没这样笑过了。他可真是个怪人,有时是可恨的恶棍,有时又是心地善良的好人!她现在终于明白了,他到这儿来真不是要取笑她,而是想要弄清楚她急需的钱筹到没有。她这才恍然大悟,原来他刚一出狱就急忙来找她了,虽然表面上装得若无其事,实际上他很想知道她是不是还需要钱,如果还需要的话,他就会马上借给她。然而,他嘴上不但不说,反而还挖苦她、羞辱她,即使她猜出他的真正用意,也绝不承认。他这人可真是让人捉摸不透。难道他心里真的很在乎她,却连他自己也不愿承认吗?还是他对她有别的什么企图?估计应该是后者吧,她心想。可谁能说得准呢?他有时就是会干出这种奇怪的事来。

"不,"她说,"恶狼再也不会蹲在门口盯着了。我——我弄到钱了。"

"不过我敢说,肯定是费了不少劲儿,你一直忍到戴上了结婚戒指才开口的吧?"

被他一语道破实情,斯嘉丽本想忍住不笑,但最终还是露出了酒窝。瑞特又坐了下来,舒舒服服地伸开两条长腿。

"嗯,跟我说说你的穷日子吧。弗兰克那混蛋没骗你说他很有钱吧?要是他真敢欺骗孤苦无助的女人,那他真该狠狠挨一顿鞭子。来吧,斯嘉丽,把一切都说出来。你对我什么都不用隐瞒,反正你的老底我全知道。"

"哎呀,瑞特,你真坏死了——好吧,我也不知道该怎么说,不过他真没骗我,可是——"突然,她决定把实情一吐为快,"瑞特,要是弗兰克能把别人欠他的钱要回来,我就什么也不用愁了。可瑞特你知道吗,欠他钱的人有五十多个呢。而且弗兰克这个人吧,脸皮太薄,不好意思逼人还钱,还说体面人不能对体面人做这种事。这些钱可能好几个月都收不回来,没准儿永远也收不回来了。"

"哦,那又怎样?收不回来钱,你们就吃不上饭了吗?"

"那倒不是,可是——其实,我现在急着要用这点儿钱呢。"一想起锯木厂,她的眼睛都亮了。

"干什么?还要交税?"

"这跟你有关系吗?"

"有啊,因为你正打算跟我借钱嘛。行了,你那点儿小心思还能瞒过我?我会借给你钱的——我亲爱的肯尼迪太太,而且不用加上你之前自愿提供给我的那个诱人的担保物。当然了,你要是坚决要加上的话,我也不反对。"

"你真是世上最下流的——"

"才不是呢,我只是想让你安心罢了。我知道你为这事担心,虽然担心得不那么厉害,但总会有一点儿。我愿意借给你钱,但我得知道这钱你要怎么花。而且我认为我有权知道。要是你想给自己买几件漂亮裙子或者买辆马车,那这钱你尽管拿去好了。可要是你想拿这钱给阿什利·威尔克斯买新裤子,那我可不能借给你。"

斯嘉丽立刻恼羞成怒,气得支吾了半天才说出话来。

"阿什利·威尔克斯从来没拿过我一分钱!就算他要饿死了,也不会跟我要钱!你根本不了解他,不知道他这人多么高贵,多么有傲骨!你当然不了解他,像你这样的人——"

"咱们还是别人身攻击了。我要是骂你,话也多了去呢,比你骂我的话只多不少。你别忘了,我一直从皮蒂帕特小姐那里了解你的情况。那位可爱的女士对任何一个富有同情心的人都无话不谈,会把自己知道的事情全说出来。我知道阿什利从罗克艾兰回来之后,就一直待在塔拉。我也知道你甚至容忍他妻子也住在塔拉,你心里肯定很难受吧?"

"阿什利他——"

"哦,是的,我知道,"他随意地摆了摆手,说道,"阿什利太高尚了,绝不是像我这等凡人能理解的。但请别忘了,你和他在十二橡树那情意绵绵的一幕,我可是有幸亲眼见到了。直觉告诉我,那时的他和现在一样,一点儿没变,而你也没有变。假如我没记错的话,那天的他就不怎么高尚,而且我看现在的他也未必有多高尚。他为什么不带着家眷到别处找活干呢?为什么一直赖在塔拉不走呢?当然,这只是我随便说说。但如果你借钱是为了养活赖在塔拉的阿什利,那我可一分钱都不会借给你的。再说,一个男人要是靠女人来养活,那他绝对会被男人瞧不起,在男人当中抬不起头来。"

"你怎么能这么说?他一直像个种地的黑奴一样拼命干活呢!"斯嘉丽很生气,一想起阿什利劈栅栏条时的样子就心疼,"我敢说他干农活准是个不可多得的好手,他那手撒起肥料来也熟练得很呢,而且——他是——"

"哦,行了,我知道。就算他竭尽全力干活了,可我也看不出他能帮上多大的忙。威尔克斯家的人哪是种地的料,他们不但干不了农活,而且什么事也干不了。这种人纯粹就是绣花枕头,中看不中用。得了,别生气,别把我对这位尊贵而有傲骨的阿什利粗俗无礼的评价放在心上。真搞不懂,像你这么精明又现实的女人怎么也会抱着那些幻想和错觉不放。说吧,你想要多少钱,干什么用？"

斯嘉丽没有回答，于是瑞特又问了一遍。

"你想借钱干什么？我倒要看看你能不能跟我讲实话。你要是撒谎也行。不过说实在的，你最好还是讲实话，因为如果你对我撒谎的话，我肯定会发现的，到时你可就难堪了。斯嘉丽，永远牢记一点，你做什么我都能忍受，唯独不能对我撒谎——你可以讨厌我，可以对我发脾气，可以像泼妇似的骂我，但绝不能对我撒谎。好了，告诉我，你要钱干什么？"

听他这么诋毁阿什利，斯嘉丽感到非常气愤。她恨不得对着他那张充满嘲讽的脸啐上一口，然后一脸骄傲地将他要借给她钱的提议一口回绝。她差点儿就这么干了。但理智就像一只冰冷的手一般把她拉了回来。她强把怒火压在心里，极力装出一副既和颜悦色又端庄高贵的样子。瑞特身子向后靠在椅子上，把两腿伸到火炉边。

"在这个世界上，如果说有什么事让我最为开心的话，"他说，"那就是看你在道德准则和像钱这类的现实问题相冲突的时候，那副犹豫又挣扎的样子。当然，我知道在你身上，每次都是现实战胜道德。可我就是想在你身边观察，看看你人性中的善良是否有朝一日能赢一回。如果那一天真的来了，我就收拾行李立刻离开亚特兰大，再也不回来了。其实天底下多数女人都是善良的天性占上风的……好了，咱们还是谈正经事吧，你要多少钱，干什么用？"

"我也不太清楚需要多少钱，"她闷闷不乐地说，"可我想要买下一家锯木厂——我想我能用很便宜的价格把它买下来。我还需要两辆运货马车和两头骡子,要好骡子。还要一匹马和一辆轻便马车,给我自己用。"

"锯木厂?"

"是的,如果你把钱借给我,我可以把利润的一半分给你。"

"我要锯木厂干什么用呢?"

"赚钱啊!咱们可以赚好多钱呢。要不我付给你利息也行——咱们可以商量一下,多少利息合适?"

"百分之五十,这个利率很合理。"

"百分之五十——天啊,你开玩笑吧!别笑了,你这个坏蛋。我可是认真的。"

"所以我才笑嘛。真不知道除了我以外,还有谁能透过你那可爱而迷人的小脸,看穿你脑袋里藏的那些鬼主意。"

"得了,谁在乎这个啊?你听我说,瑞特,看看这桩买卖划不划算。弗兰克跟我说他认识一个人,在桃树街边上有个小锯木厂,那人想把锯木厂卖了,由于急着用钱,所以愿意低价脱手。眼下这附近的锯木厂不多,可大伙儿都急着盖新房——哦,现在木材可以卖大价钱呢。弗兰克还说那个要卖锯木厂的人会继续留下来,帮我们管理,我们付对方工钱就行了。这些都是弗兰克告诉我的,他要是钱够的话,早就把锯木厂买下来了。我猜他本来是打算用给我交税的那笔钱买下那家锯木厂的。"

"可怜的弗兰克!你要是告诉他,你背着他自己把锯木厂买下来了,他会怎么说呢?再有,你跟我借钱的事又该怎么跟他解释呢？可别坏了你自己的名声哦。"

斯嘉丽光想着锯木厂能赚大钱了，根本没想到这些事情。

"那，那我不告诉他不就得了。"

"那他也会知道，你这钱肯定不是从树林里捡来的吧。"

"那就告诉他——对了，我就说我把钻石耳环卖给你了。本来我也是要把耳环给你的，就当我的抵——抵什么物的。"

"我不要你的耳环。"

"我也不想要，而且也不喜欢，反正这副耳环也不是我的。"

"那是谁的呢？"

她立刻想起了塔拉庄园里那个炎热的中午，周围一片寂静，一个穿着蓝色军服的北方佬被她打死，直挺挺地躺在过道上。

"是别人留给我的——那个人已经死了，所以算是我的了。你拿去吧，反正我也不想要。我宁愿拿它换钱。"

"上帝啊！"瑞特不耐烦地叫了起来，"你除了钱就没想过别的吗？"

"对，"她回答得很坦率，那双绿色的眼睛直直地看着他，"你要是尝尝我吃过的那些苦，经历我受过的那些罪，你也会跟我一样的。我发现这世上只有钱才是最重要的。上帝做证，我再也不想过没钱的苦日子了。"

她想起了塔拉头顶上的烈日，还有脚下那令人头晕的松软红土；想起了十二橡树废墟后面那间臭气熏天的黑人小屋；想起了她暗暗对自己发过的誓："我再也不要挨饿了，决不要再挨饿了。"

"总有一天我会有钱的,有很多很多钱,我可以想吃什么就吃什么,餐桌上再也不会有玉米粥和干豌豆。我要买好多好多漂亮衣服,全都是丝绸料子的——"

"全都是?"

"没错,全都是,"她回答得很干脆,根本不在乎他话里的挖苦,也没觉得脸红,"我要赚好多好多钱,这样北方佬就再也没法把塔拉从我手里抢走了。我要在塔拉再盖一座新房子、新谷仓,要买几头耕地拉犁的好骡子,还要种好多好多的棉花,保准儿你这辈子都没见过这么多的棉花。韦德也会过上要什么有什么的生活,什么都不缺,我要让他拥有世上的一切。还有我所有的家人,他们再也不会挨饿。我是认真的,句句都是真的,而且说到做到。你不会懂的,你是个自私自利的家伙,从来没被提包客威胁过要把你赶出家门,从来没受过冻,从来没穿过破衣烂衫,也从来没为了不致饿死而拼命干活,累得腰都快断了。"

瑞特平静地说:"我在邦联军队待了八个月,在这世上没有比那里更挨饿的地方了。"

"军队!呸!你从来都不用摘棉花,不用在玉米地里除草,从没——不许你笑话我!"

她突然提高了嗓门,要尖声大喊,却又被他按住了手。

"我不是在笑话你。我是在笑你表面和内心差别真是太大了。我突然想起了当年在威尔克斯家的烧烤会上第一次见到你时的情景。当时你穿着一件绿色的裙子,脚上穿着一双绿色的便鞋,身边围满了小伙子,那时的你活力四射、春风得意。我敢打赌，那时候的你连一块钱等于几分都不知道呢。那时你满脑子只想着一件事，就是要迷住阿什利，让他落入你的情网——"

她猛地把手抽出来。

"瑞特，如果还想谈下去，就不要再提阿什利·威尔克斯了。一提起他，咱俩就会吵起来，因为你根本不了解他。"

"那看来你对他非常了解喽？"瑞特恶毒地说，"不，斯嘉丽，如果想让我把钱借给你，那就得让我保留谈论阿什利·威尔克斯的权利，而且我想怎么说就怎么说。借给你的钱我可以不要利息，但这个权利我必须保有。因为关于这个家伙，我还有很多事情想知道呢。"

"我没义务跟你谈论他。"她没好气地说。

"不，你有！别忘了，钱袋子在我手里呢。等哪天你有钱了，也可以这样对别人……显然你心里还有他——"

"我没有。"

"得了，你处处维护他，拼命为他辩护，这不明摆着嘛。你——"

"我只是受不了自己的朋友被别人嘲笑。"

"哦，那好吧，咱先不说这个。那他心里还有你吗？还是经历了罗克艾兰的折磨和苦难之后，他把你给忘了？还是说他终于明白了自己有个多么难得的好妻子？"

一提到梅兰妮，斯嘉丽就开始呼吸急促，差点儿控制不住把实情说出来：阿什利纯粹是为了保全名誉才没离开梅兰妮的。她刚张口要说，又立刻把嘴闭上了。

"哦，这么说，他还没看到威尔克斯太太有多好？而且即使坐牢受了那么多的罪，也丝毫没减少他对你的爱意和热情？"

"我看没必要谈这个。"

"可我想谈，"瑞特说，他的语气有些低沉，可斯嘉丽不明白这是为什么，但觉得听着有些不舒服，"我就是要谈，而且也希望你能回答我。他还在爱着你吗？"

"哼，爱又怎样？"斯嘉丽被激怒了，大吼道，"我不想跟你谈他的事，因为你根本不了解他，也根本不懂他的那种爱。你唯一知道的爱就是——呃，就是你跟沃特琳那种女人之间放荡的调情。"

"哦，"瑞特轻声说，"这么说我只有肉欲？"

"哼，你自己心里清楚。"

"现在我明白你为什么不愿跟我谈这事了，原来是怕我这肮脏的手和嘴唇玷污了他纯洁的爱。"

"哦，是的——差不多吧。"

"我倒是对这种纯洁的爱情挺感兴趣的——"

"别想得这么下流，瑞特·巴特勒。你要是真那么卑鄙，认为我跟他之间有什么不轨的事——"

"噢，说真的，我可从来没这么想过。所以我才这么感兴趣。你们两人之间为什么没有过不轨的事呢？"

"你以为阿什利会——"

"啊，这么说拼命捍卫纯洁的是阿什利，而不是你。说真的，斯嘉丽，你不该这么轻易就说说真话的。"

斯嘉丽困惑又气愤地看着瑞特那平静而又令人捉摸不透的脸。

"这事儿我不想跟你谈了,你的钱我也不要了。你给滚出去!"

"不,你想要我的钱。况且咱们都谈到这儿了,干吗要停下来呢?既然你跟他之间没什么,那谈谈这种如田园诗一般纯洁的爱情也没什么不妥。这么说,阿什利爱的是你的心、你的灵魂,还有你高贵的品格喽?"

他的话让斯嘉丽心如刀割。没错,阿什利就是爱她的这些。就是因为她知道这一点,她才能咬牙忍受住生活的种种磨难。她明白她心灵深处深藏着这些美好的品质,而且只有阿什利能够看到,可他却受名誉所累,只能远远地看着,爱而不能得。可这种深藏的美好从瑞特嘴里说出来,就美感全无了,尤其他还故意用平静却暗含讥讽的口吻说出来,更是让人听着不舒服。

"在这个肮脏的世界里,居然还有这么纯洁的爱情,让我不禁想起小时候的理想,"他继续说道,"这么说,他对你的爱是精神上的而不是肉体上的?也就是说即使你长得面容丑陋,皮肤也没这么白,他还是照样爱你?即使你没有这双勾得男人神魂颠倒,恨不得拥你入怀的绿眼睛,他也一样爱你?假如你不会扭腰摆臀,让所有男人——上至九十九,下到刚会走——都看你看直了眼,他还会爱你吗?还有你那两片红唇——哎呀,不能让我的肉欲强行搅进来。难道阿什利对这些都视而不见吗?还是他看见了也丝毫不动心?"

斯嘉丽不由得想起了那天在塔拉果园里的那一幕,阿什利紧紧抱着她,双臂都激动得颤抖,他那火热的嘴唇亲吻着她的唇,仿佛永远也不愿放开。想到这些,她一下子就脸红了,这当然逃不过瑞特的眼睛。

"这样的话,"他的声音有些颤抖,似乎有些愠怒,"我明白了,他只爱你的心。"

他怎么敢如此无耻,用他那脏手刺探她内心的最深处,将她生命中最美好而神圣的东西玷污?他冷静而坚决地攻破了她心里的最后一道防线,想要得到的信息眼看就要得手了。

"是的,没错!"她大声喊道,强把阿什利热吻她的那段记忆压了回去。

"亲爱的,他甚至连你有没有心都不知道呢。如果他是被你的心所吸引的话,那他何必要这么尽力地避开你,拼命让这份爱保持得如此——如此'圣洁'呢?他尽可以处之泰然嘛。因为一个男人可以既爱慕一个女人的心灵,同时又做个尊贵体面的绅士,对自己的妻子忠诚。可他既想保住威尔克斯的名誉,又垂涎你的肉体,这可就难了吧。"

"别用你那龌龊的心去揣度别人,你以为人人都像你这么卑鄙啊!"

"哦,我可从来没否认过对你的肉体有欲望,如果你指的是这个意思的话。不过谢天谢地,我从不为名誉而烦恼。我想要的东西,只要能得到就毫不手软。所以我不用跟天使较劲,也不用跟魔鬼搏斗,免受天人交战的折磨。瞧瞧你给阿什利造了一座多么快乐的地狱啊!我简直都有点儿可怜他了。"

"我——我给他造了个地狱?"

"没错,就是你!你的存在,对他来说是个永恒的诱惑,但是他和大多数跟他一类的人一样,宁愿要名誉也不要爱情。而在我看来,这个可怜的家伙如今既得不到爱情的温暖,也没有名誉的慰藉!"

"他有爱情!我是说……他爱我!"

"他真的爱你吗?那么请你再回答我一个问题,然后咱们今天的谈话就可以到此打住。你可以把钱拿走,哪怕你把钱扔进地沟里我也无所谓。"

瑞特站起身来,把抽了一半的雪茄扔进痰盂里。他的动作狂野不羁,有种异教徒般的狂妄,充满隐忍的力量,与斯嘉丽在亚特兰大沦陷那天见到他时一模一样,凶狠又有些吓人。"如果他真的爱你,那他怎么能让你一个人来亚特兰大筹税钱呢?若换作是我,我是绝不会让自己心爱的女人做这种事的,我宁可——"

"他不知道!他根本不知道我——"

"你就没想过他其实知道吗?"他的声音里带着无法抑制的愤怒,"要是像你说的那样,他真的爱你,那他就应该知道你走投无路的时候会做出什么事来。他就应该杀了你,也不让你一个人跑到这儿来——更何况你来找的不是别人,而是我!上帝啊!"

"可他真的不知道!"

"你不告诉他,他就不知道,要是这样的话,那就说明他对你以及你宝贵的心压根就不了解。"

这家伙真是胡搅蛮缠！以为阿什利是神仙能看透人心啊？就好像阿什利要是知道的话，就能阻止住她似的！可她突然意识到，阿什利本是可以阻止她的。那天在果园里，哪怕他能给她一点点暗示，宽慰她说情况总有一天会好起来的，那她也不至于想到去找瑞特了。她临上火车时，只要他说一句温情的话，哪怕给她一个临别的拥抱，她就会留下来不走了。可他就想着自己的名誉。可是——瑞特说的就对吗？阿什利是不是本就知道她的心思呢？她赶紧把这种不忠的念头甩掉。阿什利当然不会起疑心的，他绝对不会怀疑她会去干不道德的事。他那么高尚的人，怎么会这么想。瑞特就是想破坏她对阿什利的爱，想把她最珍爱的东西毁掉。她心里愤愤地想："等将来店铺生意稳定了，锯木厂也开得红红火火，赚了大钱之后，我再跟瑞特算账，如今我所受到的痛苦和羞辱，到时候要让他一并偿还。"

瑞特站在她身前，居高临下地看着她，脸上露出一抹笑意，刚才那股激愤的情绪突然消失不见了。

"这一切跟你有什么关系？"她问道，"这是我的事，是阿什利的事，与你无关。"

瑞特耸了耸肩。

"就一点，斯嘉丽，我只是对你的忍耐力表示客观而深深的敬佩，同时也不愿意看到你精神上因受到太多的折磨而崩溃。你要管理塔拉，那可是大男人才扛得起来的重担啊。另外你还得照顾生病的父亲，他再也帮不了你的忙了。你的两个妹妹和家里的黑奴也得由你来照管，而如今又多了个丈夫，甚至可能还得加上皮蒂帕特小姐。即使不算上阿什利·威尔克斯一家三口，你肩上的担子就已经够重的了。"

"他不需要我养活，他帮忙——"

"噢，上帝啊，"瑞特不耐烦地说，"别再跟我来这套了。他什么忙都帮不上。他只会靠你养活，将来也得靠你，即使不靠你，也得靠别人，直到死了为止。我真讨厌再提起这个人……说吧，你要多少钱？"

斯嘉丽刚要破口大骂，这家伙一个劲儿地羞辱她，把她心底最珍贵的东西强行掏出来，然后践踏个够，最后竟然以为她还会要他的钱！

可是，她还是把涌到嘴边的话咽了回去。此时此刻，她真想正义凛然地拒绝他的钱并把他赶出店铺。要能这样那该有多解气啊！可惜，只有钱包鼓鼓、吃穿不愁的人才能这么随性。而她只要还受穷，面对这样的场面时就必须得忍气吞声。不过等她有了钱之后——噢，光想想就兴奋！——等她有了钱之后，她就不用再忍受自己讨厌的事情了，到时候她要什么就有什么，不用再看人脸色，甚至可以给别人脸色看。要想让她以礼相待，得先把她哄高兴了才行。

"到时候我要让他们全都见鬼去，"她心想，"瑞特·巴特勒就是头一个。"

想到这儿，她心里乐开了花，一双绿色的眼眸神采飞扬，嘴角也泛起一丝微微的笑意。瑞特也笑了。

"你真是可爱啊,斯嘉丽,"他说,"尤其是在琢磨什么鬼主意的时候。就冲你那迷人的小酒窝,我也愿意给你买十几头骡子,只要你想要。"

这时,店门忽然开了,店铺的伙计一边拿牙签剔着牙,一边走进店里。斯嘉丽站起身来,把披肩围上,把帽带系好,心里主意已定。

"你今天下午有空吗?能不能跟我走一趟?"她问道。

"去哪儿?"

"我想请你赶车送我去锯木厂。我答应过弗兰克,不会一个人赶车出城。"

"冒着雨去锯木厂?"

"是的,趁你还没改变主意,我要赶紧把它买下来。"

瑞特放声大笑,把柜台后的伙计吓了一跳,莫名其妙地看着他。

"你忘了你已经结婚了吗?肯尼迪太太怎么能跟巴特勒这个恶棍一起赶车出城呢?这家伙可是最不受上等人家待见的人。你不要名声了吗?"

"名声,见鬼去吧!趁着你还没改变主意,趁弗兰克还没发现,我得赶紧把锯木厂弄到手。快点儿,瑞特,别磨磨蹭蹭的。这点儿雨怕什么?咱们快走吧。"

锯木厂!弗兰克一想到这个就直叹气,后悔当初不该跟斯嘉丽提起这事。她也没跟自己的丈夫商量,就把自己的钻石耳环卖给了那个巴特勒船长（卖给谁不好，偏偏卖给他！），然后擅自把锯木厂买了下来，这就够糟的了，更糟的是她竟然还要自己经营锯木厂，不让他管。这可怎么行！就好像她不信任他，不相信他的能力似的。

弗兰克这个人，和他认识的所有男人一样，认为丈夫比妻子高明，见多识广，所以妻子应该一切都听从丈夫的，全盘接受丈夫的意见，不能有自己的主意。弗兰克认为，女人是可爱而有趣的小东西，总爱突发奇想，时不时有些稀奇古怪的念头，所以他总觉得迁就一下也没什么。他生性温和，为人敦厚，所以对自己的妻子几乎百依百顺，很少提出反对意见。他会心甘情愿地满足小娇妻各种要求，之后怜爱地嗔怪她傻乎乎的，净乱花钱。但现在斯嘉丽决心做的事情也太离谱了。

就说锯木厂的事吧。他问起买锯木厂的事时，她竟然笑盈盈地回答说她要自己经营这个厂子，他简直惊得下巴都快掉了。"我要自己来做这木材生意。"这是她的原话。这可怎么得了！在这亚特兰大城哪有女人做生意的，而且弗兰克从来没听说过这世上什么地方有女人做买卖。就算世道艰难，女人不得不出来赚钱贴补家用，她们也是悄悄做点儿女人的手艺活儿，比如像梅里韦瑟太太那样烤馅饼；或者像埃尔辛太太和范妮那样在瓷器上画画、做针线活、招房客收租钱；又或是像米德太太那样教书，像邦内尔太太那样教音乐。这些太太小姐都在挣钱，但都在家干，谨守女人的本分，不随便抛头露脸。可一个女人要是独自脱离家庭的保护，到野蛮的男人世界里去闯荡，在生意场上跟男人来往和竞争，还要承受别人的侮辱和非议……更何况，她丈夫足够有能力养她，根本用不着她出来赚钱！

弗兰克盼着她只是在跟他开玩笑，或者故意逗他的（这玩笑可真够出格的）。可他很快就发现，斯嘉丽是来真的。她的确经营起那家锯木厂来了。她每天早晨起得比他还早，然后坐马车离开桃树街，晚上也经常要等到他关了店铺，回到皮蒂姑妈家吃晚饭时，她才回来。从家到锯木厂有好几公里的路程，只有彼得大叔赶车陪她去，虽然他也不赞成，但总得有人保护她。路上经过树林，林子里满是被解放的黑鬼和北方佬里的流氓。弗兰克没法陪她去，因为店铺还得需要他照看，离不开人。可每次他反对时，斯嘉丽都会毫不客气地顶回去："要是我不盯着点儿那个狡猾的约翰逊，他就会把咱们的木材偷走自己卖，给自己捞钱。等我找到个靠得住的人帮我打理时，我就不用总去了。到时候我就可以安心地待在城里卖木材了。"

在城里卖木材！那就更丢人现眼了。她的确经常抽出一天半天的时间来，在城里四处兜售木材。每当这个时候，弗兰克都恨不得躲在店铺后面黑漆漆的小屋里，不敢出来见人。他的妻子竟然在卖木材！

人人都在背后说她的闲话，没准儿把他也得捎上，指责他竟然纵容自己的妻子去干这种抛头露面、不该让女人来干的事。他在店铺柜台前见了顾客都抬不起头来，因为总是会听到他们说："刚刚我看见肯尼迪太太在……"人人都跑来告诉他，斯嘉丽在干什么。人人都谈论着在新盖的旅馆那儿发生了什么事。

他们说汤米·韦尔伯恩正跟一个人谈买木材的事，正巧斯嘉丽坐着马车经过，就在一帮正在铺地基的爱尔兰泥瓦匠面前下了车，一上来就告诉汤米他上当了。她说她的木材质量更好，价钱还便宜，并且当时就心算出一大串数字，给他报了个价。她闯进一群陌生又粗鲁的工人堆里，这就够丢人的了，没想到她竟然还当着那么多人的面显摆自己会算账，简直太不像话了。汤米接受了她的报价，给她下了订单，可斯嘉丽并没有立刻乖乖离开，还在那儿转悠，最后竟然跟管着那群爱尔兰工人的工头约翰尼·加勒格尔聊了起来。那家伙别看个子矮，心肠可冷硬得很，名声很坏。这件事弄得亚特兰大满城风雨，大伙儿议论了好几个星期。

最糟糕透顶的是，她真的让锯木厂赚钱了。妻子既不守妇人之道，又干成了本不该由女人来干的事，做丈夫的心里能不别扭吗？而且赚来的钱她一分都没交给弗兰克，好用在经营店铺上，而是大部分都寄到塔拉去了。她给威尔·本廷写了一封又一封的信，告诉他这些钱该怎么花。比这更甚的是，她还告诉弗兰克，等塔拉重修完了，她打算把自己赚的钱都借出去，放贷收利息。

"天啊！天啊！"弗兰克一想到这事就一个劲儿地叹气。抵押放贷这种事，根本不是女人家该懂的嘛。

这些日子以来，斯嘉丽满脑子都在盘算着各种计划。而且对弗兰克来说，这些计划一个比一个让人头疼。她原先有个仓库，后来被谢尔曼的部队给烧掉了。她打算在原本是仓库的那块地皮上盖一间酒馆。弗兰克虽然也喝酒，但坚决反对这个计划，因为他说开酒馆名声不好,会倒霉的,这就跟把房子租给别人开妓院是一样的。但开酒馆究竟为什么名声不好,弗兰克也说不出个所以然来,所以斯嘉丽毫不理会他无力的争辩,只说了一句:"瞎胡扯!"

"把房子租给开酒馆的向来是桩好买卖,这是亨利叔叔说的,"她对弗兰克说,"他们从来不会拖欠房租。你看啊,弗兰克,我可以用锯木厂里卖不出去的次等木材盖酒馆,然后把它租出去,这样既省钱又可以收很高的租金。那些租金加上锯木厂的利润,再加上贷款赚的利息,都凑起来的话,我又能买下几家锯木厂了。"

"亲爱的,你千万别再买锯木厂了!"弗兰克惊叫起来,"你现有的这家锯木厂都应该卖掉才对。瞧你为这锯木厂都累成什么样了。再说你心里也清楚,雇一帮被解放的黑鬼干活有多麻烦——"

"那些被解放了的黑鬼确实是不中用,"斯嘉丽也同意他的看法,不过对要她卖掉锯木厂的建议却置若罔闻,"约翰逊先生说,他早上来上班的时候从来都搞不清手底下的那些人来没来齐。所以那些黑鬼就更指望不上了。他们干一两天就走人,然后等工钱花完了再回来。没准儿哪天夜里这帮黑鬼都一齐跑光了。解放黑奴这事吧,我越看越觉得不对,只会把黑人们都毁了。成千上万的黑鬼,什么活儿都不干。锯木厂招来的那帮黑鬼吧,都懒得要命,成天吊儿郎当不好好干活,一点儿都不中用。你要是为他们好,还别说打他们,就是骂他们几句,自由民局的人都会像恶狼似的朝你扑过来。"

"亲爱的,你可千万不能让约翰逊先生打那帮——"

"当然不会了,"她不耐烦地说,"我刚才不是说了吗,我要是打他们的话,北方佬早把我关进监狱里去了。"

"我敢打赌,你爸爸这辈子从来没打过黑人。"弗兰克说。

"哦,只打过一次。有一次爸爸骑马打猎,回来后小马倌没有替他给马刷洗。不过,弗兰克,那时候跟现在可不一样。这些刚被解放的黑鬼得另说,用鞭子好好抽他们一顿,对他们大有好处呢。"

弗兰克不但对自己妻子的想法和计划感到吃惊,也对她结婚后短短几个月就有了这么大的变化而感到诧异。眼前的妻子不再是当初那个既温柔又娇媚可人的女人了。在求婚的那段很短暂的时期,他看到她面对生活是那么天真、怯懦和无助,充满了女性的魅力,他从来没见过像她这么迷人的女人。可现在的她简直就跟个男人似的。尽管她脸蛋红润、酒窝迷人、笑容甜美,但说话办事跟男人一样。她说话干脆,办事果断,想好了就立刻去做,没有半点女人的优柔寡断。她知道自己想要什么,而且像男人一样直奔目标,不像女人那样弯弯绕绕、遮遮掩掩。

弗兰克也不是没见过泼辣的女人。和南方所有的城市一样,亚特兰大也有不少没人敢惹的贵妇人。比如论强势和支配欲,就没人比得过又矮又胖的梅里韦瑟太太;论傲慢专横,谁也比不过瘦弱的埃尔辛太太;论手段高明,绝对要数那位满头银发、说话轻声细语的怀廷太太。但无论这些太太们为达到自己的目的使用何种办法，都逃不过女人的那些花招和伎俩。对于男人提出的意见，她们无论照不照办，至少表面上都装出一副恭敬顺从的样子。而对于男人所说的话，不管她们听不听，至少出于礼貌表面上还是接受的。对男人来说这是极为重要的。可斯嘉丽谁的话也不听，就按自己的心思办，说话办事完全按照男人的方式，弄得全城的人都在背后对她议论纷纷。

"而且，"弗兰克郁闷又苦恼地想，"大伙儿没准儿背地里也在议论我呢，说我不该纵容她这么不守为人妇的本分。"

另外，还有巴特勒那家伙。他总是来皮蒂姑妈家拜访，这对弗兰克来说简直是莫大的羞辱。弗兰克向来讨厌这个家伙，战前跟他做生意时就讨厌这人。当年就是他把瑞特带到十二橡树并引荐给自己朋友们的，如今每每想起来，他就暗骂自己，真是悔不当初。他打心眼儿里瞧不起瑞特，一是因为他在战争期间做投机生意，昧着良心赚钱。二是因为他拒不参军，没上过前线。

瑞特在邦联军队里服役了八个月，这事只有斯嘉丽一个人知道。因为他曾经假装害怕地恳求斯嘉丽，别把这"丢人"的事告诉别人。而最让弗兰克鄙夷的是，瑞特私自把邦联的黄金占为己有，不肯归还，而像海军上将布洛克以及邦联里其他一些人虽然跟他处境相同，但人家都诚实正派，如实把巨额的黄金归还给了邦联政府的国库。可惜，不管弗兰克乐不乐意，瑞特照样经常来。

表面上瑞特是来看皮蒂小姐的，而皮蒂小姐头脑简单，傻乎乎地以为他真是来看自己的，还像模像样地热情接待呢。可弗兰克心里很不舒服，觉得真正吸引他来的并非皮蒂小姐。小韦德见谁都害羞胆怯，可偏偏就喜欢瑞特，还叫他"瑞特叔叔"，真把弗兰克气坏了。弗兰克总会情不自禁地想起，在战争期间，瑞特经常在斯嘉丽身边献殷勤，招来不少闲话，所以可想而知，现在闲话就更多了。弗兰克的朋友们虽然经常在他面前指摘斯嘉丽经营锯木厂的事，但谁也不敢跟他提这事。可他还是渐渐发觉朋友们现在都不怎么请他和斯嘉丽去吃饭或者跳舞了，来他家做客的人也越来越少。斯嘉丽本来就对周围大部分的邻居没什么好感，再加上她又一天到晚忙着锯木厂的事，就连那些她谈得来的朋友，她也没时间去拜访，所以她根本没在意来家里的客人或者邀请他们的朋友越来越少，可弗兰克心里却很是难受。

弗兰克这辈子最担惊受怕的就是一句话："邻居们会怎么说？"他的妻子一而再，再而三地干些离经叛道的事，他既震惊，又无力招架。他觉得大伙儿都不喜欢斯嘉丽，同时也都瞧不起他弗兰克，因为他由着自己的妻子越来越"不像个女人"。在他看来，斯嘉丽干的很多事都是他这个身为丈夫的所不能允许的。可一旦他阻止她，跟她争论甚至批评她几句，就会招致一场劈头盖脸的狂风暴雨。

"唉！唉！"他无奈地心想，"斯嘉丽动不动就发火，一发起火来就没完没了，这样的女人我真是从来没见过！"

即使日子一切顺遂的时候，他这位娇俏而妩媚的小娇妻也会上一刻还在家里一边哼着小曲，一边走来走去，下一刻就突然翻脸，跟刚才判若两人。其实他只不过就说了一句："亲爱的，如果我是你的话，我就不——"结果话还没说完，暴风雨就来了。

她那两弯浓黑的眉毛立刻皱了起来，与鼻梁一起构成一个尖角，而弗兰克一见她这副表情就冷不丁吓得一哆嗦。她就像鞑靼人[1]一样脾气暴躁，又像只野猫一样凶悍。每次她发火时，什么话都说得出来，也不管说出的话有多伤人。每当这个时候，家里就会被一大团阴云笼罩。弗兰克会提早去店铺，然后很晚才回来。皮蒂姑妈则会像受惊的兔子慌慌张张地逃进洞穴里似的，急忙跑进自己房间躲起来。韦德和彼得大叔则溜进马车房里，厨娘躲在厨房不敢出来，压着嗓门小声哼唱赞美诗，不敢出声。只有嬷嬷沉着镇定，能忍受斯嘉丽的暴脾气。杰拉尔德·奥哈拉也是这种火暴性格，这么多年来嬷嬷早就习以为常了。

斯嘉丽并不是存心要发脾气，她其实真的想做弗兰克的好妻子，因为她喜欢弗兰克，也感激他出手救了塔拉。但他总是用各种方式考验她的耐性，直到让她忍无可忍，最终爆发。

她绝对不会尊重一个可以任由她摆布的男人。每当碰上令人不愉快的场面，弗兰克总是在她或者其他人面前表现得胆小怕事，并且犹豫不决，这让她心里实在窝火，难以忍受。不过既然如今钱的问题多少解决了一些，她本可以不去计较这些，开开心心地过日子。可接二连三的一桩桩、一件件事情表明，弗兰克不是块经商的材料，而且还想阻拦她做生意，不想让她做个精明

---

[1] 鞑靼人指的是历史上在东亚地区生活的人，主要使用蒙古语、通古斯语、突厥语。这些居住在蒙古高原东部的操突厥语的鞑靼人，源自室韦部柔然大檀可汗后裔及部民与白种人的融合。

的生意人，所以惹得她时不时就会发火。

果然如斯嘉丽所料，弗兰克不肯去收欠款。在她一再催促下，他才不情不愿地去收账，可即使去了，也对人家满怀歉意，就像给人赔不是似的，能要得回钱来才怪呢。这件事终于让她看清一个事实，如果她不亲自出马去赚钱，她跟着弗兰克永远都得过紧巴巴的日子，只能勉强糊口。她现在明白了，弗兰克只想靠他那间又破又脏的小店铺过活，只要能守住那间小店，他这辈子就心满意足了。可他不明白，靠小店铺的那点儿微薄利润根本不保险。如今世道艰难，最要紧的是多赚钱，因为唯有钱才能保障人的安全，才能抵御新的灾祸。

要是在战前的和平年代，弗兰克也许是个成功的生意人，但现在时代变了，过去的那套规矩已经一去不回，可他却顽固不化，还遵循旧的那一套，想起来就让人生气。在这个残酷而艰难的新时代，最需要的就是有锐意进取的闯劲儿，可他偏偏就最缺乏这种劲头。而她倒是有这股闯劲儿，也的确想闯一闯，不管弗兰克乐不乐意。他们需要钱，而她正在努力赚钱，而且赚得很辛苦。她的计划已经初见成效，在她看来，弗兰克帮不上忙也就算了，但至少可以做到别干涉她的计划。

由于她没有任何经验，锯木厂经营起来并不容易，更何况现在木材生意的竞争也比刚开始的时候激烈多了。所以她晚上回家时总是疲惫不堪，心里也烦躁不安。可每当这时候，弗兰克总是会怯生生地咳嗽几声，清清喉咙，然后对她说"亲爱的，要是换了我，我可不会这么干"之类的话，气得斯嘉丽心里直冒火。

她能做的只有强忍火气,不爆发出来,但就算这样她也常常拼命忍也忍不住。他这人可真是,自己没闯劲儿赚钱不说,还总挑她的毛病,凭什么呢?而且他唠唠叨叨跟她说的那些话简直蠢死了!如今这世道,她不像个女人又怎么了?说什么锯木厂不该由女人来经营,可她这家由女人经营的锯木厂正源源不断地赚钱呢,她和家人、塔拉,包括弗兰克,不都急需钱用嘛。

弗兰克想要的是安宁和休息。在战争中,他舍生忘死地打仗,结果战争不但让他失去了所有的财产,身体也垮了,变成了个老头儿。但他从来没后悔。经过四年的战乱,他对生活别无他求,只求和平和友善。他希望一家人相亲相爱,朋友之间相互称赞。不过他很快就发现,家庭安宁是需要代价的,这代价就是任由斯嘉丽想干什么就干什么,一切都依她。他太累了,于是便依从她的条件以换来安宁。有时候,他在寒冷的黄昏回到家,见她打开门,脸上带着甜甜的笑容,然后亲吻他的耳朵、鼻子或者其他出乎意料的地方。夜晚在温暖的被窝里,他能感觉到她的头依偎在他的肩膀正酣然熟睡。每当这个时候,他会觉得这一切都是值得的。只要事事依着斯嘉丽,生活就会惬意而温馨。但他获得的这份安宁只是虚空的表象,因为这份安宁,是他用婚姻生活中他所拥有的一切权利为代价买来的。

"女人家就应该在家庭和家人身上多花心思,而不该像个男人一样东奔西跑,到处瞎闯,"他心想,"啊,要是她有了孩子——"

一想到孩子,他笑了起来,从此他就经常想要孩子的事。斯嘉丽直截了当地说她不想要孩子，可孩子却总是不请自来的。弗兰克知道很多女人都说不想要孩子，可那都是傻话，因为害怕才这么说的。要是斯嘉丽有了孩子，她肯定会跟别的女人一样爱孩子，并且甘愿待在家里照看孩子。到那时，她就不得不把锯木厂卖掉，那让他烦恼的事就能顺利解决了。女人必须得有孩子才能感觉到真正的快乐，哪个女人也不例外。弗兰克知道斯嘉丽并不快乐。虽然他不怎么了解女人，但他也不是傻子，不会连斯嘉丽总是不开心都看不出来。

有时，他半夜里醒来，会听到枕边有轻轻的啜泣声。他第一次发现她抽泣时，感觉床都在跟着晃动，他吓了一跳，问道："亲爱的，你怎么了？"而她却情绪激动地大吼了一声："噢，别管我！"

是啊，有了孩子她就会高兴起来，就不会再去瞎折腾那些她不该去干的事。有时候弗兰克直叹气，以为自己抓住了一只色彩斑斓的热带鸟，羽毛像火焰和宝石一样鲜艳夺目。但对他来说，其实一只鹪鹩就足够，实际上，鹪鹩要比热带鸟好多了。

第三十七章

四月里一个暴雨倾盆的夜里,托尼·方丹突然登门。他骑着马从琼斯博罗跑来,马被他累了个半死,一个劲儿地口吐白沫。急促的敲门声把斯嘉丽和弗兰克从睡梦中惊醒,两人吓得心都跳到了嗓子眼儿。四个月来,斯嘉丽第二次深深领悟到"重建"一词的含义,也更理解了威尔说的"咱们的麻烦才刚刚开始"那句话,同时更明白了阿什利在塔拉寒风瑟瑟的果园里那番凄凉的话语有多么千真万确:"如今我们要面对的境况比战时还要严峻,比关在战俘营里还要凄惨——比死亡更加可怕……"

她第一次领教"重建",是得知乔纳斯·威尔克森可以借着北方佬的势力把她赶出塔拉。但是托尼的不期而至,让她明白了"重建"不仅会逼得她无家可归,还有比这更可怕的事。托尼冒着大雨趁夜而来,几分钟后又趁夜而归,这一走就再没回来。但在这短暂的几分钟里,他给斯嘉丽掀开了一道帷幕,为她展示了一幅全新的恐怖景象,她知道这道帷幕一旦掀起,就再难降下了。

在那个风雨交加之夜,大门被敲得咚咚响,声音十分急促。斯嘉丽身上紧裹着晨衣,站在楼上的楼梯口,低头朝楼下的过道张望。她刚瞥见托尼那张黝黑而阴沉的脸,托尼就连忙探过身把弗兰克手里的蜡烛吹灭了。她摸着黑急匆匆走下楼,握住托尼湿冷的手,听到他压低嗓门小声说:"他们在追捕我——我要去得克萨斯——马就快累死了——我也快饿死了。阿什利说你们——别点蜡烛!别把黑鬼吵醒……我不想给你们惹麻烦。"

他们三人进了厨房,把厨房的百叶窗放下来,窗帘也都拉上,托尼这才让弗兰克点燃蜡烛。斯嘉丽手忙脚乱地给托尼弄吃的,而托尼匆匆忙忙地跟弗兰克说话。

托尼没穿大衣,全身都湿透了,帽子也没戴,乌黑的头发都湿漉漉地贴在脑袋上。但当他大口地喝着斯嘉丽给他端来的威士忌酒时,那双小眼睛里闪烁着兴奋的光芒,方丹家小伙子特有的那种快活劲儿又回来了,只是今晚的这快活劲儿让人有点儿不寒而栗。斯嘉丽心想,谢天谢地,皮蒂帕特姑妈在楼上睡得正沉,还在打呼噜呢,不然要是看见这幅情景,还以为闹鬼了,肯定得吓昏过去。

"又少了个该死的杂——畜生,"托尼伸过空杯子,再要点儿酒,"我骑着马玩命地跑,要是不赶紧离开这儿,小命就保不住了,不过那也值了。上帝啊,的确很值!我得想办法去得克萨斯,到那儿躲躲。阿什利跟我一起在琼斯博罗,他叫我来找你们。弗兰克,给我点儿钱,再给我弄匹马,我的马快累死了——一路拼命狂奔,跑了一天——我也真是昏了头,急着逃跑,大衣也没穿,帽子也忘了戴,身上一分钱也没有就跑出家门了。不过我们家也没什么钱了。"

说完他笑了起来,然后狼吞虎咽地吃起涂了厚厚一层黄油的凉玉米饼和芜菁叶。

"你骑我的马好了,"弗兰克镇定地说,"我现在身上只有十块钱,不过要是你能等到明天早上——"

"都火烧眉毛了,我可等不了!"托尼断然说道,但语气倒挺轻松,"他们没准儿就在身后跟着我呢。我逃出来时太匆忙,要不是阿什利把我从家里拉走,让我骑马赶快跑,我还像个傻子一样待在家里,这会儿估计脖子已经套着绞索被绞死了。真是多亏阿什利这个好兄弟了。"

这么说阿什利也跟这件可怕的神秘事件有牵连?斯嘉丽浑身发冷,一手捂住自己的喉咙。阿什利会不会被北方佬抓住了?哎呀,弗兰克为什么不问问这到底是怎么回事呢?他怎么这么冷淡,就跟没事似的?她挣扎了半天,最后还是忍不住自己问了。

"怎么回事——"她开口问道,"是谁——"

"你父亲从前的那个监工——那个该死的——乔纳斯·威尔克森。"

"你把他——他死了?"

"我的天,斯嘉丽·奥哈拉!"托尼暴躁地说,"我要动手砍人的话,你不会以为我只拿刀背刮他几下就算完事了吧?不,上帝做证,我把他剁成肉泥了。"

"太好了,"弗兰克淡然地说,"那家伙的确可恨。"

斯嘉丽瞥了他一眼,这可不是她熟悉的那个温顺的弗兰克,不是那个随便让人欺负,动不动就紧张得捋胡子的胆小鬼。在这么危急的时刻,他身上反倒有一种果断而冷静的气魄,不但临危不乱,而且没一句废话。他是个男子汉,托尼也是。暴力相向是男人间的事,女人挨不上边。

"难道阿什利——他也——"

"没有。他是想亲手杀了那家伙,可是我告诉他,这事得让我来干,因为萨莉是我弟媳,最后他也理解了。他跟我一块儿去了琼斯博罗,怕威尔克森先把我给伤了。不过我看阿什利不会受牵连的。但愿不会。有配玉米饼的果酱吗?能给我包点儿吃的让我带走吗?"

"你赶紧把事情的来龙去脉说清楚,不然我就要大声尖叫啦。"

"等我走了以后,你可以随便叫。弗兰克给马套马鞍时,我再告诉你。那个该死的——威尔克森造了不少孽。他给你加税的事你也知道,这还算小事呢,最可恨的是,他一个劲儿地煽动黑人造反。真没想到我这辈子也有痛恨黑人的一天!那帮黑鬼真没良心,竟然信了那些流氓混蛋的鬼话,忘了我们当初待他们有多好。如今北方佬又谈论让黑人参加选举,反而不让咱们选举。哼,全县有权参加投票的民主党人根本没几个,因为他们规定凡是曾经在邦联军队里打过仗的人都没有选举权。要是黑鬼有了选举权,那咱们不都完蛋了?见鬼,佐治亚可是咱们的州!不是北方佬的地盘!上帝啊,斯嘉丽,这实在忍无可忍了!而且也不能再忍了！咱们得行动起来，哪怕再打场仗也在所不惜。过不了多久，就会有黑人法官和黑人议员了——这帮丛林里跑出来的黑猴子——"

"求你了——快点儿告诉我！你到底干了什么？"

"先别包起来，再给我来块玉米饼。哦，到处都在传，说威尔克森玩命搞什么黑人平等，而且越搞越不像话。哦，对了，他跟那帮黑鬼没完没了地讲什么平等，一讲就好几个钟头。他还觍着脸说——"托尼越说越气，气得语无伦次，"说什么黑人有权——跟——跟白人妇女——"

"噢，托尼，不会吧！"

"上帝做证，一点儿不假！也不怪你脸都吓白了。见鬼，斯嘉丽，这事你不会没听说过吧？那帮人在亚特兰大也一直跟黑鬼这么宣传呢。"

"我——我不知道啊。"

"哦，那可能是弗兰克不让你知道。总之，在那之后，我们一致认为，得在哪天夜里偷偷去拜访一下这个威尔克森，好好收拾他一顿。可我们还没来得及动手——你还记得那个叫尤斯蒂斯的黑鬼吗？就是我们家从前的监工。"

"记得。"

"这家伙今天跑到我们家厨房门口，恰好萨莉正在那儿做晚饭——我不清楚他对她说了什么，估计永远也不会知道了。反正他的确说了些什么，接着萨莉就突然尖叫起来。我连忙跑进厨房，看见这家伙喝得烂醉，醉得像条狗似的——对不起，斯嘉丽,我不该在你面前说脏话。"

"说下去。"

"我开枪把他打死了。妈妈跑过来照顾萨莉,我立刻骑上马直奔琼斯博罗去找威尔克森算账,都是这家伙害的,要不是威尔克森,那个该死的黑鬼怎么会想到做出这种事来。路过塔拉时,正好碰上了阿什利,一听说这事,他当然就要陪我一块儿去。他说威尔克森对塔拉干了那么多缺德事,所以这件事得让他来干。我说不行,这事得我干,因为萨莉是我死去兄弟的妻子。他跟我争了一路,等我们到了琼斯博罗,天啊,斯嘉丽,你猜怎么着,我竟然忘了带枪。我把枪落在马厩里了。当时我气昏了头,结果忘了——"

他停下来,啃了一口硬邦邦的玉米饼,斯嘉丽浑身直哆嗦。方丹家的人一发起火来杀气腾腾,这在全县早就有名了。

"所以我就只能拿刀对付他了。我在酒馆里找到了他,然后把他逼到一个角落里,阿什利替我挡住别人。我先把话跟他说明白,然后捅了他一刀。眨眼工夫,我还没回过味来,事儿就办完了,"托尼一边回忆,一边说,"后来我记得阿什利把我推上了马,叫我来找你们。那家伙在紧要关头可真不含糊,头脑冷静,阵脚不乱。"

弗兰克走了进来,手臂上搭着件大衣,他把大衣递给了托尼。他就这么一件厚大衣,可斯嘉丽并没有表示反对。在这件事上,她几乎就是个局外人,因为这完全是男人的事。

"可是托尼——你家里需要你啊。当然,要是你回去把事情解释清楚——"

"弗兰克,你真是娶了个傻老婆啊,"托尼一边手忙脚乱地穿大衣,一边咧嘴笑着说,"她还以为男人保护女人不受黑鬼的侮辱会得到北方佬的嘉奖呢。是啊,他们会好好嘉奖我的,奖赏就是把我押上军事法庭,然后给我脖子套上绞索把我绞死。斯嘉丽,吻我一下吧,弗兰克不会介意的,也许我今后再也见不到你了。得克萨斯离这儿可远呢,我不敢写信,所以请你告诉我家里人,说我到这里为止一切安好。"

斯嘉丽让托尼吻了她一下,然后两个男人便走进了暴风雨中,站在后廊谈了一会儿。随后,她突然听到马蹄踏水的声音,托尼走了。她把门打开了一条缝,看见弗兰克正把一匹走路趔趄、喘着粗气的马牵到马车房里。她关上门,坐了下来,双膝不住地发抖。

此时她才明白重建是什么,才意识到自己的房子仿佛被一群赤身裸体,下身只围着块遮羞布的野人包围着。此刻许许多多她最近没太在意的事情一齐在脑海中涌现:她听到别人谈话的只言片语,但从来没放在心上;男人们谈得正欢,一见她进屋就突然停下不说了。还有许多琐碎的小事,当时她觉得无关紧要,可现在想起来,她才明白是怎么回事,比如弗兰克总是提醒她别只带着老弱的彼得大叔赶车去锯木厂,可怎么说她也不听。现在这些细节和片段都汇在一起,拼凑起来,突然就构成了一幅恐怖的画面。

打头阵的是黑人,他们身后是手握刺刀的北方佬。她会被杀死,也可能会被强暴,而且很可能出了事也没人管。谁要是敢出头替她报仇,谁就会被北方佬绞死,甚至不用经过法官和陪审团的审判。北佬军官们根本不懂法律,更不问案情,直接开庭审判走个过场,然后就把南方人给绞死。

"我们该怎么办呢?"她痛苦而无助地绞着双手,心里惶恐不安,"像托尼这么好的小伙子,为了保护自家女人不受侮辱,杀了一个喝醉的黑鬼和一个卑鄙无耻的叛贼,就因为这个,那些魔鬼一样的北方佬就要绞死他。那我们有什么办法呢?"

"这真是忍无可忍!"托尼说的话没错。是没法忍下去了。可如今大伙儿都无能为力,除了忍受又能怎么样呢?她觉得浑身打战,平生头一回冷静而客观地看待人和事,清楚地认识到害怕和无助的斯嘉丽·奥哈拉并不是世界上唯一重要的人。整个南方还有成千上万的女人跟她一样害怕和无助。还有成千上万在阿波马托克斯放下了武器的男人,如今又站起来,重新拿起武器,时刻准备着为保护南方的女人而战斗,甚至不惜牺牲自己的生命。

托尼的脸上有种别样的神情,在弗兰克的脸上也有。最近在亚特兰大男人的脸上,都有这种表情,她之前看到过,却没有费心思留意。这种神情跟投降后从战场上回来的男人脸上那种疲惫而黯然的表情截然不同。从战场回来的男人一心只想着回家,别的什么也不顾。而如今,男人们又开始关注一些事情了。他们麻木的神经渐渐复苏,传统的精神又开始燃起火焰。他们怀着一颗冷酷无情而又痛苦凄楚的心再次关注起周围的一切。他们像托尼一样,心里都在想:"这真是忍无可忍!"

她眼中的南方男人,战前说话声音温柔,极有魅力,而在战争后期那段绝望的日子里,他们变得不顾一切并且冷酷无情。但刚才在烛光中,弗兰克和托尼这两个男人相互对视时,脸上却有种不同寻常的神情——让她既感到振奋,又觉得畏惧——充满了无法用言语形容的愤怒,又暗含一种势不可当的决心。

她平生头一回感到自己和周围的人之间有种如血脉相连一般的亲密,他们的恐惧、痛苦和决心,她都能感同身受。不,这的确忍无可忍!南方如此美丽的家园,他们岂能不作一番抗争就拱手相让?这里如此令人爱恋,怎能任由北方佬肆意践踏?北方佬痛恨南方人,恨不得把他们碾成灰。这里的土地如此珍贵,岂能把它交给那些被威士忌酒灌得烂醉、被自由弄得晕头转向的无知黑人?

一想起托尼突然到来,又匆匆离去,她不由得感觉托尼就像是自己的手足兄弟,让她回想起父亲当年离开家乡爱尔兰的往事——同样也是趁夜匆匆离开家,同样也是杀了人之后出逃,只不过对他和他的家人来说,那算不上蓄意谋杀。斯嘉丽的血管里流淌着父亲杰拉尔德那烈火般炙热的血液。她回想起自己开枪打死那个来打劫的北方佬时的快意和狂喜。他们其实都是火暴性子,只不过都隐藏在温和有礼的外表之下,蓄势已久,一触即发。所有人,她认识的每个男人都是如此,甚至连眼神总是迷离的阿什利和动不动就紧张兮兮的老弗兰克,性格中也隐藏着另一面——必要时会变得杀气十足,显出热血男人的本色。就连那个良心泯灭的恶棍瑞特,也因为一个黑人对"一位女士放肆无礼"而把那人杀了。

弗兰克咳嗽着走进屋里,浑身湿淋淋的。斯嘉丽立刻跳起身来。

"噢,弗兰克,这种日子还得熬多久啊?"

"只要北方佬还恨着咱们,这种日子就还得继续过下去,亲爱的。"

"就一点儿办法也没有吗?"

弗兰克举起疲惫无力的手,摸了摸湿漉漉的胡子:"办法正在想着呢。"

"什么办法?"

"等干出点儿眉目来时再说吧。也许需要好几年,也许——也许南方永远都是这个样子了。"

"噢,不!"

"亲爱的,上床休息吧。瞧你一直在发抖,一定冻坏了吧?"

"这日子什么时候才是个头呢?"

"等咱们重新有了选举权的时候,亲爱的。等每个为南方上过战场打过仗的人都能为咱们南方人和民主党投选票的时候。"

"选票?"她绝望地叫了起来,"黑人都失去了理智——北方佬毒害他们的心智,教唆他们跟咱们作对,这种时候选票管什么用呢?"

弗兰克继续耐心地给她解释,可是靠选票解决问题的道理太过复杂,斯嘉丽怎么也听不明白。不过她还是挺庆幸,乔纳斯·威尔克森再也不会威胁塔拉了,可不知道托尼今后会怎么样。

"唉,方丹家真是可怜啊!"她说,"家里只剩下亚历克斯了,可合欢庄园里有那么多活儿要干。托尼怎么就这么糊涂呢——就不能夜里动手,别让人发现吗?春耕时帮家里干干农活,不比一个人在得克萨斯强多了吗?"

弗兰克伸出一只胳膊搂住她。平时他这么做时都小心翼翼,生怕惹她不悦,不耐烦地把他伸过来的胳膊甩开。可是今晚,他的目光里流露着深沉,搂住她腰的胳膊也十分有力。

"还有比春耕更重要的事呢,亲爱的。比如给黑人点儿厉害瞧瞧,还有教训教训那帮投靠了北方佬的叛徒就是其中之一。只要还有像托尼那样的棒小伙儿,我想,咱们就不必为南方太过担心。好了,咱们去睡觉吧。"

"可是,弗兰克——"

"只要咱们团结一心,对北方佬寸步不让,总有一天会赢的。别让你那可爱的小脑袋为这事费神了,宝贝儿,让男人们去操心吧。也许咱们这辈子看不到胜利的那一天了,不过那一天终究会来的。等北方佬明白他们是无论如何都压不垮咱们的,他们就会感到厌倦,不想再跟咱们纠缠不休。到那时,咱们就会过上舒心又太平的日子,可以安心地生活,并且生儿育女。"

斯嘉丽想到了韦德,以及她心里默默藏了好几天的秘密。不行,她不想让她的孩子在这个充满仇恨、不安和痛苦,并且危机四伏的世界里成长,不想让她的孩子从小到大都生活在贫困、磨难和动荡的环境之中。她不想让自己的孩子看到现实的残酷，尝到生活的苦涩。她想要一个安全而有序的世界，能让她看到光明而美好的前景。在这个世界里，她的孩子们能吃得饱、穿得好，一生都能被这世界温柔以待，享受到不尽的温暖。

弗兰克认为这样的世界可以通过投票选举来实现。选举？选举能有什么用？南方的上等体面人再也拥有不了选举权了。这世上唯有一样东西能抵挡住命运带来的灾难，那就是钱。她心里万分感慨，认为他们必须得赚钱，赚好多好多钱，这样才能抵御灾祸，确保自己平安无事。

她突然告诉弗兰克，她怀孕了。

托尼逃走后的几个星期里，皮蒂姑妈家里遭到了北佬士兵一次又一次的搜查。他们也不事先通知就突然闯进房子里，二话不说就对房间挨个进行搜查和盘问。他们把衣柜一个个都打开，翻箱倒柜到处搜，连床底下也不放过。军方听到风声，说有人叫托尼去皮蒂小姐家躲起来。于是他们认为他肯定还藏在这里或者附近某个地方。

结果，皮蒂姑妈越来越坐立不安，时刻害怕北方佬军官带着一队士兵闯进她的卧室来。彼得大叔说她得了"神经紧张综合征"。弗兰克和斯嘉丽都没告诉她托尼曾经来过，所以这位老姑娘即使想泄露秘密也说不出来什么。她颤着声音，慌乱而紧张地对北方佬声明，说她这辈子就见过托尼·方丹一回，就是在一八六二年圣诞节的时候。这话的确不假。

"而且,"为表示积极配合,她还气喘吁吁地补充了几句,"他那时候醉得一塌糊涂。"

斯嘉丽正处在怀孕初期,经常恶心难受。穿蓝军服的北方佬私闯她的卧室,不但乱搜一气,见了喜欢的小玩意儿还顺手拿走,她既觉得愤恨,又害怕托尼的事会连累大家,所以心里很担忧。如今监狱里关满了人,老百姓没犯什么罪就被抓起来了。她知道,只要有一丁点儿对他们不利的证据被北方佬发现,那么不光斯嘉丽和弗兰克,就连无辜的皮蒂姑妈也得被关进大牢。

近来华盛顿那边一直有人在煽动一场运动,鼓动政府没收"叛党的财产",以偿还联邦政府的战争债务。这让斯嘉丽忧心忡忡。不仅如此,眼下亚特兰大也谣言满天飞,说凡是触犯军法的人,其财产一律没收。斯嘉丽心里更惶恐了,担心她和弗兰克不但会失去自由,甚至连房子、店铺和锯木厂也要没了。就算他们的财产没有被军队没收,可要是她和弗兰克都进了监狱,没人帮他们打理生意,这不跟财产没了一样吗?

她恨托尼,恨他给他们带来了这么多麻烦。他怎么能对朋友干这种事呢?还有阿什利,怎么能叫托尼到他们这儿来呢?要是帮忙就意味着会引得北方佬像黄蜂似的涌来,那她今后谁的忙也不帮了。没错,要是再有人找她帮忙,她就把门一关,谁也不见。当然,阿什利除外。托尼匆匆离开之后的好几个星期里,斯嘉丽一直睡不安稳,一听到外面街道上有什么动静,就会立刻惊醒,担心是阿什利来了,因为他帮过托尼,所以北方佬也在追捕他。他跟托尼一样也要从这儿逃到得克萨斯去。她对阿什利目前的情况一无所知，因为他们不敢写信给塔拉，告诉他们托尼半夜来访的事。他们的信很可能会被北方佬截获，那样的话，就连塔拉也有麻烦了。可是好几个星期过去，他们没有听到任何坏消息。于是他们知道阿什利应该是没事了。最后，北方佬也不再来骚扰他们了。

可斯嘉丽仍然放不下心来，心里一直被恐惧所占据。自托尼敲响她家大门的那一刻起，恐惧就一直伴随着她。这种恐惧比围城时的炮弹更令人心惊，比战争后期谢尔曼军队的士兵更让人胆寒。在那个狂风暴雨的深夜，托尼的到来仿佛一把扯掉了蒙住她眼睛的仁慈眼罩，逼着她去看清现实，看到自己的生活有多么动荡不安。

一八六六年的春天，寒意未消。斯嘉丽环顾四周，终于意识到自己以及整个南方将要面临什么样的境遇。她可以为了生活而费尽心思地计划和盘算；可以拼尽全力地干活，比过去的黑奴还卖力气。她可以战胜一切的艰难困苦，成功跨过一道又一道的难关；可以凭借势不可当的决心和毅力应对过去别人从未教过她该如何解决的问题。然而，尽管她拼尽全力、吃尽苦头，尽管她机关算尽并且作出了巨大的牺牲，她付出了这么大代价换来的小小成果却很可能随时被夺走。而且即使被夺走，她也得不到法律的保护，更得不到法律上的赔偿，唯一的出路就是去找令托尼恨之入骨的军事法庭，可那些军事法庭却仗着权力独断专行，想怎么样就怎么样。如今只有黑人有权得到法律的保护或赔偿。北方佬打垮了南方，并且打算一直压制着南方，要让南方永远屈服于他们。南方就如同被一只巨大的邪恶之手颠覆，那些曾经掌握着权力的南方人如今反倒比过去的黑奴更势弱无助。

如今佐治亚州到处有重兵驻防，而亚特兰大的驻军更多。各个城市的驻军指挥官都大权在握，甚至掌握着百姓的生杀大权。于是他们滥用手中的权力，为所欲为。他们可以随便找个理由或者毫无理由就把平民百姓关进大牢，侵夺他们的财产，把他们绞死。他们制定各种相互冲突的规章制度，并以此来侵扰和祸害百姓。他们在诸如经营方式、雇员工资、公众场合和私下的言论，以及报纸上刊登什么样的文章等方面都制定了各种规定，甚至还规定在什么时间什么地方才能倒垃圾，规定前邦联军人的妻女只能唱什么歌，所以谁要是胆敢唱《迪克西》或者《美丽的蓝旗》之类的歌，就是犯了罪，罪名只比叛国罪略轻一点儿。他们还规定，百姓必须先宣誓效忠才能获准从邮局把邮件取走。在有些情况下，就连结婚也得先宣誓效忠，如果不发那该死的誓，结婚证都休想拿到。

报纸也被掌权者牢牢钳制，凡是涉及抗议军方腐败和横暴的舆论，一律禁止刊登；个人若提出抗议和反对，则会被判入狱，所以大家都敢怒不敢言。监狱里关满了有识之士，但审判之日遥遥无期。陪审团审判制度和人身保护法实际上已经形同虚设。民事法庭勉强还在行使职责，但也要看军方的脸色行事，因为他们可以肆意干涉法庭的裁决。所以对于那些不幸被捕的百姓来说，他们的性命完全掌握在军方的手里。入狱的人数不胜数。凡涉嫌有煽动反对政府言论、与三K党串通勾结，或被黑人指控有蛮横无理行为者，均为有罪，一律被抓进监狱。犯罪证据——人证也好，物证也罢，都不需要，只要受到指控就一律算有罪。而且有自由民局的煽风点火，想要提出控告的黑人能少得了吗？

黑人虽然还没获得选举权，但北方的决心已定，认为黑人理应享有选举权，并且认定黑人在选举中理应支持北方。在这样的形势下，黑人就更为所欲为了，反正无论干什么都有北佬军队在背后撑腰。因此，白人要想不给自己招惹麻烦，就绝对不能说黑人半个不字。

从前的黑奴如今摇身一变，成了显贵之人。有了北方佬撑腰，当初最低贱最愚昧的黑奴如今成了社会中的上层人士。而黑奴中的体面人则鄙视这种自由，他们宁愿跟他们的白人主子一起忍气吞声过苦日子。成千上万的家奴，过去曾是黑奴当中地位最高的，如今仍旧陪在他们的白人主子身边，干着过去下等黑奴才干的粗重体力活儿。过去干农活的黑奴里也有不少忠心的，他们拒绝利用自由之名行不义之事。如今社会上大部分的事端都是由一群又一群"无能又懒散的自由黑鬼"惹出来的，其中大多数人都是原先干农活的黑奴。

在过去实行蓄奴制的日子里，这些下田干农活的黑奴地位低贱，一直被在家里和院子里使唤的黑奴所瞧不起。南方所有种植园的女主人，包括她的母亲埃伦，都会对年幼的黑奴进行训练，然后经过筛选，挑出最好的干责任较大的活儿。那些被派去下地干农活的都是最不愿意学习或者怎么教都学不会的笨蛋，这些人最懒散、最不诚实、最不可信任，而且心肠最恶毒，性格最野蛮。然而如今这些曾经地位最低贱的黑奴却把南方搅得乌烟瘴气，百姓生活苦不堪言。

掌控自由民局的当权者们皆是卑鄙无耻的恶棍和投机分子，而北方佬对南方人又怀着几近宗教般狂热的憎恨，因此在当权者的撑腰和北方佬恨意的驱使下，原先干农活的黑奴如今竟一步登天，突然间成了有权有势的上等人。让这么一群愚蠢无知的人登上高位，他们会做出什么样的事情来自然可想而知。他们就像一群猴子或者小孩子，被放在许多珍贵的宝贝之中，而对这些宝贝的价值他们贫瘠的头脑根本无法领会，于是便恣意妄为——要么是以破坏为乐趣，要么完全是出于愚昧和无知。

但说实话，在这些黑人中，包括那些最愚蠢的黑人在内，真正心肠歹毒者其实只占极少数，大部分还是挺好的。而就是这些极少数人，即使在蓄奴时代也是"卑劣下贱的黑鬼"。如今作为一个整体的阶层，他们的心智像孩子一样幼稚，容易受他人挑唆和摆布，并由于长久以来的习惯，他们骨子里就惯于听从别人的命令。过去他们听从白人主子的吩咐，现在他们的主人换了，换成了自由民局和到南方来敛财的提包客。而这群新主人给黑人们下达的命令是："你们和白人一样优秀，所以你们就按照白人的样子来吧。等到你们一旦有了选举权，给共和党人投票，你们就能拥有白人的财产。其实那些财产差不多现在就是你们的了，你们要是能拿到手，就拿去好了！"

黑人们被这些天花乱坠的鼓吹迷昏了头，把自由当成了享用不尽的盛宴——天天都像参加烧烤会似的，只会吃喝玩乐。他们不仅游手好闲，还偷盗抢劫，到处横行霸道。乡下的黑人一窝蜂似的涌入各个城市，田地没人耕种，庄稼都荒芜了。亚特兰大挤满了黑人，而且还有成百上千的黑人源源不断地涌进来。这些人全被北方佬的新论调给洗脑，变得既懒惰又危险。他们成群地聚居在肮脏的小破屋里，天花、伤寒和肺结核在他们当中肆虐，许多人染了病。过去当黑奴时，他们习惯了生病有女主人照顾，现在他们得了病，却不知道该怎么护理或医治。过去他们依赖主人替他们照顾家里的老人和年幼的孩子，而现在他们对家里的老小根本没有责任心。自由民局只关心政治，才不会像庄园主一样照顾他们呢。

被父母遗弃的黑人小孩像受惊的小动物似的在城里到处乱窜，直到遇上好心的白人，把他们领回家，带到自家厨房收养起来。年老的乡下黑人被他们的孩子抛弃在城里的闹市，坐在街边沿石上惊慌失措，对着路过的太太小姐哀声哭喊："太太，行行好吧，求您给俺在费耶特维尔的老主人写封信，告诉他俺在这儿。他会来把俺这老黑奴领回去的。上帝啊，这种自由俺可真是受够了！"

自由民局见涌进城里的黑人泛滥成灾，这才意识到自己的政策有失误，于是赶紧想办法把他们送回原先的主人那里去。他们跟黑人说，他们即使回去也是自由身，有白纸黑字的合同保护，并且上面规定了他们每天能拿到多少工钱。结果年老的黑人都高高兴兴地回去了，给本就穷困不堪的庄园主加重了负担，可人家却不忍心把他们赶走。而年轻的黑人则继续留在亚特兰大，他们不想干活儿，无论什么活儿，无论哪儿的活儿，他们都不去干。既然有吃有喝不挨饿，何必去干活儿呢？

黑人们平生头一回能痛快地喝上威士忌了，想喝多少就喝多少。在过去的蓄奴时代，他们平时根本喝不上酒，只有圣诞节得到圣诞节礼物时，他们才能获准尝上"一滴"，但也只有一滴。如今，不但有自由民局的煽风点火、有提包客的怂恿教唆，还有威士忌酒劲儿的刺激，他们不到处寻衅滋事才怪呢。因此白人的财产和生命安全都受到严重威胁。可白人又没有法律保护，所以个个惶恐不安。白人在街上平白无故受到黑醉鬼的侮辱，房屋和仓库半夜突起大火，家里的牛、马和鸡大白天地就被偷走。各种各样的罪行接连不断地发生，可为非作歹之人却极少受到法律的制裁。

然而，跟白人妇女所面临的危险相比，这些侮辱和威胁根本不算什么。战争不但夺走了许多妇女的亲人，也让她们失去了男性的保护。她们孤零零地住在偏僻的城边或者僻静的路旁。无数妇女遭受暴行，激起了南方男人的无比愤慨，而且他们无时无刻不为自己妻女的安全而担心。于是积蓄已久的仇恨终于爆发，以致一夜之间突然冒出了个三K党来。北方的报纸大声叫嚣，强烈谴责这个夜间活动的组织，却从来没想过致使其必然形成的悲剧根源在哪里。北方政府誓要追捕每一个三K党成员，把所有人都逮捕归案，一律绞死。因为在南方所有的正常法律程序和社会秩序都被北方推翻之时，这帮三K党人竟敢自行其是，擅自惩罚罪犯。

于是出现了令人触目惊心的一幕：半个国家企图利用武力威逼，强迫另外半个国家的人服从于黑人的统治。而这些黑人当中的大部分人从非洲丛林里走出来还不到一代人的时间呢。北方佬执意要给黑人选举权，却把他们原先主人的选举权强行剥夺。南方必须被压制住，而方法之一就是剥夺南方白人的选举权。绝大多数为邦联打过仗、在邦联政府里供过职，或支持和帮助过邦联的人都不准参加投票选举，无权选择自己的公职人员，只能被迫接受外来人的统治。许多人清醒而冷静地思考李将军的讲话，愿意以他为榜样，宣誓效忠北方，重新成为公民，忘记过去的一切恩怨。可北方政府却不给他们宣誓的资格。而获准宣誓的人，却坚定拒绝，不屑于效忠这样一个蓄意压制南方，强迫他们屈服于残暴和侮辱的政府。

"北方佬要是行得正坐得端，那刚投降的时候我就去宣那该死的誓，重新做回合众国的公民了，可是上帝做证，瞧瞧他们那副可恶的嘴脸，打死我也不会效忠于这种政府的！"如今人人都这么说，斯嘉丽听了无数遍，耳朵都快长茧了，再听到这种话她会烦得尖叫起来的。

在这段日夜不得安宁的日子里，斯嘉丽的心天天悬着，身心俱疲。她无时无刻不提心吊胆，害怕被那些目无法纪的黑鬼和北方佬士兵骚扰，害怕财产被没收，甚至就连睡觉也睡不踏实，始终担心更可怕的灾难会突然而至。一想到她自己、她的朋友们，甚至整个南方都势弱无助，她就倍感沮丧。所以也难怪她这些日子以来总是会想起托尼·方丹对她说过的那句义愤填膺的话：

"上帝做证,斯嘉丽,这真是忍无可忍!也不该再忍下去了!"

尽管历经战争、炮火和重建,亚特兰大再次繁荣兴盛起来。在许多方面都跟南部邦联成立初期时一样,充满年轻的朝气和活力。唯一让人不快的是,街上成群的士兵穿的是另一种军服,钱财都掌握在另一群人手里,黑人活得悠闲自在,而他们原先的主人则在穷困和饥饿中苦苦挣扎。

亚特兰大深藏着凄惨和恐惧,但表面上一派兴旺景象。废墟之上迅速重建起一座喧闹而繁忙的崭新城市。亚特兰大这座城市无论处于何种境况,似乎永远都在匆匆前行。而萨凡纳、查尔斯顿、奥古斯塔、里士满、新奥尔良这些地方却从不匆忙。亚特兰大如此忙乱,是由缺少教养和北方化造成的。而在这个时期的亚特兰大,这两种倾向尤为明显,甚至可以说是空前绝后。外来人从四面八方涌进来,街上从早到晚都喧嚣不停,令人窒息。北方佬军官的太太们和刚来城里且富得流油的提包客们,坐着锃亮的马车从街上驶过,溅起的泥浆都飞到了城里百姓破旧的轻便马车上。有钱的外来人盖起了一座座富丽堂皇的新房子,挤在当地老百姓庄严而朴素的住宅中间。

战争无疑确立了亚特兰大在南方事务中的重要地位。这座曾经的无名小镇如今已远近闻名。这里的铁路四通八达,曾经,正是为了这条铁路,谢尔曼的部队打了整整一个夏天,死了数千人。而如今这里的铁路线又重新给整座城市带来生机和活力。亚特兰大再次成为附近广阔地区的活动中心,与未被毁灭前一样。

它源源不断地接纳如潮水般涌来的新市民，这其中既有受欢迎的，也有不受欢迎的。

大批涌进来的提包客把亚特兰大当成了自己的大本营，他们在街上跟南方最古老的名门世家推推搡搡。这些出身名门世家的南方人也是刚刚迁来的，因为乡下老家的大宅被谢尔曼的军队烧毁，同时由于再也没有奴隶耕种棉花，他们无以为继，只能迁到亚特兰大来生活。每天都有大量来自田纳西和南、北卡罗来纳的新移居者涌入，因为那些州的"重建"比佐治亚还凶狠残暴。许多爱尔兰和德国人，原先是北部联邦招募来的雇佣兵，如今退役后也在亚特兰大定居下来。经过四年的战争，北方佬驻军的家眷们对南方充满好奇，也纷纷来此，使这座城市的人口更加膨胀了。各种各样的冒险家也纷至沓来，都盼着能在这儿找到发财的路子。还有乡下的黑人也继续成百上千地涌进来。

整个城市都在咆哮着、沸腾着——像个边疆的小村落，毫无顾忌地敞开大门，毫不掩饰它的丑陋与罪恶。一夜之间酒馆遍地，仅一个街区就有两三家。入夜之后，街上便到处是醉汉，有白人，也有黑人，一个个走路东倒西歪，从墙边撞到街沿，然后又从街沿晃悠到墙边。暴徒、扒手和妓女暗藏在黑漆漆的小巷和阴暗的街角里。赌场也热闹极了，枪杀、械斗的场面几乎每晚都在上演。正派的市民们惊骇地发现亚特兰大冒出了一个规模又大生意又红火的红灯区，甚至比战争时期的规模还大，买卖也更兴隆。那里夜夜笙歌，拉着的窗帘后不断传出刺耳的钢琴声、吵闹的歌声和淫荡的笑声，时而还夹杂着尖叫声和枪声。这里的妓女比战时更加大胆，竟不知羞耻地从窗口探出头来，公然勾引过路的行人。每到星期天的下午，红灯区里的老鸨们会坐着华丽的马车，从主街招摇驶过。车里满载着穿得花枝招展的姑娘，她们时不时掀开低垂的丝帘，呼吸一下新鲜空气。

贝尔·沃特琳是这些老鸨里名头最响的一个。她自己新开了一家妓院，一幢两层楼的大房子，相比之下，它周围的那几幢破房子简直就跟兔子窝一样。楼下有条长长的酒吧，还挂了几幅精致优雅的油画，每晚有黑人乐队在这里演奏。据说楼上都是奢华精美的家具，搭配长毛绒的软垫和座套，还有厚实的花边窗帘以及镶着镀金边框的进口镜子。十几个年轻姑娘住在这里，她们一个个浓妆艳抹，相貌标致，比别家妓院里的姑娘们更文静些，至少报警的情况很少发生。

这座房子成了亚特兰大的年长妇人们悄悄议论的对象，牧师们布道时也隐晦地指责其为罪恶的污水深坑，是受人耻笑和谴责之地。人人都知道，像贝尔这样的女人不可能有这么多钱开如此奢华的妓院。她背后肯定有靠山，而且这个靠山肯定很有钱。而瑞特·巴特勒从来就不隐瞒自己和她的关系，所以很显然她背后的靠山不是别人，肯定就是他。贝尔出门时通常都是由一个举止粗鲁但看起来怯生生的黑人赶车，马车驶过时，人们偶尔能从低垂的帘缝里瞥见她那副富贵阔绰的样子。每当她那辆由两匹健壮的枣红色马拉着的车驶过时，沿路的孩子们都会设法挣脱妈妈的手，跑过去窥视她，一边跑还一边兴奋地小声说："真的是她！是老贝尔！我看见她的红头发了！"

提包客和战争投机商们的华丽豪宅一幢接一幢地拔地而起，这些房子都有复折式屋顶、山墙、塔楼、彩色玻璃窗和宽阔的草坪，把周围那些弹痕累累、用旧木板和熏黑的砖头修补过的破房子挤到了边上。每天晚上，这些新房子里都灯火通明，音乐声和舞步声随风回荡在空中。女人们穿着色彩艳丽、熨烫笔挺的丝绸衣裙，在长长的游廊散步，身边有穿着晚礼服的英俊男士殷勤陪伴。一瓶瓶香槟被开启，瓶塞砰砰作响。铺着花边台布的桌子上摆着丰盛的晚餐，七道美味的菜肴一字排开，红酒火腿、法国血鸭[1]、鹅肝酱，以及各种四季珍鲜水果，摆满了整张餐桌。

然而，在那些老房子破烂的大门背后，住着的都是贫苦而饥饿的人们——可这些人却出身体面，生来高贵，傲然不屈，所以这艰难的日子就愈发显得苦涩而心痛。又因为他们表面上要装出对物质需求毫不在乎的高傲姿态，所以日子更加难熬。米德医生可以讲出许多家庭的悲惨故事来。不少人从自家大宅被赶出来，只好搬进了寄宿公寓，之后又从寄宿公寓被迫迁到僻巷里又暗又脏的小破屋。米德医生的许多女患者都有"心脏衰弱"和"体质下降"的病症。他知道，这种症状完全是由长期饥饿导致的。而她们自己也明白他知道她们的处境。他还知道有的家庭全家人都得了肺结核，而曾经只有穷苦白人才得的糙皮病，如今在亚特兰大有名望的家庭里也出现了。另外还有好多婴儿出生不

---

[1] 法国血鸭是一道闻名世界的美食，至今已有400多年历史。所谓血鸭，就是将鸭骨头和内脏放入特制的器皿内搅动，把骨头内的血挤出，煮成血汁拌鸭肉吃。通常一只血鸭可供二至四人食用，并会分为两道菜，第一道是烤鸭胸伴鸭血汁，另一道是烤鸭腿沙律。

久就得了佝偻病，而他们的母亲却没有奶来喂养他们。过去这位老大夫每接生出一个婴儿，都会虔敬地感谢上帝，而如今，他却认为生命并不是什么恩赐。对这些可怜的婴儿来说，这个世界太苦了，许多孩子刚出生没几个月就夭折了。

那些富丽堂皇的豪宅里灯火辉煌，有美酒佳肴，有绫罗绸缎，还有音乐和舞蹈。而拐弯的街角上，却是长期挨饿受冻的可怜百姓。一边是征服者们的傲慢和无情，而另一边则是被征服者们的痛苦煎熬和满腔仇恨。

第三十八章

斯嘉丽把一切都看在眼里。白天她忍受着煎熬，晚上则怀着忐忑入睡，时刻担心有什么不测发生。她知道因为托尼的事，她和弗兰克都上了北方佬的黑名单，这就意味着灾难随时可能降临到他们头上。但是她现在最受不了的就是放弃现有的一切，那样的话就前功尽弃了，这种损失她实在承受不起，特别是在眼下这个节骨眼儿上——孩子就快出生了，锯木厂才刚刚开始赚钱，塔拉还得靠她的钱维持生计呢，至少得等到秋天棉花收了之后才能有钱。噢，要是她失去了这一切，那可怎么办啊！要是一切又得从头开始，那她拿什么武器来抵抗这个疯狂的世界啊！难道要拿她的两片红唇和一双绿色的眼睛，还有精明却浅薄的头脑来对抗北方佬以及北方佬所代表的一切吗？她因为时刻担惊受怕而身心疲惫，觉得要是让她从头再来的话，还不如死了的好。

一八六六年春天，世界一片破败和混乱。斯嘉丽把全部精力都投入到锯木厂的经营上，力图让它赚钱。此时的亚特兰大有的是钱。一波波房屋重建的热潮给她带来了许多想要的机会,她知道,只要自己不坐牢,就一定能赚大钱。但是她再三告诫自己,她办事必须从容且谨慎,受到侮辱要极力忍耐,遇到不公也要尽量顺从,不要得罪任何有可能伤害她的人,无论白人还是黑人。她跟大伙儿一样痛恨那些放肆狂妄、刚被解放的黑人。每次从他们身边路过,听到他们满口污言秽语和尖声大笑时,她都气得浑身发抖。但她从来没鄙视地瞧过他们一眼。她痛恨那些提包客和投靠北方的叛贼,他们不费吹灰之力就能大发横财,而她却得天天累死累活地打拼,但她从不抱怨,也从不谴责他们。在亚特兰大,没人比她更憎恨北方佬了。因为她一见到穿蓝军服的,就气得心里直冒火,可她绝口不提北方佬,即使在家人面前也不谈论他们。

我可不能当傻乎乎的大嘴巴,她心想,就让别人为逝去的往昔和死去的男人而哭泣吧;就让别人对北方佬的统治、对选举权的丧失而愤怒吧;就让别人因为直言不讳去坐牢,因为加入三K党而被绞死吧。(噢,三K党,这名字听起来就够瘆人的,在斯嘉丽看来,三K党跟黑人一样可怕。)就让别的女人为自己的丈夫是三K党成员而骄傲吧。感谢上帝,弗兰克跟三K党从来就没有过什么牵扯!就让别人去为那些无可挽回的事情白费力气地担忧、愤慨、密谋和策划吧。跟眼下严峻的形势和未来难以预料的前路相比,过去的事又算得了什么呢?在有面包吃、有房子住、不蹲监狱才是紧要大事的时候,选举权管什么用呢?噢,上帝啊,求您了,请保佑我平平安安坚持到六月吧!

只要到了六月就行了！斯嘉丽知道，到了六月，她就不得不在皮蒂姑妈家里待着，足不出户，直到孩子出生为止。现在她怀着孩子出去抛头露面，已经有不少人在她背后指指点点了。哪有怀了孕的女人成天在外面乱跑的？弗兰克和皮蒂一再恳求她别再出门了，别再让自己难堪，也别再让他们丢人现眼了。于是她答应他们，六月份就停止工作，不出去了。

只要到了六月就行了！到了六月，她一定能把锯木厂打理好，然后放心地离开。到了六月，她就能攒出些钱来，至少能有些保障，足够她应付些突如其来的状况。要做的事情太多，可时间却少得可怜！她真希望一天能多出几个小时来。她争分夺秒地工作，拼尽全力地挣钱，盼着钱赚得越多越好。

由于她不停地唠叨、催促胆小的弗兰克，所以现在店铺的生意比原先好多了，之前的那些欠账也收回了一些。但她还是把一切希望都寄托在锯木厂上。亚特兰大就像一棵大树，之前被砍倒在地，而如今又焕发出生机，新芽更茁壮，叶子更厚实，枝条也更粗壮。建筑材料供不应求，木材、砖和石料的价格飞涨。斯嘉丽让锯木厂加紧赶工，从黎明一直干到掌灯时分。

每天她都去打理锯木厂，事事都仔细过问，尽最大努力防止木材被盗。她知道这种事肯定时有发生。但她大部分时间都坐着马车在城里转悠，跟建筑商、承包商和木匠谈生意，甚至去找打算盖房子的陌生人，巧舌如簧地推销自家木材，哄得他们答应从她那儿独家购买木材。

很快她就成了亚特兰大街上熟悉的一景：她总是坐着那辆

轻便马车，一条毯子拉得高高地盖在身上，一双戴着手套的小手交叠着放在膝头，身旁坐着一个神情庄严却一脸不满的老黑人车夫。皮蒂姑妈给她做了一件漂亮的绿色小斗篷，遮住了她有孕的身形，还有一顶绿色的扁帽，跟她那双绿色的眼睛很相配。出去兜揽生意时，她总是这套穿戴打扮。她脸颊上涂着淡淡的胭脂，身上散发着淡淡的香水味，看上去妩媚动人，只要她坐在马车上不动，谁也看不出她有了身孕。而且她也不需要下车，因为只要她微微一笑，轻轻招一招手，男人们就会快步跑到她跟前，甚至经常淋着雨站在那儿跟她谈生意。

她并不是唯一看准做木材生意能赚钱的人，可她并不害怕那些竞争者。她知道自己很精明能干，并为此感到十分自豪，她觉得自己跟任何对手相比都毫不逊色。她是杰拉尔德的女儿，天生就遗传了父亲精明的生意头脑，如今再加上生活的磨难和逼迫，她做生意的本事更突飞猛进了。

起初，其他的木材商们还笑话她，不带恶意地嘲讽她一个女人哪懂得做生意。可是现在，他们笑不起来了。每当看到她坐着马车经过时，他们都在心里暗暗咒骂。身为女人反倒成了她的撒手锏，只要斯嘉丽摆出一副可怜又恳切、我见犹怜的样子，哪个男人会不心软不投降？她毫不费劲儿就能暗暗传递给人一种印象：她是个勇敢又胆怯的妇人，被残酷的生活所迫，才不得已出来谋生，落到这个地步。要是顾客不买她的木材，这个可怜无助的小女人恐怕就要挨饿了。可一旦小女人装可怜这招儿不起作用时，她就会变得像个真正的商人一样冷酷，只要能招揽到新的客户，她宁愿做赔本买卖，压低价格以打败竞争对手。只要她认为能瞒得过去，她就以次充好，拿劣等木材当好木材卖。她还恶意诋毁其他的木材商，而且一点儿也不觉得心里有愧。她会装模作样地叹着气，假装不愿揭人老底、说人坏话的样子，然后跟潜在的客户说，她那些竞争对手的木材不但价格贵，质量也差，卖的木材净是烂的，而且满是节疤，什么破烂玩意儿。

斯嘉丽第一次这么撒谎的时候，心里既不安又内疚——不安是因为谎话竟然张口就来，连草稿都不用打。内疚是因为她突然想道：要是妈妈知道了会怎么说？

对这样一个做生意不但说谎，还不择手段的女儿，埃伦会怎么说呢？答案不言而喻，她肯定会目瞪口呆，难以相信。她必定会告诫自己的女儿做人要重名声、讲诚信、实事求是、对邻居要尽心尽力地关爱和帮助，语气虽然温和，但字字戳心。刹那间，斯嘉丽仿佛看到了妈妈的面容，突然感到有些畏缩。可紧接着，妈妈的面容就消失了，被一种无情而贪婪的欲望和冲动所取代。这种欲望和冲动萌生于塔拉那段艰苦劳作且缺衣少食的日子，如今又因为生活的动荡不安而愈加强烈。于是，斯嘉丽大步越过了这座里程碑，就像过去越过其他的里程碑一样——先是叹了口气，明白自己有违母亲的教诲，辜负了她的一片苦心，然后耸耸肩，重复着那句百验百灵的咒语："我以后再想这事吧。"

然而，从此之后，在做生意这件事上，她再也没想到过埃伦，在不择手段抢走别人的木材商生意时，也再没感到过内疚。她知道即使造谣诋毁他们，她也不会出什么事，因为有南方人的骑士精神在保护她。南方的女士可以对男士造谣，但南方的男士不能对女士造谣，更不能说她是造谣者。其他的木材商只能有气往肚子里咽，或者在自己家人面前发泄一下，说真希望上帝把肯尼迪太太变成个男人，哪怕只有五分钟也行。

迪凯特街上有一个穷白佬经营着一家锯木厂，这人倒是真跟斯嘉丽交手过。他想以牙还牙，公开谴责斯嘉丽是个骗子，就会骗钱。但结果他偷鸡不成蚀把米，反倒害了自己。因为大伙儿都感到震惊，一个穷白佬竟敢说出这种恶毒的话来侮辱一个出身于上等人家的女人，就算这个女人有失妇人之道，也不能这样啊。斯嘉丽没有反唇相讥，而是很有气度地默默忍受，随后使出浑身解数对付他和他的客户。她毫不留情地压低木材价格，以极低的价格出售质量最为上乘的木材，以证明她的诚实守信，虽然这么做让她也不免暗暗心疼。于是那人没过多久就破产了。接着，她竟然按她愿意出的价钱把那家锯木厂顺利地买下来了，把弗兰克惊得目瞪口呆。

锯木厂到手之后，便出现了一个伤脑筋的问题——要找一个信得过的人来帮忙经营管理。她不想再找个像约翰逊先生那样的人了。她知道，尽管她盯得很紧，但这个约翰逊还是背地里偷偷盗卖她的木材。她认为找一个合适的人并不难。现如今谁不穷得叮当响，找工作的人满大街都是，有的过去还是有钱人呢。弗兰克几乎天天掏钱接济那些吃不上饭的退伍兵，皮蒂和厨娘也差不多每天都包些吃的给那些瘦得皮包骨的乞丐。

但这些人都不是斯嘉丽想要的，她自己也想不明白这是为什么。"我不想要一个都打完仗一年了,还找不到工作的人,"她心想,"要是他们到现在还没适应和平,那他肯定也适应不了我。而且瞧他们那副垂头丧气的样子,跟丧家犬似的。我可不要丧家犬似的人,我要的是聪明又有干劲儿的,就像勒内或汤米·韦尔伯恩、凯尔斯·怀廷或者西蒙斯家的小伙子那样的人。因为他们脸上可没有觉得南方投降了,就'一切都没意义,什么都不在乎了'的神情。相反,他们事事都在乎。"

然而,令她惊讶的是,所有她看中的人都委婉谢绝了她。西蒙斯兄弟几个办起了砖窑,凯尔斯·怀廷在售卖在他母亲的厨房里配制出的一种药水,专治黑人的鬈发,说是用过六次之后,无论多鬈曲的头发都能保证变直了。梅里韦瑟太太的一个侄子更是不客气,他跟斯嘉丽说,虽然他不喜欢现在这份赶大车的活儿,但这好歹赶的也是自己家的车,他宁愿自己闯,也不愿给斯嘉丽干活。

一天下午,斯嘉丽把马车停在了勒内·皮卡德的馅饼车旁,看见汤米·韦尔伯恩也在,汤米正要搭勒内的车回家,于是斯嘉丽朝他们打了个招呼。

"我说勒内啊,你何不来我的锯木厂为我工作呢?管理一家锯木厂总比赶马车卖馅饼体面多了吧?你一个大男人干这种行当,我想你肯定觉得没面子吧。"

"我?什么有面子没面子的,"勒内咧嘴一笑,"这年头谁还顾得上面子啊!过去我向来体体面面,可一打完仗,我跟黑鬼一样自由了。从那以后,我再也不用摆架子,也不用百无聊赖地混日子了。如今的我像小鸟似的，自由自在。我喜欢我的馅饼车，也喜欢我的骡子。我喜欢那些关照我丈母娘馅饼生意的北方佬。不，斯嘉丽，我一定要成为馅饼大王。这就是我的命运！就像拿破仑一样，我得听从命运的安排。"他像演戏似的挥起马鞭来。

"可你生来不是卖馅饼的，就像汤米的父母把他养大也不是为了让他跟一群粗野的爱尔兰泥瓦匠打交道的。我那里的活儿更——"

"这么说你生来就是经营锯木厂的喽，"汤米嘴角露出一抹浅笑，说道，"可不是嘛，我都能想象到小斯嘉丽坐在妈妈膝头上，咿咿呀呀地背功课：'坏木头要是能卖出好价钱，那就绝不卖好木头。'"

勒内听得哈哈大笑，一双猴子似的小眼儿乐得直放光，还在汤米的驼背上捶了一下。

"少胡说，"斯嘉丽冷冷地说，一点儿没觉得汤米的话有什么好笑，"我当然不是生来就为了经营锯木厂的。"

"我可不是有意冒犯你，可不管你生来是为了干什么的，眼下你可是真的在经营锯木厂呀，而且生意还不错呢。哎，在我看来，咱们这些人里没有一个在干自己原本想干的事，但大伙儿也都干得不错，毕竟都得过日子啊。如果因为生活不尽如人意就坐着哭鼻子，那这人就是可怜虫，这国家也就没什么希望了。为什么不找个有能力的提包客帮你干呢，斯嘉丽？天啊，城里这种人到处都是。"

"我才不要提包客呢。除了烫手的和钉牢的东西，没有他们不偷的。他们要有本事，就会待在自己原来的地方，不会来这儿抢咱们的东西了。我想要个正派人，出身体面、聪明、诚实、有干劲儿，而且——"

"你的要求倒是不高，可就你付的那点儿工钱，怕是找不到这样的人。像你说的那种人，除了伤残严重的，其余的早就都找到活儿干了。他们虽然可能干的是不适合他们的工作，但总归是有活儿干。另外，他们宁可自己干，也不愿为一个女人工作。"

"男人可真是不可理喻，落魄成这样了还死要面子硬撑着。"

"也许是吧，不过男人都是有骨气的。"汤米认真严肃地说。

"骨气！骨气的味道好得很呢，特别皮薄酥脆，要再加上点儿蛋糖脆皮就更美妙了。"斯嘉丽嘲讽地说。

两个男人被逗笑了，但笑得有些勉强。斯嘉丽觉得这两个男人是故意联合起来跟她作对。她仔细想了想那些她已经找过或者打算要找的人，觉得汤米说得没错，那些人的确都很忙，个个都在拼命工作，战前他们肯定做梦也没想过自己会如此辛劳。也许他们干的不是自己想做的事情，或者对他们来说，现在干的活儿并不轻松，他们从小受的教育和训练也不是为了干现在这活儿的。但不管怎样，他们都在勤勤恳恳地干着。如今世道艰难，他们别无选择。如果他们在为失去的希望而伤心，对逝去的生活方式留恋不舍，那也不会表露出来，而只有自己心里清楚。他们正在打一场新的战争，比之前那场仗还要艰苦。之前的那场战争把他们的生活撕裂成两半，战前的他们关心局势，群情热烈而激奋，而如今，战后的他们又重新关注起生活，那份热切和激奋的劲头儿，与战前别无二致。

"斯嘉丽，"汤米难为情地说，"请原谅，刚才冒犯了你，所以此时我真不该再开口求你帮忙，可我还是得说，说不定对你也有帮助。我的小舅子休·埃尔辛天天沿街售卖柴火，可生意很不好。如今除了北方佬，大伙儿都自己出去拾柴火。我知道埃尔辛一家的日子很不好过，我——我也想尽一份力，可你也知道，我得养活范妮，我在斯巴达还有妈妈和两个守寡的姐姐要照顾。休是个正派人，而你正需要这么个人，而且你也知道，他家世好，人也诚实。"

"可是——呃，休这小伙儿不够精明啊，不然他卖柴火的生意也不会干得这么差。"

汤米耸了耸肩。

"你看人看事的眼光也太厉害了，斯嘉丽，"他说，"不过你还是再考虑一下休吧。也许你还能从他身上挑出不少毛病，不过至少他老实肯干，足以弥补他不够精明的缺陷。"

斯嘉丽没吭声，她不想太无礼。但在她看来，精明是无法用任何其他的品德来替代和弥补的。

她在城里四处游说，最终也没能成功，许多提包客却死活求着要为她工作，但都被她拒绝了。最后她只好接受汤米的建议，雇用休·埃尔辛给她干活。其实在战争期间，休是个机智又英勇的军官，但两次身负重伤和四年的战斗生涯，似乎把他的聪明才智都耗尽了，使他在和平时期变得就像个孩子一样，面对艰难困苦感到茫然无措。当他沿街兜售柴火时，眼神彷徨犹如丧家犬一般，所以他并不是斯嘉丽看上眼的合适人选。

"他太笨了，"斯嘉丽心想，"对做生意一窍不通，我敢打赌，他连二加二都不会算。恐怕他学都学不会。可至少他是个老实人，不会跟我要花招。"

这些日子里，斯嘉丽自己根本不在乎什么诚实，可她越是自己不诚实，就越希望别人诚实。

"可惜约翰尼·加勒格尔已经在建筑工地给汤米·韦尔伯恩干活儿了，"她心想，"他才是我要找的人，像钉子一样硬，像蛇一样滑，如果给的工钱足够多，他也能老老实实地不要花样。我了解他，他也懂我，我们俩要是一起做生意肯定能合作得很好。也许旅馆盖好之后，我就能把他请来了，但是在那之前，我只能将就着用休和约翰逊这两个人了。要是我让休去管那家新锯木厂，让约翰逊管老厂，我就可以待在城里只管销售的事情了，锯木料和运木材的事就交给他们两人做。在请来约翰尼之前，如果我一直待在城里，就必须得冒着任由约翰逊偷我木头的风险。唉，他要不是偷木头的贼该多好啊！查尔斯留给我的那块地皮，一半可以用来做木料场，另一半可以盖个酒馆，可是弗兰克却坚决不同意，冲我一个劲儿地嚷嚷，真烦人！哼，等我攒够了钱，我就把酒馆盖起来，管他同不同意。弗兰克的脸皮也太薄了。噢，上帝啊，怎么偏偏这个时候让我生孩子！再过不久，我的肚子就会大得出不了门了。噢，上帝，要是不生孩子该多好啊！噢，天啊，那些该死的北方佬不来找我麻烦该多好啊！要是——"

要是！要是！要是！生活中怎么这么多"要是"，什么事都没有个准头，一点儿安全感也没有，总是让人提心吊胆的，担心会失去一切，又回到挨饿受冻的日子。当然，弗兰克现在也比原来赚得多点儿了，可他总是感冒生病，动不动就得卧床好几天，都快成个废人了。不，她不能指望弗兰克，谁也指望不了，什么事也指望不上，她只能靠自己。可她能挣到的钱却少得可怜。哎，要是北方佬又来把这一切都抢走，她可怎么办呢？要是！要是！要是！

她每个月赚的钱，一半都寄到塔拉给威尔了，还有一部分拿去还瑞特的贷款，余下的则都被她藏了起来。没有一个守财奴数钱数得像她这么勤，也没有一个守财奴比她更怕丢了钱。她不敢把钱存在银行里，因为银行有可能会倒闭，或者北方佬说不定会把钱没收。所以她把一部分钱带在身上，藏在紧身胸衣里，能藏多少藏多少。剩余的钱被分成了几小捆，藏在家里的各处，比如壁炉松动的砖头下面，或者小布袋里，或者夹在《圣经》的书页里。随着时间一天天过去，她的脾气越来越暴躁，因为她现在每多赚一块钱，就意味着灾难降临时，她会多损失一块钱。

弗兰克、皮蒂和仆人们都小心翼翼地忍受着她的坏脾气，都认为她是因为怀孕才越来越暴躁易怒的，却从来就没看出真正的原因。弗兰克知道对怀孕的女人需要多多迁就，所以他忍气吞声，对她经营锯木厂的事情只字不提，也不说她这个时候不该在城里到处乱跑，没有个妇道人家的样子了。斯嘉丽的所作所为令他十分难堪，但他一忍再忍，总觉得孩子生下来之后，她又会变成他向她求婚时那个娇媚可爱、女人味十足的姑娘了。可尽管他事事迁就，处处忍耐，尽力安抚她，她还是照发脾气，他常常觉得她就像中了邪似的。

没人明白她到底中了什么邪，没人知道是什么让她变得像个疯女人。其实完全是因为她想在闭门不出之前，把一切事情都安排妥当。她想尽可能多赚些钱，以防灾祸来临。她要用钱筑起一道坚固的堤坝，以挡住北方佬仇恨的浪潮奔涌而来。这些日子里，她脑子里、心里想的全是钱。有时即便想到肚子里的孩子，也会莫名其妙地生气起来，怨这孩子来得不是时候。

"死亡、交税和生孩子！哪一个都来得不是时候！"

当初斯嘉丽一个女人家刚开始经营锯木厂的时候，亚特兰大就已经对她议论纷纷了。不过随着时间的推移，城里的人渐渐意识到一点，这个女人没有什么事是干不出来的。她做生意手段之高明令人瞠目结舌，更何况她那可怜的母亲还是出身于名门望族——罗比拉德家族。人人都知道她怀有身孕，可她都这样了居然还在街上招摇过市，这也太不像话了。尊贵体面的白人妇女只要怀了孕，怕被别人看出来，都会乖乖待在家里闭门不出，就连不少黑人都懂这规矩。梅里韦瑟太太气呼呼地说，斯嘉丽要这样下去，怕是要把孩子生在大街上了。

然而，过去人们虽然也对她指指点点，但跟现在满城的流言蜚语比起来，简直是小巫见大巫。因为斯嘉丽竟然跟北方佬做起了生意，而且还乐在其中！

梅里韦瑟太太和许多南方人也跟新来的北方佬做买卖,但区别在于,他们并没有乐在其中,而且明显地表露出自己其实并不乐意这么做,实在是逼不得已。可斯嘉丽呢,却很乐意这么做,至少表面看来是这样的。她还跑到北方佬军官的家里去,跟军官太太们一起喝茶!除了没邀请北方佬到自己家做客,别的她什么都干了。全城的人都在猜测,要不是因为有皮蒂姑妈和弗兰克,她早就请他们来家里了。

斯嘉丽知道大伙儿都在议论她,但她一点儿也不在乎,也在乎不起。她依然对北方佬怀恨在心,那恨意依然跟当初北方佬要放火烧塔拉那天一样强烈。可她把仇恨隐藏在心里,而且掩饰得很好。她知道如果想赚钱,就得赚北方佬的钱。她也明白,只有笑脸相迎,说好话巴结着,才能给锯木厂拉来生意。

总有一天,等她发了大财,而且把钱都藏好了,让北方佬找不着时,到时候,到时候她就会当面告诉那些北方佬,她有多恨他们,多讨厌他们,多鄙视他们。那得有多痛快啊!可在那之前,她只能跟北方佬套交情、打交道。这道理很简单。亚特兰大人要说她这是虚伪的话,那就让他们尽管说去好了。

她发现跟北佬军官交朋友就像开枪打地上的鸟一样,简直太容易了。他们身在充满敌意的土地上,是孤独的流亡者。他们当中有不少人都渴望能跟体面而有教养的女性交往,可是在这座城市里,凡是体面的女子都不正眼瞧他们,从他们身边侧身躲过,就好像要咬他们一口似的。只有妓女和黑人女人才会对他们温言软语。虽然斯嘉丽身为一个女人做起了生意,但显然她是个体面女人，而且出身名门，言谈间浅笑盈盈，那双绿色的眼眸里闪烁着迷人的光芒，令人神魂颠倒。

斯嘉丽坐在轻便马车上跟他们说话时，虽然脸上总是会露出迷人的小酒窝，但心里厌恶至极，恨不得当面痛骂他们一顿。但她拼命压制住心里的怒火，而且她发现把这些北方男人玩弄于股掌之间，就跟耍弄南方男人一样轻而易举。但不同的是，后者是一种消遣，而前者是无情的生意。她在北方佬面前扮演的是一个落难的南方太太，优雅而可爱。她摆出一副尊贵而高洁、庄重又矜持的姿态，所以能够把那些受她耍弄的北方佬挡在适当的距离之外，但她的举止又不失优雅，显得十分亲切而和善，令北方佬军官们一想起肯尼迪太太来，就不由得感到心里暖暖的。

这种暖意对她大有好处——也正是她故意要达到的效果。驻军里有许多军官不知道在亚特兰大要驻守多久，都派人把家眷接了来。由于旅馆和寄宿公寓都已经爆满了，他们只能自己盖小屋。他们都乐意从和蔼可亲的肯尼迪太太那里买木材，因为整个亚特兰大城里，只有她待他们最客气、最友好。暴富的提包客和叛贼们也想用赚来的横财盖华丽的豪宅、店铺和旅馆，他们也愿意跟斯嘉丽做生意，因为他们发现跟她打交道比跟那些邦联的老兵要愉快得多，那些老兵虽然表面上客客气气，但骨子里冷冰冰的，透着难掩的恨意，比开口骂人还叫人难受。

于是，由于她漂亮又迷人，又总显出一副柔弱无助、可怜兮兮的样子来，大伙儿都乐意照顾她锯木厂的生意，并且顺便光顾一下弗兰克的店铺，因为他们觉得应该帮这个勇敢的小女子一把，谁叫她有这么个窝囊的丈夫，撑不起这个家呢。斯嘉丽看到生意越来越红火，心里也踏实多了，因为她眼下不但能从北方佬那里赚到钱，将来还能有一群北方佬朋友做靠山。

把和北方佬军官的关系保持在她所希望的水平上，比她预想中要容易得多。因为他们似乎对尊贵体面的南方女人都很敬畏。但斯嘉丽很快就发现，这些军官的太太却很难对付，这是让她始料不及的。她并不想跟北方女人打交道，可越是想躲却越躲不掉，军官太太们偏要见她，因为她们对南方和南方女人特别好奇，而斯嘉丽则给了她们满足好奇心的第一个机会。亚特兰大城别的女人都不愿跟她们来往，就连在教堂碰上也不打招呼。所以当斯嘉丽为了生意到她们家去的时候，她就成了令她们求之不得的交谈对象。当斯嘉丽坐在轻便马车里跟站在家门口的北方佬军官谈屋顶和柱子之类的建筑问题时，军官的妻子就会跑出来，加入他们谈话的行列，而且还非要请她进屋喝杯茶。斯嘉丽尽管心里很不情愿，却很少拒绝，因为她一直想找机会不露痕迹地暗示他们去弗兰克的店铺里买东西。可很多时候，她的自制力都受到严峻的考验，一是因为她们总问她一些私人问题，二是因为她们对南方什么事都瞧不上眼，一副趾高气扬的样子。

北方女人们都看过《汤姆叔叔的小屋》[1]这本小说，把这本书当成了仅次于《圣经》的启示录。她们想知道南方人是不是家家

---

[1] 《汤姆叔叔的小屋：卑贱者的生活》，又译作《黑奴吁天录》《汤姆大伯的小屋》，是美国作家哈里特·比彻·斯托（斯托夫人）于1852年发表的一部反奴隶制长篇小说。这部小说中关于非裔美国人与美国奴隶制度的观点曾产生过意义深远的影响，并在某种程度上激化了导致美国内战的地区局部冲突。

都养猎犬,是不是一有黑奴逃跑就放出猎犬来追捕。可当斯嘉丽回答说她这辈子就见过一次猎犬,而且是只温顺的小狗,不是凶猛的大型犬时,她们都说不信。她们还打听种植园主是不是拿烫红的烙铁在黑奴的脸上烙上印记,是不是用九尾鞭把黑奴活活打死。她们还对黑奴男女姘居的事情特别感兴趣,让斯嘉丽觉得这帮北方女人真是粗俗下流,缺乏教养。对于最后一点,斯嘉丽尤其感到厌恶,因为自打北佬军队驻守亚特兰大之后,黑白混血儿的数量猛增,满大街都是。

北方女人们这些无知又偏执的话要让亚特兰大别的女人听到,准会气得要命。但斯嘉丽能隐忍不发,因为相比于气愤,她对这些北方女人更多的是鄙视。北方佬就是北方佬,烂泥扶不上墙,狗嘴里能吐出什么好话来。因此,这些北方女人对南方和南方人以及南方道德的侮辱和轻慢只会令斯嘉丽嗤之以鼻,心里暗暗鄙夷。直到后来发生了一件事,才令她愤然发怒,同时也让她看清了北方和南方之间隔着一道多么大的鸿沟,想要越过这条鸿沟简直比登天还难。

一天下午,彼得大叔赶车送斯嘉丽回家,路过一幢北佬军官的房子,里面挤着三家人,盖这幢房子用的木材就是跟斯嘉丽买的。当斯嘉丽的车从房子前经过时,三个军官的太太正好站在门口,她们挥手示意她停下,然后走到下车台旁,跟她打招呼。那浓重的北方口音真让斯嘉丽受不了,她觉得对北方佬什么都能原谅,唯有这口音实在让人听不下去。

"我正想找你呢,肯尼迪太太,"一个高高瘦瘦、从缅因州来的女人说道,"对于这座落后而愚昧的城市,我有些事情想跟你打听打听。"

斯嘉丽忍住脾气,面对这个北方女人对亚特兰大的侮辱,心里充满鄙夷,对那个女人甜甜一笑。

"想打听什么呢?"

"我家的保姆布丽奇特回北方去了。她说这里尽是'黑鬼'——她原话就是这么说的,她在这城里一天也待不下去了。她这一走家里乱了套,孩子们吵得我烦死了!请告诉我怎么才能再找个保姆。我不知道到哪儿去找才好。"

"这应该不难,"斯嘉丽笑着说,"找个刚从乡下来的黑女人就行了,因为这样的人还没被自由民局的人洗脑,能把主人伺候得很好。您就站在门口,见有过路的黑女人问问就行,我敢保证——"

三个军官太太突然气得哇哇大叫起来。"你认为我会放心把孩子交给个黑人来带吗?"缅因州来的那个女人大声喊道,"我要找个体面的爱尔兰姑娘。"

"恐怕你在亚特兰大城里找不到爱尔兰女仆,"斯嘉丽冷冷地说,"我从来没见过白人当女仆的,而且我家里也从不雇白人仆人。""再说——"她忍不住话里带刺地说,"我向你保证,黑人又不是吃人肉的野人,你大可以放心。"

"天啊,那可不行!我怎么能让黑人进我家的门呢?你这什么破主意啊!"

"我才不相信黑人呢,他们在人前一个样,背地里还不定什么样呢,让黑人照看我的孩子就更不行了……"

斯嘉丽顿时想起了嬷嬷那双骨节突出却温柔慈爱的大手,这双手以前伺候过母亲埃伦,后来伺候过她,现在又伺候韦德,她伺候了一代又一代人,手也因为服侍他们而变得粗糙。这些北方佬懂得什么呢?她们哪懂得黑人的手有多么亲切,能给人带来多大的慰藉?她们哪懂得黑人有多会安慰人,多会哄孩子,又多么爱孩子?她突然笑了一声。

"这些黑人不都是被你们给解放的吗,怎么你们自己倒看不起黑人呢,真是怪了。"

"上帝啊!我可没有,亲爱的,"缅因来的女人笑着说,"我上个月才来南方,之前从来没见过黑人,而且巴不得今后永远也见不到他们。一看见黑人我就浑身起鸡皮疙瘩。这些黑人没有一个值得信任的……"

斯嘉丽早就发觉身旁的彼得大叔一直在大口喘着粗气,呼吸急促,身子坐得挺直,两眼紧盯着马耳朵。那个缅因女人突然大笑起来,指着彼得大叔叫她的两个同伴看,斯嘉丽不得不也看向他。

"快看那个老黑鬼,胖得跟癞蛤蟆似的,"她咯咯地笑着说,"我猜他肯定是你的老宝贝儿对吧?你们南方人不知道怎么跟黑鬼相处的,把他们都宠坏了。"

彼得大叔深吸一口气,额头上的皱纹更深了,但依然目不转睛地死盯着前方。他这辈子都没被哪个白人叫过"黑鬼"。别的黑人可能叫过他"黑鬼",但白人可从来没这么叫过他。他,彼得,多年来含辛茹苦支撑着汉密尔顿家,如今竟被人叫作"老宝贝儿",还说他不值得信任!

斯嘉丽没有看到却能感觉到,彼得大叔的下巴在颤抖,因为他的自尊心受到了极大的伤害。她突然感到怒火中烧。这帮北方女人耻笑邦联军队、诋毁杰夫·戴维斯、诽谤南方人残忍虐待和杀害黑奴,这些她都能忍,总是心怀鄙视表面镇定地听着,因为只要对她有利,哪怕她们侮辱自己的人格,说她不诚实,她都能忍。但是今天她们竟然出口伤人,欺辱这么一位忠心耿耿的老黑人,真是把她给激怒了,就像划了一根火柴扔进了炸药桶里一样,瞬间就把她的怒火给点燃了。她突然看到了彼得大叔别在腰间的大马枪,顿时觉得手痒痒,想一把拔出来,打死这帮傲慢、无知又粗野的征服者。但她紧咬着牙,咬得下巴肌肉都鼓了出来,她提醒自己时机未到,还不能把真实想法说出来。总有一天,她要狠狠反击,对,总会有这一天的。上帝啊,这一天总会到来的!但现在还不行。

"彼得大叔是我们的家人,"她的声音都在颤抖,"告辞了,彼得大叔,咱们走。"

彼得大叔突然猛抽了马儿一鞭,马儿一惊,向前跃起。马车颠簸了一下,然后开始前行。斯嘉丽听到那个缅因来的女人用浓重的北方口音困惑地说:"她的家人?不会是她的亲戚吧?可那家伙黑得跟炭似的。"

该死的,见鬼去吧!这帮北方佬真应该在地球上灭绝。等我赚够了钱,非得朝她们脸上都啐上一口不可!非得——

她瞟了彼得一眼，看见一颗泪珠正从他鼻尖滚落下来。刹那间，她心头一紧，怜悯和悲伤一齐涌上心间，不由得热泪盈眶，就像亲眼看见可怜的孩子被粗暴的恶棍无情地欺侮了一般。那帮女人深深地伤害了彼得大叔。打墨西哥战争时，是他跟随老汉密尔顿上校征战沙场；上校去世时，是他把老主人抱在怀里；老主人故去后，是他把梅丽和查尔斯抚养长大，并悉心照顾傻乎乎的皮蒂帕特；逃难时，是他一直保护着皮蒂姑妈；投降后，又是他弄来一匹马，穿过惨遭战争蹂躏、满目疮痍的乡间，把皮蒂姑妈从梅肯带回亚特兰大。而如今，这帮北方女人竟然说黑人一个都不值得信任！

"彼得，"斯嘉丽把手放在他瘦弱的胳膊上，声音哽咽地说，"你怎么哭了，真丢人。管她们说什么呢？她们就是一帮臭北方佬！"

"她们当着俺的面说这种话，就好像俺是头蠢骡子，听不懂她们的话一样——就好像俺是个非洲人，不明白她们在说什么似的，"彼得用力地吸了吸鼻子，接着说，"她们还管俺叫黑鬼，俺这辈子从来没被白人叫过黑鬼。她们还叫俺老宝贝儿，说黑鬼不值得信任！俺不值得信任！哼，老东家临咽气时，跟俺说：'你，彼得！好好照顾我的两个孩子。好好伺候皮蒂帕特小姐。'他还说：'因为她头脑简单，还没只蚂蚱聪明呢。'这些年来，俺可是一直任劳任怨好生照顾她呢——"

"除了天使加百利，再没有比你做得更好的了，"斯嘉丽安慰他说，"要是没有你，我们哪能活到今天呢。"

"谢谢您这么说，小姐。这些事俺知道，您也知道，可那帮北方佬不知道，也不想知道。他们凭什么管我们的事呢，斯嘉丽小姐？他们根本不了解咱们南方人。"

斯嘉丽没吭声，憋了一肚子的火，刚才没在那帮北方女人面前爆发，现在还怒火未消呢。两人默默地赶车回家。彼得大叔也不再抽抽搭搭，下嘴唇噘得老高，最初的伤心情绪渐渐平息，心里的火气开始越烧越旺。

斯嘉丽心想，这些该死的北方佬都是些怪人！那帮北方女人以为彼得大叔是黑人就没耳朵听不见人说话，就没心没肺没有感情，就不会伤心难过吗？她们根本不懂，黑人应该以柔相待，对待他们要像对待孩子一样，要耐心指导，做对了要表扬，难过了要哄，做错了得批评。北方佬对黑人一点儿都不了解，也根本不懂黑人和他们原先的白人主子之间的关系，然而他们却掀起了一场战争，解放了黑人。可给了黑人自由之后，他们又撒手不管，只是利用被解放的黑人来威吓南方人。北方佬压根不喜欢黑人，也不信任、不理解黑人，可他们却不停地叫嚣，说什么南方人不懂得怎么跟黑人相处。

信不过黑人！斯嘉丽对大多数白人都不怎么信任，反而更信任黑人。要是在北方佬和黑人之间做选择，她当然更信任黑人。因为黑人忠诚可靠、任劳任怨，而且有爱心，这些珍贵的品德是任何磨难都压不垮、多少金钱都买不来的。她想起了北方佬闯进塔拉时，依然选择留下来的那几个忠心的黑仆，他们大可以逃跑或者跟着北方佬的部队走，去过悠闲的生活。可他们毅然决然地留了下来。她想起了在棉花地里跟她一起辛苦干活的迪尔茜，想起了为了不让一家老小挨饿而不惜冒着生命危险，到附近鸡舍去偷鸡的波克，想起了陪她一起来到亚特兰大，怕她做错事的嬷嬷。她还想起邻居家的黑仆，忠心地陪伴在白人主子身边，当男主人上前线打仗时，他们就在家里保护女主人的安全，在可怕的战乱中陪主人一起逃难。有受伤的，他们予以照顾；有死去的，他们负责掩埋；有失去亲人的，他们给予安慰。他们不辞辛劳地为主人干活，甚至替主人乞讨、偷盗，只为不叫主人饿肚子。即使现在，尽管自由民局向他们许下各种天花乱坠的承诺，他们仍然紧紧跟随着白人主子，比在蓄奴时期更加卖力地干活。但北方佬根本不懂这些，也永远不会去了解他们。

"可是他们把你们解放了。"她大声说道。

"不，小姐！他们并没解放我们。俺不稀罕被那些混蛋解放，"彼得气急败坏地说，"俺就跟着皮蒂小姐，生是汉密尔顿家的人，死了也会被皮蒂小姐葬在汉密尔顿家的坟地里……要是俺告诉皮蒂小姐，你任由那帮北方佬女人欺负俺，她肯定会气晕过去的。"

"我没有！"斯嘉丽惊得大叫起来。

"您有，斯嘉丽小姐，"彼得嘴噘得更高了，"问题是，您和俺都没必要跟北方佬搅在一起，受他们的气。您要不跟她们搭话，她们也没机会侮辱俺，拿俺当蠢骡子或者非洲人。而且您也没替俺说过一句话。"

"我有！"斯嘉丽被这句指责刺痛了心，"我不是跟她们说了嘛，你是我的家人！"

"那不算替俺说话,那本来就是事实,"彼得说,"斯嘉丽小姐,您不该跟北方佬打交道。您看看别家的太太小姐,有谁跟他们来往?您见过皮蒂小姐理睬过这帮无耻败类吗?她要是听到那些北佬女人是怎么侮辱俺的,准会气得要命。"

彼得的指责比弗兰克或者皮蒂姑妈,甚至邻居们的话更刺痛她的心。她心烦意乱,恨不得使劲儿摇晃这个老黑人,摇到他那没牙的嘴紧紧闭上为止。彼得说的都是事实,可这些话从一个黑人,一个家奴嘴里说出来,实在让她忍受不了。对南方人来说,得不到家奴的尊重和敬仰是极为耻辱的事。

"老宝贝儿!"彼得气呼呼地嘟囔着,"皮蒂小姐要听了这话,肯定再也不会让俺给您赶车了,绝对不会了,小姐!"

"皮蒂姑妈会叫你给我赶车的,"斯嘉丽厉声道,"所以这话你不用再说了。"

"俺背疼,"彼得沉着脸说,"现在就疼得厉害,连挺都挺不直了。俺不舒服时,俺家小姐是不会让俺赶车的……斯嘉丽小姐,您在北方佬和穷白佬那儿吃得开又能怎样,咱们自己人却对您有非议啊,这对您有啥好处呢?"

彼得的一番话一语道破了斯嘉丽目前的处境。她很气愤却又无言以对。没错,那些征服者们是很欣赏她,可她的家人和邻居却都反对她。她知道全城的人都在对她指指点点,而现在就连彼得大叔也对她不满,甚至不愿跟她一起抛头露面。这对她来说,是最不堪忍受的一次打击。

在这之前,她一直不在乎大伙儿对她的议论,不但不在乎,还不屑一顾。可是彼得的一番话点燃了她心中的怨怒之火，逼得她不得不奋起反抗，突然跟恨北方佬一样，恨起了周围的邻居。

"他们干吗非得管我的事呢？"她心想，"他们以为我乐意跟北方佬打交道，乐意跟个干农活的黑奴一样累死累活地干？本来干买卖赚钱就不容易，他们还净给我添乱。但我不在乎他们怎么想，也不会让自己在乎，现在更是没工夫和本钱在乎。但总有一天——总有一天——"

哼，总会有这么一天的！等她的日子太平安稳了，她就会在家里舒舒服服地坐着，双手交叠放在膝上，就像母亲埃伦一样安心做个贵妇人。到时候，她会像个真正尊贵体面的贵妇，被人伺候，受人保护，这样人人就会称赞她了。噢，等她有了钱，该有多神气啊！到那时，她就会学母亲埃伦的样子，变得温柔又和善，关心别人，恪守妇道。到那时，她就再也不用日夜担惊受怕，殚精竭虑，日子过得从容而平和。到那时，她就会有大把的时间陪孩子们玩儿，看他们做功课。到时候，她就能享受温馨而漫长的下午时光，跟来访的太太小姐们聊天谈心，听她们塔夫绸衣裙窸窸窣窣，棕榈扇一摇一摇，发出有节奏的唰唰声。她会招待客人用茶，端上美味的三明治和蛋糕，悠闲地消磨时间。她还会善待那些受苦受难的人，给穷人送去一篮又一篮的食物，给病人送热汤和果酱，带那些不幸的人坐上她漂亮的马车出去兜风。她要做个真正的南方贵妇，就像她妈妈当年那样。到那时，人人都会喜欢她，就像喜欢她妈妈一样。人人都会夸她慷慨大方，管她叫"天使夫人"。

这些对未来的幻想和憧憬令她欢欣喜悦,她明白自己其实根本没有乐善好施、慷慨大方、宽厚仁慈的性格和品德,但并没有因此而影响快乐的心情,有没有这些品德她根本不在乎,她只想图个好名声而已。但她的脑子就像一张粗孔的大网,无法过滤出这些想法中细微的差别。对她来说,只要将来有了钱,大伙儿都能夸她,这就够了。

将来总会有这么一天!但不是现在。眼下别人爱怎么嚼舌根就嚼吧,现在她可没时间当什么贵妇。

彼得的话果然不假,皮蒂姑妈真晕了过去。彼得的背也一夜之间就疼得再也赶不了马车了。于是自此之后,斯嘉丽只能自己赶马车,手掌上刚刚消退的茧子又重新长了出来。

春天就这样过去了,四月的冷雨渐渐转成五月的绿意盎然、温暖馨香。几个星期以来,斯嘉丽整天又忙着工作又处处操心,怀孕的身子也越来越重。老朋友对她越来越冷淡,家人却对她越来越关心和体贴,同时也越来越搞不懂她为什么这么焦虑不安。在这段令她焦虑又辛苦打拼的日子里,只有一个人理解她,只有一个人可以让她安心依靠,那就是瑞特·巴特勒。奇怪的是,在这个时候出现在她身边的不是别人,偏偏是他。他就像水银一样变幻莫测,性情乖戾如同地狱里的魔鬼。可偏偏是他,时常出现在她眼前,给予她同情,这种同情她从来没从别人身上得到过,也从来没想过会从瑞特那里得到。

他这个人总是神秘兮兮的,常去新奥尔良,但从来不说去干什么。她心里有些吃味儿地想，他肯定是去看某个女人——或者某些个女人去了。但自从彼得大叔拒绝为她赶车之后，他留在亚特兰大的时间就越来越长，去新奥尔良的次数也越来越少了。

他待在亚特兰大城里的时候，大多数时间都是在"时代女郎"酒馆的楼上赌钱，或者在贝尔·沃特琳的酒吧里跟有钱的北方佬和提包客谋算发财之道。于是城里人对他更加厌恶，觉得他比他那些狐朋狗友还可恶。他现在已经不到皮蒂姑妈家拜访了，可能是顾及弗兰克和皮蒂的情绪，因为斯嘉丽如今有孕在身，这个时候如果有男士登门造访，他们肯定会发火的。但斯嘉丽几乎每天都会跟他不期而遇，当她独自一人赶车经过桃树街和迪凯特街前往锯木厂时，他一次次骑着马到她马车跟前。他总是会勒住马缰，跟她聊几句，有时还会把马拴在她的马车后面，然后亲自为她赶车。近来斯嘉丽虽然嘴上不承认，但实际上身体越来越容易疲累。所以当瑞特接过她手里的马缰，替她赶马车时，她心里十分感激。他总是还没到城里就提早下车离开，但尽管如此，全城人都知道他俩暗中相会。于是在斯嘉丽一长串的逾矩名单上，又多了一项罪名，又多了一条供人茶余饭后谈论的口实。

她偶尔也会纳闷，怎么这么巧总是会碰见他？随着时间一天天过去，城里黑人的暴行越来越多，他们碰面的次数也越来越频繁。可他为什么偏偏在她模样最丑的时候频频来找她呢？肯定不是对她有所企图，就算以前有过，现在也绝对不可能有，不过她开始越来越怀疑，有点儿拿不准了。他已经好几个月没拿他俩在北方佬监狱里那次令人懊恼的见面开玩笑了，也再没提起过阿什利和她对阿什利的爱，更不再说什么"想要她"之类的下流话。她觉得还是少惹麻烦为好，于是决定不问他为什么这么频繁地见面。最后，她得出了自己的结论，认为瑞特除了赌博以外没什么事可干，他在亚特兰大又没什么朋友，所以就想找她做个伴，解解闷。

不管是什么原因，总之她发现有他做伴倒是开心的。他会耐心地听她抱怨和诉苦，比如失去了客户、烂账收不回来、约翰逊太奸诈、休太无能等等。他为她取得的成就而鼓掌叫好，而弗兰克就只会宠溺地笑笑，皮蒂姑妈则惊讶地直喊："哎呀天哪！"她敢肯定，瑞特没少帮她揽生意，因为他跟那些有钱的北方佬和提包客关系十分密切，但他总是否认他在帮她。她对他太了解了，所以从不相信他。但每当看到瑞特骑着他那匹高大的黑马从一条林荫小道拐过来时，她心里总是乐开了花。当他爬上马车，从她手里接过缰绳，开几句嘲讽的玩笑逗她时，她立刻感到自己又变得年轻而快活了，暂时忘却了满心的忧虑和越来越臃肿笨重的身子。她跟瑞特可以无话不谈，不用掩藏任何动机和想法，从来不会像跟弗兰克在一起时那样，时常觉得无话可说，也不会像在阿什利面前那样，有口难言，为了保全名誉，他们有许多话都不能说，以致许多别的事情也难以启齿了。所以眼下能有瑞特这么个朋友在身边真是令人欣慰，虽然不知为何瑞特现在对她恭恭敬敬，毫不逾矩，但这让她更加高兴，因为近来她几乎已经没什么朋友了。

在彼得大叔发出最后通牒，决意不给她赶车之后不久，她气冲冲地问瑞特："你说为什么城里这些人这么恶毒，总是在背后骂我呢？在他们看来，我跟那帮提包客相比，到底谁更坏还不好说呢！我老老实实干自己的生意，又没做什么缺德事——"

"假如你没做缺德事，那是因为你还没逮到机会，也许是他们隐约看出来这点了。"

"去你的，给我正经点儿！那帮人真气死我了。我无非就是想多赚点儿钱而已，而且——"

"你干的事跟别的女人不一样，而且你还干得不错，小有成就。我早就告诉过你，这事无论放在哪个社会里，都是不可饶恕的罪过。因为谁要是与众不同，谁就准会被人戳脊梁骨！斯嘉丽，就说你开锯木厂的事吧，你把锯木厂经营得有声有色，生意红火，光这一点就已经让那些生意不如你的男人无地自容了。记住，一个有教养的女人应该待在家里，应该对这个忙乱又残酷的世界一无所知才对。"

"可如果我待在家里的话，恐怕连家都没了。"

"所以你就该体面地受穷，骄傲地饿死才对。"

"哦，别胡说八道了！你瞧瞧梅里韦瑟太太，她还卖馅饼给北方佬呢，那岂不是比我开锯木厂还过分吗？还有埃尔辛太太，她不光干针线活赚钱，还开包食宿的家庭旅馆收房客，还有范妮给瓷器画画，画得别提多难看了，没人喜欢她画的那些瓷器，但人人都为了帮她掏钱去买——"

"可你忘了一点，我亲爱的。她们都没干出什么名堂来，所以没伤害到南方男人的自尊心。男人们照样可以说：'可怜又可爱的小傻瓜哟,她们干得多辛苦啊!哎,就让她们以为她们帮上忙了吧。'再说,你提到的那些太太小姐们,都并不喜欢干活儿。她们干活儿只是迫不得已,她们只等着有男人来把她们肩上不该由她们来挑的担子卸掉。所以人人都同情她们。但显然你是真的喜欢干活儿,而且明摆着不让男人插手,替你打理生意,所以没有一个人会同情你。亚特兰大人也绝对不会原谅你,因为他们一向喜欢可怜别人。"

"你就不能正经点儿吗?"

"你有没有听说过一个东方谚语,叫作'尽管狗在狂吠,但骆驼队照样前行'?所以呢,你就让他们叫唤去吧,斯嘉丽。我看啊,什么也阻挡不了你的骆驼队前进。"

"可我只不过赚了点儿小钱而已,他们干吗跟我过不去呢?"

"你也不能什么都占啊,斯嘉丽。要么你一门心思赚钱,不管什么妇道不妇道,走到哪儿都遭人冷眼。要么你就甘心受穷,但面子有了,而且会有很多朋友。你自己选吧。"

"我不想受穷,"她立刻回答道,"但是——我没选错,对吧?"

"如果你最想要的是钱,那就没选错。"

"是的,我是想要钱,在我看来,这世上还是钱最重要。"

"那你就只能选这条路了。但这个选择还会带来别的后果,所谓有得必有失。得到金钱的同时,你也得承受寂寞和孤独。"

斯嘉丽一时间沉默不语。这话没错,她停下来想了想,觉得真有些孤独——她竟然没有一个女伴。战争期间,她心情不好时,还可以回娘家找妈妈。妈妈去世之后,好歹身边还有梅兰妮，虽然在塔拉除了辛苦干活儿以外，她跟梅兰妮根本没什么共同之处。而现在，她一个女伴也没有了。因为皮蒂姑妈除了自己那个没事聊闲天的小圈子以外，对生活一无所知。

"我觉得——我觉得，"她略有些迟疑地说，"就女人之间的关系来说，我向来都很孤独。亚特兰大的女人们讨厌我，不光是因为我外出工作，抛头露面，其实无论我做什么，她们都不喜欢我。除了我妈妈，没有一个女人喜欢我，就连我的亲妹妹也是如此。我也不知道这是为什么，战前是这样，嫁给查理以前也是这样，好像不管我做什么，都招女人记恨——"

"你把威尔克斯太太忘了，"瑞特眼睛放光，透着狡黠，"她可是处处站在你这边的。我敢说，除了杀人以外，无论你做什么，她都举双手赞成。"

斯嘉丽冷冷地想："就连杀人她都站在我这边呢。"想到这里，不由轻蔑地笑起来。

"哎，梅丽啊！"她唉声叹气地说，"梅丽是唯一认同我的女人，可这也没什么值得高兴的，因为她那脑子还没只珍珠鸡聪明呢。如果她有点儿脑子的话——"她突然窘迫地停下不说了。

"如果她有点儿脑子的话，她就会明白一些事情，然后就不会认同你了，"瑞特替她把话说完，"这你肯定比我清楚。"

"哼，你这该死的记性！你也太无礼了！"

"你这么说可没道理，不过我不跟你计较。还是回到正题吧。你可得想好了。要想与众不同，就得受得了被孤立。不只是被同龄人孤立，就连父辈和子女这一辈也会疏远你。他们永远不会理解你，不论你干什么，他们都会感到震惊，看不顺眼。但你的祖辈会为你感到骄傲，说你青出于蓝，没给祖宗丢脸。你的孙辈也会对你大为敬佩和赞叹，说：'瞧我祖母当年多了不起啊！'他们还会以你为榜样，学你的样子呢。"

斯嘉丽听了，开心地大笑起来。

"有时候你说话还真是一语中的！我外婆罗比拉德就像你说的那样。小时候我一淘气，嬷嬷就会拿外婆来吓唬我。外婆这个人冷若冰霜，不管对自己还是对别人都很严厉。可她结过三次婚，无数男人曾为她决斗过。她平时爱涂脂抹粉，衣服领口低得吓人，而且还不——呃——裙子里面也不怎么穿内衣。"

"而你虽然尽力想学你母亲的样子，但实际上最崇拜的人是你外婆！我们巴特勒家祖上也出过海盗，我爷爷就是。"

"真的吗？不会真的是那种逼人蒙着眼走跳板[1]的海盗吧？"

"我敢肯定，只要能弄到钱，他会这么干的。不管怎么说，他的确赚了不少钱，留给我父亲一大笔遗产，成了大富豪。但我们家里人提起我爷爷时，都小心翼翼地称呼他为'船长'。我还没出生他就死了，是在酒馆里跟人打架被人打死的。不用说，他这一死，让他的孩子们都松了口气，因为这老头儿成天醉醺醺的，一喝醉就忘了他已经不再是船长，早就告老还乡，所以一个劲儿地唠叨着过去当船长时干的那些惊天动地的事，把孩子们吓得

---

[1] 蒙着眼走跳板是海盗处死俘虏的一种方式，受刑者会被绑住双手，蒙上眼睛，被迫走上伸到舷外的跳板，最终掉入海中淹死。

汗毛直竖。然而我却很崇拜他，一心想学他的样子，而不是成为我父亲那样的人。因为我父亲是个尊贵体面的绅士，待人和善、品行端正、满口仁义道德——所以你也看到了，结果是怎样的。我敢肯定，你的孩子也对你有意见，斯嘉丽，就像梅里韦瑟太太和埃尔辛太太那帮人反对你一样。将来你的孩子多半性格温顺，处处谨小慎微，因为吃过苦受过磨难的人，其子女大多如此。更糟的是，你跟其他做母亲的人一样，决意不让自己的孩子再吃自己当年吃过的苦。这就更大错特错了。因为苦难能压垮人，也能造就人。所以你得等到孙辈的人来崇拜你了。"

"谁知道咱们的孙辈会是什么样的！"

"你说'咱们'，是暗示你和我——咱俩会有孙子孙女吗？哎呀呀，肯尼迪太太！"

斯嘉丽突然意识到自己失言了，脸一下子涨得通红。然而，令她难为情的不光是瑞特的一句玩笑话，还因为她想起了自己越来越大的肚子。他们俩谁也没提过她怀孕的事，每次跟他在一起时，斯嘉丽总是把毯子拉得老高，一直盖到了腋下，天气暖和时也是如此。她还常常自我安慰，认为这么一盖，别人就看不出她肚子大了。而此时此刻，她突然因为自己怀孕而恼羞成怒，也因为瑞特可能知道她怀孕了而感到羞愧难当。

"你给我滚下车去，你这个龌龊的下流鬼。"她气得声音都发抖了。

"我不会下去的，"瑞特平静地回答说，"还没等你到家，天就该黑了。况且前面那道小溪附近住着一群新来的黑人，他们搭起帐篷和小棚屋聚居在那儿，听说都是些恶棍流氓。你又何必给那些冲动的三K党找事，害他们今晚还得穿上夜行衣，骑马出来跑一趟呢？"

"你给我滚！"斯嘉丽气得大叫，伸手去拉马缰，突然感到一阵恶心。瑞特连忙勒住马，递给她两块干净的手帕，轻巧地扶住她的头，让她把头探到车外边。夕阳穿过树上新绿的树叶斜照过来，一时间太阳的金黄和树叶的翠绿交织在一起，形成炫目的旋涡，在她眼前打着转。恶心感过去之后，她双手捂着脸，羞愧地大哭起来。不只是因为她在男人面前吐了——呕吐就够丢脸的了，更何况还是当着男人的面吐，哪个女人受得了——还因为这下她怀孕的事就暴露无遗了。她觉得自己实在没脸再面对瑞特了。这么丢人的事偏偏让瑞特瞧见了，要知道他这人向来对女人没半点儿尊重！她失声痛哭，以为瑞特又会跟她开粗鲁的玩笑，让她一辈子都忘不了。

"别傻了，"瑞特平静地说，"要是因为丢了面子而哭，那就太傻了。好了，斯嘉丽，别像个孩子似的。你也知道，我又不是瞎子，当然早就知道你怀孕了。"

斯嘉丽惊讶地"噢"了一声，双手把涨红的脸捂得更紧了。"怀孕"这个词本身就够让人震惊的了。每次弗兰克提到她怀孕的时候都不好意思直说，用"你身子不便"来含蓄地表达。父亲杰拉尔德当年不得已要提到这事时，会委婉地说她"要当妈了"。而太太小姐们则比较文雅，把怀孕叫作"有喜了"。

"如果你以为我连这种事都看不出来，那你可真是个傻丫头。就算你把那毯子拉得再高,把自己捂得再严实也是白搭,你真以为别人看不出来吗?是的,我当然知道,不然我为什么一直——"

他突然停住不说了,两人都陷入了沉默。他抓起缰绳,唤马起步。他继续平静地跟她说着话,听着他那慢条斯理又让人舒服的声音,斯嘉丽低垂的脸上渐渐褪去了些许红晕。

"我真没想到你这么吃惊,斯嘉丽。我还以为你是个明白人,可惜让我失望了。难道这种事还让你怕羞吗?我知道作为一个体面人不该跟你提这种事。不过我知道我不是个体面人,因为见到怀孕的女人我并不觉得难为情。我觉得应该把她们当正常人看待,没必要见着怀孕的女人就得故意看天、看地或者看周围的一切,唯独不看她们的腰身,然后冷不丁地偷瞄她们腰身几眼,这是最让我觉得不齿的。我干吗要这样呢?女人怀孕不很正常吗?欧洲人就比咱们通达多了,他们见了怀孕的女人都会表示恭喜。当然我倒不建议咱们通达成那样,但至少这样做总比装眼瞎视而不见强多了。女人怀孕很正常,应该为此而骄傲,而不必躲着不敢见人,就像犯了什么罪似的。"

"骄傲!"斯嘉丽哑着嗓子喊道,"骄傲!——呸!"

"你要有孩子了,难道不觉得骄傲吗?"

"噢,上帝啊,当然不!我——我讨厌孩子。"

"你是指——弗兰克的孩子?"

"不——不管是谁的孩子。"

一时间,她发现自己又失言了,心里又懊恼起来。可瑞特就好像没听见似的,继续从容淡定地说下去。

"我跟你不一样。我喜欢孩子。"

"你喜欢孩子?"她吃了一惊,抬起头看着他,竟一时忘了刚才难为情的样子,"你可真会说谎!"

"我喜欢婴儿,也喜欢小孩子。但等他们长大了,学会了大人的思维习惯和撒谎骗人干坏事的本事,就不让人喜欢了。这对你来说并不算是新闻吧,你也知道我很喜欢韦德·汉普顿,尽管他并没有小男孩该有的样子。"

突然斯嘉丽心里一惊,心想瑞特这话倒是不假。他的确很喜欢跟韦德玩儿,还经常买礼物送给他。

"既然咱们把这令人尴尬的话题挑明了,你也承认自己快要生孩子了,那我也有几句话要说,其实好几个星期前我就想说了。有两件事。第一,你一个人赶车出门太危险了,你自己也清楚,别人也没少劝你。就算你不怕被人强暴,可总得考虑一下后果吧。由于你的固执,给自己招来祸端,也逼得城里骁勇的男子汉不得不去为你报仇,去找那帮黑鬼干架,结果把北方佬引来抓他们,如果被抓住十有八九会被绞死。你有没有想过,城里的女人们恨你,原因之一就是担心她们的丈夫或者儿子很可能会因为你而送命?再者说,如果三K党出手干掉了更多的黑人,那么北方佬就会对亚特兰大实行高压管制,跟他们相比,谢尔曼的部队都算温和仁慈的了。我说的这些话句句属实,因为我跟北方佬关系熟得很。说来惭愧,他们一点儿也不拿我当外人,当着我的面说话毫不避讳。他们誓要剿灭三K党,哪怕一把火再次把亚特兰大城烧毁，或者把城里所有十岁以上的男子全都杀光，也在所不惜。这对你也极为不利，斯嘉丽，你的钱也保不住了。大火一旦烧起来，就像野火燎原，什么时候能灭可就说不准了。到时候，北方佬会没收财产、提高税额，对可疑的女人处以罚款——这些我都亲耳听他们说起过。而三K党——"

"你知道谁是三K党吗？汤米·韦尔伯恩是吗？还有休和——"

瑞特不耐烦地耸耸肩。

"这我哪儿知道？我是个叛徒、投靠北方佬的变节者，怎么可能知道呢？但我的确知道有些人已经引起北方佬的怀疑了，只要他们稍有差池就会被北方佬绞死。我知道即使你害得邻居们被绞死，你心里可能也没有任何悔意，不过我确信如果你害得自己失去了锯木厂，你一定会悔得肠子都青了的。从你脸上那副固执的表情就能看出来，你根本不相信我，所以我的这些话说了也是白说。不过请听我一句，出门时把手枪随身带着——我在城里的时候，会尽可能过来给你赶车。"

"瑞特，你不会真的是——真的是为了保护我才来——"

"没错，亲爱的，正是我这时常夸耀、引以为傲的骑士精神驱使我来保护你的。"他那双乌黑的眼睛又闪烁起嘲弄的光芒，脸上那副认真又诚恳的表情突然不见了，"要说原因嘛，是因为我深深地爱着你，肯尼迪太太。是的，我一直默默地爱恋着你，远远地崇拜着你，可我是个体面人，跟阿什利·威尔克斯先生一样，只能把对你的爱深藏在心里。唉，你是弗兰克的妻子，受名誉所累，我怎能向你表白心意。但就连威尔克斯先生也偶尔会有名誉出现裂缝的时候，所以此刻我的名誉也出现了裂缝，将我深藏于心的感情向你表露出来，我——"

"哎呀，我的天啊，行了，别说了！"斯嘉丽连忙打断他的话，每次见瑞特把她当个自负的傻瓜一样耍弄，她都气得够呛，而且她也讨厌他总是把阿什利和他的名誉扯进来，"你想告诉我的另一件事是什么？"

"什么！我正把我一颗充满爱意炙热而破碎的心掏给你看，你就突然换了个话题？好吧，那就说另一件事吧。"他眼里戏谑的神情不见了，脸色变得阴沉而平静。

"我要你好好管管你这匹马，它性子太倔，牙口也硬得跟铁似的。你赶着它挺费劲的是吧？要是它使起性子突然冲出去，你根本拉不住它。要是它撒欢拉着车翻沟里去，你跟孩子都会没命的。你得给它换副最重的马嚼子，或者让我替你去拿它换匹更温顺、牙口更嫩的马来。"

斯嘉丽抬起头，看着瑞特那张平静无波的脸庞，突然间所有的气恼都消失无踪，就像刚才提起怀孕的话题之后，所有的尴尬和难堪都顿时消散了一样。刚才她羞得简直要死的时候，他柔声安慰，而现在更是好心地替她着想，连她的马都想到了，这人可真细心周到。她顿时对他心生感激，心想他要是一直这样该多好。

"这马的确很难赶，"斯嘉丽温顺地说，"有时白天赶着它，一晚上胳膊都疼得要命。你看怎么好就怎么办吧，瑞特。"

他的眼睛又闪起狡黠的光芒。

"这话听起来真可爱，而且很有女人味嘛，肯尼迪太太，一点儿也不像你平时那种霸道专横的样子。看来，只要用对了方法，你也能变成对男人千依百顺的温柔女人。"

斯嘉丽顿时眉头一皱，火暴脾气又上来了。

"这回你立马给我从车上滚下去，不然我就用鞭子抽你了。真不知道我干吗要一再容忍你，干吗要对你尽量客客气气的。你这人一没礼貌，二没道德，简直就是个——哎呀，快给我滚，我说真的，没开玩笑。"

然而，等他下了马车，把自己那匹拴在马车后的马解开，站在暮色笼罩的路上，挑逗似的对她咧嘴一笑，她一边赶车，一边也忍俊不禁地笑了起来。

没错，瑞特这个人很粗鲁，也很狡猾，跟他交往很没有安全感，而且你无心的一句话很可能就会成为他的话柄，转而变成他手里的一把利刃，扎进你心里。但是，不管怎样，跟他在一起很刺激，就像——就像一杯偷着喝的白兰地！

最近这几个月里，斯嘉丽学会了喝白兰地。每当黄昏时分，她回到家，浑身被雨水淋湿，赶了一天的车浑身僵硬酸痛时，她最想念的就是藏在衣柜最上面一层抽屉里的那瓶白兰地酒。她怕被嬷嬷那双精明锐利的眼睛发现，所以把酒锁了起来。米德没想到要提醒她怀孕期间不能喝酒，他哪儿能想到像她这样体面的女人竟然会喝比葡萄酒烈得多的白兰地呢。当然，体面女人在婚礼上喝杯香槟，或者得了重感冒卧床养病时喝杯热甜酒还是可以的。不过的确有些不幸的女人酗酒贪杯，让家里人丢尽了脸面，正如那些得了精神病的女人，离了婚的女人，或受了苏珊·B.安东尼小姐的煽动和蛊惑，认为女人理应拥有选举权的女人一样，她们都是给家人带来了耻辱、令整个家族蒙羞的女人。但是，尽管医生对斯嘉丽的所作所为十分看不顺眼，却从没疑心过她会喝酒。

斯嘉丽发现晚饭前喝杯纯白兰地酒让她舒服极了，反正她可以嚼些咖啡或者用香水漱漱口，去除嘴里的酒味儿。人们也真是的，男人想喝酒就喝酒，醉得不省人事，东倒西歪都没关系，女人喝点儿酒怎么就不行呢？有时候弗兰克躺在她身旁睡得鼾声大作，而她却翻来覆去怎么也睡不着，脑子里思绪万千，担心受穷、害怕北方佬、想念塔拉、思念阿什利。要不是有那瓶白兰地撑着，她恐怕早就疯了。每当那股令人舒畅而熟悉的暖流缓缓流入全身时，她的满心愁绪就会渐渐消散。三杯酒下肚后，她总会对自己说："等明天我好受些时，再想这些事情吧。"

但是，在有的夜晚，就连白兰地也无法帮她排解心中的痛苦，这种痛苦比失去锯木厂还令她心如刀割，那就是思念塔拉、渴望再见到塔拉的痛苦。亚特兰大终日嘈杂喧嚣，一座座新房子拔地而起，到处都是陌生的面孔，狭窄的街道上车水马龙，人潮拥挤，有时这一切几乎让她喘不过气来。她爱亚特兰大，但是——噢，她还是更怀念塔拉的温馨祥和，想念乡村田园的质朴和宁静。噢，她真想回塔拉，哪怕那儿的日子再艰难，她也想回去！她想留在阿什利身边，只要能看见他，听到他说话，知道他还在爱着她,她就有力量活下去!梅兰妮每次来信都说塔拉一家老小都很好,威尔每次寄来短笺都会跟她报告棉花耕种情况和长势如何,看到这些信件之后,她回家的愿望就愈发强烈。

"我六月份就回家去。反正六月以后,我就得天天待在这儿什么也干不了,不如回家去住几个月。"斯嘉丽心想,越想心里就越高兴。到了六月,她真的回家了,但并不像她希望的那样,因为六月刚到,她就收到了威尔寄来的短笺,说她父亲杰拉尔德去世了。

第三十九章

火车晚点了。当斯嘉丽在琼斯博罗下车时，六月悠长而深蓝的暮色早已笼罩了整个乡村。村中仅剩的几家小店和民房里透出点点昏黄的灯光，但放眼望去，亮光少得可怜。街道的房屋之间到处是一块块的空地，就像一个个巨大的缺口，原先的房子都被炮弹炸毁或被大火烧光了。屋顶上弹孔累累，四周道道残垣断壁，在暮色中仿佛在盯着斯嘉丽，黑暗、寂静又阴森。布拉德商店的木遮篷外，拴着几匹上了鞍的骡马。那条曾经总是尘土飞扬的红土路上，如今空空荡荡，毫无生气。只有街道远处的一家酒馆里传来几声喊叫和醉意浓浓的笑声，飘荡在寂静的暮色之中。

车站早已在战争期间被大火烧毁，之后一直没有重建。如今所谓的车站只是一个木头搭的遮棚，四周什么都没有，既不遮风也不挡雨。斯嘉丽走到遮棚下，见地上倒扣着几个空木桶，显然是当椅子给人坐的。于是她便找了个空桶坐下。她朝着街道四处张望，寻找威尔·本廷的身影。威尔应该来接她的，他应该知道，她一接到父亲去世的消息，就坐最早的一趟火车赶过来了。

她急匆匆地出发，提了个小毡包就出了门，包里只有一件睡衣和一把牙刷，连换洗的内衣都没带。她没时间置办丧服，只好从米德太太那里借来件紧身黑裙穿，衣服紧紧地绷在她身上，感觉很不舒服。米德太太如今瘦了，可斯嘉丽却因为怀孕肚子越来越大，所以这件黑裙子穿着格外不舒服。即使她在为父亲的去世而悲伤的时候，也忘不了自己现在这副模样，厌恶地低头看着自己圆滚滚的身子。她原先苗条的腰身完全没了，脸和脚踝也都浮肿了。在这之前，她从来不在乎自己的身材和样貌，但现在，还有不到一个小时，她就要见到阿什利了，她一下子就在乎起自己的模样来。即使在这悲痛欲绝的时候，她一想到自己怀着另一个男人的孩子跟阿什利见面，就不禁有些胆怯和畏缩。她爱阿什利，而阿什利也爱她。但在她看来，肚子里这个不该来的孩子却成了她对他们两人爱情不忠的证据。她极为不愿让阿什利看到她腰身已不再苗条，走路也不再婀娜轻盈，可她想逃避也逃不了啊。

她不耐烦地直跺脚，威尔怎么还不来接她。当然，她也可以走到布拉德商店去打听打听，看他到底能不能来。如果来不了的话，她就请人赶趟车把她送到塔拉。可她实在不想去布拉德商店。因为现在是星期六的晚上，估计县里半数的男人都在那儿。她不想让他们看见她这副丑模样，她身上这条裙子很不合身，不但没遮住她的肚子，反而显得她身材更走样了。另外她也不想听到大伙儿对杰拉尔德去世纷纷表示同情的那些话。她不需要同情。她害怕只要一有人提起父亲的名字，她就会忍不住大哭起来。她不想哭,因为她知道她一哭起来就收不住,就像亚特兰大沦陷的那个可怕夜晚,瑞特把她孤零零扔在城外黑漆漆的路上时,她号啕大哭,哭得心碎欲裂,怎么也止不住,一滴滴泪珠都滚落在马鬃上。

不,她不能哭!她感觉到喉咙里像被什么东西堵住了似的。自从接到父亲去世的噩耗之后,她就总有这种感觉。但哭又有什么用呢,只会让她更心乱如麻,更软弱无力。唉,父亲生病了,怎么威尔没写信告诉她呢?梅兰妮和妹妹们怎么也没告诉她呢?如果她知道的话,一定会坐头趟火车赶到塔拉来照顾他,必要的话还会从亚特兰大请位大夫来。这群笨蛋——全都笨死了!要是没有她,他们就什么事都干不成了吗?她一个人又不能分身两处。上帝做证,她在亚特兰大可是一直都在拼命地为他们操劳呢。

她坐在桶上,身子扭来扭去,坐立不安,威尔怎么还没来?他人在哪儿呢?就在这时,她突然听到身后铁轨上的煤渣被踩得嘎嘎响的声音,于是立刻转过身,就看见亚历克斯·方丹正越过铁轨,朝一辆运货马车走去,肩膀上还扛着一袋燕麦。

"天啊!真是你啊,斯嘉丽?"他大喊道,赶紧扔下麻袋,跑过来拉住她的手,沧桑且黝黑的脸上立刻露出了喜悦的笑容,"见到你真是太高兴了。我刚才看见威尔正在那边的铁匠铺里给马钉掌呢。火车晚点了,他还以为时间来得及呢。要不要我跑去把他叫来?"

"太好了,麻烦你了,亚历克斯。"她虽然满心悲痛,但还是笑了笑，又见到了老乡，当然高兴。

"噢——呃——斯嘉丽，"他仍握着她的手，有些尴尬地说，"你父亲的事，我很难过。"

"谢谢你。"她回答说。她真希望他没说这句话，因为他这一说，倒让她想起了父亲，想起他那健康红润的脸庞，还有声如洪钟的大嗓门。

"乡亲们都为你父亲而感到骄傲，斯嘉丽，希望这能多少给你些安慰，"亚历克斯松开她的手，继续说道，"他——是的，我们都认为他是个英勇的战士，虽死犹荣。"

他这话是什么意思？斯嘉丽听得一头雾水。战士？难道他是被人开枪打死的？难道他跟托尼一样，跟提包客打起来了？不行，她不能再听下去了。要是亚历克斯再提起父亲，她会忍不住哭出来的。她不能哭，至少得等到她平平安安坐上威尔的马车，驶到没人的田野乡间时再哭。她倒不介意在威尔面前哭，因为他就像她的兄长一样。

"亚历克斯，我不想说这事。"她突然说道。

"我一点儿也不怪你，斯嘉丽，"亚历克斯怒气冲冲，黝黑的脸涨得通红，"要是我自己的妹妹，我恨不得——说真的，斯嘉丽，我从来没对女人说过一句狠话，但现在我认为，真该有人用生牛皮鞭狠狠抽苏埃伦一顿。"

他在说什么蠢话呀，斯嘉丽更摸不着头脑了，这跟苏埃伦有什么关系啊？

"很抱歉这么说，不过大伙儿都这么认为。只有威尔还护着她——当然还有梅兰妮小姐,可她跟圣人一样,看谁都是好人,而且——"

"我说了我不想谈这事。"斯嘉丽冷冷地说,但亚历克斯并没有介意,而且似乎对她的粗鲁无礼十分理解,真让人恼火。她真不想听外人说自己家里人的坏话,也不想让他知道她对发生的事情一无所知。威尔为什么不在信里把详情告诉她呢?

她真希望亚历克斯别这么紧盯着她不放。她觉得他好像看出她怀孕了,所以觉得很难为情。但其实亚历克斯在暮色中看着她时,心里想的是她的容貌完全变了,也不知道刚才自己是怎么认出她来的。也许是因为她快要生孩子了吧,女人这种时候看上去总会有些丑。当然,她肯定在为奥哈拉的去世而感到伤心欲绝。她可是奥哈拉先生的宝贝女儿啊。可是,不对,她的变化不止这些。她确实比他上次见她时状态好多了,至少一日三餐能吃饱吃好,眼睛里也不再显露出饿鬼似的眼神。如今她的眼神变得更坚定,不再是满眼绝望和恐惧了。她身上还透着一股果敢、自信、干练的领导气质,连笑的时候也是如此。看来她跟老弗兰克肯定日子过得挺顺心!是的,她变了,当然还是那么漂亮,但她脸上不再有当初的那种温柔甜美的神情,抬眼看男人时,那娇媚迷人、风情万种的韵味也荡然无存了。当年她的那股妩媚劲儿,他比全知全能的上帝还要清楚呢。

唉,大伙儿都变了,不是吗?亚历克斯低头看着自己的粗布衣服,脸上又现出往常那种刻满沧桑的皱纹。有时夜里睡不着觉,他总是忧心忡忡,什么时候才能有钱给妈妈做手术,死去的乔留下的可怜幼子什么时候才能上学读书，他上哪儿去筹钱再买头骡子。他真希望现在还在打仗，希望这仗永远打下去。因为打仗时，谁也不知道哪边会赢，但部队里总会有饭吃，哪怕只有玉米面包也能将就。总有人给他发号施令，他用不着自己面对无法解决的问题，也没有面对难题的痛苦和焦虑感——在部队里，除了担心被打死之外，他什么也不用操心。还有迪米蒂·门罗，亚历克斯一直想跟她结婚，可他知道眼下一大家子人都要靠他养活，他哪有能力娶她。他一直深爱着她，爱了好久，她那玫瑰一般红润的脸庞，如今红晕渐失，那双满含笑意的眼睛，如今神采暗淡。要是托尼不用逃到得克萨斯该多好。家里多个男人，他的人生就会大不一样。他那脾气火暴又可爱的弟弟，如今流落在西部的某个地方，而且身无分文。是啊，他们都变了，他深深地叹了口气，怎么能不变呢？

"你和弗兰克帮了托尼的忙，我还没谢谢你们呢，"他说，"是你们帮他逃脱的，对吧？你们真是大好人。我费尽周折打听到他在得克萨斯很安全。我不敢写信跟你们打听——对了，你和弗兰克借给他钱了是吧？我想把钱还给——"

"噢，亚历克斯，别说了！现在千万别提这事！"斯嘉丽叫道。她头一次没把钱当回事。

亚历克斯沉默了片刻。

"我去替你把威尔叫来，"他说，"明天我们都会去参加葬礼的。"

亚历克斯扛起那袋燕麦转身离去，这时，一辆摇摇晃晃的运货马车从边上的一条小路上闪出来,嘎吱嘎吱地朝他们驶来。威尔坐在马车上,大声喊道:"对不起,我来晚了,斯嘉丽。"

他费力地爬下马车,一瘸一拐地朝她走来,弯下腰吻了吻她的脸颊。威尔从来没吻过她,称呼她时也从来没忘记过在她的名字后面加上"小姐"二字。可此时,他却主动亲吻她,还直呼她的名字,让她虽然有些惊讶,但心里暖暖的,感到很高兴。他小心地把斯嘉丽扶上马车,坐进车里。她低头一瞧,这竟然是她从亚特兰大逃出来时赶的那辆快散架的马车,这么久了竟然还没散架!威尔肯定是把这辆车仔细修理过。一看到这辆车,她就心里堵得慌,又想起了那个可怕的夜晚。她心想,哪怕她没鞋穿,哪怕让皮蒂姑妈、弗兰克和她三个人饿几顿,她也得给塔拉弄辆新马车,把这辆破车给烧了。

威尔一开始并没说话,令斯嘉丽心里暗暗感激。他把自己的破草帽扔到马车的后座上,然后催马上路。威尔还是老样子,高高瘦瘦,且瘦得单薄,头发淡红,眼神温和,性子跟牲口一样温顺。

他们远远驶离了村子,拐向通往塔拉的红土路。天边还残留着一抹淡粉色的晚霞,一团团的云朵像轻柔的棉絮,染着金色和极淡的绿色。暮色中的乡间格外宁静,犹如祈祷时感受到的安谧平和。斯嘉丽心里暗暗诧异,她竟然离开这里有数月之久,远离乡间清新的空气,远离这片耕作的土地和夏夜的恬静温馨,这几个月她是怎么熬过来的啊?湿润的红土地散发着迷人的气息,那么熟悉,那么亲切,那么馨香。她真想跳下车去,抓一把红土捧在手里。大路两旁的红色沟壑里爬满了枝繁叶茂的忍冬,枝条相互缠绕,花香袭人,尤其在雨后更是馥郁芬芳,是世界上最甜美的香气。头顶上,一群燕子低空掠过,路上时不时会窜出一两只受到惊吓的兔子,匆匆跑过路面,白色的小尾巴一撅一撅的,就像毛茸茸的小绒球。经过耕作的田地时,斯嘉丽欣喜地看到棉花长势很好,一丛丛绿油油的棉株茁壮地挺立在红色的土地上。这一切多美啊!远处沼泽地上雾气腾腾,肥沃的红土地上棉花茁壮生长,倾斜的山坡上种着一行行绿油油的庄稼,郁郁葱葱的黑松林宛若一道黑色的屏障巍然耸立。她怎么能在亚特兰大待了这么久?

"斯嘉丽,我想在到家之前把一切都告诉你,但是在告诉你奥哈拉先生的事情之前,我有件事要征求你的意见。因为现在你就是一家之主了。"

"什么事,威尔?"

威尔扭过头,目光温和而严肃地注视她片刻。

"我希望你能同意我跟苏埃伦结婚。"

斯嘉丽一把抓住座椅,惊得差点儿仰头栽倒。跟苏埃伦结婚!自她从苏埃伦手里把弗兰克·肯尼迪抢到手之后,她就从来没想过还有谁会娶她这个妹妹。谁乐意娶苏埃伦这样的女人呢?

"天哪,威尔!"

"这么说你不反对?"

"反对?当然不,可是——噢,威尔,你差点儿把我吓死!

你真要娶苏埃伦吗,威尔?我一直以为你喜欢的是卡琳。"

威尔两眼盯着马,挥了挥缰绳,虽然看起来身子纹丝不动,但斯嘉丽感觉到他轻轻叹了口气。

"也许是吧。"他说。

"哦,那是她不愿意?"

"我没问过她。"

"哎呀,威尔,你这个傻瓜,你怎么不问问她呢?两个苏埃伦加一块儿都比不上她呢!"

"斯嘉丽,你不知道,塔拉出了好多事情。这几个月来,你一直没怎么过问过我们。"

"我没有吗?"她气愤地说,"你以为我在亚特兰大干什么呢?坐着豪华马车到处逛,参加各种舞会吗?我不是每个月都寄钱给你们吗?我难道没给塔拉交税,没出钱给塔拉修屋顶、买新犁和骡子吗?我难道没——"

"好了,别动不动就发火,收起你那爱尔兰人的暴脾气,"他冷静沉着地打断了她的话,"你出了多少力,别人不知道我还不知道吗?两个男人加一块儿都没你一个人干得多。"

斯嘉丽心情稍微平复了些,便问道:"哦,那你是什么意思?"

"没错,你是让我们有房子住、有饭吃,这些我都承认,但你并没有花多少心思关心生活在塔拉的人,不关心他们心里在想什么。我并不是在责怪你,斯嘉丽,因为你就这性格,从来不在意别人在想什么。可我想告诉你的是,我从来没问过卡琳爱不爱我,因为我知道问了也是白问。我一直把她当妹妹看,而她有什么心里话也只会对我说。可是她始终忘不掉那个死在战场上的男孩，也永远都忘不了，干脆告诉你吧，她打算到查尔斯顿的一座女修道院去。"

"你这是在开玩笑吧？"

"我知道你肯定会吓一跳，但我只想请求你，斯嘉丽，别为这事数落她或者笑话她，也别劝她，就让她去吧。这是她唯一的心愿。她的心已经碎了。"

"可是，真见鬼！那么多女人都心碎了，也没见她们个个都跑到修道院去啊。战争中我不也失去丈夫了嘛！"

"可你的心没碎啊。"威尔平静地说，他从马车下面捡起一根稻草，放在嘴里慢慢嚼着。这话说得斯嘉丽无言以对，她一听到一针见血的实话就哑口无言，不管这实话多难听，只要说的是事实，她都会承认，因为她这人很真实、不虚假。她沉默了片刻，尽力让自己接受卡琳要去当修女这个事实。

"答应我，别跟她吵。"

"哦，放心吧，我答应你。"说着她看了看威尔，对他又多了一分了解，也多了一分欣赏。威尔爱过卡琳，现在也依然爱着她，处处护着她，甚至愿意替她说情，帮她离开这里，去修道院隐世避俗。可他却要娶苏埃伦。

"那苏埃伦是怎么回事？你根本就不喜欢她，对吗？"

"哦，不，我还是挺喜欢她的，"他从嘴里拿出那根稻草，饶有兴致地打量着，"苏埃伦没你想象的那么坏，斯嘉丽，我想我们会相处得很好的。眼下苏埃伦唯一的烦恼就是想嫁人，找个丈夫，生几个孩子。女人不都这么想吗？"

马车在布满车辙的土路上颠簸前行，两个人一时无言，沉默了许久。斯嘉丽脑子里却不停地琢磨着，其中肯定另有原因，绝不像表面这么简单，向来温言细语、性情平和的威尔竟然要娶苏埃伦这么个整天怨天怨地、爱唠叨的女人，这里面大有文章。

"你没把真正的理由告诉我，威尔。如果我是一家之主的话，那我有权知道真相。"

"好吧，"威尔说，"我想你也能理解，我离不开塔拉，斯嘉丽，对我来说，这里就是我的家，是我之前从未有过的真正的家，我爱这里的一砖一瓦，一草一木。我把这里当作自己的家，并且为了自己的家而努力干活儿。当你全身心地为这个家而拼搏奋斗时，你就会渐渐爱上它。你明白我的意思吗？"

斯嘉丽当然明白，同时也被他的这番话打动，心里仿佛有股暖流在涌动，原来他也深深爱着她最心爱的东西，怎能叫她不感动？

"所以，我是这么想的。你父亲去世，卡琳去了修道院，家里只剩下了我和苏埃伦。我要是不娶苏埃伦，肯定就不能继续待在塔拉了，你也知道，人言可畏，乡亲们会说闲话的。"

"可是——可是威尔，塔拉不还有梅兰妮和阿什利吗——"

一听到阿什利的名字，威尔突然转过头来看向她，那双浅灰色的眼睛深不可测。她突然感觉到威尔可能知道她和阿什利之间的事情，什么都看明白了，但既没有指责她，也没有表示赞同。

"他们也快要走了。"

"走?到哪儿去?塔拉是你的家,也是他们的家啊。"

"不,这里不是他们的家。阿什利正为这事烦心呢。这里不是他的家,他觉得自己在这儿出不了多少力,还白吃白喝。他农活儿干得实在不怎么样,他自己也清楚。上帝做证,他的确尽力了,但他天生不是干活儿的料,这一点你跟我一样清楚。让他劈柴,险些把脚削掉;要他犁地,连犁都扶不直,小博都比他强;种地就更一窍不通了。他不懂的那些事足足能写一本书。这也不能怪他,因为他生来就不是干这个的。堂堂一个大男人,寄居在塔拉,还得靠一个女人的施舍过活,又拿不出什么可回报的,你说他心里能不苦吗?"

"施舍?他是这么说的?"

"没有,他一个字都没提过,你也了解阿什利那个人,可我能看出来。昨晚我为你爸爸守灵的时候,我跟阿什利说我已经跟苏埃伦求婚了,她也答应了。阿什利随即说,这样一来他就放心了,因为他住在塔拉一直觉得寄人篱下,心里总不是滋味。他知道奥哈拉先生这一去世,他和梅丽小姐就不得不继续待在这儿,因为不能让大伙儿说我和苏埃伦的闲话。然后,他跟我说他要离开塔拉去找工作。"

"工作?什么工作?去哪儿找?"

"具体情况我也不清楚,不过他说他要去北方。他在纽约有个朋友,写信说要请他去那里的银行工作。"

"噢,不!"斯嘉丽从心底发出一声呼喊,威尔听到这喊叫,又高深莫测地看着她。

"他要是去了北方,也许对大伙儿都好。"

"不!不!我不同意。"

她情绪激动,脑子飞快地转动起来。阿什利不能去北方!不然她可能再也见不到他了。虽然自从果园那次决定命运的谈话之后,她已经有好几个月没见过他,也没单独说过话了,但她没有一天不想他,没有一天不为他住在她的家、受到她的庇护而感到欣慰。每次给威尔寄钱,她都无比高兴,因为有了这些钱,阿什利的日子就能更好过些。诚然,他并不会干农活,可他生来可不是为了种地的,她骄傲地想,而是要干更尊贵、更体面的事。他生来就是主子,住大房子、骑好马、读诗书、使唤黑奴干活。如今虽然没有了大房子,没有了好马和黑奴,书也没得读,但这并没有改变什么。阿什利天生不是犁地种田、劈木柴的。这也难怪他要离开塔拉。

但她不能让阿什利离开佐治亚。如果实在不行,她就逼弗兰克在店里给他安排一份工作,让弗兰克把柜台的伙计辞掉。噢,不行——阿什利怎么能站柜台呢,这不是跟让他犁地一样嘛。威尔克斯家的人怎么能给人看柜台呢!噢,绝对不行!再想想,肯定有适合他的工作——对了,她的锯木厂!想到这里,她立刻觉得宽心多了,脸上也不禁露出了笑容。可他愿意接受她给的这份工作吗?他是不是还认为这是施舍呢?她必须得想想办法,让他认为这不是施舍,而是在帮她的忙,她要把约翰逊解雇,让阿什利负责管理那个老锯木厂,新厂让休来打理。她会向阿什利解释,说弗兰克身体不好,店里的活儿就让他累够呛了,实在没办法帮她。她还要拿怀孕当作需要他帮忙的另一个理由。

不管怎样,她要让阿什利觉得眼下没他帮忙实在不行。她还要把锯木厂一半的股份给他,只要他能留在她身边,只要能看见他脸上开心的笑容,只要能在他不防备的时候偶尔瞥见他眼里对她流露出的情意,知道他还在乎她,她什么都愿意做。但她也告诫自己,绝对、绝对不会再引诱他向她表白爱意,绝对不会再逼他抛却他的名誉——在他眼里比爱情还重要的蠢玩意儿。总之,她必须巧妙地把这个决定告诉他,否则他肯定会拒绝的,因为他担心上次那可怕的一幕会再次上演。

"我可以在亚特兰大给他找事情做。"斯嘉丽说。

"哦,那是你和阿什利之间的事,"威尔又把稻草放进了嘴里,然后喊道,"快跑,谢尔曼。好了,斯嘉丽,在说起你爸爸的事情之前,我还有件事要求你。请你别骂苏埃伦。反正她事也做了,就算你把她骂个狗血淋头,也不能让奥哈拉先生死而复生。再说,她原本确实认为自己本意是好的。"

"我正想问你呢,苏埃伦怎么了?怎么都跟我提她?刚才亚历克斯说话就跟打哑谜一样,弄得我一头雾水,说该拿鞭子好好抽她一顿,她干什么了?"

"没错,乡亲们恨死她了。今天下午我在琼斯博罗,谁见了我都发誓说,下次要是见到她,非把她脑袋砍下来不可。可是也许他们慢慢会消气的。好了,请你先答应我别骂她好吗?今晚奥哈拉先生的灵柩还停在客厅呢,我可不想看你们姐妹俩在灵堂大吵大闹。"

"他不想看我们大吵大闹!"斯嘉丽有些气恼地想,"他说这话,就好像塔拉已经是他的了一样。"

紧接着,她就想起了父亲杰拉尔德,此刻他的遗体正躺在客厅里,想到这里,她终于忍不住大哭起来,哭得伤心欲绝,哭得悲悲切切。威尔伸手搂住她,让她靠在他身上,好舒服些,但什么也没说。

暮色渐浓,马车沿着越来越暗的大路慢慢地颠簸而行。斯嘉丽头靠着威尔的肩膀,帽子也歪了。杰拉尔德这两年来的样子在她记忆中早已模糊,只记得他整日目光呆滞地盯着门口,等待着那个再也不会进门的女人。而如今这个神志不清的老人也走了。她脑海中浮现的仍旧是当年那个精神焕发、生龙活虎的父亲,一头浓密的白发,成天乐呵呵的,说话总是大嗓门。他总是穿着皮靴,走起路来咚咚地响;他总爱说蹩脚的笑话,但性格豪爽大方。斯嘉丽想起自己小的时候,觉得父亲是世界上最了不起的男人。这个大大咧咧、叫叫嚷嚷的父亲,亲自把她抱上马鞍,让她坐在自己身前,跟他一起骑马跨过围栏;她淘气的时候,他会把她的身子反过来,狠狠地揍她,她哇哇大叫,他也跟着大叫,揍完之后再耐心地哄她,让她安静下来。她想起他从查尔斯顿和亚特兰大回来时,买了很多礼物给她,但一件都不合她心意。她还想起他去琼斯博罗法庭听审,回家时已是凌晨,他喝得醉醺醺,一边骑马跳过篱笆,一边醉意阑珊地高唱着《身穿绿衣》。结果转天早晨,他在妈妈面前别提多窘迫了。想起这些,斯嘉丽满含热泪,露出一抹笑意。如今,他终于跟妈妈在一起了。

"爸爸病了,你怎么没写信告诉我?我要是收到信一定会马上赶过来的——"

"他没病,压根儿就没病过。亲爱的,给,把手帕拿去擦擦眼泪,我把事情一五一十地讲给你。"

她用威尔的大手帕擤了擤鼻子,因为她从亚特兰大出发时太匆忙,连手帕都忘了带。然后,她又继续靠在威尔的臂弯里。威尔这人可真好,无论遇到什么事都不心慌意乱。

"是这样的,斯嘉丽。你一直都寄钱给我们,阿什利和我,我们用这些钱缴了税款、买了头骡子,还有种子什么的,另外还买了几头猪和几只鸡。梅丽小姐养鸡养得很好,是的,她真是个好女人。不过,我们给塔拉置办了这些东西之后,就没剩多少钱了,没法给姑娘们买那些华而不实的小玩意儿,但大伙儿都没抱怨,只有苏埃伦除外。

"梅丽小姐和卡琳小姐都待在家里,她们都穿着旧衣服,谁也没觉得有什么丢人的。但苏埃伦这人你也了解,斯嘉丽,她怎么也不习惯将就着穿旧衣服。每次我赶车带她去琼斯博罗或者费耶特维尔时,她都因为只能穿着旧衣服去而心里别扭,特别是一看见那些提包客的太太们穿得花枝招展,在街上招摇过市,她就更是气不打一处来。那帮在自由民局当权的臭北佬,他们的太太一个个都打扮得光鲜亮丽,别提多招摇了!但咱们南方的太太小姐们都甘愿穿着最旧最难看的衣服到城里去,丝毫不觉得丢人,反而觉得光荣和自豪。可苏埃伦就不行,她还想要马和马车呢,说你有马车,她也得有。"

"我那不是专门载人的四轮马车,就是两个轮子的破轻便马车。"斯嘉丽气愤地说。

"别管是什么了,先不说这个。实话告诉你吧,苏埃伦对你嫁给弗兰克·肯尼迪一直耿耿于怀。不过我看这也不能怪她。你也知道,背地里对自己的妹妹耍阴谋诡计,的确不怎么光彩。"

斯嘉丽立刻离开他的臂弯,坐直了身子,就像只气急败坏的响尾蛇一样随时准备进攻。

"耍阴谋诡计,哈?真是谢谢你啊,嘴下留德,还能想出这么文雅的词来指责我,威尔·本廷!可弗兰克宁愿要我也不要她,我有什么办法?"

"你是个精明的姑娘,斯嘉丽,没错,我的确认为你使了手段才让他选了你的,这种事姑娘家总能有办法。但我猜你估计是连哄带骗把他弄到手的。你是个迷人的女人,想要迷住谁,勾勾手指那人就能上钩。但不管怎么说,他原本可是苏埃伦的男朋友。你去亚特兰大的一个星期前,苏埃伦还收到过弗兰克的一封信,他在信里对她山盟海誓、蜜语甜言,还说等他再多赚些钱就会娶她过门。这些我全清楚,因为她把那封信给我看了。"

斯嘉丽一声不吭,因为她知道他说的都是事实,她无可辩驳。她万万没想到,身边这么多人,但坐在这儿审判她的偏偏是威尔。但她对弗兰克撒谎这事,从来没有良心不安过。姑娘家没本事留住自己的情人,那就是活该。

"好了,威尔,说话别那么刻薄,"她说,"要是苏埃伦跟他结婚的话,你以为她会给塔拉、给咱们花一分钱吗?"

"我刚才不是说了吗,你很迷人,想要迷住谁,勾勾手指那人就能上钩,"威尔转过头冲她咧嘴一笑,"不过要是苏埃伦嫁给了他,我敢肯定老弗兰克的钱咱们一分也见不着。但话说回来,你耍花招的这个事实还是逃脱不掉。如果你认为只要目的正当就可以不择手段的话,那我无话可说,这又不关我的事。但不管怎样,从此之后,苏埃伦就彻底变成了一只大黄蜂。我觉得她对老弗兰克也不是多喜欢、多在乎,但这件事让她的虚荣心受到了极大的打击。她一直叨叨个没完,说你在亚特兰大天天有漂亮衣服穿,出门有四轮马车坐,而她却被困在塔拉。你也知道,她喜欢到处串门,喜欢参加舞会,喜欢穿漂亮衣服。这也不怪她,女人嘛,都是这样。

"大约一个月前,我带她去了琼斯博罗。我去办事,她呢,就去朋友家串门。我带她回家,一路上她就跟耗子一样,一点儿动静没有。可我看得出来,她很激动,兴奋得就像快要炸了似的。我以为她遇到了什么人,听到了什么有趣的传闻,才这么兴奋,所以也就没太在意。回家后一个星期她都待在家里,整天乐呵呵的,兴高采烈,但话倒是不多。她去看望凯思琳·卡尔弗特小姐。你要是看到卡尔弗特小姐,斯嘉丽,你肯定会大哭一场的。可怜的姑娘,嫁给那个怯懦胆小的北方佬希尔顿,还不如死了的好。你知道吗?那家伙把他们的房子抵押出去了,结果没钱赎回来,房子和地都没了,他们不得不搬走了。"

"不,我不知道,我也不想知道。我只想知道爸爸的事。"

"哦,我这就要讲到他了,"威尔耐心地说,"苏埃伦从卡尔弗特小姐家回来,说我们都小看希尔顿了,她管那家伙叫希尔顿先生,还说他是个精明人,可我们都笑话她。后来,她常常下午拉你爸爸出去散步,有好几次我从地里干活回来时,看见她跟你爸爸坐在你们家墓地的矮墙上,挥舞着双手,滔滔不绝地跟你爸爸说话。老爷子只是茫然地看着她,不住地摇头。你也知道他的情况,斯嘉丽,他脑子越来越糊涂,有时甚至不知道自己在哪儿,或者忘了我们是谁。有一次,我看见苏埃伦指着你妈妈的坟墓,老爷子突然大哭起来。她回来时兴高采烈的,满脸笑容,我就数落了她一顿,我说:'苏埃伦小姐,你到底干吗要折磨你可怜的爸爸,跟他提起你妈妈呢?他大多数时候几乎都忘了你妈妈已经去世,可你却反复提醒他,故意惹他伤心。'她听了却把头一扬,笑着说:'关你什么事。总有一天,你们会为我干的事儿高兴的。'昨晚梅兰妮小姐告诉我,苏埃伦跟自己说过她的计划,但自己没往心里去,因为根本没想到她竟然会来真的。梅丽小姐说这事没跟任何人说,因为一想起来心里就不舒服。"

"什么计划?你快说重点,不然就快到家了。我要听爸爸的事。"

"我这不正说着呢吗,"威尔说,"咱们快到家了,我看还是先在这儿停下来,说完咱再走吧。"

他拉住缰绳,马便停了下来,鼻子里直喷气。他们正停在一道长疯了的野山梅篱笆旁,它标示着这里是麦金托什家的地界。从黑漆漆的树下望去,斯嘉丽只能依稀看到高高的烟囱如幽灵一般矗立在寂静的废墟之上。威尔也真是的,停哪儿不好,偏偏停在这儿。

"长话短说吧,总之苏埃伦的计划就是要让北方佬赔偿被他们烧毁的棉花、赶跑的牲口和拆毁的栅栏与谷仓。"

"北方佬?"

"你没听说过吗?北方政府同意对支持联邦的南方人被毁的财产进行赔偿。"

"这我当然听说了,"斯嘉丽说,"可这跟咱们有什么关系呢?"

"在苏埃伦看来,关系可大着呢。原来我带她去琼斯博罗那天,她碰到了麦金托什太太,她们俩闲聊的时候,苏埃伦发现麦金托什太太穿的衣服好漂亮,于是她就忍不住打听起衣服的事来。麦金托什太太摆出神气活现的架子,说她丈夫向联邦政府提出了索赔的要求,因为他始终忠于联邦、支持联邦,从来没有给南部邦联提供过任何援助或支持。"

"他们谁都没帮过,"斯嘉丽没好气地说,"这帮苏格兰和爱尔兰混血的杂种[1]!"

"哦,也许你说得对,可我不认识他们。总之,政府给了他们赔款,哦——我忘了是几千块钱来着,反正是笔可观的数目。苏埃伦一下子就动心了。她想了整整一个星期,而且一个字也没跟我们提,因为她知道我们都会笑话她。但她总得找个人谈谈啊,

---

[1] 此处指既有苏格兰又有爱尔兰血统的人,尤指苏格兰移民后裔的北爱尔兰人。这种人在纯正的爱尔兰人看来都是一些吝啬鬼,因为他们大都很精明,而且自私自利。

于是她就去找卡尔弗特小姐了,那个该死的穷白佬希尔顿,给她出了一堆坏主意。他说你爸爸根本不是在这个国家出生的,这场仗他没打过,也没儿子参过战,更没在邦联政府里任过职,他说他们可以硬把奥哈拉先生说成是联邦政府的忠诚拥护者。他给她灌输了一脑门子的鬼话,于是她一回家就开始千方百计说服奥哈拉先生。斯嘉丽,我敢拿命担保,你爸爸多半时候都听不懂她在叽叽咕咕说什么。她就是利用老爷子这一点,巴不得他听不懂,因为这样她才好带你爸爸稀里糊涂地去宣誓效忠。"

"让爸爸宣誓效忠!"斯嘉丽一下子大叫起来。

"嗯,这几个月来,他脑子越来越糊涂,我想苏埃伦正是利用了这一点。不过你要知道,我们可都不知道她在打这个主意,谁也没看出来。我们只知道她在盘算着什么,但真没想到她会利用你死去的妈妈来指责你爸爸,说他放着北方佬给的十五万赔偿不拿,竟忍心让自己的女儿穿得破破烂烂,没脸见人。"

"十五万!"斯嘉丽嘴里嘟囔着,忽然觉得宣誓效忠也没那么可怕了。

这么大一笔钱啊!只要签署一份效忠联邦政府的誓言,表明自己一向支持联邦政府,从未向其敌人提供过任何援助和支持,这笔钱就能拿到手了。十五万啊!撒个小谎就能换来那么多钱!唉,这也不能怪苏埃伦。上帝啊!亚历克斯说要用生皮鞭抽她,难道就是因为这个?县里的乡亲们说要把她脑袋砍下来,就为这个?傻瓜,全都是傻瓜。有了这么大一笔钱,她什么事干不了?县里谁要是得了这笔钱,干点儿什么不行?再说,让北方佬掏钱天经地义,管它是怎么得来的呢?

"昨天,大约中午的时候,我跟阿什利正在劈柴火,苏埃伦赶着这辆马车,带上你爸爸,跟谁都没打招呼就进城去了。只有梅丽小姐听过她的计划,但她也只是暗暗祈祷苏埃伦能改变主意,所以她什么也没跟我们说。只是她万万没想到,苏埃伦竟能干出这种事来。

"今天我才了解到事情的真相。那个胆小鬼希尔顿跟城里的一些提包客和共和党人勾结,苏埃伦答应事成之后分给他们些钱——具体多少我不知道——只要他们能睁一眼闭一眼,承认奥哈拉先生是联邦政府的支持者,再装腔作势地说他是个爱尔兰人,没参过军打过仗什么的,并在推荐信上签个字。你爸爸只要宣个誓,然后在宣誓书上签个字就行了,之后宣誓书就会被送往华盛顿。

"他们急匆匆地把誓言宣读完,你爸爸一句话也没说,事情进展得很顺利。可等到苏埃伦让你爸爸签字时,突然出了岔子。老爷子一瞬间忽然清醒了似的,一个劲儿地摇头。我觉得他应该并不知道发生了什么事,但就是不喜欢那么做,因为苏埃伦一向惹他发火。她费尽心机,好不容易走到这步,差一步就成了,结果偏偏碰上这么个岔子,她简直快急疯了。她把他带出了政府办公室,赶着马车在街上来回转悠,跟他说你妈妈在坟墓里气得朝他嚷嚷呢,因为他明明有办法给孩子们弄到钱,可偏要让她们吃苦受穷。见到这一幕的乡亲们后来跟我说,你爸爸坐在马车里哭得像个孩子,伤心极了,每次听到你妈妈的名字时,他都会这样。城里的乡亲们都看到他们了，亚历克斯·方丹还跑过去问出什么事了，可苏埃伦恶狠狠地把他赶走，告诉他别多管闲事，把亚历克斯气得够呛，于是便气冲冲地走了。

"我也不知道她是怎么想出这么个主意的。当天下午，她弄来了一瓶白兰地，把奥哈拉先生又带回政府办公室，然后就开始给他灌酒。斯嘉丽，塔拉已经一年没有烈性酒喝了，偶尔只能喝点儿迪尔茜做的黑莓酒和野葡萄酒，所以奥哈拉先生已经喝不惯烈酒，没喝两口就醉了。苏埃伦又跟他连吵带闹地磨了一两个钟头，他最后终于让步，说随她便吧，她想让他签什么就签什么。于是他们把誓言书拿出来，你爸爸正要在那上面签字，苏埃伦犯了个错误。她说：'好了，这下斯莱特利一家和麦金托什一家再也别想在咱们面前摆架子了。'斯嘉丽，你不知道，斯莱特利一家说北方佬烧毁了他们的小棚屋，结果弄到了一大笔赔偿金，是艾米的丈夫帮他们跟华盛顿那边打通好关系，把赔款弄到手的。

"乡亲们跟我说，苏埃伦一说出这两人的名字，你爸爸立刻站直了身子，挺起了肩膀，目光锐利地瞪着她。脑子也一下子清醒了，他说：'斯莱特利家和麦金托什家也签了这玩意儿吗？'苏埃伦慌了神，一会儿说是，一会儿又说不是，支支吾吾，老爷子立刻勃然大怒，咆哮起来：'告诉我，那个该死的奥兰治党人和那个该死的穷白佬也签这东西了吗？'结果希尔顿那家伙趁机哄他说：'是的，先生，他们都签了，还拿了一大笔钱呢，你要是签了，也能马上拿到钱。'

"一听这话,老爷子立刻像头公牛一样大吼一声,亚历克斯·方丹说他从街那头的酒馆里都听见吼声了。奥哈拉先生用浓重的爱尔兰口音说道:'你们以为塔拉庄园的奥哈拉家会跟挨千刀的奥兰治党人和该死的穷白佬一样耍下三烂的伎俩吗?'说完,他就把那份宣誓书撕成了两半,扔在苏埃伦脸上,怒吼道:'我没你这样的女儿!'然后一转眼就冲出了政府办公室。

"亚历克斯说,他看见老爷子冲到街上,像头公牛一样横冲直撞。他说自从你妈妈去世之后,他头一回看见你爸爸又恢复了当年的样子,喝得醉醺醺,走路东倒西歪,扯着嗓门破口大骂。亚历克斯说他从来没听过谁骂得这么痛快。亚历克斯的马正好拴在那儿,你爸爸二话不说就骑了上去,一阵风似的跑远了,扬起一阵云雾似的尘土,差点儿把人呛死,一边骑着马一边骂人。

"大约黄昏的时候,阿什利和我坐在房前的台阶上,望着大路,担心得要命。梅丽小姐躲在楼上,躺在床上呜呜地哭,可什么也不肯告诉我们。突然间,我们听到大路上传来了马蹄声,还有人在大声喊叫,就像在猎狐狸时的那种叫声。阿什利说:'奇怪,怎么声音听起来像是奥哈拉先生,战前他骑马去看我们时就常常这样边骑边叫喊。'

"接着我们就看见他从牧场那头骑马奔来。他肯定是骑马跳过了那边的围栏。只见他一边玩儿命地飞奔上坡,一边扯着嗓门高唱着《低靠背马车上的佩吉》,别提多肆意潇洒了。我真不知道你爸爸竟有这么一副好嗓子。他还用帽子拍打马背,那马发疯似的狂奔。可临近山坡顶时,他并没有拉马缰,我们看出他是打算骑马跳过牧场的围栏。我们吓得腾地站了起来,接着就听见他喊道:'快瞧啊,埃伦!看我跳过这道围栏。'可马一到围栏跟前就弓腿停下,不肯跳,可你爸爸却被马甩了出去,整个身子越过马头,头朝下摔在地上。老爷子没受什么痛苦,等我们跑过去时,他已经断气了,我想大概是脖子摔断了。"

威尔停了一会儿,等她说话,见她一言不发,便抓起马缰,说道:"走吧,谢尔曼。"于是那马便继续朝家的方向走去。

第四十章

当天晚上斯嘉丽几乎一夜没睡。天亮了，日头东升，高挂在小山东边那片黑压压的松林之上。斯嘉丽从凌乱的床上爬起来，坐在窗边的凳子上，用胳膊撑着疲乏无力的脑袋眺望窗外，目光越过塔拉的谷仓和果园，一直望到远处的棉花田。一切都是那么清新，露珠点点，静静的，绿绿的，一看到那一望无际的棉花田，她悲伤的心便一下子感到了些许慰藉。尽管塔拉的主人已经去世，但日出时分的塔拉看上去依旧那么美，那么熟悉而亲切，那么宁静而安详。低矮的木头鸡棚上抹了一层泥巴，又刷了一层石灰水，以防老鼠和黄鼠狼钻进去，同时也能保持清洁。木制的牲口棚也做了同样的处理。菜园里玉米成行，鲜黄色的南瓜，还有白凤豆和萝卜也都种上了，杂草除得很干净，四周还用橡木条篱笆围了起来。果园里也收拾得很干净，一长排一长排的果树下，低矮的灌木丛已经被除去，只有一簇簇雏菊竞相绽放。淡淡的阳光照在果树上，绿叶丛中苹果和毛茸茸的粉桃若隐若现。再往远处是绵延曲折的棉花田，在金色晨光的映照下，一片郁郁葱葱，显得格外宁静。成群的鸡鸭摇摇摆摆朝田野奔去,因为棉花田下面犁过的松软泥土里,有许多肥美的蚯蚓和蛞蝓。

这一切都是威尔的功劳,斯嘉丽对威尔的尽职尽责深表赞赏和感激。虽然她对阿什利依旧痴心不改,但也无法认为塔拉如今这派充满生机、欣欣向荣的景象是出自那位庄园贵公子之手。她知道眼前所有的一切都是这个勤勤恳恳、不知疲倦且热爱土地的"小农夫"辛勤耕耘出来的。昔日的塔拉庄园庄严气派,牧场上骡马成群,棉田和玉米地一眼望不到边,可如今这里只是个小农场,牧场上只有两匹马。不过虽说规模小了点儿,但一切都井然有序,等形势好转之后,那些休耕的土地还可以重新开垦,而且休耕之后的土地会更加肥沃。

威尔不单单耕种了几英亩的田地,还坚决抵挡住了对佐治亚种植园主来说最大的两个宿敌:松树苗和黑莓丛。这些东西会偷偷占领果园、牧场、棉花地和草坪,甚至会肆无忌惮地窜到塔拉的门廊边上。整个佐治亚州有无数种植园都被这些东西侵占,而塔拉却安然无恙。

一想到塔拉差点儿就成了荒野,斯嘉丽的心就突然一沉。她和威尔同心协力,干得漂亮。他们俩联手抵住了北方佬和提包客的威胁,同时也挡住了大自然的侵蚀。最令人欣慰的是,威尔告诉她,等秋天棉花收了之后,她就不用再寄钱过来了——除非再有提包客觊觎塔拉,把税额定得老高。斯嘉丽知道,要是没有她的帮忙,威尔的日子会过得很艰难,但她十分钦佩和欣赏他自强自立的品格。之前他是斯嘉丽的雇工,所以拿她的钱无可厚非。

但如今他就要成为她的妹夫，成为一家人了，他打算靠自己的双手去打拼，自食其力。说实话，威尔简直就是上帝的恩赐啊。

前一天晚上，波克就已经把墓穴挖好了，跟埃伦的墓紧挨着。此时他站在那堆挖出来的湿润红土后面，手里握着铁锹，再过不久那堆土还要被铲回去。斯嘉丽站在他身后一棵枝叶低垂、节疤嶙峋的雪松树荫下。六月清晨炙热的阳光透过斑驳的树荫洒在她身上，似乎在阻挡她的视线，不让她看到前面红色的墓穴。吉姆·塔尔顿、小休·门罗、亚历克斯·方丹和老麦克雷最小的孙子，用两根橡木棍抬着杰拉尔德的棺材缓慢而笨拙地从屋里出来。由邻居和亲友组成的散乱人群跟在他们身后，并保持一定的距离，以示对死者的尊重。人们一个个衣衫褴褛，默默无声，穿过果园，沿着洒满阳光的小路渐渐走近，波克垂下头，伏在铁铲柄的顶端，大哭起来。斯嘉丽不经意地发现，几个月前她去亚特兰大时，波克的满头鬈发还是黑亮黑亮的，可如今竟已是一片花白。

她心力交瘁，心中暗暗感谢上帝，让她昨晚把眼泪都哭干了，所以此时此刻，她可以笔直地站着，不掉一滴眼泪。苏埃伦站在她身后，那呜呜的哭声让她感到很恼火，简直难以忍受。她不得不紧紧攥起拳头才能强忍住，没有转身朝苏埃伦那张哭肿的脸狠狠扇上一记耳光。要不是苏埃伦，爸爸也不会死，不管她是有意还是无意，但爸爸终究是被她害死的。而此时此刻，当着这么多恨她入骨的邻居，她就该克制点儿，要点儿脸面，别哭哭啼啼的才是。今天早上，没有一个人搭理她，也没有一个人同情地看她一眼。大伙儿默默地亲吻斯嘉丽，跟她握手，对卡琳，甚至对波克低声安慰，但看都没看苏埃伦一眼，仿佛没这人似的。

对他们来说，苏埃伦的所作所为比亲手弑父还要恶劣。因为她故意欺骗他父亲，设下圈套让他背叛南方。而在向来紧密团结的乡亲们看来，她这么做是企图背叛所有人的荣誉和道义。她破坏了县里对外展示出的坚固阵线。她千方百计想从北佬政府那里弄到钱，为此她甚至不惜跟那些提包客和叛贼为伍，而那些人是比北方佬士兵还要可恨的敌人。她，一个出身于坚定忠于南部邦联世家的人，一个堂堂庄园主的女儿，竟然投靠了敌人，给全县的人脸上抹了黑。

送葬的人个个都怀着满腔愤怒，同时又悲痛欲绝，最为悲痛的有三个人——老麦克雷，自从多年前他从萨凡纳迁到佐治亚后就跟杰拉尔德一直是好朋友；方丹老太太，她喜欢杰拉尔德，因为他是埃伦的丈夫；还有塔尔顿太太，她对杰拉尔德比哪个邻居都亲近，因为就像她常说的，全县只有他一个人能分清种马和阉马。

葬礼举行之前，杰拉尔德的遗体停放在昏暗的客厅里，阿什利和威尔看着这三个人阴沉的脸，心里很不安，于是两人便退到埃伦的小账房里商量对策。

"看来有些人要指责苏埃伦了，"威尔一口把嘴里的稻草咬成了两段，直言道，"他们认为有充分的理由说点儿什么。也许是吧，我没资格评判。但是，阿什利，不管他们说的是对是错，咱们作为家里的男人都得表示不满才对，可这样又会惹来麻烦。没人拦得住老麦克雷，他耳朵聋得要命，他要是嚷嚷起来，别人叫他打住他也听不见。方丹老太太的也是一样，你也知道她要是想开口的话，这世上没人能拦得住。至于塔尔顿太太——你看见没有，她一看见苏埃伦，那双赤褐色的眼睛就气得骨碌碌地转，估计憋了一肚子火，忍不住要爆发了。不管他们说了什么，咱们都得接着，眼下就算没有跟邻居闹不和，塔拉的麻烦也已经够多了。"

阿什利忧心忡忡地叹了口气，他比威尔更了解乡亲们的脾气秉性。他记得战前县里半数的争吵和拔枪袭击事件，都是由送葬时乡亲们要为死者说几句话这一习俗引起来的。通常来说，乡亲们都会对死者大加赞扬一番，但有时也有例外。有时原本对死者表示恭敬和尊重的言辞，在神经过分紧张的亲属听来却不是那么回事，从而产生误解，结果在墓穴还没填封好的时候，矛盾就爆发了。

由于没有请来天主教的神父，只好由阿什利靠着卡琳的祈祷书来主持葬礼。琼斯博罗和费耶特维尔的卫理公会[1]和浸礼会[2]的牧师们很乐意帮忙，但被婉言谢绝了。因为卡琳作为天主教徒，比她的两个姐姐还要虔诚，见斯嘉丽忘了从亚特兰大请个

---

[1] 卫理公会是基督教新教卫斯理宗的美以美会、坚理会和美普会合并而成的基督教教会。
[2] 浸礼会也被称为浸礼宗，又称浸信会，是17世纪从英国清教徒独立派中分离出来的一个主要宗派，因其施洗方式为全身浸入水中而得名。此宗派的特点是反对婴儿受洗，坚持成年人始能接受浸礼；实行公理制教会制度。

牧师来，她感到心里很失望。后来有人告诉她，等威尔和苏埃伦举行婚礼时，牧师会来给他们证婚，到时可以请他给杰拉尔德祈祷，她这才稍有些宽心。是她反对让附近新教牧师来主持葬礼，并且把这件事交给阿什利负责的，她还在她的祈祷书里画了几节段落，让阿什利读。阿什利倚着那张旧写字台，知道防止发生矛盾的责任就落在了他的肩上。他心里暗暗发愁，乡亲们个个性子急脾气暴，真不知该怎么办才好。

"闹起来也没办法，威尔，"他挠着金黄发亮的头发说道，"我总不能把方丹老太太和老麦克雷打翻在地，也不能用手捂住塔尔顿太太的嘴，不让她说话吧。就算他们再客气，也会骂苏埃伦是凶手、是叛徒，要不是她，奥哈拉先生就不会死。为死者说话，这种该死的习俗真是太残忍、太野蛮了。"

"听我说阿什利，"威尔沉稳地说，"不管他们怎么想，反正我不能让任何人数落苏埃伦的不是。这事就交给我好了。你只管念祷文，念完之后你就说一句：'有谁想说几句吗？'然后立刻看向我，这样我就能头一个说话了。"

然而此时的斯嘉丽专注地看着抬棺材的人费劲儿地穿过狭窄的墓地入口，压根没想到葬礼过后会有麻烦。她心情十分沉重，满心想的是在父亲被安葬的同时，她自己与往日那些无忧无虑的快乐时光的最后一根纽带也被埋葬了。

最后，抬棺材的人终于进来了，把棺材放在墓穴旁，然后站在那儿，活动一下酸痛的手指。阿什利、梅兰妮和威尔逐一走进墓地，站在奥哈拉家三姐妹身后。能挤进来的较亲近的邻居都站在他们身后,其他人则站在砖墙外。斯嘉丽这时才发现竟来了这么多乡亲,令她既惊讶又感动。尽管眼下交通如此不便,可来的人还是这么多,他们的一片好心真令人感动。来了大概有五六十人,有些人是远道而来,真不知道他们是怎么得到消息并及时赶来的。还有不少是全家人一起从琼斯博罗、费耶特维尔、拉夫乔伊等地赶来,而且还带着几名黑仆。许多河对岸的小农场主和住在偏远山林与沼泽地的穷白佬也都来了。沼泽地的人都高高瘦瘦,留着大胡子,穿着粗布衣,头上戴着浣熊皮帽,胳膊上随意地挎着步枪,嘴里还含着烟草块。他们的妻子也来了,光着脚站在松软的红土里,下嘴唇上还沾着鼻烟。遮阳帽下的脸庞十分憔悴,面黄肌瘦,看上去就像得了疟疾似的,但脸上有光泽而且很干净,新熨烫过的印花棉布裙也很笔挺,因为刚上过浆而微微发亮。

附近的邻居们全都来了。方丹老太太身形干瘦,满脸皱纹,脸色发黄,就像只脱了毛的老鸟,拄着拐杖站在那里。她身后是萨莉·门罗·方丹和方丹家的少奶奶。她们两人拉着方丹老太太的裙角,低声恳求,想劝她坐在砖墙上,但不管怎么劝,老太太都不肯坐下。老太太的丈夫,方丹老大夫并没在场,因为他两个月前就去世了。随着他的离去,老太太眼里那种对生活的爱与恨、情与仇也都消失无踪了。凯思琳·卡尔弗特·希尔顿独自一人前来,这样也好,因为她的丈夫正是酿成这场惨剧的帮凶。褪色的遮阳帽遮住了她那张低垂的脸。斯嘉丽惊讶地发现,凯思琳的细棉布裙上油渍斑斑,手上也脏兮兮的,长满了雀斑,指甲缝里甚至还有黑色的污垢。如今的凯思琳竟一点儿上等人的样子都没有了,过去的那个大家闺秀现在竟成了邋邋遢遢的穷白佬,甚至比穷白佬过得还差,一副不修边幅、可怜巴巴的样子,得过且过地混日子。

"虽然她现在还没吸鼻烟,不过也快了,"斯嘉丽惊恐地想,"上帝啊!她怎么落魄成这样了!"

她打了个寒战,立刻把目光从凯思琳身上移开,突然意识到上等人和穷白佬之间其实只有一步之遥。

"要不是我精明、机灵又有胆量,恐怕也成她那样了。"她不禁为自己感到自豪。因为她明白,自投降之后,她和凯思琳的处境几乎一模一样,什么都没有了,只能靠自己的双手和头脑,艰难打拼。

"看来我干得还不赖。"她扬起下巴,微微一笑。

但她刚露出一丝笑容,就突然发现塔尔顿太太正凶巴巴地盯着她,于是赶紧收起笑容。塔尔顿太太哭得眼圈儿都红了,满含责备地瞪了斯嘉丽一眼之后,又盯住了苏埃伦,满眼愤怒,这可不是好兆头。塔尔顿家的四个姑娘站在塔尔顿夫妇身后,她们满头的红发跟这庄重肃穆的场合有些格格不入,那一双双黄褐色的眼睛看上去生气勃勃,就像小动物一样充满活力,同时也充满危险。

众人站立不动,男人们纷纷摘下帽子,双手交叠,女士们的裙子也不再窸窣作响。阿什利手握着卡琳那本破旧的祷告书走上前来。他低头默哀片刻,阳光照在他的头发上金光闪耀。人群静默无声，静得甚至能清晰地听到木兰树叶间簌簌的风吟，以及远处嘲鸟不绝于耳的鸣叫声，那叫声响亮又透着悲伤，令人难以忍受。阿什利开始念祷文，众人都低垂着头，听着他用洪亮的声音抑扬顿挫地念着简短而庄严的词句。

"噢！"斯嘉丽喉咙哽咽，心想，"他的声音多好听啊！真高兴为爸爸念祷文的不是别人而是阿什利。我宁愿让他来主持葬礼，而不是神父。我宁愿爸爸的葬礼由自己人来办，而不是让外人插手。"

当阿什利该念到炼狱祷文时，他突然把祷告书合上了。这段是卡琳特意标注好，让他来念的，所以只有她注意到此处被略去了，于是抬起头来，不解地看向他。可这时阿什利已经开始背《主祷文》了。因为阿什利知道，在场的人当中，半数都从没听说过炼狱[1]，而那些听说过的人——哪怕他在祷文中隐晦地提到灵魂不能直接上天堂——都会认为这是对奥哈拉先生人格的侮辱，像奥哈拉先生这么好的人，怎么会没有直接上天堂呢？所以为了尊重大众的意愿，他直接略过了炼狱祷文，对炼狱只字不提。众人在他的带领下虔诚地背诵起《主祷文》，但当他开始背诵《圣母经》时，众人的声音渐渐消失，最后化为尴尬的沉默，因为他们从来没听过《圣母经》[2]的祷文，所以只能偷偷地面面相觑。只有奥哈拉家的三姐妹、梅兰妮和塔拉的仆人们出声应答："求你

---

1 炼狱purgatory一词来自拉丁文动词purgare，天主教指人生前罪恶没有赎尽，死后灵魂暂时受罚的地方。基督新教中没有这个概念，所以此处"半数都从没听说过炼狱"。

2 与前者的情况相似，是否崇拜圣母玛利亚是天主教和基督新教的重要分歧之一。

现在和我们临终时，为我们罪人祈求天主。"

接着，阿什利抬起头，站着发呆，不知道接下来该怎么办。邻居们换了个较轻松舒服的站姿，充满期待地望着他，准备听他一番慷慨激昂的讲话。他们都在等着他继续把仪式主持完，谁也没想到天主教的祷告仪式已经结束了。乡下的葬礼通常时间都很长，主持葬礼的浸礼会和卫理公会的牧师们没有固定的祷词，而是根据现场情况即兴演讲，直到讲得让所有送葬的人都泪流满面，令死者所有的女眷都悲痛欲绝、号啕大哭为止。乡亲们要是知道他们挚爱好友的葬礼竟如此简单，祷词竟如此简短，肯定会感到无比震惊和悲愤，这一点阿什利再清楚不过了。而且在今后的几个星期里，这件事会成为乡亲们在饭桌上谈论不休的话题，大伙儿都会责怪奥哈拉家的三个女儿对父亲毫无应有的尊敬，没尽到应尽的孝道。

于是他连忙满含歉意地瞥了卡琳一眼，然后再次低下头，凭记忆背诵起他在十二橡树时经常为死去的黑奴念的圣公会葬礼祷文。

"复活在我，生命也在我……凡活着信我的人必永远不死。"[1]

他记不太清楚了，所以祷文说得很慢，时不时还停顿一下，边想边背。但是这种字斟句酌的背诵反倒让他的话更显得真挚而感人，令那些原本不怎么爱掉眼泪的送葬者也纷纷掏出了手帕。乡亲们几乎都是坚定而虔诚的浸礼会和卫理公会教徒，所以

---

[1] 出自《圣经·约翰福音》第11章第25节。

他们都以为天主教的葬礼祷文肯定是冷冰冰的,很教条化。但此时此刻他们的看法突然有了转变。斯嘉丽和苏埃伦也完全没看出来什么,只觉得这些话既优美又抚慰人心。只有梅兰妮和卡琳明白,杰拉尔德——一个生前虔诚信奉天主教的爱尔兰人,如今却被人以英国国教的仪式入了葬。卡琳为父亲的去世而感到悲痛,又为阿什利的背叛而难过,一时间惊得目瞪口呆。

祷词背完之后,阿什利睁开他那双充满悲伤的灰色眼睛,看向众人。停顿片刻之后,他跟威尔对了一个眼神,然后说道:"在场的诸位,有没有谁想说几句?"

塔尔顿太太紧张地扭了扭身子,正准备站出来,威尔抢先一步,蹒跚地走向前,站在棺材的前面,开口发言。

"乡亲们,"他语气十分平淡,"也许大家会认为我不知天高地厚,有什么资格头一个站出来发言?你们已经跟奥哈拉先生相识二十多年,甚至更久,可我认识他才不过一年。但我自有理由,因为要是他再多活一个多月的话,我就有权叫他爸爸了。"

人群中顿时掀起一阵惊异的骚动。不过大伙儿都很有教养,没有窃窃私语,只是挪动了一下站姿,看向正低垂着头的卡琳,因为人人都知道威尔一直在暗恋她。看到众人都把目光投到卡琳身上,威尔没有理会,继续说下去,就好像没注意到似的。

"只等亚特兰大的牧师一到,我就要跟苏埃伦小姐结婚了,所以我想我有资格头一个讲话。"

他最后这一句话淹没在众人的嗡嗡声中,就好像有一群愤怒的蜜蜂闹闹哄哄,这声音中满含着气愤,也透着失望。大伙儿都喜欢威尔，也因为他勤勤恳恳地打理塔拉而对他表示尊重。人人都知道他爱慕的人是卡琳，因此当一听到他要娶那个被附近的邻里乡亲所唾弃和不齿的苏埃伦时，纷纷表示不满。威尔这挺好的小伙子，怎么偏要娶苏埃伦·奥哈拉这么个令人厌恶，又没好心眼的姑娘呢！

一时间，现场的气氛紧张起来。塔尔顿太太气得两眼冒火，嘴唇也嚅动起来，似乎念念有词，又没发出声音。沉默中只听见老麦克雷高亢洪亮的声音，问他的孙子威尔刚才说了什么。威尔面对众人，依旧脸色平静温和，但那双淡蓝色的眼睛里闪着冷峻的光芒，好像在看谁敢说他未来妻子半句不是。一时间，大伙儿心里的天平左右摇摆，一边是对威尔出于真心的喜欢，另一边是对苏埃伦的蔑视。最终还是威尔获胜。他又继续说下去，就好像刚才只是自然地停顿了一下。

"我跟大伙儿不一样，从没见过奥哈拉先生年富力强、生龙活虎的时候，我认识的奥哈拉先生只是个脑子有点儿糊涂的慈祥老人。但是我从你们那里听说过他以前的样子，在我看来，他是位勇敢的爱尔兰斗士，是个一辈子都忠于邦联的南方绅士，这样的好人世上难找。像他这么优秀的人如今也不多了，因为把他培养成出色之人的那个时代，已经跟他一样离我们而去了。他来自国外，出生于一个时局动荡的国家，但今天安葬于此地的亡故者，却比在场的任何一名送葬者都更像佐治亚人。他过着跟我们一样的生活，热爱着我们的土地，说到底，他跟我们英勇的战士一样，是为了我们的事业而死的。他是我们当中的一员，他身上有跟咱们一样的缺点和优点，也有跟咱们一样的长处和短处。他有跟咱们一样的优点，那就是一旦下定决心就会勇往直前、百折不挠，哪怕面对强权，他也毫无惧色，任何外来势力都休想压垮他。

"当年英国政府要绞死他，他并没有害怕，而是匆匆离家，远走他乡；他只身来到这个国家，身无分文，但他并没有害怕，硬是靠着辛勤的双手挣下家业；当他来到佐治亚时，这里还是一片荒蛮之地，印第安人刚被赶走，但他并没有害怕，而是在这片荒野中开垦出一个大种植园；战争来临，他的钱越来越少，即使再度受穷，他也并没有害怕。当北方佬闯进塔拉，扬言要烧死或者杀死他时，他既没有害怕，也没有屈服。他是个顶天立地的男人，站在自己的土地上，对敌人寸步不让。所以我说他有跟咱们一样的优点和长处，因为任何外来的势力都无法把我们制伏。

"但他也有跟我们一样的弱点，那就是他可以从内部被打败。我的意思是说，他可以抵抗全世界，却抵挡不了自己的内心。奥哈拉太太一死，他的心也随之而死了。他最终被自己的心打败。而后来我们所见到的他，已经不是原来的他了。"

威尔停顿了一下，目光静静地扫视着众人的面孔。大家站在炎炎烈日之下，仿佛被施了魔法一样定住不动。不管他们对苏埃伦有多么愤恨，此刻所有的恨意都被抛到了脑后。威尔的目光在斯嘉丽身上停留了片刻，眼角微微一皱，仿佛在心里用微笑来安慰她。斯嘉丽强忍泪水，的确感到了安慰。威尔说的都是事实，而不是净扯些什么去另一个更美好的世界团聚，或者一切都要服从上帝的旨意啊一类冠冕堂皇的话。而斯嘉丽总是能从事实中得到力量和安慰。

"我希望大家不要因为他精神一下子垮掉了就瞧不起他。你、我，我们大家都跟他一样，有同样的弱点和短处。没有什么能压垮他，同样也没有什么能压垮我们，无论是北方佬、提包客，还是艰苦的日子和高额的税金，甚至难挨的饥饿，都无法令我们屈服。但我们内心的弱点，会眨眼间便将我们打败。并不一定会像奥哈拉先生一样，因失去挚爱之人而瞬间崩塌。每个人的精神支柱都不一样。我想说的是——人要是没了精神支柱，那还不如死了的好。如今这年月，人要没了精神支柱，根本活不下去，死了反倒快活……所以我要劝大伙儿，不必为奥哈拉先生的离世而悲伤，最伤心的时候应该是谢尔曼的军队打过来后，他失去了奥哈拉太太的那段日子。如今他的肉体终于跟他的灵魂会合了，所以我看我们不必为他而痛哭哀悼，不然就显得我们都太过自私了。我这么说，是因为我爱他，如同爱我自己的父亲一样……所以请大家不要再说什么了，全家人都悲痛欲绝，会听不下去的，还请大家考虑考虑奥哈拉先生家人的感受，替她们着想一下。"

威尔停下不说了，扭头看向塔尔顿太太，低声道："请您送斯嘉丽回屋去好吗，太太？她不能在太阳底下站太久，另外方丹老太太看上去也有些累了，我并没有冒犯的意思。"

斯嘉丽听到正说着悼词的威尔突然话锋一转，提到了自己，不由得吃了一惊。看到众人立刻把目光转到自己身上，她窘得脸都红了。威尔干吗要提起她来,让大伙儿都注意到她那明显的大肚子?她又羞又恼地瞪了他一样,可威尔那平静而淡然的眼神,把她的怒气给压了下去。

他看着斯嘉丽,眼神似乎在说:"请原谅,我知道自己在干什么。"

既然他已经是家里的一员了,斯嘉丽不想当着众人的面跟他争执,于是无奈地转向塔尔顿太太。不出威尔所料,塔尔顿太太果然立刻关心起斯嘉丽来,把苏埃伦的事抛到了脑后。她最关心的永远是生养问题,无论是动物的,还是人的。于是她赶紧挽起斯嘉丽的胳膊。

"回屋去吧,亲爱的。"

塔尔顿太太一脸关切和体贴,斯嘉丽尽管不情愿,还是任由她领着,穿过人群闪开的一条小窄道,往屋里走去。她从人群中穿过的时候,听到人们一阵表示同情关心的低语,有的人还伸出手来拍拍她,以示安慰。当她走到方丹老太太跟前时,老太太伸出瘦骨嶙峋的手,说道:"扶我一把,孩子。"然后目光凌厉地瞪了萨莉和少奶奶一眼:"不,别跟来,用不着。"

她们三人慢慢穿过人群,沿着树荫下的小径朝房子走去。她们一走,人群又聚拢回来。塔尔顿太太热心地搀扶着斯嘉丽,托着斯嘉丽的胳膊肘,手上的力道很大,斯嘉丽每走一步,都像是要被架离地面似的。

"威尔也真是的,干吗要这样啊?"当她们离开人群老远之后,斯嘉丽气呼呼地说,"简直就像在说:'你们看看她吧!她快要生孩子了!'"

"哎呀,你本来就是快要生了嘛,不是吗?"塔尔顿太太说,"威尔做得对,你这傻孩子的确不该站在烈日底下,会晒晕倒害小产的。"

"威尔才不是怕她小产呢,"老太太费力地穿过前院朝台阶走去,说话有些气喘吁吁,脸上露出一抹会意的冷笑,"威尔那家伙很聪明,比阿特丽丝,他不想让你我二人待在墓地那儿。他怕咱俩要说话,所以只能用这招把咱俩支走……不光是因为这个,他不想让斯嘉丽听到泥土盖在棺材上的声音。他这么做是对的。记住,斯嘉丽,只要你没听到那个声音,就会觉得人并没死。可一旦你听到了那声音……哎,那就是世界上最可怕也是最后的声音……扶我上台阶,孩子。扶我一把,比阿特丽丝。斯嘉丽不用你搀扶,就像她根本用不着拐杖一样。我也没像威尔说的那么精神不济……威尔知道你是你爸爸最疼爱的宝贝儿,所以他不想再给你的伤口上撒把盐,让你痛上加痛。他觉着你的两个妹妹没你这么难过。苏埃伦心里有羞耻支撑着,而卡琳呢,心里有她的上帝。可你心里却什么支撑的都没有,对吧,孩子?"

"是的。"斯嘉丽一边扶着老太太上台阶,一边回答说。令她惊讶的是,老太太虽然声音苍老而沙哑,但说出的话鞭辟入里。"我从来就没有什么精神支柱——除了我妈妈。"

"可你妈妈死后,你发现自己也能活下去,对吗?唉,可有些人就不行,比如你爸爸。威尔说得对,你不必难过,没有了埃伦,你爸爸活着也是受罪,去了那边反倒更快活。就像我一样,等跟老大夫团聚了,会比现在快活得多。"

老太太这么说,并不是要博得别人的同情,而斯嘉丽和塔尔顿太太也并没有说同情她的话。她说话的语气轻松又自然,就好像她的丈夫还活着,就在琼斯博罗,只要坐上马车,不一会儿就能到那儿跟他团聚。老太太活了这么大岁数,见过太多,也经历过太多,早已看淡生死。

"可是——您不也一个人这么过来了嘛。"斯嘉丽说。

老太太明亮的眼睛像小鸟似的,瞟了她一眼。

"话虽如此,可一个人的日子并不好过啊。"

"哎呀,老太太,"塔尔顿太太打断她的话,说道,"您不该跟斯嘉丽说这些。她已经够心烦的了。她大老远赶回来,又穿着这么紧的衣服,再加上天气热,心里又难过,您再跟她说这些伤心事,会害她小产的。"

"没有的事!"斯嘉丽怒吼道,"我才不心烦呢!而且我也不是什么病秧子,动不动就小产!"

"这可没准,"塔尔顿太太仿佛什么都懂似的,"我怀头胎的时候就小产了,就因为看见一头公牛用角抵伤了我家的一个黑奴——你还记得我那匹红色的母马内利吗?别看它长得壮实,其实胆子特小,还容易紧张,特别敏感,要不是我天天守着她,她早就——"

"比阿特丽丝,行了,闭嘴吧,"老太太说,"我敢打赌斯嘉丽绝不会小产的。咱们就在过道这儿坐坐吧,这里凉快,还有过堂风。比阿特丽丝,你去厨房看看有白脱牛奶吗,要是有就给我们拿一杯来。要不就去食品贮藏室看看有没有酒。我想喝一杯。我们就坐在这儿,等大伙儿来向我们告别。"

"斯嘉丽得上床休息了。"塔尔顿太太不肯去,上下打量着斯嘉丽,一副生育专家的样子,仿佛能把她怀孕和生产的日子推算得一分钟都不差似的。

"快去。"老太太用拐杖捅了她一下说道。于是塔尔顿太太便朝厨房走去,顺手把帽子随意地扔在了餐边柜上,两手捋了捋汗湿的一头红发。

斯嘉丽躺在椅子上,解开了紧身胸衣最上面的两颗扣子。过道里的天花板很高,很阴凉。她们刚才在烈日下晒着,这会儿吹着从后院到前院的过堂风,感觉凉爽极了。她从过道望向刚才停放着父亲遗体的大厅,强迫自己不去想他,于是赶紧抬头看向壁炉上面挂着的那幅罗比拉德外婆的画像。画像上刀痕累累,画像里的人发髻高高盘起,酥胸半裸,神情冷漠傲慢,斯嘉丽每次看到这幅画像都会精神为之一振。

"真不知道哪种情况会让比阿特丽丝更为伤心,是失去了儿子还是失去了马?"方丹老太太说,"你也知道,她对吉姆和她的几个女儿从来都没怎么上过心。她就是威尔所说的那种人——她的精神支柱没了。有时候我甚至担心她会走你爸爸的老路,变得糊里糊涂。除非她看见马怀崽生了小马驹,或者女人怀孕生孩子,否则她永远也开心不起来。她的几个女儿都没嫁人,也不见得能在县里找到丈夫,所以她现在没什么好操心的。要不是她骨子里就体面而有教养,恐怕她早就堕落成粗俗的女人了……威尔说要娶苏埃伦,是真的吗?"

"是的。"斯嘉丽直视着老太太回答道。天哪,她还记得当初她一看见方丹老太太就吓得要死!可如今她长大了,要是老太太闲得没事干插手管塔拉的事,她立刻就会跟老太太喊起来,让她见鬼去。

"他本可以找个更好的姑娘。"老太太直言不讳地说。

"是吗?"斯嘉丽傲慢地反问道。

"别摆出一副高高在上的臭架子,小姐,"老太太尖刻地说,"我不会数落你那个宝贝妹妹的,要是我还待在墓地那边,没准儿早忍不住骂起来了。我的意思是说咱们这儿男人少,好姑娘却多得是,威尔尽可以随便挑。比阿特丽丝就有'四只小野猫'呢,还有门罗家的几个姑娘、麦克雷家的——"

"可他要娶的人是苏埃伦。"

"那她可走大运了。"

"这也是塔拉的造化。"

"你很爱这里,对吧?"

"是的。"

"你爱这里爱到甚至不介意让自己的妹妹嫁给比自己阶级地位低下的男人,只要这个男人能照管塔拉就行,是吗?"

"地位?"斯嘉丽吃了一惊,"地位?现如今只要姑娘能找到一个可以照顾她的丈夫就不错了,谁还在乎什么地位呢?"

"这个问题咱可得谈谈,"老太太说,"有些人会觉得你说得有理。但有些会说你没有守住原则和底线,降低了不该降低的标准。威尔的确不够资格,他不是上等人,跟你们家的身份地位不配。"

她目光凌厉地看向了罗比拉德外婆的画像。

斯嘉丽想到威尔,高高瘦瘦,相貌一般,性情温和,嘴里总是嚼着根稻草,外表看上去总给人一种没精打采的感觉,就像那些穷白佬一样。他家境普通,祖上并没有什么血统高贵、地位显赫、家财万贯之人。威尔的家族里第一个踏上佐治亚这片土地的祖先说不定是奥格尔索普将军的债务人或者奴隶。威尔没上过大学,实际上他唯一受过的教育只是在某个边远的学校念过四年书。他为人诚实正派、忠诚可靠、有耐心、能吃苦,但他的确不是上等人,要是用罗比拉德家的标准来衡量的话,苏埃伦确实是屈尊下嫁了。

"这么说,你是赞成让威尔成为你的家人喽?"

"没错。"斯嘉丽气狠狠地回答。只要老太太指责的话一出口,她就准备立刻反唇相讥。

"那好,你可以亲我一下了,"老太太语出惊人,脸上挂着满心赞赏的笑容,"我从来没像现在这样喜欢过你,斯嘉丽,你从小到大都硬得跟山核桃似的,我不喜欢强硬的女人——当然我自己除外。但我喜欢你遇事的态度和处事的方式。对于无可奈何的事情,哪怕你不喜欢,也不会大惊小怪。你总是能保护好自己,是个好猎手。"

斯嘉丽似懂非懂地笑了笑,然后在老太太凑过来的干瘪脸颊上亲了一下。又听到被夸奖的话,她心里很高兴,哪怕那些话她没怎么听懂,也照样开心得不得了。

"虽然大伙儿都喜欢威尔,但周围还是有不少乡亲会不满,责怪你把苏埃伦嫁给了一个穷白佬。他们一方面一致称赞威尔是个好人,另一方面又说奥哈拉家的姑娘竟嫁给了身份地位比自己低下的男人,太不像话。但你千万别往心里去。"

"我从来不把别人的闲话放在心上。"

"这我倒是听说过,"老太太话里含着一丝嘲讽,"没错,不用在意别人的闲话。说不定这桩婚姻会很美满呢。当然了,威尔会一直都是一副穷白佬的样子,即使娶了个上等人也很难让他有什么改变,说话时语法照样常犯错。即使将来他赚了大钱,也绝不会像你爸爸那样给塔拉添什么光彩。穷白佬再怎么样也难有光彩。但威尔骨子里是个体面人。他有体面人的本性。只有骨子里的体面人,才能像他刚才在墓地那样,能准确看出咱们的问题和弱点。全世界都别想打垮咱们,可咱们要是总惦念着已经失去的东西,总是念念不忘,那么就会自己打垮自己。是的,威尔会对苏埃伦好的,也会对塔拉好的。"

"那您是赞成我让他娶苏埃伦了?"

"上帝啊,当然不!"老太太声音里虽透着疲惫和苦涩,但依然铿锵有力,"赞成穷白佬娶名门世家的姑娘?呸!那你说我会赞成把杂种马跟纯种马互相交配吗?唉,穷白佬人是不错,老实又可靠,可是——"

"可是您刚才还说这桩婚事也许会很美满啊!"斯嘉丽不解地喊道。

"哦，我是说苏埃伦嫁给威尔，对她来说是件好事——实际上她嫁给谁都行，因为她不是急着要找个男人嫁了吗，那她还能上哪儿找去？再说，除了威尔，还能上哪儿去找个这么会打理塔拉的男人？但这并不意味着我乐意看到这样的结果，我跟你一样不满意。"

"可我满意啊，"斯嘉丽心想，她实在摸不透老太太的意思，"威尔要娶苏埃伦，我觉得很高兴。为什么她以为我反对呢？她自己不满意，也就想当然地认为我跟她一样也不满意。"

她觉得很困惑，也有些羞愧，每当别人把自己的情绪和动机硬加到她身上的时候，认为她也跟他们有同感时，她都会有这种感觉。

老太太一边摇着棕榈扇，一边兴致勃勃地继续说着："我跟你一样并不赞成这桩婚事，可我跟你一样现实。当遇到了让人心烦又无可奈何的事，再怎么大喊大叫、哭哭闹闹也无济于事。人生总有起起落落，没什么大不了的，我清楚得很，因为我的娘家和老大夫家经历过的大风大浪比我们多得多。所以我们只有一个信念，那就是：'别抱怨——笑着等待时机。'我们就是靠着这个信念，闯过了一个又一个难关，无论遇到任何艰难困苦，都笑着面对，等待时机，于是我们就什么难关都不怕了。我们也不得不这样，因为我们总是下错赌注——跟随胡格诺派[1]教徒一起逃

1　胡格诺派又译雨格诺派、休京诺派，是基督教新教加尔文教派在法国的称谓。

离法国，跟保王党一起逃出英格兰，又跟英俊王子查理[1]逃出苏格兰，最后被黑鬼们赶出了海地，如今又被北方佬打败。可每次落难后，过不了几年我们总是能东山再起，你知道这是为什么吗？"

侧着头，斯嘉丽心想，这老太太看上去活像只精明又通人性的老鹦鹉。

"不，我真不知道。"她恭敬有礼地回答，但心里厌烦极了，就跟上次听她喋喋不休地叨叨克里克人暴动的陈年往事时一样。

"嗯，道理就是，我们得向不可避免的事情低头。我们不是小麦，而是荞麦！暴风雨来的时候，成熟的麦子全会被刮倒，因为麦子太干，不能随风而弯。但成熟的荞麦因为麦秆里有汁液，所以可以弯曲。暴风雨过去之后，它又会挺直起来，还像原来一样茁壮强健。我们不是顽固不化的野蛮人，我们面对艰难困苦，能屈能伸。因为我们知道能屈能伸才有好处。当遇到抵挡不住的麻烦时，我们宁愿低头，埋头苦干，笑着面对，等待时机。我们假意附和那些身份比我们低的人，跟他们打交道，从他们那里获取能得到的东西。等我们渐渐强大之后，能骑在他们脖子上了，

---

[1] 查尔斯·爱德华·斯图亚特（全名查尔斯·爱德华·路易斯·约翰·卡西米尔·西尔韦斯特·塞韦里诺·马里亚·斯图亚特，1720年12月31日—1788年1月31日），是詹姆斯·弗朗西斯·爱德华·斯图亚特的长子、英格兰国王兼苏格兰国王詹姆斯二世与七世之孙，1766年以后是大不列颠的斯图亚特王位宣称者查理三世。在生前他又被称为小王位觊觎者、小僭王、小骑士，并被记为邦尼王子查理、英俊王子查理。他最被铭记的是在1745年起事中的角色；1746年4月，卡洛登战役的失败终结了斯图亚特的宣称，随后如1759年的法国入侵等尝试也都无果。后来人对他事败后逃离苏格兰的经历进行的一些描述赋予了他浪漫的失败英雄形象。

我们就一脚把他们踢开。孩子,这就是我们能生存下来的秘密。"停顿了一会儿之后,她又补上一句,"我把这秘密传给你了。"

老太太咯咯地笑起来,仿佛被自己的话给逗乐了,但全然不管这番话多么恶毒。她似乎期待着斯嘉丽对她的话做些评论,可斯嘉丽却什么也没说,因为她没太听懂,想不出该说什么。

"没错,"老太太又继续说下去,"咱们是被打倒了,但咱们很快会再站起来。不过这话也不准确,因为咱们这儿还有好多人没能再站起来。比如凯思琳·卡尔弗特。看看她落魄成什么样子了,竟成了可怜的穷白佬!甚至比她嫁的那个男人看起来还糟。再看看麦克雷一家,穷途末路,可怜无助,不知道该干什么,也不知道该怎么办,甚至连试都不试一下,就知道整天念叨着过去的好日子。再看看——唉,县里的这些人家,除了我家的亚历克斯和萨莉、吉姆·塔尔顿和他的四个闺女,还有你以及其他几个人以外,其余的人家都垮了。因为他们没有韧劲儿,没有勇气和干劲儿,也没本事重新站起来。这些人除了钱和黑奴以外,别的什么都看不上,可如今钱和黑奴都没有了,他们的下一代就会变成穷白佬。"

"您把威尔克斯家忘了。"

"不,我没忘。只不过看到阿什利寄居在你家,成了你家的客人,我觉得应该客气点儿,不提他们为好。但既然你提到他们家了,那我就说两句吧!你瞧瞧茵迪娅,听说已经成了人老珠黄的老姑娘,因为斯图尔特·塔尔顿战死,她丝毫不想把他忘掉,也不去想法儿再找个男人,而是成天摆着一副寡妇的样子。

当然，她年纪是大了点儿，但只要她想想办法，嫁个死了妻子、有几个孩子的大户人家还是可以的。而可怜的哈妮，过去总是傻乎乎地迷恋男人，那点儿见识和头脑跟一只珍珠鸡差不了多少。至于阿什利，你瞧瞧他那个样儿！"

"阿什利是个好人。"斯嘉丽急切地说。

"我从没说过他不是好人，可瞧他那四体不勤的样子，跟只四脚朝天的海龟似的，什么忙都帮不上。假如威尔克斯家能挺过这段苦日子的话，那也得靠梅丽，而靠不了阿什利。"

"梅丽！上帝啊，老太太！您在说什么呢？我跟梅丽一起住了那么久，清楚得很，她整天病恹恹的，胆子又小，连冲鹅喊一声'滚'都不敢。"

"谁没事跟鹅喊'滚'呢？那简直就是浪费时间。她也许不敢对鹅喊'滚'，但她敢对整个世界、对北佬政府、对任何威胁到她亲爱的阿什利和她儿子以及她尊严的东西喊'滚'。她的处世之道跟你的不一样，跟我的也不一样。她为人行事跟你妈妈倒挺像，如果你妈妈还活着的话。梅丽让我想起了你妈妈年轻的时候……也许她倒是能让威尔克斯家挺过难关。"

"哎呀，梅丽就是个好心的小傻瓜。可您这么说，对阿什利太不公平了，他——"

"哎呀，得了吧！阿什利生来就是读书的料，别的什么都不行。但他读书再好，也不能帮他摆脱困境，眼下咱们日子都不好过。据我所知，要说犁地，全县就数他最差劲儿！你只要拿他跟我家的亚历克斯比一比就知道了！战前亚历克斯是世上最没用的花花公子,成天就知道打扮、喝酒闹事、开枪打人、追跟他一样没出息的姑娘。但瞧瞧他现在!他学会了种地,因为他不学不行,不然就没饭吃,全家人都得饿死。他种出的棉花是全县最好的——是的,小姐!比塔拉的棉花可强多了!——他还知道怎么养猪和养鸡。哈!他脾气虽然暴,但是个好小伙儿。他懂得等待时机,知道改变自己,顺应时代和形势,当重建的苦日子过去之后,你会看到我的亚历克斯跟他父亲和祖父一样富有。可阿什利——"

斯嘉丽听老太太如此看不起阿什利,心里有些刺痛。

"我觉得这些都是无稽之谈。"她冷冷地说。

"不,并不是。"老太太犀利的目光紧盯着她,说道,"因为这正是你去亚特兰大之后一直所走的路。嗯,是的!虽然我们待在闭塞的乡下,但你做的那些离经叛道的事,我们都听说了。你也随时代和世道而改变了。我听说你巴结北方佬、下贱白人和乍富的提包客,赚他们的钱,但表面上仍是一副老老实实的样子。行啊,要我说,你就放心大胆地去干吧,从他们身上能捞多少就捞多少,但等你捞够了钱之后,当面一脚把他们踢开。因为他们对你来说再也没什么用了。一定要这么做,而且要干得稳妥,因为要是被那些败类纠缠上,你可就完了。"

斯嘉丽看着老太太,眉头紧蹙,努力去理解这番话,但还是听不太懂,而且她还在为老太太把阿什利比作四脚朝天的海龟而生气呢。

"我觉得您对阿什利的看法有误。"她直言道。

"斯嘉丽,你真是不够聪明。"

"那是您的看法。"斯嘉丽无礼地顶撞道,恨不得扇这老太太一巴掌。

"你啊,在钱的事上倒是挺精明的。那是男人的精明。可作为女人,你却一点儿也不精明,尤其不会看人。"

斯嘉丽的眼睛里开始冒火,双手握起拳头又松开。

"我把你气坏了,是吧?"老太太笑着问道,"嗯,我是故意的。"

"噢,是吗?真的?为什么啊?"

"原因多了去啦。"

老太太往椅子背上靠去。斯嘉丽突然发现,老太太看上去很累,而且老得叫人难以相信。她那双蜡黄而枯瘦的小手交叠着放在扇子上,看上去就像死人的手。想到这里,她心里的怒气顿时全消。她凑过去,握住老太太的一只手。

"您这个可爱的老骗人精,"她说,"跟我叨叨了这么多话,没一句是真的,就是为了转移我的注意力,让我忘了我爸爸的事,对吗?"

"别跟我瞎胡扯!"老太太生气地甩开她的手,"这只是一部分原因,但我跟你说的都是实话,可惜你太蠢,听不明白。"

不过她还是笑了笑,话里也不带刺了。斯嘉丽的心里也没了怒气,老太太说话并不是当真的,这太好了。

"不过还是得谢谢您跟我说这些话——而且我很高兴您能赞成威尔和苏埃伦的婚事,让我知道您是站在我这边的,尽管——尽管有很多人反对。"

这时，塔尔顿太太从过道另一头走了过来，手里端着两杯白脱牛奶。她什么家务活都干不好，杯子里的牛奶洒了一路。

"我一直走到冷藏室才找到了牛奶，"她说，"来，快喝了吧，大伙儿就要从墓地回来了。斯嘉丽，你真的同意让苏埃伦嫁给威尔啊？倒不是说他配不上她，可你也知道，他是个穷白佬，而且——"

斯嘉丽跟老太太对视一眼，老太太苍老的眼中闪着一抹"坏坏的"眼神，跟斯嘉丽不谋而合。

第四十一章

最后一位客人告辞离去,最后一辆马车渐行渐远,车轮声和马蹄声都消失在了耳畔。斯嘉丽转身走进了埃伦的小账房,从写字台文件架泛黄的纸堆里拿出一个闪亮的东西,这是她前一天晚上藏在这里的。她听到波克一边在餐厅里走来走去摆晚饭桌,一边抽抽搭搭,于是把他叫了过来。他来到小账房,黑色的脸显得失魂落魄,就像只失去了主人的丧家犬。

"波克,"斯嘉丽板着脸说,"你要是再哭,我就——我就也忍不住哭了。你别再哭了。"

"好的,小姐。俺想忍住不哭,可俺一想到杰拉尔德老爷,俺就——"

"哎,别想了。看别人哭,我还能忍得了,可看见你哭我实在受不了。好了,"她语气温柔地说,"你还不明白吗?我受不了你哭,是因为我知道你有多爱他。擤擤鼻子,波克。我有件礼物要送给你。"

波克大声地擤了擤鼻子,眼里闪过一丝好奇,但主要还是出于礼貌,而不是对礼物感兴趣。

"你还记得那天晚上去别家的鸡舍里偷鸡被人用枪打伤的事吗?"

"上帝啊,斯嘉丽小姐!俺从来没干过——"

"行啦,你干了,都过去这么久你就别瞒我了。你还记得那晚我对你说过的话吗?我说因为你这么忠心耿耿,将来我要送块表给你。"

"是的,小姐,俺记得。俺以为您早就忘了呢。"

"不,我没忘,给,拿着吧。"

她递给波克一块大金表,上面刻着精细的浮雕花纹,还系着一根表链,上面丁零当啷地挂着许多挂件和印章。

"天啊,斯嘉丽小姐!"波克叫了起来,"这是杰拉尔德老爷的怀表!俺见过他看这表看过无数回!"

"没错,这是爸爸的表,波克,我要把它送给你。拿去吧。"

"哎呀,这可使不得!"波克吓得直往后退,"那是白人老爷的表,是杰拉尔德老爷的,怎么能送给俺呢,斯嘉丽小姐?按规矩这表应该给韦德·汉普顿小少爷。"

"它现在属于你了。韦德为我爸爸做过什么呢?在我爸爸生病、不舒服的时候,韦德伺候过他吗?他给我爸爸洗过澡、换过衣服、刮过胡子吗?还有北方佬来的时候,他守在我爸爸身边了吗?他为我爸爸偷过吃的吗?别傻了,波克,要说谁最有资格得到这块表,那绝对非你莫属。我知道我爸爸肯定会同意的。拿去吧。"

她拉起那只黑色的手,把表放进了他的掌心里。波克恭敬而虔诚地看着那块表,脸上慢慢绽开了笑容。

"真的给俺吗,斯嘉丽小姐?"

"没错,是真的。"

"哎呀——那——那多谢小姐了。"

"要不要我把这表带到亚特兰大刻些字上去?"

"刻啥字?"波克疑惑地问道。

"就是在表的背面刻上字,比如说'奥哈拉家赠予忠心的仆人波克'。"

"不用了——谢谢小姐,不用麻烦了。"波克退后一步,手里紧握着那块表。

斯嘉丽嘴角显出一抹笑意。

"怎么了,波克?不相信我,怕这表被我拿走回不来了?"

"不是的,小姐,俺相信您——只是,呃,俺怕您又改变主意了。"

"不会的。"

"那,俺怕您会把它卖了,俺觉着这表能值不少钱呢。"

"你觉得我会把爸爸的表卖了吗?"

"是的,小姐——如果您急需钱用的话。"

"冲你这句话,你就该挨打。我可要把表收回来了。"

"不,您不会的!"波克悲伤了一整天的脸上,总算有了一丝笑意,"俺了解您——不过,斯嘉丽小姐——"

"什么?"

"要是你对白人有像对黑人一半这么好的话,俺觉得,人家就会对你好多了。"

"他们对我够好的了,"她说,"好了,去把阿什利先生找来,告诉他我在这儿等他,快去。"

阿什利坐在埃伦的写字台前那把小椅子上。他颀长的身子坐在那里,显得椅子更矮小了。斯嘉丽跟他说要把锯木厂一半的股份分给他,他一眼都没瞧她,一句话也没说,只是低头看着自己的手,看看手掌,又看看手背,慢悠悠地翻过来掉过去地看,就好像从来没见过这双手似的。尽管整天干粗重的体力活儿,可他的一双手还是那么纤细修长,柔嫩光滑,保养得很好,一点儿也不像是庄稼汉的手。

阿什利始终低头不语,令斯嘉丽有些不安,于是她加倍地卖力,把锯木厂夸得天花乱坠,她还把所有的魅力都施展出来,笑靥如花,眸光潋滟,可是都白费功夫,因为阿什利根本不抬眼瞧她。他要是看她一眼该多好啊!威尔跟她说过阿什利决心要到北方去,但斯嘉丽对这事绝口不提。她十分自信地认为阿什利一定会接受她的安排,根本没有任何阻碍。可他还是一声不吭。最后,连她也说不下去了,两人陷入了沉默。阿什利瘦削的肩膀挺得笔直,透着坚定不移的决心,令斯嘉丽倍感惊慌。他当然不会拒绝!他有什么理由拒绝呢?

"阿什利。"她再度开口,欲言又止。她原本没打算以自己怀孕为理由说服阿什利,甚至都不敢让阿什利看到自己这副臃肿又丑陋的模样。可既然她费尽了唇舌,他都不为所动,那她就只好把怀孕和无助作为最后一张牌亮出来。

"你必须得到亚特兰大来。我现在急需要你的帮助。因为我现在顾不了锯木厂了，可能得过好几个月我才能——因为——你也看出来了——呃，因为……"

"请你别说了！"阿什利忽然粗声粗气地喊道，"上帝啊，斯嘉丽！"

他站起身来，大步走到窗边，背对着她，看着一群鸭子神情庄严、大摇大摆地穿过谷仓前的场院。

"你是不是——是不是就因为这个才不看我一眼？"她伤心地问道，"我知道我这模样看上去——"

他猛地转过身来，灰色的眼睛直视着她，目光如烈火般炽热，令斯嘉丽不自觉地两手按住了喉咙。

"你那该死的模样，"他突然恶狠狠地说，"你明知道你在我眼里永远是美丽动人的。"

幸福感顿时如潮水般流遍斯嘉丽全身，她激动得热泪盈眶。

"你这么说真是太好了！让你看到我这副样子，我实在太羞愧了——"

"你羞愧？你为什么要羞愧！该感到羞愧的应该是我才对。而且我也的确羞愧难当。要不是因为我的愚蠢，你何至于弄得如此狼狈？又何至于嫁给弗兰克？去年冬天我真不该让你离开塔拉。哎，我怎么那么蠢呢！我本该知道你——知道你走投无路——走投无路之下会——我本该——我本该——"他的脸色变得很难看。

斯嘉丽的心在狂跳。他是在后悔没有跟她一起私奔!

"我们当初就跟要饭的叫花子没两样,是你好心收留了我们。为了筹税款,我至少应该为了你做些什么,至少也应该到路上去抢劫或者杀人。唉,都是我,把事情弄得一团糟!"

斯嘉丽心一紧,顿感失望,刚才的幸福感也消失了大半,因为她想听的不是这些话。

"不管怎样,我还是会去的,"她疲倦地说,"我决不能让你做那种事。反正不管怎么说,事情已经这样了。"

"是啊,已经这样了。"他苦涩而心酸地说,"你不让我去做不光彩的事,可你却把自己出卖给不爱的男人——还怀了他的孩子,让我们一家人不至于饿死。你的好心庇护了我的无能,你真是太好了。"

他声音里透着苦痛,表明他内心的伤口还没有愈合,依然在刺痛着他的心。他的话令斯嘉丽眼里流露出愧色。他立刻察觉到,脸色变得温和起来。

"你不会以为我在怪你吧?上帝啊,斯嘉丽!不,我是在责怪我自己。在我见过的女人中,你是最勇敢的。"

他转过身,再次朝窗外看去,肩膀也似乎没有刚才那么挺直了。斯嘉丽默默地等了好久,盼着阿什利能再有夸她漂亮时的情绪,能再说些让她永远珍藏在心底的话。她已经很久没见到他了,一直以来都是靠着他们之间的回忆度日,直到就连回忆都被时光冲淡,变得越来越模糊。她知道他依然爱着她。这一点不言自明,从他脸上的每一根线条、每一句痛苦而自责的话,还有他对她怀着弗兰克的孩子的怨恨中，都能看出来。她盼着能听到他亲口把这话说出来，她也渴望自己能说出些什么，好让他袒露心迹，可她不敢这么做。她一直记得去年冬天在果园里她曾经许下的承诺，绝对不会再挑逗他的感情。她伤心地意识到，要想让阿什利仍留在她身边，她就必须得遵守诺言。只要她有一句表露爱意和渴望的呼唤，有一个祈求他拥抱的眼神，他们之间就彻底完了。阿什利会立刻启程去纽约。可她不能让他走。

"噢，阿什利，别责怪你自己！这怎么能是你的错呢？到亚特兰大来帮我，好吗？"

"不行。"

"可阿什利，"她因为太过痛苦和失望，声音哽咽起来，"可是我得靠你帮我啊。我太需要你帮我了。弗兰克帮不了我。店里的事情就够他忙的了。要是你不来，我上哪儿去找人啊！亚特兰大凡是有本事的人都忙着自己的事，而那些没事可做的人，又都没本事，而且——"

"你说再多都没用的，斯嘉丽。"

"你是说你宁愿去纽约，跟北方佬混在一起，也不愿意到亚特兰大来吗？"

"这事谁告诉你的？"他转过身看着她，心里有些恼火，额头上显出了皱纹。

"威尔。"

"是的，我已经决定去北方了。战前跟我一起去欧洲游学的一个老朋友在他父亲的银行里给我找了份工作。这样更好，斯嘉丽,我帮不了你,我对木材生意一窍不通。"

"可你对银行的业务也一窍不通啊,而且银行的活儿更难做!就算你再没有经验,我也总比北方佬更能体谅你吧!"

阿什利皱了皱眉,斯嘉丽意识到自己又说错话了。他又转过身,看向窗外。

"我不要别人体谅。我想自食其力。我活到现在,都干什么了呢?是时候出去磨炼一下了——不然我会因为自己的过错而一直沉沦下去。我已经靠你养活得够久的了。"

"可我要给你锯木厂一半的股份啊,阿什利!你可以自食其力的,因为——你瞧,这是你自己的生意啊。"

"这不是一回事嘛。那一半股份不是我买下来的,而是你送给我的。我已经从你那儿收到太多东西了,斯嘉丽——给我吃的、给我住的,甚至还给我、梅兰妮和孩子衣服穿。可我却没什么能回报你的。"

"不,你有!威尔不可能一个人——"

"现在我劈木柴已经劈得很好了。"

"噢,阿什利!"听到他挖苦的语气,斯嘉丽眼含热泪,痛苦地喊道,"我走了以后,你出了什么事?怎么说话这么冷硬尖刻!你过去可不是这样的。"

"出了什么事?非常重要的事,斯嘉丽。我一直在思考。从投降后一直到你走之前,我都没有真正地好好思考过。那段时间我一直浑浑噩噩,有东西吃,有张床睡就足够了。可当你挑起男人的重担,独自一人去了亚特兰大之后,我发现自己真不算个男人——真的算不上,连女人都不如。整天怀着这样的念头,日子真不好过。我不想再这么过下去了。许多男人战后回来,比我处境还艰难,可看看他们现在。所以我要到纽约去。"

"可是——我不懂!要是想工作的话,去亚特兰大和去纽约有什么不一样?而且我的锯木厂——"

"不,斯嘉丽,这是我最后的机会了。我要去北方。要是我去了亚特兰大为你工作,那我这辈子就完了。"

"完了——完了——完了",这几个字像可怕的丧钟一样在她心里敲得叮当响。她立刻看向他,他那双灰色的眼睛瞪得很大,像水晶一样清澈透明,又缥缈遥远,仿佛透过她,凝望着她看不见也无法理解的命运。

"完了?难道是——你做了什么事,引得亚特兰大的北方佬要抓你吗?我是说,你帮助托尼逃跑的事,或者——或者——哎呀,阿什利,你不会是三K党吧?"

阿什利回过神来,茫然的目光又立刻转回到她身上,微微一笑,却笑得勉强,转瞬即逝。

"我忘了你总是按字面的意思理解别人的话。不,我不是怕北方佬。我的意思是说,如果我去了亚特兰大,再接受你的帮助,我就永远别想再自食其力了。"

"哦,"她宽慰地叹了口气,"原来是这么回事啊!"

"是的,"他又笑了笑,那笑容比刚才更冰冷,"就是这个原因。只是出于我男人的自尊和骄傲。也可以称之为我不朽的灵魂。"

"可是,"她立刻换了种说法,"你可以慢慢地把锯木厂的股份从我手里买下来啊,那样一来锯木厂就成你的了,到时候——"

"斯嘉丽,"他气冲冲地打断她,"我跟你说了,这不行!还有别的原因。"

"什么原因?"

"在这世上,你比任何人都清楚原因是什么。"

"噢——那件事啊?可——那没关系啊,"她立刻向他保证,"你知道,去年冬天,在果园里,我跟你承诺过,我会信守诺言的——"

"这么说,你比我更有把握喽。但我可没把握自己会遵守诺言。我本不该说的,可我得让你明白。斯嘉丽,我已经作了决定,这件事我不想再谈了。等威尔和苏埃伦结完婚,我就动身去纽约。"

他睁大双眼,目光如汹涌澎湃的海浪,激烈而狂暴,他凝视了斯嘉丽片刻,然后走到房间门口,手握着门把,准备开门而去。斯嘉丽痛苦地望着他,谈话已经结束,她最终还是失去了他。由于神经过度紧张,这一天的悲伤,再加上此时的失望,她精神突然崩溃,尖声大叫:"噢,阿什利!"一下子扑倒在塌陷的沙发上,号啕大哭起来。

她听到阿什利脚步迟疑,最终还是离开了门边,无奈地在她头顶一遍又一遍地呼唤着她的名字。一阵急促的脚步声从厨房一路传到过道,紧接着梅兰妮冲进了房间,惊恐地瞪大了双眼。

"斯嘉丽……孩子没事吧?……"

斯嘉丽把头埋进满是灰尘的沙发坐垫，又尖叫起来。

"阿什利——他太狠心了！怎么这么狠心——太可恶了！"

"哎呀，阿什利，你对斯嘉丽做了什么呀？"梅兰妮一屁股坐在沙发边的地板上，把斯嘉丽搂在怀里，"你说什么？可别这样！当心肚子里的孩子啊！来，亲爱的，把头靠在我肩膀上。出什么事了？"

"阿什利——他——他倔得要命，太可恨了！"

"阿什利，你真让我吃惊！她还怀着孩子呢，你怎么能惹她这么难过，奥哈拉先生才刚刚入土呢！"

"别数落他的不是！"斯嘉丽突然从梅兰妮的肩膀上抬起头来，没来由地喊道，她那又粗又硬的黑发从发网里散落下来，脸上淌着一道道泪水，"他有权想干什么就干什么！"

"梅兰妮，"阿什利脸色煞白，"我来解释吧。斯嘉丽好心给了我一份工作，要我去亚特兰大在她的锯木厂当经理——"

"经理！"斯嘉丽生气地喊道，"我甚至把锯木厂一半的股份给他，可他——"

"可我跟她说，我已经安排好了，我们要到北方去，可她——"

"噢，"斯嘉丽又大哭起来，抽抽搭搭地说，"我一再跟他说，我有多么需要他——我找不到合适的人管理锯木厂——而且我快要生孩子了——可他就是不肯来！那——那眼下我就只能把锯木厂卖了，我知道根本卖不到好价钱，那我就得亏本，那全家都会挨饿的。可他却一点儿也不在乎，太狠心了！"

她又把头埋到梅兰妮瘦弱的肩膀上,心里燃起一线希望,而痛苦也随之渐渐消失。她知道梅兰妮心肠好,一定会帮她的。她能感觉到梅兰妮非常气愤,谁也不许把斯嘉丽弄哭,即使是自己深爱的丈夫也不行。梅兰妮像只勇敢的小鸽子一样,朝阿什利扑了过去,平生头一回数落起自己的丈夫来。

"阿什利,你怎么能拒绝她呢?她为我们做了多少事情啊!你怎么能这么忘恩负义呢!她现在怀着孩子,又那么无助——你怎么这么冷酷自私、没风度呢!咱们有难的时候,是她帮了咱们。现在她有难处了,你怎么能忍心不帮她呢!"

斯嘉丽偷瞟了阿什利一眼,见他注视着梅兰妮充满愤怒的黑眼睛,脸上的神情既震惊又犹豫。斯嘉丽也挺吃惊的,没想到梅兰妮指责起自己的丈夫来竟然这么凶,因为她知道,梅兰妮一向认为她的丈夫无可指摘,并且认为他的决定仅次于上帝。

"梅兰妮……"他刚开口,又无言以对,只好无可奈何地两手一摊。

"阿什利,你还犹豫什么呢?想想她为咱们——为我帮了多少忙啊。要不是她,小博出生的时候,我早就死在亚特兰大了!她——对了,她还为了保护我们,亲手杀死了一个北方佬。你不知道吧?她为我们杀了人。在你和威尔来塔拉之前,她为了让我们大家能有吃的,像黑奴一样拼命地干活儿。她还下田犁地、摘棉花,一想起来,我这心里就——噢,我亲爱的!"她捧起斯嘉丽的头,虔诚而激动地亲吻着斯嘉丽散落下来的头发,"而现在她头一次求咱们帮她一把——"

"你不用告诉我她为咱们做了多少事情。"

"阿什利,你好好想想!除了能帮她的忙,想想看,咱们待在亚特兰大还能跟咱们的家人住在一起,而不用去跟北方佬打交道!那儿有姑妈、亨利叔叔还有许多老朋友,小博也能有好多玩伴,还能去上学。假如咱们去了北方,那就不能让他去上学了,总不能让他跟北方佬的孩子,还有黑人小孩混在一起吧?到时咱们还得请个家庭教师,可咱们哪请得起啊——"

"梅兰妮,"阿什利声音出奇地平静,"你真那么想去亚特兰大吗?咱们商量去纽约时,你从来没提起过啊,从来没说过——"

"噢,可咱们谈到去纽约时,我以为你在亚特兰大找不到事情做,再说我也没资格说什么。做妻子的本分就是跟着丈夫走,丈夫去哪儿,身为妻子就跟到哪儿。可如今斯嘉丽需要咱们,而且给了你一份只有你能胜任的工作,咱们可以回家了!回家!"她声音里带着狂喜,紧紧地抱着斯嘉丽,"我又能看见五角场和桃树街,还有——还有——噢,我真想念那里啊!说不定咱们还能有个属于自己的小房子!我不在乎房子有多小,有多破,只要——只要那是咱们的家就满足了!"

梅兰妮的眼睛里闪动着幸福而热切的光芒。屋里的另外两个人都看呆了。阿什利茫然不解,斯嘉丽惊讶又愧疚,真没想到梅兰妮竟如此想念亚特兰大,如此渴望回去,如此向往着能拥有自己的家。她在塔拉看上去很满足,但没想到她这么想家,斯嘉丽真是吃了一惊。

"噢,斯嘉丽,你为我们安排这一切,真是太好了!你早就知道我有多想家了吧!"

梅兰妮还是老样子,总是把人往好处想,把别人本来没有或者不纯的动机说得无比高尚。每当此时,斯嘉丽就会又惭愧又气恼,深感不安,一下子变得不敢正视阿什利和梅兰妮的眼睛。

"我们可以有自己的家了。咱们结婚都五年了,可还没有自己的家呢,不是吗?"

"你们可以跟我们一起住在皮蒂姑妈家,那就是你们的家。"斯嘉丽小声嘟囔着,手里抚弄着靠垫,低着头以掩饰自己的得意之色,心想形势果然好转了,变得越来越对她有利。

"不用,可还是要谢谢你,亲爱的。这么多人住太挤了。我们会另找房子住的——噢,阿什利,你就答应了吧!"

"斯嘉丽,"阿什利平淡无波地说道,"看着我。"

斯嘉丽吃了一惊,抬起头来,看到了一双充满痛苦、疲惫而无奈的灰色眼睛。

"斯嘉丽,我答应去亚特兰大……我斗不过你们俩。"

他转身走出房间。斯嘉丽心里胜利的喜悦顿时被揪心的担忧所冲淡。他说话时的神情跟他刚才说如果去了亚特兰大,他就完了时一模一样。

苏埃伦和威尔完了婚,卡琳也到查尔斯顿的女修道院去了。阿什利、梅兰妮带着小博来到了亚特兰大,还把迪尔茜也带来了,负责煮饭、看孩子。普利茜和波克留在塔拉,等威尔找到下地干活的黑人时,他们再进城来。

阿什利在常春藤街租了一座小砖房,一家人住了进来。那座砖房正好在皮蒂姑妈房子的后面,两家的后院是连在一起的,只隔着一道参差不齐、长疯了的女贞树篱。梅兰妮特意选中了这所房子,就因为两家离得近。回到亚特兰大的第一天上午,她拥抱着斯嘉丽和皮蒂姑妈,又哭又笑,她说她跟家人分离太久了,住得离她们越近越好。

这座房子原先是两层的,但是北方佬围城时,二楼被炮弹炸毁了。投降后,房主回来了,但没钱修缮,只能在一楼上面盖了个平屋顶,改成平房。于是房子看起来矮墩墩的,比例失调,就像小孩用鞋盒子做的玩具房子一样。房子地基很高,下面有个很大的地下室,通往地下室的楼梯又长又弯弯曲曲,看上去有些可笑。房子虽然矮墩墩的,但房前有两棵高大而姿态优美的老橡树,将整座房子笼罩在斑驳的树荫下。房前台阶旁有一棵木兰树,叶片上沾着灰尘,树上开着星星点点的白花,多多少少掩盖了些房子的缺陷和丑陋。草坪很宽敞,青草碧绿,长满了浓密厚实的三叶草。草坪边上围着枝叶凌乱的女贞树篱,树篱上爬满芳香四溢的忍冬藤。草地上,到处有玫瑰从被压断的老梗上冒出来,粉白色的桃金娘也竞相绽放,仿佛战争的炮火从未经它们的头顶掠过,北方佬的战马也从未啃食过它们的枝叶。

斯嘉丽从没见过这么难看的房子,可是对梅兰妮来说,这里比庄严气派的十二橡树都漂亮。因为这里是家,是她和阿什利还有小博一家三口的安居之所。

茵迪娅·威尔克斯从梅肯回来了,她和哈妮自一八六四年起就一直住在那里。如今,她搬来和她哥哥同住,小小的房子就显得更加拥挤了。可阿什利和梅兰妮都欢迎她住进来。如今时代变了,大伙儿都生活拮据,但南方人的老规矩没变,家家对贫苦或未婚的女性亲属都乐意慷慨接纳。

茵迪娅说哈妮已经结婚了,嫁给了一个身份地位比她低、从密西西比州来梅肯定居的西部大老粗。此人红脸庞,嗓门大,整天乐呵呵。茵迪娅并不赞成这桩婚事,因为看不上这个妹夫,所以跟哈妮两口子住在一起很不开心。如今听说哥哥阿什利有了自己的家,她高兴极了,于是立刻投奔过来,离开了那个不合她意的地方,而且眼不见心不烦,不用再看她妹妹嫁了那样一个配不上她的粗人,还成天傻呵呵的,挺快活。

然而,家里其他人都暗暗觉得头脑简单、爱咯咯傻笑的哈妮竟然找到个男人把自己嫁出去了,真是个意想不到的惊喜。她的丈夫其实是个上等人,而且也小有资产。但对于出生在佐治亚州、在弗吉尼亚传统观念熏陶下长大的茵迪娅来说,任何不是来自东海岸的人,都是野蛮人和乡巴佬。或许茵迪娅这一走,哈妮的丈夫也很高兴,如释重负,因为如今的茵迪娅已经不像从前那么容易相处了。

如今的茵迪娅已经完全是一副老姑娘的样子了。她已经二十五岁,相貌也跟她的年龄一样不再年轻。所以她再也没必要搔首弄姿吸引别人了。她那没有睫毛的灰色眼睛黯淡无光,直白而毫不妥协地看着这个世界;她的两片薄唇总是傲慢地紧闭着。

如今的她神情庄重而高傲，说来奇怪，相比当年在十二橡树时，她那果敢而可爱的小姑娘模样，现在的神情和气质反倒更适合她。她如今的处境几乎跟寡妇差不多。人人都知道要不是斯图尔特·塔尔顿在葛斯底堡战死，他们俩早就结婚了。虽然她一直没嫁人，但大伙儿都知道她当初不是没有人要的，所以对她都给予了应有的尊重。

常春藤街上这座小房子的六个房间里，很快就摆上了从弗兰克的店铺里搬来的几件最廉价的松木和橡木家具。因为阿什利分文没有，不得不赊账，所以他只要最便宜、最需要的几件家具，别的一概不要。弗兰克向来很喜欢阿什利，觉得不太合适，斯嘉丽也很苦恼。她和弗兰克都愿意把店里最好的红木和花梨木家具送给阿什利，而且分文不收。可是威尔克斯夫妇坚决不肯要。他们的房子简陋又难看，斯嘉丽实在不忍心看到阿什利住在这种既没地毯、又没窗帘的房子里。可阿什利似乎毫不在意，而梅兰妮则高兴极了，这是她结婚后第一次有了自己的家，既开心，又骄傲。要换成斯嘉丽，如果被朋友发现自己家里没窗帘、没地毯、没坐垫，也没有足够的椅子、茶杯和茶匙，会觉得很丢人。可梅兰妮在自己的房子里款待客人时，却自在从容，就好像窗户上挂着豪华的长毛绒窗帘，屋里摆着漂亮的锦缎沙发似的。

尽管梅兰妮很高兴，但她身体还是不好。小博的出生让她身体大为受损，生下小博后，她在塔拉又干辛苦的农活，更是让她元气大伤。如今的她真是太瘦了，小小的骨架就好像随时会穿透她雪白的皮肤露出来似的。她带着孩子在后院玩儿时,从远处看,就像个小女孩一样,腰肢细得出奇,而且毫无身段可言。胸部扁平,臀部也平得很,跟小博的屁股差不多。作为女人,她既不讲究美,也不懂如何让自己美(在斯嘉丽看来是这样的),她不会在紧身胸衣的胸口处缝上点儿褶边,也不会在胸衣后腰处垫上衬垫,以掩饰一下自己瘦弱的身形。再看她的脸,也跟身子一样瘦弱而苍白,两弯蛾眉纤柔秀美,就像蝴蝶的触须一样细长,衬在她那苍白而毫无血色的脸上,显得极黑。她脸庞很小,眼睛却很大,再加上眼睛下面的黑眼圈,显得更大了,毫无美感。可她眼里那无忧无虑的神情,仍跟当小姑娘时一样,没有丝毫改变。战争、痛苦和艰辛,什么都改变不了她眼中的清澈和宁静,那是一双幸福女人的眼睛,无论多么猛烈的狂风暴雨,都侵扰不了她内心的平静与安宁。

她的眼神怎么依然不变呢?斯嘉丽嫉妒地看着她心想。斯嘉丽知道有时候自己的眼神就跟只饿猫的一样。瑞特曾形容过梅兰妮的目光,怎么说的来着——像烛光?嗯,对,说她的眼睛就像浑浊世界里的两道烛光。是的,烛光,任何风都吹不灭的烛光,因为重新跟亲友们团聚而闪烁的两道幸福而柔和的烛光。

小房子里总是挤满了客人。梅兰妮从小就招人喜爱,听闻她回来了,整个亚特兰大城的朋友们都蜂拥而来,欢迎她回家。人人都带着礼物登门,小摆件、画、银勺子、亚麻布枕套、餐巾、碎呢拼花地毯等小物件,都是人们偷偷藏起来,逃过了谢尔曼军队的抢掠,侥幸保存下来的,每件都被主人视若珍宝,但如今大伙儿都把这些珍藏的东西送给梅兰妮，硬说自己用不上了。

曾经跟梅兰妮的父亲一起在墨西哥打过仗的老人也来看她，还带了些客人来见"老汉密尔顿上校的可爱女儿"。梅兰妮母亲的老朋友们也来了，都围在她身边。如今这年头，年轻人越来越不讲礼数和规矩了。而梅兰妮却对长辈十分恭敬，令上了年纪的老太太们备感安慰。而她的同龄人——年轻的太太、妈妈和寡妇们也都很喜欢她，因为她经历过跟她们一样的苦难，却没有丝毫抱怨，还非常同情地听她们诉苦。年轻人也常来，因为他们在她家里玩儿得很开心，而且能见到想见的朋友。

由于梅兰妮大方得体，又谦逊有礼，因此人们很快便聚在她周围，有年轻人，也有上年纪的人，都围在她身边，形成了一个小圈子，他们是战前亚特兰大上流社交圈残存的精英，他们虽囊中羞涩，但都出身高贵，并以此为傲，是最固守传统的守旧派。亚特兰大的社交圈经过战争早已支离破碎，死的死，逃的逃，人数大为减少，剩下的那些人，又因为时代的变化而无所适从，如今他们在梅兰妮身上仿佛又找到了令原先的社交圈得以维系和重组的支柱与核心。

梅兰妮很年轻，但她身上有着令残存的社交圈精英们所珍视和看重的一切品质：人穷志不移，坚强、乐观、热情、友善，最重要的是，忠于一切旧的传统。梅兰妮不会改变自己，在这个不断变迁的世界里，她始终认为没有理由让自己也随之改变。于是在她家的屋檐下，过去的时光仿佛又回来了，人们重新振奋起来，对提包客和暴富的共和党人掀起的那种穷奢极欲、几近疯狂的生活方式更加鄙夷和不屑。

他们看着梅兰妮那张年轻的面庞,看到了对旧时光的忠贞不渝。此时,他们便可以暂时忘掉他们的阶层中那些令他们愤怒、恐惧和痛心的叛徒。这种人太多了,都出身名门世家,却因为穷困而走投无路,最终投靠了敌人,成了共和党人,从征服者那里讨了个职位,让家人可以不靠别人施舍度日。还有年轻的退伍士兵,他们没有勇气花费数年时间,艰苦打拼,慢慢积累自己的财产,于是就学瑞特·巴特勒的样子,跟提包客混在一起,用不光彩的手段赚昧心钱。

最糟糕的是,亚特兰大的许多名门闺秀也都堕落成了叛徒。这些姑娘是在投降后才长大成人的,对于战争只有儿时的些许记忆,不像她们的长辈或比她们年长的人那样,对战争有切肤之痛。她们没有失去过丈夫或情人,对过去的富裕生活和辉煌日子没有多少印象——而北方佬军官们个个英俊潇洒,衣着讲究,生活也无忧无虑。他们举行豪华的舞会,骑着健壮的好马,而且仰慕南方的姑娘!他们待她们如女王,处处小心翼翼,生怕伤害她们敏感的自尊心。如此这般,为何不跟他们交往呢?

他们比本地的小伙子迷人多了。瞧瞧城里的那些年轻人,个个破衣烂衫,又那么苦大仇深的,一脸严肃,整天辛苦干活儿,根本没时间享乐。所以亚特兰大不少姑娘都跟北方佬军官私奔了,令亚特兰大多少个家庭都伤透了心。于是做兄弟的在街上见了自己的姐妹,擦身而过,不打招呼;做父母的绝口不提自己的女儿。想起这些悲剧,就连那些把"誓不投降"奉为格言的人,都吓得浑身发冷——可一看到梅兰妮那张温柔而坚韧不屈的面容，这种恐惧便消失无踪了。正如那些年长的妇人们所说，梅兰妮是亚特兰大年轻姑娘的杰出楷模。而且由于她从不夸耀自己的美德，年轻姑娘们对她也毫无怨恨。

梅兰妮从没想到，自己竟成了一个新社交圈子的领头人。她只是以为人们都很客气友善，愿意来看她，还邀请她加入针线小组、交谊舞俱乐部和音乐小组。尽管南方不少别的城市讥笑亚特兰大没文化，但其实亚特兰大是座音乐之城，这里的人向来喜欢好听的音乐。如今世道愈加艰辛，形势愈加紧张，可人们对音乐的兴趣和热情反倒更浓厚了。因为当音乐声一响起，人们便很容易就忘了街上放肆无礼的黑人和穿蓝军服的北佬驻军。

梅兰妮发现自己成了刚成立的周六夜音乐社的负责人，感到有些难为情。她不明白怎么就把她推到了这么高的一个位置上。她能想到的唯一原因是她能弹钢琴给别人伴奏，就连五音不全却总爱唱二重唱的麦克卢尔姐妹，她也能给伴奏。

实际上，梅兰妮凭借自己出色而得体的社交手段，已经设法将女士竖琴团、男士合唱队、女子曼陀林和吉他演奏队，以及周六夜音乐社合并起来，使亚特兰大人终于有了值得一听的音乐。而且很多人都说，这个合并之后的音乐团体演奏的《波西米亚姑娘》比纽约和新奥尔良专业乐队演奏得还精彩。梅丽设法将女士竖琴团拉进来之后，梅里韦瑟太太向米德太太和怀廷太太提议，应该让梅兰妮当这个音乐社的头儿。梅里韦瑟太太说，梅丽既然能跟竖琴团的人合得来，那么就能跟任何人合得来。这位太太给自己所在的卫理公会教堂唱诗班演奏管风琴,作为一个管风琴演奏者,她根本看不起竖琴以及竖琴演奏者。

梅兰妮还担任了两个协会的秘书,一个是"阵亡烈士陵墓美化协会",一个是"南部邦联烈士遗孀和遗孤缝纫协会"。这个殊荣是在两个协会开了一次激烈的联合会议之后赋予她的。会议上两个协会互相争执不休,差点儿动手,并威胁说要断交,结束这份长存的友谊。争执的焦点围绕着一个问题:在清除邦联士兵墓地旁的杂草时,是否应该把旁边北方佬士兵墓地上的杂草也一并除去,因为埋葬北佬士兵的那些小土堆杂草丛生,实在太难看,让女士们为美化自己阵亡家属墓地而付出的努力和心血全都白费了。双方各持己见,谁也不让步,胸中的怒火熊熊燃烧,互相怒目而视。缝纫组的人赞成给北佬士兵的墓地除杂草,而美化协会的女士们则强烈反对。

米德太太代表美化协会发表看法:"给北方佬的墓地除杂草?给我两分钱,我就把所有北方佬墓地里的尸骨都挖出来,把它们统统扔到垃圾堆里去!"

一听这铿锵有力的话,两个协会的人都腾地站了起来,七嘴八舌地自说自话,谁也不听谁的。会议是在梅里韦瑟太太的客厅里开的,梅里韦瑟老爷子被赶到厨房待着去了。事后他说当时客厅里闹腾得就像富兰克林战役又打响了似的。他还说,别看当年富兰克林战役打得凶,但跟女士们的会议比起来,他觉得还是待在战场上更安全些。

梅兰妮不知怎的挤到了激愤的人群中间,又不知怎的令她那温柔的声音盖过了嘈杂的吵闹声,被大伙儿听到了。她吓得心都快跳到了嗓子眼,声音也发颤,但还是不停地喊着:"太太们,请静一下!"直到喧闹声渐渐停止,大家都安静下来。

"我想说——我的意思是,这件事我想了很久——我觉得我们不但要拔掉杂草,还应该种上些花——我——我不管你们怎么想,但我每次在我亲爱的哥哥查理的墓地给他送花时,我总会在他墓地旁边一个不知姓名的北方士兵坟墓上也放些花。因为那坟墓——看上去太凄凉了!"

众人又群情激愤起来,大声嚷嚷着,这次两个协会的人竟然观点出奇地一致。

"在北方佬的坟墓上放花!噢,梅丽,你怎么能这么做!""查理可是被他们杀死的啊!""他们还差点儿要了你的命呢!""别忘了,小博出生的时候,北方佬差点儿害死你!""他们还想放火烧了塔拉,把你们赶走呢!"

梅兰妮抓着椅子背支撑自己,她从来没见过这种被众人强烈反对的阵势,差点儿就败下阵来。

"噢,太太们!"她大声恳求道,"请让我把话说完!我知道在这件事上,我没权利发言,因为除了查理,我爱的人里没有任何人被北方佬杀死,而且我知道查理葬在哪里,感谢上帝!但是直到现在,我们当中还有很多人不知道她们的儿子、丈夫和兄弟被埋葬在何处——"

她声音哽咽,客厅里一片沉寂。

梅里韦瑟太太眼中的怒火渐息,变得神色黯然。战后,她一路长途跋涉去了葛底斯堡,想把达西的遗体运回来,可是没人能告诉她,她亲爱的儿子被埋在哪儿,只知道他倒在了敌人匆匆挖好的一道战壕里。亚伦太太的嘴唇也微微颤抖,她的丈夫和兄弟参加了摩根指挥的那次攻入俄亥俄的突击战,那次战役输得惨烈,她最后得到的消息是,当北方佬的骑兵队发起猛攻时,她的两个亲人倒在了河岸上,究竟战死在什么地方,她无从知晓。埃里森太太的儿子死在了北方佬的战俘营里,而她是穷人中最穷的一个,根本无力将儿子的遗体运回家。还有许多人,他们的名字只出现在伤亡名单上,标记着"失踪——据信已阵亡"的字样。她们亲眼目送着亲人离去,奔赴战场,可最终伤亡名单上的短短几个字便是他们最后的消息。

　　大家都转头看向梅兰妮,眼里仿佛在说:"何必要重新撕开大伙儿的伤口呢?亲人不知葬在何处——这种创伤是永远无法愈合的啊。"

　　在寂静的客厅里,梅兰妮的声音显得格外有力量。

　　"他们的坟墓在北方,就像北方佬士兵的坟墓就在咱们这儿一样。噢,要是听到哪个北方女人说要把咱们亲人的尸骨挖出来——多可怕啊!"

　　米德太太轻轻地发出了一声惊呼。

　　"可是,要是大家能知道有一些好心的北方女人——肯定会有的,我不管别人怎么说,但我相信北方女人不可能全是坏人!要是知道她们把咱们的亲人坟墓上的杂草拔掉,还放上鲜花,就算她们曾是敌人,那咱们也能感到些安慰。假如查理死在北方,要是能有人这么做的话,我也会感到安慰的。我不在乎大家怎么看我,"她声音又哽咽起来,"即使退出这两个协会,我也要——也要拔掉我能找到的每个北方士兵坟墓上的杂草,还要种上花——看你们谁敢阻止我!"

说完最后一句富有挑战性的话,梅兰妮放声大哭,跌跌撞撞地朝门口走去。

一小时后,梅里韦瑟老爷子悠然地坐在"时代女郎"酒馆里,跟一群男人一块儿喝酒,他跟亨利·汉密尔顿叔叔说,梅兰妮说了那番话后,所有的太太小姐都哭了,她们激动地拥抱梅兰妮,最后会议以皆大欢喜的结局告终,梅兰妮还被推选为这两个协会的秘书。

"于是她们便要去拔草。倒霉的是,多莉竟然说我也很乐意帮忙,反正我也没什么事可干。我对北方佬倒没什么深仇大恨,我觉得梅丽小姐说得对,协会里那帮野猫似的女人才是错的。可我都这把年纪了,腰部还有风湿的毛病,竟然让我去拔草!"

梅兰妮还是孤儿院的女干事之一,负责协助为刚刚成立的青年图书协会征募图书,就连戏剧社的演员们也吵着要她参加每月一次的戏剧演出。她太羞怯,不敢站在煤油灯照明的舞台上露脸表演,不过她能用麻袋做演出服,如果弄不到别的布料的话。在莎士比亚读书会上,是她投出了决定性的一票,认为阅读的书籍应该多样化,除了拜伦的诗歌,还应该读读狄更斯和布尔沃·莱顿的作品。提议读拜伦诗歌的是个年轻的单身汉,此人生活作风放荡,令梅兰妮心里有些暗暗担心。

夏末的夜晚，梅兰妮那灯光暗淡的小房子里，总是挤满了客人。椅子总是不够坐，女士们常坐在前廊的台阶上，男士们则聚在她们周围，有的坐在栏杆上，有的坐在板箱或者台阶下面的草坪上。有时斯嘉丽看到客人们坐在草地上喝茶——这是威尔克斯家唯一招待得起的饮料，她真纳闷，梅兰妮怎么好意思让别人看到自己这么穷困呢。在斯嘉丽看来，她必须得把皮蒂姑妈家的房子弄得跟战前一样漂亮，并且能招待客人喝上好的葡萄酒、薄荷鸡尾酒，吃烤火腿和冷鹿腿肉时，才会请客人来家里——特别是尊贵的客人，就像梅兰妮家招待的那些人一样。

约翰·布朗·戈登将军[1]，是佐治亚鼎鼎有名的大英雄，他经常携家眷到梅兰妮家去。瑞安神父，是南部邦联著名的诗人牧师，他每次路过亚特兰大时总要到梅丽家登门做客。他以他的智慧和妙语连珠，为聚会增添了不少光彩。不用人再三请求，他就会豪爽地朗诵起他的诗作《李将军之剑》，以及他的不朽之作《被征服的旗帜》，每次都会把在场的女士们感动得热泪盈眶。亚历克斯·斯蒂芬斯，是邦联的前副总统，只要他一来城里，必定会到梅丽家来。一听说他来了梅丽家，人们都纷纷赶来，屋里挤满了人。大伙儿围坐在这位虚弱而残疾的老人身边，听着他洪亮的声音，陶醉其中，一坐就是好几个钟头。通常在场

---

[1] 约翰·布朗·戈登是南北战争期间的南方将领，没上过军校，从战争开始时的志愿军上尉连长到战争末期的北弗吉尼亚军团第二军中将军长，靠的是精力充沛且英勇，在短暂的战争中他八次受伤，总是出现在战斗最激烈的地方。战后南方重建时期，他是从农业思想向商业思想转变的象征人物，曾当选联邦参议员和佐治亚州州长。

的还有十几个孩子，他们被父母抱在怀里打着瞌睡，因为早过了上床睡觉的时间。但做父母的都不愿让孩子错过这么好的机会，因为多年之后，他们可以向别人夸耀，说自己小时候曾被邦联伟大的副总统亲吻过，或者曾和那位统领过南方大业的伟人握过手。每当有重要人物来亚特兰大，必会到威尔克斯家去，而且经常在那里过夜。于是小小的平房就更拥挤了。茵迪娅不得不睡到小博儿童房里的那张小床上，迪尔茜不得不快步穿过后院的树篱，到皮蒂姑妈家的厨娘那里借几个鸡蛋好做早餐。尽管生活拮据，但梅兰妮还是周到有礼地接待客人们，就好像她家是豪门大宅、富贵之家似的。

不，梅兰妮从来没想过，大家聚在她周围，就仿佛聚集在一面早已破碎却仍受到众人热爱的旗帜之下。所以有天晚上，当米德医生庄严而高贵地朗诵完《麦克白》的片段，在梅丽家度过了一个愉快的夜晚之后，他拉起梅兰妮的手，轻轻一吻，用当年宣讲"我们光荣的事业"时那种庄重而凛然的口吻，发表了一通演说。

"我亲爱的梅丽小姐，来您家做客总是既荣幸又愉快，因为您——还有像您一样的女士们——是我们所有男人内心的支柱，是我们仅存的一切。他们夺走了我们男人如火的青春，也夺走了年轻的姑娘欢乐的笑声。他们摧残了我们的健康，毁灭了我们原有的生活，扰乱了我们的习俗。他们毁掉了我们的财富，让我们的生活倒退了五十年，令我们背负上沉重的担子。我们的孩子本该在学校读书，我们的老人本应在阳光下打着瞌睡。但我们会东山再起的，因为我们拥有你们这样强大的支柱。只要我们有了这支柱，北方佬把咱剩余的一切都抢走也没关系！"

斯嘉丽趁着皮蒂姑妈的黑色大披肩还能暂时遮挡住她的大肚子，常跟弗兰克一起悄悄溜过后院的树篱，参加梅兰妮在前廊举行的夏夜聚会。斯嘉丽总是坐在灯光照不到的地方，躲在阴影里，这样既不会引人注目，又可以尽情地凝视着阿什利的脸，而不被人发现。

她来这儿完全是为了阿什利。大家的那些谈话让她感觉既无聊又伤心。他们的谈话总是按照固定的模式进行——先是聊艰难的世道，再谈政治形势，接着免不了又提到战争。女士们抱怨物价太高，什么东西都那么贵，还问男士们过去的好日子还能不能回来。那些无所不知的男士则总是回答说，肯定会回来的，只是时间问题，艰难的世道只是暂时的。女士们知道男人们在说谎，男人们也知道女人们心知他们在说谎。但他们依然高高兴兴地说着谎，女士们也就假装相信他们。其实，人人都知道，这艰难的日子得持续好久呢。

艰苦日子的话题谈完之后，女士们便开始抱怨黑鬼们是怎样越发地放肆无礼，提包客们多么无法无天，北方佬士兵遍布城里的每个角落，整天到处乱转，多么令人耻辱。她们问男士们北方佬在佐治亚的重建什么时候是个头啊？男士们安慰她们说，重建很快就完了——等民主党人重新获得选举权就行了。女士们也够体谅先生们的，没问他们民主党人什么时候能获得选举权。谈完政治之后，关于战争的话题就开始了。

不论在哪儿，不论什么时候，只要有两个前邦联的支持者凑在一起，谈论的话题永远就只有一个——打仗。而如果有十几个或者更多人聚在一起时，那么他们谈来谈去，最后只有一个结论，那就是还得再打一场大仗。而在他们的谈话中，说得最多的一个词就是"要是"。

"要是英国早承认了咱们""要是杰夫·戴维斯在封锁收紧前把所有的棉花都征收上来，统统运到英国去""要是朗斯特里特在葛底斯堡那一仗听从命令的话""要是杰布·斯图尔特在马尔斯·鲍勃求援的时候及时援助，没出去突袭敌人""要是咱们没有失去石墙杰克逊""要是维克斯堡没有沦陷""要是咱们再挺过一年"，而且他们总是说"要是咱们没用胡德替换下约翰斯顿"或者"要是他们在道尔顿打那场仗时让胡德指挥而不是约翰斯顿"。

要是！要是！在寂静的黑夜里，男人们温吞吞的谈话声里越来越带着往日的激情，语速也越来越快——这些当年的步兵、骑兵、炮兵，回忆起那个火热岁月的种种往事，就像在凄凉的冬日夕阳下，回忆起盛夏的酷热难耐。

"他们怎么也不谈点儿别的，"斯嘉丽心想，"除了打仗就是打仗，就没别的了。谈来谈去就是打仗，哼，到死也改不了。"

她环顾四周，看到小男孩们躺在父亲的怀里，正屏息凝神地听着故事，什么午夜突袭啦、骑兵猛冲啊、将战旗插在敌人战壕啊什么的，听得他们眼睛发亮，呼吸急促，仿佛听到了战鼓和号角声,还有敌军的喊杀声,看到了脚上负伤的战士斜扛着撕破的战旗在雨中跋涉。

"这些孩子将来也净谈打仗的事。他们会认为和北方佬打仗,即使战后瞎了眼或者瘸了腿回家来——或者一去就再也没能回家,也是一种无上的光彩和荣耀。他们都想要牢记这场战争,谈论战争。可我却讨厌战争,甚至连想都不愿去想。如果可以的话,我宁愿忘记这场战争,忘记这一切——唉,要是能忘掉该多好啊!"

她听到梅兰妮谈到了塔拉的事。梅兰妮把斯嘉丽夸成了女英雄,面对敌人毫不畏惧,从入侵的北方佬手里救回了查尔斯的剑,还讲述她是怎么英勇扑灭大火的,听得斯嘉丽浑身直起鸡皮疙瘩。想起这些往事,斯嘉丽没有感到一丝的快乐和自豪,她连回想都不愿回想。

"噢,他们就不能把这些事情忘掉吗?为什么不向前看,非要回想过去呢?打那场仗就够蠢的了,赶紧忘了才对啊。"

但没人想忘记,似乎除了斯嘉丽外,没有一个人愿意忘记。所以当她明明白白告诉梅兰妮,说她不好意思再抛头露面,就算在黑暗中躲着也难为情时,她心里很高兴。而梅兰妮也表示非常理解,梅兰妮对跟生孩子有关的一切事宜都非常敏感,说自己也很想再生一个,可米德医生和方丹医生都说不行,再生一个孩子会要了自己的命。所以虽然不甘心认命,但梅兰妮也没办法,于是大部分时间都跟斯嘉丽在一起,分享别人怀孕的乐趣。斯嘉丽却根本不想要这个即将出生的孩子,觉得他来得不是时候,心烦得要命。见梅兰妮这么感情用事，斯嘉丽觉得这人真是蠢到了极点。可是她内疚之余又很高兴，因为医生说梅兰妮不能再怀孕之后，阿什利和自己的妻子就不能再有亲密的夫妻生活了。

斯嘉丽现在经常能见到阿什利，但她从来没单独跟他见过面。阿什利每天晚上从锯木厂回家，总是先到她家来汇报一下当天的工作，可是每次弗兰克和皮蒂姑妈都在场，有时甚至更糟，因为梅兰妮和茵迪娅也在。所以她只能问问生意上的事，给些建议，然后说："谢谢你亲自跑一趟，辛苦了，晚安。"

要是她没怀孕该多好啊！那样的话，她每天都可以跟他一起赶马车去锯木厂，穿过那片僻静的树林，远离众人窥探的目光，只有他们两人，就像又回到了战前那悠闲而惬意的时光。

不，她不会再逼他对自己表白心意，说爱她了！她也不会再跟他提感情的事了。因为她已经对自己发过誓，不再那么做了。但如果她能再次跟他独处的话，也许他就会卸下他自从来到亚特兰大之后就一直戴着的面具，不再那么冷漠而客套，也许他就会回到原来的样子，回到当年那次烧烤会前的阿什利，回到他们之间没谈到感情时的阿什利。即使他们成不了情人，至少还能做朋友，她可以用他的友情来温暖自己这颗冰冷而孤独的心。

"真希望把这孩子赶紧生下来，"她不耐烦地想，"那样我就可以天天跟他一起坐马车，能跟他说说话了——"

斯嘉丽因为怀孕身子太重，只能在家待着，足不出户。她感到既心烦又无奈，不仅仅是因为想跟阿什利在一起却不能，还有锯木厂也让她放不下心。自从她不再亲自打理那两家锯木厂，而是交给了休和阿什利负责之后，两个厂子就一直在亏损。

休虽然工作很卖力，但能力不行，不但做生意不在行，也管不住手下的工人。他耳根子软，谁跟他砍价都能把价格砍下来。休这个人太老实，要是碰上狡猾的承包商说锯木厂的木材质量太差，不值卖主开的价，休就会一个劲儿地赔礼道歉，然后把价格赶紧降下来。当她听到他卖掉一千英尺地板的价格时，她气得直哭。那可是锯木厂最上等的木材啊，他竟然卖出那么低的价格，简直跟白送一样！手底下的工人他也管不住。黑鬼们坚持要按天领工钱，拿了钱就去喝酒，喝得烂醉，第二天早上来了也干不了活儿。这时，休就不得不去找新的工人，锯木厂就得推迟开工。锯木厂里各种麻烦不断，休被困在厂里，好几天都没进城推销木材。

眼看锯木厂的利润从休的指缝里哗啦啦漏掉，斯嘉丽急得快疯了，气自己的力不从心，也气休的愚笨无能。等孩子生下来，她一恢复工作，就立刻把休辞掉，雇别人来干。是个人就能干得比他好。她再也不想雇那些愚蠢的自由黑鬼了，他们想来就来，想不干就不干，厂里的活儿还怎么干？

有一次，她因为工人不断流失而对休大发了一通脾气，事后她对自己的丈夫说："弗兰克，我差不多决定了，我要租几个监狱的犯人到锯木厂干活。前几天，我和约翰尼·加勒格尔，就是汤米·韦尔伯恩手底下的工头谈了谈，我们谈起了黑人不好好干活的事，他问我为什么不雇监狱的囚犯干活呢。我一听这主意不错。他说雇犯人干活花不了几个钱，伙食什么的也便宜，随便给点儿吃的就行了。他还说犯人听话，让他们干什么就干什么，也不用担心自由民局的人总是成群结队地来找麻烦，插手跟他们毫不相干的事。只要约翰尼·加勒格尔跟汤米的合同一到期，我就把他雇来接管休的那个锯木厂。既然约翰尼能管住那帮粗野的爱尔兰人，肯定也能管住那帮囚犯，让他们多干活。"

囚犯！弗兰克简直无语了。斯嘉丽总是有各种荒唐的想法，雇囚犯可以算是最疯狂的一个了，甚至比盖酒馆的主意还糟。

至少，在弗兰克和他所在的那个保守派小圈子里的人看来，这是个非常糟糕的主意。这种雇用囚犯的新制度是战后州政府因为财政太过困难而想出来的无奈举措。由于政府没钱养活这些囚犯，所以便把他们租借给那些需要大量劳动力的部门，给他们干活，比如修建铁路、采松脂和伐木等等。弗兰克和他那帮沉默寡言、虔诚信奉上帝的朋友虽然明白这种举措是出于无奈，但还是强烈反对。他们当中有许多人连蓄奴制都不赞成，所以对这种举措就更嗤之以鼻了。

而斯嘉丽竟然想要雇用囚犯！弗兰克知道，要是她真这么做了，那他就再也抬不起头来了。这比让她亲自经营锯木厂或她做过的其他任何事情都糟糕。过去他提出反对时，总会问她一句："别人会怎么说呢？"可这次——这次可比害怕大伙儿的闲话性质更严重。他觉得这简直就等同于贩卖人口，用别人的身体做交易，跟办妓院没什么两样。假如斯嘉丽真这么干了，他就会觉得像是自己犯了罪，让自己的灵魂背负上了罪恶。

弗兰克认定这件事大错特错，于是鼓足勇气，不允许斯嘉丽这么做，口气极为强硬，把斯嘉丽吓了一跳，惊得说不出话来。随后，为了平息他的怒气，她只好温顺地说，她只是说说而已，不会真干的。她是被休和那帮自由黑鬼气坏了，说几句气话罢了。但暗地里她还是在琢磨这件事，很想这么干。囚犯劳工能解决她人手短缺这个最棘手的问题，但如果弗兰克这么坚决反对的话——

她叹了口气。要是两家锯木厂里哪怕只有一家赚钱，她也就忍了。可阿什利管理的那家锯木厂比休的那家也好不到哪儿去。

一开始，斯嘉丽发现阿什利并没能马上把锯木厂管起来，让锯木厂比她掌管时利润翻一番，斯嘉丽感到既惊讶又失望。他那么聪明，又读过那么多书，怎么没把厂子干好，没赚到大钱，反而还赔钱了呢？没道理啊！可他比休也没强多少，一样无能，既没经验，又不懂做生意，总是优柔寡断，该当机立断的时候反倒犹犹豫豫，跟休一个毛病。

但斯嘉丽太爱他了，于是立刻为他找到了借口，没有把他和休同等看待。在她眼里，休就是蠢得无可救药，而阿什利只是刚接管生意，业务不熟。可她也不由得想到，阿什利恐怕不可能像她一样能够快速在脑子里估算，然后报出正确的价格。有时候，她还怀疑阿什利到底能不能分清哪个是地板，哪个是窗台板。因为他是个正派的体面人，所以就理所当然地以为来买货的那些一肚子坏水的家伙也都诚信可靠。有好几次，要不是她机智地拦住，他就又上了当，把她的钱亏掉了。而如果他喜欢谁——好像他喜欢的人还不少——他就会把木材赊给这人，根本不想想这人银行里有没有钱,或者有没有资产。在这点上,他跟弗兰克一样傻。

但他肯定能学会的!在他学做生意的这段时间,斯嘉丽就像母亲一样,对孩子犯的错误百般宽容,极有耐心。每天晚上阿什利来她家汇报工作时,都既疲惫又灰心,每次斯嘉丽又会不厌其烦地给他提出一些中肯而有用的建议。但尽管斯嘉丽一再给他鼓励,他眼里还是一副古怪而呆滞的神情。她无法理解这种眼神,同时也感到害怕。阿什利变了,跟从前的那个他完全不一样了。要是她能单独跟他谈谈就好了,或许能找到原因。

她急得晚上睡不着觉。她很担心阿什利,她知道阿什利不开心,也知道他的不开心会影响他经营锯木厂,阻碍他成为一个出色的木材商人。把两个锯木厂分别交给两个不懂做生意的男人打理,眼看着她之前几个月来费尽千辛万苦,绞尽脑汁,好不容易积累起来的优质客户都被竞争对手抢走了,她真是痛得心都要碎了。唉,要是她能立刻回去工作该多好!她会手把手地教阿什利怎么做生意,他一定能学会的。然后她会让约翰尼·加勒格尔管理另一家锯木厂,她只负责销售,这样一来,一切就会好起来的。至于休嘛,要是还想给她干活的话,倒是可以赶马车去送货,他也就只能干这活儿了。

当然,加勒格尔人虽精明,却是个无赖,可是——除了他,还能找谁呢?为什么别的那些聪明又可靠的男人都这么倔,不愿给她干活呢?他们当中哪怕有一个愿意接替休,她也不用这么发愁了,可是——

汤米·韦尔伯恩，尽管背部有残疾，但确实是城里最忙的、赚钱最多的承包商，人人都这么说。梅里韦瑟太太和勒内的生意也做得红红火火，如今还在城里的闹市区开了家面包店，勒内以法国人特有的节俭精神经营着面包店。而梅里韦瑟老爷子也很高兴，终于从壁炉边上的角落逃开，赶着勒内的馅饼车卖起了馅饼。西蒙斯家的兄弟几个忙着开他们的砖窑，一天三班倒地干活。凯尔斯·怀廷拉直头发的生意也挺赚钱，因为他跟黑鬼们说，如果他们那一头鬈发不弄直了，上面就不许他们去投共和党人的票。

她认识的所有聪明小伙子情况都差不多，他们有的行医，有的当律师，有的开店当店主，都混得不错。战后刚投降那阵的麻木和冷漠很快就消失，如今的他们个个都忙着开创自己的事业，积累财富，哪有工夫帮她干活，替她敛财？眼下不忙的也就是休——或者阿什利这样的人了。

想要做生意，又得生孩子，真是让人心烦！

"我再也不生孩子了，"她暗暗下了决心，"我可不想跟别的女人那样一年生一个。天啊，要是那样的话，我一年得有六个月不能去锯木厂！可现在看来，我一天不去锯木厂都不行啊。我得明确地告诉弗兰克，我不会再生孩子了。"

弗兰克想要个大家庭，不过她有办法说服他。她已经打定了主意，生完这个孩子之后，她再也不生了，因为锯木厂可比孩子重要多了。

第四十二章

斯嘉丽生了个女孩，一个光头的小不点儿，就像只没毛的猴子一样丑，傻乎乎的样子也跟弗兰克一模一样。除了溺爱她的父亲，谁也没觉得这小丫头好看，但邻居们都挺善良，小时候丑的孩子，长大了都漂亮。他们给孩子取名叫埃拉·洛蕾娜，埃拉取自她外婆的名字埃伦，而洛蕾娜是当时女孩最时髦的名字，那个时候，白人男孩大多流行叫罗伯特·爱·李，或者石墙杰克逊，而黑人男孩大多取名叫亚伯拉罕·林肯或者解放。

埃拉出生的那个星期，正是亚特兰大最动荡不安的时候，气氛紧张，仿佛随时有大难临头。有个黑人夸口说他强奸了一个白人妇女，结果被当局逮捕，但还没来得及开庭审理，三K党就偷袭了监狱，悄悄把这个黑人给绞死了。三K党这么做是为了帮那个尚不知姓名的受害者，使其不用出庭做证，蒙受屈辱。对城里的百姓来说，用私刑杀死这个黑人是明智的办法，也是最体面的解决方式。因为三K党如果不出手的话，这名受害女子的父亲和兄弟宁愿开枪把她打死，也不愿让她公开露面出现在法庭。但军事当局可气坏了，他们实在不明白为什么那个姑娘不愿意出庭做证。

士兵们搜遍全城，到处抓人，发誓说哪怕把全亚特兰大的白种男人都抓进监狱，也要把三K党消灭。黑人们又害怕又愤怒，嘟囔着要把白人的房子烧了，还以颜色。城里一时间流言四起，说北方佬要是抓到了那帮杀人犯，定会把他们统统绞死；还说黑人正联合起来，要掀起暴动攻击白人。城里家家户户门窗紧闭，躲在家里，不敢出门。男人们都不敢出去工作，怕把女眷和孩子单独留在家里没人保护。

斯嘉丽产后虚弱，有气无力地躺在床上，默默地感谢上帝。阿什利冷静理智，而弗兰克年纪大了，胆子又小，这两个人都不可能加入三K党。不然北方佬可能随时会闯进家里来把他们逮捕，那该有多么可怕啊！三K党里那些头脑发热的年轻人怎么这么傻，老老实实过日子不好吗，干吗惹是生非，惹北方佬发怒呢？说不定那姑娘根本没被强奸，也许只是吓傻了。可就为了她，不知道有多少男人会送命呢。

整个亚特兰大气氛紧张，大家都绷紧了神经，眼看着点燃的导火索正慢慢烧向火药桶。然而在这紧张的时刻，斯嘉丽的身体倒是恢复得很快。当初在塔拉她靠着旺盛的活力和充沛的体力撑过了那段艰苦的日子，而如今她的活力和健康又帮了她的大忙。埃拉·洛蕾娜出生不到两个星期，斯嘉丽就能坐起来了，并且对自己不能下床走动大为恼火。三个星期后，她能下床了，于是立刻要去锯木厂看看。但两家锯木厂都停工了，因为休和阿什利不放心撇下家人出去工作，所以都待在了家里。

紧接着灾难就来了。

弗兰克刚做了爸爸，满心骄傲，于是鼓起勇气，禁止斯嘉丽在这么形势危急的时候出门。斯嘉丽根本不把他的禁令看在眼里，她本打算不管什么禁令，自己赶车去锯木厂打理生意，但谁知弗兰克把她的马和车都锁进了马房里，并下令说除了他以外，谁也不许用。更糟糕的是，他和嬷嬷趁她卧床期间把整幢房子里里外外搜了个遍，把她藏的钱都拿走了。弗兰克用他自己的名字把钱存进了银行，所以她现在连租马车都没钱。

斯嘉丽朝弗兰克和嬷嬷大发脾气，紧接着又苦苦哀求，最后像个未达目的就气疯了的孩子，哭了整整一上午。尽管她使尽浑身解数，可听到的只有这么几句话："好了，宝贝儿！你身子还弱呢！""斯嘉丽小姐，你再这么哭下去，你的奶就会发酸，宝宝吃了会肚子疼的，这可是千真万确的，不是吓唬你。"

斯嘉丽狂怒之下，冲出后院，径直冲进了梅兰妮家。她一进门就扯着嗓门大叫，把憋在心里的话一股脑都喊了出来。她说她要走着去锯木厂，说要走遍亚特兰大的大街小巷，告诉大伙儿她嫁的男人有多混蛋，她不想被当成个淘气又没脑子的小孩。她要带上一把枪，谁威胁她，她就冲谁开枪，反正她已经杀过一个人了，再打死几个也无所谓。她要——

最近梅兰妮吓得连自己家的前廊都不敢去，听到这么一番威胁的话，更是吓呆了。

"哎呀，你可不能冒险自己出去！你要是出了什么事，我也活不下去了！哎呀，你可别——"

"我偏要去！一定要去！哪怕走着去——"

梅兰妮看着她，看出这不是女人产后虚弱导致的歇斯底里。斯嘉丽表情决绝，梅兰妮曾经见过杰拉尔德·奥哈拉先生打定主意时，也是这副梗着脖子、打死也不回头的模样。于是梅丽连忙伸出双臂搂住斯嘉丽的腰，紧紧抱住她。

"都是我不好，我没你那么勇敢，所以没让阿什利出门，想要他陪我，他本该去锯木厂的。噢，亲爱的！我真没用！亲爱的，我会跟阿什利说我一点儿也不害怕，我会去你家，跟你和皮蒂姑妈待在一起，这样他就能安心回去工作了，我——"

斯嘉丽心里清楚阿什利一个人应付不了现在的局面，于是大声喊道："不必了！就算阿什利去锯木厂，也会时时刻刻担心你，工作也干不好，去了又有什么用？你们个个都这么可恶！就连彼得大叔也不肯跟我出去！可我不在乎！我自己照样能去，我就一步一步走着去，要是碰上一帮黑鬼——"

"噢，不！这可万万不行！会出事的。听说迪凯特街一带的贫民区净是下流的黑人，而那儿是你去锯木厂的必经之路。让我想想——亲爱的，答应我，今天先别去，我来想想办法。答应我，先回家去，躺下休息。瞧你，脸色这么差。快回去吧，答应我。"

斯嘉丽大发一通脾气之后，筋疲力尽，什么事也干不了，只好阴沉着脸答应然后回家去。家里人谁来劝她，她都绷着个脸，不理不睬。

到了下午，有个陌生人笨手笨脚地越过梅兰妮家的树篱，穿过皮蒂家的后院。显然，他就是嬷嬷和迪尔茜所说的那个"梅丽小姐从街上捡回来，并让他睡在地下室的流浪汉"。

梅兰妮家的地下室有三个房间，原先其中两间是用人房，另一间是酒窖。现在，一个房间给了迪尔茜，另外两个房间经常给过路的流浪汉暂时留宿。只有梅兰妮知道他们从哪儿来，要到哪儿去。而且除了她，没人知道她是从哪儿把他们捡回来的。也许那两个黑人女仆说得没错，她是从街上把他们捡回来的。大人物以及类似大人物的人都被她家的小客厅吸引而来，而底层人则常被她家的地下室吸引来。他们在这里有饭吃、有床睡，临走时还能带上一包吃的。这些暂住在这儿的流浪汉大多是原先南部邦联的士兵，都是粗人，没文化，没有家，也没有妻儿老小，到处流浪，盼着能找到份活儿干。

另外，也经常有棕色皮肤、面容憔悴的乡下女人带着一群头发蓬乱、一声不吭的孩子在这儿过夜。因为战争，这些女人失去了丈夫，成了寡妇，家里的农田也没了，只好四处去寻找不知失散在何处的亲戚，投靠他们。有时其中还有外国人，令邻居们大感吃惊和反感。这些外国人有的只会说一点儿英语，有的一句英语也不会，大多都是听信传言说南方发财容易，所以就跑来了。有一次，还有个共和党人在这儿留宿过。至少嬷嬷一口咬定他是共和党人，因为共和党人的气味她一闻就能闻出来，就像马能闻出响尾蛇的气味来一样。可是嬷嬷的话谁也不信，因为梅兰妮心肠再好，也得有个限度。至少人人都希望是这样。

"是啊，"斯嘉丽心想，她抱着婴儿坐在门廊边上，十一月苍白浅淡的阳光照在她身上,"这人肯定是梅兰妮收留的瘸腿狗[1],咦,瞧他那条腿,还真是个瘸子!"

穿过后院蹒跚走来的人跟威尔·本廷一样,有一只木制假腿。此人又高又瘦,光秃秃的脑袋脏兮兮的,上面还泛着粉红色的亮光。灰白的胡子留得老长,都能塞进皮带里了。从他那粗糙而布满皱纹的脸来看,这个男人上了年纪,估计得有六十多岁了,不过身体倒挺健朗。虽然身子瘦,长得难看,还装着一只假腿,但他走起路来还挺快,跟条蛇似的。

他登上台阶,朝斯嘉丽走来,刚一开口,就发出浓重的鼻音,发"日"音时还带着颤音,斯嘉丽一听就知道他是山地人。虽然他身上衣服又脏又破,但跟大多数山地人一样,沉默寡言且骨子里透着一股傲气,容不得别人欺压,也受不了被人小看。他的胡子上沾着烟草汁,嘴里还含着一大块烟草,腮帮子鼓出来一块,看着就像脸变形了似的。他的鼻子窄细而挺直,眉毛浓密而卷曲,就像女巫蓬乱的鬈发。耳边的鬓发长得浓密,显得耳朵毛茸茸的,看上去就像只猞猁。眉毛下一个眼窝里没有眼睛,一道疤痕从凹陷的眼窝一直向下延伸到脸颊,穿过胡子形成一条斜线。另一只眼睛很小,颜色浅淡,透着一股子冷酷无情的劲儿,一眨也不眨。他腰带上明目张胆地别着一把沉甸甸的手枪,破旧的皮靴筒上露出一把长刃猎刀的刀柄。

他冷冷地迎上斯嘉丽的目光,开口之前先朝栏杆外面吐了

---

[1] 瘸腿狗指的是在困难时受过别人帮助的人。

口唾沫。仅剩的一只眼睛里带着鄙视的神情,这种鄙视并不针对她个人,而是针对所有女人。

"威尔克斯太太让我来给你干活,"他开门见山地说,他的声音沙哑,似乎平时很少说话,吐字也慢吞吞的,有些吃力,"我叫阿奇。"

"很抱歉,我没活儿让你干,阿奇先生。"

"阿奇是我的名字,不是姓。"

"请原谅,那你贵姓?"

他又吐了口唾沫。"我姓什么是我的事,"他说,"你叫我阿奇就行了。"

"我才不管你姓什么呢!我没活儿让你干。"

"我想你有活儿。威尔克斯太太怕你傻瓜似的一个人到处跑,实在不放心,所以叫我来给你赶马车。"

"真的吗?"斯嘉丽惊讶地叫起来。既对这个人的粗鲁无礼感到气愤,又对梅丽的多管闲事感到恼火。

他那只独眼迎上她的目光,眼神里带着对女人的憎恶,说道:"是的。男人要保护自家女人,女人就不该找麻烦,让男人烦心。你要是非出去不可,那我就替你赶车。我恨黑鬼,也恨那些北方佬。"

他把嘴里的烟草从一边换到另一边,没等她发话,就径自坐在了最上面的一级台阶上:"我并不喜欢给女人赶车,但威尔克斯太太对我太好了,让我睡在她的地下室里,是她派我来给你赶车的。"

"可是——"斯嘉丽无奈地开口,但欲言又止,看了看他,随即又笑了起来。她并不喜欢这个男人,一把年纪了还一副亡命徒的样子。但他一来,事情就简单了,有他在身边,她就可以进城去锯木厂,还可以去走访客户。有他在的话,就没人再担心她的安全了,他那一脸凶相也足以堵住别人的嘴,不会招来闲言碎语。

"就这么定了,"她说,"我是说,如果我丈夫同意的话。"

弗兰克单独跟阿奇谈过之后,勉强同意她出门,并吩咐马房把马和车给斯嘉丽用。他心里很难过也很失望,因为即使有了孩子也没能让斯嘉丽有所改变。既然她执意要去那该死的锯木厂,那就让阿奇护送她去吧。这个阿奇倒是个天赐的好保镖。

于是斯嘉丽和阿奇的合作便从此开始。起初,整个亚特兰大的人都震惊了。这两个人搭档在一起别提多怪异了:一个是一脸凶相又脏兮兮的老头儿,装着条假腿,直愣愣地杵在挡泥板前;另一个是年轻漂亮、衣着整洁的女人,紧皱着眉头,心不在焉地想心事。这两人从早到晚在亚特兰大城里城外地到处跑,彼此之间几乎不怎么说话,显然两人谁看谁都不顺眼,但又因为互相需要而被硬绑在了一起,阿奇是为了挣钱,斯嘉丽是为了得到保护。在城里的妇人们看来,她这样总比跟着巴特勒那家伙不知羞耻地招摇过市好多了。说来也奇怪,他们好些日子没见到瑞特·巴特勒了。那家伙三个月前突然出了城,从此就不见踪影了。谁也不知道他去了哪儿,连斯嘉丽也不知道。

阿奇这个人沉默寡言,你要不跟他说话,他从来不会主动开口。即使说话也是"嗯"呀"啊"呀的。每天早晨,他都会从梅兰妮的地下室过来,坐在皮蒂姑妈家门前的台阶上,一边嚼着烟草,一边吐唾沫,等着斯嘉丽出来,也等着彼得大叔把马车从马房里赶出来。彼得大叔很怕他,觉得他的可怕程度仅次于魔鬼和三K党。就连嬷嬷也小心翼翼地从他身边走过,不敢吭声。他们都知道他恨黑人,所以都很怕他。他身上除了原先佩戴的手枪和猎刀之外,又加了一把手枪,他在城里的黑人当中也名声很响,无人不知。不过他从来也没拔出过枪来,甚至一次也没把手放在腰里别着的枪上,因为光凭那副面相和凶神恶煞的气势就足够震慑他们了。只要在阿奇听得到的地方,那些黑人连笑都不敢笑。

有一次,斯嘉丽好奇地问他为什么那么恨黑人。他的回答令斯嘉丽吃了一惊,因为平时问他什么,他都说:"这是我的事,跟你无关。"而这次却不一样。

"我恨他们,所有山地人都恨他们。我们从来没喜欢过黑人,也从来没买过黑奴。可就是因为他们,这场仗才打起来的。就为这个,我也恨死他们了。"

"可你自己不也参战了吗?"

"那是男人的权利。我也恨北方佬,他们比黑鬼还可恨,就跟我恨多嘴多舌的女人一样。"

这种粗鲁无礼的话让斯嘉丽听了心里气得直冒火,真想把他摆脱掉。可是没他怎么行呢?她没法得到这样的自由啊!他人虽然又粗鲁又脏,有时身上还臭烘烘的,但他干活尽职尽责啊,每天送她往返锯木厂,还送她去走访客户。她跟人谈生意、谈订货时，他就一边茫然地看着别处，一边吐唾沫。她要是下了马车，他也紧跟着下来，寸步不离。她跟粗野的工人、黑人或北方佬士兵待在一块儿的时候，他就站在她旁边保护着。

很快，亚特兰大人就习惯看见斯嘉丽和她的保镖在一块儿了。看惯了之后，城里的太太小姐们便开始嫉妒起她来，因为如今只有她行动自由，不受管束。自从三K党用私刑绞死了那个黑人之后，女士们都被关在了家里，连到城里买东西都不行，除非有五六个人一块儿去。女人们天生爱社交，这一不让出门，就变得焦躁不安，却只能忍气吞声。于是她们开始央求斯嘉丽把阿奇借给她们。所以当斯嘉丽不用阿奇的时候，她就会很大方地把他借给别人差遣。

于是阿奇很快就成了亚特兰大炙手可热的人，太太小姐们都抢着找他。几乎每天早饭时都有孩子或者黑仆拿着字条来找她，字条上写着："今天下午如果你不用阿奇的话，请务必借给我一用。我要坐车去墓地献花。""我要去趟女帽店。""我想要阿奇带内莉姑妈坐车兜兜风。""我要去彼得大街串个门，可爷爷身体不舒服，不能赶车送我去，能不能让阿奇——"

他一一赶车送她们——姑娘、太太还有寡妇，而且对女人鄙视不屑的态度始终不变。显然，他讨厌女人——除了梅兰妮以外——就跟讨厌黑人和北方佬一样。一开始女士们都被他的无礼和粗鲁吓了一跳，但后来就都习惯了，因为他总是一声不吭，只是时不时吐一口烟草汁，才发出点儿声音，所以她们就自然而然地把他看作拉车的马，忘了他这个人的存在。有一次，梅里韦瑟太太在马车上跟米德太太讲起了她侄女生孩子的事，讲完之后才突然想起阿奇就坐在马车前座上。

只有在这样特殊的年代，这种情况才会发生。要是换作战前，阿奇连这些太太家的厨房都进不去，她们是绝不会让他进门的，顶多会把吃的东西从后门递给他，然后赶紧把他打发走。可如今阿奇成了最受太太小姐们欢迎的人，因为有他在，她们就放心了。虽然他是个粗人，大字不识，又脏又邋遢，但他是一道安全的屏障，替太太小姐们将重建的恐怖挡在屏障之外。他既不是朋友，也不是仆人，只是雇来的保镖，当太太们的丈夫白天出去工作或者晚上不在家时，他负责保护她们。

斯嘉丽隐约感觉到自从阿奇来给她干活之后，弗兰克晚上就经常出门，要么说店里的账还没结，因为白天生意太忙，顾不上结算，只能晚上去；要么说朋友生病要去看望一下；还说要去参加一个民主党的组织，每周三晚上有会议，商讨如何重新获得选举权。弗兰克每次聚会都去，一次都没落下。斯嘉丽心想，什么民主党人会议，无非就是争论除了李将军之外，约翰·布朗·戈登将军的功绩比哪个将军都大，另外还会讨论什么时候再打仗，除此之外，他们什么事也不干。她早就看出来了，重夺选举权的事根本没有任何进展。但显然弗兰克很喜欢参加这种会议，因为每逢开会的时候，他都夜深了才回来。

阿什利有时也去看望病人，也参加民主党人的会议，经常跟弗兰克在同一天晚上出门。每当这个时候，阿奇便护送皮蒂姑妈、斯嘉丽、韦德和小埃拉穿过后院，来到梅兰妮家，两家人在一起度过夜晚的时光。女士们围在一起做针线活,阿奇便躺在沙发上打盹,睡得鼾声大作,灰白的胡子随着呼吸的起伏而飘动。没人请他躺在那张沙发上,因为那是屋里最好的一件家具。所以每次当他往沙发上一躺,把靴子往沙发垫上一搁时,女士们都暗暗心疼,隐隐叹气。但谁也不敢说他,尤其他还说过他一躺在沙发上就容易睡着,这样可太好了,否则听女人们像一群珍珠鸡似的叽叽喳喳,非得把他逼疯不可。

有时斯嘉丽也会纳闷,这个阿奇到底是从哪儿来的呢,在住到梅丽的地下室以前,他是怎么过活的呢?不过她什么也没问。瞧他那独眼又凶巴巴的样子,纵然有再大的好奇心也没人敢问哪。她只知道听他的口音应该是北边的山地人,他打过仗,投降前不久失去了一条腿和一只眼睛。但有一次,她一怒之下说了些责怪休·埃尔辛的气话,结果没承想倒把阿奇过去的经历给引出来了。

一天早晨,阿奇赶车送她去休管理的锯木厂。但到了那儿发现工厂停工了,黑人都跑了,休垂头丧气地坐在一棵大树底下。这天早晨,他手底下的工人全都没来,他不知道该如何是好。斯嘉丽气坏了,劈头盖脸地数落了休一通,因为她刚刚接到了一个订单,买方需要大量木材,而且要得很急。她费尽心机,经过几番的讨价还价才好不容易把这份订单拿到手,可现在锯木厂竟然停工,没人干活了。

"送我去另一家锯木厂,"她吩咐阿奇说,"是的,我知道路远,得花很长时间,而且没时间吃午饭了,可我花钱雇你是干什么的呢？我得让威尔克斯先生把他手头的活儿停下，给我加紧把这批货先赶出来，说不定他那边的工人也不干活了呢。该死的！我从来没见过像休·埃尔辛这么蠢的废物！等约翰尼·加勒格尔盖完那个店铺，我就把休辞退，把他请来。他在北方佬的部队里待过又怎么样，我管他呢？只要他能把活儿干好就行。他手底下的那帮爱尔兰工人从来没偷过懒。我受够那帮自由的黑鬼了，再也不用他们了，这些人根本指望不上。我得把约翰尼·加勒格尔招来，然后让他租几个囚犯来干活。他会让他们好好干活儿的。他会——"

阿奇突然转过身来，那只独眼恶狠狠地瞪着她，说话时沙哑的声音里透着冰冷的愤怒。

"你要是雇用囚犯，那我立刻走人，犯人一来，我就走。"他说。

斯嘉丽吃了一惊，说道："天啊！这是为什么？"

"我知道租用囚犯的事。在我看来，那不叫租用囚犯，而叫谋杀犯人。把他们跟牲口一样买过来，可对待他们比牲口还不如！让他们忍饥挨饿不说，还拿鞭子抽他们，打死了也没人管。谁在乎呢？州政府才不管呢，他们只要能拿到租钱就行了。租用囚犯的人也不管，只要犯人不停地干活就行了，给他们吃最差最便宜的饭，让他们累死累活地干。见鬼，太太，我从来都看不起女人，现在就更看不起了。"

"这关你什么事啊？"

"当然关我的事，"阿奇简短地说，停顿了一会儿，接着说，

"我坐了差不多四十年的牢。"

斯嘉丽一听倒吸了一口凉气,吓得不由得身子往后缩,靠在了靠垫上。原来这就是阿奇这个谜团的谜底,怪不得他不愿谈起他过去的事,连自己姓什么和出生地都不肯说,而且沉默寡言,冷冷地痛恨这个世界!四十年啊!他刚进监狱时肯定还是个小伙子呢。那他——他肯定是被判了无期徒刑,而被判无期徒刑的犯人难道说是——

"你是——是杀了人吗?"

"是的,"阿奇挥了挥缰绳,痛快地回答,"杀了我老婆。"

斯嘉丽惊得直眨眼睛。

阿奇胡子下的嘴似乎动了动,仿佛看到她的恐惧而狞笑:"我不会杀你的,太太,用不着害怕。我杀女人只有一个原因。"

"可你杀的是你妻子啊!"

"她跟我兄弟上床了。事发后,他跑了,我杀了我老婆,但一点儿也不后悔。这种放荡不要脸的贱货就是该杀。法律根本没有权利因为这事儿把男人关进监狱,可我还是被关进去了。"

"可是——那你怎么出来的呢?逃出来的,还是被赦免了?"

"就算是赦免吧。"他两道灰白而浓密的眉毛紧皱在一起,仿佛很费劲把话连在一起。

"一八六四年,谢尔曼的军队打过来时,我正在米利奇维尔监狱服刑,已经在那儿被关了四十年。监狱长把我们所有的囚犯都召集在一块儿,说北方佬要打过来了,烧杀抢掠,无恶不作。我最恨的就是北方佬,其次才是黑鬼和女人。"

"为什么啊？莫非你——你跟哪个北方佬有仇？"

"没有，太太。但我听说过他们。我听人说，他们总爱管闲事。我最恨爱管闲事的家伙。瞧瞧他们在佐治亚干了什么？解放了咱们的黑奴，烧毁了咱们的房子，杀死了咱们的牲口。监狱长说部队急需士兵，只要我们去参军，打完仗就能获得自由——假如到那时我们还活着的话。但监狱长说，我们这些被判无期徒刑的犯人——我们这些杀人犯，部队不要。所以要把我们送到另外一所监狱去。可我说我跟其他那些被判无期徒刑的犯人不一样，我杀的是自己的老婆，而且她确实该死。我说我要去打北方佬。监狱长听我说得有理，也站在我这边，于是就偷偷地把我塞进别的犯人里，把我放了。"

他停下来，哼了一声。

"哼！真可笑。他们因为我杀了人而把我关进监狱，最后又把我放出来，赦免了我，还发给我一条枪，让我杀更多的人。重新成了自由人，手里还拿着把枪，那感觉的确很好。我们这些从米利奇维尔监狱放出来的人个个能打仗，杀死了不少敌人——当然我们的人也死了不少。但没有一个当逃兵的。投降以后，我们自由了。我没了一条腿和一只眼睛，可我并不后悔。"

"噢。"斯嘉丽无力地回应道。

她努力回想当初谢尔曼的部队像潮水一样打过来时，邦联军队捉襟见肘，于是只好孤注一掷，把米利奇维尔监狱的犯人放了出来，硬顶上去。弗兰克一八六四年在塔拉过圣诞节时也提过这事。他是怎么说的来着？那段时间的记忆实在太混乱了，一想起来，就感到一阵恐惧，仿佛又听到了围城时的炮火声，看到了红土路上大车驶过时一路滴洒的鲜血，瞧见了自卫队出征离去，队伍里全是像菲尔·米德那样半大的孩子和军校学生，以及像亨利叔叔和梅里韦瑟老爷子那么大年纪的老人。囚犯们也上了前线，在邦联将亡的暮色黄昏中前去送死，在田纳西州最后一场战役的冰天雪地中，被活活冻死。

一时间，斯嘉丽心想，这个老头儿可真蠢，被州政府关了四十年，最后却还帮着州政府去打仗。佐治亚夺走了他四十年的光阴，让他白白失去了青年和中年时光，只因为一桩在他看来根本不是犯罪的罪行。而他却为佐治亚献出了自己的一条腿和一只眼睛。瑞特在战争初期说过的那些尖刻的话又重新浮现在她脑海，她记得他说过，他绝不会为了一个排斥他、唾弃他的社会而战斗，白白去送死。可到了危急关头，他还是跟阿奇一样，为了同样的社会而上了前线。在她看来，所有的南方男人，不管高低贵贱，都是感情用事的傻瓜，把那些毫无意义的蠢话看得比自己的性命还重要。

她看着阿奇骨节嶙峋又苍老的双手，看着他身上的两把手枪和猎刀，心里又恐惧起来。不知还有多少像阿奇这样曾经的囚犯在外面逍遥法外，不知有多少杀人犯、亡命徒、盗窃犯被邦联政府赦免了罪行。天啊，街上哪个陌生人都有可能是杀人犯！要是弗兰克知道了阿奇的底细，那可不得了。还有皮蒂姑妈，要是知道了准会被吓死！至于梅兰妮——斯嘉丽巴不得把阿奇的事情告诉梅兰妮，谁叫梅兰妮没事总捡这种不三不四的人回家，还把他们硬塞给自己的朋友和亲戚。

"我——我很高兴你能告诉我这些,阿奇。我——我不会跟任何人说的。要是让威尔克斯太太和别的太太们知道了,她们会吓坏的。"

"嗯,威尔克斯太太知道这事。她收留我住在地下室的头天晚上我就告诉她了。你以为我会对像她那么好心的太太有所隐瞒吗?"

"上帝啊!"斯嘉丽惊叫起来。

梅兰妮明知道这人是个杀人犯,而且杀的还是个女人,可她不但没把他赶出自己的家,还把自己的儿子、姑妈、姑嫂,以及所有的朋友都托付给他。而她,这个天生胆小怯懦的女人,竟然敢单独跟他待在家里,而且一点儿也不害怕。

"虽说是个妇道人家,但威尔克斯太太是个明理的人。她相信我不会干坏事,她也相信骗子会一辈子都骗人,小偷会一辈子都偷东西,但杀人这事,人一辈子只会干一回。她认为一个人不管以前干过什么坏事,只要他为南部邦联打过仗,过去的一切都能统统抵消。虽说我不认为杀了我老婆是干坏事……不过,别看威尔克斯太太是个女人,但她的确是个明智讲理的人……我跟你说,你要是租用囚犯,我立马走人。"

斯嘉丽没有回答,但心里想:"赶紧给我走人吧,你这个杀人犯!"

梅丽怎么这么——这么——哎,她怎么能收留这么个老恶棍,还把他的底细瞒着亲戚朋友,不告诉大伙儿他曾经是个犯人。还说什么只要为邦联打过仗就能洗清过去的罪孽!她是把当兵打仗当成洗礼了吧!梅丽总是这么天真,一碰到跟邦联和老兵有关的事就犯傻。斯嘉丽暗暗诅咒北方佬,在他们的罪状上又添上了一项,是他们害得女人不得不雇个杀人犯给自己当保镖,保护自己的安全。

在寒冷的暮色中,斯嘉丽跟阿奇一块儿赶车回家。这时,她看到"时代女郎"酒馆外面挤满了上了鞍的马、轻便马车和运货马车。阿什利骑在马上,神情紧张,一脸警惕;西蒙斯家的兄弟几个从轻便马车上探出身来,一个劲儿地打手势;休·埃尔辛一绺棕色的头发挡住了眼睛,正挥着手。梅里韦瑟老爷子的馅饼车也在其中,斯嘉丽的车驶近了些,看到汤米·韦尔伯恩和亨利叔叔跟老爷子一块儿挤在那辆车上。

"哎呀,"斯嘉丽不安地想,"亨利叔叔不会坐那辆破馅饼车回家吧。要是被人看见了该有多丢人啊。他自己又不是没有马。他这么做其实就是为了天天晚上能跟老爷子一块儿去酒馆。"

当她走到人群跟前时,即使她再迟钝,也能感觉到大伙儿突然紧张起来。她的心一下子揪了起来,感到有些害怕。

"噢,"她心想,"不会又有人被强奸了吧!要是三K党再用私刑绞死个黑人,北方佬会把大伙儿全杀光的!"于是她立刻吩咐阿奇说:"停车,出事了。"

"一个女人家不能把车停在酒馆外头。"阿奇说。

"照我说的做,停车。晚上好,各位。阿什利——亨利叔叔——出什么事了？你们一个个怎么都——"

众人转过头来看她，纷纷摘帽行礼，对她微微一笑，可眼神显得格外激动。

"既有事，也没事，"亨利叔叔吼道，"就看你怎么看了。我看啊，州议会也没别的办法。"

州议会？斯嘉丽松了口气。她对州议会一点儿也不感兴趣，觉得什么议会不议会的，跟她没什么关系。她就怕北方佬又大肆搜捕，搅得人心惶惶。

"州议会又怎么了？"

"他们坚决不批准修正案，"梅里韦瑟老爷子说，声音里透着骄傲，"这下可让北方佬好瞧了。"

"该死，他们会惹祸上身的——请原谅我这么说，斯嘉丽。"阿什利说。

"哦，修正案？"斯嘉丽装作很明白的样子，问道。

她对政治一窍不通，也懒得费脑子想这方面的事。前段时间，她听说批准了一个十三号修正案，是十三号还是十六号来着？不过修正案的内容是什么，她一点儿也不知道。男人们总是对政治兴致勃勃。阿什利看到她脸上一副困惑不解的神情，不禁莞尔一笑。

"是让黑人拥有选举权的修正案，"他解释说，"这个修正案被递交到了州议会，最后没有被批准。"

"他们多傻啊！反正到最后北方佬还是会逼着咱们接受的。"

"所以我说他们会惹祸上身。"阿什利说。

"我倒认为州议会是好样的,有胆量,我为有这样的州议会而感到骄傲!"亨利叔叔大声说,"我们就是不同意,北方佬休想逼咱们接受。"

"他们会逼咱们接受的,"阿什利的声音极为平静,但眼里隐含着担忧,"如果那样的话,咱们的日子会更难熬。"

"哎呀,阿什利,绝对不会的!现在就已经苦到极致了,还能再怎么苦啊!"

"不,今后还会更苦,比现在还苦。要是咱们这儿冒出了个黑人州议会呢?来了个黑人州长呢?要是军事管制比现在更严了呢?"

斯嘉丽终于听明白了些,吓得眼睛都瞪大了。

"我一直在琢磨,怎样才是对佐治亚最有利的,对咱们最有利的,"阿什利沉着脸说,"像州议会这样为这种事跟北方佬硬碰硬,是否明智?也许这么做会激起北方佬的怒火,他们会派出所有的北军来镇压我们,逼迫咱们同意让黑人拥有选举权,不管咱们愿不愿意。或者——咱们尽可能地忍气吞声,体面地屈服,尽量顺从他们的意思。但不管怎样结果都是一样的。咱们没有办法,只能吞下他们硬塞给咱们的苦药。既然反抗也没用,也许咱们还是乖乖把药吞下去的好。"

斯嘉丽几乎没怎么听进去他的话,当然即使听了也听不懂。她知道阿什利向来都是从正反两方面看问题。可她只看到了一面——州议会这次甩在北方佬脸上的这一记耳光,招来的后果会不会对她有影响。

"你这是想变成激进分子,要投共和党的票吗,阿什利?"梅里韦瑟老爷子尖刻地嘲讽道。

众人顿时沉默,气氛紧张起来。斯嘉丽看到阿奇迅速伸手摸枪,然后停了下来。阿奇向来觉得这老头儿爱说大话,夸夸其谈。他绝不容许这糟老头子侮辱梅兰妮小姐的丈夫,哪怕她的丈夫说的都是蠢话。

阿什利眼里的迷惘和困惑突然消失,随即眼里冒起了怒火。但还没等他开口,亨利叔叔就冲着老爷子骂开了。

"你这个天杀的——该死的——对不起了,斯嘉丽——糟老头子,臭蠢驴,怎么能这么说阿什利呢!"

"不用你替他说话,阿什利自己有嘴,"老爷子冷冷地说,"你听他说的那些话,跟投靠北方佬的叛贼简直一个口吻。忍气吞声,见鬼去吧!请原谅,斯嘉丽。"

"过去我不赞成脱离联邦,"阿什利气得声音直发抖,"可是佐治亚退出时,我也跟着退出了。我也不赞成打仗,可我照样还是去参军打仗了。眼下我不赞成再把北方佬惹怒,因为他们已经火气够大的了。可既然州议会决定要这么做,那我也会站在州议会这边。我——"

"阿奇,"亨利叔叔突然说道,"送斯嘉丽小姐回家去。这不是她该待的地方。政治不是妇人家该过问的事,再说,这里马上就会吵起来了。走吧,阿奇,晚安,斯嘉丽。"

马车驶入桃树街,斯嘉丽因为害怕,心怦怦直跳。州议会这种愚蠢的行为会不会对她的安全产生威胁?会不会惹怒了北方佬，害她失去锯木厂呢？

"嗯，"阿奇嘟囔道，"我以前听说过兔子冲狗脸上吐唾沫，但从来没见过，今天可算是见着了。州议会以为他们干了件大快人心的事，可能正欢呼着'杰夫·戴维斯和邦联万岁'呢。可偏爱黑鬼的北方佬已经下定决心要让黑人凌驾于咱们之上了。可话说回来，你不得不佩服州议会的人还真有胆量！"

"佩服他们？见鬼！佩服他们？他们应该被枪毙才对！这事肯定会把北方佬激怒的，到时候就会像猛虎扑食一样朝咱们扑过来。他们干吗不批——批——管它什么词来着，他们干吗不干该干的事，平复北方佬的火气，怎么反而要激怒北方佬呢？反正北方佬早晚会让咱们屈服的，那还不如现在就屈服的好。"

阿奇冷冷地瞪着她。

"不打就服了？你们女人家还不如山羊的脊梁骨硬呢。"

斯嘉丽雇了十个囚犯，每个锯木厂各有五个。阿奇也说到做到，果真不肯再给她干活了。尽管梅兰妮恳求再三，弗兰克也承诺给他涨工钱，但阿奇说什么也不干了。他愿意赶车送梅兰妮、皮蒂姑妈、茵迪娅，以及她们的朋友到城里各处，可就是不肯送斯嘉丽。要是斯嘉丽跟别的太太们一块儿坐在车上，他宁可谁也不送。斯嘉丽很尴尬，竟然被一个老亡命徒指摘，更让她尴尬的是，她的家人和朋友们也都站在老亡命徒这边，同意他的看法。

弗兰克恳求她别雇犯人。阿什利一开始也拒绝看管囚犯干活，但斯嘉丽软磨硬泡，哭天抹泪，并且承诺等形势好转就重新雇用自由黑人，他尽管不情愿，但最后还是答应了。邻居们直言不讳地表示反对，弄得弗兰克、皮蒂和梅兰妮在人前都抬不起头来。就连彼得和嬷嬷也说雇囚犯干活会倒霉，不会有好下场的。人人都认为，利用别人的痛苦和不幸为自己谋私利太不道德了。

"那你们怎么不反对让黑奴干活呢！"斯嘉丽怒吼道。

啊，那不一样。黑奴既不痛苦，也不算不幸。黑人以前当奴隶时比现在自由的时候日子过得还要好，斯嘉丽要是不信的话，看看周围就知道了！可斯嘉丽就是这副倔脾气，别人越是反对，她越是打定主意对着干。她把休从锯木厂经理的位子上撤下来，让他赶车送木材，然后跟约翰尼·加勒格尔商量好雇用细节之后，让他来管理锯木厂。

在她所有认识的人里，约翰尼是唯一一个赞成雇用囚犯的人。他点了点他那子弹头一样尖尖的脑袋，说这是明智之举。斯嘉丽看着这个以前当过赛马骑师的小个子，两条短腿虽然有点儿罗圈，倒是站得挺稳，侏儒似的脸上带着生意人的冷酷和务实。她心想："谁要把自己的马给这家伙骑，估计是毫不在乎自己的马被他骑死。我可不能让他靠近我的马，至少得让他离我的马十英尺开外。"

可说到管理囚犯，斯嘉丽却极信任他，对他的能力没有半点儿怀疑。

"那这帮囚犯可就全权归我管喽？"他问道，眼珠冷酷得像灰色的玛瑙。

"你只管放手去干吧，只要你能让锯木厂正常开工，运转起来，我要货的时候能立刻送过来，我要多少你有多少就行。"

"那我就跟你干，"约翰尼干脆地说，"我会告诉韦尔伯恩先生我不跟他干了。"

他从那群石匠、木匠和运砖的小工中间挤了过去，斯嘉丽终于心里一块石头落了地，心情也好了起来。约翰尼才真的是她需要的人。他严厉又冷酷，绝容不得手下的人胡闹。"破棚屋里出来的爱尔兰穷鬼，一心只想着追名逐利往上爬。"弗兰克对约翰尼很是不屑。但正是因为他一心想出人头地，斯嘉丽才看重他。她知道，一个有目的、有决心的爱尔兰人是值得被雇用的，不管他人品如何。跟与她同阶级的许多男人相比，她反倒觉得她跟这个约翰尼关系更亲近些，因为他知道钱的价值。

在他接管锯木厂的头一个星期，他就不负斯嘉丽的厚望，用五个囚犯完成了比休用十个自由黑人干得还多的活儿。不仅如此，他还给斯嘉丽富余出了更多的闲暇时间，自从她去年来到亚特兰大之后，还从来没有这么空闲过呢，因为他说他不希望斯嘉丽总是在锯木厂里待着，而且直截了当地告诉了她。

"你只管去销售吧，生产的事交给我就好了，"他干脆直接地说，"这么多囚犯在这儿，你一个女人还是少来的好。要是没人提醒你，那现在我约翰尼·加勒格尔来告诉你。我一直给你送木材，从没断过，对吧？我不像威尔克斯先生那样天天得让人盯着，他需要人盯着，我可不需要。"

于是，斯嘉丽虽不情愿，不过还是很少去约翰尼管理的锯木厂了，因为她害怕如果她去的次数多了，他会生气辞职不干，那可就糟了。他说阿什利需要被人盯着，这话有些刺痛了她，但他说得没错，只是她不愿承认罢了。阿什利看管囚犯干活比之前看管自由黑人干活也好不到哪儿去。可她也说不上来到底是什么原因。而且阿什利似乎对使唤囚犯干活感到很是耻辱似的，这些日子以来，阿什利对她也不怎么说话了。

斯嘉丽对阿什利身上所发生的变化感到很是忧心。他那一头油亮的头发如今竟长出了白发，双肩也累得塌了下去。而且他脸上少有笑意，再也不是当年那个令她痴迷的潇洒小伙儿了。他看上去愁眉紧锁，好像被一种难以忍受的痛苦暗暗折磨着。他的嘴唇也紧闭着，透着严肃与冷酷，令斯嘉丽既困惑，又难过。她真想一把抱住他的头，让它靠在自己的肩膀上，抚摸着他那渐渐变白的头发，大喊着："告诉我，你在担忧什么？我来帮你！我会帮你解决的！"

可他那拘谨而疏远的态度，令她始终无法靠近。

第四十三章

十二月里一个难得的艳阳天,阳光暖融融的,如同秋日里的小阳春。皮蒂姑妈院子里的橡树上,干枯的红叶还挂在枝头,即将枯萎的草坪上依然还残留着些许泛黄的绿意。斯嘉丽抱着婴儿,走到侧边的门廊上,坐在阳光下的摇椅上。她穿着一件新的绿色镶黑色波纹花边印花丝毛裙,头上戴着皮蒂姑妈新给她做的花边帽子。裙子和帽子都很配她,她自己也清楚,所以很喜欢,也很高兴。过去那漫长的几个月里,她变得那么难看,现在终于又变漂亮了,真是太好了!

她抱着孩子坐在摇椅上摇着,还轻声哼着歌。这时,她听到小巷里传来一阵马蹄声,于是好奇地侧过头,透过前廊上干枯的葡萄藤向外望去,看到瑞特·巴特勒正骑马朝她家而来。

他离开亚特兰大有好几个月了,自杰拉尔德去世后,在埃拉·洛蕾娜出生之前好久就不见踪影了。她之前很惦念他,可现在又不想见他,迫切地想避开他。实际上,一看到他那黝黑的脸庞,她心里就涌上一股负疚感,慌乱不已。阿什利的事一直让她良心不安，可她不想跟瑞特谈这件事，但她知道不管她有多不愿意，他还是会逼她谈的。

瑞特在门口勒住缰绳，轻身一跃跳下马来。斯嘉丽神情紧张地看着他，心想，他看上去活像韦德缠着她念的那本书中画的海盗。

"要戴上一副耳环，嘴里再叼把短弯刀就更像了，"她心想，"管他是不是海盗，只要我想办法应对得当，他休想割了我的喉咙。"

他从人行道上走来，斯嘉丽跟他打招呼，脸上绽放出最甜美的笑容。她今天运气真好，正巧穿了身新衣服，戴着新帽子，打扮得漂漂亮亮的！他目光在她身上一扫，她就知道他也觉得她很漂亮。

"刚出生的小宝宝！噢，斯嘉丽，这真是个惊喜！"他一边笑着，一边俯下身掀开盖住了埃拉·洛蕾娜那张小丑脸的毯子。

"瞧你说的，"她羞得脸都红了，"你好吗，瑞特？你离开好一阵子了呢。"

"可不是。让我抱抱她，斯嘉丽。哦，我知道怎么抱孩子。我有不少奇怪的本事呢。哦，这孩子长得可真像弗兰克，除了没胡子，哪儿哪儿都像，不过等着吧，长大了就有了。"

"可别。她是个女孩儿。"

"女孩儿？那就更好了。男孩儿太淘，让人烦死了。你可别再生男孩儿了，斯嘉丽。"

她本想尖刻地回嘴，说她再也不打算生孩子了，不管男孩女孩都不要了。可话到嘴边又立刻咽了回去,转而笑了笑,脑子里飞快地转着,寻找话题,尽力拖着不提起令她有些畏惧的那件事。

"你这趟旅行玩儿得开心吗,瑞特?这段日子去哪儿了?"

"哦——古巴——新奥尔良——还有些别的地方。来,斯嘉丽,把孩子抱回去吧,她流口水了,我抱着她没办法掏手帕。这孩子真可爱,不过把我衬衫胸口这块给弄湿了。"

斯嘉丽把孩子接过来,放在腿上。瑞特慵懒地靠在栏杆上,从一个银烟盒里抽出了一根雪茄。

"你老是去新奥尔良,"她噘起嘴,有些娇嗔道,"可你从来不告诉我你去那儿干什么。"

"我是个勤奋工作的人,斯嘉丽,都是为了生意上的事。"

"勤奋!你?"她毫不客气地笑了起来,"你这辈子就压根儿没干过活儿,大懒虫。你唯一干的就是给那帮提包客提供资金,让他们去不择手段地捞钱,赚了钱你们对半分。另外你还贿赂那些当官的北方佬,然后跟他们合起伙来榨取我们这些纳税人的钱。"

他仰头大笑起来。

"你多希望自己也有钱贿赂那些当官的啊,那样你也能大捞一笔了。"

"你说的这是什么话——"她开始恼火了。

"不过也许有一天等你赚了足够多的钱,会巴结上不少当官的呢。说不定靠那些租来的囚犯,你就能大赚一笔呢。"

"噢,"她有些慌乱地说,"你消息够灵通的,这么快就知道了?"

"我是昨天晚上回来的,在'时代女郎'酒馆里待了一晚,城里所有的新闻在那儿都能听到。那里是所有流言和传闻的信息交换所,比你们女人的缝纫小组消息还灵通呢。人人都跟我说你租了一帮囚犯,让那个小个子无赖加勒格尔盯着他们干活儿,把他们往死里用。"

"胡说,"她怒气冲冲地说,"他不会把他们累死的,有我看着呢。"

"你会吗?"

"当然了!你少含沙射影地诬陷我。"

"噢,真抱歉,肯尼迪太太!我知道你办事向来光明磊落,无可指摘。不过那个约翰尼·加勒格尔可不是什么好东西。他是个冷酷无情的恶棍,我绝不会看走眼的。你最好还是盯着他点儿,不然等督察员一来,你可就麻烦了。"

"你管好你自己的事吧,我的事不用你管,"她气愤地说,"囚犯的事我不想再谈了,人人都说三道四的,反对雇囚犯,可那是我自己的事——你还没告诉我你到新奥尔良干什么去了呢。你总是到那儿去,大伙儿都说——"她突然停住,不想再往下说了。

"他们说什么了?"

"说——说你在那儿有个情人。说你要结婚了。是真的吗,瑞特?"

她对这事已经好奇很久了,所以实在忍不住问了出来。一想到瑞特要结婚,她心里就会产生一种奇怪的嫉妒感,刺痛着她的心。可为什么会这样,她自己也说不清。

他那双温和的眼睛突然警觉起来,迎上她的目光,直直地盯着她,盯得她脸上不禁泛起了淡淡的红晕。

"这对你很重要吗?"

"嗯,我不想失去你这个朋友。"她一本正经地说,装出一副漫不经心的样子,俯下身,把埃拉身上的毯子往上拉了拉,把小家伙的头盖好。

瑞特突然笑了,之后又突然收起笑容说道:"看着我,斯嘉丽。"

斯嘉丽不情愿地抬起头,脸更红了。

"你可以告诉你那些好奇的朋友,如果有一天我结婚的话,那是因为除了结婚,我没别的办法得到我想要的女人。可我至今还没遇到一个让我爱得非娶不可的女人。"

听到这话,斯嘉丽又心慌意乱,又窘迫不安。因为她想起了在围城时的一个晚上,也是在这个前廊下,他说:"我并不打算结婚。"他还轻浮地暗示要她做他的情人。还有他坐牢那次发生的那件令她难堪的事。一想起来,她就觉得好羞耻。瑞特看着她的眼睛,读懂了她的心思,脸上显出一抹不怀好意的笑容。

"不过既然你问得这么直截了当,那我就满足一下你那庸俗的好奇心吧。我到新奥尔良不是去看情人,而是去看一个孩子,一个男孩儿。"

"一个男孩儿!"这个回答真让人意想不到,斯嘉丽很是惊讶,心里的慌乱感也消失了。

"是的,我是这孩子的法定监护人,所以有责任照顾他。他在新奥尔良上学。我经常去那儿看他。"

"还送礼物给他?"她心想,怪不得他送给韦德的礼物总是那么合孩子的心意。

"是的。"他不情愿地回答。

"哦,我真没想到!那孩子漂亮吗?"

"很漂亮,不过男孩儿太漂亮了没什么好处。"

"那他听话吗?"

"不,他淘得要命。真希望他从来没出生过。男孩儿真是太烦人了。你还有什么想问的吗?"

他突然生起气来,眉头紧皱,好像后悔说了刚才的那些话。

"哦,你要是不想再说什么,那我就不问了。"她高傲地说,其实心里还想知道更多的事情,"不过,真看不出你还能当监护人。"她笑着说,想让他难堪。

"是啊,以你那点儿贫乏的想象力,我就知道你看不出。"

他不再说话,默默地抽起雪茄来。斯嘉丽思来想去,想找出一句硬气的话回顶他,可怎么也想不出来。

"这事你要是能保密,不告诉别人,我会感激不尽的,"他终于开口说,"虽然我认为要叫一个女人保守秘密是不可能的。"

"我会保密的。"她觉得自尊心受到了伤害。

"是吗?知道了朋友的秘密,心里可开心了吧。好了,别嚷嘴了斯嘉丽。很抱歉刚才我说话有些重了,谁叫你总爱打听别人的私事,活该。笑一笑,在提起不愉快的话题之前先高兴一下。"

"噢,天啊!"她心想,"他这就要谈到阿什利和锯木厂的事了吗?"她赶紧挤出笑容,露出两个可爱的小酒窝,转移他的注意力:"那你还去哪儿了,瑞特?你不会一直都待在新奥尔良吧?"

"没有,上个月我在查尔斯顿,我父亲去世了。"

"噢,真为你难过。"

"没必要。我敢肯定,他死得并不难受,而我也一点儿都不为他的死而感到难受。"

"瑞特,你怎么能这么说,太不像话了!"

"如果我不难受,却还要装作难受,那才不像话呢,不是吗?我们父子之间根本没什么感情。我都不记得那老头子什么时候对我满意过了。我太像他的父亲了,而他呢,打心眼儿里对他父亲不满。随着我一天天长大,他对我也由不满变成了厌恶。我承认,我自己没有为他而做过任何改变。我父亲要我为人处世做的那一套全都无聊透顶。最后,他把我赶出家门,让我混迹社会,一分钱也不给,也从没有教过我什么本领,只教我如何做一个查尔斯顿的体面人、一个好枪手和一个出色的扑克牌玩家。我没有饿死,反而靠着我玩扑克的本事,通过赌博过上了挥金如土的生活。他认为这是对他的公然侮辱,巴特勒家的人竟成了赌徒,简直令家族蒙羞,所以当我第一次回家时,他不许我妈妈见我。打仗那些年,我在查尔斯顿偷闯封锁线,我妈妈只能说谎,偷偷来看我。他这么对待我,我自然对他爱不起来。"

"哦,这些我完全不知道!"

"他就是那种所谓的守旧派老体面人,也就是那种傲慢又无知、固执又愚蠢、偏执又狭隘、一切都按照老规矩办事、没有一点儿自己想法的人。他把我赶出家门,跟我断绝关系,就当我已经死了,人人还都敬佩他,说什么'若是你的右眼叫你跌倒,就剜出来丢掉'[1]。而我就是他的右眼,他的长子,他就这么狠心地把我剜掉了。"

他笑了笑,玩味地回忆着往事,眼中充满冷冽的快意。

"其实,所有这些我都能原谅,但战争结束后他对我妈妈和妹妹做的那些事,我是绝对不能原谅的。战后他们日子穷得很。乡下庄园的大宅被烧毁了,稻田变成了一片沼泽。因为要交税,城里的房子也没了。他们一家挤在两间屋子里,那屋子破得连黑人都嫌弃,不乐意住。我给我妈妈寄钱,可全被那老头子退了回来——嫌我的钱不干净,你瞧!我好几次去查尔斯顿给他们送钱,偷偷把钱给我妹妹,可那钱总能被老头子发现,跟她大发脾气,骂得她都不想活了,可怜的妹妹。最后还是把钱退给我了。真不知道他们一家人日子是怎么过的……不,其实我是知道的。我弟弟一直在尽可能地给他们些钱,但他自己日子也不好过,他也不肯收我的钱——觉得投机商的钱拿了不吉利。你瞧!朋友们也会接济他们一些。你的姨妈尤拉莉是个好心人。你也知道,

---

[1] 出自《圣经·马太福音》第5章第29节。

她是我妈妈最要好的朋友。她经常送给他们些衣服——天啊,我妈妈竟要靠施舍过日子!"

她难得看到瑞特摘下面具,流露真情。他的面色凝重,既显露出对他父亲发自内心的憎恨,又流露出对他母亲的心痛。

"尤拉莉姨妈!可是,上帝啊,瑞特,她自己也穷得叮当响,全靠我寄钱给她呢!"

"啊,原来钱是从你这儿来的!哎呀,亲爱的,你也真是的,竟然当着我的面说这些,叫我颜面扫地。这钱我可一定得还你!"

"那好啊。"斯嘉丽一下子被逗笑了。他也对她报以微笑。

"哎呀,斯嘉丽,一听到钱,你眼睛都亮了!你确定你身上除了有爱尔兰血统,没有苏格兰或者犹太人血统吗?"

"去你的!尤拉莉姨妈的事,我不是故意让你没面子的。不过说真的,她以为我赚大钱了呢。她总是给我写信要钱,天啊,我养活自己这一大家子人就够吃力的了,哪还养活得起查尔斯顿的那帮亲戚啊。你父亲是怎么死的?"

"摆体面人的谱饿死的。我想是这样,也希望是这样。他活该。他自己饿着不算,还要让我妈和我妹妹露丝玛丽跟他一块儿饿死。他死了倒也好,这样我就可以帮她们了。我在炮台地区已经买了房子给她们住,还雇了仆人照顾她们。不过当然了,她们不能让别人知道这钱是我出的。"

"为什么不能?"

"亲爱的,查尔斯顿那地方你知道的,你不是也去过那儿嘛。我家眼下虽然穷,但她们也得要面子啊。要是别人知道她们花的是赌徒、投机商和提包客的钱,那她们可就没脸见人了。所以当然不行。她们对外说是我父亲留下了一笔巨额人寿保险金,说他宁可过穷苦日子,宁可饿死,也要坚持付保险费,好在他死后,能让她们娘俩生活有保障,不愁吃穿。所以他死后倒成了为家庭而牺牲自己的烈士,成了比活着的时候更受人敬重的老绅士。真希望他地下有知,能看到妈妈和妹妹如今舒舒服服地过上了好日子——尽管他生前百般阻挠。他要是知道了,恐怕在坟墓里也不得安宁……从某种程度上说,我倒是为他的死而感到难过,因为他想死——巴不得自己赶快死。"

"为什么呀?"

"唉,李将军投降的时候,他的心就已经死了。你也知道像他这类人,适应不了新的时代,一天到晚只会回忆过去的好日子,整天长吁短叹。"

"瑞特,是不是老人都这样?"她想起了杰拉尔德,想起了威尔说过的关于他父亲的那些话。

"上帝啊,当然不是!看看你亨利叔叔,还有梅里韦瑟先生那个老家伙,就拿他们俩来说。他们跟随自卫队出去打仗,好像重获新生似的,在我看来,他们反倒变得更年轻,活得更有劲头儿了。今早我碰到梅里韦瑟老爷子正赶着勒内的馅饼车,大声朝马吆喝,那气势就跟在部队里赶骡子似的。他跟我说,自从离家出来赶车卖馅饼,摆脱儿媳妇的唠叨和伺候,他感觉自己年轻了十岁。还有你的亨利叔叔,在法庭上跟北方佬斗得不亦乐乎,替孤儿寡妇打官司,保护他们的利益,免受提包客的欺压,而且还是免费的。要不是因为打仗,恐怕他早就退休养自己的风湿病去了。他们老了又有用了,觉得被人需要,所以倒越活越年轻了。他们喜欢这个新的时代,因为新的时代给了他们新的机会。但还有很多人,年轻人,像我爸和你爸那样,他们无法适应这个新时代,也不想适应,这就引出了我想跟你谈的一个不愉快的话题,斯嘉丽。"

他突然话锋一转,令斯嘉丽惊慌错愕,于是结结巴巴地说:"什么——什么——"心里却暗暗叫苦:"噢,天啊!终于还是来了。不知道能不能应付得了他!"

"我对你再了解不过了,按理说不该指望你会说真话、讲信用。但我就是那么蠢,竟然信了你。"

"我不懂你在说什么。"

"我想你懂。不管怎么说,你看上去心虚得很哪。刚才我在来看你的路上,经过常春藤街时,见有人从篱笆后面朝我打招呼,我一看不是别人,正是威尔克斯太太!当然,我停下来跟她聊了聊。"

"真的吗?"

"是的,我们聊得很愉快。她跟我说,她一直想告诉我,她觉得我非常勇敢,即使到了最后的危急关头,也奋不顾身地上前线,为邦联而战。"

"噢,见鬼!梅丽这个傻瓜。就因为你那天晚上非要当英雄,结果害她差点儿没命了。"

"我想,即使如此,她也会认为她是为邦联的事业而献出了生命，虽死犹荣。我问她来亚特兰大干什么，她见我毫不知情，觉得很惊讶。她说她一家人都搬来住在城里了，还说非常感谢我，让威尔克斯先生成了锯木厂的合伙人。"

"哦，那又怎样？"斯嘉丽反问道。

"我借钱给你买锯木厂时，提出了条件，你当时也同意了，那就是不能拿我出钱盘下来的锯木厂来养活阿什利·威尔克斯。"

"你真是不讲理。我已经把钱还给你了。锯木厂是我的，我爱怎样就怎样。"

"那麻烦你告诉我，你还我的钱是怎么赚来的呢？"

"当然是靠卖木头赚的啊。"

"你是靠我借给你的钱起家，才赚到钱的。那我的钱不就是用来养活阿什利了吗？你真是个不讲信用的女人。要不是你已经还清了我借给你的钱，我现在就会把这笔钱要回来。你要是还不起，我立马就把它公开拍卖了。"

他语气轻松，但眼里燃烧着怒火。

斯嘉丽毫不犹豫地予以反击。

"为什么你那么恨阿什利？我看你肯定是嫉妒他。"

话一出口，她就后悔了，恨不得咬掉自己的舌头。因为瑞特立刻仰头大笑起来，笑得斯嘉丽又羞又愤，满脸通红。

"除了不讲信用，还自以为是，"他说，"你总也忘不了自己是县里的美人，对吗？你总以为自己是最俏皮可爱、魅力难挡的小姑娘，哪个男人见了都会爱上你，是吗？"

"才没有呢！"她火冒三丈起来，"可我就是不明白你为什么那么恨阿什利,除了这个,我想不出别的原因。"

"哦,那你可得再想想了,小美人,不是这个原因。至于说恨阿什利——我对他倒说不上恨,也谈不上喜欢,对他那样的人,我只觉得可怜。"

"可怜?"

"是的,还有点儿瞧不起。行了,别跟只火鸡一样气鼓鼓的,说一千个像我这样的恶棍也比不上他一人,说我凭什么这么放肆,凭什么瞧不起他或者可怜他。等你发完了脾气,我再告诉你我说的是什么意思,如果你有兴趣听的话。"

"哼,我才没兴趣听呢。"

"那我也要告诉你,因为我可不能让你这么得意扬扬的,总以为我妒忌他。我可怜他,是因为他应该死,却没有死;我瞧不起他,是因为他的世界已经不复存在,而他现在不知道自己该干什么。"

他说的话听起来有些耳熟,她好像听过类似的话,但是想不起来在哪儿听过,什么时候听过了。她也没有费脑子去想,因为她现在正怒火中烧。

"照你的意思,南方所有的体面男人都该死喽!"

"要照他们的意思,我想,像阿什利那样的人宁愿死了才好。死后坟头上立块干净的墓碑,上面写着'为南方而战的邦联战士长眠于此'或者'为国捐躯,愉快而光荣',或者别的一些流行的墓志铭。"

"是吗,我可没看出这有什么道理!"

"除非白纸黑字摆在你眼皮底下，而且字得写得有一英尺那么大，否则你永远都看不见，对吗？要是他们死了，也就没有烦恼，不用面对那么多问题，那么多无法解决的问题了。而且他们的家族会世世代代为他们感到骄傲和自豪。我听说人死后很快乐，你觉得阿什利·威尔克斯现在快乐吗？"

"哦，当然——"她刚一开口，便想起近来阿什利的眼神，于是停住不说了。

"他快乐吗？休·埃尔辛或者米德医生快乐吗？比我爸和你爸还要快乐吗？"

"嗯，也许没我爸和你爸快乐，因为他们的钱全都没了。"

瑞特哈哈大笑。

"不是因为没有钱，我的宝贝，而是因为他们的世界没了——他们出生长大的那个世界。就如同鱼离开了水，或者猫长了翅膀离开了地面一样。他们被培养做某种人、干某种事、占据某种地位。可当李将军在阿波马托克斯投降之后，那些该做的人、该干的事和该占据的地位全都没了，永远地消失了。噢，斯嘉丽，别一副傻乎乎的样子！阿什利·威尔克斯的家已经没了，种植园也被没收抵税了，像他这样的体面人，二十个人加一块儿也不值一分钱，你说他能干什么呢？他能靠自己的头脑或者双手干活，养活自己吗？我敢打赌，自从他接管你的锯木厂到现在，你的锯木厂一直在亏钱。"

"没有的事！"

"那好啊，等哪个星期天晚上你有空，咱们一块儿看看账本啊？"

"见你的鬼去！什么有空没空的，你现在就给我滚，从我眼前消失。"

"我的宝贝儿，鬼我见过了，那家伙无趣得很呢。我可不想再去了，即使你让我去也不行……你急需钱用的时候，借走了我的钱，而且你也把钱用光了。这笔钱该怎么用咱们之前可是说好了的，是你违反了协议。记住，我可爱的小骗子，总有一天你还得找我借钱。你会以低得难以置信的利息找我贷款，好买下更多的锯木厂、更多的骡子、盖更多的酒馆，但是到那时，你休想再从我这儿拿到一分钱。"

"我要是需要钱，会跟银行借的，多谢了。"她冷冷地说，但心中满腔怒火，胸口剧烈起伏着。

"是吗？那你就试试好了。我在银行里有很多股份。"

"真的吗？"

"是真的，我对正当的行业也感兴趣。"

"那还有别的银行呢——"

"银行多得是。不过只要我想点儿办法，你就休想从任何一家银行借到钱。如果你真需要钱的话，倒是可以找提包客借高利贷去。"

"我会很乐意去的。"

"等你知道他们的利息有多高时，你就不乐意了。我的小美人，在生意场上不讲信用、不守规矩，是要受惩罚的。你应该对我老实些才对。"

"那你老实吗？你这么有钱有势，却偏偏跟阿什利和我这样落魄潦倒的人过不去！"

"别把你跟他归为一类，你并不落魄。没有什么能使你落魄。可他却落魄了，要是没有个有活力、有干劲儿的人在背后推着他，指引他，保护他，他这辈子都会这么落魄下去。我不想花钱帮这样的人。"

"可我落魄时，你不也帮过我嘛，而且——"

"你值得我帮，亲爱的，而且我也乐意帮。为什么呢？因为你并没有依靠家里的男人，为过去的日子而哭泣叹息。你愿意出去闯，辛苦劳碌，拼命赚钱，靠着从一个死人钱包里偷来的钱和从邦联偷来的钱，渐渐积累了财富，扎下坚实的根基。你很了不起，杀过人、抢了别人的丈夫、试图做别人的情妇、说谎、做生意不择手段，以及耍各种不禁推敲的阴谋诡计，件件事情都叫人佩服，说明你是个有干劲儿、有决心的人，值得我冒风险给你投资。我乐意帮助那些愿意自力更生的人。我曾经借给过那个笃信天主教的梅里韦瑟太太一万块钱，连借据都没要。她靠用个篮子卖馅饼起家，瞧瞧她现在！开了家面包店，雇了五六个伙计，梅里韦瑟老爷子天天乐呵呵地赶着大车卖馅饼，连那个过去懒惰的小个子克里奥尔人勒内，也勤勤恳恳忙得不亦乐乎……再看看可怜的汤米·韦尔伯恩，别看他身子只顶半个人，但干的活能顶两个人，而且干得很好——好了，不说了，再说下去，你就该烦了。"

"你确实叫我心烦，烦得要命。"斯嘉丽冷冷地说，她想激怒他，让他转移注意力，别再盯着阿什利这个一提就吵架的话题。

可他只是笑了笑,没搭这茬儿。

"像刚才我提到的那些人,值得我帮忙。可是阿什利·威尔克斯——呸!如今这世道早已天翻地覆,像他那样的人百无一用,毫无价值。每当世道变迁时,最先消亡的就是他这种人。怎么可能不是呢?他们不配活着,因为他们不肯站起来奋斗,也不知道该怎么奋斗。世道变迁不是头一次了,也不是最后一次,之前有过,以后还会有。每逢这种天翻地覆的乱世,人人都会失去一切,人人都会回到同一起跑线,都得白手起家,从头再来。只能依靠自己精明的头脑和强有力的双手,除此之外什么都没有。可有的人,比如阿什利,脑子不精明,手也没力气,即使有也顾虑重重地不肯用。于是他们就垮掉了,他们也该垮掉,因为这是自然规律,没有了他们世界反倒会更好。但总会有少数坚忍顽强、吃苦耐劳的人,会不畏艰难地撑下去,只要假以时日,他们肯定能东山再起,恢复到世道变迁之前的身份和地位。"

"你也受过穷!你刚刚不是还说,你父亲把你赶出家门时你身上一分钱也没有吗!"斯嘉丽怒不可遏地说,"我本以为你应该能理解和同情阿什利呢!"

"我的确理解他,"瑞特说,"但要我同情他,那不可能。投降以后阿什利的境况比我被赶出家门那会儿可强多了。至少有朋友收留他,而我则是被遗弃的以实玛利[1]。可阿什利干了些什

---

[1] 以实玛利的故事见于《圣经·创世纪》第16—21章,记载夏甲是属于撒拉的埃及女仆,由于撒拉不孕,她将夏甲送给丈夫亚伯拉罕作妾,生育了一个儿子,起名叫以实玛利,就是"神听见"的意思,意为耶和华听见了你的苦情。阿拉伯人被广泛认为是以实玛利的后裔。

么呢?"

"你少拿他跟你比,你这个自以为是的家伙。谢天谢地他可不像你!他不会跟那些提包客、叛贼还有北方佬同流合污,勾结在一起赚黑心钱。他为人正直、品格高尚!"

"他可真够正直、高尚的,高尚到竟然接受一个女人的救济和钱。"

"那他不这样还能怎么办呢?"

"那我哪知道?我只知道我被赶出家门时以及现在做了什么。我只知道别的男人做了什么。我们在被毁灭的文明中只要找到机会就抓住不放,用正当的办法也好,用阴谋的手段也罢,而且现在仍然在尽可能地利用这个机会。在这个世界上,像阿什利这样的人拥有跟我们同样的机会,可他们却不肯抓住,也不会利用。他们太不精明了,斯嘉丽,只有精明的人才配活下去。"

瑞特的一番话,斯嘉丽根本没听进去,因为几分钟前他开头的那几句取笑她的话让她想起了一件往事。她想起了在塔拉的果园里,寒风瑟瑟,阿什利站在一堆木条旁,两眼茫然地凝望着远方。当时他说——说什么来着?某个奇怪的外国名字,听起来有些渎神,还提到了世界末日。当时她完全听不懂他的话是什么意思,可此时此刻,她隐约有些懂了,明白之后便突然感觉有些难过和心烦。

"咦,阿什利说过——"

"说过什么?"

"有一次,在塔拉他说什么——众神啊——黄昏什么的,还提到世界末日之类的蠢话。"

"啊,诸神的黄昏!"这话引起了瑞特的兴趣,眼神也犀利起来,"还说什么了?"

"噢,我也记不太清了。当时没太在意。不过——哦,对——好像什么强者生存下来,弱者被淘汰一类的话。"

"哦,这么说他知道啊。那他日子可就更难熬了。其实多数人都不明白这个道理,也永远不会明白。他们一辈子都会纳闷儿那些失去的美好都哪儿去了?他们只会默默忍受痛苦,死要面子地硬撑。可他心里却很清楚,他知道自己被这世界淘汰了。"

"噢,他没被淘汰!只要我还有口气,就不会让他被淘汰。"

瑞特静静地看着她,棕色的脸庞看上去平静无波。

"斯嘉丽,你是怎么说服他来亚特兰大接管锯木厂的?他有没有强烈、挣扎地拒绝你?"

她立刻回忆起在杰拉尔德的葬礼之后,她和阿什利在一起时的情景,但随即又把脑海中的记忆抛开。

"噢,当然没有,"她气呼呼地回答,"我跟他说我需要他帮忙,因为帮我管理锯木厂的人太废物,我信不过。弗兰克又太忙,帮不了我。而且我很快就要——哦,就要生埃拉·洛蕾娜了,你也瞧见了。所以他就挺痛快地答应了。"

"用要当妈了为借口,真有你的!原来你就是这么把他连哄带骗给说服的。好啊,你终于把他放到你想让他待的地方了,可怜的家伙,他欠你的人情变成了捆绑他的枷锁,就像囚犯被铁链锁住一样。祝你们二位都快活。不过,就像我刚开始说的,往后不管你耍什么不妇道的鬼花招,都别想再从我这儿拿到一分钱,你这个两面三刀的女人。"

斯嘉丽又愤怒又失望,心里难受极了。因为她早就想好了要找瑞特再借点儿钱,在城中心的闹市区买块地皮,开个木料场。

"不用你的钱,我也照样能行。"她大声喊道,"约翰尼·加勒格尔管理的锯木厂正赚着钱呢,如今我不用自由黑人了,比原先能多赚不少呢。我还把一些钱放了出去做抵押贷款,也赚了些钱。另外我家的店铺跟黑人做买卖也能挣些钱呢。"

"是啊,我听说了。你欺骗走投无路的人,骗孤儿寡妇和无知的人,赚这些人的钱,真是聪明!可你要是偷的话,干吗不偷有钱有势的人,偏要偷穷人和弱者的钱呢?从罗宾汉那时候直到现在,可都是提倡劫富济贫呢。"

"因为,"斯嘉丽连忙反驳,"偷——用你的话来说——偷穷人的钱——更容易,也更安全。"

瑞特默不作声地笑着,笑得肩膀都在抖动。

"你真是个诚实的无赖,斯嘉丽!"

无赖!奇怪,这个字眼竟然刺痛了她。她激动地告诉自己,她不是无赖。至少她不是存心想做个无赖。她想做一位贵妇人。一时间,她的思绪飘回了过去,她看到了妈妈,听到了妈妈走路时衣裙摆动的悦耳窸窣声,闻到了妈妈身上的香囊里散发出的淡淡幽香。妈妈那双忙碌的小手总是不知疲倦地帮助别人。妈妈受人爱戴和尊敬,也被人怀念。突然间,她感到心里十分难受。

"你要是想激我发火,"她疲倦地说,"那没用的。我知道这些日子以来,我并不那么——那么守规矩,不像我从小被教导的那样,要善良,要讨人喜欢。可我没办法啊,瑞特,真的没办法。不这样我还能怎么办呢?北方佬闯进塔拉的时候,要是我对他们温柔善良,那我、小韦德、塔拉还有全家人都得倒霉。我是该温柔善良——可我想都不敢想。乔纳斯·威尔克森想抢走我的家,我要是善良厚道、守规矩,那塔拉全家老小会怎么样?我们一家人如今在哪儿栖身?我要是性子温顺、头脑简单,不玩儿命催着弗兰克去追讨欠账,那我们——唉,算了。也许我是个无赖,可我不会永远都做个无赖,瑞特。回想过去这几年——甚至现在,你说我还能怎么办?还能做什么?我觉得我就像是在狂风暴雨里划着一条负载沉重的小船,光是让船漂在海上不沉下去就已经够吃力的了。所以那些无关紧要的事我根本顾不上。那些我可以轻易放弃、不会留恋的东西,比如礼仪和规矩——以及诸如此类的东西,我可以统统抛掉,因为我太害怕我的船会沉掉,所以只好把这些不那么重要的东西从船上扔下去。"

"自尊、名誉、真理、美德和良善,"瑞特柔声细语地一一列举起来,"你做得对,斯嘉丽。当船快要沉的时候,这些都是不重要的东西。但看看你周围的朋友们,他们要么正在把满船的货物平平安安地运上岸,要么就让船上所有的旗帜都高高飘扬着,心甘情愿地跟着船沉下去。"

"他们都是傻瓜,"斯嘉丽说,"想要拥有你说的那些名誉啊,美德啊什么的,时间多的是,等我赚了足够的钱,我也会照大伙儿喜欢的样子做好人。装老好人有什么难的,等我有了钱,我自然就能做个正正经经的好人了。"

"你是能做个好人——可即使你有钱了也不会乐意做的。把扔到海里的货物捞起来可没那么容易,就算捞起来也已经破损没法复原了。恐怕,等你有条件捞起被你扔掉的名誉、美德和良善的时候,你会发现这些东西被海水泡过之后,都变了形、走了样,不再那么珍贵而美好了……"

他突然站起来,拿起了帽子。

"你要走了?"

"是的,这下你该松口气了吧?让你单独面对你心里残存的那点儿良心吧。"

他停下来,俯身看着婴儿,伸出一根手指,让小宝宝抓住。

"我想弗兰克肯定得意极了吧?"

"噢,那当然。"

"我想他为这个孩子今后的人生已经订下一大堆计划了吧?"

"噢,是啊,你也知道,男人一碰到自己的娃娃,会变得有多傻。"

"那么,请你转告他,"瑞特突然停下,表情很奇怪,"告诉他,要是他想亲眼看到他为自己孩子订下的计划统统实现,最好晚上尽量待在家里,别像现在这样老往外面跑。"

"什么意思?"

"就是我说的意思。让他待在家里。"

"噢,你这坏蛋!你在暗示可怜的弗兰克会——"

"哎呀,上帝啊!"瑞特突然放声大笑,"我不是说他会出去跟女人鬼混!弗兰克!噢,天啊!"

他走下台阶时,仍是一个劲儿地大笑不止。

第四十四章

三月的一天下午,天气很冷,风刮得很猛。斯嘉丽把毛毯拉到腋窝下,赶着车沿着迪凯特街,朝约翰尼·加勒格尔管理的锯木厂驶去。她很清楚,这些日子独自赶车出门是很危险的,比以往任何时候都危险,因为黑人现在已经完全失控了。正如阿什利所预料的那样,州议会拒绝通过修正案的举动,引发了严重的后果,他们也为此付出了沉重的代价。州议会的断然拒绝如同在愤怒的北方佬脸上狠狠地扇了一耳光,结果报复很快就来了。北方政府决定在佐治亚州强行给予黑人选举权,为达到这一目的,他们宣布佐治亚州已经发生了叛乱,从而决定对该州施行最严厉的军事管制。并且佐治亚将会被撤州,然后与佛罗里达和阿拉巴马合在一起,被划为"第三军管区",受联邦政府的一位将军直接管辖。

本来百姓的生活就动荡不安,叫人提心吊胆,现在情况就更糟了。一年前的军管条例就够严的了,可是跟如今这位波普将军颁布的新条例一比则显得温和多了。一想到将来很有可能会受黑人统治，人们感到前路似乎一片黯淡，毫无希望可言。愤恨而痛苦的佐治亚百姓只能忍气吞声，在无助和无望中备受煎熬。至于那些黑人，他们觉得自己地位提升了，成了有身份的人物，而且背后还有北方佬的军队撑腰，于是愈发横行霸道，百姓人人自危，惶惶不安。

时局如此混乱而恐怖，斯嘉丽当然害怕极了——虽然害怕，但她还是下定了决心，仍旧要独自赶车去锯木厂巡视，于是便拿了把弗兰克的手枪塞在轻便马车的坐垫底下。她心里暗暗咒骂州议会给人们带来了更大的灾难。那帮人就知道逞英雄、充硬汉，但这么做有什么好处呢？只会把事情搞得越来越糟。

她赶车驶进一条小路，那条小路穿过一片光秃秃的树林，一直通向河边洼地，贫民窟就在那里。于是她赶紧催马快跑。这地方又脏又乱，到处是废弃的军用帐篷和破棚屋，每次经过这儿她都会感到紧张不安。这是亚特兰大城内外最声名狼藉的地方，住在这里的都是无家可归的黑人以及黑人妓女，另外还零零散散地住着一些处于社会最底层的穷白佬。据说这里还是罪犯的藏匿所，无论黑人、白人，只要犯了罪就会跑这儿来躲着。北方佬搜捕通缉犯时，最先搜查的地方就是这里。在这地方，打打杀杀是常有的事，动刀动枪也司空见惯，就连当局最后都懒得管了，一般都是让贫民窟的人自行解决。树林深处有一间专门酿造廉价玉米威士忌酒的酒厂。到了晚上，河边洼地的小屋里总是回荡着醉汉的嚷嚷和叫骂声。

就连北方佬也承认这是个藏污纳垢的罪恶之地，应该被铲除，可他们却没采取任何实际行动。亚特兰大和迪凯特两地的居民怨声载道，因为这里是两城之间往来的必经之路。男人们经过这里时必须带着手枪，而且把枪套打开；体面的女人，哪怕有男人保护也不愿打这儿经过。因为沿路总有醉醺醺的黑人妓女坐在路边，骂骂咧咧，满口污言秽语。

有阿奇在身边的时候，斯嘉丽从来不把贫民窟放在眼里。因为他一出现，就连最粗野放肆的黑女人也不敢在他面前笑，连声都不敢出。可自从她不得不一个人赶车以后，恼人的事就接连不断。每次她赶车经过，那些黑人妓女就会出言侮辱，她无计可施，只能忍着怒火不搭理。她甚至没法跟家人和邻居诉苦，寻求安慰，因为邻居们肯定会得意地说："哼，你还指望那帮人能说别的吗？"而她的家人则又会大惊小怪，不让她再去锯木厂。可她又不能扔下锯木厂不管。

谢天谢地，今天路边一个衣衫不整的女人也没有！当她驾车经过那条通向贫民窟的小路时，她望着午后阴郁的斜阳下洼地上那些低矮的破棚屋，眼里满是厌恶。一阵冷风吹过，她闻到了一股烧木头的烟味、煎猪肉味儿和没人打扫的厕所的恶臭味混合在一起的味道。她被熏得赶紧转过脸，使劲儿朝马背上抽了一鞭，催马快跑，拐过前面的一条弯道。

她刚松了口气，突然看到一棵大橡树后面悄然闪出一个身形高大魁梧的黑人，顿时吓得心都提到了嗓子眼。她虽然害怕，但头脑还算清醒，于是立刻勒住马，掏出弗兰克的手枪。

"你想干什么？"她厉声喝道，尽量显出厉害的样子。那个高大的黑人立刻躲到了树后，战战兢兢地回答说："天啊，斯嘉丽小姐，别朝大个子山姆开枪啊！"

大个子山姆！一时间她没醒过神儿来。大个子山姆，塔拉的工头，她最后一次见到他还是围城的时候。这到底……

"出来，让我瞧瞧你是不是山姆！"

那黑人慢吞吞地从树后走了出来。只见他衣服破破烂烂，身形高大，光着脚，穿着条粗布裤子，上身穿着一件蓝色的北军军服，那衣服穿在他魁梧的身上显得又短又紧。她一看原来真的是大个子山姆，于是连忙把手枪塞回垫子底下，高兴地笑了起来。

"噢，山姆！见到你真是太高兴了！"

山姆飞奔到马车边，高兴得两眼直放光，露出一口洁白的牙齿，两只像大腿一样粗壮厚实的大手，把斯嘉丽伸出的小手紧紧握住，西瓜瓤一般的粉红色舌头伸了出来，乐得全身都在扭动，活像只见了主人开心得直摇尾巴的獒犬，滑稽又有趣。

"上帝啊，又见到家里人真是太高兴了！"他紧握着斯嘉丽的手，兴奋地大喊。斯嘉丽觉得骨头都快被他捏断了。"您怎么变得这么厉害，还拿起枪来了，斯嘉丽小姐？"

"如今坏人太多了，山姆，我不得不随身带着枪啊。你可是个体面的黑人，怎么跑到这乌烟瘴气的贫民窟里来了？怎么不到城里去找我呢？"

"上帝啊，斯嘉丽小姐，俺不住贫民窟。俺只是在这里躲一阵子。这破地方，白给俺住俺也不住。俺这辈子都没见过这么下流的黑人。俺不知道您在亚特兰大。俺以为您还在塔拉呢。俺正想着一有机会就回塔拉去呢。"

"从围城时你就一直住在亚特兰大吗？"

"没有，小姐！俺去了外地！"他放开了她的手，斯嘉丽疼得赶紧活动了一下手指，看看骨头是否完好无损。"还记得咱们上次见面是什么时候吗？"

斯嘉丽想起了围城开始的前一天，天热得很，她跟瑞特坐在马车上，看到一群黑人，走在尘土飞扬的街上，一边高声唱着《去吧，摩西》，一边朝城外的防御工事行进，走在队伍最前面领头的就是大个子山姆。于是她点了点头。

"唉，俺像只狗一样玩儿命干活，挖战壕、填沙袋，一直干到邦联军队撤出亚特兰大。那个叫俺当头儿的上尉军官被打死了，之后也没人告诉俺该怎么办，俺就只好跑到林子里躲起来。俺想着回塔拉去，可俺听说塔拉那一带的房子全都被烧了。再说，俺也没法子回去，怕巡逻队的人抓住俺，因为俺没有通行证。后来北方佬来了，一个北方佬军官，是个上校，他喜欢俺，让俺照料他的马、给他擦靴子。

"哦，小姐！俺觉得自己很了不得呢，跟波克一样做了主子贴身的仆人，俺原来可只是个下地干农活的呢。俺没告诉那个上校俺原先是干农活的，他——哦，斯嘉丽小姐，那帮北方佬可真够蠢的！他们根本不知道伺候主子的贴身仆人和下地干农活的黑人有什么区别！于是俺就跟了他。谢尔曼将军打到萨凡纳时，俺也跟着上校去了。上帝啊，斯嘉丽小姐，去萨凡纳一路上见到的景象太吓人了，俺这辈子都没见过这么可怕的场面！他们到处抢东西，走到哪儿烧到哪儿——塔拉被他们烧了吗，斯嘉丽小姐？"

"他们放了把火，但被我们扑灭了。"

"哎呀，谢天谢地，俺可太高兴了。塔拉是俺的家，俺正打算回去呢。仗打完之后，上校跟俺说：'山姆！跟我回北方去。我付给你一份好工钱。'咳，俺跟所有的黑人一样，也想在回家之前尝尝自由的滋味，于是俺就跟上校一起去北方了。俺跟着他们到了华盛顿、纽约，最后到了上校住的波士顿。你瞧，小姐，俺也是个出过远门的黑人了呢！斯嘉丽小姐，你知道吗，北方佬他们那儿街道上的马和马车多得数都数不过来！俺老是害怕会被车撞到！"

"你喜欢北方吗，山姆？"

山姆挠了挠他那头像羊毛一样的鬈发，答道："俺喜欢——可又不喜欢。那位上校，他是个大好人，他了解黑人。可是他的太太可就不一样了。他太太头一次见到俺时，竟然管俺叫'先生'。是的，小姐，她真是这么叫的，可她这么叫俺的时候，俺听着可真别扭。上校让她管俺叫'山姆'，她这才改口。可所有的北方佬头一次见俺时，都管俺叫'奥哈拉先生'，还叫俺跟他们坐在一起，就好像俺跟他们身份地位一样似的。俺这辈子还从来没跟白人坐在一起过呢，俺老了，适应不了。他们待俺就像待他们自己人一样好，斯嘉丽小姐，可在他们心里，他们并不喜欢俺——他们打心眼儿里不喜欢黑人。而且他们怕俺，因为俺块头太大。他们还一个劲儿地问俺有没有被猎狗追过，有没有挨过主人的打。上帝啊,斯嘉丽小姐,俺从来没挨过打!您也知道,杰拉尔德先生从来不让任何人打像俺这么能干的黑人!

"俺告诉北方佬埃伦小姐待黑人有多好,俺得肺炎时,她守在俺床边,整整照顾了俺一个星期,可他们都不信俺。斯嘉丽小姐,俺可想埃伦小姐,可想塔拉了,想得俺在那儿实在待不下去了。于是一天夜里,俺就偷偷溜出来,搭了一辆货车一路到了亚特兰大。要是您能给俺买张车票,让俺回到塔拉,俺就能再见到埃伦小姐和杰拉尔德先生了,那俺可就要高兴死了。自由的滋味俺已经尝够了,俺只希望有人给俺饭吃,一日三餐能让俺吃饱,告诉俺该干啥不该干啥,俺生病时能有人照顾俺。要是俺又得了肺炎呢?那个北方佬的太太会照顾俺吗?当然不会,小姐!她虽然口口声声叫俺'奥哈拉先生',但绝不会照顾俺。可埃伦小姐,她就会照顾俺,俺生病时她会——您怎么了,斯嘉丽小姐?"

"爸爸和妈妈都去世了,山姆。"

"去世了?您在跟俺开玩笑吧,斯嘉丽小姐?您可不能这么吓俺!"

"我没开玩笑。是真的。妈妈是谢尔曼的军队打到塔拉时去世的。而爸爸——他是去年六月去世的。噢,山姆,别哭,求你了!我会受不了的。咱们还是别谈这个了。以后我再慢慢告诉你吧……苏埃伦小姐还在塔拉,她嫁给了威尔·本廷先生,是个大好人。卡琳小姐,她——"斯嘉丽停顿了一下,因为她没法跟这个哭成了泪人的大块头解释清楚修道院是什么,"她现在住在查尔斯顿。波克和普利茜也都在塔拉……好了,山姆,擦擦鼻子吧,你真的想回家吗?"

"是的,小姐,可埃伦小姐不在了,只怕塔拉跟以前不一样了——"

"山姆,你觉得待在亚特兰大给我干活怎么样?我需要个赶车的,如今到处都是坏人,所以我急需一个车夫给我赶车。"

"是啊,小姐,您的确得有个车夫。俺正想说呢,您一个人像这样在外面到处跑可不行,斯嘉丽小姐。您不知道现在这些黑人有多坏,特别是住在贫民窟的这些黑人。您一个人闯到这儿来太不安全了。俺到这贫民窟才两天,就听他们说起过您呢。昨天您打这儿经过时,有几个下流的黑人妓女对您骂骂咧咧,俺一下子就认出了您,可您的马车跑得太快,俺追不上。不过,俺把那几个黑鬼狠狠地揍了一顿,您没瞧见今天她们一个也不敢冒出来了吗?"

"我的确注意到了,真谢谢你啊,山姆。怎么样,做我的车夫好吗?"

"斯嘉丽小姐,谢谢您,可是俺还是想回塔拉去。"

大个子山姆低下头,光脚蹭着地面,有些神色不安。

"噢,为什么啊?我会给你很高的工钱的。你一定得留下来跟着我。"

山姆那张大黑脸看上去有些傻乎乎,就像小孩一样,让人一眼就能看穿他的心思。他抬起头看着斯嘉丽,似乎有些惧色。他走近些,扒着马车边,凑过身子来,小声说道:"斯嘉丽小姐,俺必须得离开亚特兰大到塔拉去,那样他们就找不到俺了,因为俺——俺杀了人。"

"杀了个黑人?"

"不,是白人。是个北方佬士兵,他们正在抓俺。所以俺才躲到这贫民窟来。"

"发生了什么事?"

"那个北方佬喝醉了,说了些不干净的话,俺听不下去,实在忍不了,就一把掐住了他的脖子——俺其实没想杀死他,斯嘉丽小姐,可俺手劲儿太大了,还没等俺明白过来,那家伙就已经断气了。俺吓坏了,不知道该怎么办才好!所以俺就躲到这儿来了。昨天俺瞧见您打这儿路过,俺想:'谢天谢地!那是斯嘉丽小姐!她会保护俺的,她不会让北方佬把俺抓走。她会送俺回塔拉的。'"

"你说他们在追捕你?他们知道人是你杀的了?"

"是的,小姐,俺块头那么大,他们不会认错的。亚特兰大城里就数俺块头最大。他们昨天晚上已经到这儿来抓俺了,幸亏一个黑人女孩把俺藏在了林子里的一个洞里,等他们走了,俺才出来。"

斯嘉丽坐在车上,皱着眉头想了一会儿。山姆杀了人,她一点儿也不惊慌,也不担心,只是感到很失望,因为没法把他留住给她赶车了。像山姆这么大块头的黑人跟阿奇一样,会是个很好的保镖。唉,不管怎样,她必须得把他平安地送到塔拉去,因为她当然不能让北方佬抓到他。像他这么能干的黑人当然不能被绞死。他可是塔拉最好的工头呢！斯嘉丽压根儿忘了他已经是自由的了，以为他仍然属于她，就像波克、嬷嬷、彼得大叔、厨娘和普利茜一样。她认为山姆仍然还是"家里人"，理所当然得受到保护。

"我今晚就把你送到塔拉去，"她终于开口说道，"好了，山姆，我还得赶路，不过应该会在日落前回到这里。你就在这儿等着我，等我回来找你。别告诉别人你要去哪儿，你要是有帽子就戴上，把脸遮住。"

"俺没有帽子。"

"给，这是两毛五分钱，你从贫民窟随便找个黑人，跟他买顶帽子，然后来这儿等我。"

"是，小姐。"他脸上终于露出了宽慰的笑容，因为终于又有人告诉他该干什么了。

斯嘉丽一边赶车，一边想，威尔肯定会欢迎他，塔拉终于多一个会干农活的好手了。波克从来就不会干农活，也永远成不了好手。有了山姆，波克就能来亚特兰大跟迪尔茜团聚了，杰拉尔德去世后，她答应过波克的。

赶到锯木厂时，太阳都快下山了，她没想在外面待这么长时间。约翰尼·加勒格尔站在一间破烂的小棚屋门口，这棚子是当作厨房做饭用的，旁边还有个狭长的棚屋是给工人们住的。斯嘉丽派了五个囚犯到约翰尼的锯木厂干活，其中四个人正坐在狭长棚屋前面的一根圆木上。这几个囚犯身上的囚服很脏，还散发着难闻的汗臭味,当他们疲惫地走动时,脚踝上的镣铐叮当作响,每个人脸上又有种漠然而绝望的神情。"这些人太瘦弱了,看着病恹恹的,虚弱得很,"斯嘉丽目光锐利地盯着他们,心想,"可不久前租下这几个犯人时,他们还挺健壮的啊。"她从轻便马车上下来时,那些犯人甚至都抬不起眼来看她,只有约翰尼向她转过身来,漫不经心地摘下帽子向她行礼。跟她打招呼时,他那张棕色的小脸紧绷着,感觉硬得就像核桃一样。

"我不喜欢他们这副样子,"斯嘉丽一上来就说道,"看着病恹恹的,还有一个呢?"

"说是病了,"约翰尼说,"在棚子里躺着呢。"

"什么病?"

"多半是偷懒。"

"我去看看。"

"别去,说不定他光着身子呢。我会照看他的。他明天就能回来继续干活了。"

斯嘉丽犹豫了一下,看见其中一个囚犯疲惫地抬起头,狠狠地瞪了约翰尼一眼,接着又低下头看着地面。

"你拿鞭子抽他们了?"

"对不起,肯尼迪太太,请问到底是谁在管这家锯木厂?是你让我来负责,叫我来管理的。你说一切都让我自己看着办,不会来干涉我的。你对我又有什么好抱怨的呢?我现在出的活儿可比埃尔辛先生管事的时候多了一倍呢,不是吗?"

"是的,没错。"斯嘉丽不由得打了个寒战,背后一阵发凉。

她觉着这个破烂丑陋的棚屋有点儿不对劲儿,休·埃尔辛在这儿管事时可没有这种阴森森的感觉。她感觉这里有种莫名的孤寂、落寞和凄凉,让她心里发凉。这些犯人与世隔绝,一切都任凭约翰尼·加勒格尔摆布和操纵。要是约翰尼想鞭打、虐待他们,她恐怕很难知道。这些囚犯不敢跟她告状,因为害怕等她走了以后,约翰尼会变本加厉地迫害他们。

"他们怎么这么瘦弱,你给他们吃饱饭了吗?上帝啊,我给他们的伙食费够多的了,足能把他们喂成肥猪了。上个月光是面粉和猪肉我就花了三十块钱呢。你晚饭给他们吃了什么?"

她走到做饭的棚屋门口,往屋里看。一个肥胖的黑白混血女人正在锈迹斑斑的破炉子旁忙活着,一看到斯嘉丽,连忙屈膝行了个礼,然后继续搅动煮的一锅豆子。斯嘉丽知道约翰尼·加勒格尔跟这女人姘居,但认为最好还是当作不知道,睁一只眼闭一只眼的好。她看到厨房里除了一锅煮豆子和一盘玉米面包外,什么吃的也没有。

"你没给他们准备别的东西吃吗?"

"没有,小姐。"

"煮豆子里没放些腌肉吗?"

"没有,小姐。"

"煮豆子里不放肉?可光吃豆子没有肉怎么行,他们没力气干活啊。怎么没有腌肉呢?"

"是约翰尼先生吩咐的,他说就算给他们肉吃也没用。"

"不行,必须得放些肉进去。吃的东西都放在哪儿了?"

黑人厨娘吓得眼睛乱转，战战兢兢地看向充当贮藏室的小间。斯嘉丽把门打开，见地上放着一桶已经打开的玉米面、一小袋面粉、一磅咖啡、一点儿糖、一加仑罐的高粱饴糖，还有两条火腿。其中一条火腿被放在架子上，刚煮过不久，但只切下来一两片。斯嘉丽愤怒地看向约翰尼·加勒格尔，直视着他那双冷酷而恼怒的眼睛。

"我上星期送来的五袋面粉哪儿去了？还有一大袋糖和咖啡呢？我送来了五条火腿和十磅腌肉，还有一大堆红薯和土豆，这些都哪儿去了？你不可能一个星期就把这些都吃完了吧？这么多东西，你就是一天给他们吃五顿饭都不可能吃完。你把这些吃的都卖了，对吗？这就是你干的好事，你这个小偷！把我送来的吃的都卖了，钱都进了自己的腰包，却让这些人天天吃豆子、啃玉米面包！难怪他们一个个看着这么瘦。给我滚开。"

她气狠狠地冲过他身边，走到棚屋门口。

"你，边上那个——对，就是你！过来！"

那人站起来，蹒跚地朝她走来，脚上的镣铐叮当响。斯嘉丽看到他裸露的脚踝已经被镣铐磨破了皮，又红又肿，皮开肉绽。

"你上次吃火腿是什么时候？"

那个人低头看着地板。

"快说！"

那个人还是一声不吭地站着，样子很可怜。最后，他终于抬起头，仿佛哀求似的看了一眼斯嘉丽，然后又低下了头。

"不敢说，是吗？好，到贮藏室去，把那条火腿从架子上拿下来。丽贝卡,把你的刀给他。把火腿拿出去,分给大伙儿吃。丽贝卡,给这些人做点儿饼干、煮些咖啡,多放点儿高粱饴糖。现在就去,我看着他们吃。"

"那是约翰尼先生私人的面粉和咖啡。"丽贝卡战战兢兢地嘟囔着。

"约翰尼先生的?见鬼去吧!那火腿也成他私人的了吧。照我说的做,快点儿。约翰尼·加勒格尔,跟我到马车那边去。"

她大步流星地穿过乱糟糟的场院,爬上马车,沉着脸看着那些犯人开始撕扯火腿,玩儿命地往嘴里塞,生怕那火腿会随时被人拿走似的,才觉得满意,心头的怒火也消了几分。

"你真是少有的无赖!"斯嘉丽怒不可遏地冲站在马车边的约翰尼喊道。他把帽子推到脑后,耷拉着眼皮。"你把卖食物的钱交出来。今后我按天给你发吃的,不按月发了。这样你就骗不了我了。"

"今后我就不在这儿了。"约翰尼·加勒格尔说。

"你是说你要辞职!"

一时间斯嘉丽气得差点儿脱口而出:"滚吧你,走了才好呢!"可想了想,又冷静了下来。要是约翰尼走了,那她可怎么办呢?他出的活儿可比休管事时多了一倍呢。而眼下她又接了个大单子,是她迄今为止接过的最大的一笔订单,而且要得很急。她必须把这批木材运到亚特兰大。要是约翰尼不干了,她找谁替她管理锯木厂呢?

"没错,我不干了。你让我全权负责这里,还说对我唯一的要求就是尽可能多地生产出木材。当初你可没告诉我该怎么管，现在我也不想重新按你说的来。我怎么产出木材是我的事，用不着你管，但你没理由指责我没按协议办事。我帮你赚了钱，我拿了工钱——顺便捞了点儿外快也无可厚非。而你却突然跑来，对我指手画脚，还质问我，在那些人面前破坏我的威信，以后你让我还怎么管他们？偶尔打他们一顿又怎么了？有什么大不了的？那帮下贱的懒鬼应该打得更重点儿才对。没给他们吃饱、吃好又怎么样？他们不配。要么咱俩各管各的，互不干涉，要么我今晚就走人。"

他那冷酷而紧绷的小脸看起来比以往更加强硬，斯嘉丽不知该怎么办才好。要是他今晚辞职了，她可怎么办呢？她总不能整晚都待在这儿看着那些囚犯干活儿吧！

见斯嘉丽进退两难，约翰尼的神情顿时有了微妙的转变，少了些冷酷强硬，说话也悦耳多了。

"天色很晚了，肯尼迪太太，您最好还是回家去吧。咱俩不至于为这种芝麻大的小事翻脸吧？这样吧，您从我下个月的工钱里扣去十块钱，这事咱俩就算清了，怎么样？"

斯嘉丽不情愿地打量着那几个正在啃火腿的可怜犯人，想起了那个正在四面漏风的棚屋里躺着的病人。她应该把约翰尼·加勒格尔开除才对。他是个小偷，是个心狠手辣的无赖。她不在的时候，他还不定怎么虐待这些犯人呢。不过话说回来，他是个精明人，而她真的很需要一个精明人。不行，她现在还不能让他走，他正帮她赚钱呢。她只要今后盯紧点儿，让犯人吃饱吃好就行了。

"我要从你工钱里扣掉二十块钱,"她没好气地说,"这事没完,明天早上我再来跟你谈。"

她拉起缰绳,但心里清楚这事不会再谈了。这件事就这么了结了,而她知道,约翰尼也明白这一点。

她赶车沿着小路朝迪凯特街驶去,一路上她的良心一直在跟对金钱的欲望交战。她知道她不该把那几个人交到那个心狠手辣的小个子手里,让他们备受虐待,要是有人被他虐待死了,那她也同样有罪,因为她明知道那家伙残暴无情,还让他继续负责管理这些人。但话说回来——话说回来,那些人也是罪有应得,谁让他们犯了法,被抓起来,成了囚犯呢?一想到这儿,她心里就宽慰多了。可这一路上,那些囚犯没精打采又瘦弱的脸庞一直浮现在她脑海里,挥之不去。

"唉,我以后再想这事好了。"她下定决心,把锯木厂的事强行推到脑后,抛开不想。

马车拐进通向贫民窟的小路时,太阳已经完全落下去了。树林四周一片漆黑。日头落下去之后,暮色苍茫中寒意袭来,冷风阵阵。寒风吹过树林,光秃秃的树枝噼啪作响,枯黄的树叶窸窸窣窣。她从来没一个人这么晚还待在外面,所以有些害怕,真希望能赶紧到家。

到处都看不到大个子山姆的身影,她勒住马等他,担心他是不是被北方佬抓走了。这时她听到从贫民窟那边传来了脚步声,终于松了口气,这个山姆害她等了这么久,一定得好好教训他一顿。

可她定睛一看,来到拐弯处的人不是山姆。

来的是两个人,一个是衣衫褴褛的白人,另一个是矮胖的黑人,肩膀和胸口壮得跟大猩猩一样。她连忙在马背上抽了一鞭,然后抓起手枪。马刚要跑起来,突然那个白人一挥手,把马惊得往后退。

"太太,"他说,"能给我两毛五吗?我饿坏了。"

"走开,"斯嘉丽尽量沉住气,让自己的声音保持平稳,"我没钱,快走开。"

突然,那人一把抓住了马笼头。

"抓住她!"他朝那个黑人大喊,"她可能把钱藏在怀里了!"

接下来发生的事,对斯嘉丽来说简直就像噩梦一样,一切来得太快了。她迅速拿起手枪,本能地没朝白人开枪,因为担心会打中自己的马。那黑人朝马车跑过来,一张黑脸面目狰狞,一脸狞笑。她朝那黑人开了一枪,打没打中她也不知道,但紧接着,她的手被人紧紧握住,猛地一扭,枪被夺走,她的手腕差点儿被扭断了。黑人冲到她旁边,近得都能闻到他身上的恶臭味儿。他使劲儿拉她,想把她拉下马车。斯嘉丽用没被握住的那只手拼命地反抗,抓他的脸,接着她突然感觉到被一只大手掐住了脖子,随着刺啦一声,她的紧身胸衣被撕开,从脖颈一直撕到了腰间。随后那只黑手便在她两个乳房之间乱摸一气。她从来没这么恐惧和憎恶过,吓得疯了似的尖叫起来。

"让她住嘴!把她拖出来!"那个白人喊道。于是那只黑手便摸到了斯嘉丽的脸,捂住了她的嘴。斯嘉丽死命地咬了他一口,然后又尖叫起来。忽然她听到那个白人骂骂咧咧,意识到有人来了。那只黑手终于从她嘴上移开,然后那黑人跳下车去,原来是大个子山姆来了,正朝那家伙扑上去。

"快跑,斯嘉丽小姐!"山姆一边跟黑人扭打在一起,一边大喊道。斯嘉丽颤颤巍巍,浑身发抖,尖叫着抓起缰绳和鞭子,将两样东西同时朝马背上挥去。马儿向前一跃,立刻跑了起来,她感觉到车轮碾到了什么软乎乎的东西,好像轧过去的时候那东西还在反抗。是那个白人,山姆把他打倒在地,正巧被车轮碾过。

她吓得都快疯了,一下又一下地猛抽马背,马儿惊得拼命朝前跑,马车也随着摇摇晃晃。在惊恐不安中,她还是听到了身后有奔跑的脚步声,吓得朝马尖声厉喝,催马快跑。要是再被那个黑猩猩抓住,她宁可去死,也决不让他碰她一下。

身后传来叫喊声:"斯嘉丽小姐!停下!"

她没有松手,颤巍巍地回头看,原来是大个子山姆在后面一路追她,两条长腿快速跑着,就像正在飞速运动的活塞。她收住缰绳让山姆赶上来,跳上马车,他那庞大的身躯把她挤到了马车边上。他脸上又是汗又是血,呼呼地流着,他一边喘着粗气,一边问道:"您受伤了没?他们没伤着您吧?"

斯嘉丽说不出话来,但见山姆扫了她一眼就立刻转过头去看别处,她这才发现自己的紧身胸衣被撕开,一直撕到腰部,胸口和里面的内衣都露了出来。她连忙用颤抖的手抓拢裂开的衣襟,然后低下头,吓得大哭起来。

"把缰绳给俺吧,"山姆说着从她手里抓过了马缰,"驾,快跑!"

马鞭啪的一声响,马儿一惊,发疯似的跑了起来,差点儿把马车翻到沟里去。

"但愿那黑鬼被俺弄死了。可俺没仔细瞧,"他气喘吁吁地说,"他要是伤了你,斯嘉丽小姐,俺这就回去,非把他弄死不可。"

"别——别去了——快赶车吧。"她声音颤抖地说道。

第四十五章

当天晚上,弗兰克把她、皮蒂姑妈和孩子们送到了梅兰妮家,然后跟阿什利一起骑马走了。斯嘉丽又生气又伤心,肺都要气炸了。都这时候了,他怎么还有心思去开什么政治会议?该死的!他老婆当晚遇袭,差点儿出事!可他还去开会,真是太冷血、太自私了。当时她哭着被山姆扶进家门,紧身胸衣被撕到了腰际,弗兰克见了竟然还那么冷静,简直气死人。她哭哭啼啼地讲述事情经过,他就这么平静地听着,连胡子都没抓一下,最后只是柔声问了一句:"亲爱的,你是受伤了?——还是吓着了?"

斯嘉丽又愤恨又伤心,直掉眼泪,说不出话来。山姆替她回答说,她只是吓着了。

"他们刚撕开她的衣服,我就赶到那儿了。"

"好样的,山姆,我不会忘记你的恩情。如果你有什么事情需要我帮忙的话——"

"啊,有的,先生,您送俺回塔拉吧,北方佬在抓俺呢。"

弗兰克仍是冷静地听完山姆的事，什么也没问，那神情就像托尼那天半夜敲门时一样，仿佛这种事只能由男人来处理，而且基本上无须用言语，无须露感情。

"你坐到轻便马车上去。我让彼得大叔今晚送你到拉夫雷迪，你在林子里躲一夜，天一亮你就坐火车去琼斯博罗。这样更安全些……好了，亲爱的，别哭了，事情都过去了，你也没受伤。皮蒂小姐，能借你的嗅盐用一下吗？嬷嬷，给斯嘉丽小姐拿杯酒来。"

斯嘉丽又泪如泉涌，这次流下的是愤怒的泪水。她要的是弗兰克的柔声安慰，要的是他怒不可遏，发誓要替她报仇。哪怕他对她大发雷霆，说他早就警告过她会出事，谁让她不听呢——总之，怎么样都行，就是别像现在这样漫不经心，不把她危险的遭遇当回事。他人是很好，也很温柔，可无论什么事都心不在焉的，就好像心里装着什么大事似的。

结果，他心里的大事原来就是去开那破政治会议。

弗兰克叫她换衣服作好准备，他要送她去梅兰妮家待着。她听到这话，简直不敢相信自己的耳朵。他难道不知道她遭受了多大的惊恐和痛苦吗？他难道不知道她不想去梅兰妮家，只想赶紧躺到温暖的床上，盖上被子，放松一下疲惫的身子，松弛一下紧张的神经吗？——还得要一块热砖焐焐脚，还要一杯热托迪酒压压惊。如果他真的爱她，今晚就该留下来陪她，就是天塌下来也寸步不离地守着她。他应该握着她的手，一遍又一遍地告诉她，要是她有个三长两短，他也不想活了。今晚等他回来，两人单独在一起时,她一定要把这些话告诉他。

梅兰妮的小客厅跟平常晚上一样宁静,每次弗兰克和阿什利出门后,两家的女眷们就会围坐在一起做针线活。炉火照亮了房间,而且暖意融融。桌上的油灯发出柔和的黄光,映照在屋里正低头做针线活的四个女人柔顺光洁的头发上。她们每个人的裙摆都端庄地铺好,每个人的小脚都优雅地搭在低矮的垫脚凳上。育儿室的门敞开着,韦德、埃拉和小博均匀而平缓的呼吸声从育儿室的门口传出来。阿奇坐在炉火边的一个凳子上,背对着壁炉,嘴里含着烟草,腮帮子鼓鼓的。此时他正在专心地削一块木头。这个蓬头垢面、脏兮兮的老头儿跟四个衣着整洁、一尘不染的女人待在一起,反差极大,他就像只毛色灰白、模样凶狠的看门狗,而她们就像四只温顺的小猫。

梅兰妮温柔的声音里带着一丝怒火,滔滔不绝地讲述女士竖琴团里近来发生的一些令人不快的事。太太们对下次演奏会的曲目与男士合唱队意见不一致,于是当天下午便来找梅兰妮,说要退出音乐社。梅兰妮使出浑身解数,左说右说,才把她们劝住,让她们迟些再作决定。

本就过度烦躁紧张、情绪不好的斯嘉丽,恨不得尖叫起来:"噢,该死的女士竖琴团,见鬼去吧!"她只想谈谈自己今天遭遇的可怕经历,迫不及待地想要详细讲讲事情的经过,吓吓别人,也好减轻自己心里的恐惧。她想告诉她们当时她有多勇敢,听自己说的话壮胆,确信自己当时真的很勇敢。但每次她刚挑起这个话题,都被梅兰妮巧妙地把话茬扯开,转到别的不痛不痒的事情上。斯嘉丽气得快炸了，她们全跟弗兰克一样可恶！

她刚刚逃过一场可怕的劫难，她们怎么能如此平静，都不当回事呢？她们怎么不肯听她诉苦，连最起码的客套都没有呢？

暮色黄昏时的那场遭遇吓得她魂飞魄散，带给她的震撼极大，大到连她自己都不愿承认。每次一想起暮色苍茫的林间小路上，在阴影中盯着她看的那张丑恶黑脸，她就忍不住浑身发抖。一想到那只在她胸口上乱摸的黑手，想到要不是山姆及时赶来救她，还不知会发生什么事，她就把头垂得更低，紧闭上眼睛。在这宁静的房间里，她一声不吭地做着针线活，听着梅兰妮说话，可时间越久，她的神经就越紧张。她觉得自己的神经绷得很紧，仿佛随时都会听到神经绷断的声音，就像班卓琴的琴弦突然绷断一样。

阿奇削木头的声音也让她心烦，她不由得皱起眉头瞪着他瞧。她突然间觉得有些奇怪，他怎么坐在那儿削起木头来了。晚上他守卫这几个女眷的时候，通常都是躺在沙发上睡大觉，鼾声如雷，长长的胡子随着呼吸一起一落。更奇怪的是，梅兰妮和茵迪娅都没有提醒他应该在地上铺上纸，好接着削下来的木屑，任由他把壁炉前的地毯弄得全是木屑，而她们俩就像没看见似的。

她正看着阿奇时，他突然转过身，朝炉火里吐了好几口烟草汁，吐得劲儿又大，声音又响，把茵迪娅、梅兰妮和皮蒂吓得跳了起来，就像炸弹爆炸了似的。

"用得着吐那么大声吗？"茵迪娅冲他嚷嚷道，声音里带着紧张和愤怒，听起来很刺耳。斯嘉丽吃惊地看着她，因为茵迪娅向来安静而克制。

阿奇回头看了她一眼。

"我认为用得着。"他冷冷地回答,然后又吐了一口。

梅兰妮微微皱眉,瞥了茵迪娅一眼。

"我那亲爱的老爸向来不嚼烟草,谢天谢地。"皮蒂刚开口,梅兰妮眉头皱得更紧了,猛然转过头,说出的话十分尖刻,斯嘉丽从来没听过她用这种语气说话。

"噢,闭嘴吧,姑妈!真是不知道眉眼高低。"

"哎呀!"皮蒂把针线撂下,放在腿上,气得噘起了嘴,"我说,你们俩今晚都怎么了?你和茵迪娅哪根筋搭错了,性子这么暴躁?"

没人搭茬儿。梅兰妮连句失礼道歉的话也没有,继续做起针线来,但力道好大,就像跟针线有仇似的。

"瞧你那针脚,足有一寸长了,"皮蒂有些得意地说,"这些都得拆了重做。你到底是怎么了呀?"

可梅兰妮没说话。

斯嘉丽感到很纳闷,她们怎么回事啊?难道她光顾着自己害怕了没注意?没错,尽管梅兰妮想方设法想让今晚跟以往男人们出门后她们几个女人在一起时一样,但气氛还是不对劲儿,有种紧张感,她们好像有些惊恐不安,感觉不完全是黄昏时发生的事导致的。斯嘉丽偷着瞟了一眼同伴,正好发现茵迪娅正盯着她瞧。那咄咄逼人的目光让她感觉很不舒服,那眼神既冰冷又深邃,比憎恨更为强烈,比鄙视更侮辱人。

"瞧她那样儿,就好像今天发生这事全都该怪我似的。"斯嘉丽愤愤地想。

茵迪娅把目光从斯嘉丽身上移开,转向阿奇,脸上没有了刚才对他恼火的神情,目光中带着一种焦虑的疑问。但阿奇并没有看她,却瞪了斯嘉丽一眼,目光跟茵迪娅一样冷酷无情。

梅兰妮没有再开口,房间里陷入一片沉寂。在沉寂中,斯嘉丽听到外面起风了。突然间,她感觉今晚让人极不舒服,她这才察觉到气氛有些紧张和凝重,不知道一整晚是不是一直都这么紧张——还是她因为心慌意乱,一直没发现。阿奇的脸上神色警觉,仿佛在等待着什么。他那像山猫一样的耳朵竖了起来,像是在留意外面的动静。梅兰妮和茵迪娅似乎在强压着心里的不安,每当听到外面有马蹄声、风吹枯树枝的噼啪声和枯叶在草坪上翻滚的沙沙声,她们就立刻放下针线,抬起头来。就连壁炉里燃烧着的木头噼啪的断裂声,都会把她们吓一跳,就像听到了鬼鬼祟祟的脚步声似的。

肯定是出事了,可斯嘉丽不知道出了什么事。似乎有什么事正在进行中,但她被蒙在鼓里。她扫了一眼皮蒂姑妈,看她胖乎乎的面庞,一脸天真,嘴还在噘着,她心想这老太太肯定跟她一样完全不知情。但阿奇、梅兰妮和茵迪娅都知道。在沉默中,她几乎能感觉到茵迪娅和梅兰妮心事重重,就像笼子里的松鼠一样急得团团转。他们知道某件事,而且正在等着某件事发生,但极力掩饰,表面上装作若无其事,就跟平时一样。这下斯嘉丽也紧张起来,比之前更心神不安了。她笨拙地做着针线,一不留神,针扎到了大拇指上,她疼得轻轻尖叫了一声,把大伙儿吓得都跳了起来。她紧捏手指,一滴鲜红的血被挤了出来。

"心里烦死了,缝不下去了。"斯嘉丽说着,把正在缝补的东西扔到了地上,"我紧张得都要叫出来了。我要回家睡觉去。弗兰克明知道我出了事,却还出门去。成天叨叨着要保护女人不受黑鬼和提包客的欺侮和伤害,可到了需要他保护的时候,他人呢?跑哪儿去了?待在家里,照顾我?才不呢,他跟一帮男人闲逛去了,什么也不干,就知道瞎扯什么——"

她冒着怒火的目光定在了茵迪娅脸上,话也停住了。只见茵迪娅呼吸急促,没有睫毛的灰色眼睛死死地盯着斯嘉丽,目光冷酷得令人窒息。

"茵迪娅,要是这不会令你太痛苦的话,"她挖苦地说,"请告诉我为什么你一晚上都这么死盯着我。我脸变绿了还是怎的?"

"说出来我并不痛苦,我很乐意告诉你,"茵迪娅两眼炯炯放光,"我讨厌看你贬低像肯尼迪先生这样的好人,要是你知道——"

"茵迪娅!"梅兰妮立刻警告她,双手紧抓着正在做的针线活。

"他是我丈夫,我总比你更了解他吧。"斯嘉丽说。眼看两人就要吵起来了,而且这是她和茵迪娅头一次公然翻脸,她一下子来了精神,紧张不安的情绪一扫而光。梅兰妮瞪了茵迪娅一眼,茵迪娅不情不愿地闭上了嘴,但随即又立刻开口,语气冰冷,带着恨意。

"你真让我恶心,斯嘉丽·奥哈拉,还说什么被保护!你根本不在乎什么保护!你要是在乎的话,这几个月来就不该出去抛头露面,打扮得花枝招展地在城里到处跑,在陌生男人面前招摇,巴不得所有男人都被你迷倒!今天下午发生的事是你罪有应得,按理说你受的这罪还太轻了呢。"

"哎呀,茵迪娅,住口!"梅兰妮大喊道。

"让她说,"斯嘉丽喊道,"我倒想听听。我知道她一直恨我,可她这个人虚伪至极,不敢承认罢了。她要是以为有哪个男人喜欢她,她宁愿赤身裸体地在街上从一大早走到天黑呢。"

茵迪娅腾地站了起来,因为受到如此的侮辱,气得浑身发抖。

"我就是恨你,"她每个字都说得清清楚楚,但声音在颤抖,"可我没说出来不是因为我虚伪,而是有些事你根本不懂,连一点儿——一点儿起码的礼貌和教养都没有。我们都明白只有大家团结一致,丢开个人恩怨,同心合力,才能有希望打败北方佬。可你呢——你——你却干尽了有辱体面人尊严和名誉的事——跑到外面做买卖,让你的好丈夫丢尽脸面,给北方佬和那些下三烂的人口实,笑话我们,侮辱我们缺少教养。北方佬不知道你跟我们根本不是一类人,从来都不是。那些北方佬蠢得要死,压根儿不知道你是个没规矩、没教养的人。你一个人闯进林子里,招来祸患,就等于把全城有教养的体面女人都暴露在那些黑鬼和下贱白人的眼皮底下,让她们的人身安全受到威胁。你还给男人们招惹祸端,把他们置于危险之中,因为他们为了你——"

"上帝啊,茵迪娅!"梅兰妮大喊起来。斯嘉丽盛怒之中听到梅兰妮竟急得惊呼上帝,不由得一惊。"住嘴,别说了!她不知道,她——你别说了!你答应过——"

"噢,姑娘们!"皮蒂姑妈吓得嘴唇都在哆嗦,连忙哀求道。

"我不知道什么?"斯嘉丽也怒气冲冲地站了起来,面对着目光冷酷的茵迪娅和一脸恳求的梅兰妮。

"一群小母鸡!"阿奇突然说道,声音充满鄙夷和不屑。不等她们反驳,他满头灰白头发的脑袋就猛地抬了起来,然后他立刻起身,说道:"有人来了。不是威尔克斯先生。别叽叽喳喳地吵了。"

他说话带着男人的威严,女人们立刻就安静了,站着一动不动,脸上的怒气也消散了。阿奇一瘸一拐地走到门口。

"是谁?"来人还没敲门,阿奇就开口问道。

"是我,巴特勒船长,让我进去。"

梅兰妮快步跑到门口,裙环剧烈摆动,衬裤都露到了膝盖。阿奇还没抓到门把手,梅兰妮就抢先拉开了门。瑞特·巴特勒站在门口,黑色的阔边软帽戴得很低,遮住了眉峰,狂风吹得他的斗篷上下翻飞。他头一回顾不上礼貌,既没有脱帽行礼,也没跟屋里的各位打招呼,只看着梅兰妮,上来就问:"他们去哪儿了?快告诉我,这可是人命关天的事。"

斯嘉丽和皮蒂又吃惊又茫然,面面相觑。茵迪娅则像只瘦了吧唧的老猫飞快地蹿到梅兰妮身旁。

"别告诉他,"茵迪娅喊道,"他是个奸细,是叛贼。"

瑞特连看都不看她一眼。

"快告诉我,威尔克斯太太!也许还来得及。"

梅兰妮好像吓瘫了似的,只是呆愣愣地盯着瑞特的脸。

"这到底是——"斯嘉丽刚开口。

"闭嘴!"阿奇立刻喝道,"还有你也是,梅丽小姐。赶紧滚,你个该死的叛贼。"

"不,阿奇,别这样!"梅兰妮喊道,她伸出颤抖的手握住了瑞特的胳膊,就像要保护他不受阿奇的攻击似的,"出什么事了?你怎么——你怎么知道的?"

瑞特黝黑的脸上显出急躁的神情,但又尽力保持礼貌。

"上帝啊,威尔克斯太太,他们从一开始就受到怀疑,被盯上了——只不过他们一直都干得挺巧妙——但是今天晚上被发现了!我是怎么知道的?今晚我跟两个喝醉的北方佬上尉打牌,他们说漏了嘴,被我听到了。北方佬知道今晚会出乱子,所以早就作好了准备,那些傻瓜已经入了他们的圈套了。"

一时间,梅兰妮就像挨了一记重击似的,身子直摇晃,瑞特赶紧伸出手搂住了她的腰,扶她站稳。

"别告诉他!他是在骗你,套你话呢!"茵迪娅瞪着瑞特,说道,"你没听见他说吗?他今晚一直跟北方佬军官们在一起呢。"

瑞特对她仍是理都不理,一双眼睛紧盯着梅兰妮苍白的脸庞。

"告诉我,他们去哪儿了?知道他们在哪儿碰头吗?"

尽管斯嘉丽既害怕又不解,但还是觉得自己从没见过瑞特这么严肃地板着一张脸,面无表情。显然梅兰妮从他的脸上也看出了什么，觉得他值得信任。于是她推开瑞特扶着她的那只胳膊，挺直娇小的身躯，语气平静但声音颤抖地说："在贫民窟附近的迪凯特街，他们在老沙利文家庄园的地窖碰头——就是那个被烧毁了一半的庄园。"

"谢谢。我这就快马赶过去。要是有北方佬来，你们就说什么也不知道。"

他急匆匆离开，转眼间黑色的斗篷便融入夜色之中，要不是听到马儿狂奔、石子飞溅的声音，她们简直都怀疑他到底来过没有。

"北方佬要到这儿来？"皮蒂大声叫道，两只小脚一扭，就瘫倒在沙发上，吓得连哭都哭不出来了。

"这到底是怎么回事啊？他刚才那话是什么意思？再不告诉我，我简直就要急疯了！"斯嘉丽抓着梅兰妮使劲儿摇晃，就像只要用力摇，就能把答案摇出来似的。

"什么意思？意思就是说，阿什利和肯尼迪先生要是有个三长两短，全都是你害的！"尽管茵迪娅着急又害怕，但嘴巴还是不饶人，"别再摇晃梅兰妮了，她都快被你摇晕了。"

"不，我没事。"梅兰妮抓住椅子背，低声说。

"上帝啊，我的天啊！我不明白！害死阿什利？求你们了，快告诉我——"

阿奇突然打断了斯嘉丽的话，声音听起来就像生锈的铁链。

"坐下，"他简短地喝令道，"拿起针线活，接着做，就像什么也没发生过一样。说不定打太阳下山后，北方佬就一直在监视这栋房子呢。坐下,听见没,接着做你们的针线活儿。"

她们战战兢兢地照阿奇的话做,连皮蒂也颤颤巍巍地拿起了一只袜子,两手直抖,眼睛瞪得老大,就像吓坏了的孩子一样,看着大伙儿,盼着能有人给她解释一下到底出了什么事。

"阿什利在哪儿?他出什么事了,梅丽?"斯嘉丽大声问道。

"你丈夫呢?你对他就一点儿都不关心吗?"茵迪娅浅淡的灰眼睛炯炯放光,燃烧着疯狂的恶意和怒火,把手里正补着的破毛巾揉皱了又抻平。

"茵迪娅,求你别说了!"梅兰妮总算稳住了自己的声音,但那张惨白而哆嗦的小脸,还有那痛苦的眼神表明她心里其实一直紧张不安、备受煎熬,"斯嘉丽,也许我们早就该告诉你,可是——可是——你下午受了那么大的惊吓,而且我们——弗兰克不想——再说你一向都反对三K党——"

"三K——"

话一出口,斯嘉丽感觉好像从来没听说过这个词,而且完全不明白这词是什么意思似的。

"三K党!"她几乎尖叫起来,"阿什利不是三K党!弗兰克也不可能是!噢,他答应过我的!"

"肯尼迪先生当然是三K党,阿什利也是。我们认识的所有男人都是,"茵迪娅喊道,"他们都是有种的男人,不是吗?而且都是白人、南方人。你该为他们感到骄傲才是,而不是逼得他们只能偷偷摸摸,就好像干什么见不得人的事似的——"

"你们早就知道了,只有我——"

"我们是怕你担心。"梅兰妮伤心地说。

"这么说,他们不是去开政治会议,而是去搞三K党的那些事?噢,他答应过我的!这下糟了,北方佬会来没收我的锯木厂和店铺,还会把他抓进大牢的——噢,那瑞特·巴特勒刚才说的那些话是什么意思?"

茵迪娅与梅兰妮对视了一眼,眼神都充满恐惧和惊慌。斯嘉丽腾地站起来,把针线活一下子扔到了地上。

"你们要是不告诉我,我就进城去亲自弄个明白,碰到人就问,直到问清楚——"

"坐下,"阿奇定睛看着她,说道,"我来告诉你吧。因为你今天下午出去乱跑,自找麻烦,惹下祸端,所以威尔克斯先生和肯尼迪先生,还有其他人今晚一起去杀那个该死的黑鬼和白人去了,要是能找到他们俩的话。另外他们还要把整个贫民窟都一窝端。要是刚才来的那个叛贼说的是实话,那么北方佬已经起了疑心,或是听到了什么风声,已经派出军队在那儿埋伏着呢。那咱们的人就落入了他们的圈套。而如果那个巴特勒说的是假话,那他就是个奸细,会去向北方佬告密,咱们的人还是会被北方佬杀死。要是那家伙真去告密了,我就亲手把他宰了,哪怕赔上我这条老命。要是咱们的人躲过了这场劫难,那也得赶紧逃到得克萨斯去躲起来,没准儿永远也回不来了。这全都怪你,都是你惹出来的祸,是你害他们送命的。"

斯嘉丽渐渐明白了,立刻变得恐惧不安起来,梅兰妮脸上原先的惊慌害怕瞬间消失,取而代之的是无比的愤怒。她连忙站起身来，一只手搂住斯嘉丽的肩膀。

"你再说这种话就给我出去，阿奇，"她厉声道，"这不是她的错。她只是做了——做了她觉得必须得做的事。咱们的人做的也是他们觉得必须得做的事。必须要做的事，人人都得做。每个人都有各自不同的想法和做法，我们不能用自己的标准去判断和衡量别人。你和茵迪娅怎么能说出这种残忍的话呢，她的丈夫，还有我的丈夫，说不定——说不定——"

"听！"阿奇轻声打断了梅兰妮的话，说道，"坐下，小姐。有马蹄声。"

梅兰妮跌坐在椅子上，赶紧拿起阿什利的衬衫，低头缝补起来，下意识地把褶边撕成了布条。

马蹄声越来越近，声音也越来越清晰，甚至还传来了马嚼子的叮当声、勒缰绳的声音以及说话声。马蹄声在门口停住，有人高声喝令，然后有脚步声穿过侧院朝后廊而来。屋里的四个女人感觉仿佛有上千只充满敌意的眼睛正透过没拉下窗帘的前窗窥视着她们。她们心里害怕极了，都埋头做针线活儿，吓得不敢抬头。斯嘉丽在内心深处嘶喊道："是我杀了阿什利！是我害死了他！"在这狂乱的瞬间，她竟忘了弗兰克也有可能因她而送命。她心里只有阿什利，脑海中只闪现出阿什利倒在北方佬骑兵的铁蹄下，金色的头发沾满鲜血的画面，再无其他。

门口响起刺耳又急促的敲门声，斯嘉丽抬头看向梅兰妮，发现她那张紧绷的小脸上显现出一种异样的表情，一种跟刚才巴特勒脸上一样的表情，就像玩牌的人手里只有一对"两点"，却虚张声势，装出镇定自若的样子，想要吓退对手。

"阿奇，开门。"她镇定地说。

阿奇悄悄地把刀插进靴筒，解开腰带上的枪，然后一瘸一拐地走到门口，猛然把门打开。皮蒂见门口黑压压一片，门前站着一个北方佬上尉，还挤着一群穿蓝军服的士兵，吓得"吱"地尖叫了一声，就好像啪的一声被捕鼠器夹到的老鼠似的。但屋里的其他人则一声不吭。斯嘉丽一见到那个军官心里稍稍松了口气，因为这人她认识，是汤姆·贾弗里上尉，也是瑞特的朋友。他盖房子时曾经跟她买过木材。她知道这人是个绅士，正因为如此，也许不会抓她们去坐牢。那位军官立刻认出了斯嘉丽，于是摘下帽子，有些尴尬地向她行了个礼。

"晚上好，肯尼迪太太。请问哪位是威尔克斯太太？"

"我就是，"梅兰妮站起来回答道，虽然她身子娇小，但浑身散发着尊贵和庄严，"你们凭什么闯进我家来？"

上尉的目光迅速将屋里扫视一番，然后一一打量屋里的每个人，又瞄了一眼桌子和帽架，好像在搜寻家里是否有男人的踪迹。

"不好意思，我想跟威尔克斯先生和肯尼迪先生谈谈。"

"他们不在。"梅兰妮说，语气温和中带着冷淡。

"您确定？"

"你在质疑威尔克斯太太吗？"阿奇气得胡子都竖起来了。

"请原谅，威尔克斯太太。我没有冒犯您的意思，如果您能保证所言属实的话，那我就不搜这屋子了。"

"我保证。不过您要是想搜查的话，那就尽管搜好了。他们在肯尼迪先生的店铺里开会呢。"

"他们不在店铺里，今天晚上他们也没有开会，"上尉沉着脸，严肃地说，"我们会守在外面，等他们回来。"

他微微鞠了一躬，然后走出了屋子，随手把门带上。屋里的人听到外面呼啸的风中传来厉声喝令："包围这座房子，每扇门窗都给我盯住了。"接着便是一阵脚步声。

在黑暗中，斯嘉丽隐约看到每扇窗户外都有满脸胡子的大兵在窥视着她们，竭力压住心里的恐惧。梅兰妮坐下来，手不再颤抖，她抓起桌上的一本书读了起来，是本破旧的《悲惨世界》。这是邦联士兵们都爱看的一本书，打仗时经常在营火边阅读此书，还苦中作乐地把它称作"李将军的悲惨世界"[1]。她把书翻到中间，用清楚而呆板的声音念了起来。

"做活儿吧。"阿奇用粗哑而低沉的声音命令道。屋里另外三个女人被梅兰妮冷静的读书声所鼓舞，打起精神，拿起针线活，埋头缝补起来。

在外面包围着的那群人严密的监视下，梅兰妮读了多久的书，斯嘉丽完全没概念，但感觉足有好几个钟头。梅兰妮念的她一个字也没听进去。此时此刻她除了想着阿什利，也开始惦念起弗兰克来了。难怪今晚他看上去这么镇定冷静，不动声色！他答应过绝不跟三K党扯上关系的。唉，她最害怕的就是惹上这种

---

[1] 《悲惨世界》的法语发音为Les Misérables，与李将军的悲惨世界（Lee's Miserables）的英文发音相似。

事！去年一年的辛苦都白费了，她顶风冒雨、拼死拼活地劳心劳力，结果全都白干了。谁能想到胆小怯懦的老弗兰克竟然跟那帮头脑发热、不顾死活的三K党混在一起了呢？此时此刻，说不定他已经死了，就算没死也会被北方佬抓住，最后被绞死。阿什利也是一样！

她把指甲深深掐进掌心，都掐出了四道鲜红的指甲印来。阿什利这会儿都快上绞刑架了，梅兰妮怎么还有心思读书，而且还读得这么镇定自若呢？说不定他已经死了呀？可在梅兰妮读着冉阿让的悲惨故事时，她那轻柔而冷静的声音里似乎有某种力量，能让斯嘉丽镇定下来，不至于跳起来大声尖叫。

她突然回想起托尼·方丹来找她的那个晚上。他被人追捕，筋疲力尽，身上一分钱没有。要不是他逃到她们家，拿了些钱，换了匹精力充沛的马，他早就被绞死了。此时此刻，即使弗兰克和阿什利没死，估计处境也跟当时的托尼一样，甚至恐怕更糟。现在房子被北方佬包围，他们俩要是回家来拿钱和衣服，肯定会被抓住。没准这条街上所有的房子都被北方佬重重包围了，所以他们也没法找朋友帮忙。说不定此时他们正骑着马在黑夜里狂奔，朝得克萨斯逃去。

可是瑞特——也许瑞特及时赶到，找到了他们。瑞特口袋里总是揣着大把现金。也许他会借给他们钱，帮他们逃走。可这就奇怪了。瑞特为什么要担心阿什利的安危呢？他那么讨厌阿什利，又那么瞧不起对方。那他为什么——谜团还没解开，她就又为阿什利和弗兰克的生死安危担忧起来，瞬间便把心里的疑惑给抛到脑后了。

"噢,这全是我的错!"她暗暗自责,"茵迪娅和阿奇说得没错,这全都怪我。可我万万没想到他们俩会这么傻,竟然加入了三K党啊!也万没想到自己会遭遇祸端!但我也没办法啊。梅丽说得对,人人都得去做必须要做的事。我必须得让锯木厂经营下去!我必须得赚钱啊!可这下完了,也许所有的一切都要失去了,不管怎么说,都是我的错!"

过了很长时间,梅兰妮的声音开始颤抖,变得越来越低,最后陷入沉默。她转头看向窗户,好像没有看到北方佬士兵在隔着玻璃窗盯着她瞧似的。其他几个人也都抬起头来,跟她一样,竖起耳朵仔细听外面的动静。

外面传来了马蹄声和歌声。因为门窗紧闭,所以那声音听起来闷闷的,而且随风飘散。不过那歌声还是能听得出来,正是那首最可恶也最令人痛恨的歌——称颂谢尔曼军队的《进军佐治亚》,而唱歌的人竟然是瑞特·巴特勒。

他头两句还没唱完,又传来另外两个醉汉的声音,冲他叫嚷起来,听起来有些生气,又傻乎乎的,说起话来口齿不清,含含糊糊。站在前廊的贾弗里上尉厉声呵斥,接着便是一阵急促的脚步声。但屋里的几个女人还没听到这些动静的时候,就已经吓得呆愣住了。因为冲瑞特叫嚷的人正是阿什利和休·埃尔辛。

门前的小道上声响更大了——贾弗里上尉简短地问话、休呵呵地傻笑、瑞特低沉而粗鲁地答话,还有阿什利奇怪地喊着:"见鬼!真见鬼!"

"那不可能是阿什利！"斯嘉丽心烦意乱地想，"他从来不会喝醉的！还有瑞特——不对啊，瑞特喝得越醉反而越安静，从来不会像这样大喊大叫的！"

梅兰妮站了起来，阿奇也站了起来。只听上尉厉声喝道："把这两个人抓起来。"阿奇立刻握住了手枪柄。

"别，"梅兰妮语气坚定地低声吩咐道，"别，让我来。"

斯嘉丽发现梅兰妮脸上的神情跟那天她站在塔拉的楼梯上，纤细的小手握着沉甸甸的军刀，看着楼下那个被打死的北方佬士兵尸体时一模一样——一个温柔而怯懦害羞的女人竟被环境逼得如母老虎一般警觉而凶猛。她一把将门打开。

"快把他扶进来，巴特勒船长，"她清晰而怨怒地说，"你瞧你，又把他给灌醉了。快把他扶进来。"

漆黑的小道上，寒风呼啸，北方佬上尉说道："很抱歉，威尔克斯太太，你丈夫和埃尔辛先生被捕了。"

"被捕？为什么？就因为喝醉了酒？在亚特兰大，要是但凡有人喝醉了就被捕，那驻守在这儿的所有北方军官兵都得一个接一个地被关进大牢。好了，巴特勒船长，快把他扶进来吧——要是你还走得动的话。"

斯嘉丽的脑子转得不够快，一时间还没明白是怎么回事。她知道瑞特和阿什利都没喝醉，也知道梅兰妮很清楚他们俩没喝醉。然而这个平时温柔端庄的梅兰妮，此时却像个泼妇似的在北方佬面前又喊又叫，还数落他们俩醉得连路都走不了。

门外传来一阵含糊不清的争吵，当中还夹杂着几句咒骂，接着是跟跟跄跄登上台阶的脚步声。阿什利出现在门口，只见他脸色煞白，脑袋耷拉着，金色的头发乱糟糟的，颀长的身躯从脖子到膝盖都被瑞特的黑斗篷包裹着。休·埃尔辛和瑞特站在阿什利左右搀扶着他，可他们俩自己都站不稳。显然，要是没有他们俩搀着，阿什利肯定会一头栽倒在地。北方佬上尉跟在他们几个人身后，一脸怀疑，又有些玩味，站在敞着门的门口，手下的那些士兵则好奇地探头张望，冷风呼呼地灌进屋里。

斯嘉丽既惊恐又困惑。她看了看梅兰妮，又瞧了瞧耷拉着脑袋的阿什利，多少看出了一些端倪，于是刚想喊"他不可能喝醉"又立刻把话咽了回去。她明白他们在演戏，一出决定生死存亡的戏。她知道她不在这出戏里，皮蒂姑妈也不在，但其他人都在戏里，就像一群演员在出演一场排练得很熟的戏，彼此配合默契。她只看得懂一半，但倒是很清楚自己得保持沉默。

"把他扶到椅子上坐着，"梅兰妮气呼呼地说，"而你，巴特勒船长，你立刻离开这屋子！你又把他灌成这样，还有脸来！"

两个男人把阿什利扶到一张摇椅上坐下，瑞特摇摇晃晃地抓住椅背让自己站稳，然后有些恼火地对上尉诉苦："瞧瞧，好心帮忙倒成不是了。为了不让他被警察抓走，我好心好意把他送回家来，结果他没完没了地冲我嚷嚷，还用手抓我！"

"还有你，休·埃尔辛，我真替你害臊！你那可怜的妈妈会怎么说？喝得烂醉，而且还是跟——跟巴特勒船长这种喜欢巴结北方佬的叛贼在一起！噢，威尔克斯先生，你怎么能做出这种事来？"

"梅丽,我没怎么喝醉。"阿什利嘴里嘟囔着,正说着,身子往前一栽,一头倒在桌子上,两手捂着脑袋。

"阿奇,把他扶进卧室去,让他在床上躺下——就像以往一样。"梅兰妮吩咐道。"皮蒂姑妈,快去把床铺好,噢,"她突然放声大哭,"噢,他怎么能这样?他答应过我的!"

阿奇把手伸到阿什利的腋下,正要把他搀起来,皮蒂战战兢兢、犹犹豫豫地刚站起来,上尉突然开口。

"别碰他。他被捕了。中士!"

中士立刻端着枪走进来。瑞特似乎想要让自己站稳些,于是一只手抓住了上尉的胳膊,费力地把目光集中在他身上。

"汤姆,你干吗抓他?他又没喝太醉。我见过他比这醉得还厉害的时候呢。"

"醉他娘的鬼,"上尉喊道,"他就是倒在阴沟里也不关我的事。我又不是警察。他和埃尔辛先生被捕是因为他们今晚参与了三K党袭击贫民窟的行动。一个黑人和一个白人被杀死了。威尔克斯先生是这次行动的头儿。"

"今晚?"瑞特哈哈大笑起来,笑得前仰后合,顺势坐倒在沙发上,两手捧着脑袋。"今晚不可能,汤姆,"等他缓过气来时,才终于开口道,"他们俩今晚一直跟我在一块儿呢——别人以为他们在开会,其实从八点起到现在他俩一直跟我在一起。"

"真的跟你在一起吗,瑞特?可是——"上尉眉头一皱,看着鼾声大作的阿什利,又瞧瞧他那位正哭哭啼啼的妻子,似乎有些犹豫,"可——你们一晚上去哪儿了?"

"我不想说。"瑞特带着醉意狡黠地扫了梅兰妮一眼。

"你还是说出来吧!"

"咱们到前廊去说吧。"

"就在这儿说,快告诉我。"

"当着女士的面不方便说。要不让女士们先回避一下——"

"我才不走呢,"梅兰妮气呼呼地用手帕擦着眼泪,说道,"我有权知道我丈夫去哪儿了。"

"在贝尔·沃特琳的妓院里,"瑞特有些难为情地说,"不但有他,还有休、弗兰克·肯尼迪和米德医生,还有——还有好多人。那儿有个派对,一个大派对,有香槟,还有姑娘——"

"在——在贝尔·沃特琳那儿?"梅兰妮痛苦得失声尖叫,吓得大伙儿都看向她。她一只手紧抓住自己的胸口,没等阿奇过来扶住她,她就已经晕倒了。屋里顿时乱作一团,阿奇连忙把她扶起,茵迪娅跑到厨房去拿水,皮蒂和斯嘉丽给她扇风、拍打手腕,休·埃尔辛则一遍又一遍地喊着:"瞧你干的好事!瞧你干的好事!"

"这下全城都知道了,"瑞特气急败坏地说,"你该满意了吧,汤姆。明天,亚特兰大全城的太太没有一个会搭理自己的丈夫了。"

"瑞特,我没想到——"虽然冷风穿过敞着的门,呼呼地灌进屋里,吹着上尉的后背,可他还是冒出了一脑门子的汗,"我说!你敢发誓他们真的都在——呃——都在贝尔那里吗?"

"见鬼,当然敢!"瑞特吼道,"你要不信,你自己去问贝尔好了。行了，让我去把威尔克斯太太抱回房间吧。让我来吧，阿奇，我抱得动她。皮蒂小姐，麻烦您在前面掌灯。"

他轻松地从阿奇手里接过梅兰妮瘦弱的身体。

"你扶威尔克斯先生上床去，阿奇。从今晚之后，我再也不想看他一眼，或者碰他一下了。"

皮蒂的手颤颤巍巍地举着灯。让她掌灯，整座房子都有危险，不过她总算还是拿住了，快步在前面走着，朝黑漆漆的卧室走去。阿奇咕哝一声，手伸到阿什利腋下，把他扶了起来。

"可是——我得逮捕他们！"

瑞特在昏暗的过道里转过身来。

"那就明早再来抓他们吧。他们都这个样子了，也逃不了——我真没听说过在妓院里喝醉酒也算犯法。上帝啊，汤姆，有五十个证人能证明他们晚上在贝尔的妓院里呢。"

"这年头要证明一个南方人出现在他根本没去过的地方，肯定能找出五十个证人来，"上尉阴沉着脸说，"你跟我走一趟吧，埃尔辛先生。要是有人起誓担保，我就暂且假释威尔克斯先生——"

"我是威尔克斯先生的妹妹，我担保他一定不会跑的，"茵迪娅冷冷地说，"好了，这下你可以走了吧？今晚你给我们惹的麻烦够多的了。"

"我真的万分抱歉，"上尉尴尬地行了个礼，"我只希望他们能证明自己的确是在呃——沃特琳小姐——太太那里。请转告你哥哥，明天务必要去趟宪兵司令部，接受讯问，好吗？"

茵迪娅冷冷地点点头,伸手握住门把,暗示请他马上离开。上尉和中士走了出去,休·埃尔辛跟他们一起走了。随即她砰的一声把门关上,连看都没看斯嘉丽一眼,迅速把每扇窗户的百叶窗都拉了下来。斯嘉丽双膝发抖,连忙抓住阿什利刚才坐过的椅子,让自己站稳。她低头一看,发现椅子上有一大片黑乎乎的湿渍,比她的手掌还大。

"茵迪娅,"她低声说,"茵迪娅,阿什利他——他受伤了。"

"你这个傻瓜!你真以为他喝醉了吗?"

茵迪娅拉下最后一扇百叶窗,立刻朝卧室奔去。斯嘉丽紧随其后,心都跳到了嗓子眼。瑞特高大魁梧的身躯挡在门口,但斯嘉丽越过他的肩头看到阿什利正一动不动地躺在床上,面无血色。梅兰妮刚才还晕着呢,可现在却动作利落而娴熟地用绣花剪将他身上那被鲜血浸透的衬衫剪开。阿奇一只手低低地举着灯,靠近床边给梅兰妮照亮,另一只手按着阿什利的手腕,看他的脉搏。

"他死了?"两个姑娘齐声问道。

"没有,只是因为失血太多晕过去了。子弹打穿了他的肩膀。"瑞特说道。

"你干吗把他带回家来,你这个傻瓜?"茵迪娅喊道,"让我过去看他!让我过去!你干吗把他带回家来等着被抓?"

"他太虚弱了,走不了远路。而且能把他带到哪儿去呢,威尔克斯小姐?再说——你想让他跟托尼·方丹一样流亡他乡吗?你想让你周围十几个邻居都逃到得克萨斯,隐姓埋名度过余生吗?何况有机会让他们摆脱罪名,只要贝尔——"

"让我过去!"

"不行,威尔克斯小姐。你还有别的事要干。你必须去找个医生来——不能找米德医生。因为他也牵涉进这件事里了,这会儿也许正被北方佬讯问呢。找个别的医生来。你害怕晚上一个人出去吗?"

"不怕,"茵迪娅灰色的眼睛里闪着光,"我不害怕。"于是她抓起梅兰妮挂在过道挂衣钩上的一件带帽斗篷,说道:"我去找老迪恩医生。"她尽力让自己冷静下来,语气已经不像刚才那么激愤:"很抱歉,我刚才骂你奸细,叫你傻瓜。因为我那时不了解情况。非常感谢你为阿什利所做的一切——可我仍然瞧不起你。"

"我很欣赏你的坦率——谢谢。"瑞特鞠了一躬,嘴角一撇,露出一抹笑意,"好了,快走吧,从后门走,等你回来的时候,如果看到房子周围有北佬士兵,就先别进来。"

茵迪娅忧心地扫了阿什利一眼,立刻穿上斗篷,轻轻地快步跑过过道,穿过后门,悄悄地消失在夜色中。

斯嘉丽睁大眼睛越过瑞特的肩膀看向阿什利,看到阿什利睁开眼睛时,她的心又怦怦地跳了起来。梅兰妮从脸盆架上取下一块叠好的毛巾,紧按在阿什利流血的肩膀上。他虚弱地对她笑了笑,示意让她放心。斯嘉丽感觉到瑞特那深邃的目光正紧盯着她,仿佛能看透人心似的。她意识到自己的心思都明明白白写在了脸上,但她一点儿也不在乎。阿什利在流血,也许要死了,而害他肩膀受伤流血不止的人,却是深爱着他的自己。她真想冲到床边,蹲下来紧紧把他抱在怀里,可她现在双膝发抖,一步也走不动,进不去房间。她一手捂住嘴,看着梅兰妮换了一块毛巾放在他的肩膀,紧紧按住,仿佛要把血强按回他身体里去似的。但毛巾就像变魔术似的,瞬间就被染红了。

一个人怎么可能流了这么多血还能活着呢?可谢天谢地,他嘴里没冒出血来——噢,那带沫的血泡可是死亡的先兆,她再清楚不过了,当年桃树溪那一仗时,她就知道。那一天真是太可怕了,许多伤员倒在皮蒂姑妈的草坪上死去时,嘴边都是鲜血淋漓的。

"打起精神来,"瑞特说,声音里透着冷酷和一丝嘲弄,"他死不了。好了,去帮威尔克斯太太掌灯照亮吧,我要差阿奇出去办点儿事。"

阿奇隔着灯看着瑞特。

"我可不听你的吩咐。"他边说边把嘴里的烟草从一边换到另一边。

"照他的吩咐做,"梅兰妮厉声说,"立刻去办。巴特勒船长怎么说你就怎么做。斯嘉丽,过来掌灯。"

斯嘉丽连忙走上前去接过灯,两手举着,以免掉下来。阿什利的双眼又闭上了,赤裸的胸膛隆起时很慢,落下去时却很快,鲜红的血从梅兰妮纤细而狂乱的手指间渗出。她隐约听到阿奇一瘸一拐地走到瑞特面前,接着听到瑞特压低声音跟他迅速吩咐了几句。斯嘉丽一颗心都在阿什利身上,所以瑞特低声交代的几句话里,她只听到了开头半句:"骑上我的马……拴在外面……骑得越快越好。"

阿奇嘟囔着问了些问题,斯嘉丽听到瑞特回答说:"老沙利文的种植园。罩袍塞在最大的烟囱里,一找到就立刻烧了。"

"嗯。"阿奇咕哝道。

"还有两个人——在地窖里。尽可能把他们捆在马背上,把他们驮到贝尔家后面的那块空地上——就是在她那幢房子和铁轨之间的那块空地。千万要小心,要是被别人看见了,你还有我们大家都会被绞死。把那两人放在空地上,把手枪放在他们旁边——塞进他们手里。给——把我的枪拿去。"

斯嘉丽看向屋子那头,见瑞特从自己的外衣后摆下面掏出两支左轮手枪。阿奇接过枪,插进自己的腰带里。

"每支手枪各开一枪,要布置得像普通的枪击决斗一样,明白吗?"

阿奇点点头,似乎完全明白了,那只冷漠的独眼里透着一丝不情愿的钦佩。可斯嘉丽却一点儿也摸不着头脑。过去这半个小时就像一场噩梦一样,她觉得一切都云里雾里,没有一件事能弄明白,而且好像永远也弄不明白似的。然而面对这茫然而混乱的局面,瑞特好像完全能够掌控并且应对自如,对她来说,多少能感到安心些。

阿奇转身刚要走,突然又转过身来,那只独眼盯住瑞特的脸,眼里带着疑问。

"是他?"

"是的。"

阿奇咕哝了一声,往地上吐了口唾沫。

"真是糟透了。"说完,他便一瘸一拐地穿过过道,朝后门走去。

他们俩最后低声交谈的那几句话让斯嘉丽心中又起疑窦,不由得泛起一阵恐慌,感觉胸中像是有个冰冷彻骨的疑团,不断膨胀,眼看就要胀破——

"弗兰克在哪儿?"她大声叫道。

瑞特大步穿过房间,走到床边,高大魁梧的身躯就像猫一样轻巧无声。

"别急。"他微微一笑,说道,"举稳灯,斯嘉丽,你不想烧到威尔克斯先生吧。梅丽小姐——"

梅兰妮抬起头,像个忠诚的小兵随时听候命令。情况如此紧急,她根本没意识到这是瑞特第一次叫她的昵称,平时只有家人和老朋友才这么叫她。

"请原谅,我是说,威尔克斯太太……"

"噢,巴特勒船长,您别这么见外!您叫我梅丽就好了,把'小姐'二字去掉,我会更高兴的!我觉得您就像是我的——我的兄长,或者——或者我的表哥一样。您真是个好人,心肠好,又聪明!真不知道该怎么感谢您才好!"

"谢谢。"瑞特说,一时间他看上去似乎很难为情。"我不该如此放肆,可是梅丽小姐,"他的声音里满含歉意,"真抱歉,不过我必须得告诉您,威尔克斯先生刚才真的是在贝尔·沃特琳那里。实在对不起,我把他和其他人都带到那种——那种地方，可是当我骑马从这儿走的时候，由于事情太紧急，只能想到这个办法。我知道我的话北方佬会信的，因为我跟好多北方佬军官都是朋友。他们几乎把我当作他们自己人，因为他们知道我——怎么说呢，我在本地人当中很'不得人心'。你也知道，天刚黑那会儿，我在贝尔的酒吧里打牌，至少有十几个北方佬士兵可以做证。而贝尔和她的那帮姑娘都会很乐意对北方佬撒谎，说威尔克斯先生和其他人整晚都在——都在她们楼上。北方佬会相信她们的。这帮北方佬就是这么怪，他们绝不会想到——干那行的女人也懂忠诚，也会爱国。要是问今晚本该开会的那些男人究竟去哪儿了，亚特兰大尊贵体面的妇人说的话，他们不信，可那些妓女说的话他们反倒相信。我想，在我这个叛贼和十几个妓女的做证与担保下，咱们的人没准儿能脱罪。"

说到最后几句时，瑞特脸上露出一抹讥笑，但看到梅兰妮一脸感激地望着他时，那抹讥笑顿时消失了。

"巴特勒船长，您真是太机智了！只要能保住他们的命，就算您说他们今晚在地狱都没关系！因为我知道，所有了解我们的人也都清楚，我的丈夫是绝不会去那种地方的！"

"呃——"瑞特窘迫地说，"事实上，他今晚的确到过贝尔那里。"

梅兰妮挺直身子，冷冷地说。

"这种谎言我是绝对不会相信的。"

"求你了，梅丽小姐，请容我解释！我今晚赶到老沙利文种植园时，我发现威尔克斯先生受了伤，跟他在一起的还有休·埃尔辛、米德医生和梅里韦瑟老爷子——"

"连老爷子也去了！"斯嘉丽惊叫道。

"男人再老也照样当傻瓜。还有你的亨利叔叔——"

"噢，天啊！"皮蒂姑妈大叫。

"其余的人跟部队交火后都被打散了。只有这几个人一齐跑到了老沙利文种植园躲了起来，把罩袍藏在了烟囱里，然后看看威尔克斯先生的伤势如何。要不是他伤得重，他们几个如今早就逃往得克萨斯去了——可威尔克斯先生骑马跑不了远路，大伙儿不能扔下他不管。所以必须得证明他们当晚不在案发地点，而在别处才行。所以我就把他们带到了贝尔那里，抄小道从后门进去了。"

"哦——我明白了。我刚才太鲁莽了，实在抱歉，巴特勒船长。现在我明白了，的确不得不把他们带到那儿去，可是——噢，巴特勒船长，你们进去时，别人肯定会看见的呀！"

"没人看见。我们是从一条没人知道的后门进去的，门朝向铁路那边，那里乌漆麻黑的，而且上着锁。"

"那你们是怎么——"

"我有钥匙。"瑞特直视着梅兰妮，说得很直白，毫不掩饰。

梅兰妮明白过来话里的意思之后，既震惊又窘迫，手忙脚乱地系着绷带，结果绷带没系上，反而从伤口上滑了下去。

"我不是有意打听——"她言语含糊地说，苍白的小脸唰的一下红了，连忙把毛巾按回伤口上去。

"很抱歉，不得不跟您提到这种事情。"

"这么说是真的了!"斯嘉丽心里莫名地感到一阵痛苦,"这么说,他真的跟那个坏女人沃特琳同居了!原来他就是那家妓院的老板!"

"我找到贝尔,跟她说明了情况,还给了她一份今晚出去行动的人的名单。她和她手底下的姑娘们会证明今晚他们全都在她那儿。后来我们离开那里的时候,为了惹人注意,故意弄得很张扬,她叫了两个看场子的彪形大汉,把我们从楼上拖下来,一路推搡扭打着,经过酒吧,然后把我们扔到大街上,就跟对付在那儿闹事的醉鬼一样。"

他边说边回忆当时的情景,不由得咧嘴一笑:"米德医生装醉鬼一点儿也不像,到那种地方去他都觉得丢人。不过你的亨利叔叔和梅里韦瑟老爷子倒是演得惟妙惟肖,他俩要是不去演戏,舞台上可就少了两个伟大的演员呢。这两个老头儿可是乐在其中呢。不过梅里韦瑟老爷子演得太入戏了,恐怕是把亨利叔叔的一只眼睛给打青了。他——"

这时,后门砰的一声打开,茵迪娅走了进来,老迪恩医生跟在她身后。老医生长长的白发乱蓬蓬的,破旧的皮包从斗篷下面鼓了出来。他微微点头,打了个招呼,没跟在场的人说一句话便快步走到床前,迅速掀开阿什利肩膀上的绷带。

"伤口位置较高,不会伤及肺部,"他说,"要是锁骨没被打碎的话,问题不严重。给我多拿些毛巾来,女士们,如果有的话,再给我拿些棉花和白兰地过来。"

瑞特从斯嘉丽手里接过灯,放在桌上,梅兰妮和茵迪娅遵照医生的吩咐,四处忙活。

"你在这儿也帮不上什么忙,到客厅的壁炉边来吧。"瑞特抓住她的胳膊,把她带离房间。他的动作和语气出奇温柔:"你今天过得真够糟的,是吧?"

斯嘉丽任由他把她带进客厅,虽然站在壁炉边的地毯上,可她还是冷得浑身发抖,胸中那个冰冷的疑团愈发膨胀。这不再是怀疑,而是确定无疑的事了,而且是件极其可怕的事。她抬起头,看着瑞特不苟言笑的脸庞,一时间说不出话来,过了片刻,才终于开口:"弗兰克也在——贝尔·沃特琳那里吗?"

"不在。"

瑞特的口气很生硬。

"阿奇这会儿正把他搬到贝尔家附近的那块空地去。他死了。子弹打穿了他的头。"

第四十六章

当天晚上,三K党遭到围剿的消息传遍了城北的每个角落,家家户户都彻夜难眠。茵迪娅按照瑞特的计策,像个幽灵一般悄无声息地走进一家又一家的后院,在一家又一家厨房的门口轻声低语,把消息迅速传开,然后又消失在冷风呼啸的夜色之中,所经之处,留下的是恐惧和渺茫的希望。

从外面看,座座房子黑漆漆、静悄悄的,似乎大伙儿都已沉沉睡去。但在屋里,人们其实睡意全无,压低了声音、情绪激动地谈到天亮。不仅是参加这次袭击行动的人,所有的三K党人都作好了逃离的准备,桃树街上几乎家家马厩里的马都连夜上好了马鞍,枪套里插进了手枪,马鞍袋里也装满了干粮。茵迪娅悄声传递的信息阻止了这次大逃亡:"巴特勒船长叫大伙儿别跑。沿路各处都有人监视。他已经跟那个叫沃特琳的女人安排好了——"在漆黑的屋子里,男人们窃窃私语:"我凭什么相信巴特勒那个叛贼的话呢?说不定是个圈套!"女人们则哀求着:"别走!他要能救了阿什利和休,就能把大伙儿都救了。既然茵迪娅和梅兰妮都相信他——"于是大家半信半疑地留了下来，因为除此之外，也没有别的好出路。

当晚早些时候，北方佬士兵们敲开了十几户人家的大门，凡是说不出或者不肯说出当晚行踪的人，全都被抓了起来。勒内·皮卡德、梅里韦瑟太太的一个侄子、西蒙斯家的兄弟几个，还有安迪·邦内尔当晚都被关进了监狱。他们都参与了这次倒霉的袭击行动，但跟北方佬交火后被打散了，于是他们骑马飞奔回家，还没等听说瑞特的计划就被捕入狱了。好在审讯的时候他们口径一致，都说他们当晚去了哪儿是他们自己的事，该死的北方佬管不着。于是他们被关了起来，等第二天早上再审。梅里韦瑟老爷子和亨利·汉密尔顿叔叔则豁出了老脸，说他们一晚上都在贝尔·沃特琳的妓院里，贾弗里上尉恼怒地大骂，说他们都这把岁数了，干这种事也太老点儿了吧，气得俩老头儿当场就要跟他干架。

当晚贾弗里上尉又到了贝尔·沃特琳的妓院，贝尔亲自出来见他，接受他的问讯。还没等上尉说出自己的来意，她就嚷嚷着说妓院今晚已经关门，一群吵架闹事的醉鬼天刚黑就来了，互相扭打起来，把妓院砸了个稀巴烂，还打碎了她最好最贵的镜子。姑娘们都吓坏了，所以今晚上只好关门不做生意了。不过贾弗里上尉要是想喝一杯的话，酒吧倒是还开着——

贾弗里上尉发觉手底下的人都在咧嘴偷笑，觉得无可奈何，感觉自己像是在跟一团迷雾斗来斗去。于是他气呼呼地说，他既不要年轻姑娘也不想喝酒，只要贝尔交出闹事客人的名单来。

噢，当然，那些人贝尔全都认识，因为他们是她这儿的常客。他们每周三晚上都来，还称自己是"周三民主党人"，不过这话是什么意思，她不知道，也不在乎。要是他们不赔偿楼上过道里那几面被打破的镜子，她就去告他们，跟他们打官司。她开的可是家体面的妓院，可——噢，他们的名字啊？贝尔毫不犹豫地一口气说出十二个人来，贾弗里上尉苦笑了一下，这些人全是北方佬要抓的嫌疑犯。

"这帮该死的叛乱分子，组织性倒挺强，跟我们的特务机关一样严密而高效，"他说，"你和你的那帮姑娘明天早上都得来宪兵司令部接受审问。"

"宪兵司令会让他们赔我的镜子吗？"

"赔你个鬼！叫瑞特·巴特勒赔吧。他是这儿的老板，不是吗？"

天还没亮，城里所有支持过前邦联的人家都知道了真相。就连各家的黑仆也都知道了，虽然根本没人告诉他们，不过他们自有传递消息的秘密渠道，白人是无法理解的。人人都知道了那次夜袭行动的详细经过，知道了弗兰克·肯尼迪和瘸腿的汤米·韦尔伯恩被杀，阿什利在搬运弗兰克的尸体时中枪负了伤。

女人们原本恨透了斯嘉丽，因为这场悲剧是因她而起的，可一听说她丈夫在这次行动中丧了命，尽管她已经知道自己丈夫死了，却不能承认，连遗体也不能去认，哪怕一点点的可怜的安慰也得不到，于是她们对斯嘉丽的仇恨也就减少了几分。

到了天亮，尸体被发现，当局通知她去认尸，她必须得装作什么也不知道。弗兰克和汤米冰冷的手里握着手枪，直挺挺地躺在空地的枯草丛中。北方佬会以为他们俩是喝醉酒后，为了争抢贝尔妓院里的一个姑娘而吵了起来，开枪决斗，互射而死。大伙儿对汤米的妻子范妮都深表同情，她才刚生了孩子不久，可谁也不敢在夜里悄悄去看她、安慰她，因为一队北方佬士兵包围了她家的房子，正等着汤米回来呢。另有一队士兵把皮蒂姑妈家围住了，等着弗兰克回来。

天亮前，白天军事当局要进行审讯的消息已经渐渐传开。城里的人们一夜没合眼，一直焦急地等待消息，结果现在一个个困得不行，上眼皮跟下眼皮直打架。大伙儿都明白，城里那几位最有名望的人，他们的生死存亡取决于三件事：一是阿什利·威尔克斯要能站在军事委员会面前，出庭受审，而且要表现得没什么痛苦，最多只是早上有些宿醉头疼。二是贝尔·沃特琳必须做证说这些人整晚都在她那里。三是瑞特·巴特勒必须做证当晚他一直跟他们在一起。

后两件事着实让全城的人都痛苦不已！贝尔·沃特琳！男人们的性命竟然全都得靠她来救！真是叫人难以接受！过去太太们过马路时，一见到贝尔都故意摆出高傲而不屑的姿态，闪到马路对面去，现在那些太太们害怕了，吓得直哆嗦，不知她是否还记得她们做过的那些事，会不会怀恨在心。男人们倒不像女人们那样因为要靠贝尔救命而感到丢脸，他们当中有不少人都认为贝尔是个好人。但真正让男人们心里刺痛的是瑞特·巴特勒，他们不得不靠巴特勒这个叛贼和投机商捡回自己的性命和自由,这一点着实令他们难受。贝尔和瑞特,一个是城里最出名的妓女,一个是全城最令人憎恶的男人。可如今大伙儿都得感谢他们俩,都得欠这两人的恩情。

另一个刺痛他们的心,叫人心里起火又没处发的是——北方佬和提包客们肯定会笑话他们。噢,那帮混蛋还不得笑死他们!城里十二个最体面最有名望的人,竟都是贝尔·沃特琳妓院里的常客!其中两个还为了一个下贱的小婊子争风吃醋,打斗致死。其余的那些人喝得烂醉,酒后闹事,最后连贝尔都受不了,把他们赶了出来。有的被捕了,还死鸭子嘴硬不肯说自己去了哪儿,谁不知道他们去泡妓院了,可他们有胆子做,却没胆子承认!

亚特兰大人担心自己会被北方佬耻笑,是有道理的。北方佬遭南方人的鄙视和冷眼太久了,一直心里窝火,这下他们可高兴坏了。军官们大半夜叫醒同僚,兴致勃勃地告诉他们这个消息。丈夫天刚亮就叫醒妻子,凡是能体面相告的,就详详细细地告诉她们。妻子们急匆匆地穿好衣服,敲开邻居家的门,把消息传播开来。北佬女人们开心坏了,乐得眼泪都出来了。原来这就是南方男人的骑士风度和侠义精神啊!南方女人们整天趾高气扬、对人爱答不理的,还以为自己的丈夫去参加什么政治集会,结果却是去了那种地方!政治集会!哈,真是笑死人了!

然而,尽管她们对南方女人幸灾乐祸,但对斯嘉丽遭遇的不幸还是深表同情。毕竟斯嘉丽是个体面的贵妇人,而且也是亚特兰大为数不多的几个对待北方人比较友好和善的太太之一。她的丈夫不能或者不愿好好养活她,所以逼得她不得不出去工作,这本来就够令人同情的了。虽说她丈夫很差劲儿,可是又叫这可怜的妻子发现他对自己不忠,这也实在太叫人难受了。而且他的死与发现他的不忠同时发生,这就更令人难受了。毕竟有丈夫总比没丈夫好啊。于是北佬女人们打定了主意要对斯嘉丽特别好。但对别的南方女人,像什么米德太太、梅里韦瑟太太、埃尔辛太太、汤米·韦尔伯恩的遗孀,尤其是那个阿什利·威尔克斯的太太,一见到这些人,她们就会当面嘲笑,她们要好好教教这些南方女人,让这些人懂点儿礼貌。

当晚,城北的女人们在黑漆漆的屋子里窃窃私语,说的是同样的话题。亚特兰大的太太们情绪激愤地告诉自己的丈夫,北方佬会怎么说、怎么想,她们一点儿也不在乎。可是在心里,她们宁愿受夹道鞭笞[1],也不愿受北方佬的耻笑,而且还不能说出她们丈夫清白的真相,这实在是太痛苦了。

米德医生气得不行,他恨瑞特把自己和其他人哄骗进那种地方,让他颜面扫地、没脸见人。他跟米德太太说,要不是怕连累其他人,他宁愿说出真相,也不愿被人说他去了贝尔的妓院。

"这对你也是种侮辱啊,太太。"他怒气冲冲地说。

"可大伙儿都知道你没在那儿,因为——因为——"

"可北方佬不知道啊。为了保住咱们的命,就必须得让他们

---

[1] 夹道鞭笞是一种在19世纪俄国军中和欧洲各地的军队当中使用过的刑罚。罪犯的衣服被褪至腰部,然后他要在两列士兵之间跑过,每个士兵手里都拿着一根桦树条,在罪犯跑过时要重重地鞭打他。

相信我们在贝尔那儿。他们如果相信了,就会耻笑我们。一想到北方佬会相信这种鬼话并笑话我们,我就气不打一处来。这也让你蒙受了屈辱,因为——亲爱的,我对你从没有不忠过。"

"这我知道,"黑暗中,米德太太笑了,瘦削的手悄悄滑进医生的手心里,"但我宁愿你真的在贝尔那儿,也不愿你的性命有一丝危险。"

"米德太太,你知道你在说什么吗?"医生大吃一惊,没想到他的太太如今竟然变得那么现实。

"是的,我知道。我失去了达西,又失去了菲尔,如今我只有你了。只要能保住你的命,只要不让我失去你,哪怕你一直待在那地方,我也心甘情愿。"

"你是吓得失心疯了吧!你知不知道自己在说什么?"

"你真是个老傻瓜。"米德太太温柔地说,然后偎依在她丈夫的肩头。

米德医生直生闷气,摸了摸太太的脸,又发起火来:"还得欠巴特勒那小子的人情!那我还不如被绞死呢。不,就算他救了我一命,也别想让我对他客客气气。那家伙那么目中无人,那么厚颜无耻,觍着脸赚黑心钱,干的那些事真叫人肺都气炸了。一个从来没参过军、打过仗的人,叫我欠他的情——"

"梅丽说,他在亚特兰大沦陷后参军了。"

"那是骗人的,梅丽小姐谁的话都信,哪怕是恶棍的花言巧语她都深信不疑。真搞不懂他为什么要救大伙儿——给自己惹这些麻烦。这话我真不想说,但是——他跟肯尼迪太太的关系不清不楚的，关于他们俩的闲话一直以来就从没断过。去年我经常看见他们俩坐着马车同进同出的。他这么做肯定是为了肯尼迪太太。"

"要是为了斯嘉丽，他根本就不会管，连跟手指头都懒得动一下。他巴不得看到弗兰克·肯尼迪被绞死呢。我看啊，他是为了梅丽——"

"米德太太，你该不会是说他们两人之间有什么事吧？"

"哎呀，你这个老傻瓜！自从当初打仗时，他设法把阿什利用交换战俘的方式给换出来，梅丽就一直挺喜欢他的。不得不说，他在梅丽面前时，从来没邪魅又嘲讽地笑过，跟她在一起时向来和善又体贴，真跟变了个人似的。从他对待梅丽时的样子你就能看出来，只要他愿意，其实也能规规矩矩做个体面人。至于他为什么要帮咱们——"她停顿了一下，说道，"医生，我说了，恐怕你不爱听。"

"只要跟这事有关的，我都不爱听！"

"我想，他这么做，一部分是为了梅丽，但最主要的还是想趁机耍弄咱们。咱们一直以来都那么恨他，而且毫不掩饰，这下他把咱们搁到尴尬的境地，让咱们左右为难了。要么承认你们当晚在沃特琳的妓院里，让你们自己和家里的太太在北方佬面前蒙羞；要么就说出真相，然后被绞死。他知道咱们只能欠他和他那个——情妇的人情，而且也清楚咱们宁愿被绞死也不愿欠他们的情。噢，我敢打赌，那家伙肯定心里乐坏了呢。"

医生咕哝着："他带我们进那地方，领我们上楼时，看上去的确是挺开心的。"

"医生,"米德太太犹豫了片刻,说道,"那地方什么样儿啊?"

"你在说什么啊,米德太太?"

"她的妓院啊。是什么样子的?有没有雕花玻璃吊灯?有没有红色的丝绒窗帘,还有几十面镀金框的穿衣镜?那里的姑娘们——她们是不是都没穿衣服啊?"

"上帝啊!"医生惊叫道,他从来没想到一个体面、守妇道的女人竟然对那些不正派的姑娘如此好奇,"你怎么能打听这种不体面的事?你真是疯了,我给你调点儿镇静剂吧。"

"我不用什么镇静剂,我只是想知道而已。噢,亲爱的,这是我打听那种地方什么模样的唯一机会,可谁知你这么小气,偏不肯告诉我!"

"我当时也没注意。我向你保证,我一发现自己竟然到了那种地方,都窘死了,哪还会注意周围是什么样子啊?"医生拘谨地说。他无意中发现自己的妻子竟然有这种出人意料的品性,顿时感到失望和难过,比他那晚所经历的事情都更令他心烦不安。"请原谅,我现在要睡一会儿了。"

"哦,那你睡吧。"她很是失望地回答。可在医生弯腰脱下靴子时,米德太太却又忽然高兴了起来,在黑暗中问道:"我猜,多莉肯定从梅里韦瑟老爷子那儿把一切都打听清楚了,她会告诉我的。"

"上帝啊,米德太太!你是要告诉我,你们这些体面的太太凑到一块儿时净谈论这种事吗——"

"哎呀,快睡你的觉吧。"米德太太嗔怪道。

第二天,雨雪交加,但当冬日的暮色降临时,雨雪却停了,转而刮起了冷冽的寒风。梅兰妮裹着斗篷,穿过自己房前的小道,茫然地跟在一个陌生的黑人车夫身后。黑人车夫神秘兮兮地请她到门外停着的一辆门窗紧闭的马车里去。她走到马车边,门开了,她隐约地看到昏暗的车厢里坐着一个女人。

梅兰妮凑近了些,朝里面张望,问道:"哪位呀?请到屋里来坐吧。天这么冷——"

"请上车来跟我坐一会儿好吗,威尔克斯太太?"车厢里传来一个似曾相识的声音,带着几分窘迫。

"噢,原来是沃特琳小姐——太太!"梅兰妮惊讶地说,"我正想见您呢!请您一定要进我家来坐坐。"

"我不能么做,威尔克斯太太,"贝尔·沃特琳的声音听起来有些吃惊,"请你上车来吧,跟我坐一会儿。"

梅兰妮上了马车,车夫给她们关上了车门。她坐在贝尔身旁,拉住了贝尔的手。

"您今天出手相救,我真不知道该怎么感谢您才好!大伙儿都很感激您呢!"

"威尔克斯太太,您今天早上不该派人送那张字条给我。倒不是说我不愿意收,而是我怕字条落在北方佬手里。至于您说要来亲自登门拜访感谢我——噢,威尔克斯太太,您疯了吗,这可万万使不得!所以天一黑我就连忙赶来了,就是来告诉您千万别这么做。噢,我——哎呀,您——这样不合适。"

"我去拜访一位救了我丈夫性命的好心女士,这有什么不合适的?"

"噢,您可别这么说,威尔克斯太太!您明白我的意思!"

梅兰妮沉默了片刻,被她话里的意思弄得很难为情。不管怎样,这位坐在昏暗的马车里、穿着得体、容貌漂亮的女人,无论谈吐还是模样都实在不像是自己想象中开妓院的坏女人。听起来——她有点儿土气,像是乡下女人,不过她为人亲切和气,而且心地善良。

"您今天在宪兵司令面前表现得真是太好了,沃特琳太太!您和其他——您的那些——年轻姑娘,真是救了我们那些男人的性命啊。"

"威尔克斯先生才真了不起呢。真不知道他怎么能站得住,而且讲起编的那些事情来头头是道,面不改色心不跳。我昨晚看见他的时候,他浑身是血呢。他的伤不要紧吧,威尔克斯太太?"

"不要紧,谢谢您。医生说只是伤了皮肉,只不过流血过多而已。今天早上,他——哦,他喝了不少白兰地,所以精神还不错,不然他哪里来的力气顺利撑过去。不过救他们的人是您,沃特琳太太。您讲起您那些被打破的镜子时,气得像发疯了一样,真让人不得不信服。"

"谢谢您,太太。可是我——我觉得巴特勒船长干得也很漂亮。"贝尔有些害羞,话里又透着得意和骄傲。

"噢,他的确很了不起!"梅兰妮充满热情,激动地说,"北方佬没办法，只能相信他的证词。他真的很聪明机智，整件事都安排得周密又妥当，真不知该怎么感谢他才好——还有您！你们二位真是大好人！"

"谢谢您，威尔克斯太太。我很高兴能帮上些忙。我——我说威尔克斯先生是我那儿的常客，希望您不要介意。他从来没来过我这儿，这您是知道的——"

"是的，我知道。不，我一点儿也不介意。我对您只有无尽的感激。"

"我敢打赌，别的那些太太可不会感激我，"贝尔突然有些怨怒地说，"而且她们也不会感激巴特勒船长。我敢打赌，因为这件事，她们会更恨他。您是唯一对我说谢谢的人。而别的太太们要是在街上碰到我，连瞧都不会正眼瞧我一眼的，可我不在乎。就算她们的丈夫被绞死了，我也不会在乎。但我在乎您和威尔克斯先生。打仗那时候，只有您愿意收下我给医院捐的钱。您对我那么好，我是永远也不会忘记的。城里没有一个太太像您这样对我好，您对我的恩情我是不会忘记的。一想到要是威尔克斯先生被绞死，您就会变成寡妇，还带着个年幼的儿子——他是个乖孩子，我是说您的儿子，威尔克斯太太。我也有个儿子，所以我——"

"噢，您也有孩子？他住在——呃——"

"哦，不，太太！他不在亚特兰大。他从没来过这里。他在上学，很小的时候就不在我身边了。我——唉，不说这个了。巴特勒船长要我为那些男人撒谎，我就问那些人是谁，一听到有威尔克斯先生时，我毫不犹豫就答应了。我对我的姑娘们说：'你们要是不明明白白地说你们整晚都跟威尔克斯先生在一起的话，我就把你们揍得死去活来。'"

"噢！"梅兰妮一听到贝尔说起她手下的"姑娘们"，更难为情了，"噢，是啊——呃，您心肠真好——呃——她们也是。"

"为了您，这是我应该做的，"贝尔热情地说，"但要是为别人，我可不管。要是为了那个肯尼迪太太的话，不管巴特勒先生怎么说，我连一个手指头都不会动的。"

"为什么？"

"是这样的，威尔克斯太太。干我们这行的人知道的事情可多呢。那些名门的太太小姐要是知道我们有多了解她们的底细，肯定会吓一大跳的。威尔克斯太太，那个肯尼迪太太不是个好女人。是她害死了自己的丈夫和那个好小伙韦尔伯恩，就跟她亲手开枪打死他们没什么两样。一切祸端都是因她而起的，谁让她一个人在亚特兰大城里到处乱跑，招摇过市，结果引来了黑鬼和穷白佬。哼，就连我手下的那些姑娘也没有一个——"

"您不可以说我嫂子的坏话。"梅兰妮坐直身子，冷冷地说。

贝尔连忙握住梅兰妮的胳膊想道歉，又匆忙把手缩回去了。

"请别生我的气，威尔克斯太太。您对我这么好，要是生我的气，我会受不了的。我忘了您有多喜欢她了，我为刚才所说的话向您道歉。可怜的肯尼迪先生去世了，我也感到很难过。他是个好人。我经常在他的铺子里买东西，他待我总是很和气。可肯尼迪太太——呃，她跟您不一样，威尔克斯太太。她是个冷酷无情的女人，很抱歉，可我就是这么认为的……肯尼迪先生什么时候下葬？"

"明天早上。您错怪肯尼迪太太了。这会儿，她正悲痛欲绝呢。"

"也许吧，"贝尔显然不相信，"好了，我得走了。再待下去恐怕会有人认出我这辆马车来，那对您可不好。另外威尔克斯太太，要是您在街上遇见我，您——您不用跟我打招呼，我能理解。"

"能跟您打招呼，说几句话，是我的荣幸，欠您的人情也是我的荣幸。我希望——我希望我们还能再见面。"

"不，"贝尔说，"这样做并不合适。晚安。"

第四十七章

斯嘉丽坐在自己的卧室里，有一口没一口地吃着嬷嬷用托盘端上来的晚饭，听着外面黑夜里呼呼的风声。房子里静得可怕，甚至比几个小时前弗兰克的遗体躺在客厅里时还要安静。至少那时还有踮着脚尖走动的脚步声、压低嗓门的说话声、低沉的敲门声、邻居匆匆进来的轻言安慰声，还有从琼斯博罗赶来参加葬礼的弗兰克的妹妹时不时发出的抽泣声。

可是此时，房子里一片寂静。虽然她的房门开着，但还是听不见楼下有丝毫动静。弗兰克的遗体一运回家来，韦德和埃拉就被送到了梅兰妮那儿。此刻，她好想听到韦德嗒嗒的脚步声和埃拉咯咯的笑声啊。厨房里也安安静静，没有了彼得大叔、嬷嬷和厨娘吵架拌嘴的声音。就连楼下书房里的皮蒂姑妈也因为不愿打扰悲伤的斯嘉丽，不吱呀呀地晃那把摇椅了。

没人来打扰她，大伙儿都以为她想一个人待着，独自悲伤，可她最不希望的就是一个人待着。因为要是只有悲伤，她还能忍受，就像忍受其他的那些悲伤一样。可除了失去弗兰克的震惊和悲伤以外，还有别的，比如恐惧、懊悔和突然良心发现之后，内心里的百般折磨。她平生第一次为自己所做之事而感到后悔，悔恨之中还夹杂着一种迷信的恐惧，让她不自觉地一次又一次瞥向她和弗兰克曾经共卧而眠的那张床。

是她害死了弗兰克，跟她亲手扣动扳机打死了他简直没什么两样。他曾一再恳求她别一个人出去，到处乱跑，可她就是不听。而如今她的固执害得他送了命。上帝会因此而惩罚她的。但此时此刻压在她良心上的还有另一件事，比害死弗兰克这事更沉重、更可怕——过去她从未因此事而不安过，直到她看到弗兰克躺在棺材里的脸，才猛然意识到。那张一动不动的脸上写满无奈和哀伤，仿佛在无声地谴责着她。他真正爱的是苏埃伦，可她却不择手段地骗他跟自己结了婚，上帝一定会惩罚她的。待到末日审判之时，她必会在上帝的审判席前畏缩发抖，如实承认当初她从北方佬的营房回来，坐上他马车的那一刻起，便对他撒了谎。

如今再怎么争辩也无济于事，即使她辩解说她不择手段是事出有因，她骗他实在是不得已，一大家子人都得靠她养活，根本容不得她考虑他或者苏埃伦的权利和幸福等等，也都徒劳无用了。真相赤裸裸地摆在眼前，她畏缩不前，不敢面对。她冷漠无情地跟他结了婚，之后又冷漠无情地利用他。过去半年，她本可以让他活得更开心些，可她却让他过得很不快乐。她待他很不好——欺负他、指责他、对他大发脾气、说话尖刻、疏远他的朋友，还办锯木厂、盖酒馆、雇囚犯，让他丢脸。上帝一定会为此而惩罚她的。

她让他过得很不幸福,她自己也明白。可他却像个绅士一样,默默忍受。她唯一做的一件真正令他开心幸福的事就是为他生了小埃拉。可她知道,如果有法子的话,她连埃拉也不愿给他生。

她浑身颤抖,害怕极了,真希望弗兰克还活着,她会好好对他,以弥补之前的所有过失。噢,要是上帝别那么愤怒,别那么急切地要报复该多好!噢,要是时间别过得那么慢,那么难熬,这房子别那么静该多好!要是有个人来陪陪她该多好!

要是梅兰妮在这儿就好了,那样自己就不会这么害怕了。可梅兰妮在家照顾阿什利呢。一时间,斯嘉丽甚至想把皮蒂姑妈叫上来做伴,好抵消一些良心上的折磨,但又犹豫了。皮蒂上来恐怕会把事情搅得更糟,因为她是真心为弗兰克的去世而哀悼。相比斯嘉丽,弗兰克更像是皮蒂的同辈人,所以皮蒂对弗兰克向来真心实意。皮蒂需要的是一个"家里的男人",而弗兰克完美地满足了她的需要。他经常送她小礼物,陪她聊些无伤大雅的闲天儿,给她说笑话、讲故事什么的。晚上她给他补袜子,而他就在一旁给她读报纸、讲讲白天的新闻和有意思的消息。皮蒂对他关心得无微不至,变着法给他做合他口味的饭菜。每回他感冒的时候,她都悉心照料。此时,皮蒂由衷地想念弗兰克,用手帕擦着红肿的眼睛,一遍又一遍地念叨着:"要是他没跟三K党出去就好了!"

斯嘉丽真希望能有个人来安慰她,能把她内心的恐惧赶走,让她平静下来。她心里害怕极了,感到既冰冷又恶心,一颗心直往下沉，她真希望能有人帮她排解这种莫名的恐惧。要是阿什利——不，她不敢再往下想。她不但害死了弗兰克，也险些害死了阿什利。要是阿什利知道她是使了手段把弗兰克骗到手的，知道她对弗兰克有多不好，他就再也不会爱她了。阿什利是个正派人，高尚、正直、善良，眼里揉不得沙子。他要是知道事情的真相，也许他会理解的，噢，是的，他会理解的，但从此再也不会爱她了。所以绝对不能让他知晓真相，因为必须让他继续爱着她。假如失去了他的爱，她就失去了力量的秘密源泉，叫她可怎么活下去啊？可如果能靠在他的肩头，痛哭一场，卸掉心里的内疚和负罪感，那她心里该多么轻松释怀啊！

房子里死一般寂静，让她感到更加孤独寂寞，再这样下去，她真要受不了了。于是她小心翼翼地站起身，将房门虚掩，然后打开衣柜最下层的抽屉，在一堆内衣里翻找着，最后找出了一瓶皮蒂姑妈的"头晕药"，其实里面装着的是白兰地，是她偷偷藏在这儿的。她把瓶子举到灯下照了照，发现里面的酒只剩半瓶了。昨晚她不可能喝掉这么多酒吧！她倒了一杯酒，一口气喝了下去。天亮以前她得把瓶子灌满水，再放回酒柜里去。因为葬礼前，抬棺材的人要酒喝，嬷嬷就一直在找这瓶酒，但是没找到。于是她、厨娘和彼得之间已经开始互相猜疑了，厨房里气氛紧张，就快吵起来了。

白兰地火辣辣的，在她心里燃起一股恣意的快感。而当一个人感到心烦时，再没有比这玩意更好的了。实际上，白兰地不管什么时候喝，都比淡而无味的葡萄酒要够劲儿多了。可为什么女人就只能喝葡萄酒，不能喝这种烈性酒呢？梅里韦瑟太太和米德太太肯定闻出了她身上的酒味，因为她看到她们两人心照不宣地交换了个眼神。哼，那两个老刁婆！

她又倒了杯酒。今晚她就算真的醉了也没关系，反正她也快要睡觉了。嬷嬷上楼来帮她宽衣之前，她用科隆香水漱漱口就行了。她真希望自己能像爸爸过去每逢听审日时那样，喝得烂醉，什么也不想。也许那样她就能忘掉弗兰克那张凹陷的脸，忘掉他脸上那谴责她毁了他的生活，又害他送了命的神情。

不知道是不是全城的人都认为是她害死了弗兰克。肯定是的，因为葬礼上人人都对她冷冰冰，只有那些跟她做过生意的北方佬军官的太太对她深表同情，神情中满含温情和安慰。算了，城里人怎么说她是一点儿也不在乎。因为跟上帝的审判相比，这点儿算什么！

想到这里，她又喝了一杯，火辣辣的白兰地进到喉咙里，呛得她浑身直哆嗦。她这才觉得身上暖和了。可还是无法把弗兰克从脑海中赶走。男人总说什么酒能解忧，让人忘掉一切，真是胡说八道，男人们都是蠢货！除非她喝得不省人事，否则她还是能看见弗兰克那张脸，带着怯懦、责备和歉疚的神情，就像他最后一次请求她不要一个人赶车出去时那样。

这时，前门忽然传来沉闷的敲门声，整座寂静的房子里都回荡着回声。斯嘉丽听到皮蒂姑妈摇摇晃晃地穿过过道，把门打开。皮蒂跟敲门的人打招呼，低声说了几句，声音听不清楚。没准儿是邻居来吊唁，或者来送牛奶冻。皮蒂会很高兴的，她喜欢跟前来吊唁的客人说话，这样能帮她排解心中的悲痛，让自己得到极大的安慰。

不知道来的人是谁，算了，无所谓。这时，她听到一个洪亮而带拖腔的男性声音，盖过了皮蒂的哀声低语。她听出来是谁了，不由得心中一阵欣喜，备感宽慰——是瑞特。自从他告诉她弗兰克的死讯后，她就一直没再见到他。此时此刻，她由衷地感到，今晚能帮她的只有瑞特。

"我想她会见我的。"瑞特的声音飘到了楼上，传进她的耳朵里。

"可她现在已经躺下休息了，巴特勒船长，她谁也不想见。可怜的孩子，她已经支撑不住了。她——"

"我想她会见我的。请告诉她我明天就要走了，得过些日子才会来。我有要紧事跟她说。"

"可是——"皮蒂姑妈犹豫不安。

斯嘉丽立刻冲到楼上的过道，竟惊讶地发现自己双膝发软，有些站不稳，于是立刻靠在楼梯栏杆上。

"我这就下来，瑞特。"她大声喊道。

她瞥了一眼皮蒂姑妈正仰着的胖乎乎的脸蛋，对方那双眼睛瞪得溜圆，跟猫头鹰似的，而且带着吃惊和反对的神色。"唉，这下全城的人都知道，我在我丈夫举行葬礼的当天又行为不端了。"斯嘉丽心里这样想着，不过丝毫没有放慢脚步，连忙跑回自己的房间，梳理头发，系好黑色紧身上衣的扣子，纽扣一直扣到下巴，然后把皮蒂帕特的丧服胸针别在领口，心想："我看起来好像不怎么漂亮吧。"于是她凑近镜子照了照。"脸色太苍白,像吓坏了似的。"她下意识地伸手去摸一个上锁的盒子,里面藏着胭脂,但转念一想,还是算了。可怜的皮蒂姑妈要是看到她面色红润、光彩照人地走下楼来,肯定会吓坏的。于是她拿起科隆香水,含了一大口在嘴里,仔仔细细地漱了漱口,然后再吐到痰盂里。

斯嘉丽匆忙下楼,皮蒂姑妈和瑞特还站在过道里,因为皮蒂姑妈被斯嘉丽出格的举动弄得心烦意乱,忘了请瑞特进屋坐下。他穿着一身黑丧服,里面搭配浆过的褶领衬衫,举止礼貌,衣装得体,完全符合老朋友前来吊唁的习俗要求。实际上,瑞特表现得太过得体,几乎有些滑稽了,只不过皮蒂姑妈没有看出来。他先是有礼地为打扰了斯嘉丽道歉,又为因离城之前要把手头的生意处理完,所以很遗憾没能前来参加葬礼而道歉。

"他到底来干什么呢?"斯嘉丽思忖着,"他说的这些全都是装腔作势。"

"我真不想这时候来打扰你,但我有件生意上的事要跟你商量,而且等不得。本来肯尼迪先生和我原先打算——"

"我怎么不知道你跟肯尼迪先生还有生意来往?"皮蒂姑妈有些生气,因为弗兰克竟然有事瞒着她。

"肯尼迪先生是个兴趣很广泛的人,"瑞特满怀敬意地说,"咱们到客厅去谈好吗?"

"不!"斯嘉丽叫道。她瞄了一眼客厅那边关着的折叠门,仿佛依然能看见棺材停在那里。她真恨不得再也不踏进那间屋子。皮蒂这次倒是难得悟出了其中的意思，可心里却不大乐意。

"到书房去吧。我得——我得上楼去拿针线活。天啊，这一个礼拜我都没碰针线了，都快把这事忘了，真是的——"

她走上楼去，走时还回过头责备地看了一眼。不过斯嘉丽和瑞特都没看见。瑞特闪到一旁，让斯嘉丽先进书房，自己紧随其后。

"你跟弗兰克有什么生意？"斯嘉丽开门见山地问。

瑞特走近她，低声说："什么生意也没有。我只是想把皮蒂小姐支走。"他停顿了一下，又凑近些，说道："这不管用，斯嘉丽。"

"什么不管用？"

"科隆香水。"

"我不明白你的意思。"

"你肯定明白得很。你喝得可真不少啊。"

"哼，那又怎样？关你什么事？"

"即使身处痛苦之中，也不要忘了礼节哟。别一个人偷着喝酒，斯嘉丽，早晚会被人发现的，那样你的名声可就毁了。再说一个人喝酒不好。怎么了，亲爱的？"

他把她领到红木沙发旁，她默默地坐下。

"我可以把门关上吗？"瑞特问。

她知道嬷嬷要是看见门是关着的，肯定会很生气，觉得有失体统，为这事得跟她叨叨好几天。可要是被嬷嬷听到他们在谈喝酒的事，尤其嬷嬷已经发现那瓶白兰地不见了，那可就更糟了。于是斯嘉丽点了点头，瑞特把门拉上，随即回来坐在她身旁，一双乌黑的眼睛敏锐地打量着她的脸。他身上散发出的活力,驱散了死亡的阴影,令整个房间都变得轻松多了,又有了家的感觉,连灯光也带着玫瑰色的温馨和暖意。

"怎么了,宝贝儿?"

这个表示亲热的字眼多蠢啊,可世上没一个人能像瑞特那样把这个傻乎乎的词说得那么温存、那么甜蜜,即使他在开玩笑的时候也是这样,但此时的他看上去并不像是在开玩笑。斯嘉丽抬起眼帘看着瑞特的脸,眼神中充满痛苦,可不知怎的,她却从他那张不露声色又高深莫测的脸上得到了安慰。她也搞不懂怎么会这样,因为瑞特这个人向来让人摸不透,而且冷酷无情。也许是因为像他常说的那样,他们俩太像了吧。有时她甚至觉得所有她认识的人都那么陌生,只有瑞特除外。

"能跟我说说吗?"他拉起斯嘉丽的手,出奇地温柔,"有什么比老弗兰克撇下你还令你难受?你缺钱了?"

"钱?上帝啊,当然不是!噢,瑞特,我好害怕。"

"别傻了,斯嘉丽,你这辈子什么时候害怕过!"

"噢,瑞特,我真的害怕!"

这话不等她思考,就不自觉地脱口而出。她有话可以跟瑞特说,她什么都可以跟瑞特倾诉。反正他自己也坏透了,所以没资格坐在一旁评判她。这世上尽是为了让自己不至丧失灵魂而不肯撒谎的人,尽是宁愿饿死也不肯干丢人之事的君子,所以能认识一个坏事干绝、名誉败尽的骗子真是太好了!

"我害怕我会死,会下地狱。"

他要是笑话她,她宁愿立马就死。可他并没有笑。

"你身体好着呢,死不了——再说,没准儿根本就没有什么地狱。"

"噢,有的,瑞特,你知道是有的!"

"我知道是有,但地狱就在这世上,而不是在我们死后。我们死后什么也没有,斯嘉丽,你现在是在你自己的地狱里。"

"噢,瑞特,这可是亵渎上帝的话!"

"但这是极能安慰人的话。告诉我,你为什么觉得自己会下地狱?"

他又取笑她了,瞧他眼里直放光就能看出来,可她不在乎。她的手被他那温暖而有力的双手紧握着,让她感觉安心又踏实。

"瑞特,我不该嫁给弗兰克,都是我的错。他是苏埃伦的男朋友,他爱的是她,不是我。可我骗了他,说苏埃伦要跟托尼·方丹结婚了。噢,我怎么能干出这种事呢?"

"啊,原来是这么回事!我还一直纳闷儿来着呢。"

"后来我又让他过得很不开心。我逼他做了很多他不想做的事,比如明知欠我们钱的人没钱可还,可我还是硬逼他去讨债。我还办锯木厂、盖酒馆、租借囚犯,一次又一次地伤害他,让他丢脸,在人前抬不起头来。噢,瑞特,是我害死他的,是的,都是我害的!我不知道他是三K党,我真没想到他有那胆量。可我本该知道的,是我杀了他。"

"大海中所有的水能够洗净我手上的血迹吗?[1]"

"什么?"

"没什么,接着说。"

"接着说?没有了,这还不够吗?我嫁给了他,却让他过得很不幸福,还害死了他。噢,我的上帝啊!我真不明白我怎么能干出这样的事来!我跟他撒了谎,骗他跟我结婚。当初这么做的时候觉得自己没有错,可现在我发现自己是大错特错。瑞特,我就感觉这一切都不像是我干的,我怎么能对他这么刻薄,可我真没想对他那么刻薄啊。我从小受的教育不是这样的。我妈妈——"她突然停下,愣住了。她一整天都害怕想起她妈妈,可是妈妈一直印在她的脑海里,挥之不去。

"我常想你妈妈是怎样的人。因为在我看来,你更像你爸爸。"

"我妈妈她——噢,瑞特,我头一次庆幸她已经不在人世,因为这样她就看不到我了。她从没想过要把我养成自私刻薄的人。她对每个人都很和气友善,心肠很好。她宁愿饿死也绝不会干我干过的那些事。我很想处处都学她,处处都像她,可结果我没有一处像她。我从来没想过这一点——因为总有很多别的事情要想——可我真的想要像她。我不想像我爸爸,我爱他,可他太——太冲动鲁莽,做事不走脑子。瑞特,有时我真的很努力想对人好,对弗兰克温柔,可那噩梦总是回来缠着我,吓得我只想冲出去抢别人手里的钱,不管那钱是不是我的。"

---

[1] 引自莎士比亚名著《麦克白》。

眼泪不知不觉地滚滚而流,她紧紧抓着瑞特的手,指甲都掐到他肉里去了。

"什么噩梦?"他的声音平静又抚慰人心。

"哦——我忘了你不知道这事。唉,我每次想对别人好,跟自己说钱并不是一切,可一上床就会做噩梦,梦见我妈妈刚死,北方佬刚来,我刚回到塔拉的时候。瑞特,你想象不到——我一想到这噩梦就会浑身发冷,仿佛又看到一切都被烧毁,周围死一般的寂静,什么吃的都没有。噢,瑞特,在梦里,我又在挨饿。"

"说下去。"

"我很饿,大伙儿都饿,爸爸和妹妹们,还有黑奴,所有人都饿得要命,他们一遍遍地对我说:'我们好饿啊。'我也饿得难受,而且吓得要死,心里一遍遍地对自己说:'只要熬过这苦日子,我再也不要、再也不要挨饿了。'接着梦境就变成了一团灰蒙蒙的迷雾。我在雾里不停地跑啊,跑啊,拼命地跑,跑得心都要跳出来了。有什么东西在后头追我,我气都喘不过来了,一心只想着,只要我跑到那里就安全了,可那里是哪儿,我自己也不知道。之后我就醒了,吓得浑身发冷,害怕又会挨饿。从梦里醒来之后,我就会觉得在这世上即使有再多的钱也不足以赶走我对挨饿的恐惧。可弗兰克说话总是那么拐弯抹角、磨磨唧唧,能把人急死。所以我就忍不住冲他发脾气。他不懂我,我想我可能也没办法让他懂我。我一直想等将来我们有钱了,我不再害怕挨饿了,我会对他好点儿。可如今他死了,一切都已经晚了。噢,我当初那么做以为自己没错,可其实我做的一切都是错的。如果能重新来过的话,我会换别的办法,绝不会这么做的。"

"好了,别说了,"瑞特一边说着,一边从她紧紧抓着的手里抽出手来,从口袋里掏出一块干净的手帕,说道,"来,擦擦脸吧,都哭成个泪人了,别这么折磨自己。"

她接过手帕,擦去满脸的泪水,心里顿时觉得好受多了,就好像把自己身上一部分的重担移到了瑞特宽阔的肩膀上。他看上去沉稳又有能力,就连微微一撇的嘴角也让人感到安心,仿佛证明她的痛苦与慌乱其实根本没有必要似的。

"感觉好些了吧?那咱们就把这事搞清楚吧。你说如果让你重新来过,你就会换别的办法。不过,你真的会吗?你想想看,你会吗?"

"我——"

"不,你还是会那么干的。不然你还有别的选择吗?"

"没有。"

"那你有什么好难过懊悔的呢?"

"我太刻薄,可如今他已经死了。"

"如果他没死,你就还会对他刻薄。在我看来,你嫁给弗兰克、欺负他,并且无意之中间接导致了他的死亡,对于这些你并没有真正感到伤心难受,真正让你难受的是害怕自己会下地狱,对吗?"

"哎呀——你都把我说糊涂了。"

"你那套道德观就是这么糊里糊涂的。你就像个小偷,偷盗时被当场抓住了,可你后悔的并不是偷了东西,而是后悔要坐牢。"

"小偷——"

"哎,别那么抠字眼!换句话说,如果你没有害怕被罚入地狱、受地狱之火烈焰焚烧这种蠢念头,你会觉得终于解脱了,因为你彻底摆脱了弗兰克。"

"噢,瑞特!"

"噢,得了吧!既然你已忏悔,不如索性把实话都说出来吧。咱就说说那件事吧——你跟我提出要——这么说吧——你用那颗比生命还宝贵的钻石换区区三百块钱的时候——你觉得良心不安了吗?"

此时,她喝的白兰地开始上头了,她觉得头晕目眩,她豁出去,什么也不顾了,反正跟他撒谎也没用,他总能看穿她的心思。

"我那时的确没怎么想过上帝——或者地狱什么的。而且即使想到了——呃,也认为上帝会理解我的。"

"可在嫁给弗兰克这件事上,你怎么不相信上帝也会理解你呢?"

"瑞特,你不是不相信有上帝吗,那怎么还跟我谈上帝呢?"

"可你相信有上帝,而且会惩罚你,这才是最要紧的。上帝为什么不理解呢?塔拉仍是你的,没有被提包客霸占,你为此而后悔吗?如今你不再挨饿,也不再穿得破破烂烂,你后悔了吗?"

"噢,当然没有!"

"那好,除了嫁给弗兰克,你当时还有别的选择吗?"

"没有。"

"他并不是非跟你结婚不可,对吗?男人都是自由的,他用不着非得受你的逼迫，去做自己不想做的事，对吗？"

"这——"

"斯嘉丽，何必要为这事烦恼呢？要是能重新来过，你还是会因为迫不得已而撒谎，还是会嫁给他。你还是会去到处跑，惹来祸端，他还是会替你去报仇。假如他跟你妹妹苏埃伦结了婚，她也许不会害弗兰克送了命，但很可能会令他更不幸福、更不快乐。结果还是一样，没什么不同。"

"可我本可以对他好点儿的。"

"你本可以——除非你变了个人。可你天生就会欺负那些能任由你欺负的人。强者生来就会欺负弱者，而弱者生来就是要屈服于强者的。这一切都是弗兰克的错，谁让他不拿马鞭抽你呢……你真让我吃惊，斯嘉丽，活到这年纪才突然长出良心来。像你这样的机会主义者是不该有良心的。"

"什么是机——你刚才怎么说的来着？"

"就是会抓住机会、利用机会的人。"

"这样做有错吗？"

"在别人看来，向来是不光彩的——尤其是在那些拥有同样的机会却不抓住、不去利用的人看来。"

"噢，瑞特，你又跟我开玩笑，我还以为你变好了呢！"

"我是挺好的啊——我自己是这么觉得。斯嘉丽，亲爱的，你喝醉了，难怪这么矫情。"

"你竟敢——"

"没错，我敢。你就快要——怎么说来着——'哭成泪人'

了。好了，那我换个话题吧，跟你说点儿有意思的事让你高兴起来。实际上，这才是今晚我到这儿来的原因。在我离城之前我有件事要跟你说。"

"你要去哪儿？"

"去英国，可能要去好几个月。忘了你的良心吧，斯嘉丽。我可不想再跟你讨论什么灵魂安不安宁的了。想听听我要告诉你的事吗？"

"可是——"她有气无力地开口，突然又停下了。白兰地驱走了她内心的痛苦和悔恨，瑞特的话虽带着嘲笑，却抚慰人心。在白兰地的作用和瑞特话语的安抚下，弗兰克那苍白的幽灵渐渐退入阴影里。也许瑞特是对的。也许上帝会理解的。她心里渐渐恢复平静，终于能把之前的苦恼都抛到脑后，心里打定主意："这事等明天再想吧。"

"什么事？"她深吸一口气问道，同时用他的手帕擦了擦鼻子，把散落下来的头发拢到脑后。

"我要说的是，"他低头对她咧嘴一笑，说道，"我还是想要你，对任何别的女人都没有这么强烈的欲望，如今既然弗兰克已死，我想没准儿你会对我的想法感兴趣。"

斯嘉丽猛地抽回被他握着的手，跳起身来。

"我——你真是世上最没教养的男人，偏偏在这时候来，说这种下流——我早该知道你这种人死性难改。弗兰克还尸骨未寒呢！你要是还有点儿脸面的话——请你立刻离开——"

"小声点儿，不然会把皮蒂小姐引来的，"他没起身，却伸手抓住了她紧握的双拳,"恐怕你误会我的意思了。"

"误会?我才没误会呢。"她使劲儿想挣脱他紧握的手,"放开我,立刻给我滚出去。我从来没听过这么不成体统的话,我——"

"嘘,"他说,"我在向你求婚呢。要我跪下来,你才肯相信吗?"

斯嘉丽呼吸急促地"噢"了一声,直直地跌坐在沙发上。

她直愣愣地盯着瑞特瞧,呆呆地张着嘴巴,不知道是不是白兰地在作祟。她不自觉地想起了他曾经说过的话:"亲爱的,我这个人不打算结婚。"要么是她喝醉了,要么是他疯了。可他看上去不像是发疯了,反而很平静,就像在跟她谈天气似的,他那平缓而慢吞吞的拖腔也没有加重语气。

"斯嘉丽,我一直想要你。我在十二橡树第一次见你时,看到你又摔花瓶又骂粗话,证明你并不是个循规蹈矩的淑女,从那时起我就想要你,不管用什么办法。可你和弗兰克已经赚了些钱,我知道你再也不会走投无路来找我,再提出有趣的条件来跟我借钱或贷款。所以我唯有娶你才能得到你了。"

"瑞特·巴特勒,你不会是又跟我开什么恶意的玩笑吧?"

"我把心都掏给你了,你还怀疑我!不,斯嘉丽,我是诚心诚意、郑重其事地向你表白。我承认在这种时候跑来跟你说这个很不合适,可我做这种不得体的事也是事出有因。因为我明天就要离开这儿了,而且要去很久。我怕现在要是不说,等我回来时你没准儿又嫁给哪个有点儿小钱的男人了。所以我想,你干吗不嫁给我呢？我也有钱啊。说真的，斯嘉丽，我总不能一辈子都等着你，看着你嫁给一个又一个男人，苦等机会把你抓住。"

他是认真的。他说的都是真的。斯嘉丽不禁嘴唇发干，细细琢磨他的话，压抑住激动的情绪，凝视着他的眼睛，想看出一丝端倪。他的眼里满含笑意，但眼睛深处好像还藏着别的东西，这种神情她从来没见过，他眼里仿佛闪烁着一种不同寻常的光彩，高深莫测。他自在而悠然地坐在那儿，但她感觉到，他就像只机警的猫，守在老鼠洞口，目不转睛地盯着猎物。在他平静的外表下，掩藏着一种积蓄已久、极力隐忍克制的力量，仿佛蓄势待发，令她不禁感到有些畏缩，有些害怕。

他的确是在向她求婚，真的在干叫人难以置信的事。她曾经盘算过，如果他向她求婚的话，她要好好耍耍他，杀杀他嚣张的气焰。她也想过，假如他向她表白，她会狠狠羞辱他一番，让他知道她的厉害，叫她出口恶气。而现在他真的表白了，可她把原先的那些想法和盘算统统忘得一干二净。因为此时的他依然跟过去一样，不受她掌控。事实上，他才是牢牢掌控全局的人，而她则像个头一次被别人求婚的小姑娘，面红耳赤，紧张慌乱，说话含羞带怯。

"我——我再也不结婚了。"

"噢，不，你会的。你生来就是要嫁人的，何不嫁给我呢？"

"可是瑞特，我——我不爱你。"

"那不要紧。反正你前两次婚姻里也没多少爱情嘛。"

"噢，你怎么能这么说？你知道我挺喜欢弗兰克的！"

他没说话。

"我是喜欢!就是喜欢的嘛!"

"好了,咱们先不争论这个。我走以后,你会考虑我的求婚吗?"

"瑞特,我不喜欢拖拖拉拉。我现在就回答你吧。我很快就要回塔拉去了,茵迪娅·威尔克斯会来陪皮蒂姑妈住。我想回家长住一段时间,而且我——我——我不想再嫁人了。"

"真是荒唐,为什么?"

"噢,哎呀——别管为什么了。我就是不喜欢结婚。"

"可是,我可怜的宝贝儿,你还从没真正嫁过人呢,怎么会知道喜欢不喜欢呢?我承认你运气实在是不好——第一次嫁人是为了赌气,第二次是为了钱。你就没想过——为了快乐而嫁人吗?"

"快乐!别说傻话,结婚哪有什么快乐可言。"

"没有吗?为什么没有?"

她又稍稍平静了些,白兰地的酒劲儿把她坦率的天性展露无遗。

"结婚对男人来说倒是挺开心的——不过原因嘛,只有上帝才知道。我怎么也弄不明白。可是女人结婚得到了什么呢,不过是一日三餐、一大堆家务、忍受男人的愚蠢——还得一年生一个孩子。"

瑞特哈哈大笑起来,笑声响彻整座寂静的房子,随即斯嘉丽听到了厨房门被打开的声音。

"别笑了！嬷嬷的耳朵比只山猫还尖呢。而且你这么大笑也太不成体统了——毕竟才刚举行完——哎呀，别笑了。你知道我说得没错。快乐？乐你个头！"

"我说你运气不好吧。你刚才说的那些话就是证明。你嫁了个毛头小子，又嫁了个糟老头子。我敢肯定，你妈妈曾经跟你说过，女人对'那种事情'只能忍受，因为有当妈的快乐可以作为补偿。噢，这可是大错特错。为什么不试试看，嫁给个名声虽不好，但对付女人很有一套而且年轻力壮的男人呢？我敢保证，你会很快乐的。"

"你这人真是粗鲁又自负，你说的这些话也太离谱了，真是——真是太粗俗了。"

"也很有趣，不是吗？我敢打赌，你从来没跟男人谈过婚姻关系的事，就连跟查尔斯和弗兰克也没谈过。"

她皱着眉，生气地瞪着他。瑞特知道得也太多了吧。真不知道他是从哪儿了解到这么多女人的事情的，真是不正经。

"别皱眉了。定个日子吧，斯嘉丽。为了你的名声着想，我不催你马上跟我结婚。咱们可以等一段'合适的时间'，显得体面些。对了，你觉得'合适的时间'是多久呢？"

"我还没答应要嫁给你呢。这种时候，这种事情连谈都不该谈，本身就不体面。"

"我已经跟你说了我为什么要现在谈了。因为我明天就要走了，而我对你的爱如烈火般炽热，再也压抑不住对你的感情了。不过也许我求婚的方式是太急、太粗鲁了些。"

他突然从沙发滑下来，双膝跪地，把斯嘉丽吓了一大跳。他一只手优雅地按在胸口，急切地说道："请原谅，我的感情太过强烈而狂热，让你受惊了，我亲爱的斯嘉丽——我是说，我亲爱的肯尼迪太太。你肯定注意到了，我过去深藏在心里的对你的友情已经日益加深，发展成一种更深沉、更美好、更纯洁、更神圣的感情。我敢向你袒露和表白吗？啊！是爱情，使我壮起了胆子，向你表露心迹！"

"快起来，"她恳求着，"瞧你，像个傻瓜似的，要是嬷嬷进来见你这副样子可怎么办？"

"她肯定会吓呆的，因为头一次看到我举止这么优雅，这么有绅士风度，准会觉得难以置信，"瑞特边说边轻松地站了起来，"好了，斯嘉丽，你不是小孩子，也不是小姑娘了，别用什么得体不得体的蠢话来搪塞我。快答应嫁给我吧，等我回来，不然，上帝做证，我就不走了。我就守在这儿附近，每天晚上在你的窗下弹吉他，扯着嗓门给你唱情歌，直到你答应嫁给我为止。到时为了你的名声，你也只好嫁给我了。"

"瑞特，你冷静点儿好不好？我谁都不想嫁。"

"不想嫁？你没说实话。不可能是女孩子的羞怯，那是为什么？"

突然间，她想起了阿什利，仿佛他正活生生地站在她身旁，金色的头发、慵懒的眼睛，高贵不凡，与瑞特截然不同。他才是她不想再嫁人的真正原因。尽管她并不讨厌瑞特，有时甚至很喜欢，可她的心只属于阿什利，永远、永远地属于他。她的心从来没属于过查尔斯或是弗兰克,也永远不可能真正属于瑞特。她的整个人、她做的几乎每件事,以及所有追求和得到的东西,全部都属于阿什利,也全部都为了阿什利。因为她爱他。阿什利和塔拉,她只属于这两者。那些曾经给过查理和弗兰克的每个微笑、每次大笑和每个吻,都是阿什利的,尽管他从没向她索求过,也永远不会向她索求。在她内心深处,始终藏着一个心愿,想要把自己留给他,尽管她知道他永远也不会要她。

她并没意识到自己脸上的神情已经变了,不知道对阿什利的回忆和留恋,令她脸上显出一种瑞特从未见过的柔情。他看着她那双眼梢微翘的绿眼睛,美目圆睁,眼神迷离,含情脉脉,又看着她那柔嫩的嘴唇曲线柔和。那一刻,他甚至停止了呼吸。接着,他嘴角猛地一撇,暴躁而冲动地骂了一声:"斯嘉丽·奥哈拉,你这个傻瓜!"

没等她的思绪从遥远的地方收回来,瑞特的双臂就紧紧抱住了她,那么坚实、那么有力,就像很久以前在通向塔拉的那条黑漆漆的大路上时那样,把她抱得那么紧。她心中再次涌起那股无力招架的激动和亢奋,再次无法自拔地屈服、顺从,再次感受到那令她浑身发软的汹涌热潮。阿什利那平静的脸庞渐渐模糊,最后消失无踪。瑞特把她的头向后仰,靠在他的胳膊上,然后吻上她的唇,起初吻得很轻柔,随后吻得越来越炽热、激烈,令她忍不住紧紧贴住他的身体,仿佛他是这个头晕目眩、天旋地转的世界里唯一的依靠。他急切而坚决地分开她颤抖的嘴唇,将一阵狂热的战栗传入她全身的每一根神经,激起她从未体验过的感受。她只觉得天旋地转,不由自主地回吻着他。

"停下——求你了,我快要晕过去了!"她低声说,无力地想转过头,避开他。他把她的头用力地按回自己肩头,头晕目眩之中,她瞥见了他的脸,那双眼睛闪烁着异样的光芒,他的双臂战栗发抖,令她感到害怕。

"我就是想让你晕过去,也绝对能让你晕过去。你被别人吻了这么多年,那些笨蛋有一个曾这么吻过你吗——有吗?你亲爱的查尔斯、弗兰克,或是你那个傻瓜阿什利——"

"求你别说了——"

"我偏要说你那个傻瓜阿什利。他们一个个都是谦谦君子——可他们懂女人吗?懂你吗?我懂。"

说着,他又吻住了她的嘴唇,这次她没有丝毫挣扎就投降了,软弱无力地连头也没扭,甚至也没想要扭。她的心狂跳着,浑身战栗。她害怕他的力量,却感到全身软弱无力。他想干什么?再不停下来,她真要晕过去了。但愿他赶紧停下——但愿他永远不要停下来。

"快说愿意!"他的嘴仍抵着她的唇,他的那双眼睛就近在咫尺,大得异乎寻常,仿佛填满了整个世界,"说愿意,该死的,不然——"

她不假思索,轻声吐出一句"我愿意"。仿佛这话是出自他的意愿,而非出于自己的。可就在她说出这句话的一瞬间,她的心突然平静下来,头也不晕了,连白兰地的酒劲儿也减弱了。她本没想答应,可现在却突然答应了。连她自己也搞不懂究竟是怎么回事。可她并不后悔,那句"我愿意"仿佛是自然而然说出来的,就像是神的旨意,仿佛冥冥中有种比她更强大的力量在推动着她,替她作出决定,为她解决问题。

一听到"我愿意"三个字,瑞特突然猛吸了一口气,低下头,似乎又要吻她。斯嘉丽闭上眼睛,头不自觉地向后仰。可他却缩了回去,令她微微有些失望。他的吻给她一种陌生而奇特的感觉,却令人十分激动。

他静静地坐了一会儿,把她的头靠在自己的肩膀上,似乎极力克制,才让双臂不再战栗。他稍稍离开她些,低头看她。她睁开眼睛,发现他脸上那令人害怕的激情已经褪去。可不知怎的,她还是不敢迎上他的目光、直视他的眼睛,于是心慌意乱地垂下眼帘。

他再度开口说话时,声音已经恢复平静。

"你说真的?不会反悔吧?"

"不会。"

"不只是因为我——那话怎么说来着?——因为我的——呃,热情,'让你神魂颠倒了'吧?"

她没有回答,因为不知道该说什么,也不敢抬眼看他。他一只手托住她的下巴,抬起她的脸。

"我跟你说过,不管你做什么我都能忍受,唯有撒谎除外。现在,我要你跟我说实话。为什么你会答应我?"

斯嘉丽还是无话可说,不过比刚才稍微镇定了些,她羞涩地低下头,嘴角一弯,露出一抹浅笑。

"看着我,是因为我的钱吗?"

"噢,瑞特,瞧你说的!"

"抬起头,看着我,别拿甜言蜜语糊弄我。我不是查尔斯,也不是弗兰克,更不是乡下那帮愣头愣脑的傻小子,被你抛几个媚眼就轻易上当。是因为我的钱吗?"

"哦——也不全是。"

"不全是?"

他好像并没恼怒,而是立刻吸了一口气,极力抹去眼神中因她的话而显出的热切和期盼。可她太心慌意乱,没看到他眼里的热切盼望。

"是啊,"她无奈又慌乱地说,"钱确实有用啊,这你是知道的,瑞特。唉,可惜弗兰克没留下多少钱。不过还有别的——哦,瑞特,你也知道,咱们俩的确很合得来。在我见过的男人里,你是唯一受得了女人说实话的人。所以嫁给一个不拿我当傻瓜,不希望我说假话的丈夫,也挺好的。而且——呃,我喜欢你。"

"喜欢我?"

"嗯,"她有些烦躁地说,"要是我说我爱你爱得发狂,那才是说谎呢,再说你肯定也会知道的。"

"有时候我真觉得你说实话说得也太实在了点儿,我的宝贝儿。你难道不觉得应该说句'瑞特,我爱你'才对吗?哪怕是撒谎,哪怕不是真心的也好啊。"

他说的是什么意思?她感到有些纳闷,越想越不明白,心里更慌乱了。他看起来怪怪的,既急切,又有些伤心,还显出一丝嘲讽。他松开她的手,两手深深地插进裤子口袋里,她看到他的手握成了拳头。

"我就是要说真话,即使这会让我失去一个丈夫,我也照样要说。"她愤愤地想,每次被捉弄的时候,她都会气得气血翻涌,火冒三丈。

"瑞特,我要是说爱你,那就是撒谎,我们干吗要干这种蠢事呢?我说过了啊,我喜欢你。你也知道就是这么回事。你从前不是说过吗,你并不爱我,可我们有很多共同点,比如都是无赖,这话是你自己说的——"

"噢,上帝啊!"他突然把头一扭,低声咕哝道,"真是搬起石头砸了自己的脚啊!"

"你说什么?"

"没什么。"瑞特看着她笑了笑,但并不是开心的笑,"定个日子吧,亲爱的。"他又笑了笑,弯腰亲吻她的手。看到他情绪不再那么激动,又恢复了平静,斯嘉丽心里也轻松多了,也笑了起来。

他抚弄着她的手,过了一会儿,抬起头来,冲她咧嘴一笑。

"你看小说时,有没有读过没感情的妻子最终爱上了自己丈夫的故事?"

"你明知道我不看小说的。"为了配合他揶揄的口吻,她尽力打趣地说,"再说,你曾经说过,丈夫和妻子相爱是最糟糕的。"

"该死的,我过去说过的话可太多了。"他突然骂了一句,然后站起身来。

"别骂粗口啊。"

"你要习惯这一点,而且也要学会骂粗口。你得习惯我一身的坏毛病。这是你——说喜欢我,想用你那漂亮的小手抓住我的钱的代价之一。"

"哼,别因为我没有说谎,没能满足你的傲慢和自负,就冲我发那么大的火。你又不爱我,不是吗?那我凭什么要爱你呢?"

"是的,亲爱的,我不爱你,就跟你也不爱我一样。就算我爱你,也绝不会告诉你。愿上帝保佑真正爱你的男人,你会让他心碎的。亲爱的,你真是个残忍、狠心、破坏成性的小猫,那么满不在乎,那么为所欲为,连小爪子也懒得收回去。"

他猛地一把将她拉起来,又吻了她。但这次的吻跟前几次不同,因为他好像不在乎会不会弄疼她,甚至似乎故意想弄疼她、羞辱她。他的嘴唇滑下她的脖颈,最后紧紧贴在她胸前,贴得那么用力,贴得那么久,虽然隔着一层塔夫绸,但她觉得肌肤都灼热发烫。她双手挣扎着抬起来,奋力把他推开,一副又羞又恼的样子。

"你不该这样!太放肆了!"

"你的心跳得跟只小兔子似的,"他嘲弄地说,"恕我冒昧,跳得这么快,恐怕不只是喜欢而已吧。别这么横眉立目的,装什么小姑娘啊,又不是没嫁过人。说吧,想要我从英国给你带什么回来?戒指?你喜欢什么样的?"

一时间,她不知该怎么回答,她既对他最后一句话很感兴趣,又想使女人性子继续装模作样地跟他生气、闹别扭,所以犹豫了一会儿。

"噢——我要一枚钻石戒指——瑞特,一定得给我一个大的。"

"好让你在那帮穷亲戚朋友面前炫耀,说'瞧瞧我得到了什么',很好,那就给你个大钻戒,大得让你的那帮不怎么富裕的朋友只能自我安慰,背地里小声嘟囔:'戴这么大的钻戒,真俗气。'"

说完,他突然迈步穿过房间,走到门边,斯嘉丽跟在他身后,茫然不解。

"怎么了?你要去哪儿?"

"回去收拾行李。"

"噢,可是——"

"可是什么?"

"没什么。祝你一路顺风。"

"谢谢。"

他打开门,走进过道。斯嘉丽跟在他后面,有点儿不知所措,同时也有点儿失望,她正兴奋着呢,怎么突然就收场了,真让人扫兴。他穿上大衣,拿起手套和帽子。

"我会给你写信的。如果你改变主意了,可得告诉我一声。"

"你不——"

"什么?"他似乎急着要走。

"你不吻我一下,跟我告别吗?"她压低嗓门小声说,怕屋里人听见。

"你不觉得这一晚上吻得够多了吗?"他嬉皮笑脸地低头看着她,"好一个端庄体面、有教养的女人啊——瞧,我刚才说对了吧,这会很有趣的,对吧?"

"噢,你这人真是讨厌死了!"她气得大叫,也顾不上会不会被嬷嬷听到了,"你就是永远不回来我也不在乎。"

她转过身,冲向楼梯,以为会被他温暖的手拉住,不让她走。可他只是打开门,放一股冷风灌进屋里来。

"可我会回来的。"说完他就走了出去,撇下她一个人站在过道的楼梯口,呆呆地望着关上的门。

瑞特从英国带回来的钻戒的确很大,大得斯嘉丽都不好意思戴了。她倒是喜欢华丽、昂贵的首饰,可她担心大伙儿会说这戒指太俗气,而且也确实是俗气。戒指中间是一颗足有四克拉的大钻石,周围镶着一圈绿宝石。戒指大得都盖住了她的指关节,压得她手都抬不起来。斯嘉丽怀疑瑞特费尽心思定做了这么大一枚戒指是不怀好意,故意把戒指做得那么扎眼、那么浮夸。

在瑞特回到亚特兰大,把大钻戒戴在她手上之前,她并没把自己要嫁给他的事告诉任何人,连家人也没告诉。等她把订婚的消息一公布,顿时引来各种闲言碎语,闹得沸沸扬扬。自从三K党事件发生之后,除了北方佬和提包客之外,瑞特和斯嘉丽成了亚特兰大城最不受欢迎的人。好久以前,查尔斯死后没多久,她就早早把丧服脱了,惹得大伙儿非常不满。后来她一个女人家,不守妇道开起了锯木厂,怀着身孕还抛头露面到处跑,做了好多出格的事，大伙儿对她更是指指点点。但当她间接让弗兰克和汤米送了命，还害得十几个人差点儿有性命之忧之后，大伙儿对她的愤怒则愈演愈烈，由厌恶变成了公开的谴责。

至于瑞特，他在战争时期就做起了投机生意，从那以后就引起了众怒，后来又跟那帮共和党人沆瀣一气，更是遭到全城人的憎恨。但最奇怪的是，他救了十几个城里最有名望的人的性命，反倒招致亚特兰大的贵妇们对他恨之入骨。

她们愤恨并不是因为自己的丈夫还活着，而是恨救他们丈夫性命的偏偏是瑞特那个恶棍，而他用的还是那种龌龊的手段，太让人丢脸。这几个月来，他们一直受着北方佬的嘲笑和鄙夷，真是太折磨人了。她们认为，甚至公开说，瑞特要是真为三K党着想的话，就该用更得体、更周全的办法。她们甚至说，瑞特是故意把贝尔·沃特琳扯进来的，好让全城的体面人脸面无光。所以他虽然救了这些人的命，但不配得到大伙儿的感激，而且他过去的罪过也不配得到大伙儿的宽恕。

这些女人动不动就发善心，伤心时柔弱得很，面对艰难困苦时，又不屈不挠，但若有人触犯了她们那不成文的规矩，哪怕触犯了一点点，她们也会像泼妇一样绝不宽容。她们的规矩很简单——崇敬邦联、敬重老兵、忠于过去的生活方式和传统、人穷志不穷、对朋友倾囊相助、对北方佬恨之入骨。而在她们看来，斯嘉丽和瑞特每条规矩都触犯了。

那些得了瑞特救命之恩的男人，出于礼貌和感激，劝他们的女人闭上嘴巴，少多嘴多舌，可说了也没用。在瑞特和斯嘉丽宣布要结婚之前，他们俩虽不受欢迎，但大伙儿还是碍于礼数，表面上对他们还算客气。而现在，就连冷冰冰的客气也没有了。他们订婚的消息就像冷不丁地抛出了一颗炸弹，轰的一声炸开，惊天动地，全城震撼，就连性子最温和的女人也都气得痛斥起来，说弗兰克才死了一年，斯嘉丽就又要嫁人了，何况弗兰克还是被她害死的！而且她嫁的竟然是那个开妓院、与北方佬和提包客狼狈为奸、坏事干尽的恶棍巴特勒！他们俩要是不勾搭在一块儿，大伙儿还能忍受，可如今他们俩竟然恬不知耻地要在一块儿了，实在让人忍无可忍。这俩人真是一丘之貉，卑鄙又下流，真该把他们俩撵出城去！

他们俩宣布订婚的时候，偏巧是瑞特的那帮老朋友——提包客和叛贼最猖狂、最激起民愤的时候，所以亚特兰大人对他们俩更加难以容忍了。此时，公众对北方佬及其同伙的憎恶和痛恨已到了白热化的程度，因为佐治亚抵抗北方政府统治的最后一道堡垒已经坍塌陷落。四年前，自从谢尔曼从道尔顿挥军南下时，这场旷日持久的抵抗运动就开始了，如今已达到高潮，佐治亚州蒙受的耻辱已到了极限，无以复加。

重建了三年，这三年南方百姓每天都在恐怖的统治下备受煎熬。人人都以为现在的情况已经够糟的了，可现在才发现真正的恐怖才刚刚开始。

三年来，联邦政府一直想方设法把不同的思想和不同的制度强加在佐治亚头上，并且利用军队强制执行，在很大程度上来说，的确是成功的。但是新的政权只靠军队的力量支持。佐治亚州虽在北方佬的统治之下,但州里的百姓人心不服。佐治亚的领导者们一直在为州权而不断抗争,想要按照自己的主张来治理本州。他们尽全力抵制北方佬的压迫,坚决不向北方政府低头,拒绝把华盛顿的命令当作治理本州的法律。

从政治上来说,佐治亚政府从未屈服过,但这种抗争徒劳无功,而且屡战屡败。这种抗争虽无胜算,但至少使无可避免的事情有所推迟。南方许多州的政府已经允许大字不识的黑人在政府机关里担任要职,州议会也由黑人和提包客掌控。但佐治亚州由于顽强抵抗,所以至今尚未沦落到那种地步。这三年中,大部分时候州议会还是始终掌握在白人和民主党人手里。由于北方佬士兵到处都是,州政府的官员们除了抗议和抵制,什么也做不了。他们的权力有名无实,但至少还能让州政府掌握在土生土长的佐治亚人手中。而现在,就连这最后一座堡垒也坍塌了。

四年前,约翰斯顿和他的部队从道尔顿节节败退,一直退到亚特兰大。佐治亚的民主党人也是如此,他们从一八六五年起就被逼得步步后退。联邦政府对州里事务和百姓生杀大权的管控越来越紧,施加的压力也越来越大。随着军事法令日益增多,当地政府日益势单力薄。最终,佐治亚变成了军事管制区,不管州里的法律允不允许,黑人都被赋予了选举权。

斯嘉丽和瑞特宣布订婚之前的一个星期,州政府举行了州长选举。南方民主党推选了在佐治亚州德高望重、备受尊敬的约翰·布朗·戈登将军为候选人,其对手为共和党人布洛克。选举持续了三天,而不是一天就结束。一列又一列火车满载着黑人,把他们从一个城市送到另一个城市，在沿路的每一个选区进行投票。结果当然不用说，布洛克获胜了。

当初谢尔曼占领佐治亚，已经使百姓深受苦难，如今州议会被提包客、北方佬和黑人占据，更是使州里百姓感到前所未有的痛苦。亚特兰大和佐治亚州民怨沸腾、群情激愤。

而瑞特·巴特勒偏偏跟那个可恨的布洛克是朋友！

对于那些不是近在眼前的事，斯嘉丽向来不闻不问。她甚至几乎不知道有选举这么回事。瑞特没有参加选举，他与北方佬的关系跟过去相比，也没有丝毫变化。所以事实摆在眼前，瑞特仍是叛贼，而且跟布洛克交好。一旦斯嘉丽嫁给了瑞特，她也就随之成了叛贼。亚特兰大对于敌方阵营里的人，绝不会善待或容忍。因此当他们订婚的消息传出后，全城人想起的全都是这对儿男女的劣迹，他们俩干过的好事却一件也记不得了。

斯嘉丽知道全城的人都很震惊，但她没意识到公众对此事已经愤慨到了什么程度。直到有一天，梅里韦瑟太太在教会那帮朋友的鼓动下，亲自登门规劝她。

"因为你母亲已去世，而皮蒂小姐又没结过婚，不适合来——呃——跟你谈这种事，所以我觉得我必须要提醒你，斯嘉丽。好人家出身的女人不该嫁给像巴特勒船长那种男人。他是个——"

"别忘了梅里韦瑟老爷子和你侄子的命，可是他救的呢。"

梅里韦瑟太太气得头顶冒烟。不到一个钟头前，她刚和老爷子为这事生了顿气。老爷子说，那个瑞特·巴特勒是叛贼也好，恶棍也罢，但不管怎样她都应该对他心存感激，否则就是不把他这个老头子放在眼里。

"他那么做是故意用下流手段整大伙儿，斯嘉丽，成心让我们在北方佬面前丢人。"梅里韦瑟太太继续说道，"你跟我都清楚，巴特勒那家伙是个无赖，过去是，现在更是坏得让人无法形容。任何一个体面人都不能接受这种男人。"

"不能？那就怪了，梅里韦瑟太太。打仗那几年，他可是你家的常客呢。梅贝尔结婚时穿的白色缎子结婚礼服还是他送的吧？要是我没记错的话。"

"打仗时跟现在情况不一样。那时候体面人也跟不怎么光彩的人有来往——那完全是为了南方的事业，没什么不合适的。你肯定不愿嫁给一个自己不上前线却还嘲笑那些参军者的男人吧？"

"他也参过军，打过八个月的仗。他参加了最后一场战役，在富兰克林战场打仗，约翰斯顿将军投降的时候，他就在他的部队里。"

"我可从没听说过，"梅里韦瑟太太说，似乎一点儿也不相信，"可他没受过伤啊。"她得意地加了一句。

"没有受过伤的人多的是。"

"打过仗的人哪个没受过伤。我可从没见过打仗没受过伤的人。"

斯嘉丽被激怒了。

"那就说明你见过的那些男人都是傻瓜，下大雨了不知道避，子弹来了不懂得躲。好了，我就跟你说清楚了吧，梅里韦瑟太太,你可以把我的话转告给你那些爱管闲事的朋友。我就是要嫁给瑞特·巴特勒,就算他帮北方佬打过仗,我也不在乎。"

这位可敬的贵妇人气呼呼地走了,气得头上戴的帽子都一晃一晃的。斯嘉丽知道这位之前一直对她心怀不满的朋友如今已变成了公开的敌人。但她一点儿也不在乎。不管梅里韦瑟太太怎么说、怎么做,都伤不了她分毫。别人说什么她也不在乎——但是只有嬷嬷除外。

皮蒂姑妈听到这个消息后,一下子就昏了过去,斯嘉丽忍受住了;阿什利向她道喜时,看上去明显老了许多,而且还回避她的目光,她也硬撑着顶住了。查尔斯顿的宝琳姨妈和尤拉莉姨妈听到这个消息,吓得急忙写信来,阻止她跟巴特勒结婚,说这不但会毁了她的社会地位,还会连累她们,让斯嘉丽感到又可气又好笑。梅兰妮也皱着眉头,忧心忡忡又诚心诚意地说:"当然了,巴特勒船长比大伙儿想的要好得多。他心肠好,又聪明,从他救阿什利这事上就能看出来。而且他还为邦联打过仗。可是,斯嘉丽,我看你还是别这么匆忙就作决定,你说呢?"听到这话,斯嘉丽甚至笑出声来。

不,她不在乎别人怎么说,只有嬷嬷除外。嬷嬷的话才最让她生气,最让她伤心。

"俺亲眼看着你做了一大堆让埃伦小姐伤心的事,要是她泉下有知的话。俺自己也伤透了心。可最让俺伤心的就是这件事——嫁给那个无耻败类!没错,俺就说他是败类!甭跟俺说他出身多好。出身好他也是败类。上等人家照样出败类,跟下等人家一样，他就是个败类！斯嘉丽小姐，俺知道你明明不爱查尔斯先生，却看着你把他从哈妮小姐手里抢走了。后来俺又眼瞅着你从自己妹妹手里夺走了弗兰克先生。你干了那么多不光彩的事，俺都一声没吭，比如卖木材时把劣木头当好木头卖、欺骗别的木材商、一个人赶马车到处乱跑、招惹自由黑人引来祸端，还害得弗兰克先生送了命。另外租用囚犯不说，还不给他们吃饱，饿得他们没力气干活。这些事俺一句都没说。即使埃伦小姐在天堂里埋怨俺：'嬷嬷啊，嬷嬷啊！你没看管好我的孩子！'俺也都忍了。可这件事俺可忍不下去了，斯嘉丽小姐。你不能嫁给那个败类。只要俺还有一口气，就不准你嫁给那家伙。"

"我乐意嫁谁就嫁谁。"斯嘉丽冷冷地说，"我看你是忘了自己的身份了，嬷嬷。"

"俺早就该忘了！要是俺不跟你说这些，谁会跟你说呢？"

"这事我已经考虑过了，嬷嬷。我已经想好了，你最好还是回塔拉去吧，我会给你一些钱，还有——"

嬷嬷顿时挺直了身子，摆出一副极有尊严、不容玷污的姿态。

"俺是自由的，斯嘉丽小姐。你无权打发俺到俺不想去的地方。俺要是回塔拉，那你也得跟着俺一块儿回去。俺决不能撇下埃伦小姐的孩子，谁也别想把俺赶走。俺也决不能撇下埃伦小姐的外孙和外孙女，让个败类继父给抚养。俺就待在这儿，哪儿也不去。"

"我不会让你留在这里对巴特勒船长无礼的。我要嫁给他，这事没什么好说的了。"

"要说的还多着呢,"嬷嬷缓缓地反驳道,一双昏花苍老的眼里燃起战斗的火焰,"俺从来没想过对埃伦小姐的骨肉说这样的话。可是,斯嘉丽小姐,你给俺听着。你只是一头套上了马具的骡子而已。你可以把骡蹄子擦得光光的,可以把骡子毛皮刷得亮亮的,你可以在它的马具上镶满铜片,再给它配辆漂亮的马车。可骡子终究是骡子。你也一样。你穿着绸缎衣服、办锯木厂、开店铺,还有钱,像一匹好马一样光鲜亮丽又气派,可说到底你还是头骡子,骗不了人。而巴特勒那家伙,虽然出身好,打扮得衣冠楚楚,像匹漂亮的赛马,但跟你一样,也是头套着马具的骡子。"

说完,嬷嬷目光锐利地看向她的女主人。斯嘉丽受到这般侮辱,气得说不出话来,浑身直抖。

"既然你说要嫁给他,那谁也拦不住你,因为你跟你爸爸一样脾气倔。但是你给我记住,斯嘉丽小姐,俺不会离开你的。俺要待在这儿,看你们怎么收场。"

说完,不等斯嘉丽回答,嬷嬷便转过身走了,斯嘉丽感觉这比嬷嬷说一句"等着瞧吧,早晚有报应的!"还让她不寒而栗。

斯嘉丽和瑞特在新奥尔良度蜜月时,她把嬷嬷的话告诉了瑞特。令她既吃惊又气愤的是,瑞特一听骡子套上马具的比喻,竟哈哈大笑起来。

"我从来没听过有谁能把这么深刻的真理用如此简洁明了的话阐明,"他说,"真是个聪明睿智的老嬷嬷。在我认识的人里,这么有脑子的人没几个。真希望我能赢得嬷嬷的尊重和好感。不过既然我是头骡子,恐怕永远也得不到她的尊重和好感了吧。婚礼后我这个新郎官太高兴了,想给她一枚十块钱的金币讨个彩头,却被她拒绝了。见到钱竟不动心的人,我还真没怎么见过。不过当时她直视着我的眼睛,跟我说谢谢,说她不是个刚刚才获得自由的黑人,所以不需要我的钱。"

"她干吗对我发那么大的火?为什么每个人都骂我,就像珍珠鸡似的冲我咯咯叫?我要嫁谁、嫁几回,那是我的事。我从来不管别人的闲事,可别人干吗老管我的事?"

"我的宝贝儿,这世界上到处都是爱管闲事的人。而你为什么像只挨烫的猫一样嗷嗷大叫呢?你不是总说不在乎别人怎么说你吗?何不证明一下呢?要知道,在一些小事上你都被人指指点点,那么在这种大事上你就更逃不掉被人说三道四了。你也知道,你嫁给了像我这样的恶棍就肯定会有人说闲话。假如我是个出身低贱、穷困潦倒的恶棍,人们倒不会气得发疯。可我却偏偏既有钱,日子过得又舒心快活——这他们当然不会饶过我了。"

"真希望你有时能正经些!"

"我挺正经的啊。邪门歪道的人像月桂树一样繁盛兴旺,正儿八经的人必然气不过。高兴点儿,斯嘉丽,你不是跟我说过,想要有很多很多的钱,让别人都见鬼去吗?现在时候到了。"

"可我主要是想让你见鬼去啊。"斯嘉丽说着,笑了起来。

"那你现在还想让我见鬼去吗?"

"这个嘛,倒是不像过去那样总想了。"

"你什么时候想要我见鬼去,就尽管告诉我吧,只要你开心就行。"

"那样并不能让我有多开心。"斯嘉丽说着,低下头漫不经心地吻了他一下。瑞特乌黑的眼睛一闪,巡睃着她的脸,像是在她眼里寻找着什么,但没有找到,于是微微一笑。

"忘掉亚特兰大,忘了那帮老刁婆吧。我带你来新奥尔良是想让你开心的,我要让你玩得尽兴,玩得忘乎所以。"

第五部

第四十八章

斯嘉丽的确很开心,甚至比战前的那个春天还要开心。新奥尔良是个新奇而有趣、繁华又热闹的城市,十分迷人。斯嘉丽就像刚获得大赦的无期徒刑囚犯,一头扎进纸醉金迷、逍遥自在的日子里,尽情享乐,好不快活。此时此刻,在这座城市里,提包客们巧取豪夺,而许多老老实实的正派人则无家可归、衣食无着。一名黑人还坐上了副州长的高位。但瑞特带她去的全是享乐之地,是她平生所见过最开心快活的地方。她见到的人也都是腰缠万贯的富豪,生活无忧无虑。瑞特介绍她认识的几十位太太个个艳若桃李,穿得花枝招展,她们的手也都白白嫩嫩的,一看就从没干过什么粗活。她们整天嘻嘻哈哈没愁事,从来不谈严肃的话题或是世道艰难一类的蠢话。她见到的那些男人也都很有趣——争着抢着要跟她跳舞,对她大献殷勤,仿佛她依然是含苞欲放的妙龄少女,跟亚特兰大的那些男人完全不同。

这些男人都跟瑞特一样,眉宇间透着冷酷,神情中透着肆意放纵,无所顾忌。他们的目光总是很警惕,仿佛常年与危险为伍，对一切都心怀戒备。他们好像既无过去，也没有未来。每当斯嘉丽跟他们聊天，问起他们来新奥尔良之前在哪儿或者做什么时，他们都礼貌地回避，转移话题。这真是挺奇怪的，因为在亚特兰大，凡是初来乍到的体面人都会急不可待地想向别人介绍自己，得意又自豪地报出自己的身世背景和家世门第，夸耀自己的家族多么源远流长，家族里的亲属多么盘根错节，遍及整个南方。

可新奥尔良的男人却都谨言慎行。有时瑞特跟他们在一起时，在隔壁房间的斯嘉丽会听到他们有说有笑，偶尔还会听到些只言片语，里面净是些她听不懂的词，比如封锁时期的古巴和拿骚啦、淘金热啦、非法强占采矿权啦、走私军火啦、煽动叛乱啦，还有尼加拉瓜和威廉·沃克[1]，以及此人如何在特鲁西略被处决，等等。有一次，他们正谈着匡特里尔[2]手下的那帮游击队时，斯嘉丽突然闯入，他们立刻停止了谈话，斯嘉丽只听到弗兰克·詹姆斯和杰西·詹姆斯[3]这两个名字。

但新奥尔良的这些男人都很彬彬有礼，衣着考究且得体，而

---

[1] 威廉·沃克（1824—1860），美国冒险家、海盗，19世纪中叶多次煽动叛乱，企图征服拉丁美洲国家。1855年，他利用尼加拉瓜国内的政治斗争之机，率领一批冒险者前往尼加拉瓜，推翻了当地政府的统治。1856年自立为尼加拉瓜总统，1857年向美国海军投降，1860年，他试图进攻洪都拉斯未果，在洪都拉斯港口城市特鲁西略被处决。

[2] 匡特里尔是南部邦联游击队领导人，以凶狠残暴著称。

[3] 杰西·伍德森·詹姆斯（1847年9月5日—1882年4月3日），出生于美国密苏里州克莱县，美国强盗，是詹氏—杨格团伙最有名的成员。自从去世后，他就被刻画成一个民间传说人物，更时不时被误描绘成一个左轮决斗能手。弗兰克·詹姆斯是他的哥哥。

且对她大为殷勤,所以即使他们只顾眼前的奢靡享乐,斯嘉丽也毫不在意。在她看来,他们是瑞特的朋友,住着华丽的豪宅,拥有漂亮的马车,常带他们俩出去兜风,邀请他们吃晚饭,还特意为他俩举办舞会,这才是最重要的。斯嘉丽很喜欢他们,她把这些话说给瑞特听时,他总是开怀大笑。

"我就知道你会喜欢他们的。"他笑着说。

"我干吗不喜欢他们?"每次看他笑,她总是心里犯嘀咕。

"他们都是些不入流的货色,全是人中的败类和无耻恶棍。他们要么是铤而走险的亡命徒,要么是提包客里的暴发户。他们跟你亲爱的丈夫一样,都是做粮食投机生意的,或者跟政府做买卖,以次充好,赚昧心钱,或者干些见不得人的勾当捞黑钱。"

"我不信,你又戏弄我,他们看上去都是体面人……"

"体面人都在挨饿呢。"瑞特说道,"他们都体面地住在破棚屋里呢。恐怕那些住在棚屋里的人不会欢迎我去吧。你也知道,亲爱的,打仗时我在这儿干过不少坏事,那帮人可记仇呢!斯嘉丽,你始终都那么有趣,总是看错人,看错事。"

"可是他们是你朋友啊!"

"嗯,我倒是挺喜欢与恶棍为伍。年轻时我在船上靠赌博混日子,所以这种人我很了解,他们的真面目,我也看得一清二楚。可你呢——"他又笑了笑,"你这个人啊,天生就不会看人,分不清好人和坏人。有时我会想,你这辈子见过的好女人就只有你妈妈和梅丽小姐,可她们俩好像都没对你产生什么影响。"

"梅丽!噢,得了吧,瞧她那不起眼的样子,就像只穿旧的鞋子一样,她的衣服也穷酸得很,见了人也不怎么敢说话!"

"收起你的嫉妒心吧,太太。徒有美貌并不能成为贵妇,光有漂亮衣服也成不了好女人!"

"噢,得了吧!等着瞧,瑞特·巴特勒,我会证明给你看的。如今既然我有——我们有钱了,我就要做个最体面的贵妇,让你好好见识一下!"

"那我就拭目以待喽。"他说道。

比起新结识的那帮人,更令斯嘉丽感到兴奋的是瑞特给她买的衣服。所有衣服的颜色、布料和款式都是他亲自挑选的。如今大裙箍已经过时,眼下流行的新款式是裙褶向后拉,收拢在后腰垫部,然后在后腰垫上点缀些花环、蝴蝶结或者花边之类的装饰。斯嘉丽想起了打仗那几年穿过的最朴素的带箍裙子,再看看这些新裙子,觉得有些难为情,因为这种新款的裙子穿到身上,会明显地衬出肚子的轮廓来。还有那些小巧的帽子,其实一点儿也不像是帽子,就是扁扁的那么个小玩意斜扣在脑袋上,压住一边的眉梢。帽子上装饰着花花草草、飘动的羽毛和飞舞的缎带等等!(她的头发太直,所以特意买了些假发卷,好戴上帽子后显出卷翘的头发来,多好看呀!可是该死的瑞特,竟然把她的发卷烧了,真是可气。)还有修女们手工缝制的精致内衣,真漂亮啊!而且瑞特给她买了一套又一套,数都数不过来了!另外还有宽松罩衣、睡衣、衬裙,都是用上好的亚麻布做的,上面还有精细的刺绣和细褶裥。哦,还有瑞特给她买的缎面便鞋!鞋跟足有三英寸高,鞋扣上是一大颗人造宝石,闪闪发亮。还有长筒丝袜,足有一打,全是丝的,没有一双带着棉织袜头,真是阔气啊!

她大把地花钱给家人买礼物:给韦德买了个毛茸茸的圣伯纳小狗,他早就盼着想要一只;给小博买了一只波斯猫;给小埃拉买了条珊瑚手镯;给皮蒂姑妈买了条沉甸甸的月光石吊坠项链;送给梅兰妮和阿什利一套《莎士比亚全集》;送给彼得大叔的则是一套漂亮的车夫制服,配着一顶高高的丝质车夫帽和一把小梳子;她还给迪尔茜和厨娘每人一块布料,塔拉的每个人几乎都有份厚礼。

"可你给嬷嬷买了什么呢?"瑞特看着旅馆房间里堆满床的礼物,问道,同时把小狗和小猫弄到了更衣间里。

"什么也没买。她太可气了,骂咱们是骡子,我干吗要送她礼物?"

"你怎么就听不得实话呢,我亲爱的?你一定得给嬷嬷买礼物,不然她会伤心的——像她那样的心多可贵啊,不该伤她呀。"

"我才不给她买礼物呢,她不配。"

"那我给她买吧,我记得嬷嬷常说,等她上天堂时,要穿着塔夫绸的衬裙,要那种特别挺括的,走起路来沙沙响,上帝就会以为那是用天使翅膀做的。我要给她买一块红色的塔夫绸布料,让她做条漂漂亮亮的衬裙。"

"她才不要你的礼物呢。她宁死也不会穿的。"

"这我知道,不过我还是要送,以表达我的心意。"

新奥尔良的商店里,商品琳琅满目,让人眼花缭乱。跟瑞特一起逛商店简直跟探险一样刺激有趣。而跟他一起去餐厅吃饭则要比跟他逛街购物还要刺激和有趣。因为他不但知道该点什么菜,还知道那些菜该怎么做。新奥尔良的红酒、餐后甜酒和香槟酒,她都没品尝过,她只喝过家里自酿的黑莓酒、野葡萄酒和皮蒂姑妈"治头晕"的白兰地。噢,再瞧瞧瑞特点的菜!新奥尔良最负盛名的就是美食。回想起在塔拉度过的那些忍饥挨饿的苦日子,还有之前那拮据紧巴的窘困生活,斯嘉丽面对眼前的这些美味佳肴,觉得怎么吃都吃不够。克里奥尔虾配秋葵、红酒烤乳鸽、淋着厚厚奶油的牡蛎脆饼、蘑菇炒杂碎和火鸡肝、用油纸和石灰巧妙熏烤出来的鲜鱼。她的胃口好极了,因为一想起在塔拉没完没了地吃花生、干豌豆和红薯,她就充满动力,恨不得把所有的克里奥尔菜全都吞进肚子里。

"瞧你这吃相,就好像吃完这顿以后就没饭吃了似的,"瑞特说,"别刮盘子了,斯嘉丽。不够的话,厨房还有,叫服务员再上一份就是了。再这么贪吃,小心会变得跟古巴女人一样胖,那我可就要跟你离婚了。"

可她只是冲他吐了吐舌头,然后又叫了一份酥皮点心,上面涂着一层厚厚的巧克力,还点缀着蛋白糖霜。

能够像现在这样想怎么花钱就怎么花,不用一分一分抠抠搜搜地数着花,更不用玩儿命省钱,攒钱留着交税或者买骡子,真是太惬意了;能跟有钱又潇洒快活的人来往,真是太开心了!再瞧瞧那些亚特兰大人,明明一个个穷得要命,却还硬装体面,充绅士。更令斯嘉丽快活的,是能够穿着绫罗绸缎,走起路来沙沙响,不时显出她纤细的腰身、露出雪白的脖颈和手臂、丰满的胸部曲线若隐若现，最终令男人们目光流连并无不为之倾倒；另外就是想吃什么就能吃到什么，没有爱挑剔的人对她说三道四，说她没有女人的端庄样子，多么自在啊；还有想喝多少香槟就喝多少，这也是人生一大尽兴之事啊。结果她头一次喝醉了酒，第二天醒来头痛欲裂，突然回想起头天晚上回旅馆的路上，她坐在敞篷马车里一路高唱《美丽的蓝旗》，在新奥尔良的大街上招摇而过，真是羞死人了。她从没见过哪个体面女人喝醉过，甚至连微醉的也没有。她见过唯一喝醉酒的女人是沃特琳那个女人，在亚特兰大沦陷那天见到的。她真不知道该怎么面对瑞特，窘得没脸见人了。可他不但没指责她，还觉得她很有趣。好像她无论做什么，他都觉得很有趣，仿佛在他眼里，她就是只淘气的小猫。

跟他一块儿出门也很开心，因为他太帅了。不知为何，她以前从来没注意过他的长相。在亚特兰大，人们都只盯着他的不是，没工夫谈论他的相貌。但是在新奥尔良这里，她发现女人们的目光总是追随着他，当他弯腰亲吻她们的手时，她们会激动得直颤。一想到别的女人被自己的丈夫吸引，没准还在心里暗暗嫉妒她，她就突然觉得跟他在一起令她很得意、很自豪。

"噢，我们俩真是郎才女貌，般配得很呢。"斯嘉丽开心地想。

是的，正如瑞特当初所说的那样，结婚很快乐。不仅快乐，而且能学到不少东西。说来也怪，因为斯嘉丽本以为生活不可能再教给她什么了，可如今她却像个孩子一样，每天都有新的发现。

首先，她发现嫁给瑞特与嫁给查尔斯和弗兰克完全不同。她的前两任丈夫都很尊重她,害怕她发脾气。两个人都想方设法讨她的欢心,要是她高兴呢,就给他们个笑脸。而瑞特却并不怕她,而且她总觉得他对她不大尊重。他想干什么就干什么,也不管她高不高兴。她要是不高兴,他还笑话她。她并不爱他,但跟他这样的人生活在一起无疑会很有趣、很刺激。最有趣的是,即使在他激情迸发的时候,也总是能控制住自己,有时带着几分冷酷,有时又故意惹她恼火,让自己开心,但不管怎样,他总能稳稳地驾驭自己的感情,隐忍而克制。

"我猜那是因为他并不真心爱我,"她心想,觉得这样正合她意,"要是他在我面前真完全敞开,尽情放纵,我会恨死他的。"可一想到他有这种可能,她就不禁感到既好奇又兴奋,浮想联翩。

她以为自己对瑞特足够了解,可跟他生活在一起之后,才发现他身上有很多以前她并不知道的事情。比如说,他时而说话像猫的皮毛一样如丝般柔滑,可转眼间就拉下脸来,大喊大骂,面露凶相。他讲述在各地遇到的奇闻逸事,真诚地赞颂和推崇勇气、名誉、美德和爱情,可紧接着又玩世不恭地讲起下流无耻的故事来。她知道丈夫不该对自己的妻子讲这种不堪入耳的故事,可那些故事听起来很有趣,恰好迎合了她性格中粗俗的一面,所以听得她津津有味。他上一秒还热情如火,温柔无限,下一秒就突然变得冷嘲热讽,气得她就像点着的炸药一样,而他则一脸享受地看着她被气炸,以此为乐。她发现他的每句恭维都夹枪带棒,连最温柔缱绻的话听起来都让人颇有些怀疑。事实上,在新奥尔良的这两个星期里,她熟悉了他所有的脾气秉性,可就是摸不透他到底是个什么样的人。

有时候,早上起来,他把女仆支走,亲自给她端来早餐,拿她当孩子似的,喂给她吃。他还会从她手里拿过梳子,悉心地梳理她那头乌黑的长发,弄得长发噼啪作响。有时大清早的,他会一把扯掉盖在她身上的被子,轻轻挠着她赤裸的小脚,硬把她从睡梦中弄醒。有时,他会饶有兴致地听她讲自己的生意经,不时点头对她的精明能干表示赞赏。可有时,他又会对她做生意的手段大加嘲讽,说她以次充好、敲人竹杠、趁火打劫。他带她去看戏,却又低声说上帝大概不赞成让她到这种娱乐场所来,惹她心烦;他带她去教堂,却在她耳边悄悄说些可笑的下流话,逗她发笑。她一笑,他又责备她不该笑,得严肃点儿。他鼓励她有话直说,怂恿她孟浪大胆。她从他身上学会了说话带刺,讽刺挖苦,学会了用冷嘲热讽对付别人,从中取乐。可她却学不会他恶毒中带着幽默,也学不会讥笑别人时,脸上也带着嘲讽自己的笑意。

他教她如何尽情享乐,而她几乎都忘了享乐的滋味了,因为一直以来她的生活都艰辛而困苦。他深谙享乐之道,把她也拉进了吃喝玩乐的天地里。可他从不会像孩子一样恣意放纵,一举一动都透着男人的成熟和稳重,令斯嘉丽永远记在心上,令她永远无法以女人的优越感居高临下地看着他,像讥笑别的那些童心未泯、幼稚可笑的男人一样讥笑他。

一想到这点,她就不免感到有些恼火。要是能在瑞特面前表现出几分优越感,那该多痛快啊。对于她认识的其他那些男人,她都可以略带轻蔑地说一句"真是孩子气"把他们打发掉。比如她的父亲、塔尔顿家那对喜欢捉弄人的爱开玩笑的双胞胎、方丹家那几个动不动就发火的爱耍孩子脾气的小伙子,还有查尔斯和弗兰克,以及战争期间向她献过殷勤的所有男人——只有阿什利除外。唯有阿什利和瑞特这两个人让她摸不透,因为他们俩都很成熟,身上没有一点儿孩子气。

她搞不懂瑞特,也懒得去搞懂他,尽管他有时总会让她感到很困惑。比如有时他会在一旁偷偷打量她,以为她并没注意到。可她突然转过头,与他的目光不期而遇时,他的眼里总带着警觉、热切和期盼的神情。

"为什么你总是那样看着我呢?"有一次,斯嘉丽终于忍不住,气恼地问道,"就像猫盯着老鼠洞似的!"

可他表情瞬间变了过来,只笑不语。于是她很快就把这事抛到了脑后,再也不去费心思想这事,也不再费神去琢磨任何跟瑞特有关的事。因为他这个人太让人摸不透了,她就是绞尽脑汁也想不出个所以然来,所以干脆就不想了。反正日子过得挺滋润,也挺开心——只是有时心里还是惦记着阿什利。

瑞特让她整天忙个不停,几乎没时间去想阿什利。白天的时候,她很少想起阿什利,但是到了晚上,跳舞跳累了,香槟喝多了,头晕乎乎的时候,她就会想起阿什利来。她昏昏沉沉地躺在瑞特的怀里,月光如水银般倾泻在床上,每当此时她总会想,要是紧紧把她搂在怀里的人是阿什利,把她乌黑的秀发贴在自己脸上,绕在自己颈间的人是阿什利,那该多好啊。

有一次,她想到这些,不禁叹了口气,扭头看向窗外。不一会儿,她忽然觉得自己脖颈下枕着的那条胳膊变得像铁一样坚硬,寂静的夜色中传来瑞特的声音:"愿上帝惩罚你这个虚情假意的小骗子,让你永远坠入地狱里去!"

说完他突然起身,穿上衣服,不理她惊讶的抗议和质问,扬长而去。转天早晨,她在房间里吃早饭时,他才回来,头发乱糟糟的,喝得醉醺醺,一脸嘲讽,心情差到极点,既不道歉,也不辩解。

斯嘉丽什么也没问,只是冷冷地看着他,一副受委屈的妻子模样。吃完早饭后,她径自穿好衣服,瑞特那双布满血丝的眼睛在一旁直直地瞪着她,但她视若无睹。换好衣服后,她就出门逛街去了。等她回来时,他已经走了,直到晚饭时才回来。

晚饭时,两人谁也不说话,安静得很。斯嘉丽忍着怒气,因为这是她在新奥尔良的最后一顿晚餐,她想好好品尝一下龙虾的美味。可在他的虎视眈眈下,她哪还能吃得痛快?尽管如此,她还是吃了只大龙虾,还喝了不少香槟。也许正是由于这种种因素加在一起,相互作用,当晚她又做起以前常做的那个噩梦来。因为醒来的时候,她浑身冒冷汗,抽抽搭搭。梦里她又回到了塔拉,那里满目荒凉。妈妈撒手人寰了,仿佛人世间所有的智慧和力量也随之而去。只撇下她一个人在这世上举目无亲,无人依靠。有个可怕的东西在追她,她跑啊跑啊,跑得心都快炸裂了。她跑进了一片浓雾里,又哭又喊,茫然地寻找着深藏在浓雾中,既不知其名,又不知在何处的安全之所。

当她醒来时,瑞特正俯身望着她,默默无语地把她像个孩子似的抱起来,紧紧搂在怀里。他结实的肌肉让她感到无限安慰,他轻声的低喃令她渐渐平静,抽泣也停止了。

"噢,瑞特,我又冷又饿,累极了,可怎么找都找不到,我在雾里跑啊跑啊,可就是找不到。"

"找不到什么,亲爱的?"

"我也不知道。要是能知道就好了。"

"又在做以前常做的梦了?"

"噢,是的!"

他轻轻把她放回床上,摸着黑点亮了一支蜡烛。烛光下,只见他的眼睛布满血丝,脸部轮廓分明,犹如石雕一般冷峻,令人难以捉摸。他的衬衫敞开到腰际,露出古铜色的胸肌,上面长着又黑又浓密的胸毛。斯嘉丽仍吓得发抖,心里却在想这胸膛多健壮、多结实啊,于是轻声说道:"抱着我,瑞特。"

"亲爱的!"他立刻唤道,然后一把抱起她,坐到一把大椅子上,把她紧搂在怀里。

"噢,瑞特,挨饿太可怕了。"

"一顿晚饭吃了七道菜,还吃了只大龙虾,夜里睡觉还会梦见挨饿,那可真是够可怕的。"他微微一笑,但目光很和蔼。

"哦,瑞特,我拼命地跑啊跑啊,到处找,可怎么也找不到,它总是躲在迷雾里。我知道,只要能找到它就能永远安全,永远不会再挨饿受冻了。"

"你要找的是人还是东西?"

"不知道,也从来没想过。瑞特,你觉得我在梦里能找到那个安全的地方吗?"

"不能,"他理了理她凌乱的头发,说道,"我想不能。梦里不会有那种事。不过我觉得,要是你在现实中每天都过得太平,吃得饱穿得暖,就不会再做这样的噩梦了。而且我会好好照顾你,让你过得舒服顺心又有安全感的,斯嘉丽。"

"瑞特,你真好。"

"多谢了,财主太太[1],谢谢您把饭桌上剩的残渣赏给我。斯嘉丽,我要你每天早上醒来都对自己说:'只要瑞特在我身边,只要联邦政府能存在下去,我就不会再挨饿,什么都休想伤我分毫。'"

"联邦政府?"她坐起来,吃惊地问,脸上还挂着泪珠。

"从前邦联政府那儿搞来的钱,总算洗白了,我把大部分钱都买了政府公债。"

"天啊!"斯嘉丽在他腿上坐直了身子,把刚才的恐惧一下子抛到了九霄云外,"你是说,你把钱都借给了北方佬?"

"利息挺高的呢。"

"就算利息翻番也不行啊!赶紧把公债都卖了,你怎么能把钱借给北方佬呢,这主意亏你想得出来!"

"那我该拿这些钱做什么呢?"他笑着问道,发现她的眼睛不再像刚才那样瞪得老大,吓得要命了。

---

[1] 财主太太取自《圣经》中一典故,"一个财主天天奢华宴乐,又有一个讨饭的……要靠财主桌子上掉下来的零碎充饥",见《圣经·路加福音》第16章第19—31节。此处瑞特以此典故表示讽刺。

"应该——应该买五角场的地皮呀。我敢打赌,你手里那些钱,就是把整个五角场全买下了也绰绰有余。"

"谢谢,可我不想要五角场。如今佐治亚已经真正被提包客掌权的政府握在手里,谁也说不准将来会怎么样。眼下一群又一群贪婪的秃鹫从四面八方朝佐治亚扑来,我可不想把肉直接送进它们嘴里。我要跟他们周旋,你明白吗,真正的叛贼就该如此,但我信不过他们。我不会把钱投在房地产上,宁可买公债。因为公债可以藏,但房地产太显眼,藏不了。"

"那你说——"她一想到自己的锯木厂和店铺,脸都白了。

"我也不知道。不过也别太害怕了,斯嘉丽。咱们那位迷人的新州长是我的好朋友。只不过眼下时局还不太稳,我不想把太多钱投在地产上。"

他把斯嘉丽挪到另一条腿上,身子后仰,伸手拿了根雪茄点上。她坐在他腿上,晃荡着一双光着的脚,看着他古铜色的胸肌一起一伏,恐惧顿消。

"说到房地产这事,斯嘉丽,"他说,"我要盖座房子。你也许可以逼迫弗兰克搬到皮蒂小姐家住,但我可不干。我受不了她整天没完没了地叨叨那些废话,再说,恐怕还没等我住进神圣的汉密尔顿家,彼得大叔就把我暗杀了。皮蒂小姐可以叫茵迪娅·威尔克斯小姐跟她一起住,准保一切妖魔鬼怪都不会找上门来。等回到亚特兰大,咱们就先住在国民饭店的新婚套房里,直到房子盖好。在咱们离开亚特兰大之前,我就已经打算买下桃树街上的一块地皮了,就是莱登家附近的那块地,你知道那地方吧?"

"噢,瑞特,这太好了!我早就想有幢自己的房子了。一幢很大很大的房子。"

"看来咱们俩终于在某件事上意见一致了。建座白灰泥的房子,栏杆用锻铁的,就像这里的克里奥尔式房子,你觉得怎么样?"

"噢,不,瑞特,新奥尔良的这些房子太老气了,我早就想好了,要盖就盖最新式的房子,我见过一张新式房子的照片——在哪儿见过来着——哦,在《哈珀周刊》上,有点儿瑞士别墅的风格。"

"瑞士什么?"

"别墅。"

"哪两个字?"

她解释给他听。

"哦。"他摸了摸胡子,说道。

"那种风格的房子可漂亮了。高高的双层斜坡屋顶,顶部有一圈尖桩栅栏,两端各有一座尖塔,上面砌着漂亮的花片瓦。塔楼的窗户镶嵌红蓝亮色的玻璃。看上去时髦极了。"

"我猜门廊的栏杆也弄成锯齿形状的花纹吧?"

"没错。"

"门廊顶端还有木制旋涡形的雕花对吗?"

"对呀,你肯定见过这样的房子对吧?"

"我是见过——但不是在瑞士。瑞士人绝顶聪明,深谙建筑之美。你真想要那样的房子?"

"噢,是的!"

"我本以为你嫁给我之后品味能提高点儿呢。为什么不盖座克里奥尔式或者竖着六根白柱的那种殖民地风格的房子呢?"

"我说了我不想要那种样子又老又土的房子。屋里呢要贴红色的墙纸,所有的折叠门上都要挂上红色的天鹅绒门帘。对了,还要摆上好多奢华的核桃木家具,铺上豪华的厚地毯——噢,瑞特,谁见了咱们的房子都会嫉妒得眼红的!"

"有必要让人人都嫉妒吗?好吧,既然你喜欢,就让他们都眼红吧。不过斯嘉丽,你有没有想过,现在人人都受穷,可你却把房子弄得那么富丽堂皇,是不是不太好啊?"

"我偏要这样,"她固执地说,"我就是要让那些对我不好、说我坏话的人心里难受、不痛快。而且咱们还要大办宴会,让全城的人都后悔当初不该用那么难听的话骂咱们俩。"

"可谁会来参加咱们的宴会呢?"

"当然是大伙儿都来喽。"

"我看未必,那些顽固的守旧派宁死也不会屈服的。"

"哎呀,瑞特,瞧你说的!只要有钱,大伙儿都会来巴结你的。"

"南方人可不会这样。投机商的钱要想流进上等人的客厅,可比骆驼穿过针眼[1]还难呢。至于叛贼——也就是你我二人,亲

---

1 骆驼穿过针眼的词语源出《圣经·马太福音》中耶稣的教训。有一个青年财主问耶稣,应当怎样做才能得永生?耶稣问他是否遵守了《圣经》中的诫命,他回答说:"都遵守了。"耶稣说:"如果你愿意做完全人,就去变卖你所有的一切分给穷人,然后再来跟从我。"但是这个青年人忧愁地走开了。于是耶稣说:"财主进天国是多么难哪!骆驼穿过针眼比财主进天国还容易呢!"因此,骆驼穿过针眼意为"绝不可能"。

爱的——他们没朝咱脸上吐口水就算客气的了。不过你要是想试试的话,我也乐意奉陪,亲爱的。我敢肯定,亲眼瞧你打这场仗,绝对是一种莫大的乐趣和享受。盖房子和装修需要的钱,你要多少我都给。你要是喜欢珠宝首饰,也可以买,不过得让我来挑,你那品位可实在不怎么样,亲爱的。韦德和埃拉想要什么也尽管买。要是威尔·本廷的棉花种不下去了,我也可以帮一把,助克莱顿县的那个大累赘[1]渡过难关。我知道它是你的命根子。这样总行了吧?"

"当然,你这人真大方。"

"但是听好了,一分钱也不许花在你的店铺和锯木厂上。"

"噢——"斯嘉丽一听,立刻沉下脸来。整个蜜月期里,她都在盘算怎么开口找他要一千块钱,因为她想买下五十英尺的地皮,扩建锯木厂。

"亏你还一直夸口说自己宽宏大量,不在乎别人对我做生意的事说三道四呢,原来你跟别的男人没什么两样——也怕人说闲话,说你怕老婆,让一个女人当家。"

"巴特勒家里谁说了算,一目了然,谁也不会有什么怀疑,"瑞特慢条斯理地说,"那些傻瓜说的话,我才不会放在心里呢。相反,我这个缺教养的人能娶到这么个精明能干的妻子,我得意还来不及呢。你就尽管去经营你的店铺和锯木厂吧,将来好留给你的孩子。等韦德长大了,他会觉得自己不该靠继父养活,那时

---

[1] 此处的大累赘指的是塔拉庄园。

他就可以接管你的生意了。但我的钱一分一毫都不能花在你的那些生意上。"

"为什么呀？"

"因为我不想出钱养活阿什利·威尔克斯。"

"你怎么又提这个？"

"不是我要提，是你问我，我才说的。还有一件事，别跟我耍心眼，休想跟我报虚账，说买衣服或者家用开销花了多少多少，好从我这儿骗钱给阿什利添置骡子或者再买下一家锯木厂给他。我会仔仔细细查看你的账目和开支，而且什么东西值什么价，我都一清二楚。得了，别像受了多大侮辱似的。你肯定会那么干的，但我决不会放任不管，由着你干。事实上，凡事只要跟塔拉和阿什利有关，我都不会由着你干。塔拉的事倒还好商量，但对阿什利我绝对泾渭分明，容不得半点儿含糊。宝贝儿，你这匹小野马正由我驾驭着，我手里的缰绳并不会拉得太紧，但别忘了，我手里还有马笼头和马刺呢。"

第四十九章

埃尔辛太太竖起耳朵听着过道里的动静,她听到梅兰妮走进了厨房,厨房里随即响起碗碟咣啷、银器叮当的声音,估计茶点马上就要被端过来了。听到这里,埃尔辛太太立刻回过头来,对在客厅里围坐一圈,正做着针线活的几位太太低声说道:"我可不打算去拜访斯嘉丽,现在不去,以后也不会去的。"她那张脸平时就高贵而冷冽,此时显得比以往更加冰冷了。

其他几位南部邦联烈士遗孀和遗孤针线协会的成员,听了埃尔辛太太的话,连忙放下手里的针线活,把各自的椅子挪近些,围拢过来。这些太太早就迫不及待地想谈斯嘉丽和瑞特的事了,但当着梅兰妮的面不便开口。这对新婚夫妇前一天刚刚从新奥尔良回来,住在了国民饭店的新婚套房里。

"休说于情于理我都应该去拜访,因为巴特勒船长救过他的命,"埃尔辛太太继续说道,"可怜的范妮也站在他那边,说她也要去。我跟她说:'范妮,要不是因为斯嘉丽,汤米也不会死,眼下还活得好好的。你要去的话,对得起他的在天之灵吗?'可范妮却迷了心窍，对我说：'妈妈，我不是去看斯嘉丽，而是去拜访巴特勒船长。他已经尽全力去救汤米了，可没救成也不能怪他啊。'"

"你们说，现在这些年轻人多傻啊！"梅里韦瑟太太说，"去拜访他们，哼！"当初她好心好意劝斯嘉丽别嫁给瑞特，结果反倒碰了一鼻子灰，一想起这事，她那厚实的胸脯就气得一鼓一鼓的。"我家的梅贝尔也跟你家的范妮一样傻。她说她要跟勒内一起去给他们道喜。因为多亏了巴特勒船长，不然勒内早就被绞死了。我说，要不是因为斯嘉丽一个人到处乱跑，惹来祸端，勒内也不会险些送命。梅里韦瑟老爷子也说要去，真是老糊涂了，还说别看我不感激那个恶棍，他可对那家伙感激得很。我敢说，自从老爷子进过沃特琳那个贱货的妓院之后，他的言行就愈发变得不检点了。去拜访他们，哼！我绝对不会去的。斯嘉丽嫁给这么个人真是自甘堕落。瑞特那家伙坏透了，打仗那些年，他做粮食投机生意，咱们忍饥挨饿，他却赚黑心钱。如今他又跟提包客和叛贼勾结，狼狈为奸，还跟——还跟那个可恶的混蛋布洛克州长成了朋友——拜访他们，哼！"

邦内尔太太叹了口气。她一脸和气，长得很富态，有着棕褐色的皮肤，看上去活像只胖乎乎的鹧鸪。

"多莉，他们只是出于礼貌去拜访一次，我看也不必指责。我听说凡是那天晚上参加行动的人都打算去拜访，我也觉得他们应该去。唉，不知怎的，我真是难以相信斯嘉丽的妈妈怎么会养出这么个女儿。我跟埃伦·罗比拉德曾是同窗，当年在萨凡纳一起上学读书，再没有比她更善良可爱的姑娘了，她对我可好了。要是当初她爸爸不曾竭力反对她嫁给她表哥菲利普·罗比拉德该多好啊！那小伙子其实没什么不好——年轻小伙儿大多放荡不羁，干些荒唐事也是难免的。可埃伦却一气之下离开了家，嫁给了奥哈拉那个老男人，结果养出个像斯嘉丽这样的女儿。可是吧，看在埃伦的分上，我觉得我也该去看他们一次。"

"哎呀，一派胡言，你也太感情用事了！"梅里韦瑟太太嗤之以鼻地反驳道，"凯蒂·邦内尔呀，她的丈夫才死了一年，她就改嫁了，这种女人你也去看吗？这种女人——"

"肯尼迪先生其实是被她害死的。"茵迪娅插话道，声音阴冷又尖酸刻薄。她一想到斯嘉丽，就怒火中烧，因为总是不由得想起斯图尔特·塔尔顿来，心里至今耿耿于怀。"我一直怀疑，在肯尼迪先生被杀之前，她就跟巴特勒那家伙勾搭在一块儿了。他们俩的关系比大伙儿想的要亲密得多。"

一个老姑娘竟然提起这种事来，令在座的太太们都惊愕不已。没等众人从震惊中缓过神来，梅兰妮就已经站在了门口。大伙儿都只顾着说闲话，没注意到梅兰妮轻盈的脚步声。此时，看到女主人突然出现在眼前，她们就像说悄悄话的女生被老师逮到了一样，吃惊而又狼狈。看到梅兰妮变了脸色，众人惊讶之余又倍感慌张。梅兰妮这回可是真的动怒了，她气得满脸通红，温柔的眼睛直冒火，鼻翼一张一翕。谁都没见过梅兰妮发火，所以在座的几位太太谁都没想到她竟然也会生气。人人都喜欢她，都认为在年轻妇人中，数她最温柔恬静，对长辈向来恭敬顺从，从没有过什么不同意见。

"你怎么敢说出这种话，茵迪娅？"她低声质问，声音在颤抖，"你竟然嫉妒斯嘉丽到这种地步了？我真是替你害臊！"

茵迪娅的脸唰的一下白了，但头仍高昂着。

"我说的都是实话。"她反驳道。但心里打起了鼓。

"我嫉妒她？会吗？"她暗自思忖。一想到她和斯图尔特·塔尔顿，还有哈妮和查尔斯，她难道不该妒忌斯嘉丽、不该嫉恨吗？尤其是现在，她怀疑斯嘉丽在阿什利身上也设下了圈套，想要勾引他，所以对斯嘉丽更是恨上加恨了。她心想："你那亲爱的宝贝斯嘉丽跟阿什利的事，我可有的是话想要对你讲呢。"可茵迪娅很矛盾，既想保持沉默，维护阿什利的名誉，又想把心里的怀疑告诉梅兰妮和全世界的人，免得阿什利被斯嘉丽缠住不放。但现在还不是时候，她没有证据，一切还都只是怀疑而已。

"我没说错。"她又强调了一遍。

"真庆幸你不住在我家了。"梅兰妮说，声音异常冷漠。

茵迪娅跳了起来，一张黄脸涨得通红。

"梅兰妮，你——我的嫂子——你难道为了那个荡妇，竟要跟我翻脸吗——"

"斯嘉丽也是我的嫂子，"梅兰妮直视着茵迪娅，仿佛拿她当个陌生人，"她对我比亲姐妹还亲。她对我的情义你也许早就忘了，可我一辈子也忘不了。亚特兰大被围时，连皮蒂姑妈都逃到梅肯去了，她也本可以回娘家的，可她却留下来一直陪着我。眼看北方佬就要攻进城来，可那时我却快要生了，她本可以送我去医院,把我扔在那儿,任凭北方佬摆布,可她不但没送,还亲自给我接生。刚生下小博后,就带着我们娘俩,闯过重重险境和难关,千辛万苦把我们带回塔拉。她自己就算再累再饿,也一个人硬撑着,同时还照顾我、养活我。当时我体弱多病,她让我躺在塔拉最好的一张床垫上睡。等我能走路了,她又把全家仅有的一双鞋让给我穿。你可以把她为我做的那些事情忘得一干二净,可我忘不了。后来阿什利回家了,那时的他身体有病,心情也很沮丧,家没了而且身无分文,是她像亲妹妹一样收留了他。当我们走投无路,觉得只能去北方谋生,又舍不得离开佐治亚时,是她伸手相助,把她的锯木厂交给阿什利去管。还有巴特勒船长救了阿什利的命,完全是因为他心肠好,他又没欠阿什利什么情。对他们夫妻俩我心里真是万分感激。可是你呢,茵迪娅!你怎么能把斯嘉丽对我和阿什利的情义全都忘了呢?你怎么能诋毁你哥哥的救命恩人呢?难道你把你哥哥的命看得如此低贱吗?你就是跪在巴特勒船长和斯嘉丽面前感谢他们,都不足以还清他们的恩情。"

"好了,梅丽,"梅里韦瑟太太恢复了镇定,连忙开口道,"别冲茵迪娅发那么大的火嘛。"

"你骂斯嘉丽的那些话,我也听到了,"梅兰妮猛然转向这位矮墩墩的胖老太太,大声说,那神情就像个在决斗的人,刚把一个对手打倒在地,又抽出剑来扑向另一个对手,"还有你,埃尔辛太太。你那小肚鸡肠对她是怎么看的,我并不在乎。那是你的事,我管不着。可在我的家嚼她的舌根,还被我听到,那我就不得不管了。那些话那么难听，亏你想得出来，更别说亲口说出来了。难道你们丈夫的命就这么不值钱，你们宁愿看着他们死，也不愿看他们活着吗？人家豁出命去冒险救了你们男人的命，你们就不懂什么叫感恩吗？要是事情真相暴露了，北方佬也会把他当作三K党，很有可能会绞死他呢。可他却甘愿冒生命危险去救你们的丈夫和家人。梅里韦瑟太太，他救了你的公公，还有你的女婿和两个侄子。还有你，邦内尔太太，他救了你的兄弟。至于你，埃尔辛太太，你的儿子和女婿都是他救出来的。你们真是太忘恩负义了！我要你们为刚才所说的话道歉。"

埃尔辛太太站起身来，把针线塞进针线筐里，紧抿着嘴唇。

"真没想到你竟如此没有教养，梅丽——不，我决不道歉。茵迪娅说得没错。斯嘉丽是个轻浮又放荡的贱人。我可忘不了她战时那些轻佻的言行，更忘不了她后来赚了点儿小钱之后，跟穷白佬一样无耻下贱的样子——"

"你心里真正耿耿于怀的，"梅兰妮双手攥拳，叉在腰间，说道，"是休因为没本事管不好厂子，被她降职了。"

"梅丽！"众人异口同声地惊呼道。

埃尔辛太太头一扬，快步往门口走去，手抓住门把时，又停了下来，转过身子。

"梅丽，"她语气变软了，"亲爱的，这可真让我伤心。我是你妈妈最好的朋友。当年是我帮米德医生把你接生下来的。我把你当我亲生女儿一样疼爱，我要是为了什么大事被你如此训斥一番倒也罢了，可没想到竟是为了斯嘉丽·奥哈拉那种女人，要知道,她在伤害了我们之后,很快也会让你吃苦头的——"

埃尔辛太太头几句话还没说完,梅兰妮就已经忍不住泪流满面,可等老太太把话说完时,她却沉下脸来。

"我把话挑明了吧,"梅兰妮说,"你们谁要不去看斯嘉丽,谁就永远也别登门来看我了。"

众人一片哗然,纷纷站起身来,慌作一团。埃尔辛太太把针线筐往地上一扔,回到客厅,头上的假刘海儿都歪了。

"不行!"她大叫道,"我不同意!你真是疯了,梅丽。可我不会把这话当真的,你是我的朋友,我也是你的朋友,咱俩可不能因为这事闹翻了呀。"

她哭了起来,不知怎的,梅丽也扑进她怀里大哭。但仍是边哭边说,她的话句句是认真的。其他几位太太也放声大哭,梅里韦瑟太太用手帕捂着嘴哭,然后一把将埃尔辛太太和梅兰妮搂进怀里。皮蒂姑妈亲眼看见整个过程,吓得呆若木鸡,突然晕倒在地。她虽然经常晕倒,但多半是假的,不过这次的的确确是晕倒了。众人顿时乱作一团,有的还在哭,有的则吓蒙了,有的仍在亲吻着,有的则忙着去找嗅盐和白兰地。只有一个人无动于衷,一脸的平静,眼里没有一滴泪水,那就是茵迪娅·威尔克斯。在一片忙乱之中,她悄然离去,谁也没注意到她。

几个小时后,梅里韦瑟老爷子在"时代女郎"酒馆碰到了亨利叔叔,把上午发生的事一五一十讲给他听。这事他是从梅里韦瑟太太那里听来的。他讲得兴致勃勃,很高兴终于有人能把他那个厉害的儿媳给降住了。当然,他自己可从来没这胆量。

"哦,那后来这帮傻女人最后决定怎么办呢?"亨利叔叔急不可耐地问。

"我也不知道,"老爷子说,"不过我看哪,好像是梅丽占了上风。我敢打赌,她们全都会去看斯嘉丽的,至少会去一次。因为大伙儿都很看重你侄女呢,亨利。"

"梅丽是个傻瓜,太太们才是对的。斯嘉丽精明狡猾,真搞不懂查理怎么会娶她,"亨利叔叔闷闷不乐地说,"不过梅丽说得也在理,被巴特勒船长救过性命的人理应去登门拜访,这才合礼数。说起这事,我倒觉得巴特勒这人不算太坏,他那天晚上救了大伙儿的命,说明他是个好人。倒是斯嘉丽像个满身是刺的苍耳,总黏在人身上,让人厌烦。她呀,精明过头了,反倒令人反感。不过不管他们是不是叛贼,我都得去一趟,毕竟斯嘉丽曾是我的侄媳妇。我打算下午就去。"

"我跟你一起去,亨利。多莉要是知道我去了,肯定会跟我发火。等我再喝一杯,喝够了咱再去。"

"别喝了,咱们去巴特勒船长那儿喝去。不得不说,他那儿有的是好酒。"

瑞特曾经说过,那些守旧派是永远不会屈服的,这话一点儿没错。他明白这几个人拜访一两回根本没多大意义,而且他心里清楚这几个人为什么登门。最先来拜访的是那些参加过那次倒霉的三K党行动的人家,但来过一次之后,就没什么下文了。而且他们谁也没邀请这对夫妇去家里做客。

瑞特说，要不是害怕梅兰妮一怒之下跟他们绝交，他们压根儿就不想来。他打哪儿听说这消息的，斯嘉丽不知道，也不屑理会。梅兰妮哪有那本事，能左右像埃尔辛太太和梅里韦瑟太太那样的人呢？她们以后爱来不来，她根本不在乎。事实上，斯嘉丽根本没注意到她们来没来，因为她的那间新婚套房里总是高朋满座，不过来的都是另一种人，亚特兰大本地人管他们叫"外来人"，这么叫还是客气的呢。

很多"外来人"都住在国民饭店里。他们跟瑞特和斯嘉丽一样，也在盖新房，等自家新房盖好后再搬走。这些人有钱有闲，整天过得逍遥快活。他们跟瑞特那帮新奥尔良的朋友差不多，衣着考究，花钱大方，对自己的出身和背景三缄其口。他们都是共和党人，都说是"来亚特兰大跟州政府做生意的"。至于做什么生意，斯嘉丽不知道，也懒得问。

瑞特很清楚他们是干什么的，只不过没告诉她——他们干的事就如同秃鹫对付将死的动物，老远就闻到了死亡的气息，然后立刻准确无误地朝猎物扑过来，准备狼吞虎咽地大吃一顿。由佐治亚人自己掌管的州政府已经完了，如今的佐治亚州孤弱无助，如待宰的羔羊，引得冒险家们蜂拥而至。

瑞特那些提包客和叛贼朋友的太太倒是成群结队地来登门拜访。她卖木材时认识的那些"外来人"也纷至沓来。瑞特说，既然跟他们做过生意就该接待人家。她发现跟这些人打交道还挺开心的，因为他们一个个穿得光鲜体面，从来不提打仗或者抱怨世道艰难,只谈论时尚、传闻,或者惠斯特牌[1]。斯嘉丽从来没打过牌,后来兴致勃勃地学了起来,结果没几天就成了高手。

只要她在饭店,她的套房里就总会聚着一大帮牌友。但最近这些日子,她很少待在饭店,因为正忙着盖新房的事,所以没工夫接待客人。近来她根本顾不上是否有客人登门,她想把所有的社交活动都往后推,等新房盖好后再说。到那时,她就成了亚特兰大最大豪宅的女主人,肯定要大摆宴会,盛情邀请各方宾朋。

在这段温暖而悠长的日子里,她看着自己红砖灰瓦的房子拔地而起,高耸于桃树街所有的房子之上。她忘却了店铺和锯木厂,一心扑在盖房子上,成天待在工地里,跟木匠吵架,跟泥瓦匠争执,没完没了地催促承包商尽快完工。随着墙面一天比一天高,她不禁得意地想,等房子盖成,它必将是城里最大最漂亮的豪宅,绝对算得上首屈一指了,甚至比附近的詹姆斯大宅还要气派,而那里刚刚被政府买下来,用作布洛克州长的官邸。

州长官邸的栏杆和房檐上都镶着漂亮的锯齿状的图案,但跟斯嘉丽新房上精美华丽的旋涡状装饰相比,便显得黯然失色了。州长官邸里有一间舞厅,但斯嘉丽新房的三楼整个一层就是个大舞厅,与之相比,州长官邸的舞厅就跟张台球桌一样小。实际上,她新房里的任何装饰和设施都在数量上胜过州长官邸,比城里任何房子都更胜一筹。圆顶、角楼、尖塔、阳台、避雷针,样

---

[1] 惠斯特牌是一种扑克牌游戏,有人说它是桥牌的一种原始形式。惠斯特牌起源于英国。惠斯特或惠斯克这个名称于17世纪初首次在英国出现。起初惠斯特是民间的一种娱乐形式,但到了18世纪初这种牌开始在伦敦一些咖啡馆里被绅士用作消遣。

样俱全，比城里任何一座房子都多，就连彩色玻璃窗都堪称数不胜数。

一条回廊环绕着整座房子，四面各有一座楼梯通向回廊。庭院十分宽敞，绿草如茵，草坪上散落着田园风格的铁制长椅，另外还有一座铁制的花园凉亭，用时髦的话说叫作"观景亭"，设计师跟她保证这是地道的哥特式风格，另外还有两尊铁制雕像，一尊是雄鹿，另一尊则是跟设得兰矮种马[1]一样大小的獒犬。这幢新建的豪宅是如此壮观和气派，还带着几分时髦的幽暗感，把韦德和埃拉看得眼花缭乱。尤其是这两尊动物雕像让他们很是开心。

房子里面的装修完全是按照斯嘉丽的喜好布置的。地上满铺着厚厚的红色地毯，门上挂着红色的天鹅绒门帘，满屋全新的上光黑胡桃木家具，精雕细刻，凡是能雕花的地方全都刻着花纹。椅垫全是光滑的马鬃垫，太太们坐在上面可得小心别滑下来。墙上到处是镶金框的大镜子，还有落地的穿衣镜，瑞特揶揄地说——家里的镜子多得都快赶上贝尔·沃特琳的妓院了。各面镜子之间挂着配有厚实画框的铜版画，有的足有八英尺长，是斯嘉丽特地从纽约订购的。墙上贴着华丽的深色壁纸，天花板很高，窗户上又挂着紫红色的长毛绒帷幔，挡住了大部分阳光，所以屋里光线很黯淡。

---

[1] 设得兰矮种马是最为古老的矮马品种之一，是所有矮马中体形最小的一种。目前遍布世界多个国家，已有两千年或更长的历史。

总之，这幢豪宅令人惊艳，谁见了都赞叹不已。斯嘉丽脚踩着柔软的地毯，躺卧在厚厚的羽绒床垫上，想起了塔拉冰冷的地板和塞满稻草的褥垫，此时的她顿觉心满意足。她觉得这是她平生见过的最漂亮、最雅致的房子了。可瑞特却说，这简直就是个噩梦。不过，只要她开心，怎么样都行。

"陌生人即使不知道咱们的底细，也一眼能看出盖这幢房子的钱来路不正，"他说，"斯嘉丽，你知道吗，有句俗话叫作'来路不明的钱，去路也不会正'。这幢房子就是明证。只有赚不义之财的暴发户才会盖出这样的房子来。"

可斯嘉丽却满意得很，心里得意又骄傲，开心极了，满脑子都在盘算着等搬进这幢大房子之后该如何大宴宾客，所以只是调皮地揪了一下他的耳朵，说道："少胡说了！别唠唠叨叨的！"

现在她已经摸透了瑞特的脾气，他就喜欢挖苦她，故意煞她的威风。你要是认真听他的冷嘲热讽，他保准能把你的好心情都破坏了。你要是真跟他较真，那非得跟他吵起来不可。但她不想跟他较真，不想你争我吵，唇枪舌剑的，因为到最后输的人总是她。所以她经常把他的话当耳旁风，几乎不怎么把他的话放心里。要是非逼着她听，她就把他的话当成是玩笑。至少，这阵子都是如此。

在他们蜜月期间以及住在国民饭店的大部分日子里，两个人还算相处融洽，相安无事。但等他们搬进新居，斯嘉丽身边有了一帮新朋友后，他们俩就开始动不动就吵架。不过每次吵架都很短，因为跟瑞特吵不了太久，不管她发多大的火，说多难听的话，瑞特都冷眼相对，然后瞅准时机，冷不防地甩出一句，直戳她要害。她在吵架，可瑞特却没有。他只是针对她和她的言行、她的房子，以及她的那帮新朋友，直言不讳地说出自己的看法。有时他的话太一针见血，逼得斯嘉丽没法再把他的话当玩笑，置之不理。

比如她打算把她的"肯尼迪杂货店"换个更吸引人的店名。她叫瑞特帮她想个新店名，最好用上"emporium"[1]这个词。于是瑞特向她建议用"Caveat Emporium"这个名字，还说这个名字很贴切，跟她店里的货品极为匹配。斯嘉丽觉得这名字听起来倒是挺响亮，很是气派，于是决定采用，甚至让人按照此名做了块新招牌。直到阿什利见到店名，面有难色地告诉她，这两个字合在一起是"货品一旦售出，概不退换"的意思。斯嘉丽顿时火冒三丈，气得要命，而瑞特却在一旁哈哈大笑。

还有他对嬷嬷的百般迁就，也让斯嘉丽感到很是恼火。嬷嬷对瑞特的态度始终没有改变，仍然认为他是头套着马具的骡子。她虽然对瑞特很客气，但总是冷冰冰的。她总是叫他"巴特勒船长"，而不叫"瑞特先生"。瑞特送给她那条红衬裙，她连谢都没谢，也从来不穿。她尽量不让埃拉和韦德跟瑞特接触，尽管韦德很喜欢瑞特叔叔，瑞特也十分疼爱这孩子。可是瑞特不但没对嬷嬷发火，没把她辞退，反而对她十分敬重，比对斯嘉丽新结交的任何女士都恭敬有礼。说实话，甚至比对斯嘉丽本人还要尊重。

1　emporium意为大型百货商店或商场。

他总是先征得嬷嬷的同意之后，才带韦德去骑马，就连给埃拉买个洋娃娃也要先征求一下嬷嬷的意见。可嬷嬷却始终不给他好脸色看。

斯嘉丽觉得既然瑞特是一家之主，就该对嬷嬷严厉一点儿，显出主人的身份。可瑞特只是笑了笑，说嬷嬷才是真正的一家之主。

他还表情冷然地对斯嘉丽说，过不了几年共和党就会失势，对佐治亚州统治不了多久了，民主党会重新掌权，到那时看她怎么办。一番话把斯嘉丽气得够呛。

"等民主党人坐上了州长的位子，掌控了州议会，你新结交的那帮俗不可耐的共和党人朋友都得滚蛋，重干老本行，比如看场子、在厨房打杂倒泔水什么的。而你呢，到时候就会变成孤家寡人，共和党人跑了，民主党人又不理你。不过，何必为明天的事操心呢。"

斯嘉丽听了直笑，当然她笑得自有道理。因为那时布洛克还安稳地坐在州长的位子上，州议会里有二十七名黑人，佐治亚数千名民主党人被剥夺了选举权。

"民主党永远不会东山再起了。他们只会惹北方佬越来越火大，结果他们重新得势的日子就越来越远。他们只会白天说大话，晚上鬼鬼祟祟地搞三K党活动。"

"他们会东山再起的。我了解南方人，更了解佐治亚人。他们倔强又强硬，只要民主党能重新上台，哪怕再打一仗，哪怕像北方佬那样收买黑人的选票，他们也在所不惜。哪怕学北方佬把成千上万的死人列入选民名册,他们也会不遗余力去做。在咱们那位好朋友鲁弗斯·布洛克'温和仁慈'的统治下,局面变得如此糟糕,总有一天他会被佐治亚人撵走的。"

"瑞特,说话别这么损!"斯嘉丽叫道,"说得就好像我不乐意看到民主党重新上台似的!你明明知道不是这样!我当然乐意民主党上台。你以为我喜欢看这帮北方佬士兵在街上四处闲逛吗?一看到他们就让我想起——你以为我乐意——噢,别忘了,我也是佐治亚人啊!我也想看到民主党重新上台啊,可他们上不了台了,永远也上不了了。就算他们重新上台了,对我的那些朋友又有什么影响呢?他们的钱照样还是他们的,不是吗?"

"要是他们能守住自己那些钱的话。不过照他们现在花钱这么大手大脚的样子,我看啊,不出五年他们的钱包就空了。这钱来得容易,去得也快。他们再有钱也不会得到什么好处,就像我再有钱也对你没什么好处一样,你瞧,花了这么多钱,也没能把你变成一匹马,不是吗,我漂亮的小骡子?"

因为这最后一句话,两人吵了好几天。最后,四天过去了,斯嘉丽的气还没消。瑞特见她绷着个脸,对他不理不睬,显然是想让他赔礼道歉。可他不顾嬷嬷的抗议和反对,径直带着韦德去新奥尔良了,直到斯嘉丽气消了才回来。因此斯嘉丽始终没能挫败他的气焰,心里很是不爽。

他从新奥尔良回来时,态度很是冷漠,一副若无其事的样子。斯嘉丽只好强按下心中的怒气,把这事抛到脑后暂且不想,等以后再跟他算账好了。眼下她不想为任何扫兴的事而烦心,因为她满脑子都在筹划着要在新居里举办首场晚宴。她要办一场盛况空前的宴会,宴会厅里要摆上棕榈树,要请乐队,所有的回廊要围上帆布遮挡起来,还要准备各色点心,想起来就让她流口水。她打算把亚特兰大所有认识的人都请来,包括所有的老朋友,以及度蜜月回来后认识的那些新朋友。她忙着操办宴会,心里兴奋极了,把瑞特说的那些夹枪带棒的话几乎都忘了。她很开心,这么多年来,她从没像现在这么开心过。

噢,有钱真是太开心了啊!可以大办宴会而不用考虑开销!可以尽情地买最贵的家具、衣服和食品而不用为账单而发愁!还能给查尔斯顿的宝琳和尤拉莉姨妈、塔拉的威尔寄去数额可观的支票!一切真是太棒了。噢,那些说钱并不代表一切的人都是嫉妒有钱人的傻瓜。就连瑞特也说钱对她没什么好处,真是胡扯!

斯嘉丽给所有的新朋老友都发了请柬,连那些她讨厌的人也都邀请了,比如梅里韦瑟太太,上次来国民饭店拜访的时候,摆着张臭脸,要多难看有多难看;还有那个对她冷若冰霜的埃尔辛太太。她还邀请了米德太太和怀廷太太,她知道她们不喜欢她,也知道她们收到请柬后会非常难堪,因为要参加这样盛大的宴会却没有像样的衣服可穿。斯嘉丽的这次庆祝乔迁之喜的晚宴,或者按时下时髦的说法叫作"社交盛会",既有宴会,也有舞会,场面气派又独具匠心,在亚特兰大社交界真可谓是首屈一指了。

当晚，新居的里里外外以及帆布围着的回廊下都挤满了宾客。人们喝着她精心调制的香槟潘趣酒，吃着她精心准备的小馅饼和奶油牡蛎，和着乐队奏起的乐声翩翩起舞。她特意用棕榈树和橡皮树盆栽把乐队遮挡起来，好让他们与人群隔开。但到场的除了梅兰妮和阿什利、皮蒂姑妈和亨利叔叔、米德医生两口子，以及梅里韦瑟老爷子以外，瑞特所说的那帮"守旧派"一个也没来。

即使来了的这些个守旧派，多半也是不情愿来的，但最终还是来了，有的人是因为斯嘉丽热情邀请，盛情难却，其他人则是因为瑞特救了他们或他们家人的命，觉得欠了他的情。宴会的前两天，亚特兰大城里传闻四起，说什么布洛克州长也在被邀请之列。于是守旧派们纷纷致函拒绝斯嘉丽的邀请，以表示自己的不满。而少数参加了宴会的老朋友一见那位州长进门，虽觉得不好意思但还是坚决告辞离开了。

斯嘉丽受到如此轻慢，既惶惑又气愤，觉得好好的一场宴会被他们给毁了。这可是她精心筹办的"社交盛会"啊！她费尽心思地张罗，办了一场如此豪华而精致的晚宴，结果老朋友没来几个，素日的冤家对头也一个没来！黎明时分，当送走最后一位客人之后，斯嘉丽真想大哭大闹一场，发泄心中不快，可又怕瑞特笑话她，他肯定会毫不留情地狂笑起来的，她害怕他那双黑眼睛里嘲讽的眼神，就好像在对她说："我早就跟你说了吧？"于是她只好强咽下心中的怒火，装出一副无所谓的样子。

第二天早晨见到梅兰妮时，斯嘉丽才把心里的怒气一股脑地全发泄了出来。

"梅丽·威尔克斯,你故意让我丢脸,而且还叫上阿什利和其他人一块儿让我丢脸!别以为我不知道,他们不可能那么快就走的,是你硬拉他们走的。哼,我可是亲眼瞧见的!我刚要把布洛克州长带过来引荐给你们,你就像只兔子似的跑了!"

"我原来一直不相信——不相信他真的会来,"梅兰妮不悦地回答说,"虽然大伙儿都说——"

"大伙儿?这么说人人都在背后嚼我的舌根儿喽?"斯嘉丽怒气冲冲地喊道,"你的意思是说要是早知道州长会来,你就不来了?"

"是的,"梅兰妮看着地板,低声说,"亲爱的,我真不该去的。"

"见鬼!这么说你跟其他人一样想要让我丢脸!"

"噢,上帝啊!"梅丽万分苦恼地叫道,"我真不是故意要伤你心的。你我亲如姐妹,亲爱的,你还是我哥哥查尔斯的遗孀,我——"

她小心翼翼地伸出一只手,搭在斯嘉丽胳膊上,但被斯嘉丽甩开了。她真恨不得能像她爸爸杰拉尔德发脾气时那样,大吼大叫一番。可梅兰妮面对盛怒之下的斯嘉丽,一点儿也不畏惧。她直视着斯嘉丽冒着怒火的绿眼睛,瘦弱的肩膀挺得笔直,一副正气凛然的神情,与她稚气的脸庞和孩子一样的身材极不相称。

"对不起,我伤了你的心,亲爱的。可我不愿见布洛克州长或其他任何共和党人与叛贼。我不想见他们,不管在你家还是在别人家，我都不见。哪怕不得不——不得不——"梅兰妮思来想去，想找出一个最有力度的词来，"哪怕不得不粗暴无礼。"

"你是在指责我的朋友吗？"

"不，亲爱的。他们是你的朋友，不是我的。"

"那你是在指责我不该邀请州长来我家喽？"

即使被逼得无路可退，梅兰妮仍是毫不退缩地直视着斯嘉丽的眼睛。

"亲爱的，你不管干什么都有充足的理由。我爱你，也信任你，我不会指责你，也不允许别人当我的面指责你。可是，噢，斯嘉丽！"突然间，她话如泉涌，言辞犀利而激烈，声音不高却透着刻骨的仇恨，"你忘了那些家伙是怎么对咱们的了吗？你忘了亲爱的查理是怎么死的，忘了阿什利的身子是怎么被毁了的吗？你忘了十二橡树是被谁烧光的吗？噢，斯嘉丽，你不会忘记那个抢你妈妈的针线盒、被你开枪打死的北方佬吧！你不会忘记谢尔曼的军队闯进塔拉，连女人的内衣都抢走的情景吧！他们差点儿就把塔拉烧了，还差点儿抢走我父亲留下的那把军刀！噢，斯嘉丽，这帮人抢走我们的东西，折磨我们，让我们差点儿饿死，可你却还邀请他们参加你的宴会！要知道，鼓动黑人造反，让他们骑在我们头上作威作福的人就是他们。别忘了抢走咱们的东西，还剥夺了咱们男人选举权的人也是他们！我忘不了，也永远不会忘。而且我也不会让我的儿子小博忘了，也不会让我的孙子忘了。我要教育我的孙子、孙女们去恨这些人——还有我的孙子的孙子，假如上帝让我活这么长的话！斯嘉丽，你怎么能把这些都忘了呢？"

梅兰妮停下来喘口气，斯嘉丽直愣愣地看着梅丽，被她颤抖却铿锵有力的声音所震慑，惊得目瞪口呆。

"你以为我是傻瓜啊？"斯嘉丽不耐烦地反问道，"我当然记得！可一切都过去了啊，梅丽。眼下咱们得顺应形势，随机应变，我不正在试着这么做嘛。只要咱们应对得当，布洛克州长和共和党里的好人会帮咱们的。"

"共和党里没好人，"梅兰妮断然说道，"而且我也不要他们帮忙，更不愿顺应形势——北方佬统治下的形势。"

"上帝啊，梅丽，你干吗这么大火气？"

"噢！"梅兰妮有些歉疚地说，"瞧我说起来竟没完没了了！斯嘉丽，我不是有意要伤你心的，也没想指责你。亲爱的，我爱你，你也明白我是爱你的。不管你做什么，我对你的爱永远也不会改变。你也依然爱我，对吗？我没惹你恨我，是吧？斯嘉丽，如果咱俩之间产生矛盾和隔阂，我会受不了的——毕竟我们一起共过那么多患难！咱们和好吧。"

"胡说什么哪，梅丽，真是小题大做。"斯嘉丽勉强地说，但当梅兰妮悄悄搂住她的腰时，她并没有把梅兰妮的手甩开。

"太好了，我们又和好了。"梅丽高兴地说，可接着又轻声加了一句，"我希望咱们还能继续常来往，就跟以前一样。只不过要是有共和党人或者叛贼去你家，请你提前告诉我一声，我会避开那些日子，待在家里。"

"你爱来不来，我才不在乎呢。"斯嘉丽说完，戴上帽子，气呼呼地走了。见梅兰妮一脸伤心委屈，斯嘉丽那受挫的虚荣心似乎多少得到了些补偿。

乔迁宴之后的几个星期里，斯嘉丽很难再故作镇定，面对公众的舆论装出一副毫不在乎的样子了，因为除了梅兰妮、皮蒂姑妈、亨利叔叔和阿什利外，再也没有老朋友登门拜访，也没人请她参加他们简朴的家宴。这让斯嘉丽感到很困惑，也很伤心。她不是已经尽力忘掉旧恨，忘掉人们背后对她的指指点点，愿意摒弃前嫌，努力跟他们示好了吗？他们理应知道她对布洛克州长并无好感，对他表示友好只不过是权宜之计罢了。这帮人真是傻瓜！要是人人都对共和党人和气点儿，佐治亚就能很快摆脱困境了。

当时的她并没有意识到，那场宴会犹如一把利刃，把她和过去的时代，以及过去老友之间那根脆弱的纽带给彻底斩断了。就连梅兰妮的影响力也无法将这如游丝一般的纽带再连接起来。而此时的梅兰妮，既茫然不解又伤心欲绝，虽然依旧对斯嘉丽忠心耿耿，却无意去弥补这层破裂的关系。即使斯嘉丽回心转意，想回到过去的时代，想跟老朋友重修旧好，也是不可能的了。亚特兰大全城的人都对斯嘉丽板起了面孔，犹如花岗岩一般冷硬无情。人们对布洛克政权的恨意也笼罩在她的身上。这种恨意之中不藏任何怒火，但十分冷漠，令人心寒。斯嘉丽把自己的命运同敌人捆绑在了一起，所以不管她的出身如何、家系渊源怎样，如今的她也已经成了叛贼，与变节者、亲黑人分子、叛徒和共和党人归为了一类。

在难受了一阵子之后，斯嘉丽就从假装不在乎变成了真的不在乎。她从来就不会为人性的反复无常而苦恼太久，也不会因为一次挫败就一蹶不振。很快她就不在意梅里韦瑟家、埃尔辛家、怀廷家、邦内尔家、米德家等是怎么看她的了。至少梅兰妮还会上门，而且还带着阿什利来。而阿什利能来才是最重要的。再说亚特兰大城里来参加她聚会的人有的是，他们比那帮狭隘又顽固的老母鸡更合她的心意。只要她想宴请宾客，随时都能如愿以偿。这些来参加她聚会的人个个幽默风趣，穿得光鲜体面，比那帮拘谨刻板又向来跟她作对的老傻瓜可强多了。

这些人全是刚来亚特兰大的外来人。有的跟瑞特熟识，有的跟瑞特合伙干过些见不得人的事，一问起他来，他总说："就是一般的生意，宝贝儿。"有些是斯嘉丽住国民饭店时认识的夫妇们，还有些是布洛克州长手下的一些官员。

她如今交往的人都是些三教九流，乌合之众。比如盖勒特夫妇，他们混迹于十多个州，显然每次都是因为奸计骗局快要露馅了，才仓皇逃走的；再比如康宁顿夫妇，他们在偏远的某州，依仗自由民局，大肆盘剥本该由他们保护的无知黑人，发了大财；迪尔夫妇则是靠卖"纸板鞋"给邦联政府赚了不少黑心钱，仗打到最后一年时，他们不得不逃到欧洲躲起来；亨顿夫妇在许多城市的警局都有犯罪记录，尽管前科累累，可在投标承包州里的合同项目上却屡屡得胜；卡拉翰夫妇，靠赌博发迹，如今用州政府的钱去修建根本不存在的铁路，结果空手套白狼，骗了更多的钱；弗拉赫提夫妇在一八六一年时以每磅一美分的价格大量囤积食盐,到了一八六三年盐价涨到每磅五十美分时把之前囤积的盐售出,赚得盆满钵满;还有巴特夫妇,战时他们在北方某个大城市开了一家当地最大的妓院,如今他们南下,成功混进了一流提包客的社交圈子里。

如今,这样的人成了斯嘉丽的亲密好友。不过参加她盛大宴会的宾客之中还是有些有文化、有教养的体面人,而且许多都出身名门。因为除了提包客之外,北方的一些富人也涌入了亚特兰大。这座城市正处于重建期,百废待兴,商机无限,对他们来说很有吸引力。富有的北方佬家庭把年轻的儿子派到南方来,开疆辟土;而北方佬军官退伍后也定居在此,在这个他们经历了浴血奋战才攻下的城市里安居乐业。起初,这些体面的富人初来乍到,人生地不熟,他们十分乐意接受有钱又好客的巴特勒太太的邀请,参加她奢华的盛宴,但是很快他们就退出了她的圈子。因为他们都是正派人,与那帮掌控政权的提包客相识不久,他们就跟佐治亚的当地人一样对这些人深恶痛绝。许多甚至转而成了民主党人,变得比南方人还要更像南方人。

还有些与斯嘉丽的圈子格格不入的人也留了下来,只因为这些人在别的地方也不受欢迎。他们其实更想去守旧派安静的客厅,可守旧派不愿搭理他们。这些人中有不少是北方来的女教师,她们来南方是出于一片好心,想要提高黑人的道德和文化水平;还有一些是叛贼,他们原先是民主党人,但南方投降后,他们立刻改变阵营,转身投靠了共和党。

很难说本地人更讨厌哪种人,是不切实际的北佬女教师呢,还是投靠了北方佬的叛贼,但相比之下还是后者更令人痛恨。那些女教师嘛,还情有可原,你可以说:"哎,对支持黑鬼的北方佬能有什么指望呢?她们当然相信黑鬼能跟她们一样喽!"但是对那些为了一己私利而投靠了共和党的佐治亚人,就没有任何可以原谅他们的理由了。

"我们能挨饿,你们怎么就不能呢?"这就是守旧派的逻辑。许多在前邦联部队里当过兵的人,都深知眼看家里人挨饿受穷时自己心里有多担心和害怕。所以如果自己从前的战友为了家里人不致饿死而变节,改变政治立场,他们还是能够宽容的。但守旧派的女眷们却不然,她们是南方社会背后最坚定不移、最不妥协的力量。在她们心中,已告失败的南方大业反而比其辉煌时期更强大、更宝贵,如今已成为她们奉若神明的偶像,与其有关的一切都神圣无比、不可侵犯,比如为其捐躯的将士墓地、曾经的战场、破损的战旗、厅堂里交叉悬挂的军刀、从前线寄来且早已褪色的书信,还有退伍的老兵。这些女人绝不会为新来的敌人提供任何帮助、安慰和栖身之所,而如今,斯嘉丽已被归入了敌人之列。

在这个因政治形势的迫切需求而汇聚在一起且鱼龙混杂的群体里,只有一样东西是共同的——那就是钱。在战前,这个群体里的大多数人全部身家财产加一块儿也不超过二十五块钱。而如今他们却变得财大气粗、挥金如土,其奢靡程度在亚特兰大人看来是前所未有的。

共和党人执掌大权之后,亚特兰大进入了一个奢侈浪费、讲排场、爱炫耀的时代。浅薄的附庸风雅掩盖不住粗俗与邪恶的本质，贫富分化从没像现在这么明显过。处于社会顶层的人从不考虑下面不幸的芸芸众生。当然，对黑人则是另外一回事。他们对黑人极为优待，学校、住所、衣服和娱乐，什么都是最好的。因为黑人是左右政局的力量，他们手里的每一张选票都至关重要。至于那些不久前才陷入贫困的亚特兰大百姓，就算他们全都饿死街头也无所谓，那些刚刚暴富的共和党人才不在乎呢。

在这股物欲横流、庸俗卑劣的浪潮之巅，斯嘉丽乘风破浪，得意扬扬。她这个刚刚新婚的美娇娘，穿得花枝招展，光彩照人，又有瑞特的万贯家财做后盾，可以恣意享乐，有恃无恐。这个时代正合她的口味——粗俗、浮夸、炫耀。女人们打扮得过于花哨，房子过于奢华。她们有太多的珠宝首饰、太多的骏马良骥、太多的美酒佳肴。斯嘉丽偶尔也会静下心来想想这一切，她心里明白，如果用母亲埃伦那套严格的标准来衡量的话，她新结交的这帮朋友没有一个算得上是名媛淑女或是体面贵妇。但自从很早以前她站在塔拉的大厅里，决定要去找瑞特做他的情妇起，母亲谆谆教导的那些规矩，她就已经违反不知道多少回了，而且如今的她已经很少会感到良心受到谴责了。

也许严格来说，这些新朋友算不上体面的绅士和贵妇。但他们就跟瑞特那些新奥尔良的朋友一样，很有趣！比她当初刚来亚特兰大时认识的那些温和、虔诚、爱读莎士比亚作品的朋友要有趣多了。除了她度蜜月时那段短暂的时光，她已经好久没像现在这么快活，好久没像现在这样有安全感了。如今有了安全感之后,她急不可耐地想要跳舞、想放纵享乐、想穿绫罗绸缎、想痛快地吃吃喝喝、想躺卧在柔软的羽绒床垫、想坐在垫子舒服的椅子或沙发上。如今所有这些愿望都实现了。现在的她摆脱了孩提时代的种种约束,摆脱了对贫穷的恐惧,再加上瑞特对她十分宽容,由着她性子来,从不加以干涉,所以她可以尽情地享受梦寐以求的奢华生活——想做什么就做什么,叫那些看不惯她的人见鬼去吧。

如今的斯嘉丽陶醉其中,浑然忘我,尝到了只有赌徒,骗子,外表娴静、暗藏精明的女投机家们才能感受到的独特滋味。所有这些人都是靠耍手段和随机应变才获得成功的,他们如此穷奢极欲、挥霍无度,就是故意要给那些循规蹈矩的人们一记响亮的耳光。斯嘉丽想怎么样就怎么样,随心所欲,很快就变得目空一切,肆意妄为。

她对新结交的共和党和叛贼朋友趾高气扬,毫不顾忌地显出盛气凌人的样子来。而对驻守亚特兰大城的北方佬军官及其家属,她更是傲慢无礼。在涌入亚特兰大的各色人等当中,她唯一不能接受和容忍的就是北方佬军人,甚至故意在他们面前摆架子,不给好脸色。并非只有梅兰妮忘不掉那蓝色的军服,斯嘉丽一看到蓝军服和军服上的金色纽扣,就会想起围城时的恐怖和逃难时的惊险,想起北军的烧杀抢掠,想起塔拉贫苦而令人绝望的日子,还有劳作的艰辛。如今她有钱了,又有州长和共和党的显要人物做靠山,所以她见到穿蓝军服的人可以毫不客气,无礼对待。而她也真是这么做的。

有一次,瑞特漫不经心地指出,她请来的那些男宾客多半都穿过蓝军服,不久前才脱掉。但她反驳说,只有身上穿着蓝军服的人才是北方佬。瑞特听了,不禁挖苦道:"知行合一,堪称瑰宝啊。"[1]说完耸了耸肩。

斯嘉丽痛恨北方佬军官身上那套刺眼的蓝军服,对他们态度冷淡,有意怠慢。对方越是感到茫然不解,她就越觉得解气。这些驻守部队的军官感到莫名其妙也不无道理。因为他们大多数人都性情温和、出身好、有教养。他们客居在充满敌意的异乡,倍感孤独,同时也对受命维护那群乌合之众、社会渣滓而感到有些屈辱可耻,恨不得立刻回到北方去。就社会阶层来说,跟斯嘉丽的那帮狐朋狗友相比,这些军官可高贵体面多了。军官的太太们自然也困惑不解——这位光彩照人、风光无限的巴特勒太太为何故意冷落她们,反而把红头发的布丽吉特·弗拉赫提太太这种庸俗不堪的女人视为知己呢?

然而,就连被斯嘉丽视为知己的太太们也得忍受她的傲慢脾气,但她们心甘情愿地忍受。因为对她们来说,斯嘉丽不仅代表着财富和风雅,还代表着旧的体制、名门世族和古老传统。这些是她们一心想要攀附的。虽然她们所向往的名门世族恐怕已经把斯嘉丽剔除在外,可这些新贵的太太并不知情。她们只知道斯嘉丽的父亲曾是位大奴隶主,她的母亲则来自萨凡纳的罗比拉德家族,她的丈夫是查尔斯顿的瑞特·巴特勒。这些对她们来

---

[1] "知行合一,堪称瑰宝"据称出自莎士比亚,指的是每个人的叙事框架因为逻辑自洽而很难改变。

说就足够了。斯嘉丽是帮她们跻身于传统的上流社会、打入上等人圈子的敲门砖。这个上流社会里的人鄙视她们，从不登门拜访，在教堂里也只是对她们冷冰冰地点个头。实际上，斯嘉丽不只是块敲门砖，对这些出身微贱、刚刚发迹的新贵来说，斯嘉丽本人就代表了上流社会。斯嘉丽装腔作势而不自知，而这些冒牌的贵妇更是看不出她虚假的做派。斯嘉丽自命不凡，她们也就真的以为她卓尔不群，在她面前百般讨好，无论她多蛮横、多盛气凌人、多粗鲁无礼、多出言不逊，她们都一一忍受。

她们刚刚发迹，不久之前还一文不名，所以穷人乍富难免底气不足，越是这样就越想表现得有教养、有风度，不敢发脾气、不敢出言反驳别人，唯恐人家说她们有失上等女人的体面。她们不惜一切代价，也要让自己显出上等女人的样子来。她们装得柔弱无比、端庄谦逊又天真无知。听她们说话，不知情的人还真会以为她们缺胳膊少腿或者机体功能不全，对这个邪恶的世道一无所知呢。可谁又能想到，红头发的布丽吉特·弗拉赫提，这个皮肤白皙、不怕日晒、一口软绵绵爱尔兰腔的女人，当年竟然是偷了父亲的钱才来到美国的，然后还在纽约的一家旅馆里当了一阵子女仆。再看看那位娇滴滴的西尔维娅·康宁顿（以前名叫萨迪·贝尔）和玛米·巴特，谁能想到前者是在鲍里街[1]她父亲开的酒馆里长大的，客人太多忙不过来的时候就帮忙招待顾客。而后者呢，听说原先是她丈夫开的妓院里的妓女。可如今

---

[1] 鲍里街位于纽约曼哈顿，这一带多为酒鬼、潦倒者出没之地。

她们摇身一变,都成了娇贵的妇人。

而那些男人,虽然发了财,但学起上等人的那些规矩来有些难,估计他们对装上等人没那么多耐心,觉得那些繁文缛节太烦人了。他们在斯嘉丽的聚会上开怀狂饮,喝得烂醉如泥,通常每次聚会结束都得有一两个人喝得人事不省,不得不留下来过夜。斯嘉丽还是姑娘时见过的男人喝酒都斯斯文文,很有节制,可如今认识的这帮男人灌了一肚子酒之后,丑态百出,不是呆呆傻傻,就是出尽洋相,要么就满口脏话。更让人讨厌的是,不管斯嘉丽在显眼的地方放多少痰盂,转天早晨地毯上总有一块块烟草汁的污渍。

她瞧不起这些人,但又觉得他们有趣。因为觉得他们有趣,所以她家里总挤满了这种人。而因为心里鄙视,所以有时她觉得烦了,也会让他们滚蛋。可即使这样他们也忍受得了。

他们连瑞特也忍受得了。相比之下,瑞特比斯嘉丽更难对付。因为瑞特太了解他们了,一眼就能把他们看透。他能毫不留情地当众揭他们的短,即使对他家的客人,也不留半点儿情面,说得他们哑口无言。他自己的钱来路不正,但他毫不避讳,也不以为耻,于是便装作以为别人也不以为耻,不怕人议论自己干过的那些丑事。所以他一逮着机会就谈起大家心照不宣、避而不谈的隐私,而且大肆评论。

所以当他举杯喝着潘趣酒时,谁也不知道他什么时候会来了兴致,和颜悦色地挖苦人。"拉尔夫,当年要是我聪明点儿的话,我肯定不去闯封锁线,而是像老兄你一样,向孤儿寡妇卖金矿股票。这可比闯封锁线安全多了。""噢,比尔,我看你又添了一批好马,想必你那子虚乌有的铁路工程债券又卖出去好几千股了吧?干得漂亮啊,兄弟!""恭喜你啊,阿莫斯,又拿到州政府的承包合同了。为了打通关系,上下打点,花了不少钱吧。"

女人们觉得他令人憎恶,又俗不可耐。男人们则都在背后骂他是恶棍、混蛋。亚特兰大的外来人跟本地人一样讨厌瑞特。而他既不想跟本地人和解,也不打算博取外来人的好感,依然我行我素,对别人的议论充耳不闻,照样对别人冷嘲热讽,并以此为乐。他在别人面前故意表现得彬彬有礼,却叫人觉得连这种礼貌都是一种对他们的侮辱和嘲讽。在斯嘉丽眼里,他仍旧是个谜,但她已经懒得费神去解这个谜了。她相信这世上压根儿就没什么能让他高兴起来的事,过去没有,将来也不会有。要么是他一心想要某种东西却一直得不到;要么就是他从来就什么都不想要,也什么都不在乎。无论她做什么他都拿来取笑,还纵容她肆意挥霍、飞扬跋扈。他既嘲笑她的虚伪,却又为满足她的虚荣而给她买单。

第五十章

瑞特始终沉着冷静,即使夫妻间最亲密的时刻也是如此。可斯嘉丽却总是有种感觉——他在暗中偷偷观察她。她知道,只要她冷不丁一回头,准会惊讶地捕捉到他若有所思又有所期待的眼神。那眼神里透着极度的忍耐,令她无法理解。

尽管瑞特脾气古怪,不允许任何人在自己面前撒谎、弄虚作假或说大话,不过跟他一起过日子,有时还挺舒心的。他会耐心地听她讲店铺、锯木厂和酒馆的事,还有囚犯和他们伙食的问题,听了之后,还会给她提出些切实可行的好建议。她痴迷于舞会和聚会,而他也乐此不疲。偶尔两人晚上没有应酬独自在家的时候,他们会一起吃晚饭,等餐桌收拾干净,摆上白兰地和咖啡,他就会讲粗俗的笑话给她听,这样的故事他肚子里有的是。她发现瑞特对她有求必应,有问必答,只要她直截了当地提出来就行。可如果她拐弯抹角或者耍女人的小花招,那就肯定会被他拒绝。他总是能一眼看穿她的心思,然后无情地嘲笑她,常常让她很难堪。

一想到他平日里对她温和又冷漠的态度，她就不由得感到纳闷，他到底为什么要娶她。男人跟女人结婚要么为了爱，要么为了成家生子，要么就是为了钱，可她知道他娶她并不是为了这些。他肯定不爱她。她盖了那么漂亮的一幢房子，可他却说这房子看上去简直就是个怪物，还说他宁愿住在服务周到的旅馆里也不想住在家里。他从来没像查尔斯或弗兰克那样，暗示想要孩子。有一次，她跟他调情时，趁机问他为什么要娶她，谁知他眼里闪着揶揄的目光，回答说："亲爱的，我娶你是把你当宠物养。"把她气得够呛。

不，他娶她绝不是出于一般男人通常的理由。他娶她纯粹是因为他想要她，但又没法用别的手段把她弄到手。他向她求婚的那个晚上，他亲口承认的，他想要她，就跟他想要贝尔·沃特琳一样。这个想法可真让人恼火，简直是对她赤裸裸的侮辱。可她耸了耸肩，把这令人不快的事实抛到一边，她现在学会了，只要遇到不快的事，就耸耸肩把烦恼抛开。他们之间做了笔交易，她这一方对这笔交易很满意，希望他那边也同样感到满意。但他到底满不满意，她其实并不在乎。

然而，一天下午，当她因为肠胃不适去找米德医生看诊时，得知了一个令人不快又无法耸耸肩就能甩掉的事情。黄昏时，她怒气冲冲地闯进卧室，两眼满含凶光，告诉瑞特她怀孕了。

说话时，瑞特穿着一件丝绸晨衣，正慵懒而悠闲地吞云吐雾。一听她说她怀孕了，他脸色顿时一紧，目光紧盯着她，但什么也没说。他默默地看着她，神情紧张地等着她说下去，可她只顾着生气和绝望,说不出话来,根本没注意到他的神情。

"你知道我再也不想生孩子了!我从来就没想要过。每回日子刚过得顺心点儿,就准又怀上孩子。哎呀,别坐在那儿笑了!你不是也不想要嘛。噢,圣母啊!"

瑞特刚才等着,想听她把话说完,可他想听的不是这些话。他脸色一沉,神情有些惘然。

"哦,干吗不把孩子生下来送给梅丽小姐呢?你不是说她中了邪似的,不听医生忠告,还想再要一个孩子吗?"

"噢,我真恨不得杀了你!我不是跟你说了嘛,我不想生孩子,不想生!"

"不想生?那怎么办?"

"哦,办法还是有的。我现在可不是过去那个乡下傻姑娘了。我知道了,女人要是不想生孩子,总有办法的!有一种药——"

他突然站了起来,一把攥住她的手腕,一脸惊恐。

"斯嘉丽,你这个傻瓜,跟我说实话!你没干什么傻事吧?"

"没,还没呢。不过我正打算去干。我的腰身好不容易才纤细了些,正高兴呢,你以为我会再把这身材毁了吗?"

"你从哪儿打听来这馊主意的?谁告诉你有这种药的?"

"玛米·巴特——她——"

"只有妓院里的老鸨才懂得这损招。那个女人以后再也不许踏进咱家一步,听明白了吗?毕竟这是我的房子,我是一家之主,我不准你再跟她说话。"

"我爱怎么样就怎么样,你管不着。放开我,你干吗要在乎呢?"

"你生一个孩子也好,二十个孩子也罢,我都不在乎。可你要是去送命,我能不在乎吗?"

"送命?我?"

"是的,送命。看来玛米·巴特没告诉你,女人干那种事要冒多大的风险吧?"

"没有,"斯嘉丽不情愿地说,"她只是说这办法管用。"

"哦,上帝,我非宰了她不可!"瑞特怒吼道,气得脸都青了。他低头看着斯嘉丽满是泪痕的脸,怒气渐消了些,但仍然板着张脸。突然,他一把将她抱起,抱着她坐在椅子上,抱得紧紧的,怕她会逃开似的。

"听着,宝贝儿,我可不能眼睁睁地看着你亲手把自己的小命送掉,听见没?上帝啊,我跟你一样也不想要孩子,可我养得起啊。我不想再听你说那种蠢话了,你要胆敢去试的话——斯嘉丽,我亲眼见过一个姑娘就是因为干这种事送了命的。她才——唉,好端端一个姑娘,长得还挺漂亮,可惜了。那种死法太痛苦了。我——"

"哦,瑞特!"听瑞特说得这么动情,她惊讶得甚至忘了自己的苦恼,"是谁啊——在哪里——"

"在新奥尔良——唉,好多年前的事了。那时我还年轻,容易动情。"他突然低下头,亲吻她的头发,"你要把孩子生下来,斯嘉丽,哪怕接下来的九个月里我用手铐把你铐在我手腕上,也得把孩子生下。"

她坐在他腿上,身子坐直,好奇地盯着他的脸。在她的凝视下,他的脸突然变得温和而平静,仿佛有什么魔法将他脸上的怒气一扫而光。他耸起眉毛,嘴角撇了下来。

"我对你这么重要吗?"她垂下眼帘问道。

他看了她一眼,似乎在揣度这句话里含着多少调情的味道。等他看出她表情下的真意,便漫不经心地回答道:"哦,当然重要,要知道,我在你身上可投了不少钱呢,我可不想折了本。"

梅兰妮走出斯嘉丽的房间。虽然累得疲惫不堪,但看到斯嘉丽的女儿出生,她还是高兴得流下了眼泪。瑞特紧张地站在过道里,脚下满是烟头,把精美的地毯都烧出一个个洞来。

"你可以进去了,巴特勒船长。"她羞涩地说。

瑞特快步走过她身旁,进了房间。米德大夫还没把门关上,梅兰妮朝房间看了一眼,瞥见他正弯腰看着嬷嬷抱在膝头那赤裸裸的婴儿。梅兰妮瘫坐在椅子上,无意间看到如此温情的一幕,不由得窘得脸红。

"啊!"她心想,"多让人感动啊!可怜的巴特勒船长刚才得有多担心啊!这些日子里他连酒都一口不喝了!多好的男人啊。好多男人没等他们的孩子呱呱坠地,就已经喝得烂醉如泥了。恐怕他现在很想喝酒吧。我要不要提醒他一下?不行,那太冒失了。"

她欣慰地瘫坐在椅子上。最近她腰背酸痛得厉害,觉得就好像腰快断了似的。噢,斯嘉丽真是幸福,生孩子的时候,能有丈夫一直在门外等候!她生小博的时候,要是有阿什利在身边,她也不至于受那么多苦。要是房门里那个小女娃是她的而不是斯嘉丽的那该多好！"哎呀，我怎么能有这种坏念头，"她心里内疚地想到，"斯嘉丽对我那么好，我怎么能觊觎她的孩子呢。上帝啊，请原谅我吧。我不是真想要斯嘉丽的孩子。可是——可是我实在是想再生一个！"

她把一块靠垫推到隐隐作痛的腰部靠着，心里好想能再生个女儿。可是米德医生在这件事上态度很坚决，始终坚持自己的意见。虽然她愿意冒着生命危险再生一个孩子，可阿什利却怎么也不肯。要是能有个女儿，阿什利不知会多疼爱她呢！

女儿！天啊！她惊得坐直了身子。"我刚才没告诉巴特勒船长他得了个女儿！他肯定是希望能有个儿子。哎呀，这可糟了！"

梅兰妮知道，对女人来说不论生男生女都同样高兴，可对男人来说，特别是对巴特勒船长这样固执的男人来说，生女儿无疑是当头一棒，有损他男人的尊严和体面。噢，真是感谢上帝，让她生下来的唯一的孩子是个男孩！她心想，假如她是那位吓人的巴特勒船长的妻子，头胎生了个女儿，那她宁可生孩子时死了的好，也不想头胎就给他生个女儿。

可这时嬷嬷却笑呵呵、摇摇晃晃地走出了房间。梅兰妮这才放下心来——同时又纳闷起来，这个巴特勒船长到底是个怎样的人呢？

"俺刚才在给那孩子洗澡，"嬷嬷说，"俺跟瑞特先生道歉，说俺家小姐生的是丫头，没能给你生个儿子。可是，上帝啊，梅兰妮小姐，你猜他怎么说？他说：'嬷嬷，瞧你说的！谁要儿子啊,小子有什么好的,净惹祸,女孩儿才好呢。给我十个男孩儿换这丫头,我都不换呢。'说完就想从俺手里把娃娃抱过去,娃娃还光着呢。俺就拍了一下他的手腕,说:'规矩点儿,瑞特先生。等将来哪天,俺告诉你得了个胖小子,看你会不会高兴得哇哇叫。'他笑着摇摇头,说:'嬷嬷,瞧你真傻,要小子有什么用。我不就是个明摆着的例子吗?'说真的,梅丽小姐,看他的言行倒真像个体面的绅士呢。"嬷嬷和蔼又慈祥地说道。梅丽心里明白,瑞特这回表现得很好,令嬷嬷对他的印象大有改观。"也许俺之前有点儿错怪瑞特先生了。今天可把俺高兴坏了,梅丽小姐,俺这辈子给罗比拉德家的三代千金都换过尿布,真是太开心了。"

"噢,是啊,真是个令人高兴的日子,嬷嬷!孩子降生的日子是最让人开心的了!"

可这幢房子里有一个人很不开心,那就是韦德·汉普顿。他挨了大人的骂,又大半天没人理他,一个人可怜兮兮地待在餐厅里,闷得发慌。今天一大早,嬷嬷就突然把他叫醒,匆匆忙忙给他穿好衣服,把他和埃拉送到了皮蒂姑妈家吃早饭。大人只跟他说妈妈病了,怕他在屋里玩儿时动静太大,吵到妈妈。皮蒂姑妈家也乱成了一锅粥,因为老小姐一听斯嘉丽病了,就卧倒在床,还得让厨娘在一旁伺候。所以只能由彼得胡乱给他们弄了点儿吃的。随着上午的时间慢慢过去,韦德心里渐渐害怕起来。要是妈妈死了怎么办?别的小孩儿就有妈妈死了的。他亲眼见过灵车从别人家驶出来,听见小朋友的哭声。万一妈妈也死了呢?韦德很爱他的妈妈,既怕她,也同样爱她。一想到妈妈会被抬进黑色的灵车里,被几匹马笼头上插着羽毛的黑马拉走,小家伙的胸口就隐隐疼痛起来,连气都喘不过来了。

到了中午,看着彼得在厨房里忙活,韦德趁机溜出了前门,撒开小腿就往家里飞奔,心里越是害怕,脚下就跑得越快。瑞特叔叔或者梅丽姑妈和嬷嬷肯定会告诉他实情的。可是瑞特叔叔和梅丽姑妈现在都不见踪影了,只有嬷嬷和迪尔茜拿着毛巾、端着一盆盆热水在后楼梯跑上跑下的,根本没注意到他来到了前厅。楼上的房门偶尔打开时,他能听到米德医生简短的说话声,有一次还听到了妈妈痛苦的呻吟声,他难过得抽抽搭搭哭了起来。他清楚妈妈这是要死了。他只好朝趴在前厅窗台上晒太阳的那只蜂蜜色的老猫汤姆走去,想找点儿安慰。可是那只猫太老了,不喜欢被人打扰,一看到他走过去,便晃起尾巴,发出低沉的轻吼。

嬷嬷终于从前楼梯下来了。她身上的围裙看上去皱巴巴的,上面还有一块块的湿渍,脑袋上的头巾也歪了。一看见韦德,嬷嬷顿时就沉下脸来。嬷嬷向来是他的主心骨和靠山,所以一见嬷嬷皱眉,他就立刻吓得浑身发抖。

"你真是俺见过的最不乖的孩子,"嬷嬷说,"俺不是把你送皮蒂小姐家了吗?快回去!"

"妈妈她——她是要死了吗?"

"你可真够让人头疼的!死?天啊,怎么会呢!上帝啊,男孩儿真是麻烦。真搞不懂老天爷为什么让人生男孩儿。好了,快离开这儿。"

可韦德并没有走,而是躲到了大厅的门帘后面,对嬷嬷的话半信半疑。嬷嬷说他让人头疼,这话令他很伤心,因为他一直努力做个乖孩子。半个小时后,梅丽姑妈匆匆走下楼来,虽然脸色苍白,疲惫不堪,却面带笑容。当她发现躲在门帘后的那张哭丧的小脸时,吓了一大跳。平常梅丽姑妈总是尽量花时间陪他,从来不会像妈妈那样,老是跟他说:"别烦我,我赶时间。""走开,韦德,我忙着呢。"

可是此时此刻,她却说:"韦德,你怎么这么淘气,为什么不待在皮蒂姑婆家?"

"妈妈是不是快死了?"

"上帝啊,当然不会,韦德!你这个傻孩子。"接着她又温和地说道,"米德医生刚刚给她接生下一个漂亮的小宝宝,一个可爱的小妹妹,你可以哄她玩儿。你要是乖的话,今晚就能见到她了。好了,出去玩儿吧,别弄出声音来。"

韦德溜进了静悄悄的餐厅,他那本就不太安全的小天地变得更加摇摇欲坠,都快塌了。在这么个阳光灿烂的日子里,大人们怎么都这么奇怪,这家里就没有个地方让一个忧心忡忡的七岁男孩儿容身吗?他坐在凹室的窗台上,看见阳光下摆着一盆秋海棠,就咬了一口叶子,谁知那叶子好辣,辣得他直流眼泪,他索性大哭起来。妈妈说不定快死了,可谁也不理他,大伙儿都围着那个刚出生的婴儿——一个女孩儿忙得团团转。韦德对小孩儿没兴趣,更不用说小女孩儿了。唯一跟他比较亲近的女孩儿就是埃拉,可到目前为止,她始终也没干出什么招人喜欢、让人佩服的事来。

过了好久,米德医生和瑞特叔叔下楼来了,两人站在过道里低声交谈。医生走了,大门刚关上,瑞特叔叔就快步走进餐厅,拿起酒瓶给自己倒了一大杯酒,一抬眼这才看见韦德。韦德吓得身子向后缩,以为又要挨骂,说他淘气,要他回皮蒂姑婆家了。没想到瑞特叔叔却冲他笑了,他从来没见叔叔笑得这么开心过。见瑞特笑了,小韦德壮起胆子从窗台跳下来,朝叔叔跑过去。

"你又有个妹妹了,"瑞特紧搂着他,说道,"上帝啊,我敢保证你从来没见过这么漂亮的宝宝!咦,你怎么哭了?"

"妈妈她——"

"你妈妈正吃着丰盛的午饭呢,有鸡肉、米饭、肉汤和咖啡。待会儿我们要给她做份冰淇淋吃,你想要的话,可以给你做两份,然后再带你去瞧瞧你妹妹。"

韦德这下终于松了口气。他想为这个新妹妹说几句客气话,可做不到。大伙儿都喜欢这个小妹妹,再也不会有人关心他了,就连梅丽姑妈和瑞特叔叔也不会在乎他了。

"瑞特叔叔,"他说,"大人们更喜欢女孩儿,是吗?"

瑞特放下酒杯,细细端详着那张小脸,立刻就明白了。

"不,我看不见得,"他郑重其事地回答道,仿佛经过了认真的考虑,"只不过因为女孩儿比男孩儿更麻烦,所以更让大人们操心。"

"可刚才嬷嬷说,男孩子才麻烦呢。"

"哦,嬷嬷刚才心情不好,她是无心的。"

"瑞特叔叔,那你更想要个男孩儿是吗?"韦德满怀期待地问道。

"不,"瑞特立刻回答道,看见小韦德的脸一下子沉了下来,于是继续说道,"因为我已经有个男孩儿了,干吗还要呢?"

"有了?"韦德张大了嘴巴,吃惊地问道,"在哪儿呢?"

"就在这儿啊,"瑞特把小韦德抱起来,放在膝头,"我有你就足够了,儿子。"

一时间,韦德终于感受到了从未有过的安全感、归属感和幸福感,他高兴得差点儿又要哭出来,于是喉咙哽咽着,一头栽进瑞特怀里。

"你是我儿子,对不对?"

"一个人能——能做两个人的儿子吗?"韦德问道。他心里很矛盾,既想忠于从未见过面的生父,又很爱这个温柔地抱着他、如此体贴又善解人意的继父。

"可以啊,"瑞特肯定地说,"就像你是你妈妈的孩子,同时也是梅丽姑妈的孩子一样。"

韦德仔细琢磨了一下,欣然领悟,于是微微一笑,害羞地贴着瑞特的胳膊,扭动了几下。

"瑞特叔叔,你很了解小男孩儿,对吗?"

瑞特黝黑的脸一绷,又像往常一样严肃起来,紧抿嘴唇。

"是的,"他有些心情沉重地说,"我很了解小男孩儿。"

顿时,恐惧感再次袭来,韦德又害怕了,害怕的同时还夹杂着几分妒忌。瑞特叔叔此时心里想着的人不是他,而是别人。

"你还有别的小男孩,是吗?"

瑞特把他放到了地上。

"我要喝一杯酒,你也喝点儿吧,韦德,这是你人生的第一杯酒,为你的新妹妹干一杯。"

"那你有没有别的——"韦德又问,但一看到瑞特伸手去拿红酒瓶,想到自己也能跟大人一样举杯庆祝,就兴奋地把要问的事给忘了。

"哦,我不能喝,瑞特叔叔!我答应过梅丽姑妈,要等到大学毕业才能喝酒。要是我能做到的话,她会给我一块怀表作为奖励的。"

"那我就送你一条表链——瞧,就是我正戴着的这条,如果你想要的话。"说完瑞特又笑了,"梅丽姑妈说得没错。但她说的酒是烈酒,不是红酒。你得学会像绅士一样喝红酒,儿子,现在时机正好。"

他拿起红酒瓶,熟练地往酒里兑了些水,把酒冲淡,直到酒液变成粉红色,才把杯子递给韦德。正在这时,嬷嬷走进了餐厅。她已经换上了礼拜天才穿的最好的一套黑裙子,围裙和头巾也换了,整个人焕然一新。她走起路来一摇三摆,衣裙里发出丝绸窸窣的声音。她脸上忧虑不安的神情早已一扫而光,咧着牙齿几乎掉光的大嘴,笑得都合不拢了。

"生日礼物,瑞特先生!"她说。

韦德刚把酒杯举到嘴边,又停了下来。他知道嬷嬷一直不喜欢他这个继父,而且向来只叫对方"巴特勒船长",始终对他的继父板着张脸,冷冰冰的。而现在她却笑意盈盈、扭扭怩怩的,还叫"瑞特先生"!今天可真是全乱套了!

"你更喜欢喝朗姆酒,我说得没错吧?"瑞特说着,伸手从酒柜里拿出一个胖墩墩的酒瓶,"我女儿很漂亮,对吗,嬷嬷?"

"那还用说。"嬷嬷接过酒杯,咂了咂嘴,回答说。

"你见过比她更漂亮的吗?"

"哦,当然,斯嘉丽小姐出生时跟她差不多漂亮,不过跟这小宝宝比,还是差了点儿。"

"再来一杯吧,嬷嬷。咦,嬷嬷啊,"他语气挺严厉,但眼里闪着笑意,"我好像听到了窸窸窣窣的声音,那是什么?"

"上帝啊,瑞特先生,没什么,是俺穿着红色的绸裙子呢!"嬷嬷咯咯地笑着扭动身子,整个庞大的身躯都晃动起来。

"只是你那条衬裙吗?我不信。听起来就像一堆干树叶沙沙地响呢。把外面的裙子拉起来些,让我瞧瞧。"

"瑞特先生,你真坏!噢,天啊!"

嬷嬷轻轻尖叫一声,后退了几步,然后微微把外面的裙子撩起一点儿,露出了红色的塔夫绸衬裙的褶边。

"这衬裙你搁了这么久才穿啊。"瑞特嘟囔道,但黑色的眼睛里闪着笑意。

"是啊,太久了。"

而瑞特接下来的这句话,韦德就听不懂了。

"不再是套着马具的骡子了?"

"瑞特先生,斯嘉丽小姐真坏,把这都告诉您了!您不会记恨俺这个黑老婆子吧?"

"当然不会,我只是随口问问。再来一杯,嬷嬷。把这瓶都喝了吧。干杯,韦德!为大伙儿干一杯。"

"为小妹妹干杯。"韦德大声说道,然后一口气咕咚咕咚地把酒喝了下去,因为喝得太快,结果呛到了,又咳嗽,又打嗝儿,两个大人被逗得哈哈大笑,赶紧给他拍拍后背。

自从女儿出生的那一刻起,瑞特就像变了个人似的,令所有人都大感意外,而且困惑不已。他的许多做法都令众人对他的固有印象大为改观,别说亚特兰大人,就连斯嘉丽都难以相信。谁能想到像他这样的人竟然会当众炫耀当父亲的骄傲和自豪,而且一点儿也不觉得难为情,更何况他头胎的孩子不是男孩儿,而是个女孩儿,这其实本不是一件值得炫耀的事。

瑞特当爸爸的新鲜感似乎有增无减,令不少女人暗生妒忌。因为她们的丈夫没等到自己的宝宝受洗,当爸的新鲜感就消失,不把孩子当回事了。可瑞特却相反,他在大街上逢人就拦,滔滔不绝地谈他宝贝女儿又有了哪些奇迹般的进步,而且连虚伪的客套话——"我知道谁都觉得自己的孩子聪明,可是——"都直接省去了。他觉得只有自己的女儿最棒,别人家的孩子根本比不上她,而且他也不在乎这话让别人听了会不高兴。新来的保姆给宝宝吃了点儿肥肉,结果使宝宝第一次得了急性腹痛。瑞特的处理办法让有经验的父母笑掉了大牙。他急忙叫来了米德医生和另外两位医生前来会诊,接着又要用鞭子抽那个倒霉的保姆,大伙儿费了老大劲儿才把他拦住。最后保姆被辞退了。从那以后,保姆走马灯似的一个接一个地换,最长的也待不过一个星期。瑞特的要求太苛刻,没有一个保姆能符合他的要求,让他满意。

嬷嬷对换来换去的保姆也一个都看不上,因为她对每个外来的黑人保姆都嫉妒得要命。她不明白主人为什么不让她照顾韦德和埃拉的同时,也照顾小宝宝。可是嬷嬷如今上了年纪,又有风湿的毛病,胖胖的身子走路笨重而缓慢。这些另雇保姆的原因,瑞特不好跟嬷嬷直说,于是他另找借口,说像他这种身份地位的人,家里不能只有一个保姆,不然太没面子。他要再雇两个人干些杂活,给嬷嬷打下手。嬷嬷表示完全理解。多些仆人不仅能让瑞特很有面子,也能让她脸上有光。但她十分坚决地告诉瑞特,那些废物似的自由黑人可绝不能进她的育儿室。所以瑞特只得派人去塔拉把普利茜接了来。他知道普利茜这个黑丫头毛病不少,但她毕竟是家养的黑奴。彼得大叔也向他举荐了一个人,是他的侄孙女,名叫洛,她曾经是皮蒂小姐的表兄伯尔家的黑奴。

斯嘉丽还没能下床走动时,就发现瑞特一心扑在了女儿身上。见他在客人面前炫耀自己的宝宝,她感到既生气又难为情。男人爱自己的孩子是挺好,但像瑞特这样赤裸裸地表露对孩子的爱意,太有失男人的尊严和气概。他应该跟别的男人一样,对有孩子这事态度淡然些,别那么当回事。

"瞧你那傻里傻气的样儿,"她生气地说,"真搞不懂你怎么想的。"

"不懂？呵，你不会懂的。因为只有这孩子才完完全全是属于我的。"

"她也是我的！"

"不，你还有另外两个孩子，而这孩子是我的。"

"说的什么鬼话！"斯嘉丽说，"孩子是我生的，不是吗？再说，亲爱的，我也是属于你的啊。"

瑞特越过宝宝乌黑的头发看着她，露出一抹古怪的笑意。

"真的吗，亲爱的？"

这时，幸好梅兰妮走了进来，打断了夫妻间火药味儿十足的谈话，不然他俩又会吵起来。最近这两口子总是动不动就吵架。斯嘉丽强压下心里的怒火，看着梅兰妮把孩子抱了过去。孩子的名字已经起好，叫欧仁妮·维多利亚，但这天下午梅兰妮无意中的一句话，把孩子的小名定了下来，就像大伙儿一直用"皮蒂帕特"这个小名称呼皮蒂姑妈，反而谁也不记得她的大名叫萨拉·简一样。

瑞特凑过去看着自己的女儿，说："她的眼睛将来肯定会是青绿色的。"

"才不是呢，"梅兰妮愤愤地说，似乎忘了斯嘉丽的眼睛恰好差不多就是这种颜色，"她应该会是蓝眼睛，就跟奥哈拉先生的眼睛一样湛蓝，蓝得如同美丽的蓝旗。"

"邦妮·布鲁·巴特勒[1],这个名字好,就是它了。"瑞特开心地笑起来,从梅兰妮怀里抱过孩子,仔细端详着宝宝的一双眼睛。从此邦妮就成了这宝宝的名字,到后来就连她父母也忘了她原本有个王后加女王的大名[2]。

---

1 邦妮·布鲁·巴特勒取自英文为bonnie blue flag的美丽的蓝旗。
2 王后加女王的大名指的是欧仁妮取自法兰西第二帝国皇帝拿破仑三世的王后欧仁妮·德·蒙蒂霍之名,维多利亚则是取自英国女王亚历山德丽娜·维多利亚之名。

第五十一章

斯嘉丽终于能出门了,她叫洛帮她束腰,能束多紧就束多紧。然后她用皮尺量了一下自己的腰围。竟然有二十英寸!她顿时气得大叫起来。都是因为生孩子,把她的身材给毁了!现在她的腰竟跟皮蒂姑妈和嬷嬷一样粗了。

"再束紧点儿,洛。看看能不能收到十八英寸半,不然我什么衣服都穿不进去了。"

"会把束绳拉断的,"洛说道,"您的腰变粗了,斯嘉丽小姐,可这也没办法啊。"

"总有办法的,"斯嘉丽狠狠地扯开衣服的线缝,放宽腰身,心里想着,"我可再也不要孩子了。"

邦妮确实很漂亮,这自然令她很得意,而且瑞特也很疼爱这孩子,但她绝不能再生孩子了。该怎么才能不让自己怀孕,她也不知道。因为她无法像对付弗兰克那样对付瑞特。瑞特并不怕她。虽然瑞特说要是她给他生了个儿子的话,非得把孩子淹死不可。可看到瑞特对邦妮爱得如此痴傻的模样,没准儿来年他就又想要个儿子了。噢,不管儿子还是女儿,她都不想再给他生了。她这辈子都生过三个孩子了,已经足够了。

洛把撕开的线缝重新缝好,把衣服熨烫平整,然后帮斯嘉丽穿好,扣好扣子。斯嘉丽吩咐下人备好马车,打算前往锯木厂。一路上她心情逐渐好了起来,连腰变粗了的烦恼也基本忘了,因为她马上就要见到阿什利了,跟他一起核对账目。要是幸运的话,还能单独跟他在一起呢。自打怀上邦妮之后,她就不去见他了,因为她不想让阿什利看到自己大腹便便的丑模样。她真怀念那些每天都能见到他的日子,哪怕总有旁人在场也无所谓。她因为怀孕生孩子不能出门的那段日子,心里一直惦记着木材生意上的事。当然,她现在用不着出来工作了,大可以把锯木厂卖掉,拿卖厂子的钱做投资,为韦德和埃拉的将来储备些钱。可是那就意味着她更难见到阿什利的面了,除非有什么正式的社交活动,可那时候周围又会围满了人。而能跟阿什利一起工作,是她最大的快乐。

她驱车来到锯木厂时,见木材堆得老高,许多客户正站在木材堆旁,跟休·埃尔辛交谈着,心里感到很欣慰。一旁还有不少骡子和大车,黑人车夫正在往大车上装着木材。"足有六队骡车,"她心想,"这些都是我一个人白手起家干起来的呢!"

阿什利走到小办公室的门口,看到斯嘉丽来了,喜出望外,眼里充满喜悦之情。他伸出手,扶她下了马车,像恭迎王后似的把她迎进办公室。

可她一看到账本,再跟约翰尼·加勒格尔的账本一比较,她的高兴劲儿就立马被冲淡了。阿什利只是勉强收支相抵,而约翰尼却盈利颇丰。她看着两个账本,隐忍不语,但阿什利从她的脸色上看懂了她的心思。

"斯嘉丽,很抱歉。我只想说,希望你能让我雇用自由黑人,辞退这些囚犯。我相信那样的话会好得多。"

"黑人!天啊,付他们那么多工资,咱们会破产的。囚犯多便宜啊。你瞧约翰尼用他们干活赚了多少钱——"

阿什利的目光越过她肩头,看向缥缈的远处某种她看不见的东西,眼里的喜悦之色消失不在了。

"像约翰尼·加勒格尔那样折磨犯人,我做不到,我没办法逼迫别人干活。"

"说什么鬼话呢!约翰尼那是本事。阿什利,你就是心肠太软了。你应该催他们多干活。约翰尼跟我说,每次只要有人偷懒装病,你就给他放一天假。上帝啊,阿什利!那样是赚不来钱的。谁要是说病了,你就抽他一顿,保准他就没病了,只要别打断他们的腿——"

"斯嘉丽!斯嘉丽!别说了!我受不了你说这种话。"阿什利叫了起来,眼睛盯着她,目露凶光,吓得她突然停了下来,"你难道不清楚吗,他们也是人啊——会生病,会吃不饱,太可怜了——噢,我亲爱的,原本的你是多么善良啊,怎么现在被那家伙教坏了呢,如今也变得这么残忍,我真不忍心看你这样——"

"你说谁把我教坏了?"

"虽然我没权利,但我不得不说,就是你的那位瑞特·巴特勒。他就像毒药一样,碰到什么就毒害什么。你原来虽然性子烈、脾气躁,但温柔、可爱、心地善良。可如今你跟了他,他就把你变得铁石心肠,残忍无情。"

"噢。"斯嘉丽深吸一口气,心里既有些内疚,又觉得高兴。原来阿什利对她如此情深,仍然觉得她善良可爱。谢天谢地,阿什利觉得她一心只顾着赚钱、锱铢必较都是瑞特害的。其实这跟瑞特毫无关系,全是她自己的过错。不过,反正瑞特已经声名狼藉了,再给他抹点儿黑也没什么大不了的。

"要是换别的男人,我也不会这么担心——可他是瑞特·巴特勒!这个男人对你的毒害我看得一清二楚。他在扭曲你的思想,把你引上他自己走的那条邪路。哦,是的,我知道我不该说这些——毕竟他救过我的命,我对此也很感激。可我真的祈求过上帝,希望当初救我的是别人,而不是他!我知道我无权跟你说这些,就像——"

"噢,阿什利,你有权的——除了你,还能有谁有权这么说呢?"

"说实话,我真受不了看你这样。眼睁睁地看着你的美好被他玷污,看着你的美貌和妩媚都付给了这样一个男人——一想到他碰你,我就——"

"他要吻我了!"斯嘉丽欣喜若狂地想着,"这回可不是我的过错了!"于是她情不自禁地向他靠近。可阿什利却突然向后退去,仿佛意识到自己说得太多,而且说了一些他从不打算要说出来的话。

"我诚心地向你道歉,斯嘉丽。我——我在含沙射影地说你丈夫不是个正人君子,可我说的这些话恰恰证明我自己也没好到哪儿去。谁也没权在一个妻子面前指责她的丈夫。我找不出任何理由,只因为——只因为——"他结结巴巴的,脸都扭曲了。她屏住呼吸,静静地等着。

"我没有任何理由。"

坐车回家的路上,斯嘉丽思绪万千。没有任何理由——只因为——只因为他爱她!一想到她躺在瑞特的怀抱里,他就变得怒火难消,这简直太不可思议了。不过,她倒也能理解。要不是知道他和梅兰妮之间没有夫妻生活,只能如同兄妹一样,她每天也会倍感痛苦和折磨的。瑞特的拥抱将她玷污,让她变得残忍、粗俗!噢,如果阿什利这么想的话,她可以从此不准瑞特再碰她。她心想,虽然她跟阿什利各自跟别人结了婚,但如果在肉体上仍保持对彼此的忠诚,那将会是一件多么甜蜜、多么浪漫的事啊!这个念头不禁让她心潮澎湃、浮想联翩,心里简直乐开了花。而且这还解决了一个很实际的问题,因为这样一来,她就不会再生孩子了。

她一到家,把马车遣走,一想到要跟瑞特提出分房睡的要求,还要说明原因,之前阿什利那番话带给她的喜悦顿时就消散了大半。这事情可真不好办呢。再说,她又该如何告诉阿什利,说她已经按他的意愿,拒绝跟瑞特同床共枕了呢?她自己作了那么大的牺牲,却没人知道,那这样又有什么意义呢?可自己到底该怎么跟阿什利说呢?既要庄重体面,又得含蓄温婉,真是不容易啊！要是跟阿什利说话能像跟瑞特说话那样直截了当，那该多好！噢，没关系。总有办法给阿什利暗示，让他明白的。

她走上楼，推开育儿室的门，发现瑞特正坐在邦妮的小床边。埃拉坐在他腿上，韦德正把自己口袋里的东西一一掏出来给他看。瑞特喜欢孩子，如此疼爱孩子们，真是件幸事！要知道好多继父都把妻子和前夫生的孩子当成眼中钉、肉中刺呢。

"我想跟你谈谈。"斯嘉丽说完就朝他们的卧室走去。这事还是得速战速决，趁自己不想再要孩子的决心还没动摇、对阿什利的爱还在给自己鼓劲儿的时候赶紧了结掉。

"瑞特，"他刚把房门关好，斯嘉丽就忙不迭地说，"我已经决定不再要孩子了。"

即便这突如其来的一句话令瑞特心里大吃了一惊，他的脸上也并没表露出什么情绪来。他只是懒洋洋地走到一把椅子前坐下，身子向后靠在椅背上。

"宝贝儿，邦妮出生前我就说了，你生一个也好，生二十个也罢，我都无所谓的。"

这人可真是可恨，轻松一句话就巧妙地避开了关键问题，就好像要不要孩子、生不生孩子都跟他没关系似的。

"我觉得三个孩子已经够了，我可不想一年生一个。"

"三个似乎是够了。"

"你明白——"她刚开口就窘得脸红了，"你明白我的意思吗？"

"我明白。不过你明不明白，如果你拒绝我享有婚姻中应有的权利,我是可以跟你离婚的?"

"你居然这么想,真是粗俗至极,"她恼火地大叫道,事情并不像她预想的那样,"你要但凡有点儿风度,你就——你就会体贴女人,多为自己的妻子想想,就像——像阿什利·威尔克斯那样。梅兰妮不能再生孩子,他就——"

"那个阿什利可真是个正人君子啊,"瑞特眼里闪着异样的光芒,说道,"接着说呀。"

斯嘉丽语塞了,因为她要说的话已经说完,没什么可说的了。她这才发现自己真是蠢啊,竟然幻想能跟瑞特这种自私透顶的恶棍心平气和地解决这么重要的事情。

"你今天下午到锯木厂去了,是吧?"

"那跟这事有什么关系?"

"斯嘉丽,你喜欢狗,对吧?你乐意让狗待在狗窝里还是占个马槽[1]?"

斯嘉丽正在气头上,心里既愤怒又失望,根本没悟出这句话的意思。

瑞特轻轻站起身,走到她跟前,一只手猛地托起她的下巴,让她直面他。

"你真是个孩子!虽然已经嫁过三个男人了,可还是一点儿都不了解男人的秉性。你以为男人都跟绝了经的老太太似的没有欲望,是吧?"

---

[1] 狗占马槽的意思是占着茅坑不拉屎。

他玩味地捏了捏她的下巴,然后松开手,黑色的浓眉一扬,弯下腰目光冷冽地盯着她的脸,凝视许久。

"斯嘉丽,听明白了,只要你和你的床还能迷住我,那你锁上门也好,苦苦哀求也罢,都别想拦住我。我无论干什么事都不会感到羞耻,因为你我早就有约在先,我始终信守约定,但你毁约了。你就守着你那贞洁的床铺吧,亲爱的。"

"你的意思是说,"斯嘉丽怒不可遏地喊道,"你根本就不在乎——"

"你已经厌倦我了,不是吗?不过男人比女人厌倦得更快。守着你的贞节吧,斯嘉丽,我才不会让自己不好过呢,这没什么大不了的。"他耸了耸肩,咧嘴一笑,"幸运的是,这世上床铺有的是——而且床上的女人也多得是。"

"你是说你真的——"

"我天真的小宝贝儿!当然了。我要是在之前一直都规规矩矩的,那才叫怪了呢。我可是从来不把忠贞当成美德的。"

"那我每晚都会把门锁上的!"

"何必费那事呢?我如果想要你的话,什么门也挡不住我。"

说完,他就转过身,仿佛谈话已经结束,然后径直走出卧室。斯嘉丽听见他又回到了育儿室,孩子们见他回来,高兴得欢呼雀跃。她颓然坐下,如愿以偿。这是她想要的,也是阿什利想要的,可她却并不开心。她的虚荣心被狠狠地刺痛了。没想到瑞特竟然毫不在乎,他不想要她了,还把她跟淫床上的娼妇相提并论,对她来说真是莫大的屈辱。

她本希望能想出个巧妙的办法让阿什利知道，她和瑞特的夫妻关系已经名存实亡。可她现在才发现她做不到。一切都被她弄得一团糟，她真有些后悔对瑞特提这事。她会想念跟瑞特在床上谈心，聊着那些似乎永远也讲不完的有趣话题，看着他的雪茄烟头在暗夜里闪闪发亮。她会怀念每当在噩梦里寒冷的迷雾中奔跑，惊醒过来时，他那坚实的臂膀和温柔的怀抱。

突然间，她感到很难过，于是忍不住趴在椅子扶手上哭了起来。

第五十二章

邦妮刚刚过完了一岁生日。一天下午,外面下着雨,韦德在客厅里闷闷不乐,时而走到窗前,鼻子贴着淋湿的玻璃窗向外看。小家伙八岁了,可身子瘦弱又单薄,不像这个年纪的孩子该有的样子。他性格很安静,甚至有些羞涩胆怯,如果别人不跟他说话,他绝不会先开口。此时他正闷得发慌,百无聊赖。埃拉一个人待在角落里玩儿娃娃;斯嘉丽坐在写字台前一边对着一长串数字核算账目,一边喃喃自语;瑞特则躺在地板上,晃着表链,逗小邦妮去抓他的怀表。

韦德拿起几本书,又把书一本本咚咚地掉在地上,然后重重地叹了口气。斯嘉丽气得转过身吼他。

"上帝啊,韦德!出去玩儿去。"

"不行,外面下雨呢。"

"是吗?我没注意。那你就找点儿事干,别在这儿瞎闹腾,搞得人心烦。去叫波克套上马车,送你去找小博玩儿。"

"他不在家,"韦德叹了口气,说道,"他去参加拉乌尔·皮卡德的生日聚会了。"

拉乌尔是梅贝尔和勒内·皮卡德的小儿子——那孩子别提多让人讨厌了,斯嘉丽心里一直觉得他就像个野猴子似的,没个人样儿。

"那你想找谁就找谁去吧。让波克带你去。"

"谁都没在家,"韦德回答说,"大伙儿都去参加生日聚会了。"

显然,他的言外之意就是"大伙儿都去了——除了我",可是斯嘉丽只顾着看账本,没听出来孩子话里的意思。

于是瑞特坐了起来,说道:"那你怎么没去呢,儿子?"

韦德往他身边挪近了些,一只脚在地板上蹭来蹭去,有些闷闷不乐。

"人家没邀请我,先生。"

瑞特把怀表塞进邦妮的小手里,任由她摆弄,然后轻巧地站起身来。

"把你那该死的账本放下吧,斯嘉丽。韦德为什么没被邀请去生日聚会?"

"看在上帝分上,瑞特!别烦我好吗?阿什利把这些账目弄得一团糟——哦,那个生日聚会啊?韦德没被邀请,有什么大不了的呢。就算他们邀请他去,我也不会让他去。别忘了拉乌尔是梅里韦瑟太太的外孙,她可是宁愿让个自由黑人踏进她家那个神圣的客厅,也不会请咱家的人进去的。"

瑞特若有所思地凝视着韦德,发现他突然畏缩了一下。

"过来,儿子,"说着,他把小家伙拉到身边,"你是想去参加那个聚会吗？"

"不想，先生。"韦德口气挺硬，但眼睛垂下来。

"嗯，告诉我，韦德，小乔·怀廷的生日会，还有弗兰克·邦内尔的，还有就是别的小伙伴的生日会，你都参加了吗？"

"没有，先生。没有几家邀请我。"

"韦德，你这是在撒谎！"斯嘉丽转过身，大声喊道，"光是上星期你就参加过三次了，巴特家孩子的聚会、盖勒特家，还有亨顿家的聚会。"

"你的那帮朋友，全都是套着马具的骡子。"瑞特评价道。然后他又柔声细语地问韦德："那你在那些聚会上玩儿得开心吗？实话实说，孩子。"

"不开心，先生。"

"为什么不开心？"

"我——我不知道，先生。嬷嬷——嬷嬷说他们都是穷白佬。"

"看我不剥了嬷嬷的皮！"斯嘉丽大叫着跳起身来，"还有你，韦德，怎么能这么说妈妈的朋友——"

"孩子说的是实话，嬷嬷也是。"瑞特说。"不过，当然了，你这种人，就算把实话明明白白地摆在你面前，你也当作看不见……别发愁了，儿子，有些聚会你要是不想去就不去。来，"说着他从口袋里掏出一张钞票，"叫波克套上马车，带你去城里买糖吃——买好多好多糖，吃到撑了为止。"

韦德笑了，把钱塞进口袋里，不安地看着妈妈，想征得她的同意。可他妈妈却紧锁眉头,看着瑞特。瑞特却从地上抱起邦妮,搂在怀里,让她的小脸贴着自己的脸颊。斯嘉丽看不清他脸上的表情,但发现他的眼里流露出一抹几近恐惧的神情——既恐惧又自责。

继父的慷慨令韦德深受鼓舞,于是羞涩地走到瑞特跟前。

"瑞特叔叔,我能问你个问题吗?"

"当然可以。"瑞特把邦妮的小脑袋搂得更紧,神色焦虑,有些心不在焉,"什么问题啊,韦德?"

"瑞特叔叔,您——您打过仗吗?"

瑞特立刻回过神来,目光锐利而警觉,但说话语气很随和。

"为什么要问这个,儿子?"

"哦,乔·怀廷说你没打过仗,弗兰克·邦内尔也这么说。"

"啊,"瑞特说,"那你是怎么说的呢?"

韦德一脸苦恼。

"我——我说——我跟他们说,我不知道。"而后韦德又急匆匆地说,"可我不在乎,我还动手打了他们。那您打过仗吗,瑞特叔叔?"

"打过,"瑞特突然激动起来,"我打过仗,在部队里待了八个月。我从拉夫乔伊一直打到田纳西的富兰克林。约翰斯顿投降的时候,我就在他的部队里。"

韦德骄傲地扭了扭身子,而斯嘉丽却放声大笑。

"我还以为你对自己的那段战斗生涯感到羞耻呢,"她说,"你不是叫我保密的吗?"

"嘘,"他说,"这个回答,你满意吗,韦德?"

"哦,当然,先生!我就知道您打过仗,我就知道您不像他们说的那么贪生怕死。可是——您怎么没跟别家孩子的爸爸一起打仗呢?"

"因为别家小孩的爸爸们都是蠢货,他们只能加入步兵。而我是西点军校毕业的,所以我可以当炮兵。而且是正规的炮兵部队,不是自卫队。脑子灵的人才能当炮兵呢,韦德。"

"那是当然,"韦德高兴得神采飞扬,"您受过伤吗,瑞特叔叔?"

瑞特犹豫了一下。

"要不你跟他说说你得痢疾的事吧。"斯嘉丽揶揄道。

瑞特小心翼翼地把小邦妮放在地上,然后从裤带里押出衬衫和内衣的下摆。

"过来,韦德。给你看看我身上的伤疤。"

韦德激动地走上前去,盯着瑞特手指的地方。只见一道隆起的伤疤长长地划过他褐色的胸膛,一直延伸到肌肉发达的腹部。这是在加利福尼亚金矿场跟人持刀殴斗留下的纪念,但韦德不知道。小家伙兴奋地喘着粗气。

"我想,您跟我的父亲一样勇敢,瑞特叔叔。"

"差不多吧,但不完全一样,"瑞特说着把衬衫塞进裤腰,"好了,去吧,把钱花光,以后哪个小子敢说我没打过仗,你就狠狠揍他。"

韦德兴高采烈、乐颠颠地跑出去了,边跑边叫波克。瑞特又抱起了小宝宝。

"干吗要撒谎呢,我英勇的战士?"斯嘉丽问。

"男孩总要以自己的父亲——或者继父为骄傲和自豪,我不能让他在别人家的小崽子面前抬不起头来。孩子们有时也残忍着呢。"

"去你的,净胡说!"

"我从来没想过这会对韦德造成什么影响,"瑞特缓缓地说,"也没想到这孩子会受那么多苦。邦妮可不能受这罪。"

"受什么罪?"

"你以为我会让我的邦妮为自己的父亲感到丢脸吗?等她到了九岁、十岁的时候,被排除在生日聚会邀请名单之外吗?你以为我会让她像韦德那样,因为你我的过错而遭人冷落,受人羞辱吗?"

"哎呀,不过是小孩子的聚会而已!"

"现在只是小孩子的聚会,将来就会是女孩儿初入社交界的舞会。你以为我会让我的女儿从小到大都被排除在亚特兰大上等人的圈子之外吗?我不能因为她在这儿或是在查尔斯顿、萨凡纳、新奥尔良遭人白眼、不受待见,就把她送到北方去读书或游学,不能因为她妈妈是个傻瓜、她爸爸是个恶棍,没一个南方的体面人家愿意娶她,就被迫把她嫁给一个北方佬或者外国人。"

这时,韦德已经回到门边,饶有兴致地听着大人们说话,却又听不太懂。

"邦妮可以嫁给小博的,瑞特叔叔。"

瑞特转身看向小韦德,脸上的怒色顿时消失不见,显然在认真考虑孩子说的话。他跟孩子们打交道时,向来对他们说的话认真对待。

"说得没错,韦德,邦妮是可以嫁给博·威尔克斯,可是你娶谁呢?"

"噢,我谁也不娶。"韦德自信满满地说,觉得能跟大人平等地交谈是一种享受,令他备受鼓舞。因为平时只有梅丽姑妈跟他心平气和地说话,从不责备他,始终鼓励他。"将来我要去哈佛念书,当大律师,像我父亲一样,然后像他一样当个勇敢的战士。"

"真希望梅丽别那么多嘴,"斯嘉丽喊道,"韦德,你别去念哈佛,那是北方佬的学校,我不会让你去北方佬的学校念书的。你要上佐治亚大学,毕业后就帮我经营店铺。至于你爸爸是个勇敢的士兵这事——"

"闭嘴,"瑞特立刻打断她的话,因为刚才韦德提起他那位从未见过面的生父时,眼睛里洋溢的光彩令他难以忘怀,"等你长大以后就做个像你父亲一样勇敢的人,韦德。努力学他的样子,因为他是个英雄,别听别人胡说。他娶了你妈妈,不是吗?那就足以证明他了不起了。我会送你去哈佛念书,成为一个大律师。好了,去吧,叫波克带你进城去。"

"我的孩子我自己会管,不劳烦你费心。"等韦德乖乖地连蹦带跳跑出房间之后,斯嘉丽冲瑞特喊道。

"瞧你管教的这个糟糕样子。你把埃拉和韦德的机会全都给毁了,但我不许你把邦妮的也毁了。邦妮要成为一个小公主,这世上人人都得喜欢她,人人都得欢迎她,普天之下没有一个地方是她不能去的。上帝啊,你以为我会让她在这个挤满社会渣滓的屋子里长大,跟这群不三不四的人打交道吗?"

"这帮人配你这种人足够了——"

"他们那副德行跟你倒是挺配,宝贝儿。但是配不上我的邦妮。瞧瞧整天跟你胡混的这帮人——不是利欲熏心的爱尔兰人,就是北方佬、提包客、穷白佬,你以为我会让我的邦妮将来嫁给这号人吗?她可是拥有巴特勒家和罗比拉德家血统的名门之后——"

"还有奥哈拉家呢——"

"奥哈拉家在爱尔兰也许曾是王侯,但你父亲不过是个精明又追名逐利的爱尔兰佬。你也没好到哪儿去。不过,当然了,我也不怎么光彩,就像个地狱里飞出来的蝙蝠似的,胡作非为,无所顾忌,因为我什么都不在乎。可如今对我来说,邦妮是我最在乎的,也是最重要的。上帝啊,我真是糊涂啊!我害得邦妮在查尔斯顿无处立足,不管我母亲或者你的尤拉莉姨妈和宝琳姨妈使出多大本事,查尔斯顿的上等人也不会接纳她,而且显然亚特兰大的上等人也不会接纳她,除非我们赶快想办法补救——"

"行了,瑞特,别这么小题大做的,真是可笑。咱们有的是钱,还怕——"

"让钱见鬼去吧!即使花光咱们所有的钱,也买不来我想给她的东西。我宁愿皮卡德请她到他的破房子里啃干面包,宁愿埃尔辛太太请她去她那摇摇欲坠的谷仓里做客,也不愿让她成为共和党人就职典礼舞会上的美人。斯嘉丽,你真是个傻瓜。几年前就该为自己的孩子打算,为他们在社会上留个立足之地,可你却连想都没想过。你连自己的地位都懒得保住。如今就更别想指望你能改邪归正了。你太利欲熏心,太专横跋扈了。"

"你啰唆了这么半天,我看都是小题大做。"斯嘉丽冷冷地说道,把手里的账本翻得哗啦啦响,意思是不想再跟他谈下去了。

"只有威尔克斯太太肯帮咱们,可你还偏偏总是疏远她,侮辱她。噢,别跟我说她穷、穿得寒酸之类的话,她是亚特兰大体面人的灵魂和核心。感谢上帝,还好有她这么个人。她会帮我们的。"

"你想干什么?"

"干什么?我要尽力讨好本城守旧派里的每一位母夜叉,尤其是梅里韦瑟太太、埃尔辛太太、怀廷太太和米德太太。哪怕要我匍匐在地,爬到每一个恨我的老妖婆面前,我也照做。我要面对她们的横眉冷对,忍气吞声,并对过去的所作所为深表忏悔,发誓要痛改前非。我要为她们那该死的慈善事业捐款,去她们那该死的教堂做礼拜。还要当面承认自己为邦联打过仗,并吹嘘自己作战时的英勇表现。万不得已的话,我还会加入那该死的三K党——不过我想仁慈的上帝不会那么无情,不至于让我以这么严酷的惩罚来赎罪。我还会毫不犹豫地提醒那些被我救了性命的蠢货,叫他们还欠我的人情。还有你,太太,你要积德行善,不要在背后拆我的台,对我想讨好的人,不要取消他们赎回抵押品的权利,不许卖烂木头给他们,不能以任何方式侮辱他们。布洛克州长从此不许再进咱家的门,听清楚没?还有你那帮狐朋狗友,也不许再跟他们有来往。你要是不听我的话,执意请他们来,那可别怪我翻脸不认人,不给你面子。他们要是敢踏进咱家大门一步,我就立马去贝尔·沃特琳的酒吧,告诉那儿的每一个人,我之所以不待在家里,是不想跟那帮乌合之众待在同一个屋檐下。"

斯嘉丽听着他的一番话,心里像针扎一样难受。等他把话说完,她突然冷冷一笑。

"这么说,混迹江湖的赌徒和投机商要洗心革面,当正人君子啦!好啊,那重新赢得尊敬的头一步,就是把贝尔·沃特琳的妓院卖掉。"

这件事斯嘉丽只是瞎猜的,她从来都不太敢肯定那家妓院背后的老板是瑞特。可没想到瑞特却突然大笑起来,仿佛看透了她的心思。

"多谢你的建议。"

瑞特打算弃恶从善,重新做回体面人,但选择的时机再糟糕不过了。眼下提包客的政权空前腐败,共和党人和叛贼的名声也臭到了极点。自从邦联投降后,瑞特的名字就跟北方佬、共和党人,以及叛贼紧密地联系在了一起,难以摆脱。

早在一八六六年时，亚特兰大人就被北方政府的军事管制压迫得痛苦不堪，百姓愤怒又无奈，认为严苛的军事管制已经残暴至极，可如今他们意识到在布洛克的统治下，局势更加糟糕。由于拥有黑人的选票，共和党及其盟友地位稳固，牢牢把持着政权，对无权无势但仍不肯低头的人肆意欺凌。

他们在黑人中间散布谣言，说《圣经》里只有两大政治派别：税吏[1]和罪人。没有一个黑人愿意加入全是罪人的政党，于是他们都纷纷加入了共和党。他们的新主子教唆他们一次又一次地投票，把穷白佬和叛贼选上高位，甚至选举黑人担任要职。这些黑人坐在州议会里，成天不是闲得剥花生吃，就是把脚上那双新皮鞋穿了又脱，脱了又穿，因为他们那双脚穿不惯新鞋。这些被选举出来的黑人刚走出棉花地或甘蔗林，大多目不识丁，能读会写的人更是没几个。可他们却有权决定征多少税、发行多少债券，给他们的共和党朋友拨出巨额的开支。而且他们还投票选举共和党人。佐治亚州的百姓因苛捐重税而快被压垮，人人义愤填膺，因为他们知道自己所交的税款名义上是用于公共事业，可大部分都流进了私人的腰包。

州议会四周紧紧围着一大群推销商、投机者、承包商，以及企图从州政府的大肆挥霍中捞取好处的各色人等。他们中的许多人都不择手段地大发横财。他们不费吹灰之力就能从州政府那儿弄到大笔资金，或是以建设子虚乌有的铁路为名，或是谎称

---

[1] 税吏的英文是publican，共和党的英文是republican，只差两个字母。

购买汽车和发动机，要么就是建造空头的公共设施。这些项目全都是那些推销商、承包商想出的骗钱幌子。

这种公共债券的发行量已达数百万，大部分是欺骗老百姓、非法发行的债券，但每次都照样发行。州财政部长是个共和党人，不过为人正派，反对非法发行债券，拒绝在同意书上签字。但他和其他那些抵制滥用职权的官员，面对这汹涌奔流的腐败浪潮，也无能为力。

州属铁路原本是州里收益丰厚的资产，可如今却成了财政负担，负债高达上百万。这已经不是铁路了，而是一个巨大的无底食槽，任由猪猡一样的贪官污吏和奸诈商人在其中狼吞虎咽，大肆蚕食。许多铁路官员的委任和聘用，大多是出于政治原因，而根本不考虑他们是否懂得铁路运营和管理。而且雇用的工作人员数量比实际需要的多出两倍。共和党人可以凭证免费乘车。一车又一车的黑人也打着选举投票的旗号免费到州里各处旅行，好不快活，因为在同一次选举中，他们可以到全州各地反复投票。

州属铁路的经营不善激怒了所有纳税人。因为建设免费学校的资金全都来自铁路的收益。可铁路根本没有盈利，反而债台高筑，建设免费学校就更无从谈起了。免费学校没有，收费学校又没钱上，一代儿童将在无知中成长，长大后又会播下愚昧的种子。

尽管百姓对政府奢侈浪费、管理不善和贪污受贿等恶行深恶痛绝，但最令人们痛恨的是州长在北方恶意诋毁和中伤南方人。在佐治亚全州反腐的呼声和浪潮越来越高时，州长却匆忙北上，去国会告状，说南方白人对黑人愤怒不满，肆意残害，还说佐治亚州蠢蠢欲动，企图再次掀起叛乱，因此必须对该州施以更严厉的军事管制。但事实上，佐治亚人不但没招惹黑人，反而尽力避免冲突。佐治亚人也不想再打仗，更不想要或者需要刺刀下的强权统治。佐治亚百姓只想过太平日子，慢慢恢复元气。然而州长的"造谣工厂"却运作不停，北方政府只看到一个企图谋反的佐治亚州，必须采取铁腕手段进行镇压。于是佐治亚便被铁腕狠狠地压住。

对紧紧扼住佐治亚喉咙的那帮恶棍来说，这真是激动人心的好消息，更是千载难逢的好时机。他们更加肆无忌惮地强取豪夺，身居高位的官员明目张胆地偷盗抢掠，其嚣张无耻的程度简直令人胆寒。抗议和抵制毫无作用，因为州政府背后有联邦军队撑腰。

亚特兰大人恨死了布洛克以及跟他一伙儿的叛贼和共和党人，诅咒他们，也诅咒所有跟他们有关联的人。而瑞特就是跟他们有关联的人。人人都说他跟他们是一伙儿的，这帮人干的所有坏事，都有他的份。可谁能想到，之前还跟那帮人同流合污的家伙，如今竟然转身，奋力洄游，要逆流而上。

他不动声色地开始了这场重得人心的战役，缓缓地展开攻势，以免引起亚特兰大人的怀疑，他们如果看到一只豹子一夜之间改变了身上的花纹，肯定会起疑心的。他刻意避开他那帮声名狼藉的朋友，不再与北方佬军官、叛贼和共和党人为伍。

他参加民主党人的集会,故意让人看到他去给民主党人投票。他戒掉了一掷千金的豪赌,喝酒也节制有度。即使去贝尔·沃特琳的妓院,也是跟体面人一样夜里偷偷去,不再像过去那样招摇,大白天就把马拴在妓院的门口,仿佛唯恐别人不知道似的。

每逢星期天做礼拜,他故意等圣公会教堂里坐满了人,仪式都开始了,才牵着韦德的手走进来。众教友对瑞特的出现深感震惊,见到韦德来教堂也很惊讶,因为大家都以为小韦德是天主教徒,至少他妈妈是,或者说应该算是,可她已经好多年没踏进教堂的大门了。她早已把信仰抛弃,就像早已把她母亲埃伦的教诲丢到脑后一样。所有人都认为她忽略了对孩子在宗教上的教育,而如今幸亏瑞特想到了这点,及时补救,就算不带孩子去天主教堂,来圣公会教堂也好啊。

瑞特只要乐意,就能管住自己的嘴,不让自己的舌头那么刻毒;也能管住自己的眼,让目光不那么不怀好意,从而显出一副稳重而潇洒的绅士风度来。他好多年不乐意这么做了,但现在不得不做,为了显得庄重而有魅力,连身上的马甲也特意选择素净些的颜色。跟那些曾经欠他救命之恩的人重新建立友情并非难事,要不是他不把人家的感激当回事,人家早就对他表示感谢了。现在,休·埃尔辛、勒内、西蒙斯兄弟、安迪·邦内尔等人都发现他变得友善多了,当他们提到不知该如何报答他的救命之恩时,他还不好意思,很难为情呢。

"这算不得什么,"他谦虚地说,"换作是你们,也会这么做的。"

他慷慨解囊，为修缮圣公会教堂而捐了一大笔钱，还为阵亡烈士陵墓美化协会捐了钱，既出手大方，又不让人觉得是故意招摇。他特意把钱交给埃尔辛太太，请她代为捐献，并且难为情地请求她对这事保密。其实他心里明白，越是让她保密，消息就会传得越快。埃尔辛太太不愿收下他的钱——"投机家的不义之财"——可协会的确经费紧缺。

"真搞不懂你怎么会来捐钱。"她尖酸刻薄地说。

瑞特却回答得庄重得体，他说这是出于对昔日战友的怀念，他们比他勇敢多了，可惜没他幸运，如今长眠于地下，却连块墓碑都没有。埃尔辛太太惊讶得下巴都快掉了，一直以来保持的贵族气质荡然无存。多莉·梅里韦瑟曾告诉过她，她听斯嘉丽说，巴特勒船长参过军、打过仗，但她当然不信，谁都不会相信的。

"你参军打过仗？在哪个团——哪个连？"

瑞特一一回答。

"噢，炮兵！我认识的人不是骑兵就是步兵，哦，这么说——"她突然停住，显得有些慌张，以为瑞特又会用不怀好意的目光看着她，可他却只是低着头，摆弄着自己的表链。

"我原本是想当步兵的，"他说，完全没理会她的言外之意，"可是他们发现我念过西点军校——虽说因为年轻气盛，没念到毕业——不过他们还是把我编到炮兵部队了，是正规的炮兵，不是民兵。在打最后那场仗时，他们需要真正有专业炮兵技能的人。你也知道，咱们部队伤亡有多惨重，许多炮兵都战死了。炮兵团里冷清得很，一个熟人也没有。我真不敢相信，在我整个服役期间一个亚特兰大人也没遇见。"

"哦!"埃尔辛太太茫然地说。要是他真参过军、打过仗,那就是她错了。她还骂他是胆小鬼,说过他不少坏话,现在想起来真是不该啊,她觉得很内疚。"哎呀!你打过仗的事怎么没告诉大伙儿啊?就好像参军打仗这事让你觉得多丢人似的。"

瑞特直视着她的目光,一脸怅然。

"埃尔辛太太,"他诚恳地说,"请相信我,为邦联而战斗是我这辈子最引以为傲的事。我只是觉得——觉得——"

"哎呀,那你干吗遮遮掩掩的呢?"

"我没脸说出来,因为——因为我过去干过那么多坏事。"

埃尔辛太太把瑞特说的话以及他捐款的事详详细细讲给梅里韦瑟太太听。

"多莉,说实话,一听他说没脸提参军打仗的事,他眼泪都快掉下来了!真的,眼泪在眼眶里打转,差点儿就哭出来了。"

"胡说!"梅里韦瑟太太一脸不屑,完全不相信,"他那种人还有眼泪?还说自己参过军打过仗?鬼才不信呢。他在炮兵团待没待过,我一查就能查出来。因为炮兵团的指挥官卡尔顿上校是我姑奶奶的女婿。我这就写信问他。"

她果然给卡尔顿上校写了信。但令她惊讶的是,在她收到的回信里,卡尔顿上校对瑞特赞誉有加,夸他是天生的炮兵、勇敢的战士,任劳任怨、从不喊苦,而且为人谦虚,连授予他的军衔都不肯接受。

"天啊!"梅里韦瑟太太把信拿给埃尔辛太太看,"真是没想到啊！看来咱们都冤枉他了，还骂他是贪生怕死的无赖，真是不应该。斯嘉丽和梅兰妮都说他是在亚特兰大沦陷那天参的军，看来这是真的。可是，就算他打过仗，照样还是叛贼、恶棍。我还是讨厌他！"

"不知怎的，"埃尔辛太太有些犹豫，"不知怎的，我觉得他没那么坏。为邦联打过仗的人不会坏到哪儿去。真正坏的人是斯嘉丽。你知道吗，多莉。我倒是觉得他——他为斯嘉丽而感到羞耻，可又碍于绅士的体面和教养，不好说出口。"

"羞耻！呸！他们俩是一个模子刻出来的，谁也好不到哪儿去。你怎么会冒出这么蠢的念头？"

"一点儿也不蠢，"埃尔辛太太义愤地说，"昨天下那么大的雨，他还带着三个孩子，听好了——连同那个小宝宝在内，坐在马车里绕着桃树街来回溜达，半路碰见我，还请我搭车送我回家。我问他：'巴特勒船长，你疯了吗，下这么大的雨还把孩子们带出来，还不赶紧回家？'他一句话没说，可是看上去一脸尴尬。这时嬷嬷开口了，她说：'家里挤满了穷白佬，让孩子们冒雨待在车里也比待在家里强！'"

"他怎么说？"

"他能说什么？他只是瞪了嬷嬷一眼，没搭茬。你知道吗，原来斯嘉丽昨天下午跟一帮贱女人在家打牌聚会呢。我猜，他是不想让那帮贱女人亲他的宝贝女儿吧。"

"哦，是这样啊！"梅里韦瑟太太有点儿动摇了，但还是固执己见。不过一个星期后，她就被瑞特收服了。

如今瑞特在银行里有了张办公桌。他在办公桌前办什么公，银行里的职员也感到莫名其妙。但他是银行的大股东，谁也不敢得罪他，更别说赶他走了。过了一段时间，大伙儿见他安分守己、举止得体，又熟知银行业务和投资知识，久而久之也就把赶他走的事情忘了。不管怎样，他整天都坐在那张办公桌旁，表现出一副勤勤恳恳工作的样子，因为他的目的就是要让人觉得他跟城里受尊敬的体面人一样，勤奋工作、兢兢业业。

梅里韦瑟太太的面包店生意十分兴隆，她打算扩充店铺，想以她的房子作抵押，从银行贷两千块钱。可惜银行拒绝给她贷款，因为她的房子已经被抵押过两次了。于是这位胖墩墩的老太太气呼呼地冲出银行，却被瑞特拦住了。问清了缘由之后，他十分抱歉地说："肯定是什么地方出错了，梅里韦瑟太太。这里面一定有误会。以您这样的身份，贷款何需什么抵押！您只要说一声，我就会借钱给您的！像您这样会做生意的太太，是世上信誉最佳的贷款对象，银行不给您贷款，还能给谁贷呢？好了，请在我的椅子上稍坐一会儿，我这就去替您办理。"

他回来时，面带微笑，说果然如他所料，银行弄错了。那两千块钱已经备好，她随时可以来取。"至于您的房子——请在这儿签个字好吗？"

梅里韦瑟太太又羞又愤，她竟然不得不从一个令自己讨厌又不信任的人那里得到帮助，简直是一种侮辱，所以连道谢都很勉强。

但瑞特装作没注意到。他送她到门口时，说道："梅里韦瑟太太,我一向佩服您的见多识广,不知道能否请教您一件事?"

她微微点头,帽子上的羽毛连动都没动一下。

"梅贝尔小的时候也吮大拇指吧?您是怎么让她改掉这毛病的啊?"

"什么?"

"我家邦妮总吮大拇指,我怎么也没办法改掉她这毛病。"

"你必须让她改掉这毛病,"梅里韦瑟太太坚决地说,"不然她的嘴型会变丑的。"

"我知道!我知道!她的小嘴很漂亮,可我不知道该怎么办才好。"

"斯嘉丽应该知道的,"梅里韦瑟太太不客气地说,"她已经带过两个孩子了。"

瑞特低头看着自己的鞋,叹了口气。

"我试过在她指甲上涂些肥皂。"他没有理会梅里韦瑟太太说斯嘉丽的话。

"肥皂!哎呀!肥皂怎么能行呢?我在梅贝尔的大拇指上涂上奎宁。听我的,巴特勒船长,涂上奎宁,保管她很快就不吮大拇指了。"

"奎宁!这我可真没想到!真是太感谢您了,梅里韦瑟太太。您不知道,为这事我可愁死了。"

他冲她一笑,笑得开心又充满感激,把梅里韦瑟太太都看愣了。跟瑞特告别时,她也笑了。这事之后,尽管她不愿在埃尔辛太太面前承认自己冤枉了人,但她毕竟为人实诚,所以就说可以如此爱自己孩子的男人，应该坏不到哪儿去；斯嘉丽真是狠心啊，对这么漂亮的小女儿竟然不闻不问，逼得一个大男人不得不亲自抚养女儿，真是可怜啊之类的话。瑞特心里很清楚，他的这一招准会激起别人的同情，即使往斯嘉丽头上泼脏水也在所不惜。

女儿一学会走路，瑞特就经常带着她出去玩儿，要么坐马车，要么骑马，让她坐在他的马鞍前。下午他从银行回家之后，就会带着邦妮沿桃树街散步，牵着她的小手，配合她蹒跚的小步子，放慢自己的脚步，耐心回答她各种千奇百怪的问题。黄昏时，人们通常都会待在自家院子前或前廊下，见小邦妮漂亮又可爱，黑黑的鬈发，湛蓝的眼睛，谁都忍不住想亲近她，跟她打招呼。当她跟别人说话时，瑞特从不插嘴，只是在一旁静静地看着，见女儿这么招人喜爱，做父亲的极为骄傲和自豪。

亚特兰大人记性好，而且疑心重，对别人的印象和看法一旦形成就很难改变。如今世道艰难，凡是跟布洛克及其同伙有瓜葛的人，人们都恨之入骨。但邦妮结合了斯嘉丽和瑞特身上所有的优点和迷人之处，是瑞特打通亚特兰大那面冷漠墙壁的一块小小的敲门砖。

小邦妮一天天长大，长得越来越像她外公杰拉尔德·奥哈拉：小腿短短的，很结实；眼睛大大的，湛蓝的眼眸是爱尔兰人特有的；还有那方方的小下巴，透着我行我素的倔劲儿。她的暴躁脾气也像极了杰拉尔德，生起气来大嚷大叫，但只要顺了她的意，就立马气消了。瑞特什么事都依着她，不管嬷嬷和斯嘉丽怎么劝都没用，就是百般宠爱，因为这宝贝女儿样样都讨他喜欢，唯有一点让他头疼，那就是她怕黑。

邦妮两岁之前，每天都跟韦德和埃拉在育儿室里睡觉，一直睡得挺好。可是突然间不知何故，嬷嬷一把屋里的油灯拿走，她就抽抽搭搭地哭起来。后来就发展成半夜突然惊醒，吓得大声尖叫，把屋里另外两个孩子也弄醒了。有一次，他们甚至不得不把米德医生请来，医生诊断后说孩子只是做噩梦了，惹得瑞特对医生的诊断很不满意。家里人不管怎么问邦妮，她的回答只有一个字："黑。"

斯嘉丽早就被这孩子气恼了，说得打她一顿屁股才行。她可不想在育儿室里留盏灯，扰得韦德和埃拉睡不着觉。瑞特虽然心里着急，但态度很温和，想从女儿嘴里再问出些情况来，于是冷冷地对斯嘉丽说，如果要打屁股的话，他会亲自动手，而且肯定打的不是邦妮，而是斯嘉丽。

最后的解决办法，是邦妮从育儿室搬进了瑞特如今自己睡的房间。她的小床紧挨着他的大床，床头整夜点着一盏蒙上灯罩的油灯。这件事传了出去，城里闹得沸沸扬扬，人们议论纷纷，说虽然孩子才两岁，可一个小女孩睡在父亲的房间里，总归还是不成体统。对斯嘉丽的闲言闲语就更多了，令她苦不堪言。首先，她和丈夫分房睡的传闻得到了证实，这事本身就够骇人听闻的了；第二，人人都认为如果孩子害怕一个人睡的话，那也应该在妈妈房间里睡。斯嘉丽有口难言，既不能说屋里点着灯她睡不着觉,也没法跟人解释说瑞特不许女儿跟她睡。

"你睡得那么死,孩子要不叫的话你是绝不会醒的,等她把你吵醒了,你肯定会气得打她。"他毫不客气地说。

在邦妮怕黑这件事上,斯嘉丽觉得瑞特太过小题大做,心里很是恼火。要让她来处理的话,这事早就解决了。她觉得应该把孩子继续送回到育儿室去睡,小孩子哪个不怕黑?解决办法只有一个,那就是大人的态度要坚决。瑞特在这件事上是故意跟她作对,因为当初她不让他进房间,要跟他分房睡,所以他现在就趁机报复,让大伙儿都以为她是个不称职的妈妈。

自从那天晚上她跟他说再也不想要孩子之后,他就再也没踏进过她的房间,连门把手都没碰过一下。从那以后,他就很少回家吃晚饭,有时甚至彻夜不归。斯嘉丽躺在房门紧锁的卧室里,难以入睡,听着时钟的嘀嗒声,一直听到天亮,心里纳闷他到底去哪儿了。她不由得想起瑞特说过的话:"别的床多的是,我亲爱的!"虽然这话令她很痛苦,但也无可奈何。她什么也不能说,不然俩人肯定会打起来,而且他肯定会提起锁门这件事,甚至也许会把阿什利牵连进来。是的,没错,他是故意让邦妮在他卧室里点着灯睡觉的——在他的房间里睡,这分明是对她的报复。

斯嘉丽没想到瑞特疼爱邦妮到了如此痴狂的地步,直到一天晚上出了乱子,她才发现女儿如同他的命根子。那天晚上令全家人都难以忘怀。

那天瑞特遇见了一个曾经跟他一起偷闯封锁线的熟人,两人阔别多年，自然有很多话要说。他们去哪儿喝酒聊天了，斯嘉丽并不知道，但她怀疑多半是去了贝尔·沃特琳的妓院。当天下午他没回来陪邦妮出去散步，晚上也没回来吃饭。邦妮一下午都看着窗外等爸爸回来，急着想给爸爸看一大堆缺胳膊少腿的蟑螂和甲虫，可等到天黑也不见人影。最后洛不顾她大哭大闹，把她哄上床睡觉了。

不知是洛忘了点亮油灯，还是灯油烧尽了，总之等瑞特醉醺醺地回到家，发现家里闹翻了天，他还没进屋，就远远地听见了邦妮的尖叫声。半夜孩子在漆黑的屋里醒来叫爸爸，可爸爸却不在，小脑瓜里一下子涌现出各种想象出来的无名恐惧。斯嘉丽和仆人们赶紧拿来了点亮的油灯，不管怎么哄，都没办法让她安静下来。瑞特一步三阶地冲上楼，就像见到了死神一样，面无血色。

他一把将邦妮抱在怀里，从她抽抽搭搭的哭声里听到了"黑"这个字，顿时转过身看向斯嘉丽和黑仆，勃然大怒。

"是谁把灯熄灭的？谁把她一个人扔在这黑屋子里的？普利茜，我要剥了你的皮，你——"

"上帝啊，瑞特先生！不是俺！是洛！"

"看在上帝分上，瑞特先生，俺——"

"闭嘴。你知道我的规矩。天啊，我恨不得——给我滚出去。别再回来了。斯嘉丽，给她些钱，在我下楼之前让她滚蛋，我不想再见到她。现在你们都给我出去，滚！"

黑人们吓得拔腿就跑，倒霉的洛撩起围裙捂着脸大哭。可斯嘉丽却没走。看到她的宝贝女儿在自己怀里又哭又叫，可一到瑞特怀里就乖乖安静下来，她心里很难受。看到邦妮两条小胳膊搂住瑞特的脖子，抽抽搭搭地说被什么东西吓到了，斯嘉丽心里很不是滋味，因为刚才她哄了半天，女儿也说不出一句连贯的话来。

"这么说，那东西就压在你的胸口，"瑞特轻声说，"那东西很大，是吗？"

"噢，是的！好大好大，太可怕了，还有爪子呢。"

"啊，还有爪子呀，嗯，那好，那我今晚就不睡觉了，要是那东西来了，我就一枪把它打死。"瑞特的声音满含关切，抚慰人心，邦妮的抽泣声渐渐止住，用只有瑞特才能听懂的话，详细地描述着闯入她梦里那个怪物的样子。而瑞特也认真地听着，还跟她讨论起来，就像真有那么个怪物似的。斯嘉丽在一旁看得怒火中烧。

"看在上帝分上，瑞特——"

但他却做了个手势，让她闭嘴。等邦妮终于睡着之后，他把她放在床上，盖好被子。

"我要活剥了那个黑鬼的皮，"他低声说道，"你也是，怎么不进来瞧瞧灯是不是还亮着？"

"别傻了，瑞特，"她低声说，"都是因为你太宠她，才把她惯成这样。那么多孩子都怕黑，可慢慢都会没事的。韦德也怕过黑，可我从来不会惯着他。你只要任由她哭一两个晚上——"

"让她哭？"一时间，斯嘉丽以为他要揍她，"你要不是傻瓜，就是我见过的最没人性的女人。"

"我不想看着她长大后变得神经兮兮,胆小怯懦。"

"胆小怯懦?见鬼!这孩子身上一块怯懦的骨头也没有!倒是你,一点儿想象力都没有,当然不懂想象力丰富的人——尤其是小孩子——会有多痛苦。要是有个长着长爪子、长角的怪物压在你的胸口,你肯定会叫嚷着让它滚开,不是吗?你不喊得把房盖都掀了才怪呢!你难道忘了自己因为梦见在迷雾里跑,大半夜就像被烫的猫一样尖叫着醒来吗?这事才过去没多久吧!"

斯嘉丽一时语塞,因为她一直都讨厌那个噩梦。想起瑞特也曾像安慰邦妮一样安慰过她,觉得很难为情。于是她连忙话锋一转。

"你就是太惯着她了,而且——"

"而且以后我还会继续这么惯着她。只有这样,她才会慢慢不再怕黑,慢慢把它忘掉。"

"那——"斯嘉丽尖酸地说,"那你要是想当保姆的话,就该改改你现在这副德行,晚上早点儿回来,别喝得这么醉醺醺的。"

"我会早点儿回家的,但喝酒嘛,我爱喝多少喝多少,哪怕喝得不省人事,你也管不着。"

从那以后,他果真早早回家了,邦妮还没上床睡觉,他就回来了。他坐在她床边,握着她的小手,直到她睡着才把手松开。然后他把灯点得亮亮的,蹑手蹑脚走下楼,临走时还把房门半掩着,这样万一邦妮半夜醒来害怕,他也能听到动静。他绝不让女儿再受到上次那样的惊吓。全家人也都时刻注意,不让邦妮房间里的灯灭掉。斯嘉丽、嬷嬷、普利茜和波克都会经常蹑手蹑脚地上楼去,看看灯是否还亮着。

瑞特回家时也不再酒气熏天了,但这并不是斯嘉丽的功劳。因为几个月来,他虽然每天都喝不少酒,但从来没喝醉过。可是一天晚上,他喝多了威士忌,呼出的酒味很重。他抱起邦妮,让她紧贴着他的肩膀,问道:"亲亲爸爸好吗?"

她皱了皱挺翘的小鼻子,扭动着身子想要下来。

"不,"她直言道,"臭死了。"

"你说我什么?"

"你身上臭死了。阿什利叔叔身上就没这臭味儿。"

"哦,我真该死,"他懊悔地说,然后把她放到地上说,"没想到自己家里竟冒出了个戒酒倡导者!"

不过自那以后,他喝酒就节制多了,只在晚饭后喝一杯葡萄酒,而且允许邦妮尝尝杯子里剩下的最后几滴酒,这样她就不会讨厌葡萄酒的酒味儿了。久而久之,他那张因为长期过量饮酒而变得浮肿的脸,又恢复到原先轮廓分明的样子,眼睛下面的黑眼圈也没那么明显了。因为邦妮喜欢骑在他的马鞍前面,所以他在户外待着的时间也比原来长了,本就黝黑的脸变得更黑,身体变得更强壮,而且笑容也更多了,仿佛又恢复了青春和活力,又变成了当年战争初期那个勇闯封锁线、风度翩翩、魅力十足、令亚特兰大全城人都惊叹的帅气小伙子。

原先一直讨厌他的人,如今看到他骑马走过,前面坐着他的宝贝女儿,都会不由自主地朝他微笑致意。过去认为他很危险,唯恐避之不及的女士们，如今也在街上驻足跟他交谈，一个劲儿地夸赞小邦妮。就连最古板的老太太，也都觉得像他这么关心孩子、对照顾孩子的每个环节都细致入微，并且虚心向她们请教育儿经验的男人，肯定不会坏到哪儿去。

第五十三章

这天是阿什利的生日,梅兰妮准备晚上给他来个惊喜,为他举办一次生日聚会。人人都知道生日聚会的事,只有阿什利一人蒙在鼓里。连韦德和小博都知道了,还信誓旦旦说要保密,心里得意极了。亚特兰大所有体面人都欣然接受了邀请。戈登将军全家慨然允诺,答应前来。前邦联副总统亚历山大·斯蒂芬斯[1]表示只要身体情况允许的话,他一定会参加。就连前邦联最爱惹事的鲍勃·图姆斯[2]也应允前来。

整整一上午,斯嘉丽、梅兰妮、茵迪娅和皮蒂姑妈几个人都在那座小房子里忙得团团转,指挥黑人换上新洗好的窗帘,擦亮银器,给地板打蜡,烧煮烹饪,做各种点心。斯嘉丽从没见过梅丽这么兴奋、这么开心。

"亲爱的,你知道,阿什利已经好久没办过生日聚会了,自从——哦,你还记得十二橡树的那次烧烤会吗?就是听说林肯

---

[1] 亚历山大·斯蒂芬斯与前文的亚历克斯·斯蒂芬斯是同一个人,亚历克斯是亚历山大的简称。
[2] 鲍勃·图姆斯即罗伯特·A.图姆斯(1810—1885),佐治亚州参议员、南部邦联国务卿、将军。

先生号召人们志愿参军那天？唉，自从那天之后，他就再也没办过生日聚会了。眼下他工作很辛苦，每天晚上回来时都累得不行，估计根本想不起来今天是他的生日。待会儿晚饭后，客人们接踵而来，他准会大吃一惊的！"

"草坪上的灯笼怎么办？威尔克斯先生回来吃晚饭时肯定会看见的。"阿奇粗声粗气地问道。

他一上午都坐在那儿看大伙儿忙来忙去，虽然嘴上不承认，可心里也兴奋难耐。他从来没见过城里人是怎么准备聚会、大宴宾客的，这回可真是大开了眼界。他直言不讳地说，看着女人们心急火燎地忙里忙外，就好像房子着了火似的。不过他看着眼前的景象入了迷，纵有几匹野马也没法把他拉走。彩纸灯笼是埃尔辛太太和范妮亲手做的，还专为这次宴会在彩纸灯上画了画。阿奇对这些灯笼很感兴趣，因为他从来没见过"这种新奇的玩意儿"。之前那些灯笼就一直藏在地下室他住的那间屋子里，所以他早就仔细看过了。

"上帝啊！我怎么把这事忘了！"梅兰妮惊叫道，"阿奇，幸亏你提醒了我。哎呀呀！这可怎么办呢？得把这些灯笼挂在灌木丛和树枝上，里面插上蜡烛，等客人来时点亮。斯嘉丽，你能打发波克吃晚饭的时候过来一趟，把蜡烛都点上吗？"

"威尔克斯太太，平时您聪明过人，在众多太太小姐当中数您最有头脑，可今天怎么犯糊涂了，"阿奇说，"这活儿可千万不能让波克那蠢黑鬼干，他哪会摆弄那新奇玩意儿啊，非得给烧着了不可，那么漂亮的灯笼，烧坏了多可惜啊。"最后他终于吐出心里话:"你跟威尔克斯先生吃晚饭的时候,我来帮您挂。"

"噢,阿奇,你真是太好了!"梅兰妮眼里闪着孩子气的神采,流露出感激和信赖的神色,"要是没有你,我真不知该怎么办才好。你能现在就把蜡烛插灯笼里吗?我怕待会儿来不及。"

"哦,行吧。"阿奇粗声粗气地说,然后一瘸一拐地朝地下室走去。

"这就叫遣将不如激将,"看着胡子拉碴的老头儿蹒跚走下台阶时,梅兰妮咯咯地笑着说,"我本来就打算让阿奇去挂灯笼,可他那脾气你也知道。你越叫他去干,他就偏不干。这下总算把他打发走了,省得他杵在这儿碍咱们的事。黑人们都怕他,有他在这儿,他们连大气都不敢出,畏手畏脚,活儿也干不好。"

"梅丽,换作是我,绝不会让这种亡命徒住进我家里的。"斯嘉丽愤愤地说。她讨厌阿奇,而阿奇也同样讨厌她,两人积怨已久,谁也不搭理谁。也就是在梅兰妮家,而且梅兰妮也在,要换作别的地方,阿奇看见斯嘉丽扭头就走。即使在梅兰妮家,他对斯嘉丽也是横眉冷对,没好脸色。"他早晚会给你惹来祸端的,不信就等着瞧。"

"噢,他不会惹事的,只要你捧他几句,表现出十分依赖他、没他不行的样子,他就受用了,"梅兰妮说,"而且他对阿什利和小博忠心不二,有他在家里,我觉得很安心也很放心。"

"你是说他对你忠心耿耿吧,梅丽,"茵迪娅说,她亲切地看着自己的嫂子,冷冰冰的脸上显露出淡淡而温暖的笑意,"我看啊,他是爱上你了,自从——自从他妻子死了之后,你是他最爱的人了。估计他巴不得有人来侮辱你，这样他就能把他们杀了，以显示他对你的忠心和尊敬。"

"天啊！别胡说，茵迪娅！"梅兰妮红着脸说，"他只是觉得我是个大傻瓜，这你们又不是不知道。"

"哼，那个臭乎乎的乡巴佬，理他干吗！"斯嘉丽突然冒出这么一句。一想到阿奇在雇用犯人干活的事上对她指指点点，她就气不打一处来。"我得走了，要回去吃午饭，然后去店铺看看，给伙计们发工钱，再去趟锯木厂，给车夫和休·埃尔辛工钱。"

"哦，你要去锯木厂吗？"梅兰妮问道，"阿什利下午晚些时候要去锯木厂找休。你能把他拖住，拖到五点再让他回家吗？他要是回来得太早，就会发现我们在做蛋糕什么的，那样的话就不能给他惊喜了。"

斯嘉丽心中暗暗高兴，心情立马又好了。

"没问题，我会拖住他的。"她说。

说这话时，她发现茵迪娅那双浅淡而没有睫毛的眼睛正瞪着她，那锐利的目光就像把利刃要把她刺穿似的，她心想："怎么每回我一提到阿什利，她就用这种古怪的眼神看着我。"

"好，尽量把他拖到五点以后，能拖多久就拖多久。"梅兰妮说，"到时茵迪娅会赶马车接他回来……斯嘉丽，今晚一定要早点儿来，晚上的聚会一刻也不能没有你。"

斯嘉丽赶车回家的路上闷闷不乐，心想："她说聚会一刻也不能没我？那为什么不请我跟她、茵迪娅和皮蒂姑妈一起迎接客人呢？"

要换作以往,梅兰妮举办不起眼的宴会时,请不请她招待客人,她根本不会在乎。可这次是梅兰妮举办过的最盛大而隆重的宴会,而且又是阿什利的生日聚会,斯嘉丽多想站在阿什利身边,跟他一起接待客人啊。可她自己也明白为什么没请她同主人一道迎接客人。就算她不明白,瑞特的一番话说得也足够一针见血了。

"所有前邦联的显赫人物和民主党人都去参加宴会,人家会让一个叛贼来接待他们吗?你这个想法虽然可爱,但未免太愚蠢了,你拿那些人当傻子吗?也就是因为梅兰妮对你忠心耿耿,才会邀请你。"

因为下午要去店铺和锯木厂,所以斯嘉丽特意精心打扮了一番,身上穿了一件簇新的暗绿色闪光塔夫绸连衣裙,料子在阳光下会变成淡紫色;头上戴了一顶淡绿色的新帽子,周围镶着一圈深绿色的羽毛;可惜瑞特不许她把前额的头发剪成刘海儿,然后烫成卷,不然戴上这帽子就更漂亮了!那家伙竟然威胁说要是她敢把前额头发弄成刘海儿,他就把她的头发全都剃光。近来他变得越来越暴烈,没准儿真会这么做的。

下午天气特别好,艳阳高照但不灼热,阳光明媚但不刺眼。暖风习习,吹得桃树街两旁的树叶沙沙响,吹得斯嘉丽帽子上的羽毛轻轻摇。她的心也欢喜雀跃,每回要去见阿什利的时候,都是如此。也许如果早点儿把工钱付给车队的车夫和休·埃尔辛,等他们走了,她就能和阿什利在锯木厂中间的那间四方小办公室里单独相处了。近来能单独跟阿什利在一起的机会真是太少太少了,没想到这次梅兰妮竟然要她把阿什利拖住!真是好笑!

她兴高采烈地来到店铺,把工钱付给威利以及店里的其他几个伙计,店里的生意怎么样,她连问也没问。这天正逢周六,是店里最忙碌的日子,因为所有的农夫都会进城来买东西,可她竟然也没过问。

在去锯木厂的路上,她停下来十好几次,跟坐在豪华马车里的提包客阔太太们打招呼——不过再豪华也比不上她的车,这让她心里很得意。她还向红土飞扬的街道上对她脱帽致意的男人们还礼。真是个美好的下午,她心花怒放、光彩照人,一路上派头十足。因为路上总遇见熟人,走走停停,所以耽搁了不少时间,当她到达锯木厂时比原本预计的时间晚了些,休和车夫们正坐在一堆低矮的木料上等她。

"阿什利在吗?"

"在,他在办公室。"休说,他一看见斯嘉丽神采奕奕、眉飞色舞的样子,脸上常挂着的忧虑之色顿时一扫而光,"他正想办法——我是说,他正看账本呢。"

"哦,他今天没必要操心劳神,"接着她压低声音说,"梅丽让我来拖住他,等她们把今晚的宴会准备好了,再放他回去。"

休笑了笑,因为他也要去参加这次聚会。他喜欢参加各种晚宴和聚会,看斯嘉丽今天下午这副喜滋滋的样子,估计她也喜欢。她付了车夫和休的工钱,突然转身离开,朝办公室走去,显然是不想别人陪她一起去。阿什利站在办公室门口迎她,在午后阳光的照耀下,他的一头金发闪闪发光,嘴角露出一抹灿烂的微笑。

"哦,斯嘉丽,这个时候你进城来干吗?怎么不在我家帮梅丽准备那个给我惊喜的聚会呢?"

"哎呀,阿什利·威尔克斯!"她又惊讶又佯装生气地喊道,"你不该知道的。要是你不感到惊喜,梅兰妮会失望的。"

"哦,我就装作不知道好了,不会露馅儿的。我会是亚特兰大城里最吃惊的男人。"阿什利眼里满是笑意。

"真是的,谁这么缺德把这事告诉你的?"

"梅丽邀请的每一个人都告诉我了。头一个就是戈登将军,他说根据他的经验,女人总是会挑男人想要在家里把所有枪支都擦拭一遍的晚上举办惊喜的宴会。另外梅里韦瑟老爷子也偷偷提醒我。他说梅里韦瑟太太曾经偷偷举办过一次聚会,想要给他一个惊喜,结果吃惊的人反倒是她。因为老爷子为治风湿病偷着喝了一瓶威士忌,结果醉倒在床上起不来了——哦,差不多所有经历过这种惊喜聚会的男人都跟我说了。"

"这些人真是可恶!"斯嘉丽愤愤地说,可说完自己也笑了。

他也笑了,笑得那么开心,仿佛又回到了当年在十二橡树时的阿什利,她记得那时的阿什利笑容也是这么灿烂。可如今他很少这么笑了。微风如此轻柔,阳光如此和煦,阿什利的脸上洋溢着发自真心的笑容,他谈笑风生,畅所欲言,令斯嘉丽无比激动,心儿雀跃地狂跳,跳得心口隐隐作痛,仿佛幸福来得太猛烈、太汹涌,一颗心都盛不下了,幸福的热泪盈满眼眶,几乎就要夺眶而出。霎时间,她觉得自己仿佛又回到了十六岁的时候,开心又兴奋,简直透不过气来。她恨不得冲动之下,扯下帽子扔到空中,大声欢呼。可转念一想,要是她这么做的话,阿什利会有多吃惊,于是突然忍不住大笑起来,笑得直流眼泪。他也笑了,笑得前仰后合,以为她笑是因为男人们出于好心泄露了梅兰妮的秘密。

"进来吧,斯嘉丽,我正看账本呢。"

她走进洒满午后阳光的小屋,坐在拉盖书桌前的椅子上。阿什利跟在她身后,坐在一张粗木桌子的一角,两条长腿悠闲地晃荡着。

"哎呀,咱们今天下午就别弄什么账本了,阿什利!我可不想费脑子。我一戴上这顶新帽子,所有的数字就从脑子里消失了。"

"戴着这么漂亮的帽子,脑瓜里当然容不下数字了,"他说,"斯嘉丽你真是越来越美了!"

他从桌角溜下来,笑着拉起她的双手,把她的双臂朝两边展开,欣赏着她的裙子。"你真漂亮!我相信你永远也不会变老的!"

被阿什利触到手的那一瞬间,斯嘉丽突然意识到这是她梦寐以求的时刻。整个一下午她都沉浸在快乐之中,期待着能握到他那双温暖的手,看到他眼里的脉脉温情,听到他饱含深情的话语。自从在塔拉果园里见面的那个寒冷冬日之后,这是他们俩头一次有机会独处,第一次双手相握。在这漫长的岁月里,她一直渴望两个人能有更亲密的接触。可此时此刻——

好奇怪，当他握住她的手时，她并没有激动的感觉！而过去哪怕他朝她走近些，她都会浑身颤抖。此时的她只感到一种奇妙而温馨的友情和满足。两人双手相握的那一瞬间，她并没有心潮澎湃、炽热如火的感觉，反而心如止水，内心平静而安详。这令她感到很困惑，甚至有些不安。他仍是她的阿什利，仍旧是她的心上人，风度翩翩、气宇轩昂，她爱他，胜过爱自己的生命。可为什么——

但她立刻把这些念头抛开。只要能跟他在一起，任由他握着她的手，相视而笑，哪怕仅仅出于友情，没有激情和狂热，也已经足够了。她想起两人之间那些心照不宣之事，觉得眼前发生的一切真的不可思议。他凝视着她，眼睛清澈而明亮，笑容依旧亲切而迷人，仿佛他们之间从来只有快乐，不曾有过别的。此时此刻，两人四目交汇，亲密无间，没有任何隔阂，也没有一丝疏离。她笑了。

"唉，阿什利，我老啦，变丑了。"

"啊，那只是表面！不，斯嘉丽，即使你到了六十岁，在我眼里，你仍是我心目中的样子。我永远都忘不了在最后那次烧烤会上，你坐在橡树下，身边围着十几个小伙子。我甚至清楚地记得你那天的打扮：身穿一条白底翠绿碎花裙，肩上披着一条白色花边披肩，脚上一双小巧的绿色镶黑花边便鞋，头戴一顶宽边大草帽，系着长长的绿色飘带。你那身打扮牢牢记在我心里，因为我在战俘营里的时候，每当痛苦难熬的时候，我就会回忆起往事，像翻看一张张照片似的追忆往昔岁月，回想其中的每一个微小细节——"

他突然停住，脸上的神采也渐渐褪去，变得神情黯淡。他轻轻松开她的手。她坐下来等着，等着他继续说下去。

"自从那天之后，你我二人都走过了漫长的道路，对吗，斯嘉丽？我们各自走过了许许多多始料未及的路。你走得健步如飞、大步流星，而我则走得慢慢吞吞、勉勉强强。"

他重新坐到桌角，看着她，脸上又露出一丝淡淡的微笑。可是这笑容跟刚才的截然不同，不再让她感到快乐，反而令她觉得凄凉。

"是啊，你走得飞快，我在你车后被你的车轮子拖着向前走。斯嘉丽，有时候我会突然冒出奇怪的念头，想着要是没有你的话，真不知我会沦落到什么地步。"

斯嘉丽连忙为他辩护，因为恰在此时她突然想起瑞特对同样的问题说过的那番话。

"可我从来没为你做过什么啊，阿什利。如果没有我的话，你照样过得挺好。总有一天，你会很有钱，而且大有作为。"

"不，斯嘉丽，我天生就注定不会成为有作为的人。要是没有你的话，我早就颓废没落，不知沦落何方了——就像可怜的凯思琳·卡尔弗特以及好多出身名门望族的人一样。"

"噢，阿什利，别这么说，听着怪丧气的。"

"不，我并不颓丧，也不再颓丧了。过去——过去我沮丧过。可现在，我只是——"

阿什利欲言又止。突然间,斯嘉丽明白了他的心思。当他那双如水晶般清澈明亮却又茫然的眼睛掠过她看向别处时,她头一次明白了他在想什么。当她心中爱情的烈火熊熊燃烧之时,他的心门是对她关闭的。而现在,当他们之间只存在平和的友情时,她反倒能稍稍敲开他的心扉,走进他的心里,明白他的心思。如今的他确实不再颓丧了。南方刚投降时,他意志消沉,她恳求他来亚特兰大时,他灰心丧气。而现在,他只是听天由命。

"我不喜欢听你说这种话,阿什利,"斯嘉丽愤愤地说,"跟瑞特一个腔调。他也总是叨叨着什么'物竞天择、适者生存'一类的话,听得我都烦死了,恨不得大声尖叫。"

阿什利笑了。

"你有没有想过,斯嘉丽,瑞特和我其实很像?"

"噢,怎么会呢!你斯文又体面,而他——"她突然语塞,不知该说什么。

"可我们俩的确很像。出身门第相同,成长环境相似,对事情的看法也大同小异。只不过在人生道路的岔口处,我们选择了不同的方向。直到如今,我们俩仍然看法相似,但反应不同。比如,我们俩都不赞成打仗,但我第一时间应征入伍,上阵打仗,而他一直置身事外,等到仗快打完了才上前线。我们俩都清楚这场仗不该打,而且肯定赢不了。我愿意为一场注定会输的仗而战斗。但他不愿意。有时我觉得他才是对的,可又——"

"哎呀,阿什利,你什么时候才能别这么思来想去的呢?"斯嘉丽问道,但不像过去那么性子急躁、不耐烦了,"要是总患得患失的,就什么事也干不成。"

"话是没错,可是——斯嘉丽,你究竟想要什么呢?我经常感到纳闷。你也知道,我从来就没什么目标,只想做我自己。"

她想要什么呢?这问题问得真蠢。当然是要钱和安全感喽。可是——她突然有些迷茫了,钱她已经有了,在这个动荡不安的世界上,人人都渴望的安全感她也有了。可现在细细想来,光有这些似乎还不够,有了钱和安全感,固然可以让她省去很多烦恼,让她不必为将来担忧,可并没有令她感到有多快乐、有多幸福。"要是我除了钱和安全感之外,还有你,那才完美,那才是我想要的。"她心想。想到这里,她不由得满怀期待和渴望地看着阿什利。可她并没有把这些话说出口,因为她怕这么做会破坏他们之间这种难得的亲密,怕他的心门会再次向她关闭。

"你只想做自己?"她笑着说,笑容里带着几分苦涩,"我又何尝不想做自己呢,可是太难了!至于我想要什么,我觉得我想要的都已经有了。我想有钱,想有安全感,想——"

"可是斯嘉丽,你有没有想过,我这个人对有没有钱并不在乎?"

没有,她从来没想到有人竟会对钱一点儿也不在乎。

"那你想要什么?"

"如今我也不知道。以前我知道自己想要什么,可现在多半都忘了。我主要是想要清静,不受不喜欢的人打扰,不被迫去做我不想做的事。也许——我最想要的是旧时代能回来,可惜过去的日子已经一去不返了。可往日的回忆总是萦绕在我心头,旧世界坍塌崩溃的轰鸣声总是回响在我耳边,令我一直无法忘怀。"

斯嘉丽紧抿双唇。她很明白他的意思,他说的每一字每一句都勾起了她对往昔的回忆。她突然感到一阵酸楚和伤感,因为她对过去的时光也难以忘怀。但那天她孤零零一个人在十二橡树的菜园里饿晕过去,醒来后对自己暗暗发过誓:"我决不回头看。"从那以后,她就再也不留恋过去了。

"我更喜欢现在的日子。"她说。但说这话时,她并没有看着阿什利的眼睛。"现在多快活啊,有各种聚会、晚宴什么的,每天都那么精彩而充实。过去的日子太乏味了。"(噢,故去的时光多么悠闲惬意啊!暮色中的乡村多么温暖而宁静!庄园里回荡着阵阵欢声笑语!那时的生活多么美好而温馨,对明天总是充满憧憬和期待!所有的这一切,叫我如何否认?)

"我还是更喜欢现在。"她说,但声音在颤抖。

阿什利从桌角溜下来,轻声一笑,显然并不相信她的话。他伸出一只手托起她的下巴,让她直视着他。

"啊,斯嘉丽,你真是不会撒谎!没错,现在的生活是挺精彩——算是吧。可问题就出在这儿。过去的日子是没那么充实,却有一种独特的魅力、一种别样的美好和悠然自得的情趣与韵味。"

斯嘉丽垂下眼帘,思绪万千。他的声音、他的手轻柔的触摸,正轻轻开启她决意永久封闭的心门。门后面便是往昔无限美好的时光,令她心中不禁涌起对过去凄楚的向往和渴望。但她知道,无论过去的时光有多么美好,都只能被封存在心门之内。因为谁也无法背负着沉痛的回忆走向未来。

他放下那只托起她下巴的手,然后拉起她的一只手,轻轻握在自己的两手之中。

"你还记得吗?"他说。她心里顿时响起警钟:别回头看!别回头看!

但随着一股幸福的暖流涌遍全身,她立刻就忘记了心里的警钟。她终于理解他了,他们两人的心意终于相通了。这一时刻何其珍贵,绝不能错失,不管之后会带来怎样的痛苦。

"还记得吗?"他说。他的声音仿佛有种魔力,令小小的办公室光秃秃的四壁悄然消失,令时光忽然倒流,回到从前,回到很久很久以前的那个春天,他们两人骑着马沿乡间的小路并肩而行。他越说越动情,手握得也越来越紧。他的声音里有一种淡淡的哀伤,仿佛一首早已被人忘却的古老歌曲,令人沉醉其中。她仿佛听见山茱萸树林里马蹄声声,马铃叮当,他们俩正策马奔驰,去参加塔尔顿家的野餐会;她仿佛听见了自己欢快的笑声,看见他的满头金发在阳光下熠熠闪耀,瞧见他骑在马上姿态优雅、英姿勃发;他的声音犹如小提琴和班卓琴演奏出的悠扬乐曲,他们俩和着这醉人的乐曲声,在如今早已不复存在的白色大宅里翩翩起舞;秋日清冷的月色下,远处黑漆漆的沼泽地里传来阵阵犬吠;圣诞节时,无论黑人还是白人都兴高采烈,蛋奶酒的香味飘满屋,四周到处都有冬青花环围绕。老友们接踵而来,一个个开怀大笑,仿佛并未死去,多年来一直都在:斯图尔特和布伦特这对双胞胎,大长腿、红头发,爱搞恶作剧,喜欢捉弄人;

汤姆和博伊德，性子像年轻的野马一样桀骜不驯；乔·方丹眼睛乌黑，热情得犹如一团火焰；卡尔弗特家的凯德和雷福德两兄弟，总是慵懒中透着优雅；还有约翰·威尔克斯，还有喝白兰地喝得满面红光的父亲杰拉尔德，还有说话轻声细语、身上总散发着淡淡香气的母亲埃伦。这一切都给斯嘉丽一种安全感，令她相信今天的快乐，明天也照样会有。

他的声音停住了，两人久久凝视，相顾无言，共同缅怀不经意间便逝去的青春年华和一起度过的那段青葱岁月。

"现在我终于明白你为什么不快乐了，"斯嘉丽忧伤地说，"过去我一直弄不懂你，也弄不懂我自己为什么不快乐。可是——唉，怎么咱们俩说话就像老头老太太似的！"她既惊讶又有些沮丧：" 只有上年纪的人才总是追忆过去，回想五十年前的事。可咱们还没老呢！只不过这些年发生了太多的事，一切都变了样，就好像过了五十年似的。实际上咱们还不老！"

然而，她看着眼前的阿什利，发现他已经不再年轻，也不再像当年那样神采奕奕了。他低着头，茫然地看着她那只被他紧握着的手。她突然注意到他那头富有光泽的金发如今已变得灰白，如月光照在一汪死水上，洒下一片斑驳的银白。不知怎的，这个春光和煦的四月下午突然失去了光彩，她心中荡漾的美妙情愫也瞬间消失，忧伤而甜蜜的回忆刹那间变得如胆汁一般苦不堪言。

"我真不该由着他带我回头看的，"斯嘉丽绝望地心想，"决不回头看，看来是对的。回忆太叫人伤心，让人时常牵挂和怀念,总是沉湎于过去,停步不前,以致什么事也干不成。这就是阿什利的问题所在。他不敢向前看,既不能直面现在,也害怕未来,只得靠回忆度日。过去我一直不明白,也无法理解阿什利。噢,阿什利,我亲爱的,你不该回头看的!留恋过去又有什么用呢?我真不该由着你引我谈起过去。你总是回忆往日的幸福时光,所以你才会这么痛苦、这么心碎、这么不满足。"

她站起身来,一只手还被他紧握着。她必须得走,不能继续待在这儿留恋过去,不能继续看着他那张疲惫、伤心又苍白的脸。

"那些日子早就已经过去了,阿什利,"她心里一酸,喉咙哽咽,但她尽力克制住,"咱们都有过种种美好的愿望,不是吗?"接着,她突然冲口说道:"唉,阿什利,可惜一切都没能如愿!"

"永远也不会如愿的,"阿什利说,"因为生活没有义务满足我们的愿望。我们只能接受现实,并为情况没变得更糟而感恩。"

一想起从过去到现在走过来的漫漫长路,她的心就突然隐隐作痛,疲惫不堪,眼前忽然浮现出当年的那个青春靓丽的斯嘉丽·奥哈拉来,她喜欢穿漂亮衣服、被许多小伙儿追求、梦想着将来能成为像母亲埃伦一样的贵妇人。

不知不觉,泪水夺眶而出,顺着她的脸颊滚落下来。她愣愣地站在那儿看着阿什利,就像个伤心又无措的孩子。阿什利默默无言,轻轻将她搂在怀里,让她的头靠在自己的肩膀,然后低头用自己的脸颊贴住她的脸。斯嘉丽浑身酥软地依靠在他身上,伸出双手环抱住他。他的怀抱给了她抚慰,令她的泪水随即止住。

啊，被他抱在怀里的感觉真舒服，没有狂热的激情，也没有紧张感，只有朋友间纯粹的友情。只有阿什利能理解她，因为他们有共同的回忆，拥有同样的青春时光，只有他了解她的过去和现在。

忽然，她听到外面传来脚步声，但没太在意，以为是车夫们正纷纷动身回家去。她站在那里静静地听着阿什利缓缓的心跳声。阿什利突然挣脱开了她的怀抱，力道很大，令她困惑不解。她惊讶地抬起头看着他的脸，但他没有看她，而是越过她的肩头看向门口。

斯嘉丽转过身，看到茵迪娅站在门口，脸色煞白，浅淡的眼睛里冒着怒火。还有阿奇，那副恶狠狠的样子活像只独眼鹦鹉。两人身后还站着埃尔辛太太。

她完全不记得自己是怎么走出那间小办公室的了。只记得她照阿什利的吩咐，迅速而匆忙地离开，只剩下阿什利和阿奇在那间小屋里严肃而冷酷地交谈。茵迪娅和埃尔辛太太站在门外背对着她。她又羞又怕，飞快地朝家奔去，脑海中留着大胡子的阿奇突然变成了《旧约》中的复仇天使。

家里空空荡荡，整座房子静静地笼罩在四月夕阳的余晖中。所有的仆人都到某户人家参加葬礼去了，孩子们则都在梅兰妮家的后院玩耍。而梅兰妮——

梅兰妮！她一边上楼回自己的卧室，一边想着梅兰妮，不禁觉得浑身冰冷。这件事肯定会传到梅兰妮耳朵里的。因为茵迪娅说了要告诉她。噢,茵迪娅会得意地把这事儿讲给梅兰妮听,完全不顾哥哥的名声,也不管这样做会不会伤害梅兰妮,只要能伤害斯嘉丽,她什么都不在乎!埃尔辛太太那个长舌妇,更是会逢人便说起这事,尽管她当时站在茵迪娅和阿奇身后,根本什么也没看见。等到晚饭的时候,估计这事早已传遍全城了。到了明天早上,城里便尽人皆知,连黑人也都知道了。今晚的聚会上,女人们会聚在角落里窃窃私语,幸灾乐祸。斯嘉丽·巴特勒这下可栽了跟头,把自己的脸面丢尽了!人们会加油添醋,让这事越传越离谱,纵有天大的本事也阻止不了。其实事情很简单,就是她哭了,于是阿什利就轻轻搂住她安慰。但人们并不满足于这简单的事实,不用等到天黑,人们就会说她跟别人勾搭成奸,被当场逮到。其实他们两人只是单纯而亲切地拥抱,仅此而已!斯嘉丽狂乱不安地想:"要是那年他从部队回来过圣诞节,临走前我跟他吻别时被人发现该多好!要是那次在塔拉的果园里,我央求他跟我私奔时被人发现该多好——该死的,要是真做了亏心事时被人撞见,也就罢了,心里也不至于这么别扭,可这次!这次!我们俩拥抱在一起只是出于友情,真没别的啊——"

可是没人会相信的,没有一个朋友会替她说话,没有一个人会站出来说:"我不相信她会做这种出格的事。"她早就把原先的老朋友都得罪光了,现在已经找不到一个人替她出头了。她的那些新朋友平时受尽了她的气,敢怒而不敢言,巴不得有个机会痛快淋漓地骂她一通呢。

没错,人人都会信以为真,只是他们也会感到遗憾,像阿什利·威尔克斯这样尊贵体面的人竟然也会卷入这种丑事之中。不过他们照例会把所有的罪过都推到女人头上,对男人的过失则一笑置之。而在这件事上,他们也没错,毕竟是她主动投怀送抱的。

唉,所有的恶语中伤、蔑视、窃笑,还有满城的流言蜚语,她都能忍受——如果不得不忍受的话。可是梅兰妮却不行!梅兰妮会受不了的!她也不明白自己为什么唯独对梅兰妮这么关心,担心梅兰妮知道这件事后会承受不住。过去的负疚感像块沉重的巨石压在她心头,她害怕极了,不敢细想。可一想到茵迪娅告诉梅兰妮,说亲眼瞧见阿什利和斯嘉丽亲热地搂搂抱抱,斯嘉丽就心乱如麻,泪如雨下。梅兰妮听说这件事后会是什么神情?会有什么反应?会离开阿什利吗?为了不失尊严和体面,还能怎么办?而阿什利和她该怎么办呢?她心里乱极了,眼泪像决堤似的,止不住地流。噢,阿什利肯定会没脸见人的,我害得他名誉扫地,他一定会恨死我的。她的眼泪突然止住,心里感到一阵极度的恐惧,瑞特要是知道了呢?他会怎么样?

说不定他永远也不会知道。那句充满讽刺的老话是怎么说的来着?"妻子不老实,丈夫最后知。"也许没人会告诉他的。要告诉瑞特这种消息,那人得有多大的胆量才敢说啊!因为瑞特这人要是发起火来什么事都干得出来,说不定不问三七二十一,上来就开枪打人。上帝啊,求您了,千万别让任何人有这胆量,敢把这事告诉他!可她突然想起了在锯木厂办公室里阿奇的那张脸,那只暗淡的独眼,冷酷而无情,充满对她以及对天底下所有女人的痛恨。阿奇上不怕天，下不怕地，最恨放荡的女人，恨到亲手杀过一个这样的女人。他说了他要把这事告诉瑞特，不管阿什利怎么劝，也阻止不了他，除非阿什利杀了他。所以阿奇肯定会告诉瑞特的，他觉得这是他作为一名基督徒应尽的责任。

斯嘉丽脱下衣服，躺在床上，头昏脑涨。要是她能把门锁上，在这个安全的地方永远、永远地待下去，再也不见任何人，那该多好。也许瑞特今晚还不会知晓这件事。她可以撒谎说她头疼，不想去参加聚会了。等到明天早上，她也许可以想出一个站得住脚的借口，把这件事瞒过去。

"我现在先不想这事了，"她把脸埋进枕头里，无奈地想，"现在先不想了。等我能承受得住了再说吧。"

夜幕降临，她听到仆人们回来了，开始忙碌起来准备晚饭。她突然觉得他们今晚极其安静，不知道是不是她心里有愧，才会这么疑神疑鬼的。嬷嬷来敲她的房门，可斯嘉丽把人打发走了，说她不想吃晚饭。时间一分一秒地过去，斯嘉丽终于听到了瑞特上楼的脚步声。听见他上了二楼的过道，斯嘉丽愈发紧张起来，鼓起全部的勇气准备面对自己的丈夫。但他经过她的卧室，走进了自己的房间。她终于松了一口气。看来他还没听说这件事。谢天谢地，她的要求虽然冷酷无情，可他却仍然信守承诺，再没有踏进她的卧室一步。要是他现在闯进来，一看见她的脸，肯定会看出破绽，发现她心里有鬼。她必须尽力打起精神来，跟他说自己身体不舒服，不能去参加聚会了。幸好，她还有足够的时间让自己镇定下来。时间真的来得及吗？从下午那可怕的一刻开始，时间仿佛漫长得没有尽头。她听到瑞特在自己房间里走来走去,徘徊了好久,时不时能听见他跟波克说话。可她还是没有勇气去叫他,黑暗中,她依旧躺在床上,浑身发抖。

过了好久,瑞特才来敲她的房门。她竭力控制住自己的声音,说了一声:"进来。"

"真请我进入这神圣的殿堂了?"他打开门问道。房间里漆黑一片,斯嘉丽看不见他的脸,从他的话里也听不出什么异样。他走进屋里,把门关上。

"准备好去参加聚会了吗?"

"很抱歉,我头疼。"她竟然说得这么自然,真是怪了!幸亏这屋里黑漆漆的!"我想我去不了了。你自己去吧,瑞特,请代我向梅兰妮道歉。"

沉默了好久,瑞特才终于开口,黑暗中传来他惯有的拖腔,言语犀利而尖刻。

"你这个胆小如鼠的贱人。"

他知道了!斯嘉丽躺在床上抖作一团,吓得说不出话来。她听见他摸着黑划亮了一根火柴,点上油灯,让屋里亮堂起来。他走到床边,低头看着她。她发现他已经换好了晚礼服。

"起来,"他说,声音里不带任何感情,"咱们要去参加聚会,你得快点儿了。"

"噢,瑞特,我不能去。你知道——"

"我知道。快起来。"

"瑞特,阿奇他真敢——"

"他当然敢。他胆子很大的。"

"他胡言乱语,你应该宰了他才对——"

"我这人脾气就这么怪,就是不杀说真话的人。没工夫跟你争论了,快起来。"

斯嘉丽坐了起来,裹紧身上的睡衣,仔细打量着他的脸,见他那张黝黑的脸上,毫无表情。

"我不去,瑞特,没把误会解释清楚,我是不会去的。"

"你要是今晚不去,那你这辈子都别想在这城里露面了。妻子不忠我也许还能忍受,但妻子要是当缩头乌龟,我可容忍不了。你今晚必须得去,哪怕上至亚历克斯·斯蒂芬斯,下到仆人个个都冷眼看你,哪怕威尔克斯太太把咱们轰出她家大门,你也得去。"

"瑞特,你听我解释。"

"我不想听。没时间了,把衣服穿上。"

"是他们误会了——茵迪娅和埃尔辛太太,还有阿奇。他们原本就恨我,尤其是茵迪娅,甚至不惜污蔑哥哥,诋毁他的名誉,也要往我身上泼脏水。请你听我解释——"

"哦,圣母啊,"她痛苦又不安地想,"要是他说:'那好,你说吧。'那我说什么呢?我怎么跟他解释呢?"

"他们今晚会到处跟人说谎造谣的,我不能去。"

"你必须得去,"他说,"哪怕我揪着你的脖子,一边拖着你,一边用皮靴踢你那迷人的屁股,也要把你拖到那儿去。"

他一把将她拽起来,目光冷冽,让人不寒而栗。他抓起她的胸衣,朝她扔过去。

"快穿上,我帮你系紧。哦,是的,这我很在行。不,我不会叫嬷嬷来帮你的,免得你趁机把门锁上,像个缩头乌龟似的躲在屋里。"

"我才不是缩头乌龟呢,"她大喊道,愤怒转眼间代替了恐惧,"我——"

"行了吧,别跟我吹嘘你当年那些英勇事迹了,什么亲手开枪打死北方佬、什么泰然面对谢尔曼的部队什么的,其实你骨子里就是个胆小鬼。就算不是为了你自己,为了邦妮你今晚也得去。难道你忍心把邦妮的前程也毁了吗?穿上胸衣,快点儿。"

斯嘉丽迅速脱下睡衣,身上只穿着一件紧身胸衣。此时,他要是能看她一眼,瞧瞧她只穿着内衣的样子有多迷人,身段多婀娜,也许他脸上那阴沉吓人的表情就会顿消了。毕竟他已经很久没见过她只穿着内衣的样子了。可惜他并没有看她,只顾着翻箱倒柜地给她找衣服。他找出了那条簇新的碧玉色水波纹丝绸裙,裙子的领口开得很低,裙摆向后拢,都叠在后腰部一个巨大的裙撑上,裙撑上面点缀着一大团粉色天鹅绒玫瑰。

"穿上这件,"他把裙子往床上一扔,朝她走过来,"今晚不能穿得太素,太稳重的紫灰色和丁香色都不行,你必须穿得光鲜亮丽,就像牢牢钉在桅杆上的旗子一样神采飞扬,不然就会显得没精打采的。你还得化浓妆,多涂些口红和胭脂。瞧瞧你的脸色这么苍白,哪像个跟道貌岸然的伪君子有奸情的女人。转过身去。"

他两手拉起她胸衣的带子，用力一勒，疼得她大叫起来。这粗鲁的动作让她感到既害怕又羞辱，可又没办法。

"弄疼你了，是吗？"他突然冷笑一声，但斯嘉丽看不见他的脸，"可惜这带子没系在你脖子上。"

梅兰妮的家里灯火通明，从隔老远的街上就能听到屋里飘出来的音乐声。瑞特和斯嘉丽乘坐的马车停在了梅兰妮家的门前，只听屋里传来阵阵欢声笑语。屋里高朋满座，连门廊上都挤满了客人，院子里挂满了灯笼，影影绰绰，许多人坐在院子里的长凳上。

"我不能进去——不能，"斯嘉丽坐在马车里，手里紧紧攥着揉成一团的手帕，心神不安地想，"我不能，不能进去。我要跳下马车逃跑，跑哪儿去呢？回塔拉去。瑞特为什么非逼着我来呢？大伙儿会怎么看我？梅兰妮会怎么对我？她会有什么反应？噢，我真没脸面对她。我得逃跑才行。"

瑞特仿佛看透了她的心思似的，伸出手紧紧抓住她的胳膊，根本不在乎会不会力道太大，把她的手臂弄瘀青了。他态度蛮横粗暴，就像个粗鲁的陌生人。

"没想到爱尔兰人竟然这么窝囊。你不是总吹嘘自己天不怕地不怕的吗，这会儿胆子哪儿去了？"

"瑞特，求你了，让我回家跟你解释。"

"你有大把的时间可以解释，但登上竞技场当殉难者的时机，只有今天晚上。下车，亲爱的，让我亲眼看着那些狮子是怎么把你一口一口吃掉的。下车。"

斯嘉丽不知道自己是怎么走过梅兰妮家门前的小路的，她觉得自己挽着的仿佛不是瑞特的胳膊，而是坚硬的花岗岩，不知怎的，这反倒给了她一点点勇气。上帝啊，她一定能够面对他们，一定会的。那帮人算什么？不过是一群对她心怀妒忌、张牙舞爪的野猫罢了。她一定要给他们点儿颜色瞧瞧。她才不在乎他们怎么想呢。只有梅兰妮——她在乎的只有梅兰妮。

两人走到前廊，瑞特手持帽子，频频朝左右两边的人点头致意，语气冷静而平和。夫妇俩刚一进屋，音乐声戛然而止。斯嘉丽脑子里一片混乱，感觉人群犹如一股股汹涌怒吼的浪潮向她涌来，而后又渐渐退去，怒吼的海啸声也随之渐渐消失。不是人人都不理睬她吗？哦，见鬼，随他们便好了！她扬起下巴，面带微笑，笑得连眼角都眯了起来。

没等她侧过身同站在门口最近的人打招呼，就见一个人影拨开人群朝她走来。周围鸦雀无声，斯嘉丽的心咯噔一沉。人群稍稍站开，让出一条小道来，梅兰妮一双小脚迈着细碎的小步挤过人群，来到门口迎接斯嘉丽，抢在别人之前跟她打招呼。那窄小的肩膀挺得平直，窄小的下巴紧绷着，仿佛眼里没有别的客人，只有斯嘉丽一人。梅兰妮走到斯嘉丽身边，伸出手搂住了她的腰肢。

"亲爱的，你这裙子可真漂亮，"梅兰妮轻声细语地说道，"当一回天使救救我好吗？茵迪娅今晚不能来了，你能帮我招待一下客人吗？"

第五十四章

终于又回到自己的卧室了,斯嘉丽一头扑倒在床,完全顾不上身上的波纹绸裙子、裙撑和玫瑰花团。她躺在床上半天没动静,回想着自己刚才站在梅兰妮和阿什利中间迎接客人的情景。真是太可怕了!她宁愿再次直面谢尔曼的部队,也不愿刚才的一幕再演一遍!过了一会儿,她从床上爬起来,紧张不安地在房间里来回踱步,边走边脱衣服。

极度的紧张之下,她浑身发起抖来。发夹不知不觉从指缝间滑落,叮当坠地。她每天习惯梳头一百下,今天也不例外,可不知怎的她却拿梳子背狠狠地敲在了太阳穴上,戳得她生疼。她踮着脚尖走到门边,来回不下十几次,想听听楼下的动静。可楼下过道里一片漆黑的死寂,犹如黑暗而寂静的深渊。

聚会结束后,瑞特让她一个人坐马车回家。她心里不由得感谢上帝总算让她暂时解脱了。到现在他还没回来。谢天谢地,他还没回家来。她今晚又害怕、又羞愧,浑身发抖,真没法面对他。可他去哪儿了呢?十有八九是在那个贱人那里。斯嘉丽头一次庆幸这世上还有贝尔·沃特琳这样的女人,也庆幸除了这个家以外,瑞特还有别的地方可去,能让他把杀气腾腾的怒气消了之后再回家来。丈夫去外面找妓女,做妻子的居然还感到高兴,这可真够荒唐的。可她又有什么办法呢。其实她巴不得自己的丈夫死了才好,这样她今晚就不用面对他了。

明天——对,明天就又是新的一天了。明天她就会想好借口,想出反击的理由,反让瑞特落一身不是。明天再回想今天这可怕的夜晚,她就不会再这么害怕,吓得直哆嗦了。到了明天,她就不会总想起阿什利那张脸,想起他那副自尊受辱的样子了——这耻辱是由她引起的,阿什利根本什么都没做。她亲爱的阿什利,是她害得一向尊贵体面的阿什利蒙受了耻辱,他会恨她吗?他当然会恨她。多亏梅兰妮挺直瘦弱的双肩,面对充满好奇、心怀敌意和恶意的人们,在众目睽睽之下,穿过光滑闪亮的地板,向她走来,然后挽起她的胳膊,亲切地跟她打招呼,声音里饱含爱意和毫不掩饰的信任,从而挽救了她和阿什利的脸面与名声。整个可怕的晚上,梅兰妮都一直让斯嘉丽站在自己身边,干脆利落又巧妙地平息了丑闻!人们神色虽有些冷漠又困惑,但都挺客气。

噢,真丢人啊,竟然不得不躲在梅兰妮裙子后面,避开那些冤家对头充满恨意的目光,那些人的唾沫星子就能把她淹死!不问缘由就盲目信任她、挺身而出保护她的,不是别人,竟偏偏是梅兰妮!

一想到此,斯嘉丽不由得打了个寒战,浑身发抖。她必须得喝一杯了，只有喝点儿酒才能让她躺下睡觉，但愿她能睡得着。她在睡衣外面套了件晨衣，急匆匆走到黑漆漆的过道里。整座房子寂静无声，只有她脚下那双拖鞋踩在地上啪嗒啪嗒的声音。她下到楼梯一半，朝房门紧闭的餐厅看了一眼，发现从底下的门缝里透出一道亮光。她突然怔了一下，仿佛心跳都停止了。她回家的时候，餐厅就亮着灯吗？难道是自己刚才太心烦意乱，没注意到？还是瑞特已经回来了？他可能是从厨房门悄悄进来的。要是瑞特在家的话，她就只能蹑手蹑脚地回房躺着去，白兰地也喝不成了，虽说她真想喝一杯。不过她不想见瑞特，所以还是回房吧，这样她就安全了，因为她可以把房门锁上。

她弯下腰正想把拖鞋脱了，好不声不响地跑回房间去，没想到，餐厅的门突然开了，瑞特站在门口，背后昏暗的烛光映照着他的身影，令他的身躯显得格外魁梧，看着比以往任何时候都高大，活像个黑黢黢没有脸的凶神恶煞，鬼影摇曳。

"过来跟我喝一杯吧，巴特勒太太。"他说话都有点儿含糊不清了。

显然他喝醉了。斯嘉丽过去从没见过他喝醉酒的样子，因为他不管喝多少都不会醉。她有些犹豫，一动不动，也不说话。他挥手下令。

"该死的，快过来！"他语气粗鲁地说。

"这家伙肯定是喝醉了。"斯嘉丽心想，一颗心怦怦乱跳。平时，他喝得越多，举止就越文雅，不过挖苦人也越厉害，言语更刻薄，但始终循规蹈矩，从不乱来——规矩极了。

"绝不能让他知道我害怕面对他。"斯嘉丽心想。于是她把晨衣的领口拉紧些,昂首走下楼梯,故意把鞋跟踩得啪嗒响。

他侧过身,躬身行礼,把她迎进餐厅,故意摆出一副嘲弄的神情,让斯嘉丽心里直发毛。她发现他没穿外衣,领带两端挂在脖子上,耷拉在敞开的领口旁,胸口露出浓密乌黑的胸毛。他的头发蓬乱不堪,两眼布满血丝,眯成了一条缝。桌上点着一支蜡烛,烛光微弱,把高大宽敞的房间照得鬼影幢幢,巨大的餐边柜和碗柜看上去就像蹲伏在暗处、一动不动的巨兽。桌子上的银盘里放着一个细颈酒瓶,雕花的玻璃瓶盖已经拿了下来,瓶子周围摆着几个酒杯。

"坐下。"他跟着她走进餐厅,毫不客气地命令道。

此时,斯嘉丽心里涌起一阵新的恐惧,相比之下,刚才怕见他的恐惧简直微不足道。此时此刻,他的言行举止和看她的眼神,完全像个陌生人。她从没见过如此粗鲁无礼的瑞特。以前他从未如此失态过,即使在夫妻最亲密的时刻,他也是一副无动于衷的样子,不动情,也不激动。即使发怒时,他也不失优雅,只是说话夹枪带棒。而且越喝酒就越是如此。起初,她还为此很生气,想要打破他这种冷漠和无动于衷,但很快她就不把这当回事了,反而觉得这样对她来说也挺好。多年来,她一直觉得他对什么都无所谓,把生活中的一切,甚至包括她在内,都当成充满讽刺的玩笑。然而此时,当她坐在他对面,隔桌相望时,她的心突然一沉,意识到有些事对他来说还是很重要,而且是非常非常重要的。

"就算我不知趣,回家早了,也不能妨碍你临睡前喝一杯吧,"他说,"要不要我给你倒上一杯?"

"我不想喝酒,"她冷冷地回答,"我刚才听到有动静,所以才下来——"

"你什么也没听到。你要是知道我在家,压根儿就不会下楼来。我坐在这儿,一直听你在楼上来来回回地走。看来你肯定是想喝一杯,来,喝吧。"

"我不想——"

他抓起酒瓶,连晃带洒地倒了杯酒,手都不稳了。

"喝吧。"说着他把杯子硬塞进她手里,"你浑身都在发抖呢。得了,别装了。我知道你一直在偷着喝酒,也知道你酒量不小。其实我早就想跟你说,想喝就光明正大地喝,何必偷偷摸摸的。你以为你喜欢喝白兰地酒,我会在乎吗?"

她接过湿漉漉的杯子,心里暗暗诅咒他。他完全把她看透了。他总是对她的心思了如指掌。而她唯独不想让他看透自己的心思。

"我说了,把它喝了。"

她举起酒杯,手腕不动,手臂一抬,一杯酒全下了肚,动作娴熟利落,跟她父亲杰拉尔德喝威士忌酒时的姿势一模一样。但她从没想过自己这一喝酒的动作对一个女人来说有多不得体。这一切都被瑞特看在了眼里,嘴角立刻撇了一下。

"坐下,咱们关起门来,好好谈谈今晚出色的宴会。"

"你喝醉了,"斯嘉丽冷冷地说,"我要去睡了。"

"我是醉了,而且今晚还要喝得更醉。但你不能去睡觉——还早着呢,坐下。"

他说话仍像平时那样带着慢条斯理的拖腔,但言语之中透着即将爆发的狂怒和暴戾,这股狂暴犹如抽得噼啪响的皮鞭,残忍无情。斯嘉丽正犹豫不决时,他已来到她身边,一手抓住她的胳膊,捏得她生疼。他手腕轻轻一压,斯嘉丽便痛得哎哟一声坐了下来。现在,她真的害怕了,这辈子从没这么害怕过。瑞特俯身看她,她发现他黝黑的脸庞涨得通红,眼睛里闪烁着骇人的凶光。他那深邃的目光里有种陌生而令她无法理解的东西,那东西比愤怒更深沉,比痛苦更剧烈,逼得他两眼喷出熊熊烈火来。他低头看了她许久,看得她不得不收回对峙的目光,垂下眼帘,败下阵来。接着,他颓然跌坐在她对面的椅子上,又给自己倒了杯酒。她脑子飞快地转着,想竭力在心中筑起一道防线。可他一直不说话,无从知晓他打算怎么指责她,所以她根本不知道该如何应对。

瑞特不紧不慢地啜着酒,同时目光越过杯子上方打量着她。她紧张得全身的神经都紧绷起来,尽力不让自己发抖。他久久地绷着脸,面无表情,但最后出人意料地放声大笑起来,眼睛依然盯着她不放,那笑声令斯嘉丽控制不住地浑身颤抖起来。

"今晚可真是出有趣的喜剧啊,不是吗?"

她没吭声,使劲儿缩起拖鞋里的脚趾,想要止住身体的颤抖。

"这出戏演得可真精彩啊,角色都到齐了,一个人也不缺。

全村人都聚集过来了,要朝犯了淫乱罪的女人扔石头砸死她。淫妇的丈夫虽然被戴了绿帽子,却依然像个绅士一样维护自己妻子的脸面。那奸夫的妻子也本着基督徒的精神,以自己纯洁无瑕的好名声为自己的丈夫遮丑,可那个奸夫——"

"求你别说了。"

"我偏要说。今晚非说不可。这出戏可太有趣了。那奸夫却他妈的像个傻瓜,恨不得自己赶快死掉。亲爱的,让一个你痛恨的女人站在身边,替你遮掩丑行,这感觉如何?坐下。"

斯嘉丽坐了下来。

"依我看,即使她为你做了这么多,你也未必领情,更别说对她态度改变,喜欢上她。你在纳闷,她到底知不知道你和阿什利之间的那些事——要是知道的话,那为什么还替你们遮丑——是不是只是为了保全自己的面子。你在想,她这么做真是够傻的,尽管她的确帮你挽救了名声,但是——"

"我不要听——"

"不,你必须得听。我把这事跟你说清楚了,好让你不用担心。梅丽小姐的确是个傻瓜,但并不像你以为的那样。显然有人把这事告诉她了,但她不信。即使她亲眼看见,也不会相信。她这人心地太善良,绝对不相信她爱的人会做出寡廉鲜耻、有辱名誉的事来。不知道阿什利·威尔克斯是怎么撒谎骗她的——但不管谎言有多蹩脚,她都会信的。因为她爱他。我虽不明白她为什么爱你,但看得出来,她的确是真心爱你的。就让她对你的爱成为你心里的十字架,让你永远都背负着吧。"

"你要是没喝这么醉,说话没这么伤人,我可以跟你解释的。"斯嘉丽稍稍镇定了些,说道,"可现在——"

"我对你的解释并不感兴趣,真相是什么,我比你更清楚。上帝啊,你要是再敢从椅子上起来——

"我发现还有一件事比今晚的那出戏更有意思。你这人啊,一方面自命高洁,不肯跟我这罪行累累的恶棍同床共枕,可另一方面心里又对阿什利·威尔克斯起淫念。'心起淫念'[1]这词用得真妙,是吧?那本书里的名言佳句真是不少,对吗?"

"什么书?什么书?"她思绪混乱,心乱如麻,一双眼睛狂乱地扫视着房间各处,只觉得在昏暗的烛光下,那只巨大的银盘黯淡无光,屋里各个角落光线阴暗,黑得瘆人。

"我被你拒之门外,因为我的热情和欲望太粗俗,配不上你高洁的品质,也因为你不想再要孩子。这可真伤我的心啊,宝贝儿!我的心都被伤透了!于是我只好出去另寻快活的慰藉,让你守着自己的高洁。可没想到你却转头就去追那个长期饱受煎熬的威尔克斯去了。那该死的混蛋,究竟是哪根筋搭错了?既做不到在精神上对妻子忠诚,又不敢在肉体上背叛她。他干吗不下定决心,痛快地做个了断呢?给他生孩子,你不会不肯吧?然后再把孩子赖在我头上?"

斯嘉丽怒吼一声,跳起身来。瑞特也跟着从座位上冲上前来,发出一声冷笑,把她吓得浑身冰冷,血液凝固。他伸出一双

---

[1] "心起淫念"出自《圣经·马太福音》第5章第28节。

褐色的大手，把她按回到椅子上坐下，然后倾身凑到她耳边。

"看着我的手，宝贝儿，"他边说边在斯嘉丽面前攥了几下手，"我毫不费力就能用这双手把你撕成碎片。假如这样就能把阿什利从你脑袋里赶走的话，我会这么做的。可惜赶不走。所以我要换个方式让他从你脑海中永远消失。我要用两手夹住你的脑袋，像夹核桃一样把你的脑袋夹碎，把他从你脑子里挤出来。"

说着，他的双手夹住她的头，手指伸进她披散着的头发里，用力地抚摸着，然后把她的脸转过来对着自己。在她眼前的完全是个陌生人的脸，一个喝得醉醺醺、说话拖长腔的陌生人。她从来都不缺乏野兽一般的强悍蛮勇，尤其在这危急之时，这股勇气再次从心底奔涌而出，令她浑身热血翻涌，腰杆挺直，眼睛也眯了起来。

"你这个醉鬼，"她说，"把手拿开。"

令她惊讶的是，他真就放开了手，往桌角一倚，又给自己倒了杯酒。

"我一直佩服你的胆量，亲爱的，特别是现在，当你被逼到死角，走投无路的时候。"

她裹紧身上的晨衣。噢，她真想赶紧回到自己房间，把房门牢牢锁上，一个人待着。总之，她得赶紧摆脱掉他，把他制伏，这样的瑞特她过去真是从来没见过。她不慌不忙地站起身来，其实双膝正吓得直发抖，然后把晨衣下摆裹紧，把脸上的头发向后一甩。

"我没被逼得走投无路，"她厉声说道，"你永远也别想把我逼到死角,瑞特·巴特勒,也休想把我吓倒。你算什么东西,不过是个喝醉了的衣冠禽兽,就知道跟外面的贱女人厮混,除了那些无耻下流的事以外,你还懂什么?你根本不懂阿什利,也不懂我。你陷在肮脏污垢中太久了,根本不知道这世上还有洁净之地。你完全是在嫉妒,因为有些东西你根本就无法理解。晚安。"

说完,她毫不在乎地转身朝门口走去,可瑞特突然放声大笑,令她停住了脚步。斯嘉丽转过身,见他摇摇晃晃地大步朝她走来。上帝啊,让他别发出那么可怕的笑声了!到底有什么好笑的呢?见他步步逼近,斯嘉丽朝门口步步后退,最终后背抵到了墙边。他伸出双手,用力抓住她的肩膀,重重地把她按到墙上。

"别笑了。"

"我笑是因为觉得你可怜。"

"可怜——可怜我?还是可怜可怜你自己吧。"

"噢,上帝做证,我的确可怜你,我的宝贝儿,我漂亮的小傻瓜。这话伤到你了,是吗?你受不了别人嘲笑,也受不了别人可怜,是吗?"

他止住笑意,双手重重压住她的肩膀,压得她肩膀生疼。他的脸色变了,正朝她一点点凑近,嘴里呼出浓烈的威士忌酒气,熏得她忍不住把头扭开。

"我这是嫉妒了吧?"他说,"怎么能不嫉妒呢?噢,是的,我是嫉妒阿什利·威尔克斯。怎么能不嫉妒呢?噢,别说话,也别跟我解释。我知道你的身子并没有背叛我。你是想跟我说这个吗?哦,这我清楚,这么多年来我一直都很清楚。我是怎么知道的？哦，我了解阿什利·威尔克斯这种人，我知道他是个尊贵体面的绅士，是个正人君子。而在这一点上，亲爱的，无论是你，还是我，都自愧不如。因为咱们俩都不是上等人，没什么好名声，不是吗？所以咱俩才会像月桂树似的枝繁叶茂、兴旺发达。"

"放开我，我不想站在这儿任由你侮辱。"

"我没侮辱你啊。我是在赞美你，夸你洁身自爱，身子清清白白。不过你别想糊弄我。你以为男人都是傻瓜吗，斯嘉丽。永远不要低估对手的智慧和本事，否则你会吃不了兜着走。我可不是傻瓜。你躺在我怀里，却把我当成阿什利，你以为我不知道吗？"

斯嘉丽瞠目结舌，一脸惊讶和恐惧。

"这可真有意思，甚至有些诡异，就好像床上明明只有两个人，却感觉还有一个。"他轻轻摇晃她肩膀，打了个酒嗝儿，然后嘲弄地笑了起来，"噢，是的，你从来没在肉体上背叛过我，因为阿什利不要你。可是，见鬼，我根本不在乎他占有你的身体。因为身体根本不算什么——尤其是女人的身体。可我在乎的是你把心给了他，你那颗倔强、无耻、冷硬又宝贵的心。可那个傻瓜竟然不要你的心。而我不想要你的身子，因为女人的身子花不了几个钱就能买到。我要的是你的心，你的情，可我却永远也得不到，就像你永远也得不到阿什利的心一样。所以我才可怜你。"

"可怜——我？"

"是的，可怜你。因为你简直就像个孩子，斯嘉丽，像个哭着喊着要月亮的孩子。可一个孩子就算得到了月亮，又能怎么样呢？就算你得到了阿什利，又如何呢？是的，我可怜你——可怜你把明明已经到手的幸福抛弃，却伸直了双手一心想要去追求永远不会令你幸福的东西；我可怜你，因为你是个傻瓜，不知道只有同一类人结成夫妻，婚姻才会美满，不是同一类的人在一起是不会幸福的。假如我死了，梅丽小姐也死了，你终于得到了你那尊贵体面的心上人，你以为跟他在一起就会幸福了吗？哼，不会的！你永远也弄不懂他，就像你不懂音乐、诗歌、书籍，以及除了钱之外的任何东西一样。然而我们俩，我最亲爱的妻子，倘若你肯给我们半点儿机会的话，我们其实可以过得十分美满幸福。因为你我太像了。咱俩就是一对儿无赖，斯嘉丽，要什么有什么，什么都难不倒咱们。我们本来可以很幸福的，因为我爱你，也了解你，斯嘉丽，把你看得透透的，这一点是阿什利永远也做不到的。因为如果他真看透你的话，会瞧不起你的……可你却偏要花一辈子的时间去追求一个你永远也弄不懂的男人。而我呢，我亲爱的，我只好继续流连烟花之地，在妓女身上寻求安慰。不过，我敢说，只要你愿意，我们可以比大多数夫妻过得都幸福。"

说完，瑞特突然放开了她，转过身，摇摇晃晃地朝酒瓶走去。一时间，斯嘉丽就像脚下生根了似的，站立不动。她的思绪如潮水般起伏翻涌，可她却抓不住半点儿，以便能细细琢磨。瑞特说他爱她，是真的吗？还是纯粹酒后胡言？抑或是一个恶意的玩笑，拿她开玩笑？还有阿什利——月亮——哭着要月亮什么的。她迅速冲进黑暗的过道，就像身后有鬼追着似的拼命逃。

噢，但愿她能尽快回到自己的房间！她跑得脚踝扭了，鞋也快掉了，最后干脆停下来，用力一甩，想把鞋踢掉，正当这时，瑞特追了上来，像个印第安人一样轻巧敏捷，一个箭步冲到了她身边。他呼出来的气息如热浪一般朝她迎面扑来，双手紧紧抱住她，伸进她的睡衣，粗鲁地摸着她赤裸的肌肤。

"你把我赶走，逼得我出城去找安慰，你好趁机去追求他。上帝做证，今晚我的床上只能有两个人。"

他一把将斯嘉丽抱起，往楼上走。斯嘉丽的头被紧紧压在他的胸口，耳朵里只听见他强有力的心跳声。他抱得太紧，疼得她大叫，却被他堵住了嘴，吓得她花容失色。他摸黑上楼，一阶一阶往上走，黑暗中，斯嘉丽害怕极了，感觉他简直就像个发了疯的陌生人。周围的这片黑暗也陌生得很，仿佛比死亡还可怕。而此时此刻，他就是死神，紧紧地抱着她，夹得她好疼，正一步步把她带离这个世界。她疼得大叫，却被他紧贴的身子闷得快要窒息。上到了楼梯口，他突然停下来，将怀里的斯嘉丽一把扭过身来，低下头便吻住她的唇，吻得激情狂野，吻得全情投入，令她忘记了一切，只觉得自己正坠入黑暗的深渊中，只感觉到他的唇紧贴着她的双唇。他浑身战栗，仿佛正站在凛冽的狂风中。他的唇开始从她的嘴唇往下游移，顺着她滑落的晨衣，亲吻着她每一寸柔嫩的肌肤。他嘴里念念有词，但斯嘉丽没听见他在说什么，只觉得他的狂吻激起了她从未体验过的情感。她融入了黑暗，他也与黑暗融为一体，仿佛在此之前什么都不存在，只有这无尽的黑暗，只有他在她身上激情的狂吻。她想要说话，但再次被他的吻封住了双唇。突然间,她浑身涌起一阵从未有过的激情战栗——快乐、恐惧、疯狂、亢奋全都交织在了一起,抱着她的那双臂膀如此结实有力,那双唇如此炽热狂野,令她不得不屈服;命运如此瞬息万变,令她不得不缴械投降。她平生第一次遇到了比她更强的人,这个人她既驾驭不了,也无法压垮,她却反而被他驾驭,被他压垮。不知不觉,她情不自禁地抱住了他的脖颈,那一抹红唇也在他的炽热的狂吻之下战栗起来。两人又一阶一阶朝楼上的黑暗走去,走进那柔情缱绻、缠绵旖旎的夜色中。

翌日清晨,斯嘉丽一觉醒来,发现瑞特已经走了。要不是看到她身旁那只揉皱的枕头,她还真会以为昨夜发生的一切只是一场荒唐的春梦。一想起昨夜,她就不由得双颊泛红,羞得连忙拉起被子盖到脖子。她躺在床上,让自己沐浴在明媚的阳光中,想把脑海中纷乱的思绪理清。

她首先想起了两件事。她和瑞特一起生活多年,跟他同床而眠,与他同桌而食,同他吵架,为他生孩子——然而,她却并不了解他。昨夜那个在黑暗中抱她上楼的男人,完全是个陌生人,是个她连做梦都没梦见过的陌生人。而现在,虽然她很想恨他,想生他的气,却怎么也做不到。昨晚一夜疯狂,他羞辱她,欺凌她,野蛮地要了她,可她却欣喜若狂,乐在其中。

噢,她应该感到耻辱才对,不该再去回想那个炽热而令人头晕目眩的夜晚!经过了这样的一夜之后,任何一个体面妇人、一个真正的贵妇,恐怕都再也抬不起头来了。可是比耻辱更强烈的是销魂蚀骨的迷醉、是顺服于强者的狂喜。她平生头一次感觉到活力,感受到激情。这激情如同她逃离亚特兰大那晚时的恐惧一样,发自本能,势不可当;又好似她开枪打死北方佬时的那种仇恨,冷酷中带着快意,迷惘中带着喜悦。

瑞特爱她!至少,他亲口说过他爱她。现在还有什么可怀疑的呢?他爱她!真没想到,这个跟她形同陌路,冷漠又粗野的陌生人竟然真的爱她,这太奇怪,太不可思议了。对于这个新发现,该怎么应对,她还没想好,但心中突然闪过一个念头,让她不由得笑出声来。他爱她,这么说,她终于降伏他了。最初的时候,她还千方百计地想要诱使他落入自己的情网,好让这个一头黑发、狂傲自负的家伙对自己俯首帖耳,任凭她摆布。当初的想法她差点儿都忘了,而现在想起来,不禁令她感到十分得意。昨晚整整一夜,她都由着他摆布,但现在她找到了他那副盔甲上的弱点。从今往后,她要对他予取予求。她受他的冷嘲热讽太久了,这下她要好好治治他,叫他吃吃苦头,让他像个马戏团的猴子一样,只要她举起铁环,他就得跳过去。

一想到会再次见到他,在清醒的白天跟他面对面,她心里不由得涌起一阵异样的情愫,既紧张,又有点儿难为情,既开心,又有些激动。

"我就像个即将出嫁的新娘子,紧张不安呢,"她心想,"而且竟然是因为瑞特那家伙!"想到这儿,她不禁吃吃傻笑起来。

然而瑞特一直没露面,中午没回家吃饭,晚饭时也没见人影。一夜过去,她一宿没合眼,睁着眼睛直到天亮,漫漫长夜里,她始终竖着耳朵听屋外是否有他的钥匙转动锁孔的声音。可惜他一夜没回家。第二天又过去了,他还是没有音信。斯嘉丽万分焦急,既失望又害怕。她到银行去找,但他并不在那儿。她又去了店里,对谁都没好脸色,因为每次店门一开,有人进来,她就会立刻抬起头来看,盼着进来的人是瑞特。接着,她又去了锯木厂,把休大骂了一顿,吓得休躲到了一堆木材后面不敢出来。可瑞特也没来这儿找她。

她不愿屈尊跟朋友们打听瑞特的下落,也不能问仆人是否知道他的消息。但她隐隐觉得仆人们知道些什么,黑人们向来无所不知。这些天来,嬷嬷也异常沉默,只拿眼角瞄她,却始终一声不吭。第二天晚上又过去了,斯嘉丽决定去报警。说不定他出了什么意外,或者从马上摔下来了,没准儿此刻正躺在哪条沟里不省人事,等着人去救呢。也许——天啊,太可怕了——也许他已经死了。

转天早晨,斯嘉丽吃过早餐,正在房间里戴帽子时,突然听见楼梯上响起急促的脚步声。她心里一块石头终于落了地,一下子瘫坐在床上,谢天谢地,他回来了。这时,瑞特走进了房间。他刚理了发,胡子也刮了,还做了按摩,整个人神清气爽,但眼里布满血丝,那张脸因喝了太多酒而有些浮肿。他轻松一挥手,说:"哦,你好。"

这家伙两天两夜没回家,连声招呼也没打,现在见了面竟不疼不痒地就说了句"你好"?他们刚刚度过了那么激情狂野的一夜,如今他怎么竟然如此无动于衷?莫非——莫非——她脑子里突然闪过一个可怕的念头。莫非他经常这么放纵,这样的夜晚对他来说早已司空见惯?斯嘉丽半天说不出话来,本来想要对他撒娇卖俏、展露笑颜的念头,也都全忘到脑后了。他回到家来连个稀松平常的亲吻都没有,只是站在那儿看着她,咧嘴笑着,手里夹着根点燃的雪茄。

"你——你去哪儿了?"

"别说你不知道!我敢说全城的人都已经知道了。也许大伙儿都知道了,只有你除外。还真应了那句老话:'丈夫去偷腥,妻子最后知。'"

"什么意思?"

"我还以为,前天晚上警察到贝尔那儿去过之后——"

"贝尔那儿——那个——那个贱女人那儿!原来你一直跟——"

"当然了,不然我还能去哪儿?但愿你没为我担心。"

"你一离开我就去——噢!"

"得了,得了,斯嘉丽!别装作一副妻子受骗了的样子。贝尔的事,你肯定早就知道了。"

"你一离开我就去找那女人,在那夜——那夜——"

"噢,那夜啊,"他满不在乎地一挥手,"有时我难免会忘了规矩,上次是我有失体统了,我为自己的行为向你道歉,请原谅。我喝醉了,这你应该也看出来了,而你当时太迷人了,让我一时迷了心窍——需要我一一列举出你的迷人之处吗?"

她突然间很想哭,想一头倒在床上大哭一场。原来他一点儿都没变，还是那副老样子。而她却成了傻瓜，一个自负又自作多情的傻瓜，竟然以为他爱她。原来一切都只是他醉酒之后恶意的玩笑罢了。他借着酒劲儿，拿她发泄情欲，就跟他在贝尔的妓院里玩弄那里的妓女没什么两样。而现在他回来了，侮辱她、嘲讽她，让她无可奈何。她把泪水吞进肚里，强打起精神，绝对绝对不能让他知道她的心思。如果他知道了的话，不定会怎么耻笑她呢！没错，绝对不能让他知道。她立刻抬起头来看着瑞特，发现他眼里闪过一抹熟悉的眼神，难以捉摸又充满警觉，还带着热切和期盼，就好像盼着她开口，等着她的下文似的，期盼——期盼什么呢？难道盼着她说蠢话、出洋相，或者哭天抹泪、大吵大闹，好给他口实和把柄，让他嘲笑挖苦她吗？不！她可不能让他得逞！她眉峰一挑，突然冷若冰霜。

"我当然早就怀疑你跟那女人不清不楚了。"

"只是怀疑吗？你干吗不问我，好满足你的好奇心呢？我肯定会如实相告的。自从你跟阿什利·威尔克斯商量好，要求我跟你分房睡之后，我就一直跟她睡。"

"你竟然还有脸在你妻子面前吹嘘——"

"噢，得了吧，少跟我来这套，装什么正经。你对我的事从来没在乎过，只要我把你所有的账单付清就行。你明明知道最近这段时间以来，我并不是守身如玉的天使。至于你这个做妻子的——自从邦妮出生以来，你说你哪点儿像个好妻子了？你真是个糟糕的投资对象，斯嘉丽。把钱投在贝尔身上可比投在你身上划算多了。"

"投资对象？你是说你给她——"

"我觉得确切地说是'帮她把生意做起来'。贝尔是个精明的女人，我愿意她干成自己的一番事业，而她唯一缺的就是开一家妓院的钱。你应该知道，女人只要手里有了些钱，就肯定能干出名堂来。你自己就是最好的例子。"

"你竟然拿我跟——跟——那种女人比？"

"你们俩都是精明的女人，都很会做生意，也都干得很成功。当然贝尔还是比你更胜一筹，因为她心地善良、脾气也好——"

"请你从这个房间出去。"

他慢悠悠地朝门口走去，一道剑眉嘲讽地扬起。斯嘉丽既愤怒又痛心，他怎么能这么侮辱她。他是故意在伤害她、羞辱她。她眼巴巴地盼着他回家，可他却在妓院里跟警察吵架闹事，真是让她伤透了心。

"给我滚出去，永远也别再进来。我早就告诉过你不许进来，可你根本不是上等人，不守规矩。从今往后，我要把门锁上。"

"不必多此一举。"

"我偏要锁。瞧你那天晚上那副德行——喝得烂醉，所作所为太令人恶心——"

"得了吧，亲爱的！恶心可绝对谈不上！"

"滚出去。"

"别发火，我这就走，而且保证以后绝对不会再打扰你。这是最后一次了。我只是想告诉你，如果我的无耻恶行令你实在难以忍受，你可以提出离婚，我会同意的。只要把邦妮给我就行，别的我都答应你。"

"离婚？我才不会干这种有辱门风的事呢。"

"假如梅丽小姐死了，你会毫不犹豫就干出败坏门风的事来的，不是吗？到时你会迫不及待地要跟我离婚的，想想都叫我头疼呢。"

"你到底走不走？"

"走，我这就走。我回家来就是要告诉你一声，我要到查尔斯顿和新奥尔良去——噢，这次要去些日子了，今天就走。"

"什么！"

"另外，我要带邦妮一起去。叫普利茜那蠢丫头收拾东西，我要把她也带上。"

"你不能把我的孩子带走。"

"她也是我的孩子，巴特勒太太。我要带她去看她奶奶，你总不能反对吧？"

"看奶奶？看你个鬼！孩子还那么小，你以为我会让你把她带走吗？你每天晚上喝得烂醉，恐怕只会把孩子带到像贝尔那种不干不净的地方去吧——"

瑞特狠狠地把手里的雪茄烟往地上一扔，地毯被烟头烤焦，吱吱冒烟，散发出刺鼻的焦煳味儿。他一个箭步冲到她面前，气得脸色发青。

"你要是个男人的话，我非一把拧断你的脖子不可。看在你是个女人的分上，你给我听好了，闭上你那该死的臭嘴。你以为我不爱邦妮吗？你以为我会把她带到那种地方——她可是我女儿！上帝啊，你有没有脑子啊！反倒是你，别跟我摆出当妈的架子来，哼，要说做母亲，连只猫都比你强！你都为孩子们做过什么？韦德和埃拉怕你怕得要死，要不是有梅兰妮·威尔克斯，他们连什么是母爱、什么是亲情都不知道呢！可是邦妮，邦妮是我的女儿！你以为我照顾她照顾得不如你好吗？你以为我会由着你随意呵斥她、打击她的心灵，就像你打击韦德和埃拉一样吗？见鬼，你休想！快去给邦妮收拾东西，我们一小时后就走。不然的话，我警告你，我会对你做出比那晚还野蛮的事来。我一直在想，也许用鞭子抽你一顿，才是对你最有好处的。"

说完，不等斯嘉丽开口，他就已经转身，快步走出了房间。她听见他穿过过道，去了孩子们的游戏室。门一开，便传来三个孩子欢快、稚嫩又叽叽喳喳的声音，邦妮的嗓门最高，盖过了埃拉。

"爸爸，你去哪儿了？"

"爸爸去找兔子皮了，好把我的小邦妮包起来。过来，邦妮，亲亲你最最亲爱的爸爸——还有你，埃拉。"

第五十五章

"亲爱的,不用跟我解释,我不要听,"梅兰妮坚决地说,同时伸出小手轻轻掩住斯嘉丽的嘴,不让她说下去,"咱们之间还需要解释吗?如果你真觉得有必要解释,那就是侮辱了你自己,也侮辱了阿什利和我。实际上,咱们仨就像是战友,这么多年一直在这个艰难的世道里并肩奋战。你要是真以为几句闲话就能把咱们离间,让咱们起隔阂,那我可真替你感到害臊了。你以为我会相信你和我家阿什利——天啊,那帮人怎么想的!这世上还有比我更了解你的人吗?你觉得我会把你对阿什利、小博和我的那些恩情都忘了吗?——你救了我的命,又保着我们全家不致饿死!我至今仍记得你几乎光着双脚站在垄沟里,跟在北方佬的那匹马后面犁地,两手都磨出了血泡——你吃了这么多苦,只为了能让我和孩子有口吃的——你以为我会忘了这些,反而去相信别人的那些鬼话吗?你什么都不用说,斯嘉丽·奥哈拉,我一个字也不要听。"

"可是——"斯嘉丽欲言又止。

一个小时前,瑞特带着邦妮和普利茜离开了亚特兰大,这给本来就内心羞愤交加的斯嘉丽又添了一抹孤寂。她对阿什利本就心怀愧疚,而梅兰妮又对她百般维护,这让斯嘉丽心里的负疚感更重了,令她难以承受。假如梅兰妮相信茵迪娅和阿奇的话,在聚会上对她冷眼相看,连打招呼也态度冷漠,那她还能昂起头来,使尽浑身解数予以还击。可现在,梅兰妮却像个手持盾牌和利剑的斗士一样,站在她身前,眼里闪着信任的目光,斗志昂扬,誓要替她挡住所有的流言蜚语和对她名誉的攻击。一想到这些,斯嘉丽觉得只有真心忏悔才是唯一选择。是的,她要把一切都坦诚交代,从很久以前在塔拉庄园夕阳斜照的前廊下发生的事情说起,一五一十,和盘托出。

她受到了良心的谴责,虽然她长久以来压制着自己的良心,但并未泯灭,心中还保留着作为天主教徒的良知。"忏悔你的罪过,带着悔恨和愧疚之心苦行赎罪。"母亲埃伦从小就这样教导她,反反复复对她说这些话。如今,母亲的告诫又重新涌上她的心头,令她幡然悔悟。没错,她要忏悔,忏悔一切,她跟阿什利之间的每一句温言爱语、每一次眉目传情,还有屈指可数的几次拥抱——她都要坦白说出——然后上帝就会减轻她内心的痛苦,让她的心能够得到安宁。至于她该受到的惩罚,将会是亲眼看着梅兰妮满怀爱意和信任的脸,瞬间变成难以置信的恐惧和厌恶。噢,这样的惩罚可真残忍,因为她将一辈子都忘不掉梅兰妮的那张脸,还有脸上的那神情。一想到梅兰妮知道了她有多卑鄙,多无耻,多虚情假意,多么当面一套、背后一套,她心里就痛苦万分。

过去她也想过，终有一天要当着梅兰妮的面，奚落嘲讽地把实情抖出来，亲眼看着她那个傻瓜的天堂轰然坍塌。那时的她觉得这个想法美妙极了，想起来就开心，觉得哪怕为此而失去一切也值得。可现在，一夜之间全都变了，这反倒成了她最不愿做的事。究竟为什么会变成这样，她自己也弄不明白。她脑子里乱糟糟的，完全理不出头绪来。她只知道以前她希望在妈妈眼里，她始终是个端庄、善良又心地纯洁的人，而现在，她热切地希望梅兰妮对她的好感不要改变。她只知道她并不在乎世人怎么看她，也不在乎阿什利和瑞特怎么看她，但她唯一在乎的是梅兰妮，唯独不希望梅兰妮改变对她的看法。

她害怕向梅兰妮道出真相，但她身上仅有的一丝诚实的本性冒出头来，遏止不住。这种本性不允许她再继续戴着假面具，欺骗这个挡在她身前竭力保护她的女人。所以那天早晨，瑞特和邦妮刚一走，她就急匆匆跑来找梅兰妮了。

可她刚心急火燎地说了一句："梅丽，那天的事我必须得解释一下——"梅兰妮就不容分说打断了她的话。斯嘉丽面带愧色地望着那双充满爱意和义愤的目光，心咯噔一沉，心知忏悔带给人的安宁和平静将永远与她无缘了。梅兰妮简简单单一句话就终止了她要忏悔的行动。斯嘉丽向来不经世故，可此时她也明白，把自己良心上的负担卸下，转嫁到别人身上，是极其自私的行为，尤其不该为了自己心里得到解脱，而把痛苦转嫁给一个纯洁无辜，而且对自己十分信任的人。梅兰妮对她如此信任和袒护,她欠梅丽一份情,但这份情只能以沉默来回报。如果告诉梅兰妮真相,让她知道丈夫对她不忠,而移情别恋的对象竟是她最挚爱的好友,这对她来说太残忍了,会毁了梅丽的一生!

"我不能告诉她,"斯嘉丽痛苦万分,"绝对不能,即使自己被良心的谴责折磨死,我也不能说。"她突然想起瑞特喝醉酒时说过的话:"她绝对不相信她爱的人会做出寡廉鲜耻、有辱名誉的事来……就让她对你的爱成为你心里的十字架,让你永远都背负着吧。"

是的,这将会成为她心里的十字架,到死都会背负着。她心里将会永远默默忍受着痛苦的折磨和煎熬,终日披着耻辱的罪衣。从今往后,梅兰妮每个温柔的眼神、每个体贴的表示,都将刺痛她的良心,让她每时每刻都得压抑住内心的冲动,不让自己大声喊出来:"别对我这么好!别竭力袒护我!我不配!"

"你要是别这么傻、别这么天真单纯、别这么容易相信别人、别这么头脑简单,那该多好,那样事情就简单多了,"她无奈地想,"我曾经背负过无数重担,但哪副担子都不像这副这么沉重、这么令人苦恼。"

梅兰妮坐在她对面的一张矮椅上,双脚结结实实地踏在一张垫脚凳上。垫脚凳很高,她的膝盖高高地杵在凳子上,就像小孩儿一样。要不是气得忘了礼仪规矩,她绝对不会摆出这副坐相的。她一手拿着梭织花边,另一只手拿着一根明晃晃的银针,正在飞针走线,上下穿梭,就好像拿着把决斗的利剑在奋力地挥舞。

要是斯嘉丽像梅丽这么气愤的话,肯定会跺着双脚,像杰拉尔德壮年时那样扯着嗓门大吼大叫,叫上帝来看看人类的这些奸诈和无耻行径,还咬牙切齿地发誓说要报复。可梅兰妮只是埋头穿针引线,双眉紧蹙,以示内心的愤怒。她的声音很冷静,说话却比平时更简单干脆,可她说出来的话却铿锵有力。要知道她平时很少发表意见,从来没说过一句尖刻伤人的话。斯嘉丽突然意识到,原来威尔克斯家跟汉密尔顿家的人也有发怒的时候,而且发起火来那气势比起奥哈拉家的人也毫不逊色呢。

"亲爱的,他们总对你说三道四,我早就受不了了,"梅兰妮说,"这回可真是让我忍无可忍了,我必须得还击不可。他们之所以总针对你,完全是出于妒忌,因为你精明能干,又事业成功。好多男人都干不成的事,你却干成了。噢,我说这话请你别生气,好多人说你有违妇道,做妇道人家不该做的事,可我并不这么认为,因为事实并非如此。他们根本不了解你,也不能容忍女人精明能干。可他们没权利因为你精明能干又成功,就造谣说你跟阿什利——噢,天啊,真见鬼!"

这最后一句感叹虽然声音轻柔,但要出自男人之口的话,也算是一句粗口了。斯嘉丽吃惊地盯着她,从来没见过她发火的样子。

"阿奇、茵迪娅和埃尔辛太太——他们仨竟然跑到我这儿来造谣生事!真是好大的胆子!当然了,埃尔辛太太没亲自到我这儿来,她没那个胆儿。可她一直对你怀恨在心,亲爱的,因为你比范妮更讨人喜欢。而且你把休降了职,不让他管锯木厂了,也让她耿耿于怀。但你降他的职是对的,因为休这个人太无能,什么都做不好,根本一无是处!"梅兰妮三言两语就把自己儿时的玩伴和少女时代的好友抛弃了,"至于阿奇,那都怪我。我不该收留这个老恶棍。人人都这么劝我,可我就是不听。他讨厌你,亲爱的,就因为你雇用囚犯干活儿。可他怎么敢指责你呢?他是个杀人犯,而且杀的还是个女人!我好心好意待他,可他却跑我这儿来跟我说——就算阿什利一枪打死他,我也不会有一丝歉意和难过的。噢,我跟你说,我把他骂了一顿,然后叫他卷铺盖滚蛋了!他已经离开城里了。"

"还有茵迪娅,这个卑鄙的小人!亲爱的,我第一次看到你们俩在一起时,就注意到了,她嫉妒你,甚至恨你,因为你比她漂亮多了,追你的小伙子也多。因为斯图尔特·塔尔顿的事,她更是恨死你了。她终日对斯图尔特念念不忘——噢,我本不该这么说阿什利的妹妹,可是我真觉得她想斯图尔特想得都魔怔了,脑子都出问题了!不然她做出这种事来,真没别的理由可以解释……我跟她说了,以后不许她再踏进这家的大门一步。要是我再听到她说出这种讹言惑众、无耻下流的话来,我就——我就当众骂她说谎!"

梅兰妮说完便停住,脸上的怒气突然消失,转而变得愁容满面。梅兰妮身上具有佐治亚人所特有的那种强烈的家族观念,一想到一家人弄成这样,她难过得心都要碎了。她沉默了片刻,但觉得斯嘉丽才是她最亲爱的人,在她心里,斯嘉丽永远是最重要的,于是她继续忠诚地说了下去:"她一直嫉妒你,因为我最喜欢的人是你，亲爱的。她再也不会到这房子里来了，而且以后谁家要是接待她，我绝不会踏进那家大门一步。阿什利也同意我的做法，但他心里很难过，自己的亲妹妹居然说出这种——"

一听到阿什利的名字，斯嘉丽过度紧绷着的神经终于断裂，崩溃地大哭起来。她怎么总是不停地往他心上捅刀子呢？她一心想让他幸福快乐、平平安安，可每次都适得其反，只会给他带来伤害。她毁了他的生活，破坏了他的骄傲和自尊，搅碎了他内心建立在道德基础上的安宁和平静。而如今，她又害得他和他深爱的妹妹反目。为了保全斯嘉丽的名声和他妻子的幸福，他只能牺牲茵迪娅，让妹妹成为众人眼中一个喜欢造谣生事、嫉妒心极强且半疯半癫的老姑娘。但其实茵迪娅的每一个怀疑、每一句指责都是对的。每次阿什利望着妹妹的眼睛，都会看到对方眼里闪着真理和谴责的光芒，还有威尔克斯家的人特有的冷眼蔑视。

斯嘉丽知道阿什利把名誉看得比生命都重要，所以她明白阿什利此时肯定痛苦万分。他跟斯嘉丽一样，都不得不躲在梅兰妮的衣裙后面，接受庇护。斯嘉丽虽然明白阿什利这么做实属无奈，也知道他被人误解、蒙受不白之冤主要责任在她，可是——可是——作为一个女人，她还是觉得阿什利这么做不够男人，要是他一枪打死阿奇，向梅兰妮和大伙儿坦白一切，那她会对阿什利更敬佩些。她也知道这么想对阿什利不够公平，可她实在太痛苦，顾不得这些了。瑞特那些瞧不起阿什利、充满奚落嘲讽的话又萦绕在她脑海，现在想来，她也有些怀疑，阿什利在这件事的处理上是否真算得上是个男子汉。自从她爱上阿什利那天起，每当她看到阿什利,总会觉得他身上笼罩着一层耀眼的光环,而此时她突然发现这光环正悄然褪去。她不仅为自己而感到羞愧和内疚,也渐渐开始为他而感到羞愧和内疚。她竭力想赶走脑子里这念头,可结果反而让她哭得更伤心。

"别这样!别哭了!"梅兰妮连忙丢下手里的针线活,扑到沙发上,搂住斯嘉丽,让她的头靠在自己的肩膀上。"都怪我,不该跟你说这些,惹你伤心难过。我知道你心里一定难受死了,这事咱以后再也不提了。对,咱俩不提,对别人也不提,就当这事根本没发生过。不过,"她轻声细语却带着怨恨,"我要给茵迪娅和埃尔辛太太点儿厉害瞧瞧,让她们以后休想再胡乱编派我丈夫和嫂子的谣言。我要把她们治得死死的,让她们俩在亚特兰大抬不起头来。谁要是相信她们的话,或者站在她们那边,谁就是我的敌人。"

斯嘉丽想到今后的漫长岁月,不由得忧心忡忡,她明白就因为她,这座城市和这个家庭将会一分为二,长期分裂不合,世代结仇。

梅兰妮言出必行,果然再也没跟斯嘉丽或阿什利提起这件事,也没跟任何人提起。她对这件事始终态度漠然,谁要敢在她面前暗示性地提起这事,她就会立刻沉下脸来,变得冷若冰霜。惊喜聚会过后的几个星期里,瑞特神秘失踪,一直不见踪影,城里流言四起,群情激动,不知不觉便形成了两大对立的阵营。对于那些指责斯嘉丽的人,梅丽一概不予来往,不管是她的老友还是亲戚，都毫不留情。她嘴上虽不说什么，但直接通过行动来表示自己的态度。

梅兰妮像苍耳一样黏在斯嘉丽身上，跟斯嘉丽形影不离。梅兰妮叫斯嘉丽每天上午照例去店铺和锯木厂，而且每天上午都陪她一起去，还坚持让斯嘉丽每天下午赶车出去兜风，尽管斯嘉丽并不愿意出去面对全城人好奇且虎视眈眈的目光，可梅兰妮偏拉着她出来，坐在她身边，带着她去串门，温柔地拽着她到两年多没去的朋友家做客。梅兰妮跟一脸惊愕的女主人说话时，脸上总带着"爱屋及乌"的表情，意思是你要是尊重我，就得尊重我的朋友斯嘉丽。

每次下午串门，梅兰妮都让斯嘉丽下午早早地来，然后等别人都走了，才带着斯嘉丽最后离开，这样就不会给那些太太留下凑在一起嚼舌根的机会，令那些太太感到愤愤不满。对斯嘉丽来说，这些拜访简直是活受罪，可她不敢拒绝跟梅兰妮同行。她讨厌跟那帮长舌妇坐在一起，她们表面上不说什么，其实心里都在揣测她是不是真的跟人偷情。她不喜欢那些女人，因为她知道她们是看在梅兰妮的面子上，不想失去梅兰妮这个朋友，才跟斯嘉丽搭话的，不然她们才不会理她呢。可斯嘉丽也知道，一旦那些女人接待了她，以后就不能对她不理不睬，故意冷落了。

尽管大家对斯嘉丽的看法不一，有维护她的，也有指责她的，但都有一个共同之处，那就是无论对她是褒是贬，都不是以她的个人品德为评判标准。"她的事啊，我才懒得管呢。"这是大伙儿对她普遍的态度。斯嘉丽树敌太多，如今已经几乎没什么人替她说话了。她的言行伤过太多人的心,积怨已久,所以至于这次的丑闻是不是会伤害到她,大伙儿根本不在乎。但大家都为梅兰妮和茵迪娅忧心不已,害怕她们会受到伤害。所以这场风波的中心并不是斯嘉丽,人们关注的焦点是梅兰妮和茵迪娅,他们最关心的问题只有一个——"茵迪娅真的是在造谣吗?"

那些坚定地站在梅兰妮这边的人言之凿凿地指出,这些日子以来,梅兰妮一直都跟斯嘉丽在一起,两人整天形影不离。像梅兰妮这么道德高尚又讲原则的人,怎么会袒护一个有罪的女人呢?更何况还是跟自己丈夫有染的女人?不,绝对不可能!茵迪娅就是个疯疯癫癫的老姑娘,她就是痛恨斯嘉丽,嫉妒她,所以才造她的谣,还诱骗阿奇和埃尔辛太太相信了她的谎言。

可站在茵迪娅这边的人则反问道,假如斯嘉丽是被冤枉的,那巴特勒船长哪儿去了呢?为什么这个时候,他不留在自己妻子身边,维护她,给她撑腰呢?这个问题没人知道答案。几个星期过去了,又有传闻说斯嘉丽怀孕了。支持茵迪娅的人这下得意了,他们说这肯定不是巴特勒船长的孩子。因为这对夫妻关系一直不和,早就尽人皆知,而且他们俩一直分房而睡,这事早就是公开的秘密了。

于是流言蜚语传得满天飞,全城的人分为两派,连汉密尔顿家、威尔克斯家、伯尔家、惠特曼家和温菲尔德家等原本亲密团结的几大家族,也出现了分歧。家族中的每个成员都不得不站队,不能保持中立。梅兰妮冷静而沉着,茵迪娅则尖酸而怨愤。但亲戚们无论站在哪边,都恨死了斯嘉丽,都是因为她,才弄得他们家族失和。而且大伙儿都觉得为了斯嘉丽这样的人,而闹得家家户户不得安宁,真不值得。无论亲戚们站在哪边,都觉得十分痛心,茵迪娅真不该把家丑外扬,把阿什利卷入丑闻,让他在众人面前丢人现眼。可既然她话已经说出口了,很多人便只得赶紧站出来维护茵迪娅,同她一起谴责斯嘉丽。而其他那些喜欢梅兰妮的亲戚,则站在了梅兰妮和斯嘉丽这边。

亚特兰大城里几乎半数的人都跟梅兰妮和茵迪娅沾亲带故,或者自称是她们的亲戚,什么表亲啦、表亲的表亲啦、姻亲啦、远亲啦等等,数不胜数,关系错综复杂。除非是土生土长的佐治亚本地人,否则谁也理不清这其中的亲属关系。这两大家族里的人们宗族观念向来根深蒂固,尽管私下里家族有些成员之间有嫌隙,但到了紧急关头,家族里所有人都能团结在一起,拧成一股绳,一致对外。多少年来,家族里的关系向来和睦融洽,从没有过公开的不和,虽然皮蒂姑妈和亨利叔叔多年来时不时地闹别扭,但都是家族里的笑谈。家族里的成员人人性情温和、说话轻声细语、矜持保守、寡言少语,连亚特兰大多数家庭里常有的嬉笑打闹都鲜有发生。

然而如今,他们竟分成了对立的两派。亚特兰大人有幸能亲眼看见这两大家族里的所有成员都就这场亚特兰大有史以来最令人震惊的丑闻纷纷进行表态,就连五服[1]外的亲戚也不例外。

---

1 古时丧服按跟死者关系的亲疏分为五种,指高祖父、曾祖父、祖父、父亲和自身五代,后来用出没出五服表示家族关系的远近。

而城里另一半与梅兰妮和茵迪娅不沾亲带故的人也陷入了极大的麻烦。因为她们俩的矛盾,也导致了城里几乎所有的社会团体和组织都出现了不和。戏剧社、南部邦联烈士遗孀和遗孤针线协会、阵亡烈士陵墓美化协会、周六夜音乐社、女士交谊舞俱乐部、青年读书会等组织全都卷入了这场纷争。另外连四大教会及其下属的妇女赈济会和传道会也未能幸免。各个团体和组织都得在分组活动时小心翼翼,避免把敌对派别的人分在同一个小组里。

每天下午的四点到六点,成了亚特兰大的主妇们最头疼的时候,因为这个时候正是下午串门聚会的时间。她们生怕梅兰妮和斯嘉丽来访的时候,恰好茵迪娅和她忠诚的支持者们还在自己的客厅里。

在家族成员里,就数可怜的皮蒂姑妈日子最不好过。其实皮蒂别无所求,只希望一辈子能在亲戚的和睦友爱中舒舒服服地过日子。所以在这件事上,她两边都不想得罪,可两边都不允许她保持中立。

如今茵迪娅跟皮蒂姑妈住在一起。皮蒂本想站在梅兰妮一边,可如果支持梅兰妮的话,那茵迪娅就会搬走。可茵迪娅要是搬走了,那还有谁来陪可怜的皮蒂呢?她不愿意一个人住,要么找个陌生人来跟她同住,要么就干脆关门走人,搬到斯嘉丽那儿去住,不过皮蒂姑妈隐约觉得巴特勒船长可能会不高兴。再不然她就只好搬到梅兰妮家去住,睡在小博的那间窄小的育儿室里。

皮蒂并不怎么喜欢茵迪娅,因为这姑娘老是一副冷冰冰的样子，而且固执又偏激，这让皮蒂感到有些害怕，总是战战兢兢。可因为有茵迪娅在，皮蒂才能舒舒服服地住在自己家里。并且皮蒂这个人向来最注重个人的安逸和舒服，道德则在其次，所以茵迪娅就一直留了下来。

可留下了茵迪娅，皮蒂姑妈就成了风暴的中心，因为斯嘉丽和梅兰妮都因此而认为她站在了茵迪娅那边。斯嘉丽直截了当地表示，只要茵迪娅还住在皮蒂姑妈家，就断然不会再给皮蒂姑妈钱，接济家用。阿什利每个星期都派人给妹妹送钱，但每次都被傲慢的茵迪娅拒绝，一言不发地把钱原数退回，这让老太太又吃惊又遗憾。幸亏亨利叔叔出手相助，不然住在这幢红砖房里的人将会落魄拮据，衣食无着。可受亨利叔叔的接济，皮蒂姑妈又觉得丢面子。

在这世上，皮蒂姑妈最爱的人除了自己，就数梅兰妮了。可如今，梅丽对自己疏离而客气，完全就像个陌生人。虽然她们两家近在咫尺，梅丽家几乎就在皮蒂家后院，可梅丽一次也没穿过篱笆来皮蒂家串门，可过去她一天就跑进跑出十好几趟。皮蒂登门去找梅丽，哭哭啼啼地向侄女表爱意和忠心，可梅兰妮总是闭口不谈这事，也从来不到姑妈家回访。

皮蒂心里很清楚，她亏欠斯嘉丽的实在太多——甚至可以说，要是没有斯嘉丽的话，她这条老命恐怕早就没了。在战后那段艰苦的日子里，皮蒂只有两个选择，要么投奔她哥哥亨利，要么活活饿死。是斯嘉丽维持了这个家，供她吃穿，让她在亚特兰大的社交圈里能维持上等人的体面。斯嘉丽嫁给巴特勒之后，搬进了自己的家,但她对皮蒂姑妈依然慷慨相助。而那个可怕又迷人的巴特勒船长——每次他跟斯嘉丽来拜访她之后,皮蒂总能在家里的玄关桌上发现崭新的钱包,里面塞满了钞票,或者在自己的针线盒里发现用花边手帕包着的金币。每次问起瑞特,他都一口咬定自己对这事一无所知,还戏谑地调侃老太太,说她肯定是有位秘密的爱慕者,八成是一脸大胡子的梅里韦瑟老爷子。

是的,梅兰妮给了她爱,斯嘉丽给了她生活的保障,可茵迪娅给了她什么呢?什么也没有,只不过因为有茵迪娅在,皮蒂可以继续过着安逸的生活,而且凡事不用自己拿主意。皮蒂这位老小姐一辈子都没自己拿过主意,可眼下碰到这么件令人心烦又不体面的事,她也不知道该如何抉择,只好顺其自然,结果时常暗暗掉泪,也没人来安慰。

最后,终于有些人完全相信斯嘉丽是清白无辜的了,倒不是因为大伙儿相信她的人品,而是因为梅兰妮坚信斯嘉丽是被冤枉的。有些人仍有所怀疑,但对斯嘉丽倒是客气多了,还登门来看她。因为他们爱梅兰妮,希望能继续保持跟梅兰妮的友谊。茵迪娅的支持者们见了斯嘉丽只是冷冰冰地点个头,有的甚至公然对她不理不睬。这些人叫斯嘉丽很难堪,令她十分恼火,可她明白,要不是梅兰妮护着她,并且立刻在行动上支持她,恐怕全城的人早就跟她翻脸,让她在城里没有半点儿容身之地了。

第五十六章

瑞特已经走了三个月了,斯嘉丽始终没有他的消息。她既不知道他在哪儿,也不知道他什么时候回来。实际上,她甚至不知道他还会不会回来。在瑞特离开的这段日子里,斯嘉丽每天都昂首挺胸地出门去料理自己的生意,但心里难受极了,身体也不舒服。可梅兰妮硬拉着她每天去店铺看看,还得装作兴致勃勃的样子去打理锯木厂。她头一次对店铺失去了兴趣,尽管店铺的生意很红火,利润比去年多了两倍,财源滚滚,但她还是提不起兴致,甚至心烦得要命,动不动就对店里的伙计发火。约翰尼·加勒格尔管理的锯木厂生意兴隆,厂里生产出的木材总是很容易就能卖出去。可不管约翰尼怎么说怎么做,都不能令斯嘉丽满意。和斯嘉丽一样,约翰尼也是爱尔兰人的暴躁脾气,最后终于受不了她的唠叨和抱怨,勃然大怒,扬言说要辞职不干了,还气冲冲地说:"咱俩一拍两散,互不相欠了,太太,愿你跟克伦威尔一样没有好下场。"于是斯嘉丽不得不低下头来再三道歉,平息他的怒火。

她一直也没去阿什利的锯木厂，即使去他的办公室，也是专挑他不在的时候。她知道他在躲着她，也知道由于梅兰妮的执意邀请，她不得不经常到他家去，这对他来说是一种折磨。他们再也没有单独说过话，可她真的很想跟他问个明白，她想知道他恨不恨她，想知道他是怎么跟梅兰妮解释的。可他总是对她敬而远之，还用眼神默默地恳求她不要问他。看到他的脸愈发因悔恨而变得苍老憔悴，她的心里就愈发沉重。再加上他管理的那间锯木厂每个星期都在亏钱，斯嘉丽更是心烦得很，可是只能憋在肚子里，开不了口。

阿什利面对眼前的困境束手无策，这让斯嘉丽又气又急。她也不知道该让他怎么做才能扭转这种局面，但她觉得他应该行动起来，干点儿什么。要换作瑞特的话，早就采取行动了。瑞特总是会主动想办法，哪怕做错了，也比坐以待毙强，这一点的确令斯嘉丽不得不佩服。

如今她对瑞特的怒气已消，对他的那些羞辱和无礼的行径也不再记恨在心，反倒开始想念他了。日子一天天过去，瑞特依然杳无音信，但斯嘉丽对他的思念反而与日俱增。他走时伤害了她的自尊，给她留下的是狂怒、怨恨和伤心，可如今所有这一切都化为满心的沮丧，如一只黑兀鹰在啃噬她的心。她很想念他，想念他总讲些轶闻趣事逗她开怀大笑；想念他讥讽地大笑几声，就能让她烦恼和怒气全消；想念他尖刻的嘲讽和奚落，气得她反唇相讥。她最想念的是能够在他面前尽情倾诉。瑞特是个很合她心意的倾诉对象，在他面前她可以无话不谈，甚至可以毫不顾忌且无比自豪地吹嘘自己如何盘剥别人,而瑞特听了还会给她拍手叫好。可要换了别人,别说叫好了,估计刚说两句,他们就吓得要死了。

没有瑞特和邦妮在身边,斯嘉丽感到很寂寞。她很惦记孩子,连她自己都没想到,她会这么想念邦妮。她想起瑞特临走时言辞激烈地指责她对韦德和埃拉漠不关心。其实她得空的时候,也尝试过尽量多陪陪他们,可毫无用处。瑞特的话以及孩子们的反应让她发现了一个令人震惊又令人烦恼的事实。两个孩子还小的时候,由于她急着赚钱养家,太忙碌、太急躁,动不动就发火,所以没能赢得孩子们的爱和信任。而如今,一切都太晚了,而且她也没有那份耐心和智慧去打开他们幼小的心灵,探寻他们内心深处的秘密。

埃拉!斯嘉丽发现埃拉真是个不折不扣的傻孩子,一想起来就让她恼火。但埃拉的确傻得不可救药。这孩子干什么事都不能专心,在一件事上的注意力持续不过几秒,还没一只鸟停在树枝上的时间长呢,就连听故事,埃拉也总是打岔,问东问西,净扯些跟故事不相干的事。可还没等斯嘉丽回答,埃拉就已经把刚才问的问题给忘了。至于韦德——也许瑞特说得对。这孩子很怕她。她觉得很莫名其妙,也很伤心。她自己的亲生儿子,唯一的儿子,为什么竟然会怕她呢?每次她想逗他说话,他都瞪着那双跟查尔斯一样温柔的棕色大眼睛看着她,然后局促不安地扭动着两只小脚。可跟梅兰妮在一起时,他那张小嘴就说个不停,还把自己口袋里的所有宝贝——什么蚯蚓啊、烂绳子什么的,都掏出来给梅兰妮看。

斯嘉丽不得不承认,梅兰妮带孩子的确很有一套。这一点谁也无法否认。因为她的儿子小博就是亚特兰大城里最乖、最可爱的孩子。斯嘉丽跟小博处得比跟自己儿子还亲。因为小博在大人面前活泼开朗,一看见自己就跑过来,爬到自己膝头坐着。这孩子多漂亮啊,一头金发,跟阿什利一模一样!要是韦德像小博一样,那该多好啊——话说回来,梅兰妮就小博这一个孩子,而且不用像斯嘉丽一样得出去工作,事事操心,所以她能花更多心思在孩子身上,当然能把孩子带好了。至少,斯嘉丽想以此为理由为自己辩解和开脱。可诚实的本性又让斯嘉丽不得不承认,梅兰妮的确很爱孩子,就算给她十几个孩子,她也欣然乐意。所以她把满心的爱都倾注在了韦德和邻居们的孩子身上。

斯嘉丽永远也忘不了有一天她赶车到梅兰妮家去接韦德时见到的情景。她走在前院的小径上,惊讶地听到了她儿子正扯着嗓子像模像样地学南军士兵打仗的呐喊声——可韦德在家时却总是不声不响,跟老鼠一样安静。小博也学着他的样子,嗷嗷地大喊。斯嘉丽走进客厅,发现俩孩子手里拿着木剑,朝沙发进攻。一看见她进来,俩孩子顿时吓得闭上了嘴,这时梅兰妮突然从沙发后面站了起来,手里抓着一把发夹,摇晃着满头凌乱的鬈发放声大笑。

"我们在打葛底斯堡战役呢,"她解释说,"我当北方佬,当然被打得落花流水。这位是李将军。"她指着小博说。"这位是皮克特将军。"说着她伸手搂住了韦德的肩膀。

是啊,梅兰妮哄孩子的确有一套,斯嘉丽永远也学不会、弄不懂。

"至少,"她心想,"邦妮爱我,喜欢跟我玩儿。"可诚实的本性又让她不得不承认,邦妮更喜欢瑞特,而不是她。而且她很有可能再也见不到邦妮了。说不定瑞特去了波斯或者埃及,而且打算永远待在那儿不回来了。

当米德医生告诉斯嘉丽她怀孕了时,斯嘉丽大吃一惊,因为她原以为自己是肝气郁结或是神经衰弱。她顿时回想起那个激情狂纵的夜晚,不禁羞得涨红了脸。这么说,肚子里的这个孩子是那夜销魂时刻的结晶——尽管那夜销魂蚀骨的记忆被随后的不快之事蒙上了一层阴影,但她平生头一次为自己怀孕而感到高兴。真希望是个男孩儿!一个活泼健壮的男孩儿,不要像韦德一样蔫吧唧的,毫无生气!这回她会好好关爱这孩子的!现在她有时间专心照顾孩子了,钱也有的是,不用为孩子的成长和未来而发愁,她将多么幸福啊!她恨不得立刻写信给瑞特,告诉他这个喜讯,把信寄到查尔斯顿他母亲那里,由她转交给瑞特。上帝啊,他得赶快回家来!要是孩子出生后他才回来,那她可就有口难辩,永远也解释不清了!可要是给他写信,他肯定会以为她想他了,盼着他回来,那他不免又会得意起来。所以她绝不能让他以为她想念他、需要他。

斯嘉丽很庆幸她没有一时冲动给瑞特写信,因为她刚好收到了宝琳姨妈从查尔斯顿寄来的信,从信中她终于知道了瑞特的消息,眼下他正在查尔斯顿他母亲那里。原来瑞特还在国内,斯嘉丽大大地松了一口气,不过宝琳姨妈在信里提到的事情让她大为恼火。瑞特带邦妮去看望了宝琳和尤拉莉姨妈,姨妈在信上对这孩子赞不绝口。

  真是个可爱的小家伙!长大了肯定是个大美人。不过依我看啊,将来谁要是追她,肯定得先过巴特勒船长这一关才行,我还从没见过哪个当爸爸的这么疼爱女儿呢。哦,亲爱的,我不得不承认,在见到巴特勒船长之前,我一直觉得你嫁给他这样的人,是有辱门风,因为他在查尔斯顿名声很坏,没一个人说他好话,大伙儿都为他的家庭而感到遗憾和惋惜。实际上,尤拉莉和我一开始都拿不定主意,不知该不该接待他——可是,那可爱的小丫头毕竟是我们亲外甥女的女儿。等见到他的面,我们俩才又惊又喜,高兴极了。我们这才意识到当初真不该轻信那些流言蜚语,有违基督教义。没想到巴特勒船长竟如此风度翩翩,一表人才,我们都认为他为人稳重、谦恭有礼,而且那么爱你、爱孩子。

  不过,亲爱的,有件事我要跟你谈谈,这事也是我们听别人说的——一开始我跟你尤拉莉姨妈还不肯相信呢。当然,我们早就听说了你时常打理肯尼迪先生留给你的那间店铺,虽常有人议论这事,但我们都没理会。因为我们都知道,战后那段日子的确艰苦难熬,在那种境况之下,一个女人出去工作也是迫不得已。可如今,你已经没必要那么做了,据我所知,巴特勒船长足能给你安定富足的生活,而且完全有能力替你管理所有的生意和产业。我们必须得弄清那些传闻是真是假,所以只得向巴特勒船长直截了当地问个究竟,因为这些传闻弄得我们大家都心烦意乱。

  他特别不情不愿地告诉我们,你几乎每天上午都去店里亲自打理生意,不许别人插手管账。他还承认,你拥有一家或几家锯木厂的股份(这事我们还是头一次听说，因为太惊讶了，脑子一乱就忘了继续追问他），所以你不得不一个人赶马车出去到处跑，或者找个恶棍替你赶车。而据巴特勒船长说，那个赶车的竟然是个杀人犯。看得出来，巴特勒船长因为这事伤透了心，我们都觉得他对你真是百依百顺——实际上，甚至有点儿太顺着你了。斯嘉丽，你可不能再这样了。你妈妈已经不在人世，管教不了你，所以我作为姨妈必须得代她教导你。想想你的孩子们将来长大，知道你在做生意，他们会怎么想！要是知道自己的妈妈抛头露面跟粗鄙的男人打交道，打理锯木厂，惹来无数非议和闲话，他们会觉得多丢人啊！如此不守妇道——

信还没读完，斯嘉丽就骂了一句，狠狠把信扔到地上。她仿佛看见宝琳和尤拉莉姨妈就坐在炮台区那幢摇摇欲坠的破房子里，对她横挑鼻子竖挑眼，指指点点。她们也不想想，就她们那穷得叮当响的境况，要不是她斯嘉丽每月给她们寄钱，她们只怕早就饿死了。不守妇道？上帝啊，要不是她不守妇道地拼命挣钱，宝琳和尤拉莉姨妈恐怕现在连个安身之处都没有。该死的瑞特，竟然告诉她们店铺、管账和锯木厂的事！他还不情不愿？她太了解这家伙了，他就喜欢在老太太们面前装出一副稳重、有礼、风度翩翩的样子，哄得老太太们真以为他是个忠诚的丈夫和慈爱的父亲，自己暗暗得意。他故意把她打理店铺、管理锯木厂、开酒馆这些事情一五一十地讲给老太太们听，看她们担心又着急，自己心里偷着乐。他简直就是个魔鬼！干这种缺德事就这么开心吗？

但是很快，连这愤怒也变得麻木起来了。最近她对什么都提不起劲儿来,几乎失去了对生活的激情。她多么希望能重新唤起这种激情,多么希望再次看到阿什利身上的光环——多么希望瑞特能快些回来,逗她开怀大笑啊!

父女二人事先也没打招呼,就突然回家来了。人还没到,先听到了行李被一件件放在前厅地板上时咚咚的声音。紧接着传来了邦妮稚嫩的叫声:"妈妈!"

斯嘉丽连忙冲出自己的卧室,跑到楼梯口,看见自己的宝贝女儿正迈着胖乎乎的小短腿奋力地一步步爬上楼梯,怀里还抱着一只温顺的小花猫。

"是奶奶送给我的。"邦妮兴奋地大叫,揪着小猫的后颈,把它拎起来给斯嘉丽瞧。斯嘉丽一把将女儿搂进怀里,一个劲儿地亲,暗暗庆幸有孩子在,避免了她跟瑞特时隔多日再次单独相见的尴尬场面。她的目光越过邦妮的肩头,看见瑞特正在楼下的过道大厅里付给车夫车钱。他抬头看到她,随即摘下帽子,动作潇洒且夸张地随手一挥,行了个脱帽礼。斯嘉丽迎上他那双乌黑的眼睛,一颗心狂跳不止。不管他是什么样的人,不管他在外面做了什么,他最终还是回来了,她心里高兴极了。

"嬷嬷呢?"邦妮在斯嘉丽怀里扭动着身子,想要走开。斯嘉丽只得放开孩子。

看来事情要比她预想的困难,既要冷热适度地跟他打招呼,又得把怀孕的事告诉他!瑞特走上楼来,斯嘉丽看着他那张黝黑的脸,依然那么冷漠,那么无动于衷、面无表情。不,她要等等再说,不能马上就告诉他。按理说,这种事应该最先让丈夫知道,因为丈夫听到这个消息总是会很高兴的。可她觉得瑞特恐怕未必会高兴。

她站在楼梯口,身子倚着楼梯扶手,心想也许他会来亲吻她,可结果他并没有这么做,只是说了一句:"你看上去脸色很苍白啊,巴特勒太太,难道胭脂用光了吗?"

一句想念她的话也没有,哪怕是虚情假意的也好啊。至少当着嬷嬷的面,他也该亲她一下吧。嬷嬷行了个屈膝礼,然后领着邦妮下楼去育儿室了。瑞特在斯嘉丽身旁停下来,漫不经心地打量着她。

"瞧你一脸憔悴,难道是因为想我了?"他问道。他嘴上笑着,但眼里笑意全无。

他还是这副德行,跟以前一样可恶。突然她觉得肚子里怀着的孩子变得不再令她感到欣喜和快乐,反而成了令人厌恶的累赘。而站在她面前的这个手里拿着巴拿马草帽、满不在乎的男人,就是她最不共戴天的死敌,是她一切痛苦和烦恼的根源。她回答他的问题时,眼里充满恨意,这恨意如此显而易见,如此一目了然,令瑞特脸上的笑容顿时消失。

"说我因为你而脸色苍白,也绝不是因为想你,你这个自负的家伙,那是因为——"噢,她本没想这么告诉他的,可是火气一上来,就顾不了那么多,一下子就脱口而出,也不管仆人们会不会听见了,"是因为我怀上孩子了!"

瑞特突然倒吸了一口凉气,目光迅速地上下打量了她一下,然后一个箭步跨到她跟前，仿佛要伸手去握她的胳膊，可她一扭身躲过了他的手。看到她眼里仇恨的目光，瑞特顿时沉下脸来。

"是吗！"他冷冷地说，"那么，谁是那位幸福的父亲呢？阿什利吗？"

斯嘉丽紧紧抓住楼梯端柱上的木雕狮子，狮子尖利的耳朵刺得她手掌生疼。即使她对他再了解，也万万没料到他会说出这样的话来侮辱她。当然，他是在开玩笑，但这玩笑开得也太过分、太恶毒了。她真恨不得伸手去抓他眼睛，用尖利的指甲把他眼里那阴阳怪气的光亮给抠去。

"你真是个混蛋！"她气得破口大骂，声音都颤抖了，"你——你明知道这孩子是你的。你不想要，我比你更不想要。不——没有哪个女人愿意给你这种混蛋生孩子。噢，上帝啊，我真希望——真希望这孩子不是你的！"

她看到瑞特突然变了脸色，充满愤怒，还有某种她看不懂的东西，令他的脸就像被什么刺了一样，抽搐了一下。

"太好了！"她盛怒中闪过一丝快意，"太好了！这下我终于伤到他了！"

可他眨眼间又换回了平时那副无动于衷的老面孔，伸手摸了摸嘴角的胡子。

"想开点儿吧，"说完，他便转过身要上楼，"没准儿你会流产的。"

一时间，斯嘉丽感觉头晕目眩，怀孕生子的种种难受和痛苦一齐涌上心头：翻肠搅肚的恶心呕吐、漫长的等待、身形日益臃肿，还有好几个小时撕心裂肺的阵痛。这些痛苦男人们是永远体会不到，也理解不了的。可他居然跟她开这种玩笑。她要伸手去抓他，抓得他满脸流血，只有这样才能减轻她心里的痛苦。于是她朝他猛扑过去，像猫一样迅速而敏捷。瑞特吃了一惊，身子微微一闪，举起手臂来挡她。她正站在楼梯口，而楼梯的地板又刚打过蜡，她全身的重量都集中在她伸出的那只胳膊上，被瑞特扬手一挡，整个人失去了平衡。慌乱中她急忙去抓楼梯端柱，可是没抓住，于是仰面倒在楼梯上，只觉得肋部钻心地疼，同时感到头晕目眩，最后终于支撑不住，骨碌碌一直滚下了楼梯。

斯嘉丽头一次真的病倒了，除了生孩子那几次，可生孩子根本不算生病。即使生孩子时，也没像现在这么害怕和无助，此时的她虚弱、痛苦，觉得天旋地转。她知道她病得很重，只不过大伙儿都不敢告诉她实情。她隐约觉得自己可能要死了，肋骨似乎摔断了，一呼吸就感觉像刀扎一样疼。她的脸也摔破了，头疼得像要裂开似的，浑身上下都剧痛难忍，就像有好多魔鬼拿烧红的铁钳夹她的皮，用钝刀子割她的肉，折磨得她体力耗尽，一阵剧痛刚过去，还没等缓过劲儿来，又一阵剧痛袭来。不，生孩子可没这痛苦。韦德、埃拉和邦妮出生两小时后，她就食欲大开，饱餐一顿了。可现在除了凉水，她不管想到什么吃的东西都觉得恶心想吐。

生孩子多容易啊，可流掉一个孩子却这么痛苦！奇怪的是，一听到肚子里的孩子保不住时，她竟然难过得心如刀割。更奇怪的是，这偏偏是她第一个真心想要的孩子。她想弄明白自己为什么想要这个孩子，可她太累了，累得什么也想不了了，心里只有对死亡的恐惧。死神就在这房间里，可她却没有力气与它对抗，把它打回去。她害怕极了。她真希望有个身强力壮的人在她身边，握着她的手，帮她把死神打退，直到她恢复力气，自己跟它抗争。

心中的愤怒早已被疼痛淹没，她需要瑞特，可他并不在她身边，而她又拉不下脸来让人去把他叫来。

她只记得在黑漆漆的过道里，瑞特从楼梯底下把她抱起，面如死灰、一脸恐惧，嘶哑着嗓子大喊嬷嬷。接着她依稀记得自己被抱上了楼，然后就眼前一片黑暗，不省人事了。等她再度醒来，只觉得浑身疼痛，并且疼得一阵比一阵剧烈。房间里乱哄哄的，尽是嗡嗡的说话声。皮蒂帕特姑妈在小声呜咽，米德医生在粗声粗气地下命令，楼梯上有人脚步匆匆，楼上的过道里有人在踮着脚，步履轻轻。突然间，仿佛有一道刺目的闪电划过，令她感到死亡的恐惧，她吓得想要大声尖叫，呼唤一个人的名字，可发出来的却只是微弱的低语。

然而这凄凉而无望的低语立刻得到了回应，床边的黑暗中传来一个轻柔的声音，犹如安神定魂的催眠曲："我在这儿，亲爱的，我一直都在这儿。"

梅兰妮拉起斯嘉丽的手，轻轻地贴在自己冰凉的脸颊上，令死神和恐惧悄然退去。斯嘉丽想转过头看着梅丽的脸，可脑袋却动不了。梅丽要临产了，可北方佬就快来了。整座城市都陷入了火海,她必须赶快离开,赶紧走。可梅丽正生孩子呢,她走不了。所以她必须得留下来守着梅丽,直到孩子生下来。她必须得撑住,因为梅丽需要她。梅丽痛苦极了——火热的铁钳在夹着她的皮,钝刀子在割她的肉,一波又一波的疼痛来袭,她必须紧紧抓住梅丽的手。

但是幸好米德医生在这儿,尽管车站的那些士兵和伤员的确很需要他,可他终于还是来了。因为她听见医生在说话:"她神志不清了,巴特勒船长在哪儿?"

那天晚上她觉得周围忽明忽暗,有时好像是自己正在生孩子,有时又好像听见梅兰妮在呼喊。不过梅兰妮一直在她身边。梅丽的双手冰凉,但不急不慌,没有手忙脚乱,也没有像皮蒂姑妈那样一直哭哭啼啼。只要斯嘉丽睁开眼,便会呼唤"梅丽",而每次梅丽都会立刻回应她。每次斯嘉丽想开口轻唤"瑞特——我要瑞特"时,便会突然像大梦方醒一样,想起瑞特根本不要她,他那张像印第安人一样黝黑的脸总是那么阴沉,带着讥笑,露出雪白的牙齿。她想要瑞特,可瑞特并不要她。

有一次,她呼唤"梅丽",而回答她的是嬷嬷:"是我,孩子。"说着便把一块凉凉的毛巾敷在她额头。她焦躁不安地一遍遍叫着"梅丽——梅兰妮",可过了好久梅兰妮都没来。因为此时梅兰妮正坐在瑞特的床边。而瑞特则喝得酩酊大醉,正瘫坐在地上,脑袋靠在她膝头呜呜地哭。

每次梅丽从斯嘉丽的房间里出来,都会看见瑞特的房门大开,他坐在自己的床上,目不转睛地盯着过道对面的房门。他的房间里一片狼藉，满地雪茄烟头，餐盘到处都是，里面的食物连碰都没碰过。床上被子没叠，床单凌乱，他坐在床上一根又一根地抽着烟，胡子拉碴，人也一夜间憔悴了许多。他每次看到梅兰妮时，从不开口询问斯嘉丽的情况。她便总会在门口站立片刻，告诉他消息："抱歉，她的情况更糟了"，或者"不，她还没叫你。你也知道，她现在还神志不清呢"，或者"你千万不要放弃希望，巴特勒船长。我去给你煮点儿热咖啡，再拿些吃的来吧。你这样会把自己弄出病来的"。

尽管梅兰妮又累又困，几乎都麻木了，可一看见瑞特这副样子，就不由得心生同情，深感心痛。人们怎么能用那么刻薄的话指责他呢？——说他冷酷无情、对斯嘉丽不忠，她可是亲眼看着瑞特一天比一天消瘦、憔悴，看着他满面愁容，每天备受痛苦的煎熬啊。虽然她自己也累得不行，但每次从斯嘉丽的房间出来，告诉他病情时，她都尽量让自己的语气比平时更温和。他看上去就像个即将被打入地狱的幽灵，等候上帝的审判，又像个突然陷入敌人包围的孩子。在梅兰妮眼里，人人都像孩子。

可是当她终于高兴地跑到他房门口，想告诉他斯嘉丽病情已经好转了时，眼前的情景令她大吃一惊。床边的床头柜上放着一瓶喝了一半的威士忌，整个房间酒气熏天。瑞特抬起头来看向梅兰妮，眼睛明亮而木然。虽然他牙关紧咬，但下巴还是在不住地发抖。

"她死了？"

"噢，不。她好多了。"

他喊了一声"噢,上帝啊",便低下头,双手掩面。梅兰妮看见他宽阔的肩膀在不住地颤抖,就像打冷战似的。她怜悯地看着这个男人,但突然间吓了一跳,没想到他竟然哭了。梅兰妮从来没见过男人哭,更万万没想到像瑞特这样深谙世故、向来冷静、爱嘲讽人、永远自信满满的男人,竟然会抱头痛哭。

听到他那充满痛苦和绝望的哽咽,梅兰妮吓坏了。她慌了神,以为他喝醉了,她很怕喝醉酒的男人。可当瑞特抬起头来时,梅兰妮看着他的眼睛,看出他并没喝醉。于是她连忙走进房间,轻轻关上房门,朝他走去。她从来没见过男人哭,不过倒是哄过不少哭泣的孩子。她一只手轻轻放在他的肩头,他突然伸出双臂抓住了她的裙子。还没等她反应过来,她就已经坐在了床边,而他则跪坐在地上,头埋在她的膝间,双臂将她环住,双手紧紧地抓着她,把她抓得好疼。

她轻轻地抚摸着他的一头黑发,说道:"好了!好了!"她轻声安慰:"别担心!她很快会好起来的。"

听到她的话,瑞特把她抓得更紧了,然后急切地说起话来,声音嘶哑、语速极快,就好像对着一座永远不会泄露秘密的坟墓,平生头一次把自己这辈子所有的心里话都掏了出来,毫无保留、毫不掩饰地讲给梅兰妮听。梅兰妮一开始完全蒙了,没怎么听懂,只是像母亲一般耐心地听着。他把头埋在她的膝间,攥着她裙子的褶皱,断断续续地说着。他的话时而含糊不清,时而清晰可闻,话里尽是严厉的自责和痛苦的忏悔,说到的有些事,是女士们讳莫如深的话题,她从来都没听说过。这些最隐秘的话,令梅兰妮羞得满脸通红,幸好他一直低着头,所以看不见。

梅兰妮轻轻拍了拍他的头,就像轻拍小博的头一样,然后说道:"好了,别说了,巴特勒船长!你不该跟我说这些事的!我知道你心里难过,别说了!"可他还是继续滔滔不绝地停不下来,并且死死地抓着她的裙子,仿佛抓住的不是裙子,而是活下去的希望。

他谴责自己干过的错事,可这些事情她根本听不懂;他嘟嘟囔囔提到了贝尔·沃特琳的名字,然后突然拼命地摇晃着她,大喊着:"是我杀了斯嘉丽,我杀了她。你不明白,她并不想要这个孩子,她——"

"别再说下去了!你冷静些!不想要孩子?女人哪有不想要——"

"不!不!你想要孩子,可她不想要。不想要我的孩子——"

"你不能再说下去了!"

"你不懂。她不想要孩子,是我强要了她,让她怀上了。这个——这个孩子——都是我的错,是我该死。我跟她早就分床睡了——"

"别说了,巴特勒船长!这不合适——"

"我喝醉了,昏了头,一心想要伤害她——因为她伤害了我。我想要——结果我真那么做了——可她并不想要我。她从没想要我,从来没有,我努力过——我尽了全力,可是——"

"噢,求你别说了!"

"我真不知道她怀孕的事,直到那天——她从楼梯上摔下来。她不知道我在哪儿,所以没法写信告诉我——可即使她知道,也不会写信给我的。不瞒你说——不瞒你说,要是我知道这事的话——我肯定会马上赶回来的——不管她想不想要我回来……"

"噢,是的,我知道你肯定会马上回来的!"

"上帝啊,这段日子我都干了些什么啊,整天疯疯癫癫,喝得烂醉!那天她在楼梯上告诉我她怀了孩子——可我干了什么?你知道我是怎么说的吗?我大笑着说:'想开点儿吧,没准儿你会流产的。'结果她真的——"

突然间,梅兰妮脸色唰的一下变白了。她低下头,看着在她膝头痛苦扭动着的黑脑袋,吓得目瞪口呆。午后的阳光从敞开的窗户照进来,她似乎头一次发现他那双棕色的大手是多么强劲有力,手背上的黑色汗毛多么浓密厚实。她不由自主地身子往后缩。他的那双手竟如此凶狠、残忍,可此时此刻,那双手死死揪着她的裙子,看上去又是那么虚弱、那么无助。

难道他听信了关于斯嘉丽和阿什利之间那荒谬的谣言,心怀嫉妒了?没错,谣言刚一传出来,他就离城远行了,可是——不,不会的,巴特勒船长以前也是行踪不定,说走就走。他那么冷静又理智的人,不可能听信那些谣言。他那么聪明,要真是因为这个,那他还不早早就来找阿什利算账,一枪把他杀了?至少也会来找阿什利,让他把这事解释清楚啊?

不,不会是因为这个。肯定是他喝多了,再加上精神过度紧张,才昏了头,就像个神志不清的人,满口胡话。遇到危急情况时,男人也跟女人一样,都承受不了压力。他肯定是有什么烦心事,也许是跟斯嘉丽闹了点儿小别扭,只不过他把芝麻点儿的小事给夸大了。也许他说的那些可怕的事,有些是真的,但不可能全都是真的。噢,至少最后一件事绝对不可能是真的!因为没有一个男人会对自己深爱的女人说出这种话来,更何况瑞特爱斯嘉丽爱得这么深、爱得这么痴狂。梅兰妮从来没见过邪恶和残忍之事,而现在她头一次见识到,可又觉得难以相信。他肯定是喝醉了,身心都很难过,而难过的孩子是需要被哄的。

"好了!好了!"她轻声说,"别说了,我都懂。"

他猛然抬头,一双布满血丝的眼睛瞪着她,用力甩开了她的手。

"不,上帝啊,你不懂!你不会懂的!因为你——你太善良了,所以永远不会懂的。你不相信我的话,可我说的一切都是真的。我真是猪狗不如。你知道我为什么要那么做吗?我疯了,嫉妒得发了疯。她从来没在乎过我,我以为我会得到她的心,可是她的心从来不在我身上。她不爱我。从来也没爱过我。她爱的是——"

他那热切、狂乱而醉意蒙眬的眼睛与她的目光相对,突然间不由得一愣,嘴巴愣愣地张着,仿佛这才意识到自己是在跟谁说话。梅兰妮脸色苍白,似乎有些紧张,但目光依然坚定而柔和,充满同情和不相信。她那双淡褐色的眼眸清澈纯净,透着宁静安详,眼眸深处流露出的纯洁无瑕,令他心头一震,仿佛迎面挨了一记耳光,打得他酒意尽消,把说到半截的疯言乱语连忙咽进肚里。他低下头避开她的目光,嘴里喃喃自语了几句,然后眨了眨眼,尽力让自己清醒过来。

"我是个浑蛋,"他嘴里嗫嚅着,脑袋又无力地埋在她的膝间,"但还没浑到不可救药。即使我真的告诉你,你也不会信的,对吗?你心地太善良了,不会相信的。我从没见过像你这么善良的好人。你不会信我的,对吗?"

"对,我不会信你的,"梅兰妮抚摸着他的头,安慰道,"她会好起来的。好了,巴特勒船长,别哭了!她会好起来的。"

第五十七章

一个月后,瑞特把斯嘉丽送上了开往琼斯博罗的火车。此时的斯嘉丽面色苍白,身形消瘦。韦德和埃拉也跟她一起去。看到妈妈那张既无生气又无血色的脸庞,两个孩子默默不语、惴惴不安,紧紧依偎在普利茜身旁。虽然他们还是孩子,但也能看出妈妈和继父之间关系冷淡而疏离,冷漠的气氛中有种令人害怕的东西。

斯嘉丽不顾身体虚弱,坚决要回娘家塔拉。她在亚特兰大一天也待不下去了,觉得多待一天都会窒息而死。她闷在家里只会胡思乱想,满脑子都是糟心事,想得头昏脑涨,也徒劳无功,平添烦恼。她身心俱疲,心力交瘁,感觉自己就像个迷路的孩子,站在噩梦般荒凉僻静的乡间,找不到任何熟悉的路标指引方向,不知道该往哪儿走。

当年北方佬攻入亚特兰大时,斯嘉丽匆匆逃离,而如今她再度逃离了这座城市。她只能用她惯用的老办法来自我保护,把所有的烦恼都抛诸脑后:"我现在先不想这些,不然会受不了的。

等明天到了塔拉再想吧。因为明天又是新的一天。"她觉得只要能回到老家，回到那宁静的乡间田园，置身于那片绿油油的棉花地中，她心里所有的烦恼就会一下子烟消云散，脑子里那些纷乱破碎的思绪就能理清，她就能重新获得活下去的力量和勇气。

瑞特目送着火车远去，直到消失在视线里。他脸上愁云惨淡，怏怏不乐。他叹了口气，把马车打发走，自己骑上马，沿着常春藤街，朝梅兰妮的家奔驰而去。

今早天气晴好，温暖和煦，梅兰妮坐在藤蔓成荫的前廊上做针线活，针线筐里堆满了袜子。这时，她突然看见瑞特翻身下马，把缰绳扔到站在人行道边的一个黑人小男孩儿的手上，她不禁既困惑又慌张。她又回想起那可怕的一天——斯嘉丽病重，他呢，又喝得——喝得烂醉。自那天之后，她就再也没有跟他单独见过面。梅兰妮甚至想起"烂醉"这个词来就觉得厌恶。在斯嘉丽养病的这段日子里，梅兰妮只偶尔见过他几次，每次都简单地打个招呼，可即便如此，她也不敢直视他的目光。不过好在每次见到他时，他都是一副温和沉稳的老样子，言行和神色都很淡定，就像那件事从没发生过似的。阿什利曾经说过，男人喝醉酒后说过的话和做过的事，醒来之后往往就全都不记得了。梅兰妮心里暗暗祈祷，但愿巴特勒船长对那天发生的事也不记得了。要是他还记得那天对她说过的那些话，她宁愿自己死了的好。看到瑞特沿着小道走来，梅兰妮羞怯难当，脸涨得通红。不过没准儿他只是来叫小博去陪邦妮玩儿的。他这人总不至于这么不知趣，竟跑来为那天的事而向她道谢吧！

梅兰妮起身相迎,像往常一样,又一次暗暗惊讶,别看他身材这么高大魁梧,可走起路来却这么轻快敏捷。

"斯嘉丽走了?"

"是的。一回到塔拉她就会好多了,"他笑着说,"有时我觉得她就像大力士安泰俄斯[1],只要一挨上大地母亲,就会力量倍增。斯嘉丽要是离开她热爱的那片红土地太久,就会浑身不自在。让她看看茁壮生长的棉花,比吃米德医生开的任何补药都管用。"

"快请坐吧。"梅兰妮双手有些发抖。他可真魁梧啊,极富男子气概。在这样的男人面前,梅兰妮总是会感到心慌意乱。这样的男人浑身散发出一种力量和活力,令她觉得自己愈发渺小和软弱。他皮肤黝黑,阳刚而威猛,宽厚的肩膀上结实的肌肉把白色的亚麻布上衣撑得鼓鼓的,令人望而生畏。谁能想到这么强悍健硕、狂傲不羁的人,竟也有痛哭流涕、失魂落魄的时候,而且还把头埋在她的膝间!

"噢,天啊!"她心里慌乱不安,脸又红了。

"梅丽小姐,"他柔声道,"我来是不是惹您烦了?你要是不高兴,请尽管直说,我这就走。"

"噢!"她心想,"他真的还记得!他知道我心里不自在!"

梅兰妮抬起头来,面带恳求之色,但突然间,她的窘迫和慌

---

[1] 安泰俄斯是希腊神话中的巨人,是大地女神盖亚和海神波塞冬的儿子。他力大无穷,而且只要他保持与大地的接触,就不可战胜。

乱一扫而光,因为她看到他的目光如此温柔、和蔼、善解人意。她不禁觉得自己太傻,没必要这么慌张。她惊讶地发现,他一脸倦容,明显能看出他心里很难过。她怎么会以为他没教养、不知趣,要把他们俩都觉得难为情、都恨不得忘掉的旧事重提呢?

"可怜的男人,他一直都在为斯嘉丽担心呢。"她心想,然后尽力挤出一抹微笑,说道,"请坐吧,巴特勒船长。"

瑞特重重地坐下,看着她重新拿起正在织补的袜子。

"梅丽小姐,我来是想求你帮我一个大忙,"他嘴角一咧,笑着说,"请你帮我一起设个骗局,不过我知道你是不会答应的。"

"骗局?"

"没错,实际上,我是来跟你谈笔生意的。"

"噢,天啊,那你最好还是去跟威尔克斯先生谈吧。我对做生意可是一窍不通,没有斯嘉丽那么聪明。"

"我倒是觉得斯嘉丽太聪明了,反而对自己不利,"他说,"我正是为这事来找你商量的。你也知道她——她这次病得多重。等她从塔拉回来,就又得奔波忙碌起来,打理店铺和那几家锯木厂的生意,我真巴不得那些店铺啊、工厂啊什么的,哪天夜里突然爆炸了才好。我实在是担心她的身体,梅丽小姐。"

"是啊,她太操劳了,你必须让她停下来别干了,好好照顾自己的身体。"

他笑了起来。

"她那倔脾气,你还不清楚吗?她啊,任性得像个孩子,我都没法跟她争辩。她也不让我帮她——谁帮她都不行。我曾经劝她把锯木厂的股份卖掉，可她说什么也不肯。好了，梅丽小姐，我直入正题吧。我知道斯嘉丽只愿意把锯木厂的股份卖给威尔克斯先生，别人谁也不卖。所以我希望威尔克斯先生能把她剩余的那些股份全都买走。"

"噢，我的天啊！那当然好了，可是——"梅兰妮突然停下，咬住嘴唇。她不能跟外人提自己家里的境况。尽管阿什利管理锯木厂有薪水可拿，可不知为何，她和阿什利手头从来没宽裕过，钱总是不够花。令她一直忧心的是，他们几乎没存下什么钱。可她也不知道赚来的钱都花到哪儿去了。阿什利给她的钱维持家用倒是足够，但要是有额外的开销，钱就吃紧了。当然了，她看病吃药也花了不少钱，还有阿什利从纽约买书和家具也是一笔大开销。他们还得给住在地下室的那些流浪汉提供吃穿，另外阿什利一遇到过去的战友借钱，从来都不忍心拒绝。还有——

"梅丽小姐，我愿意借钱给你。"瑞特说。

"你真是太好了，可这钱我们怕是一辈子也还不了啊。"

"不用还。请别生我的气，梅丽小姐！请听我把话说完。只要斯嘉丽不用每天赶着车跑来跑去，把自己弄得累死累活的，就是对我最好的回报，足以抵这笔债了。光是那家店铺就够她忙活、也够她快活的了……你还不明白我的意思吗？"

"哦——我明白——"梅兰妮还是有些犹豫。

"你想给你儿子买匹小马，对吗？你想供他上大学，去哈佛读书，去欧洲游学，对吗？"

"噢，没错，"梅兰妮来了兴致，一提到小博，她就神采飞扬，

"我想给他一切,可是——唉,这年头人人都穷——"

"只要威尔克斯先生把锯木厂买下来,他早晚能赚大钱的,"瑞特说,"而且,我也真心希望小博能得到他该拥有的一切。"

"噢,巴特勒船长,你可真是诡计多端!"她大笑着说,"利用当妈的骄傲来打动我的心!我算是看透你了。"

"那倒不见得,"瑞特眼里头一次有了笑意,"这下你肯让我借钱给你们了吧?"

"可这骗局该怎么设呢?"

"咱们俩必须合起伙儿来骗斯嘉丽和威尔克斯先生。"

"噢,天啊!这可不行!"

"要是斯嘉丽知道了我在她背后搞鬼,哪怕是为了她好——哎呀,她那脾气,你还不了解嘛!而且恐怕威尔克斯先生也会拒绝我借钱给他。所以绝不能让他们两人知道这钱是从哪儿来的。"

"哦,可是我敢肯定,要是威尔克斯先生知道了事情的原委,他不会拒绝的,因为他很喜欢斯嘉丽。"

"是的,他的确很喜欢她,"瑞特不露声色地说,"但他还是会拒绝的。你也清楚,威尔克斯家的人有多高傲。"

"噢,天啊!"梅兰妮痛苦地喊道,"我真希望——巴特勒船长,我不能欺骗我的丈夫啊。"

"就算是为了斯嘉丽也不行吗?"瑞特一副很伤心的样子,"她那么喜欢你!"

梅兰妮眼里闪着泪花。

"我为了她什么都愿意做。她对我的恩情,我一辈子也还不清,这你知道的。"

"是的,"他说,"我知道她对你有恩。那你能不能跟威尔克斯先生说,这钱是你的某个亲戚在遗嘱里留给你的?"

"哎,巴特勒船长,我家的亲戚里没一个有钱的,拿不出一分钱给他啊!"

"那么,我通过邮局匿名把钱寄给威尔克斯先生,你能不能想办法确保让他用这笔钱把锯木厂买下来,而不是——呃,不是拿这钱接济那些穷困潦倒的前邦联战友?"

刚听到最后半句,梅兰妮心里有些不快,觉得这话似乎暗含着对阿什利的批评,但见他善解人意地笑着,自己也不由得会心地笑了。

"当然,我会的。"

"那就这么说定了?这就是我们俩之间的秘密喽?"

"可我对我的丈夫从来不会隐瞒什么的!"

"这我相信,梅丽小姐。"

梅兰妮看着瑞特,心想自己从来没看错他,可是大伙儿却一直误解他,说他冷酷、傲慢、无礼,甚至狡猾奸诈。尽管现在许多体面人都承认他们当初错了,可她打一开始就认定他是个好人。瑞特对她向来亲切和善,礼貌周全,尊重她,理解她!而且,他那么爱斯嘉丽!想尽办法帮斯嘉丽减轻身上的负担,多体贴啊!

她冲动之下,脱口而出:"斯嘉丽有你这么个好丈夫,真有福气!"

"是吗？如果她听了你这话，恐怕不会同意呢。再说，我也想对你好，梅丽小姐，我要给你的比给斯嘉丽的还要多。"

"给我？"梅兰妮困惑不解，"哦，你是指小博吧。"

他拿起帽子，站起身，低头凝视着梅兰妮那张相貌平平、心形的脸，看着她额头上的美人尖和那双神情庄重的黑眼睛，这张脸出尘不染，显然内心纯净无邪，对世事毫不设防。

"不，不是小博。我想给你的比给小博的更多，不知道你能不能猜到。"

"不，我猜不出来。"她更糊涂了，"在这世上，除了阿什——除了威尔克斯先生，再没有比小博更重要的了。"

瑞特没说话，低头看着她，黝黑的脸上平静无波。

"你为我这么费心，真是太感谢了，巴特勒船长。不过说真的，我很幸运，因为作为一个女人，在这世上我想要的东西都已经有了。"

"那好极了，"瑞特突然脸色一沉，说道，"希望你能永远保住这些东西。"

当斯嘉丽从塔拉回来时，脸上的病容已经完全消失，脸蛋儿也圆润了些，双颊有了红晕，一双绿色的眼眸又有了光彩，眼波流转，顾盼生辉。瑞特带着邦妮去车站接她和韦德、埃拉两个孩子，斯嘉丽一见到父女俩就大笑起来——这是她好几个星期以来，头一次这么纵声大笑——觉得既可气又可笑。原来她发现瑞特的帽檐上插着两根饯乱的火鸡毛，而邦妮则穿着做礼拜时穿的最漂亮的一件连衣裙,可惜衣服却破得不成样子;小脸蛋儿上画着两道靛蓝色的斜线,鬈发上插着根足有她身高一半长的孔雀羽毛。显然,父女俩正玩儿扮演印第安人的游戏,玩儿到一半发现接车时间快到了,于是匆忙赶来。看看瑞特脸上那尴尬又无奈的神情和嬷嬷气呼呼的样子,就能猜出八九分,看来肯定是邦妮不肯卸妆,就急着要来接妈妈。

斯嘉丽嗔怪道:"这是哪儿来的小叫花子啊!"说着亲了亲女儿,然后侧过脸,让瑞特亲了亲自己的脸颊。车站人太多,不然她才不会主动让他亲吻呢。虽然邦妮这副模样让斯嘉丽感到很难为情,可她注意到周围的人看到这父女俩的打扮都呵呵直乐,但不是嘲笑,而是觉得有趣,充满善意和好感的笑。人人都知道斯嘉丽的这个小女儿把她爸爸指使得团团转,瑞特对她是有求必应、百依百顺。亚特兰大人觉得这对父女很有趣,也对瑞特如此疼爱自己的女儿而表示赞赏。瑞特的慈父形象深入人心,令人们对他的印象也大有改观。

在回家的路上,斯嘉丽滔滔不绝地讲着乡下的各种消息和新闻。由于天气炎热、干燥,棉花长势喜人,噌噌地往上蹿,你甚至都能听到它们节节长高的声音。可威尔说,今年秋天棉花的价格会跌下来。苏埃伦又怀孕了——她小心翼翼隐晦地说,这样孩子们就不会听懂了——埃拉别看平时蔫头耷脑,但没想到咬起苏埃伦的大女儿来,倒是劲头十足。不过在斯嘉丽看来,小苏茜活该被咬,谁让她跟她妈妈简直一个模子刻出来似的。苏埃伦为这事火冒三丈,于是姐妹俩又跟以前一样,大吵了一架。韦德打死了一条水蛇,是他一个人打死的呢。塔尔顿家的兰达和卡米拉两姐妹竟然在学校教书,你说好笑不好笑?要知道塔尔顿家的人一个识字的都没有,连"猫"这个字怎么写都不知道呢!贝琪·塔尔顿嫁给了一个来自拉夫乔伊的独臂胖子,这两口子跟贝琪的姐姐海蒂,还有贝琪的爸爸吉姆一起在丽山庄园种了一大片棉花,长势很好。塔尔顿太太有了匹纯种母马和一匹小马驹,开心得就像自己成了百万富翁似的。卡尔弗特家原先的那座宅子住进了一大帮黑人,把那所房子给占了!而且那房子也的确归他们所有了,因为那是他们在县政府的拍卖会上买下来的。那地方现在破烂不堪,看了叫人忍不住想哭。谁也不知道凯思琳和她那个没用的丈夫去哪儿了。亚历克斯要跟萨莉结婚了,那可是他哥哥的遗孀,他守寡的嫂子啊!想想看,两人在同一个屋檐下生活了这么多年,居然要结婚了!大伙儿都说这也是没办法的事,因为自打他们家的老太太和少奶奶去世之后,就剩下他们两人住在那座房子里,孤男寡女,难免惹来别人的闲话。迪米蒂·门罗为这事伤透了心。可她也是活该,谁让她不早点给自己另找个婆家,非要傻等着亚历克斯攒够钱来娶她。

斯嘉丽竹筒倒豆子似的说个不停,可乡下还有很多事她只字未提。因为那些事想起来就让人伤心。她跟威尔赶着车在县里四处转了一圈,一路上她尽力不让自己回忆起过去那片绵延数千英亩绿油油的棉花地。因为过去一座座的种植园早已荒废,重新变成荒无人烟的林地,寂静凄凉的废墟周围和过去的棉田里悄然长满了须芒草、矮栎和松树,一片破败景象。昔日肥沃的良田，如今只剩下一成还在耕作。一路走来，所见之处皆是一片死寂，仿佛走过了死神的领地。

"这一带的土地就算能恢复元气，最少也得五十年以后了，"威尔说道，"如今县里最好的农场就数咱们塔拉了。这多亏了你和我啊，斯嘉丽。可即便如此，塔拉也只是个农场而已，仅有两匹骡子，一小块棉田，根本算不上是种植园。方丹家仅次于咱们，再往后是塔尔顿家。不过这两家都挣得不多，不过倒还能维持，两家人干劲儿也十足。可其余的人家、其余的庄稼地就——"

不，斯嘉丽不愿回想起乡下的那片荒凉残败的景象。现在回到了热闹喧嚣、一片繁荣兴旺的亚特兰大，再去回想那些，只会让自己心里更觉凄惨、悲凉。

"家里没什么事吧？"回到家，在前廊坐下之后，她才开口问道。一路上她一直喋喋不休，生怕一停下来就会冷场。自从那天她从楼梯上摔下来之后，她还没有跟瑞特单独说过一句话，而现在她也不想跟他独处。她心里没底，不知道他对她是什么态度。在她养病的那段痛苦日子里，他对她很好，但这种好显得很疏离和生分，不像家人，倒像个陌生人。他对她事事体贴周到，不让孩子们打扰她，还替她照管店铺和锯木厂。可他从没说过抱歉二字。也许他觉得没什么可抱歉的吧，也许他还认为那个没能保住的孩子不是他的吧。那张毫无表情的黝黑面庞后面，到底藏着什么样的心思呢？她实在是猜不透。但自从他们结婚之后，他头一次表现得这么彬彬有礼、客客气气，似乎希望日子就这么过下去,就好像他们两人之间从来没发生过什么不快的事一样——斯嘉丽闷闷不乐地想,就好像他觉得他俩之间什么事也没发生过一样。好吧,如果这就是他想要的话,那她就配合他把自己的角色演下去吧。

"一切都还好吗?"她又问了一遍,"店铺屋顶的新瓦买了吗?那些骡子你换掉了没?上帝啊,瑞特,快把你帽子上那两根火鸡毛拔了吧,傻死了,别待会儿戴着破火鸡毛帽子就进城去了。"

"不行。"邦妮拿起爸爸的帽子,用手护着。

"家里一切都好。"瑞特回答说,"邦妮和我过得快活极了。自打你走了以后,她的头发就再没梳过。别舔那羽毛,宝贝儿,脏。是的,屋顶的新瓦都安好了。骡子也以合算的价格换掉了。家里真没什么新鲜事,一切都还那样。"

这时,他突然想了想,加了一句:"尊敬的阿什利昨晚来过。他想跟我打听你愿不愿意把你那家锯木厂的股份和他入股的那家锯木厂剩余的股份全都卖给他。"

斯嘉丽正一边晃着摇椅,一边扇着火鸡毛扇子,听到这话,突然停住。

"卖给他?阿什利哪儿来的钱?你也知道,他们家一分钱存款都没有,他一赚来钱,梅兰妮立马就花个精光。"

瑞特耸了耸肩,说:"我一直以为她是个很节俭持家的人呢,不过,威尔克斯家的事,我哪有你了解啊。"

这话说得真刺耳,他那冷嘲热讽的老毛病又犯了,斯嘉丽又生起气来。

"去吧,亲爱的,"她对邦妮说,"妈妈有话要跟爸爸说。"

"不要。"邦妮一口拒绝,然后爬到了瑞特的腿上。

斯嘉丽对邦妮皱起眉头,邦妮也板起小脸回敬她,那神情简直跟杰拉尔德一模一样,逗得斯嘉丽差点儿笑出声来。

"就让她待在这儿吧,"瑞特纵容地说,"至于他的钱嘛,好像是别人送给他的。说是在罗克艾兰战俘营时,有个狱友得了天花,多亏了阿什利照顾,那人才保住了性命。这倒叫我重新相信了人性,知道原来这天底下知恩图报的人还是有的。"

"那人是谁呢?咱们认识吗?"

"信是从华盛顿寄来的,信上没有署名。阿什利也一头雾水,不知道是谁寄的。不过,阿什利这人向来宽厚无私,行善无数,做了这么多好事,不可能把自己帮过的人全都记住。"

阿什利得了笔意外之财,令斯嘉丽大感惊喜,所以没顾上瑞特话里的夹枪带棒,不然她早就反唇相讥了。虽然在塔拉时她已经下定决心,不再为阿什利跟瑞特吵架了。可在这件事上,她也拿不准自己该站在哪一边。所以她必须先弄清楚该站在哪边再开口表态。

"他想把我的股份全买走?"

"是的,不过,我当然说你不会卖的。"

"这是我的事,我希望你能让我自己管。"

"哦,你明知道自己离不开锯木厂的。我跟他说,他跟我一样清楚,你要是不插手管别人的闲事,心里就难受。如果你把锯木厂卖给了他,你就不能插手去管他生意上的事了。"

"你好大胆子,居然在他面前这么说我?"

"为什么不敢,我说的不对吗?我敢说他打心眼儿里同意我说的话。不过,当然了,他是个体面的绅士,肯定不会把这话直接说出来的。"

"你胡说!我偏要把锯木厂卖给他!"斯嘉丽气得大叫。

在此之前,她从来没动过要卖锯木厂的念头。她有一大堆理由要留着锯木厂,其中钱是最无足轻重的一个原因。过去这几年里,她随时都能把厂子卖掉大赚一笔,可她拒绝了所有买主的开价。因为锯木厂是她一个人费尽千辛万苦开起来的,是她多年来艰苦拼搏取得成功的明证,她为锯木厂的成功而自豪,也为自己而骄傲。她不想卖掉锯木厂,最重要的原因还在于,这是她能跟阿什利接触的唯一途径。如果锯木厂不属于她了,那就意味着她再难有机会跟阿什利见面,甚至也许再也没机会跟他单独相见了。而她必须要单独跟他见面,因为她想知道现在他对她的感情到底如何,想知道自从那次可怕的生日会后,他对她的爱是不是在羞愧中荡然无存了。在管理锯木厂生意的过程中,她可以找到很多适当的机会跟他说话,而不致招人非议。只要给她时间,她知道她一定能重新赢得他的心。可是如果她卖掉了锯木厂——

不,她不想卖掉厂子,可瑞特却在阿什利面前这么直截了当地揭了她的底,她一气之下便下定了决心,把厂子卖给阿什利,而且要价极低,就为了让他知道她有多慷慨。

"我就是要卖!"她气呼呼地说,"看你还怎么说?"

瑞特弯下腰给邦妮系鞋带,眼里闪过一丝不易察觉的得意之色。

"我看你会后悔的。"他说。

她已经为自己一时冲动、不假思索就说出的话而后悔了。要是听到这番话的人不是瑞特,而是别人,她早就厚着脸皮把话收回了。她怎么这么冲动,怎么不过脑子就脱口而出了呢?她皱着眉头、气冲冲地看着瑞特,看到他又用那种像猫盯着老鼠洞一样锐利而机警的目光注视着她。见她皱着眉,瑞特突然大笑起来,露出洁白的牙齿。斯嘉丽隐约觉得她好像中了他的计,落入了他的圈套。

"这事不会是你在背后搞的鬼吧?"她突然问道。

"我?"他眉头一挑,故作惊讶地说,"我这人,你还不了解嘛,你觉得我是那种闲得没事干,到处做好事的人吗?积德行善这种事,我可是能免就免的。"

于是当晚,斯嘉丽便把两家锯木厂以及她所有的股份都卖给了阿什利。她并没有亏钱,因为阿什利拒绝接受她开的极低要价,而是以别的买家出过的最高价格成交。她在契约上签了字,锯木厂从此便不再属于她了。梅兰妮给阿什利和瑞特端来了两杯葡萄酒,庆祝交易成功。斯嘉丽却有种难掩的失落和惆怅,仿佛卖掉了自己的亲骨肉似的。

锯木厂曾是她的心头肉,是她的骄傲,是她用自己那双勤劳的小手辛苦打拼创造出来的成果。在最艰苦最黑暗的日子里，那时的亚特兰大还未从战争的废墟和灰烬中挣扎出来，她在极其贫困和艰苦的环境下，办起了一间小小的锯木厂。但她不辞辛劳、苦心经营，顶着财产被北方佬没收的风险，撑过了资金紧缺、连许多精明的男人都纷纷破产的艰难日子，最终稳稳地站住了脚跟。如今，亚特兰大的伤口渐渐愈合，一座座建筑拔地而起，每天都有源源不断的外地人涌入这座城市，而她已经拥有了两家锯木厂、两座木材场、十几支骡车队，还有一群成本低廉的囚犯劳工，生意兴隆，蒸蒸日上。告别了这一切，就如同告别了她的一段人生，这段岁月虽然艰辛、苦涩，但回想起来令她十分满足，又恋恋不舍。

她亲手开创了这份产业，而现在却又亲手把它卖掉。她心情很沉重，因为她知道要是没有她在背后掌控的话，阿什利终有一天会把她好不容易创立起来的产业全都败光。阿什利太轻信别人，到现在都分不清木材的规格和尺寸。而如今，她再也不能给他出谋划策，提出有益的建议了——这全都怪瑞特，因为他在阿什利面前，说她对什么事都爱指手画脚。

"哼，该死的瑞特！"她心里愤愤地想。她越看瑞特就越觉得可疑，怀疑这一切都是他在背后一手策划的。只不过她不明白他是怎么策划的，也搞不清他为什么策划这一切。此时他正跟阿什利说话，一听他说的话，她心里又拱起火来。

"我猜你会立刻把那些囚犯辞退的，对吧？"瑞特问道。

把囚犯辞退？为什么要这么做？瑞特心里很清楚，锯木厂的利润大部分都是靠囚犯的廉价劳动力换来的。可为什么瑞特这么肯定阿什利会辞退那些囚犯？他对阿什利了解多少？

"没错，那些犯人得马上打发走。"阿什利回答，故意回避斯嘉丽惊讶的目光。

"你疯了吗？"斯嘉丽大喊，"租约还没到期，那些佣金就全白扔了。再说，不雇囚犯，还能雇谁来干活呢？"

"我要雇自由黑人。"阿什利说。

"自由黑人！胡扯！你知道那得花多少工钱吗？而且北方佬会时刻盯着你，看你是不是一天三顿饭有鸡有肉地供着他们，晚上睡觉时是不是给他们鸭绒被盖。要是你用鞭子在哪个偷懒的黑人身上抽两下，让他们快点儿干活，北方佬就会冲你大喊大叫，从亚特兰大叫到道尔顿，非把你关进监狱不可。我跟你说，囚犯是唯一——"

梅兰妮一听这话便低下了头，看着交叠在膝头的双手。阿什利面有愠色，但毫不退让。他半天没吭声，然后跟瑞特对视了一眼，仿佛从瑞特的目光里得到了理解与支持。然而两人的对视并没逃过斯嘉丽的眼睛。

"我不会雇囚犯干活的，斯嘉丽。"阿什利心平气和地说。

"哈，了不起啊，先生！"斯嘉丽气得差点儿背过气去，"为什么不雇囚犯？难道是你怕跟我一样，被人戳脊梁骨？"

阿什利抬起头来。

"身正不怕影子斜，只要我做得对，不怕别人说闲话。而且我向来认为雇犯人干活是不对的。"

"为什么——"

"我不能靠强迫别人劳动、压榨别人的血汗赚钱。"

"可你从前不也养着黑奴吗!"

"他们没被压榨、没受苦啊。再说,就算没打这场仗,等父亲死后,我也会放他们自由的。但这跟雇囚犯是两回事,斯嘉丽。租用囚犯这种制度有太多弊端,你也许不知道,但我清楚得很。而且我也知道,约翰尼·加勒格尔在他的工棚里至少害死了一个囚犯,没准儿不止一个——犯人多一个少一个,谁在乎呢?他说那名囚犯是因为想要逃跑才被杀的,可在别人嘴里可不是这么回事。而且据我所知,就连生病的囚犯他也不放过,硬逼他们带病干活儿。就算我迷信好了,反正我认为以别人的痛苦来赚钱,即使发了财也不会幸福的。"

"见鬼!你是说——天啊,阿什利,华莱士牧师那套不碰肮脏钱的说教把你洗脑了是吧?"

"我用不着被洗脑。因为在他布道之前,我早就相信这一点了。"

"这么说,你肯定认为我赚的钱都是肮脏的喽?"斯嘉丽真怒了,"因为我雇囚犯干活儿、开酒馆,还——"她突然停住了。威尔克斯夫妇二人面露尴尬,而瑞特则在一旁咧嘴直笑。"该死的,"斯嘉丽气呼呼地暗骂,"他准是又在笑我多管闲事了,阿什利肯定也是这么想的。真恨不得把这俩人的脑袋一块儿敲碎!"她强忍住怒火,极力摆出一副庄重高贵的姿态,但装得一点儿也不像。

"当然,你要怎么做又不关我的事。"斯嘉丽最后说道。

"斯嘉丽,别误会,我不是在指责你!真的不是。只不过咱们俩对一些事情的看法不同罢了,你认为对的事情,也许在我看来未必是对的。"

她突然希望能跟阿什利单独在一起,盼着梅兰妮和瑞特离他们俩远远的,这样她就能大声对阿什利说:"可我想跟你看法一致啊!可你得告诉我你到底是什么意思,让我明白,这样我才能跟你的想法保持一致啊!"

可是梅兰妮就在眼前,正为这种焦灼的场面而深感不安,急得直发抖呢,而瑞特却慵懒地靠在沙发上,冲她咧嘴直乐。她只得尽力冷静下来,道貌岸然地说道:"当然了,阿什利,这是你自己的事,该怎么办用不着我多嘴。但我必须要说,我真不明白你为什么要这么做,也不理解你说的那些话。"

噢,真希望他们能单独在一起,这样她就不用被迫对他说出这么冷冰冰的话来,惹他不高兴!

"抱歉,是我冒犯了你,斯嘉丽,我不是有意的,请原谅。我的话其实没什么难以理解的,我只是认为钱应该生之有道,用某些办法赚来的钱并不能给人带来快乐。"

"可是你错了!"她再也忍不住大叫起来,"你看看我!我的钱是怎么来的,你再清楚不过。我没钱受穷的时候是什么样子,你也亲眼看到了!你还记不记得,那年冬天在塔拉,天气冷得要命,咱们只好把毯子剪下来做鞋穿。那时候咱们天天挨饿,吃不上一顿饱饭,经常为小博和韦德上学读书的事发愁。你还记得——"

"我都记得,"阿什利厌倦地说,"但我宁可把那些事情都忘了。"

"噢,那你总不能说那时候咱们日子过得很快乐吧,啊?可你再看看现在的我们!你有了温馨的小家,还有光明的前景。再看看我,谁家的房子比我家的豪华?谁家的衣服和马车比我家的漂亮?谁家餐桌上的饭菜比我家的丰盛?谁家办的宴会比我家的盛大又气派?我家的孩子要什么有什么,谁能比得上我?那你说说我这些钱都是从哪儿来的?树上摘的吗?不,先生!是靠犯人干活和开酒馆的租金,还有——"

"别忘了还有你亲手打死的那个北方佬,"瑞特轻声道,"是他给了你第一桶金呢。"

斯嘉丽猛然转身要冲他发火,愤怒之词正要脱口而出,却被瑞特抢了先。

"那些钱让你非常非常开心快活,对吗,亲爱的?"他说话的口气甜得像抹了蜜,但话里带着毒刺。

斯嘉丽突然语塞,张口结舌起来,不知该说些什么好,只是用眼睛飞快地扫视着面前的三个人。梅兰妮急得都快哭出声了。阿什利也一下子神情黯淡,低头不语。瑞特则叼着雪茄,饶有兴致地看着她,一副事不关己、饶有兴致的样子。她现在真的好想大喊一声:"那是,有了钱,我当然开心,当然快活!"

可是不知怎的,这些话她就是怎么也喊不出口。

第五十八章

自从自己生了一场大病之后,斯嘉丽就发现瑞特变了。她也说不好自己喜不喜欢这种变化。他不再喝得醉醺醺的,人也变得安静多了,可一天到晚总是心事重重。如今,他经常回家来吃晚饭,对仆人变得愈发和气,对韦德和埃拉也更为疼爱了。他再也不提他们过去的事,开心的事也好,不开心的也罢,都不提了,而且也默默地暗示斯嘉丽不要去提起这些事。斯嘉丽也乐得安宁,就这样相安无事、互不打扰倒也挺好,所以表面上,他们的日子过得平平静静、安安稳稳。在斯嘉丽养病期间,瑞特就开始对她客气而疏离起来,如今依然如此。他既不含沙射影地暗讽她,也不再说什么尖刻伤人的话激怒她。她现在才终于明白,以前他恶言恶语惹她发火,激得她反唇相讥,其实那是因为他关心她,在乎她的一言一行。而现在,他对她客气有礼,却疏离淡漠,令她吃不准他是否还在乎她、关心她。虽然从前他们俩总是斗嘴吵架,可她现在反而怀念起那些唇枪舌剑的日子,怀念他对她那种故作乖张的关心。

如今的他在她面前和善有礼,几乎当她是个陌生人。过去他目光片刻不离地追随着她,而现在变成追随小邦妮了。仿佛他人生的湍流突然转向,流入一条狭窄的河道。有时斯嘉丽怅然若失,心想哪怕他把对女儿的温情和关爱分一半给她,日子也不会像现在这样,肯定会快活得多。人们时常会夸赞说:"巴特勒船长多疼爱这孩子啊!"可斯嘉丽听到这话,一点儿也笑不出来,但要是不笑,人们就会觉得奇怪。斯嘉丽虽不情愿,但也不得不承认她竟然开始嫉妒起一个小女孩儿来,而且这小女孩儿还是自己最疼爱的亲骨肉。斯嘉丽总是希望自己在周围人心里是排第一位的,可如今很显然,在瑞特和邦妮心里,他们彼此才是排第一位的。

近来瑞特常常很晚回家,但回家时并没有醉醺醺的。她经常听见他在过道里吹着口哨从她紧闭的房门前经过。有时,他深更半夜回来时还会带着客人,然后坐在餐厅里和他们一起喝酒聊天。这些人已经不再是他们结婚头一年时跟他常一起喝酒的那些人了。如今他请到家里来的不再是提包客、叛贼和共和党人。斯嘉丽蹑手蹑脚地走到楼上的过道,靠着楼梯扶手偷听,令她惊讶的是,她发现来的客人声音很耳熟,仔细一听原来是勒内·皮卡德、休·埃尔辛、西蒙斯兄弟、安迪·邦内尔等人,而且梅里韦瑟老爷子和亨利叔叔也每次都在。有一次,她甚至听到了米德医生的声音。而这些人从前可是恨瑞特恨得要死,巴不得他被绞死才好呢!

她总是不自觉地把这帮人跟弗兰克的死联系在一起。而瑞特最近经常很晚回来,也让她不免联想起导致弗兰克丧命的那次三K党袭击事件,以及之前三K党聚会的那些日子。她惊恐地想起瑞特曾经说过的话:只要能赢得别人的尊重,即使叫他加入三K党,他也愿意。不过但愿上帝不至于让他以这么严酷的惩罚来赎罪。那瑞特会不会跟弗兰克一样——

一天夜里,瑞特又很晚回家。斯嘉丽终于再也忍受不了这种担惊受怕了。一听到他那钥匙开门的声音,她就匆匆披上晨衣,跑进点着煤气灯的过道,在楼梯口拦住了他。一看到斯嘉丽,瑞特原本心事重重的脸上突然显出惊讶之色。

"瑞特,我必须要知道!我必须得弄清楚你是不是——是不是三K党——是不是因为这个你才经常回来这么晚?你是不是加入——"

在摇曳的煤气灯光下,瑞特淡然地看着她,然后笑了起来。

"你太落伍了吧,"他说,"亚特兰大如今没有三K党了,别说亚特兰大,估计连整个佐治亚都没有三K党了。你听到的那些三K党的暴行,都是你那帮提包客和叛贼朋友编造出来的。"

"没有三K党了?你该不是为了哄我放心,故意骗我的吧?"

"亲爱的,我什么时候想哄过你?不,现在真的没有三K党了。我们一致认为搞三K党弊大于利。因为这只会更加激怒北方佬,并给布洛克的造谣工厂提供更多散布谣言的根据和材料。他很清楚只要他能让联邦政府和北方佬的报纸相信,整个佐治亚州暴乱四起,三K党在暗处到处行凶作恶,他就能坐稳州长的位子。为了保住自己的权力,他一直在拼命编造谎言,无中生有，诬陷三K党滥施暴行，说什么忠诚的共和党人被绑住大拇指活活吊死啊；清白无辜的黑人因莫须有的强奸罪被私刑处死啊。但他很清楚这些完全是子虚乌有的东西。谢谢你为我担心，不过自打我洗心革面不做叛贼，成了谦卑恭顺的民主党人之后，城里就没有三K党了。"

他说的那些关于布洛克州长的话，斯嘉丽大多左耳进、右耳出，没过脑子，因为她最担心的是三K党。谢天谢地，三K党没有了，她总算放心了。瑞特不会像弗兰克一样被打死；她也不用担心会失去店铺和他的钱。可他的话里有个词引起了她的注意和警觉，他总是说"我们"怎样怎样，那他岂不是把自己跟那帮被他称作"守旧派"的人算作一伙儿的了？

"瑞特，"她突然问道，"你跟三K党的解散有关系吗？"

他凝视她许久，眼里突然有了神采。

"亲爱的，的确有关系。阿什利·威尔克斯和我是主要负责人。"

"阿什利——和你？"

"没错，政治能令南辕北辙的人结为同盟。这虽是老掉牙的一句话，但很有道理。阿什利和我都不怎么喜欢结盟——但阿什利向来反对三K党，因为他反对各种形式的暴力。而我也一样，因为三K党粗鲁蛮干，根本达不到目的，反而被北方佬一再压制，最后只有死路一条。所以我跟阿什利说服了那些头脑发热、鲁莽急躁的人，劝他们精心观察，耐心等待，埋头干活儿，这要比穿着蒙头盖脸的长袍、举着点燃的十字架搞事情更管用。"

"你是说那帮愣头小子真听了你的话？可你是个——"

"可我是个投机商？一个叛贼？一个跟北方佬勾结的人？你忘了，巴特勒太太，我如今可是个立场坚定的民主党人，誓要从强盗手中夺回我们心爱的故土家园，肝脑涂地，在所不辞！我的建议很好，所以他们就接受了。另外我在其他政治问题上的建议也是同样中肯。如今在州议会里，我们民主党人已经占据了多数席位，不是吗？宝贝儿，过不了多久，我们就要把一大帮亲爱的共和党朋友送进监狱了。这些日子以来，他们贪婪得过分了，而且也太明目张胆了点儿。"

"你要帮着民主党人把他们送进监狱？噢，他们曾经是你的朋友啊！是他们让你参与了那桩铁路公债的生意，你赚了足有好几千块钱呢！"

瑞特咧嘴一笑，还是那副讥笑挖苦的老样子。

"噢，我对他们没有丝毫恶意。可我现在站在另一边了，要是能帮自己人把他们送进该去的地方，那我义不容辞。而且这样对于提高我的声誉也大有好处！他们背地里的那些勾当和内幕，我都清楚得很，等州议会开始展开调查时，我掌握的这些情报和信息就会派上大用场了——从目前情况来看，距离开始进行调查已为期不远。议会还要对州长本人进行调查，如果可能的话，他们也会把州长送进大牢。你最好还是告诉你那些好朋友——什么盖勒特家啊、亨顿家啊等等，让他们提前作好准备，一有风吹草动，赶紧离城。因为如果连州长都能被抓，那他们也跑不了。"

多年来，斯嘉丽亲眼看见共和党人仗着有北方佬军队撑腰，在佐治亚大权独揽，所以她根本不相信瑞特这番轻率的言论。州长牢牢掌握着权力，地位稳固，连州议会都奈何不了他，更不用说把他送进监狱了。

"你呀，净瞎说。"她说。

"他就算不被抓进监狱，也甭想再次连任了。下一届州长要换个民主党人上台了。"

"看来这事你也要出不少力吧？"她嘲讽地问。

"是的，宝贝儿，那可不？我现在就为这事忙活呢，所以我最近经常很晚回来啊。我们正忙着组织选举的事呢。这回我可卖力了，比当年拿着铁锹淘金子还卖力呢。呃——我知道你听了会很生气，巴特勒太太，不过——我为组织选举工作捐了一大笔钱。你还记得吗？当年在弗兰克的小铺子里，你说我窝藏邦联的金子是不正当的。这回咱俩的看法终于一致了，正好拿南部邦联的黄金帮南方人重新夺回属于自己的权力。"

"你这是把钱扔耗子洞里！"

"什么！你竟把民主党叫耗子洞？"他眼里闪着嘲讽的目光，然后又平静下来，面无表情，"对我来说，这次选举谁能获胜，我一点儿也不在乎。我只是要让人人都知道，我为选举出了力、花了钱。这才是最重要的。我要让他们记住我的好，将来会对邦妮有好处。"

"你之前那些话说得那么正气凛然，我还以为你脱胎换骨了呢。可现在看来，你对民主党也跟对别的事一样，没什么真心实意。"

"骨头倒是没换,只不过换了层皮而已。就像一只豹子,你可以把豹子皮上的斑纹去掉,但骨子里它还是一头豹子,没什么变化。"

邦妮被过道里的声音吵醒了,迷迷糊糊却仍是骄横任性地喊着:"爸爸!"瑞特听到女儿的呼喊,立刻从斯嘉丽身边走过,奔向女儿身边。

"瑞特,等等,还有件事要跟你说。以后你去参加下午的政治集会,别带邦妮去了。这样不好。把一个小女孩带到那种场合去,像什么样子!人家会笑话你的。要不是亨利叔叔提起,我做梦都想不到你竟然会带她去那里,他以为我知道呢——"

瑞特突然转过身,脸色阴沉下来。

"一个小女孩坐在爸爸腿上,听爸爸跟朋友们说话,这怎么不像话了?你觉得不像话,但我不觉得。多年以后,人们仍会记得,当年把共和党人从州里赶出去时,我也出过力、帮过忙,而那时邦妮就坐在我的腿上。多年以后,人们仍会记得——"

这时他脸上阴沉的神情不见了,眼里闪过一丝狡黠:"你知道吗?人们问小丫头她最爱谁,她会说'爸爸和民举(主)党人',问她最恨谁,她会说'叛贼'。谢天谢地,这些话,人们一定会记住的。"

斯嘉丽气得提高了嗓门:"看来你也一定会告诉她我就是个叛贼吧!"

"爸爸!"小丫头又叫了,这次显然是生气了,瑞特笑着沿过道朝女儿走去。

这年十月，布洛克州长果然辞职，且抱头鼠窜地逃离了佐治亚。在他当政期间，他滥用公款、挥霍浪费、贪污受贿，腐败程度无以复加。最后这座权力的大厦终因不堪重负而轰然倒塌。由于民怨沸腾，连共和党内部也分崩离析。如今民主党在州议会占据多数席位，这就意味着一件事——该找他算账了。布洛克知道自己要受审查，害怕遭弹劾，所以一刻也不敢等，匆匆忙忙、偷偷摸摸地逃走了。直到安全逃到了北方，他才对外公布他辞职的消息。

他逃跑一星期之后，才公开他辞职的消息。亚特兰大人欣喜若狂。人们涌上街头，男人们握手庆贺，开怀大笑；女人们互相拥抱亲吻，热泪盈眶。家家户户都办聚会，举杯庆祝。开心的男孩儿们到处点起欢庆的篝火，结果引起不少火灾，害得消防部门四处去灭火，忙得团团转。

苦难终于要过去了！重建也终于要结束了！不出所料，代理州长仍是个共和党人。不过十二月就要举行选举了，人们对选举结果早已心中有数。于是，当选举的日子到来时，尽管共和党使出浑身解数，疯狂挣扎，但佐治亚还是选出了一位民主党人当州长。

全城又是一片欢腾，但这次的欢庆跟布洛克州长逃跑那次不同，人们更加清醒，心中的喜悦更加沁人肺腑，而且带着一种发自内心深处的感恩。所有教堂都挤满了人，牧师们由衷而虔敬地感谢上帝拯救了佐治亚。人们欢欣鼓舞，且倍感骄傲和自豪，因为尽管有华盛顿政府百般阻挠、有北佬部队的军事威胁，还有提包客、叛贼和本地共和党人的各种破坏，但佐治亚还是回到了本州老百姓的手中。

国会曾七次通过强制性的法案，将佐治亚划为占领区；军队曾三次废除民法；黑人们曾在州议会里胡作非为；政府里那些贪婪的外来人滥用职权、贪污腐败；一些奸商和无耻之徒也趁机骗取公共资金，以中饱私囊。佐治亚曾经备受压迫和欺凌，却无可奈何。但如今，一切都过去了，佐治亚百姓通过自己的努力，依靠自己的力量，终于重新夺回了属于自己的权力。

并不是所有人都对共和党的突然倒台而感到欢喜雀跃，提包客、叛贼和共和党人都陷入了一片恐慌。盖勒特一家和亨顿一家显然在布洛克宣布辞职的消息公布之前就听到了风声，溜之大吉，没了踪影。那些没能逃跑的家伙都终日提心吊胆，战战兢兢。他们凑在一起寻求安慰，不知道州议会的调查会把他们什么见不得人的丑事给曝光出来。如今他们再也不敢像过去那样趾高气扬的了，反而惶惶不安、不知所措。前来拜访斯嘉丽的太太们翻来覆去地叨叨那几句话："可谁能想到事情会变成这样呢？我们本以为州长本事大，能一手遮天，以为他能一直待在这儿呢。我们还以为——"

虽然瑞特早就警告过，可斯嘉丽仍对时事的风云突变而感到困惑不解。事实上，她并不对布洛克的倒台而感到惋惜，也不为民主党的重新上台而难过。北方佬的统治终于被推翻了，她心里感到很高兴，但这话说了也没人信。她至今还清楚地记得，重建初期的那段日子里，她是怎么辛苦熬过来的。那时候她整天提心吊胆，害怕北方佬士兵和提包客会侵吞她的钱财、没收她的产业。那种孤立无助、惴惴不安的感觉，那份对北方佬依仗强权压迫南方人的恨意，令她至今难忘。她对北方佬的恨意从未停止过，但她为了顺应形势生存下去，为了得到充足的安全和保障，只能跟那些征服者打交道。不管她多恨那帮人，她都得硬下心来跟他们交往，并且抛弃了原来的那些老朋友以及原有的生活方式。而如今，征服者已成强弩之末。她把所有的赌注都压在了布洛克的长久统治上，结果她输了，输得一败涂地。

一八七一年的圣诞节，是佐治亚人十几年来过得最快活、最开心的一个圣诞节。可斯嘉丽环顾四周，心里很不是滋味。她看着瑞特这个曾经令亚特兰大人最为厌恶的家伙，摇身一变，成了城里的大红人。因为他放下身段，卑微地宣布放弃他那套支持共和党的歪理邪说，并且又出钱又出力，花费大量时间和精力，全心全意地帮助民主党重新夺回了佐治亚。如今他带着身穿蓝衣服的邦妮骑马在街上走过时，别提多神气了，他微笑着轻触帽檐朝路人致意，而人们也都笑脸相迎，热情地跟他搭话，并充满爱意地望着坐在马鞍前面的小女孩。而她，斯嘉丽——

第五十九章

人人都觉得邦妮·巴特勒这丫头性子越来越野，需要严加管教管教。可大伙儿都宠爱她，谁也不忍心去管教。她变得野性难驯，是从跟她爸爸去旅行那几个月开始的。她跟着瑞特住在新奥尔良和查尔斯顿期间，瑞特什么事都由着她的性子，想睡多晚就睡多晚，想什么时候睡就什么时候睡，在剧院、餐厅或者牌桌旁，一困了就随时倒在她爸爸怀里睡去。从那以后，她就不像她姐姐埃拉那样听话，到点儿不睡觉，非得大人强逼着不可。她跟瑞特旅行的时候，瑞特连她的衣服也由她随便挑，想穿哪件就穿哪件，所以回来之后，嬷嬷每次一要给她穿细布外衣、系围兜，她就大吵大闹、发脾气，非要穿花边领的蓝色塔夫绸裙子不可。

这孩子在离家旅行期间养成了坏毛病，后来斯嘉丽生病卧床，然后又去塔拉休养了一段时间，这期间孩子一直没人管教，坏习惯愈演愈烈，如今再想纠正可就难了。邦妮一天天长大，斯嘉丽想要管教她，让她不要那么固执、任性、放任骄纵，可结果收效甚微。瑞特总是袒护孩子，不管这丫头的要求有多荒唐、行为有多蛮横无理,他都依着她。他还鼓励邦妮说话,把她当大人看待,一本正经地听她叨叨,还装出照她意见行事的样子。结果,邦妮越来越没规矩,随意打断长辈说话,跟她爸爸顶嘴,数落她爸爸的不是,没大没小。可瑞特只是笑笑,连斯嘉丽要打孩子的手心教训她一下都不允许。

"亏得她长得漂亮,招人喜欢,不然真让人受不了。"斯嘉丽意识到她闺女跟她一样倔,心里暗暗叫苦,"这孩子喜欢瑞特,要是他想管教的话,其实是能让她听话些的。"

可瑞特根本不想叫女儿乖乖听话。不管她做什么,他都认为是对的。就算她想要天上的月亮,只要他能办到,也会给她摘下来,让她如愿。小丫头长得容貌俏丽,鬈曲的头发、可爱的小酒窝、优雅的举止,这一切都令瑞特感到无比自豪。他爱她的无拘无束,爱她的活泼顽皮,爱她用各种古灵精怪的方式跟他撒娇。尽管她娇纵任性,但惹人喜爱,令他不忍心去管束她。他就是她的上帝,是她那小小世界的中心,对他来说,他在她心目中的地位太过珍贵,他怎么敢冒着失去这地位的危险去管束她呢?

邦妮就像个影子似的黏着爸爸。早上瑞特还在睡着,她却早早把他叫醒了;吃饭时她也要坐在爸爸身边,吃几口自己盘子里的东西,又吃几口他盘子里的东西;瑞特骑马,她要坐在他前面;睡觉时她不许任何人上前,只让瑞特帮她脱衣服,然后把她抱到他床边的小床上睡觉。

看着自己的小女儿把爸爸管得俯首帖耳,斯嘉丽觉得既好笑,又感慨。谁能想到瑞特这种傲慢轻狂的人,当起爸爸来竟如此全心投入、尽职尽责。可有时她心里也闪过一丝嫉妒，因为才不到四岁的邦妮，竟比她这个大人更了解瑞特，更懂他的心，也更能驾驭他。

邦妮四岁时，嬷嬷开始抱怨，说一个小姑娘家"叉开腿骑马坐在爸爸前面，裙子也飞了起来"，这样太不成体统。瑞特对嬷嬷管教女孩子的意见和建议向来都认真听取，这次也不例外。于是他立刻买了一匹棕白相间的设得兰矮种马，长长的鬃毛和马尾柔顺光滑，另外还配了一副小小的、带银边装饰的女用侧坐马鞍。名义上，这匹马是给三个孩子买的，而且给韦德也配了马鞍，可实际上，韦德还是更喜欢他的那只圣伯纳狗，而埃拉则什么动物都害怕。所以这匹小马成了邦妮的专属，还给它起名叫"巴特勒先生"。有了这匹马，小丫头高兴坏了，可唯一让她感到遗憾的是不能跟他爸爸一样跨坐在马背上骑马。瑞特跟她解释说，侧坐着骑马更难，她便心满意足，而且很快就学会了。小姑娘骑马姿势漂亮，手握缰绳的技巧也熟练而灵活，令瑞特得意又骄傲。

"等她再大点儿，我就可以带她去打猎了，"他夸口道，"到时在猎场上谁也比不过她。我还要带她去弗吉尼亚，那里才是打猎的好地方。还要去肯塔基，那儿的人最欣赏好骑手。"

到了要给她做骑装的时候，照例还是让她自己挑选颜色，结果她照例又选了蓝色。

"可是，亲爱的！不能选蓝色的天鹅绒哦！那料子是我用来做晚礼服的，"斯嘉丽笑着说，"小姑娘穿黑细平布才合适。"看见小丫头那两条小黑眉一皱，斯嘉丽对瑞特说："看在上帝分上，瑞特，你跟她说那料子不合适，太容易弄脏了。"

"噢，就让她用蓝色天鹅绒吧，要是弄脏了就再做一套好了。"瑞特满不在乎地说。

于是邦妮便有了一套蓝色天鹅绒骑装，漂亮的裙摆垂到小马的腹部，还配了一顶黑色的帽子，上面插着一根红色的羽毛。因为梅丽姑妈给她讲过杰布·斯图尔特将军的帽子上插着羽毛，所以她也想要。每当阳光灿烂、天气晴朗的日子，人们总能看到父女俩沿着桃树街骑马而行。瑞特骑着他那匹高大的黑马总是步伐缓慢，好跟邦妮的那匹胖乎乎的小马步调一致。有时他们会在僻静的街道上骑马飞奔，弄得鸡飞狗跳，惊得小孩儿们四散而逃。邦妮用她的小马鞭抽打小马，蓬乱的鬈发迎风飞扬。瑞特紧拉着马缰，放慢速度，好让女儿觉得是自己的"巴特勒先生"赢了。

当瑞特确信邦妮的坐姿稳当，手握缰绳的技巧已经纯熟，而且对骑马丝毫不感到害怕之后，他便决定教女儿骑马跨栏，只要到"巴特勒先生"能跳过的高度就行。为此，他在后院专门立起了跳栏架。还以一天二十五美分的价格请来彼得大叔的小侄子沃什，教邦妮怎么骑着"巴特勒先生"跳栏。一开始，他设置的跳跃高度是距离地面两英寸，后来逐渐增高到了一英尺。

对于这个安排，相关的三方——沃什、"巴特勒先生"和邦妮——都表示反对。沃什其实很怕马，但架不住丰厚工钱的诱惑，才硬着头皮每天骑着那匹性子倔强的小马跳过栏杆好几十次;"巴特勒先生"虽然乖乖地任由小主人拽自己的尾巴,察看它的蹄子,但它觉得老天爷让它来到这世上,并不是让它整天拖着肥胖的身子跳栏杆的;而邦妮呢,不愿意看着别人骑着自己的小马,教它跨栏,所以沃什教"巴特勒先生"跨栏时,她在一旁特别不耐烦,急得直跳脚。

瑞特最后认定小马已经训练合格,可以放心让邦妮骑着它跨栏时,她高兴极了,欣喜若狂。她第一次骑马试跳就大获成功,从那之后她就只想跨栏,连跟爸爸一起外出骑马也不怎么感兴趣了。斯嘉丽见父女俩得意扬扬、兴致盎然的样子,不禁感到好笑。当然,她认为过不了多久,等新鲜劲儿一过,邦妮的兴趣就会转移到别的事情上,到时候街坊邻居也就能得清静了。可没想到邦妮对骑马跨栏的兴趣有增无减。后院尽头的凉亭边和跳栏架之间已经踏出了一条光秃秃的跑道。整整一上午,后院里都回荡着激动的喊叫声。梅里韦瑟老爷子曾在一八四九年横穿北美大陆到过阿帕奇部落[1],他说后院那叫喊声就跟阿帕奇人把敌人的头皮剥下来后的欢呼声一模一样。

一周过后,邦妮央求抬高跨栏的高度,加高到距离地面一英尺半。

"等你到了六岁时再说吧,"瑞特说,"等你再长高些,就能跳得更高了。到时我给你买匹大点儿的马。'巴特勒先生'的腿

---

[1] 阿帕奇是分散在亚利桑那州东部、墨西哥西北、新墨西哥、部分得克萨斯州及小部分平原上的印第安部落,是印第安历史上最为强悍的部落之一,与白人抗争了数个世纪。

还不够长。"

"它的腿够长了,我骑着它跳过了梅丽姑妈的玫瑰花丛,那花丛可高了呢!"

"不行,还得等等。"瑞特头一次这么坚定。可最后经不住她的软磨硬泡,还是妥协了。

"那好吧,"一天早上,瑞特把那道细细的白色横杆抬高了些,然后笑着说,"你要是摔下来可不许哭鼻子,也不许怪我哦!"

"妈妈!"邦妮抬头朝斯嘉丽的卧室尖声叫道,"妈妈!快看我!爸爸说我可以跳了!"

斯嘉丽正在梳头,她走到窗口,朝楼下那激动雀跃的娇小身影微笑着,那一身蓝色的骑装都脏得不成样子了。

"我真得给她再做套骑装了,"她心想,"可天晓得她什么时候才肯脱下那套脏兮兮的衣服。"

"妈妈,快看!"

"我看着呢,亲爱的。"斯嘉丽笑着说。

瑞特把孩子抱起来,放在马背上。斯嘉丽看着她那腰板挺直、昂首挺胸、神采飞扬的样子,心中顿时涌起一股自豪感,于是大声喊道:"宝贝儿,你真漂亮!"

"你也是。"邦妮大方地回应,然后用脚后跟用力踢了一下马肚子,便朝凉亭飞奔而去。

"妈妈,看我跳过这道栏杆!"她挥舞着鞭子,大叫道。

看我跳过这道栏杆!

斯嘉丽记忆深处突然回响起同样的一句叫喊,隐约带着一股不祥之兆。好像在哪儿听过？怎么想不起来了呢？她低头看着楼下的小女儿，正轻盈地骑在小马上飞奔。突然斯嘉丽双眉一皱，心中掠过一丝寒意。邦妮骑马疾驰，鬈曲的黑发飞扬，蓝色的眼睛闪闪发亮。

"跟她外公的眼睛一样，"斯嘉丽心想，"爱尔兰人的蓝眼睛，这孩子处处都像他。"

一想起杰拉尔德，她刚才一直搜寻的模糊记忆一下子变得清晰，犹如夏日里的一道闪电，亮得耀眼，几乎让人心跳停止，瞬间照亮整个乡村的田野，那么炫目，那么通亮，那么不真实。她仿佛听到有人操着一口爱尔兰口音在唱歌，听到塔拉牧场的山坡上传来急促的马蹄声，听到一个鲁莽的声音大喊着，就像她女儿刚才的喊声一样："埃伦，看我跳过这道栏杆！"

"不！"她大叫起来，"不！噢，邦妮，快停下！"

就在她身子刚探出窗口时，突然从下面传来木头断裂的可怕声音，还有瑞特嘶哑的叫喊声。只见地上摊着一团蓝色天鹅绒，还有四脚乱踢的马蹄。"巴特勒先生"挣扎着从地上爬起来，驮着一副空空的马鞍一路小跑而去。

邦妮死后的第三天晚上，嬷嬷摇晃着笨重的身子，慢吞吞地走上梅兰妮家厨房的台阶。她穿着一身丧服，脚上踩着一双大码的男鞋，为了让脚舒服些，特意把鞋子割开了一条口子，头上包着黑色的头巾。嬷嬷一双昏花的老眼布满血丝，哭得眼睛红肿。庞大的身躯从头到脚都流露着悲伤和痛苦。她一脸愁苦，皱纹纵横,活像一只年迈的老猿,但下巴透着坚毅。

她对迪尔茜低声说了几句话,迪尔茜和气地点了点头,仿佛两人已达成默契,将多年来的宿怨一笔勾销。迪尔茜放下手里端着的晚餐盘,悄然穿过食品储藏室,走进餐厅。不一会儿工夫,梅兰妮来到了厨房,手里拿着餐巾,一脸忧虑。

"斯嘉丽小姐她没——"

"小姐她倒还好,还挺得住,"嬷嬷沉痛地说,"俺不是有意要打扰您吃饭的,梅丽小姐,可俺实在等不及了,有话要跟您说。"

"晚饭可以等会儿再吃,"梅兰妮说,"迪尔茜,把其他的菜都端上去,让他们先吃吧。嬷嬷,跟我来。"

嬷嬷一晃三摇地跟在梅丽身后,沿着过道经过餐厅,阿什利正坐在餐桌首席,小博坐在他旁边,斯嘉丽的两个孩子坐在对面,把汤匙碰得叮当响。韦德和埃拉两兄妹的欢声笑语充满整个餐厅。能在梅丽姑妈家待这么久,简直就跟野餐一样快活。梅丽姑妈向来待他们很好,这回更是如此。他们小妹妹的死并没给这对兄妹带来多大影响。他们只知道邦妮从小马上摔了下来,妈妈哭了好久。梅丽姑妈把他们俩带回家来,让他们在后院跟小博一起玩儿,而且随时都可以吃茶点什么的。

梅兰妮把嬷嬷领进了四壁摆满书的小起居室,关上门,指了指沙发请嬷嬷坐下。

"我正想吃完晚饭就过去的,"她说,"巴特勒船长的母亲已经来了,看来葬礼明天就会举行了吧。"

"葬礼,俺就是为这事来的,"嬷嬷说,"梅丽小姐,俺们实在没法子了,才来找您帮忙的。家里现在乱了套,亲爱的,全乱套了。"

"是斯嘉丽小姐撑不住了吗?"梅兰妮担忧地问道,"自从邦妮——我就没怎么见过她——她一直把自己关在房间里不出来,而巴特勒船长又始终不在家——"

突然,嬷嬷老泪纵横。梅兰妮坐到她身边,轻拍她的手臂。过了一会儿,嬷嬷拉起黑色的裙边,擦干泪水。

"求您一定得来帮帮我们,梅丽小姐。俺想尽了办法,可是都没有用。"

"斯嘉丽小姐她——"

嬷嬷坐直了身子。

"梅丽小姐,您跟俺一样,都很了解斯嘉丽小姐。那孩子不管遇到多大的苦难,上帝都会给她力量去承受。虽说这事让她伤透了心,可她还能挺得住。俺来找您,是为了瑞特先生。"

"我也很想见他,可我每次去,他不是进城了,就是把自己锁在房间里不出来——而斯嘉丽又跟没了魂儿似的不说话——快说吧,嬷嬷,只要帮得上忙,叫我做什么都行。"

嬷嬷用手背擦了擦鼻子。

"俺说斯嘉丽小姐能挺得住,是因为这孩子吃过太多的苦,受过太多的罪,承受过太多的磨难。可瑞特先生——梅丽小姐,他从没吃过什么苦,受过什么罪,所以俺就是为了他,才来找您的。"

"可是——"

"梅丽小姐，求您跟俺回家一趟，今晚就去。"嬷嬷急不可待地说，"说不定瑞特先生会听您的话，他一向很看重您，尊重您的意见。"

"噢，嬷嬷，这到底是怎么回事？你指的是什么？"

嬷嬷挺直了肩膀。

"梅丽小姐，瑞特先生他——他简直疯了，他不让俺们把小小姐埋了。"

"疯了？噢，嬷嬷，不会的！"

"俺没说谎，这是真的。他不让俺们把孩子埋了，是他亲口告诉俺的，就在不到一小时前。"

"可他不能——他不会——"

"所以俺说他疯了呢。"

"可他为什么——"

"梅丽小姐，俺把一切都告诉您吧。俺不该多嘴的，可您不是外人，是自家人，这些话俺也只能跟您说，俺就都告诉您吧。您也知道他有多爱那孩子。俺这辈子从没见过有哪个男人像他那么疼孩子的，不管黑人还是白人。米德医生说那孩子脖子摔断了，他就像疯了似的，抓起枪，冲出去一枪把那匹可怜的小马打死了。上帝啊，俺看他那样子，真怕他把自己也打死了呢。俺吓坏了，斯嘉丽小姐当场就晕了过去。街坊四邻全都来了，屋里屋外站满了人。瑞特先生一直紧紧抱着那孩子，俺要给孩子洗洗擦擦都不让。后来斯嘉丽小姐醒了，俺想，谢天谢地，这下他们俩能互相安慰安慰了吧。"

说到这儿,嬷嬷又流下热泪,这次连擦都不擦了。

"可当她一醒来,就直接冲进他的房间。他正坐在那儿抱着邦妮。小姐一上来就冲她喊:'你杀了我女儿,你还我女儿。'"

"噢,不!她不能这么说!"

"她就是这么说的。她还说:'是你杀了她。'俺看着瑞特先生那副模样,就像只可怜的丧家犬一样,真为他感到难过,俺实在忍不住哭了起来。俺说:'把孩子给嬷嬷吧,俺可不想让你们当着孩子面吵架。'于是俺就从他手里接过孩子,抱到她的房间,给她小脸洗干净。俺听到他们俩吵得很凶,说的那些话真叫人心都凉了。斯嘉丽骂瑞特先生是凶手,因为他成心让她跳那么高的栏杆,结果把她害死了。而瑞特先生骂小姐从不关心邦妮小姐,对另外两个孩子也不管不顾……"

"别说了,嬷嬷!快别再说了。你不该跟我说这些的!"梅兰妮大声说道。嬷嬷的话让她忍不住在脑海里描绘出可怕的场面,不由得心里一紧。

"俺知道俺不该告诉您,可俺憋了一肚子话,也不知道哪些该说哪些不该说了。后来瑞特先生亲自抱着孩子到了办丧事的人那儿,然后又抱着她回来,进了自己房间,把她放在小床上。斯嘉丽小姐说了句该把她放进客厅的棺材里。俺瞧瑞特先生那架势,真以为他要动手打小姐呢。他冷冷地说了句:'就放在我屋里。'然后他转过头对俺说:'嬷嬷,我要出去一下,你好生看着她,就放在这儿谁也不许动,等我回来。'然后他就骑马出去了,直到太阳下山才回来。他一进门,俺就看出他喝多了,但跟往常一样，没醉得东倒西歪，不能自持。他从大门冲进来，也没跟斯嘉丽小姐、皮蒂小姐，以及来访的太太们打招呼，就飞奔上楼，推开自己屋的房门，大声叫俺。俺玩儿命地跑上楼，见他正站在床边，房间里乌漆麻黑的，俺看不清他的脸，因为百叶窗都拉下来了。

"他冲俺恶狠狠地大喊：'快把百叶窗打开，屋里太黑了。'俺赶紧把窗户打开，转头一瞧他正凶巴巴地瞪着俺呢。上帝啊，梅丽小姐，俺吓得膝盖直发软，差点儿没站住。因为他那样子太吓人了。他说：'拿灯来。多拿几盏，把灯都点上，让灯一直亮着。不许拉上窗帘，也不准关上百叶窗，你难道不知道吗，邦妮小姐怕黑。'"

梅兰妮用惊恐的目光看向嬷嬷，嬷嬷点了点头，脸上难掩不祥之色。

"他就是这么说的。'邦妮小姐怕黑。'"

说完，嬷嬷不由自主地打了个寒战。

"俺给他拿来了十来根蜡烛，他喝了一句'出去！'就砰的一声把门一关，上了锁，坐在屋里守着小小姐。斯嘉丽小姐敲了半天门，他也不肯开，在门外朝他大喊，他也不理不睬。这样子已经有两天了。葬礼的事他一个字也不提。早上出去时，他把房门锁上，骑马进城，直到太阳下山时他才醉醺醺地回到家来，然后又把自己锁在屋里，不吃不喝也不睡。如今他母亲巴特勒老太太从查尔斯顿来参加葬礼。苏埃伦小姐和威尔先生也从塔拉赶来了，可瑞特先生谁也不搭理。哎呀，梅丽小姐，您说这可怎么办啊!而且情况会越来越糟,再这么下去人们就要说闲话了。

"就在刚才,"嬷嬷停下来,用手擦了擦鼻子,然后接着说,"刚才瑞特先生回家,斯嘉丽小姐在楼上过道截住了他,跟他进了屋,对他说:'葬礼定在明天上午举行。'他说:'明天你要是敢进来,我就杀了你。'"

"哎呀,他这是疯了吗!"

"没错。后来他们俩说话声音小了,俺听不太清,只听到他说坟墓里多黑啊,邦妮最怕黑了。过了一会儿,俺听见斯嘉丽小姐说:'你这是对她好吗?为了满足自己的骄傲和虚荣心,害死了她,现在还一意孤行,不肯把孩子下葬。'他说:'你好狠的心,就没有一点儿慈悲心吗?'她说:'她也是我的孩子,我能不难过吗?自从邦妮死后,对你的所作所为我已经忍无可忍了。全城的人都在背后议论你呢。你整天喝得烂醉,别以为我不知道这些天你去哪儿鬼混了,你是去那个贱女人贝尔·沃特琳的妓院里了,对吧!'"

"天啊,嬷嬷,不会吧!"

"没错,她就是这么说的。梅丽小姐,她说的是真的。有些事情,黑人比白人知道得还快。俺知道他的确是去了那儿,但俺一直没说。而瑞特先生也没否认。他说:'是的,太太,我是在她那儿,而且你也没必要生气,因为反正你也不在乎。跟这地狱般的家相比,婊子的妓院简直就是天堂。贝尔有一颗世上最善良的心,她从来不会把责任都推到我身上,说是我杀死了自己的亲骨肉。'"

"啊!"梅兰妮惊呼了一声,心痛不已。

梅兰妮的生活一直快乐幸福,风平浪静,周围有很多爱她的人,她的生活一直被善良和友爱所包围。所以嬷嬷所说的那些事,转述的那些话,对她来说实在难以理解,也无法相信。然而,她脑海里突然闪过一些记忆的片段,她连忙将这记忆赶跑,就仿佛想起了某个人赤身裸体的画面一样,忙不迭把这念头赶跑。原来那天瑞特把头埋在她膝间痛苦时,的确提到了贝尔·沃特琳。可他爱的是斯嘉丽啊,那天的事她不可能弄错的。斯嘉丽当然也爱着他。他们两人之间怎么弄成这样?夫妻之间怎么这么恶语相向、拿刀子捅对方的心呢?

嬷嬷继续痛心地说下去。

"过了一会儿,斯嘉丽小姐从房间走出来,脸白得跟纸一样,可依然牙关紧咬。她看见俺站在那儿,对俺说:'葬礼明天举行,嬷嬷。'然后她就像个鬼魂似的打俺身边走过。俺急得要命,心里七上八下的。斯嘉丽小姐说一不二,而瑞特先生也是个打定了主意就不会改的主儿。他说过她要是敢把孩子下葬,就杀了她呢。俺一下子慌了神。梅丽小姐,俺心里有愧啊,小小姐怕黑,那是俺给吓出来的啊。"

"噢,嬷嬷,您别这么想——跟这没关系。"

"不,有关系,一切祸端都是这事引起来的。俺想把这事跟瑞特先生坦白,就算他杀了俺,俺也认了。因为这事一直压在俺心里,让俺良心不安。于是俺没等他锁上门,赶紧溜进去,对他说:'瑞特先生,俺来向您认罪。'他突然转过身瞪着俺,跟个疯子似的冲俺喊：'滚出去！'上帝啊，吓死俺了，俺从来没这么害怕过！可俺还是说：'求您了，瑞特先生，听俺把话说完，不然俺心里愧得要死。小小姐怕黑，都是俺给吓出来的。'梅丽小姐，俺说完，就低下头，等着他来打俺。可他一声也不吭。俺说：'俺不是存心要伤害她的，可是瑞特先生，那孩子胆子太大，天不怕地不怕。她老是等人家睡着之后，悄悄爬起来，光着脚在房子里乱跑。俺很担心，怕她磕着碰着，伤了自己，所以俺就跟她说黑暗里有妖魔鬼怪。'

"听俺说完这话，梅丽小姐，您猜他怎么着？他的脸色竟变得很温和，走到俺面前，轻轻拉住俺的胳膊。这是他头一次对我这么亲近。他说：'她很勇敢，是吧？除了怕黑，别的什么也不怕。'俺一听，忍不住哭了起来，他轻轻拍了拍俺，说：'好了，嬷嬷，别哭了。我很高兴你能告诉我这些。我知道你很爱邦妮，你是因为爱她才吓唬她的，所以没关系。心好不好才是最重要的。'噢，他这么一说，俺心里顿时就好过多了，于是斗胆劝他：'瑞特先生，那葬礼怎么办？'他突然又跟个疯子似的瞪着俺，眼里闪着怒火，说：'天啊，我本以为就算别人不理解，你总该能理解呢！邦妮那么怕黑，你以为我会把她放进黑漆漆的坟墓里吗？现在我就仿佛听到了她在黑暗里醒来时的尖叫声。我绝不能让她一个人待在坟墓里害怕。'梅丽小姐，俺这才意识到他真的疯了。他天天喝那么多酒，饭也不吃，觉也不睡，能不疯吗？他把俺推出门去，大声喊着：'给我滚出去！'

"俺只好下了楼，心里嘀咕，他说不能下葬，可斯嘉丽小姐说明天一定要下葬。可他说明天要是敢下葬就杀了她。屋里所有的亲戚和邻居都在叽叽喳喳地议论这事呢。哎哟,可急死俺了。所以俺就想到了您,梅丽小姐。求您一定得帮帮俺们。"

"噢,嬷嬷,这事我不好插手啊!"

"您要是不能,那谁还能呢?"

"可我能怎么办呢,嬷嬷?"

"梅丽小姐,俺也不知道。可您总能想出办法的。您可以跟瑞特先生谈谈,没准儿他会听您的话。他向来很看重您,梅丽小姐。也许您不知道,可他确实对您另眼相看。俺经常听他提起您,说他认识的女人当中,唯有您最了不起。"

"可是——"

梅兰妮站起身来,有些不知所措。一想到要面对瑞特,她心里就有些发怵;一想到要去劝一个如嬷嬷所说因悲伤过度而发了狂的男人,她就浑身发冷。一想到要走进那间烛光通明的屋子,里面躺着她心爱的那个小姑娘的尸体,她的心都要碎了。她该怎么办?她该怎么劝瑞特,才能减轻他心里的痛苦,让他恢复理智呢?一时间,她站在那里,犹豫不决。这时她儿子小博响亮的笑声穿过紧闭的房门传了进来。她脑海里突然闪过一个念头,这念头像一把冰冷的尖刀捅进她的心窝——假如她的小博死了,尸体冷冰冰、直挺挺地躺在楼上,再也发不出欢快的笑声,她会怎么样呢?

"噢。"她吓得大叫了一声。而在她的想象里,她把小博紧紧抱在怀里,于是一下子理解了瑞特的心情。假如死的是小博,她怎么忍心把他埋了,让他独自忍受风吹雨打,独自面对无尽的黑暗呢?

"噢!可怜的巴特勒船长,真是太可怜了!"她叫道,"我这就去见他。"

她快步走回餐厅,跟阿什利低声交代了几句,然后紧紧抱了抱自己的小儿子,深情地吻了吻他那头金色的鬈发,弄得小博吃了一惊。

她没戴帽子就走出了家门,手里还握着那块餐巾。她走得飞快,嬷嬷那双年迈的老腿哪里赶得上她。一走进斯嘉丽家的前厅,她匆匆向聚在书房里的人们点了点头,然后朝惊恐的皮蒂帕特姑妈、威仪的巴特勒老太太、威尔和苏埃伦点了点头,便快步上了楼。嬷嬷气喘吁吁地跟在她后面。走到斯嘉丽紧闭的房门前,梅兰妮停住了脚步,可嬷嬷喘着粗气、小声跟她说:"不,别,别敲门。"

于是梅兰妮继续沿着过道往前走,脚步也慢了下来,最后停在瑞特的房门外。她站在门前,迟疑了片刻,似乎想要转头逃跑。可是随即又鼓起了勇气,像个即将上战场的小兵。她轻轻敲了敲门,轻声说道:"巴特勒船长,是我,威尔克斯太太,请让我进去,我想看看邦妮。"

门很快就开了,嬷嬷连忙退回到过道的阴影里,看到闪耀的烛光中,映出瑞特高大而阴暗的身影。他脚步蹒跚,嬷嬷隔着老远都能闻到他嘴里呼出的威士忌酒味儿。他低头看了看梅兰妮,然后握住她的胳膊,把她拉进屋里,随即把门关上。

嬷嬷悄悄地蹭到门边的一把椅子前，累得一屁股坐了上去，胖大的身子勉强塞进椅子里，赘肉都从椅子上被挤了出来。她静静地坐着，一边默默流泪，一边向上帝祈祷，不时拉起裙边擦眼睛。她竖起耳朵听屋里的动静，可一句话也听不清，只听到断断续续的嗡嗡声。

梅兰妮进去了好久，仿佛时间没有尽头似的，最后，门吱呀一声开了，梅丽的头探出房门，露出一张苍白而肃穆的脸庞。

"给我拿一壶咖啡来，快点儿，再拿些三明治。"

在紧急关头，嬷嬷如鬼使神差一般，动作轻快得像十六岁的小姑娘，而且她很想进瑞特的房间看看，所以行动上不由得快了起来。可当吃的拿来时，梅丽小姐只把门开了个小缝，把餐盘接过来，就把门关上了，叫嬷嬷好生失望，她又站在门口竖着耳朵听了半天，但只听到银匙刀叉碰瓷器的声音，还有梅兰妮的轻声低语。接着，她听见有人砰的一声重重地倒在床上，压得床铺嘎吱响，随后又传来靴子扔在地上的声音。没过多久，梅兰妮出现在门口。嬷嬷竭力向屋里张望，可门口被梅兰妮的身子挡住，什么也看不见。梅兰妮看上去很疲惫，睫毛上还挂着泪珠，不过神色倒是恢复了以往的平静。

"去告诉斯嘉丽小姐，巴特勒船长同意明天上午举行葬礼了。"她轻声说道。

"感谢上帝！"嬷嬷不由得惊呼，"您是怎么——"

"别这么大声，他正要睡了呢。嬷嬷，去跟斯嘉丽小姐说一声，我今晚就留在这儿了，你给我弄些咖啡送到这儿来。"

"送到这个房间来？"

"是的，我答应了巴特勒船长，如果他肯睡觉，我就在这儿坐一整晚，守在邦妮身边。快去告诉斯嘉丽吧，叫她别担心了。"

嬷嬷转身沿着过道走去，胖墩墩的身子压得地板直颤。她总算松了一口气，心中暗暗唱起了"哈利路亚！哈利路亚！"，走到斯嘉丽房间门口，她在门外若有所思地站了一会儿，心里充满感激和好奇。

"真猜不出梅丽小姐到底是怎么做到的，俺想肯定是有天使在帮她呢。俺这就告诉斯嘉丽小姐，葬礼明天如期举行。不过，梅丽小姐为小小姐守夜的事，最好还是别提了，斯嘉丽小姐听了准会生气的。"

第六十章

这世界不对劲儿,阴森又恐怖,一切就像被一层黑漆漆又穿不透的迷雾笼罩着,悄然无声地将斯嘉丽团团围住。这迷雾比邦妮的死还压抑沉重,因为女儿的死已是事实,她只有认命接受,最初那份肝肠寸断、难以承受的丧女之痛已渐渐消退。然而这种大难将临的不祥预感却始终挥之不去,好像有个戴着头罩、黑漆漆的怪物就站在她身后,仿佛脚下的地面只要一踩上去就会变成流沙,将她吞没。

她从来没感受过这种恐惧。她一辈子都依靠实实在在的常理办事,令她恐惧的全都是看得见、摸得着的东西,比如受伤、饥饿、贫穷、失去阿什利的爱等等。她向来不擅分析,如今虽然也努力尝试分析,但根本分析不出什么结果来。她失去了最心爱的孩子,但不知为何,竟然还挺得住,如同她之前也挺过了许多别的沉重打击一样。她依然拥有健康的身体,还有花不完的钱,而且她还有阿什利,虽说近来她见到他的机会越来越少了。就连生日聚会那天发生的倒霉事,弄得他们俩关系紧张又尴尬,她也没太担忧,因为她知道这些都会过去的。不,令她害怕的不是伤痛、饥饿或失去爱,因为这些东西从来没有压垮她。但如今的这种不祥之感,这种极度的恐惧,十分奇怪,就像她之前经常做的那个噩梦——浓雾弥漫,她像个迷路的孩子心惊胆战地在雾里拼命奔跑,寻找隐藏在某处的避难之所,却怎么也找不到,既惊恐又着急,心怦怦狂跳,就像要炸开了一样。

她记得以前每当她做噩梦害怕的时候,瑞特总是哈哈一笑就能把她心里的恐惧赶跑。她记得他那宽厚的胸膛和强健有力的臂膀总能令她感到安慰。于是她又看向了瑞特,几个星期以来,这还是她头一次认真端详自己的丈夫。结果令她震惊的是,她发现这个男人再也不会对她笑,再也不会给她安慰了。

邦妮死后的那段时间里,斯嘉丽一直都在生他的气,也一直都沉浸在自己的悲伤和痛苦当中,所以只有在仆人面前才对他说几句客气话。她时时刻刻怀念着邦妮一双小脚啪嗒啪嗒小步快跑的模样,还有她银铃般欢快的笑声,但从没想过瑞特也在怀念孩子,而且比她更痛苦。这几个星期以来,他们夫妻俩碰到面就客客气气地说几句,就像旅馆里萍水相逢的两个陌生人。两人同住一个屋檐下、同在一张餐桌上吃饭,却各怀心事,从不交流。

现在她既恐惧又孤独,很想打破隔在两人之间的这道障碍,可她做不到,因为她发现自己的丈夫虽近在咫尺,却对她敬而远之,只维持表面的客气,不愿与她深谈。如今,她对他的怒气已消,她很想告诉他,邦妮的死不怪他。她很想倒在他怀里大哭一场,对他说她同样对女儿的骑术过分自信,她也同样经不起孩子的软磨硬泡,对女儿过分娇纵。现在她愿意放下身段,承认自己当初骂他杀死了女儿是因为太过悲痛,想要刺痛他的心以减轻自己的痛苦。但她总找不到适当的机会。他那双乌黑的眼睛茫然而冷漠地看着她,让她没机会开口。而道歉这种事,如果当时不说,一旦拖延下来,就愈发难以开口了。

她不明白他们俩怎么会弄成这样。瑞特是她的丈夫,他们同床共枕,还生过一个可爱的孩子,然后又一起埋葬了这个早早夭折的孩子,按理说他们之间应该密不可分才对,因为失去爱女的她只有在孩子父亲的怀抱里,才能得到安慰;夫妻俩应该分享对孩子的回忆,互相倾诉失去孩子的悲伤,虽然一开始会令人伤心欲绝,但只有这样,两人心里的创伤才能最终愈合。可现在,他们两人之间隔阂已深,形同陌路,她宁愿扑到一个素不相识的陌生人怀里。

瑞特现在很少回家了。他们俩偶尔共进晚餐时,他也总是一个劲儿地喝酒,一直喝到烂醉。而且他喝酒也不像过去那样了。过去他喝得越多,举止就会越优雅,说出的话也越尖刻,而且嘲讽中带着幽默,逗得她总忍不住开怀大笑。而如今他只会一声不吭地闷头喝酒,愁眉苦脸,一杯连着一杯,一直喝到深夜,喝到烂醉如泥为止。有时,天快亮了,斯嘉丽听到他骑马回到后院,砰砰敲仆人的房门,把波克叫起来,扶他从后楼梯回房,伺候他上床睡觉。伺候他上床睡觉!过去的瑞特可从来都是轻而易举就把别人灌趴下,然后扶别人上床睡觉的。

从前的瑞特衣冠楚楚，而现在的他却邋里邋遢；就连波克劝他晚饭前换件干净的衬衫，也得费尽口舌。酒喝太多，他整个人的模样也变了：脸颊浮肿，两眼充血，原本线条分明的下巴，如今也变得臃肿，没了棱角。往日魁梧的身型和结实的肌肉也荡然无存，现在的他一身松弛的赘肉，腰也变粗了。

他经常夜不归宿，甚至也不派人来捎个口信。当然，他也许是在哪家酒馆里喝得烂醉，索性就在酒馆楼上找个房间酣然大睡了。可斯嘉丽总怀疑他是在贝尔·沃特琳那里过夜的。有一次，斯嘉丽在一家商店里看见了贝尔，如今的她已经成了一个臃肿又粗俗的女人，昔日的美貌和风韵早已不复存在。尽管她浓妆艳抹，穿得花枝招展，但仍难掩粗壮臃肿的体态，不再是婀娜妩媚的尤物，而成了胖墩墩的大婶。通常轻佻放荡的女人见到体面的贵妇，要么低眉顺眼，要么目光咄咄逼人，可她却神色淡定而专注地凝视着斯嘉丽，眼神中还带着几分怜悯，看得斯嘉丽反倒脸红起来。

现在，斯嘉丽无法站在瑞特面前，因错怪他害死女儿而向他道歉，也无法再对他有任何指责，甚至对他大发雷霆，要求他对她忠诚或者拿话羞辱他。她黯然神伤，只感到一种难言的落寞和莫名的愁苦，这种愁苦郁结在心底，从未体会过，也无处排遣。她很孤独，之前从未有过的孤独，也许之前她从来没有时间去感受孤独。她既孤独又害怕，还无人可倾诉，除了梅兰妮。如今就连她最重要的主心骨——嬷嬷，也回了塔拉，而且再也不回来了。

嬷嬷临走时，连个理由也没说，在跟斯嘉丽要路费回家时，什么也没说，只是用那双疲惫而苍老的眼睛忧伤地看着她。斯嘉丽哭着恳求她别走,嬷嬷只回答说:"俺听见埃伦小姐对俺说:'嬷嬷,回家吧,你该做的都已经做完了。'所以俺要回去了。"

瑞特听到了她们的谈话,给了嬷嬷钱,还拍了拍她的胳膊。

"你做得对,嬷嬷。埃伦小姐说得没错。你在这里该做的都已经做了。回家去吧。如果有任何需要,尽管跟我说。"见斯嘉丽突然又要发脾气,他怒吼一声,"住口,你个蠢货!让她走吧。如今谁还想待在这该死的破房子里?"

他说这话时目露凶光,斯嘉丽吓得直往后缩。

"米德医生,你觉得他——他不会是疯了吧?"后来她实在走投无路,只好去求助米德医生。

"不会的,"医生说,"不过他酗酒严重,再这么下去的话,这会要了他命的。他太爱那孩子了,斯嘉丽。依我看,他是借酒消愁,好让自己忘了她。所以我的建议是,尽快再给他生个孩子吧,小姐。"

"唉!"斯嘉丽离开医生的诊所时,心酸不已。这事说得容易,做起来难啊。要是能驱走瑞特眼里的悲伤,能把他心里痛苦的创口填平,她很乐意再生一个孩子,生几个都行。生个跟瑞特一样英俊潇洒的男孩儿,再生个女孩儿。噢,再生个漂亮、活泼,又任性、爱笑的女孩儿,别像埃拉一样呆头呆脑的。唉,既然上帝要带走她的一个孩子,为什么带走的不是埃拉呢?邦妮死了,埃拉却不能给她带来半点儿安慰。可瑞特似乎不想再要孩子了,至少他一直没进过她的卧室,虽然现在她的房门再也没上过锁,而且经常故意半开着,想引他进来,可他丝毫不理会。如今他已经对她没兴趣了,除了威士忌酒和那个俗气的红发女人,他对什么都没兴趣了。

过去的他虽然也说话带刺,冷嘲热讽,但言语间透着幽默,且从不恶语伤人。而现在他却变得尖刻冷酷,残忍恶毒。过去他疼爱女儿,赢得了许多邻居太太的称赞和好感。邦妮死后,不少人向他表示善意的关心和友好,她们在街上拦住他,向他表示同情,隔着篱笆安慰他,说她们十分理解他的心情。可如今邦妮已死,他没必要再对别人彬彬有礼,礼貌和优雅全都不见了。当太太们好心安慰他时,他总是生硬而粗鲁地打断她们的话,然后扬长而去。

可奇怪的是,太太们并没有因此而生他的气,并且表示十分理解,或者自认为理解。每当黄昏,他骑马回家,醉得连马鞍都坐不稳,对跟他搭话的路人也绷着个脸,爱答不理时,太太们不仅不怪他,反而心痛地哀叹:"真可怜啊!"于是她们便尽力加倍地对他温柔和善。她们为他感到难过,知道他心里难受,回到家从斯嘉丽那里也得不到什么安慰。

人人都知道斯嘉丽冷酷无情、铁石心肠。邦妮死后,她很快就恢复过来,若无其事,就像平常一样,令大伙儿大为惊诧。但他们根本不知道,也不想知道在这看似若无其事的背后,她费了多大的劲儿掩藏心中的痛苦。斯嘉丽遭到全城人的厌恶,而她这次破天荒地头一次想得到老朋友的同情和安慰。

然而如今,她的老朋友都不来看她了,只有皮蒂姑妈、梅兰妮和阿什利除外。新朋友倒是常来,她们坐着锃亮的马车前来拜访，急着向她表示同情，还一个劲儿聊些别的新朋友的闲话来排解她的寂寞和愁绪。可她对那些新朋友毫不感兴趣。所有这些"新来的"都是生人，没一个人了解她，也永远不会了解她。他们根本不知道在她住进桃树街的这座大房子安享富贵荣华之前，过着怎样的生活。她们自己也绝口不提以前的日子，只炫耀现在她们穿着绫罗绸缎，坐着香车宝马。她们根本不知道她之前经历了多少艰辛和困苦，才拥有了如今的豪宅、美服和银器，才能有钱举办气派的宴会。她们既不知道，也不在乎。这些天知道打哪儿来的人，似乎永远生活在浮华的表面，她们跟她没有共同经历过战争、饥饿和艰苦奋斗，所以也就无从跟她们分享这些记忆；她们并不是土生土长的佐治亚人，所以并没有跟她一起扎根于这片红色的土地。

她形单影只，孤独寂寞，真想跟梅贝尔、范妮、埃尔辛太太、怀廷太太，甚至那个凶巴巴的老太婆梅里韦瑟太太，或是邦内尔太太——或者任何过去的老朋友、老邻居一起喝茶聊天，打发漫长的下午时光。因为她们了解她的过去；她们跟她一样经历过战争、恐惧和燎城的大火；她们也经历过亲人的过早离世，也同样挨过缺衣少食的苦日子，整日为生计担忧。她们也都在废墟上重建家园，重立家业。

要是能跟梅贝尔坐在一起谈谈心就好了，对她来说是一种莫大的安慰，因为她记得梅贝尔也有个孩子早夭，那个小娃娃是在谢尔曼军队到来之前大逃难的途中去世的。范妮也跟她有相似的经历，因为她们俩都在军事管制的黑暗日子里失去了丈夫。

与埃尔辛太太聊聊心酸的往事也是一种乐趣,她还记得亚特兰大沦陷那天,老太太在五角场死命用鞭子抽马快跑,把车上那些从军需部抢来的军用粮食都颠得掉了下来,撒落一地,现在想起来真是好笑,当时老太太脸上那表情,斯嘉丽至今都还记得。跟梅里韦瑟太太比一比各自的经历也是蛮有趣的一件事。如今老太太的面包店生意兴隆,她们家的日子过得红火又安稳。老太太会得意又开心地说:"你还记得投降后那阵子,咱们的日子有多难熬吗?你还记得吗,那会儿鞋破了也得凑合着穿,因为哪有钱弄双新鞋啊!再看看咱们现在的日子!"

是啊,跟她们在一起得多开心啊。现在她终于明白了,为什么前邦联的人一见面就聊得那么起劲儿,他们会怀着自豪和怀旧之情津津有味地聊起当年的战争。因为那些艰苦的战争岁月考验着他们的信心和勇气,而他们都挺过来了。他们是久经战争考验的老兵,而她也是。可她身边却没有一个老朋友跟她一起重温战争的回忆。噢,她现在多希望能同和她一样的人在一起啊——她们跟她有过共同的经历、共同的感受,知道这些经历有多痛苦,也知道曾经这些苦难几乎占据了人生的全部。跟这样的人在一起,该有多好啊!

然而,不知怎的,这些人都悄然离她而去了。她知道这都是她的过错。过去她从来不在乎,时至今日才后悔莫及。如今邦妮死了,她既孤单又害怕,光亮如新的餐桌对面坐着的只是一个皮肤黝黑、因酗酒过度而神色迟钝的陌生人,她只能眼看着这个陌生人在她面前一点点崩溃、一天天垮掉。

第六十一章

斯嘉丽正在玛丽埃塔散心,突然接到了瑞特发来的急电。正好十分钟后有一趟火车开往亚特兰大,为了赶上那趟火车,她什么行李也没带,只拎了个随身的拎包,把韦德和埃拉留在旅馆里交给普利茜照看。

玛丽埃塔距离亚特兰大只有二十英里,但在这个潮湿的初秋下午,火车跟乌龟爬似的慢慢吞吞,每个小站都得停下来,让旅客上下车。瑞特的电报搅得斯嘉丽心慌不安,焦急如焚,她恨不得火车能快点儿,每次火车停下来,她都急得要尖叫。火车缓慢地穿过一片昏暗的森林,所见之处尽是凋敝的黄叶;接着又经过一片满目疮痍的红土冈,一道道蜿蜒的战壕分外醒目,还有废弃的炮台和杂草丛生的弹坑。当年约翰斯顿将军的部队就是沿着这条路艰难地且战且退。每个车站、每个岔路口都是一场战役的名字,或者一次小规模战斗的战场。以前这些名字总会令斯嘉丽回想起许多可怕的往事,可此时的她,根本没心思想这些。

瑞特在电报里说:"威尔克斯太太病危,速归。"

火车开进亚特兰大车站时已是黄昏,蒙蒙细雨如迷雾一般笼罩着整座城市。烟雨中的煤气街灯昏黄暗淡,仿若一个个黄色的小点。瑞特坐在马车里在车站等她。一看见他那张脸,斯嘉丽吓了一跳,比收到电报时还要惊慌。他的脸从未像现在这般面如死灰。

"她还没——"她叫道。

"没有。她还活着。"瑞特扶她上了马车。"去威尔克斯太太家,赶快。"他对车夫吩咐道。

"她怎么啦?怎么好端端突然生病了?上星期我见她时,看上去还好好的啊。出什么事了?噢,瑞特,不会真像你说的那么严重吧?"

"她快死了。"瑞特说,声音也和他的脸色一样木然,"她想见你。"

"梅丽不会死的!噢,她不会的!她到底怎么了?"

"她流产了。"

"流——流产,可是,瑞特,她——"斯嘉丽惊讶得语无伦次。瑞特的话令她无比震惊,连气都喘不上来了。

"你不知道她怀孕了?"

她惊得连摇头都不会了。

"哦,是啊,你可能也不知道,我想她可能谁也没告诉,想给大伙儿一个惊喜。可这事我知道。"

"你知道?可她肯定不会告诉你!"

"她不用告诉我,我也能知道,我看得出来。这两个月来她一直很——很开心，我就知道肯定是因为这事，不可能是为别的事。"

"可是瑞特，医生说如果她再怀孩子，会要她命的啊！"

"已经要她的命了。"瑞特说。然后他对车夫大喊："看在上帝分上，你就不能再快点儿吗？"

"可是，瑞特，她不会死的！我——我就没死啊，我——"

"她没你身体好。她一向身子弱，除了一颗善心，她身体向来就不好。"

马车猛地晃了一下，停在了一幢小平顶房门前。瑞特扶她下了马车。她浑身发抖，惊惶不安，突然感到一阵孤独和凄凉，不由得抓住了瑞特的胳膊。

"你也进来吗，瑞特？"

"不。"说完，他就转身回到了马车上。

斯嘉丽飞快地奔上台阶，穿过前廊，猛然推开大门。只见昏黄的灯光下，坐着阿什利、皮蒂姑妈和茵迪娅三人。斯嘉丽心想："茵迪娅怎么也来了？梅兰妮不是告诉她不许再踏进这家的门吗？"这三人一看见她，便立刻站了起来。皮蒂姑妈紧咬住颤抖的嘴唇，茵迪娅呆呆地望着她，难掩悲痛，但眼中已没有了对她的恨意。阿什利神情木然，浑浑噩噩如梦游一般。他走到斯嘉丽跟前，一手握住她的胳膊，梦游似的对她说："她要见你，她要见你。"

"我现在能去看看她吗？"她转过头看向梅兰妮房间紧闭着的房门。

"还不行,米德医生在里面呢。我很高兴你能来,斯嘉丽。"

"我一收到信儿就尽快赶来了,"斯嘉丽脱下帽子和斗篷,说道,"火车——她不会——告诉我,她好些了是吗,阿什利?快告诉我!别这么傻愣着!她不会真的——"

"她一个劲儿地说要见你。"阿什利直视着她的眼睛,从他的眼神中,斯嘉丽看到了答案。一时间,她心头一紧,仿佛停止了跳动,接着是一阵莫名的恐惧,这种恐惧压过了忧心和悲伤,令她心脏怦怦狂跳。"这不会是真的,"她狂乱不安地想,拼命地想赶走这恐惧,"肯定是医生搞错了。这绝不会是真的。我不相信这是真的,不然我会尖叫出来的。我必须想想别的事。"

"我不信!"她突然大喊起来,瞪着面前的三个人苍白而憔悴的脸,仿佛在提出质问和反驳,"为什么梅兰妮没告诉我呢?要是早知道的话,我就不会去玛丽埃塔了!"

阿什利一下子好像清醒过来了,神情痛苦万分。

"她谁也没告诉,斯嘉丽,尤其是你,因为她怕你知道了会骂她。她想再等上三个月——等到胎儿稳定了再告诉大伙儿,想给大家一个惊喜,然后笑医生的话错得有多离谱。这些日子她真的很开心。你也知道她多喜欢孩子——多想要个女儿。本来一直都好好的,没想到突然——没有一点儿预兆就——"

这时梅兰妮的房门被轻轻推开,米德医生走了出来,随手关上门。他默默地站立了片刻,灰白的胡子垂到胸前,定定地看着面前呆立不动的四个人,最后目光落在了斯嘉丽身上,向她走来。斯嘉丽看到医生神情痛苦,眼神中还带着厌恶和鄙夷,她慌乱而惊恐的心里，顿时又涌起一阵内疚。

"你终于来了。"医生说。

没等她回答，阿什利就朝紧闭的房门走去。

"你还不能进去，"医生说，"她有话要跟斯嘉丽说。"

"医生，"茵迪娅一手拉住医生的衣袖，虽然语气平淡，却比大声要求更显恳切，"让我看她一眼吧，我一大早就来了，一直等到现在，可她——让我见见她吧，我想告诉她——我必须告诉她——有些事——是我错了。"

她说这话时，既没看阿什利，也没看斯嘉丽，但米德医生只冷冷地瞥了斯嘉丽一眼。

"我会看情况的，茵迪娅小姐，"他简短地说，"但你得保证，不能为了听你认错，而让她把体力耗尽。她知道你错了，可再听你道歉只会让她心烦不安。"

皮蒂也战战兢兢地开口道："求你了，米德医生——"

"皮蒂小姐，你也知道，你会尖叫然后晕倒的。"

皮蒂挺直了她那矮墩墩、胖乎乎的身子，回瞪着医生。她眼里的泪水已干，从头到脚都透着尊严。

"唉，好吧，亲爱的，稍等一会儿。"医生语气和蔼了一些，"来吧，斯嘉丽。"

两人轻手轻脚穿过过道，走到紧闭的房门口，这时医生两手紧紧抓住斯嘉丽的双肩。

"听着，小姐，"他压低声音叮嘱道，"不许歇斯底里，不许向她做临终忏悔，不然的话，我向上帝发誓非扭断你的脖子不可！

别装作一脸无辜地看着我,你明白我的意思。梅丽小姐快不行了,要让她走得安心,所以不许跟她讲阿什利的事,以减轻你自己良心上的负担。我从来没伤害过女人,但要是你说出什么不该说的话来——小心我找你算账。"

不等她回答,医生就推开了房门,将她一把推进房间,然后把门关上。小小的房间里摆着几件廉价的黑胡桃木家具,灯用报纸挡着,光线昏暗。房间虽小,但是很整洁,有点儿像小女生的宿舍。窄小的低背床,朴素的床帐拢到了床后,地上铺着褪了色却干净的碎花地毯,跟斯嘉丽豪华卧室里那精美的雕花家具、粉色的锦缎窗帘和玫瑰花纹地毯相比,真是有着天壤之别。

梅兰妮躺在床上,床单下那单薄又蜷缩的身体,让她看着就像个小女孩一样。两条黑色的发辫搭在脸颊两边,她闭着眼睛,眼窝深陷,眼圈发紫。见她这副模样,斯嘉丽惊得呆住了,靠在门边,站着不动。屋里虽然昏暗,但斯嘉丽还是能看出梅兰妮面色蜡黄,没有半点儿血色,鼻翼紧缩。之前斯嘉丽还一直盼着是米德医生弄错了。可此时她才明白医生说得没错。战时在医院里,她见过许多这样枯槁的面容,很清楚这绝对是不祥之兆。

梅兰妮快要不行了,但一时间,斯嘉丽还是无法接受这个事实。梅兰妮不会死的,她怎么可能死呢?上帝不会让她死的,因为斯嘉丽需要她。她过去从来没意识到她是如此需要梅兰妮。可现在她才恍然大悟,原来在她灵魂深处,她是多么需要梅兰妮。她一直在依赖梅兰妮,哪怕在她凡事都靠自己的时候,也是如此,但她从没意识到这一点。如今,梅兰妮快死了,斯嘉丽这才发现没有了梅兰妮,她根本活不下去。此时此刻,当她踮着脚心慌意乱地穿过房间,朝那安静的身影走去时,她才明白梅兰妮是她的剑和盾牌,是她的安慰和力量。

"我必须要留住她!不能让她走!"她心想,然后在床边坐下,裙子发出一阵窸窣声。她紧紧握住床单上那只虚弱无力的小手,那冰凉的手再次把她吓得一惊。

"是我,梅丽。"她说。

梅兰妮眼睛睁开了一条缝,看见真的是斯嘉丽,便又安心地闭上眼,过了一会儿,她深吸一口气,轻声说道:"答应我好吗?"

"噢,我什么都答应你!"

"小博——好好照顾他。"

斯嘉丽连连点头,喉咙哽咽。她轻轻握紧梅丽的手,表示答应。

"我把他交给你了,"梅兰妮脸上露出一丝微微的笑意,"这话我从前也对你说过一次——记得吗?——在他出生之前。"

问她记得吗?那样危急的时刻她怎么可能忘掉?一切都历历在目,仿佛那可怕的一天又回来了。她又感觉到那个九月正午令人窒息的闷热,还有北佬就要攻进来的恐惧,甚至好像听到了撤退的南军沉重的脚步声。她回想起当时梅兰妮恳求自己,假如她死了,请收留她的孩子;她还记得当时的她多么恨梅兰妮,巴不得她死了才好。

"是我害死了她,"她心中突然涌起一阵带着迷信的痛苦,

"我老是盼着她死,上帝肯定是听见了,所以在惩罚我。"

"噢,梅丽,别这么说!你知道你会挺过去的——"

"不。答应我。"

斯嘉丽不由得一阵哽咽。

"你知道我会答应你的。我会把他当我亲生儿子一样,好好待他。"

"大学呢?"梅兰妮声音微弱。

"噢,当然!上大学,读哈佛,去欧洲游学,他想要什么就有什么——还有——还有——小马——音乐课——噢,求你了,梅丽,求你一定要挺住!加把劲儿!"

又是一阵沉默,从梅兰妮那挣扎的脸上,可以看出她在拼尽全力想挤出话来。

"阿什利,"她说,"阿什利和你——"她的声音颤抖着,又咽住了。

一提到阿什利的名字,斯嘉丽心跳都停止了,只感到心里像花岗岩一样冰凉。原来梅兰妮早就知道了。斯嘉丽低下头,伏在床单上想哭却哭不出声,就像被一只残忍的手扼住了喉咙一样。梅兰妮什么都知道。此时此刻,斯嘉丽顾不上羞耻,没有任何感觉,只有万般悔恨。她真该死,这么多年来,一直在伤害这么一个温柔善良的女人。梅兰妮早就知道了——可是,她却一直在她身边,做她最忠诚的朋友。噢,要是时间能倒回,一切都能重来该多好!她绝对不会再与阿什利的目光相对。

"噢,上帝,"她立刻向上帝祷告,"求您了,让她活下去吧!

我一定会好好补偿她,好好待她。我有生之年决不再跟阿什利说一句话,只要您能让她好起来!"

"阿什利。"梅兰妮虚弱地说,伸出手摸了摸斯嘉丽伏在床上的头。她的拇指和食指触碰着斯嘉丽的头发,力气还没有一个吃奶的婴儿大。斯嘉丽明白这是什么意思,她知道梅兰妮想要她抬起头来。但她做不到,她不敢看梅兰妮的眼睛,因为在梅兰妮洞察一切的目光下,她的一切都无所遁形。

"阿什利。"梅兰妮又低语道,斯嘉丽心里一紧。即使到了末日接受上帝的审判时,她也不会像现在这样难受。她的灵魂在畏缩着,但还是抬起了头。

然而她看到的依然是那双温柔可爱的黑眼睛,只是眼睛深凹,显出弥留之际的昏沉呆滞;嘴唇依然充满温情,虽无力地在痛苦中苦苦挣扎,想喘上一口气,但始终没有指责、没有控诉,也没有丝毫恐惧——只有焦虑,担心自己无力把话说完。

这一切完全出乎斯嘉丽的预料,她大吃一惊,甚至来不及有松口气的感觉。接着,她把梅兰妮的手握得更紧了,她由衷地感谢上帝,一股暖流涌上心头,有生以来头一次向上帝谦卑而无私地敬谢祷告。

"主啊,感谢您,我知我不配,可还是要感谢您没有让她知道。"

"阿什利怎么了,梅丽?"

"你会——照顾他的对吗?"

"噢,是的,我会的。"

"他动不动就——感冒。"

一阵停顿。

"关照——他的生意——你明白吗？"

"好的，我明白。我会的。"

她使尽全力说："阿什利他——只活在精神世界里。"

只有在临死之际，她才会说出丈夫的不是来。

"照顾他，斯嘉丽——可是——不要让他知道。"

"我会照顾他的，也会关照他的生意，一定不会让他知道。只会给他提些建议。"

梅兰妮的目光再次与斯嘉丽相对，竭力挤出一抹胜利的微笑。两人四目相对之时，便已达成了默契和共识，将保护阿什利不受这个严酷世界伤害的责任和重担，从一个女人转到另一个女人的肩头，而且绝不能让阿什利知道，以免伤了他男人的自尊心。

此时梅兰妮疲倦的面容终于恢复平静，不再挣扎，仿佛得到了斯嘉丽的承诺之后，她便完全放心了。

"你这么聪明——又这么勇敢——一直都对我这么好——"

一听这话，斯嘉丽喉咙一热再也忍不住要哭出来，她连忙用手捂住嘴，恨不得像个孩子一样放声痛哭："我是个坏人！我一直在骗你！我从来没为你做过什么！全都是为了阿什利才做的。"

她突然站起身来，狠狠咬住自己的大拇指，让自己重新冷静下来。瑞特的话又回响在耳边："她爱你。就让她的爱成为你的十字架吧。"是啊,如今这十字架更加沉重了。她曾经千方百计想要把阿什利从梅兰妮身边夺走,早已罪孽深重。可梅兰妮却始终盲目地信任她,如今在临死之时,还把阿什利托付给她,给予她同样的爱和信任,这让她情何以堪。不,她不能说。她连一句"你要努力挺住"都不能再说。她必须让她安心而平静地走,没有挣扎、没有眼泪、没有悲伤。

门轻轻开启,米德医生站在门口,威严地对她招了招手,示意她赶快出来。斯嘉丽俯下身,强忍住眼泪,拉着梅兰妮的手,贴上自己的脸颊。

"晚安。"她说。声音比她想象的更镇定。

"答应我——"梅兰妮低声说,声音更微弱了。

"我什么都答应你,亲爱的。"

"巴特勒船长——好好待他。他——很爱你。"

"瑞特?"斯嘉丽一脸茫然,不明白是什么意思。

"好的,我会的。"她不假思索地答道,然后轻轻吻了一下梅兰妮的手,再把手轻轻放回到床上。

"叫女士们赶快进去吧。"她出门时,听见医生低声说道。

斯嘉丽泪眼模糊中看到茵迪娅和皮蒂跟着医生进了房间,双手托着裙摆提到腰间,避免发出窸窣声。门关上了,屋子里顿时变得静悄悄。阿什利不知道去哪儿了。斯嘉丽头倚靠着墙壁,像个淘气的孩子躲在屋子的角落里,用手揉着发疼的喉咙。

在那扇紧闭的门内,梅兰妮就要溘然长逝,随之而去的还有多年来斯嘉丽一直不知不觉依赖着的那股力量。哦,为什么,为什么她没早点儿意识到自己有多么爱梅兰妮,多么需要梅兰妮?可是谁又能想到身子娇小、相貌平平的梅兰妮竟是力量的支柱呢?平时梅兰妮在生人面前会羞涩得流泪;提出自己的看法时也战战兢兢,从不敢大声;总担心老太太们会对她说三道四,连对着鹅吆喝一声都不敢。然而——

斯嘉丽回想起多年前在塔拉庄园那个寂静而酷热的中午,一缕硝烟在身穿蓝军服的北方佬尸体上方缭绕上升,梅兰妮拖着查尔斯的军刀站在楼上的楼梯口。斯嘉丽记得当时她心想:"真可笑!梅丽连军刀都举不动!"可现在她才明白,当时如果必要的话,梅丽会勇敢地冲下楼梯,把那个北方佬杀死——或者自己被杀。

是的,那天梅丽的小手握着那把军刀,随时准备着为她而拼命。而如今,斯嘉丽回首往事时,才发现梅兰妮其实一直手握军刀站在她身边,像影子一样不离她左右,默默地守护她、爱着她,带着对她盲目的忠诚为她而战,跟她一起共同对付北方佬、对付大火、对付饥饿和贫苦、对付公众的舆论,甚至为了她跟自己的亲人反目成仇。

斯嘉丽意识到,这把挡在她身前,为她抵御整个世界的闪亮军刀即将永远地被收进刀鞘了。一想到此,她顿时觉得自己浑身的勇气和信心都渐渐从体内流失,离她而去。

"梅丽是我唯一的好朋友,"她满心凄凉地想,"是除了妈妈以外,真正爱我的女人。她就像妈妈一样,凡是认识她的人,都想依偎在她身旁,不愿离开。"

突然间,她觉得那扇紧闭的房门里躺着的人就是母亲埃伦,即将第二次离开这个世界。突然间,她仿佛又回到了战乱中的塔拉,身处困境,却孤苦无依,她知道失去了这个纤弱、温柔又善良的女人,她便失去了支撑她的力量,无法再独自面对生活。

她站在过道里,彷徨不安,不知所措,客厅里的炉火熊熊燃烧,火光在她周围的墙上投下高大而昏暗的阴影。房子里寂静无声,静得犹如冰冷的雨水浸透她全身。阿什利!阿什利在哪儿?

她去客厅找他,像只冻得发抖的动物急欲寻找火源。可他不在客厅。她必须找到他。她发现了梅兰妮的力量,也发现了自己对梅兰妮的依赖,可刚一发现便要失去了。不过阿什利还在,他坚强有力、聪明智慧,能给人安慰。阿什利的爱能给她力量,帮她克服软弱;他的爱能给她勇气,帮她赶走恐惧;他的爱能给她宽慰,帮她止住悲伤。

"他肯定是在他自己的房间里。"斯嘉丽心想。于是她便脚步轻轻地沿着过道走到他房间门口,轻轻地敲了敲门。但是没人应声。于是她把门推开,见阿什利正站在梳妆台前,对着梅兰妮一双打了补丁的手套发呆。他拿起其中的一只仔细端详,就好像从来没见过似的。然后把那只手套轻轻放下,仿佛那只手套是玻璃做的一样。接着又拿起了另外一只。

斯嘉丽声音颤抖地唤了一声:"阿什利。"他缓缓转过身来望着她,灰色眼睛里那迷离而漠然的神情已消失不见。此时此刻,他的眼睛睁得大大的,所有的情绪都袒露无遗。她看到了他眼里的恐惧，跟她一模一样的恐惧，但除此之外，还有比她更软弱的无助，和比她更茫然的无措。一看到他这副模样，斯嘉丽更害怕了，比刚才在过道里还害怕，于是连忙朝他走去。

"我很害怕，"她说，"噢，阿什利，抱住我，我太害怕了！"

他一动不动，只是两眼直愣愣地看着她，双手仍紧紧地抓着那只手套。她伸出一只手握住他的胳膊，低声说道："你怎么了？"

阿什利两眼热切地打量着她，仿佛拼命地在她身上寻找着什么，但没有找到。最后，他终于开口，但那声音不像是他的。

"我刚才一直想见你呢，"他说，"我想跑去找你——像个需要人安慰的孩子一样跑去找你——可没想到你也像个孩子——比我还需要安慰，比我还害怕，反而先跑来找我了。"

"你不会的——你不可能害怕的，"她大声说，"你从来没被什么事情吓倒过，可我——你从来都是那么坚强——"

"要说我坚强，那也是因为有她在背后撑着我，"他声音哽咽地说，然后低下头看着那只手套，抚平手套上的手指部位，"可现在——现在——我所有的力量都随她而去了。"

他声音低沉，语气中带着无限的绝望。斯嘉丽不由得松开手，后退了一步。两人陷入了沉默，深沉而凝重的沉默。她忽然发现自己平生第一次真正了解了阿什利。

"哦——"她缓缓地说，"哦，阿什利，你爱她，对吗？"

他费了好大力气才挤出一句话来。

"她是我唯一的梦，唯一在现实中存在的、活生生的、不会破灭的梦。"

"梦!"她心想,心头又涌起之前对他的一股恼怒和愤恨,"他总是活在自己的那些梦里!从来没面对过现实!"

她一颗心既沉重又痛楚,说道:"你可真是个傻瓜,阿什利。她比我好成千上万倍,你怎么就看不出来呢?"

"斯嘉丽,求你了,别说了!你哪知道我是怎么熬过来的,自从医生——"

"你是怎么熬过来的!你以为我——噢,阿什利,你早该知道的,好多年前就该明白的,你爱的是她,不是我!可为什么你不早点儿知道呢?要是早点儿明白的话,一切就大不一样了。所以——噢,你早该明白的啊,不该拿些所谓名誉啊、牺牲啊什么的来一直敷衍我、吊着我!多年以前,你要是早点儿跟我把话挑明,我就会——也许我会伤心欲绝,但我能挺住的。可你等到现在,直到梅兰妮快死了才醒悟过来,一切都太晚了,来不及了。噢,阿什利,这种事应该是你们男人更清楚才对——而不是我们女人!你早该看清楚你爱的是她啊,而我,你只不过是想要我而已——就像瑞特想要沃特琳那个女人一样!"

听到这番话,阿什利不由得畏缩了一下,但眼睛仍然盯着她,恳求她不要再说下去,乞求她给他一些安慰。他脸上的每一根线条、每一丝表情都承认她说的话句句是真。他那塌下来的肩膀也表明了他内心无比自责,比她对他的指责更为强烈。他站在她面前,沉默不语,紧紧抓着那只手套,仿佛那是一只善解人意、安抚人心的手。沉默中,斯嘉丽的怒气渐消,取而代之的是带着轻蔑的同情。她感到有些良心不安,觉得自己不该攻击一个已经彻头彻尾被打败且毫无防御能力的男人——更何况她刚才已经答应了梅兰妮,会好好照顾他。

"我刚答应过她,就对他说了这么多刻薄的话伤害他,其实无论是我还是别人都没必要说这些话,因为他心里已经明白了,而且正悔得要命呢,"她满心凄楚地想,"他还没长大,跟我一样还是个孩子,正因为将要失去她而惊恐害怕、失魂落魄。梅丽料到了他会这样——她比我更了解她。所以她才托付我照顾他和小博。她不在了,阿什利怎么挺得住呢?可我挺得住。无论发生什么我都挺得住,因为我受过太多的苦。可他不行——没有了梅兰妮,他什么也承受不住。"

"请原谅我,亲爱的,"斯嘉丽伸出双臂,语气温柔地说,"我知道你心里难受,可是记住,她什么也不知道——连半点儿疑心都没有过——上帝对咱们太仁慈了。"

阿什利快步走上前,一把将她搂住。她踮起脚尖,用自己温暖的面颊轻轻贴住他的脸,以示安慰,一只手轻轻抚摸着他脑后的头发。

"别哭了,亲爱的。她希望你勇敢点儿。她过一会儿就要见你了,你得鼓起勇气,振作点儿。绝不能让她看出你哭过,不然她会担心的。"

他抱得好紧,弄得她连气都快喘不上来了,只听见他在她耳边声音哽咽地说:"我该怎么办?没有她,我——我根本活不下去!"

"我也一样啊。"她心想。一想到今后没有了梅兰妮的漫长岁月,她不由得浑身颤抖。可她强打精神,竭力压住了内心的惶恐。阿什利依赖她,梅兰妮也指望她。当年在塔拉的一个月夜里,她疲惫不堪、喝得烂醉时,曾暗暗对自己说:"重担是给肩膀强壮有力的人来挑的。"是啊,她的肩膀的确强壮有力,但阿什利的肩膀软弱无力,挑不起担子。她挺直了双肩,决定挑起这副担子。于是她镇定而平静地吻了吻他泪湿的脸颊,没有脸红心跳、没有任何渴望和激情,只有冷静的温存。

"我们会挺住的——总会有办法的。"她说。

这时,过道里的一扇门猛地打开,米德医生急匆匆地喊道:"阿什利!快!"

"上帝啊!她去了!"斯嘉丽心想,"可阿什利还没跟她告别呢!不过也许——"

"快点儿!"她大叫一声,用力推了他一把,因为他还呆愣愣地站着不动呢,"快去呀!"

她打开门,叫他赶快出去。阿什利听到她的话,像触了电似的,猛然清醒过来,连忙冲进过道,手里仍紧紧攥着那只手套。她听到他急促的脚步声,随后门砰的一声关上了。

她又惊呼了一声:"上帝啊!"然后缓缓走到床边坐下,双手抱住头。突然间,她觉得好累,这辈子从来没这么累过。随着那砰的关门声,她心里紧绷的那根弦、那根一直苦苦支撑她的弦,啪的一声绷断了。她觉得身心俱疲,所有的力气和情感都像被掏空了一样。此时的她既感觉不到悲伤和悔恨,也没有恐惧和惊慌。她太累了，只觉得自己的心就像壁炉台上的钟，木然而机械地一下下跳动着。

在这木然之中，她脑子里突然闪过一个念头。阿什利不爱她，从来没爱过她。然而明白了这一点之后，她并没有感到伤心。可她应该伤心才对啊。她应该心碎绝望，痛苦地呐喊。这么多年来，她就是靠着他的爱才活下来的，靠着他的爱撑过了无数黑暗和苦难。然而，事实摆在眼前。他不爱她，而她并不在乎。因为她也不爱他。她不爱他，所以无论他说什么、做什么，都不会令她伤心。

她躺在床上，疲惫地把头靠在枕头上。她觉得无须反驳这个念头，也无须对自己说："可我真的爱他，爱了他这么多年。这份爱是不可能瞬间就冷却的。"

然而，爱是会冷却的，而且已经冷却了。

"他只是我的想象，现实中压根儿就不存在，"她恹恹地想，"我爱的是我自己臆想出来的一个幻影，就像此时的梅丽一样，没有一丝生气。我做了套漂亮的衣服，并爱上了它。当阿什利骑马而来，见他那么英俊、那么气宇不凡，我便把那衣服套在了他的身上，也不管他穿着那衣服合不合身，而且也不肯看清楚他到底是个怎样的人。我一直爱着的是他身上那套衣服——而不是他本人。"

此时她回首往事，忆起多年以前第一次看见阿什利的情景——她看到自己穿着绿色的麻纱裙，站在塔拉的阳光下，望着那英俊潇洒的年轻人骑马而来，满头金发在阳光下闪闪发亮，犹如头戴银盔，令她怦然心动。然而现在她才看清楚，他只是她少女时充满孩子气的幻想，就像她当年缠着父亲杰拉尔德一定要给她买的那对儿海蓝宝石耳环，因为耳环一到手，她就觉得不稀罕、不值钱了。除了钱以外，别的任何东西，只要一得手，她就觉得一钱不值了。所以假如当年阿什利向她求了婚，而且被她拒绝，令她的虚荣心得到了满足，那么他在她心里也会变得一文不值的。假如阿什利跟别的小伙子一样，对她百般殷勤、穷追不舍，为她神魂颠倒、为她争风吃醋、为她愁肠百结，那么只要碰到另一个男人，她对阿什利的那份痴情和迷恋就会立刻消失，犹如清风吹散迷雾，犹如阳光驱走阴霾，转眼间便不见踪影。

"我可真是个傻瓜啊，"她心酸地想，"而现在终于自食其果了。过去总盼着的事现在成真了。过去总盼着梅丽早点儿死，好让我得到阿什利。现在她真的死了，我可以得到阿什利了，我却又不想要了。他这人死要面子，肯定会问我愿不愿意跟瑞特离婚，然后跟他结婚。跟他结婚？白给我都不要！可即使不嫁给他，他往后余生也得像孩子似的缠着我，只要我还活着，就得照顾他，不能让他饿着，不能让他受别人欺负。他就像是我的另一个孩子，一天到晚黏着我，凡事都依赖我。我少了个迷恋多年的情人，却又多了个让人操心的孩子。要不是我刚才答应了梅兰妮，我——我就算今后再也不见他，也都无所谓了。"

第六十二章

斯嘉丽听到外面有人在低语,走到门口一看,原来是几个一脸惊恐的黑仆正站在后面的过道里。迪尔茜吃力地抱着熟睡的小博,那孩子太沉,压得她胳膊直往下垂。彼得大叔老泪纵横,厨娘在用围裙擦着满脸的泪水。三个人都看向她,仿佛无声地在向她询问他们该怎么办。她从过道朝客厅看去,看见茵迪娅和皮蒂姑妈相互握着手,相对无言地站在那里。此时的茵迪娅脸上头一次没了那股固执的傲气,也跟那几个黑人一样,像是哀求似的看着她,等她发话。她走进客厅,茵迪娅和皮蒂姑妈立刻围了上来。

"噢,斯嘉丽,现在该——"皮蒂姑妈开口道,她那孩子一般胖嘟嘟的嘴唇在颤抖着。

"别跟我说话,不然我会尖叫起来的。"斯嘉丽说道。她紧张得说话声音都尖了,两手紧紧攥成拳头贴在身子两侧。一想到此时要提起梅兰妮,必然会谈到后事的安排料理,她就觉得喉咙发紧,像被什么东西卡住了似的。"你们俩谁都别开口跟我说话,我不想听。"

一听她威严的口气，两人都吓得往后缩，神情显得无助又委屈。"我不能在她们面前哭出来，"她告诫自己，"我现在决不能哭，不然她们俩也肯定会哭，那几个黑人也会跟着号啕大哭起来，那可就全乱套了。我必须挺住，因为还有好多事要做呢。得去见办丧事的人，安排葬礼，把屋子收拾干净，还得接待前来吊唁的客人。这些事阿什利都干不了，皮蒂和茵迪娅也做不来，只能由我一手操办。噢，这担子可真累人啊！总有挑不完的重担，而且还老得替别人挑！"

她看着茵迪娅和皮蒂两人茫然无措又委屈难过的脸，心里不由得感到有些懊悔。梅兰妮不希望她对自己爱的人那么尖刻。

"很抱歉，我不该发火的，"她费力地说出口来，"我真是——很抱歉，姑妈，我不该发脾气。我得去前廊待会儿，一个人冷静一下，一会儿就回来，然后咱们再——"

她轻轻拍了拍皮蒂姑妈，然后快步走到前门，在这屋里再多待一分钟她都会忍不住哭出来。她必须得一个人待会儿，独自大哭一场，不然她难受得心都快要碎裂开了。

她走进黑漆漆的前廊，随手关上身后的门。潮湿的夜风带着一丝清凉扑面而来。雨已经停了，四周一片寂静，只偶尔听到水滴从屋檐滴落下来的声音。整个世界都被一层浓雾笼罩，还带着一丝凉意，透着死亡的气息。街道对面的房子漆黑一片，只有一扇窗户亮着灯，微弱的灯光洒在街面，无力地与浓雾抗争，昏暗的光里飘浮着无数颗粒般金色的光点。整个世界仿佛被一条灰蒙蒙的雾毯紧紧裹住，没有半点儿声音，陷入一片死寂。

她头倚着前廊上的一根柱子，想痛哭一场，可是却没有眼泪。这痛苦太深重了，连眼泪也无法排解。她难过得浑身发抖，生命中两座最坚不可摧的堡垒竟同时坍塌，化成粉末，震耳欲聋的倒塌之声仍在她耳边回响，在她心中震荡。她站立片刻，想要重新唤起那句惯用的咒语："这事等明天再想吧，明天我就能承受得住了。"可是这回咒语却不灵了。有两件事她必须现在就想：一是梅兰妮——她到底有多爱梅兰妮，有多需要梅兰妮；二是阿什利——为什么她那么盲目、那么固执，一直不愿去看清他的本来面目。但她明白，这些事情不管她明天想还是今后的哪一天想，都会令她痛彻心扉。

"我今晚不能再进去跟他们说话，"她心想，"今晚也不能再见阿什利，不能再安慰他了。今晚不行！明天一早再来办我该办的事、再说该劝慰别人的话吧。但今晚不行，我做不到，我要回家。"

她的家离这儿不远，只隔着五个街区。她等不及呜呜咽咽的彼得套好马车，也等不及米德医生送她回家。她吃不消前者的哭哭啼啼，也受不了后者的无声谴责。于是她也没进屋拿外衣和帽子，就急急忙忙地冲下前廊台阶，跑进雾蒙蒙的夜色中。她拐过街角，爬过长长的斜坡，朝桃树街的方向而去，走在寂静而潮湿的黑夜里，连脚步也悄无声息，恍如在梦中。

她顺着斜坡一路走去，胸口一紧，眼里涨满泪水，却又流不出来。她恍恍惚惚，感觉眼前的景象似曾相识，这个又冷又昏暗的地方,她以前好像来过,而且不止一次,来过好多次。"我可真蠢啊。"她不安地想,不由自主地加快了脚步。她不会是出现幻觉了吧,可这种感觉就是挥之不去,不知不觉潜入她心里。她心神不宁地扫了一眼周围,发现这种诡异而可怕的感觉更强烈了,但又很熟悉。她猛地抬起头,像只嗅到了危险的动物。"估计是我太累的缘故,"她尽力安慰自己,"而且今晚也有点儿怪,下了这么大的雾,我从没见过这么浓的雾呢,除了——除了!"

想到这儿,她恍然大悟,她的心被恐惧紧紧攫住。她终于想起来了,在过去的无数次噩梦中,她就是在这样的浓雾里奔跑,穿过没有路标、阴森恐怖的乡野,四周大雾弥漫,寒气逼人,到处鬼影幢幢,仿佛都是来抓她的。现在难道又是在做梦吗,还是噩梦变成了现实?

刹那间,她仿佛离开了现实世界,迷失在未知之境。过去那梦魇中的感觉再次袭来,比以往更加强烈。她的心狂跳起来,又一次置身于一片死寂之中,就像当年站在塔拉的土地上一样。世上所有重要的东西都消失不见,生活只剩下一片废墟,恐惧如凛冽的寒风一般从她心头呼啸而过。这恐惧就在迷雾之中,或者说这迷雾本身就是恐惧,正紧紧地攫住她的心。于是她拼命狂奔起来,如同千百次在噩梦中奔跑一样。她被一种无名的恐惧驱赶着,漫无目的地狂奔着,急切地想在灰蒙蒙的迷雾中找到安全之地藏身。

她沿着昏暗的街道飞奔,低着头,一颗心怦怦狂跳。夜晚湿漉漉的空气润湿了她的嘴唇,头顶纵横交错的树枝,犹如伸出的魔爪朝她逼近。肯定有的,在这潮湿而寂静的荒野中,肯定有避难之所的!她飞快地跑上长长的斜坡,气喘吁吁,湿冷的裙子裹住了脚踝。她肺都要炸开了,胸衣束得太紧,都快把她的肋骨挤进心脏里了。

突然,她眼前出现了一道光,接着是一排光,忽隐忽现,忽明忽暗,却是实实在在的灯光。在她的噩梦中,从来没有过光,只有蒙蒙的迷雾。她被那些灯光吸引住了。因为灯光意味着安全,意味着有人,意味着现实。她猛然停住了脚步,双手握拳,专注地盯着那一排煤气灯光,努力驱赶内心的恐惧。那一排灯光让她一下子清醒过来,让她明白这里是亚特兰大的桃树街,而不是噩梦中灰蒙蒙且满是妖魔鬼怪的世界。

她大口喘着粗气,在一个下车台上坐了下来。她凝神聚气,稳定心神,仿佛仅有的一丝理智像一条滑溜溜的绳索,若不赶紧抓住就会从她手里迅速滑走似的。

"我刚才一直狂奔——简直就像个疯子似的!"她心想,虽然浑身仍在发抖,但心里不像刚才那么恐惧了,可突突狂跳的心脏却难受得要命,"可我这是在往哪儿跑呢?"

她的呼吸终于平稳下来。她坐在那里,两手叉腰往桃树街的方向望去。啊,斜坡尽头就是她的家,好像每扇窗户都亮着灯呢。灯光可真亮啊,仿佛在向迷雾宣战,誓将迷雾驱散。家!那真是她的家啊!她望着远处家的模糊轮廓,心中充满感激,充满期盼,心也觉得安定、平静了。

家!这才是她想要去的地方。这就是她全力奔赴的地方。她要回家，回到瑞特身边去！

明白这一点后，她感觉就像挣脱了浑身的锁链，噩梦中的恐惧也顿然消失。自从那天夜里她一路艰苦颠簸回到塔拉，发现自己那温暖而美好的世界已遭毁灭之后，这恐惧就时常在她的梦里纠缠。那夜她到了塔拉，才发现所有的安全、力量、智慧、关爱和理解都不复存在——全都随着母亲埃伦的离去而消失。因为这一切都来自母亲，从小到大，母亲一直是她的主心骨，是她赖以生存的支柱。后来，她虽然得到了物质上的安全和保障，但在梦中，她依然还是那个吓坏了的孩子，苦苦地寻找那个失去了的世界和安全感。

现在，她终于明白她在梦里苦苦寻找的避难之所在哪儿，知道藏在迷雾中能给她温暖和安全的人是谁了。不是阿什利——噢，绝不是他！他就像沼泽地里的点点磷火，没多少光，也没什么温度；又像是一摊流沙，没半点儿安全。是瑞特——他能用结实有力的臂膀紧紧将她抱在怀里；他能借她宽阔厚实的胸膛让她依靠，驱走她满心的疲惫；他能用嘲弄的笑声帮她看清问题，找到正确的方向；他能充分理解她，因为他跟她一样务实、讲求实际，不被什么名誉、牺牲和信念等虚名所蒙蔽和阻挡。他爱她！尽管他对她总是冷嘲热讽，可他是爱她的，为什么她早没发现呢？梅兰妮却看出来了，而且临终前还嘱咐她"好好待他"。

"噢，"她心想，"还说阿什利是傻瓜，跟个瞎子似的看不见真相呢。我不也一样。"

这么多年来，瑞特对她的爱如石墙一般坚定不移，她一直背靠着这堵石墙,把他的爱看作理所当然,但始终没放在心上,就像她一直无视梅兰妮对她的爱一样。而且她还自以为是,认为她所有的力量都来源于她自己。今晚不久前,她才刚明白,在她人生中的每个危急关头,梅兰妮都跟她并肩战斗。而现在她也终于明白,瑞特一直默默地站在她身后,爱她、理解她,准备着随时伸出手来帮助她。在义卖会上,他看到她眼里流露出对跳舞的渴望,于是带着她跳起了弗吉尼亚舞,设法帮她摆脱了守丧的束缚;亚特兰大沦陷那天,他护送她穿过大火,冒着枪林弹雨逃出城去;后来他借给她钱,让她有了资金开创自己的事业;嫁给他之后,半夜她从噩梦中醒来大哭时,也是他在身旁安慰她——噢,如果不是对一个女人爱得如此痴狂,哪个男人会心甘情愿为她做这么多事呢!

树上的露水滴落到她身上,可她却毫无察觉。漫天的浓雾笼罩着她,但她根本不理会。因为她满脑子都在想着瑞特,一想到他那黝黑的脸庞、洁白闪亮的牙齿和那双机警的黑眼睛,她就忍不住浑身颤抖。

"我爱他。"她终于看清了自己的心。像往常一样,她毫不迟疑地承认了这个事实,就像孩子欣然收下礼物一样。"我不知道爱他有多久了,但我爱他,这是真的。要不是因为有阿什利,我早就该明白了。因为有阿什利一直挡在我眼前,我根本什么事情都看不清楚。"

她爱他,爱他的无赖、粗鄙,爱他的无所顾忌、不在乎名誉——至少,不在乎阿什利眼中所谓的名誉。"让阿什利那该死的名誉见鬼去吧!"她心想,"他那所谓的名誉每回都让我受骗上当、丢脸出丑。没错,打一开始我就被他骗了,他明知道自己快要跟梅兰妮结婚了,却仍常来看我,把我蒙在鼓里。可瑞特从不骗我让我下不了台。甚至在梅兰妮开生日会的那个可怕的晚上,他本该扭断我脖子的,可他还是硬拉着我去了生日会,保住了我的颜面;就连亚特兰大沦陷那天,他把我扔在半道,也是因为他知道我已经脱离了危险,相信我能有办法安全回家的;后来,我去北方佬的监狱里找他借钱时,他提出要我以做她的情人为代价,也是故意试探我、考验我,不是真要伤害我的。他一直都爱着我,可我却对他这么薄情寡义,一次又一次地伤他的心,可他太自傲,自尊心太强,不肯显露出自己的痛苦和伤心。后来邦妮死的时候——噢,我怎么能那么恶毒、那么狠心呢?"

她突然站了起来,挺直身子,望着坡顶的房子。半小时前,她还以为自己除了钱以外,已经失去了一切,失去了生活中令她留恋、支撑她活下去的一切——埃伦、杰拉尔德、邦妮、嬷嬷、梅兰妮和阿什利。正是失去了这一切,她才恍然明白原来她爱的是瑞特——她爱他,因为他坚强而无所顾忌,热情而讲求实际,跟她完全一样。

"我要把这一切全都告诉他,"她心想,"他会理解的。他一向能够理解。我要告诉他,一直以来我有多傻,告诉他我有多爱他,告诉他我要倾尽一切补偿他。"

突然间,她觉得自己又振作起来,快乐起来了。她心里欢喜雀跃,因为她知道自己从此再也不会惧怕黑暗和迷雾了。今后无论有多大的迷雾将她缠住,她都不再害怕,因为她知道自己的避难之所和安全之地在哪里。她开始步伐轻快地沿着街道朝家奔去,可总觉得这街道太长了,走不到尽头似的,真恨不得马上就到家。于是她拉起裙摆,提到膝盖,轻快地跑起来。但这次,她跑不是因为恐惧,而是因为瑞特就在路尽头的家里,她迫不及待地想要扑进他的怀抱。

第六十三章

前门半开着,斯嘉丽气喘吁吁地一路小跑,冲进前厅,在彩虹一样斑斓的枝形吊灯下停住脚步。屋里灯火通明,却静得出奇。不是入睡时的宁静,而是一种戒备而疲倦的岑寂,隐隐透着不祥之兆。她扫了一眼四周,发现瑞特不在客厅,也不在书房,心里不由得一沉。难道他出去了——到贝尔那儿或者别的什么地方找乐子去了?就像他平时每次不回家吃晚饭,就肯定是去外面喝酒寻欢一样?这一点她可没料到。

她正要上楼去找他,却发现餐厅的门是关着的。一看到那扇关着的门,她心里一紧,羞愧难当,顿时想起今年夏天无数个夜晚,瑞特都把自己关在餐厅里一个人喝闷酒,一直喝到烂醉,然后波克就来催着他去上床睡觉。这都是她的错,但她决心要改变这一切。从现在起,一切都会变得大不一样——可是,上帝啊,求您了,今晚可别让他喝醉,要是他喝得太醉,就不会相信我的话,反而会嘲笑我,让我心痛难当,无地自容。

她轻轻地把餐厅的门拉开一条缝,透过门缝朝里面偷偷看了一眼。只见瑞特坐在餐桌旁,瘫坐在椅子上,面前摆着满满的一瓶酒,瓶塞还没打开,杯子也还没用。谢天谢地,他还清醒着!于是她拉开门,克制住自己没朝他扑过去。可当他抬起头看她时,她一看他的眼神突然愣住,定立在门口,话到嘴边却怎么也说不出来了。

他一双乌黑的眼睛呆呆地看着她,眼中满是疲惫,没有一丝光彩。斯嘉丽因为一路奔跑,上气不接下气,头发也乱蓬蓬地披散下来,裙子上溅满了泥浆,一直溅到了膝盖处,可瑞特见她这副狼狈相,既不吃惊也不疑惑,甚至没咧嘴嘲讽她。他整个人瘫坐在椅子上,衣服皱巴巴、紧绷绷,显出他那越来越粗的腰部,浑身上下再没有一块健美的肌肉,都变成了松弛的赘肉,原本轮廓分明的脸也变得粗糙。酗酒无度毁了他原本帅气潇洒的外形,原先的他就像新铸金币上的头像一般年轻英俊,俨然一位异教徒王子,而如今的他变成了年久磨损且不值钱的铜币上那位颓然疲惫的恺撒。他抬起头望着站在门口的斯嘉丽,手捂胸口,神情平静,甚至和蔼亲切,反而把斯嘉丽吓了一跳。

"过来坐吧,"他说,"她走了?"

斯嘉丽点点头,迟疑地朝他走去,见他脸上那副不同寻常的表情,心里惴惴不安。瑞特没有站起来,而是用脚推出来一把椅子,让斯嘉丽坐了下来。她真不希望他这么快就提到梅兰妮。因为她现在不想谈梅兰妮的事,不想再次经受一个小时前的那种痛苦。往后余生她有的是时间谈梅兰妮,可是现在,她迫不及待地想对瑞特表露心迹,大喊一声:"我爱你。"今夜此时,她必须向瑞特倾诉衷肠，可他那脸色却让她欲言又止。一想到梅兰妮还尸骨未寒，她就急着要谈情说爱，她又突然心生愧疚，羞于开口。

"嗯，愿上帝保佑她安息，"瑞特心情沉重地说，"在我认识的所有人里，她是唯一一个完美无瑕的好人。"

"噢，瑞特！"她痛苦哀叹，因为他的话让她想起了往日里梅兰妮待她的种种好处，"刚才为什么你不跟我一块儿进去呢？太可怕了——我多么需要你陪在我身边啊！"

"我怕我会受不了。"他只说了这么一句，就沉默不语了。过了好半天，他才费力地轻声挤出一句："她真是个了不起的女人。"

他那忧郁的目光越过她望向远处，眼里的神情跟亚特兰大沦陷那晚火光映照下的神情一模一样。当时他跟她告别，说要随撤退的部队一起走，去参军打仗——这个男人总是那么出人意料，他明知道自己是个玩世不恭、桀骜不驯的人，可又意外地在自己身上发现了对邦联的忠诚和热忱，连他自己都觉得有些可笑。

他阴郁的目光越过她的肩头，仿佛在目送着梅兰妮默默地穿过餐厅，走向门口，似乎在与她诀别，可脸上既没有痛苦也没有悲伤，只有对自己的不解和诧异，自儿时便封存在心底的情感再次复苏，在心中泛起波澜。接着，他又说了一遍："真是个了不起的女人。"

斯嘉丽不由得打了个寒战。刚才激励着她飞奔回家的那满腔激情、热切的期盼和灿烂的希望骤然消失。当瑞特跟此生唯一尊敬和钦佩的人告别时,她或多或少能体会到他的心情,大致能明白他的心思。她心中备感失落,又一次感到孤独凄凉,但这种怅然若失,不再是她个人的感觉。她虽然无法完全猜透他的心思,理解他的感受,但她似乎也感觉到了梅兰妮窸窣作响的衣裙掠过她的身旁,最后一次给她轻柔的爱抚。她从瑞特的目光里看到的不是一个女人的离世,而是一个传奇的结束——无数像梅丽一样温柔、谦逊又坚毅不屈的女人,正是依靠她们,南方才能在战争中保住家园;战败后,又是在她们充满自豪和无限爱意的怀抱中,南方才得以重新崛起。

他的目光又回到了斯嘉丽身上,语气也变了,变得轻柔又冷漠。

"她死了,这下你就能称心如意了,对吗?"

"噢,你怎么能说出这种话来,"她的心被狠狠地刺痛,大喊起来,泪水夺眶而出,"你明知道我有多爱她!"

"不,我不知道。毕竟你平时最亲近的人可不是梅兰妮,而是那帮穷白佬呢。怎么?你终于意识到她的好了吗?这倒是出人意料啊,算你还没傻到家。"

"你怎么能这么说?我当然明白她的好!是你不知道她有多好,因为你不像我这么了解她。你根本不理解她——不知道她有多好——"

"是吗?不见得。"

"她时刻为别人着想,从没想过自己——哦,她临终前还提到你了呢。"

他突然转过身看着她,眼里流露出真情。

"她说什么了?"

"噢,现在先别提这个好吗,瑞特?"

"快说。"

他的语气虽冷静,但握住她的手腕时力道很大,捏得她生疼。她不想说,因为这样她就没办法把话题引到她爱他这件事上来。可那只紧握着她的手,却表明他迫切地想知道梅兰妮的遗言,硬是要她说出来不可。

"她说——她说——'好好待巴特勒船长,他很爱你'。"

他瞪了她一眼,然后松开了她的手腕。他垂下眼帘,脸色阴郁而茫然。突然,他站起身来,走向窗边,拉开窗帘,凝神望着窗外,仿佛外面除了迷雾之外,还有别的什么。

"她还说什么了?"他头也不回地问道。

"她求我照顾小博,我答应她,会把小博当成自己的亲生儿子一样。"

"还说什么了?"

"她还说——阿什利——她还要我照顾阿什利。"

他沉默片刻,突然轻笑一声。

"有了原配妻子的许可,这样就更方便了,是吧?"

"你这是什么意思?"

他转过身,斯嘉丽心里虽然一片慌乱,但发现他脸上并没有讥讽之色,令她大感诧异。而且他似乎毫无兴趣,就像在观看一出一点儿也不好笑的喜剧，看到最后一幕时早已觉得索然无味了。

"我想我的意思再清楚不过了。梅丽小姐已死，你自然要跟我提出离婚了，而且理由有的是，再说你也没什么好名声了，即使离了婚对你也没多大伤害。你的宗教信仰也没多少了，所以教会也不会来管你。有了梅丽小姐的祝福，阿什利和你多年来的梦想终于能成真了。"

"离婚？"她惊叫起来。"不！不！"她顿时语无伦次，猛然跳起身来，扑过去抓住他的胳膊，"噢，你想错了！完全错了。我不想离婚——我——"她突然语塞，不知道该怎么说才好。

他伸出一只手轻轻托起她的下巴，对着灯光，凝视着她的眼睛。斯嘉丽抬头看着他，所有的心事都在眼中展露无遗，她嘴唇颤抖着想要说话，可一个字也说不出来，因为她想从他的脸上找到与她共鸣的情感，找到希望的光辉和快乐的神采。他肯定能看懂她的心思，现在该明白了！她仔细端详他的脸，目光热切地巡睃着，却发现眼前这张黝黑的脸庞依然面无表情，依然令她捉摸不透。他松开她的下巴，转身走回椅子旁，再次疲惫地瘫坐进去，下巴抵着胸口，乌黑的眉毛一挑，抬起眼来冷漠而狐疑地打量着她。

斯嘉丽也跟着走回到椅子边，绞着双手，站在他面前。

"你错了，"她再次开口，边说边思量着该如何表达清楚，"瑞特，今晚我一明白过来，就一路奔回家来想告诉你，噢，亲爱的，我——"

"你累了,"他仍旧在看着她,说道,"还是上床睡觉去吧。"

"可我必须要告诉你!"

"斯嘉丽,"他极为沉重地说,"我不想听——什么都不想听。"

"可你还不知道我要说什么呢!"

"宝贝儿,你所有的心思都在脸上写着呢。不知道是什么人或者什么事让你突然醒悟过来,发现你那位不幸的威尔克斯先生只不过是颗硕大的死海果子[1],只能看,却吃不了。所以你就转而想起我来了,突然觉得我这人又魅力四射、对你有吸引力了。"他轻轻叹了口气,"不过现在说这些都没用了。"

瑞特一语中的,惊得斯嘉丽倒吸一口凉气。是啊,他总能一眼就看透她的心思,所以从前她对此很是恼火,也恨死了他这一点。可现在,被他看穿之后,她震惊之余却感到无比欣慰和高兴。他明白了,他理解了,那她就好办多了。"说这些没用了!"她这么久以来都对他漠然无视,他当然心里不痛快;如今她的态度突然转变,他当然满腹怀疑。但只要她全心全意地爱他、温柔体贴地待他,他一定会相信她的。噢,这多让人开心啊!

"亲爱的,我要把一切都告诉你。"说着,她弯下身子,双手放在他椅子的扶手上,"过去是我错了,我真是蠢得要死——"

"斯嘉丽,别再说了,别在我面前这么低声下气,我受不了。

---

[1] 死海果子是古代流传于南欧的一个传说,说是在死海的附近长有一种非常美丽、香甜的水果,但是当人将它摘下来的时候,它就即刻在人的手中化为灰烬,不能吃,也不能看。后世的人就以此种果子来说明一些表面上看起来美丽漂亮的事物,却无实际用途,也无真正价值。

给咱们彼此都留点儿尊严,给咱们的婚姻留点儿念想,在这最后的一刻就饶过彼此吧。"

她突然站直了身子。最后的一刻饶过彼此?他说"最后一刻"是什么意思?最后?这是他们的开端,他们新的开始啊。

"可是请你听我说,"她急急地说道,仿佛生怕他会一手捂住她的嘴巴,不让她说话似的,"噢,瑞特,我是真心爱你的,亲爱的!这么多年我一直爱着你,可我太傻,一直不知道。瑞特,请你一定要相信我!"

瑞特看着站在面前的斯嘉丽,久久凝视着,一直看到她内心深处。从他的眼神里,斯嘉丽看出他相信了她的话,可他却并不感兴趣。噢,都这时候了他还要这么小心眼吗?难道他要折磨她,对她施以同样的报复,以牙还牙吗?

"嗯,我相信你,"他终于开口道,"可阿什利·威尔克斯怎么办?"

"阿什利?"她不耐烦地一挥手,说道,"我——其实这么多年来,我对他早就不在乎了。之前对他只不过是——是小姑娘时就形成的一种习惯罢了。瑞特,如果我早点儿看透他是一个怎样的人,我连想都不会想他。尽管他平日里满口名誉啊、真理啊什么的,但其实他就是个无能又软弱的懦夫,而且——"

"不,"瑞特说,"你要是真想看清一个人,就不能带有偏见。他倒的确是个绅士,只可惜跟这个世道格格不入。他仍用逝去的世界的那套旧规则在现实中苦苦挣扎,竭力维系,可惜处处碰壁。"

"噢,瑞特,咱们别提他了!他跟咱们有什么相干?难道你不开心吗——我是说,现在我——"

瑞特疲惫的目光与她相对,她突然感到很难为情,就像小姑娘头一次见到自己的心上人一样,羞羞答答,欲语还休。真希望他能帮帮她,让她别这么羞涩不安!真希望他能伸出双臂,这样她就能扑进他的怀里,将头靠在他的胸口。如果吻上他的嘴唇,那她就不用结结巴巴地说那么多话,直接就能让他明白她的心意了。可她看着他,发现他对她的疏离淡漠并不是存心让她难堪,而是他已经心力交瘁,仿佛她说的那些话再也无法打动他。

"开心?"他说,"要是过去听到你说这些话,我肯定会斋戒祷告,感谢上帝。可现在,这些都不重要了。"

"不重要?你在说什么呀?当然重要了!瑞特,你是爱我的,对吗?你肯定是爱我的,梅丽说你爱我。"

"嗯,就她所了解的来说,她说得没错。可是斯嘉丽,你想过没有,即使是最永恒的爱也会随着时间一点点消磨殆尽的。"

她看着瑞特,张着嘴巴,无言以对。

"我的爱已经被磨光了,"他继续说道,"被阿什利·威尔克斯磨光了,被你那九头牛都拉不回来的倔强和固执磨光了,你这人不撞南墙不回头,一旦想要什么东西就会跟斗牛犬似的紧咬着不放……我的爱已经磨光了。"

"但爱是消不尽、磨不光的!"

"你对阿什利的爱不就磨光了吗?"

"可我从来就没爱过阿什利!"

"那你装得可太像了——而且到今天晚上之前,你一直都装得挺像呢。斯嘉丽,我不想数落、责备、训斥你。那种时候早就过去了。所以你不用为自己辩护,也不用解释。只希望你能听我把话说完,不要插嘴打断我,让我把我的意思跟你解释清楚。其实,上帝可以做证,我没必要跟你解释的,事情都明摆着呢。"

斯嘉丽坐了下来,刺眼的煤气灯光照在她苍白而困惑的脸上。她凝视着那双熟悉又陌生的眼睛——听着他平静的声音,一开始根本听不懂他在说什么。他头一次这么心平气和地跟她说话,既没有冷嘲热讽,也没有玩世不恭,或者打哑谜,就像平常人一样,坐下来促膝谈心。

"你想过没有,我对你的爱已经到了一个男人爱一个女人的极致?在我得到你之前就已经爱上你,而且爱了很多年,这你知道吗?战争期间,我远远地离开你,想把你忘掉,可怎么也忘不掉,结果总是忍不住一次次地回来找你。战后我冒着被捕的危险回来,就是为了找你。我太爱你了,爱得发狂,假如弗兰克·肯尼迪没被打死,我也会亲手把他杀了的。我一直深爱着你,可又不能让你知道。因为你对爱你的人太狠心、太残忍,你一把别人的爱弄到手,就会把它当鞭子一样悬在他头上,对他随意抽打。"

斯嘉丽听瑞特说了这么多,只听懂了他爱她这个事实。她听到他声音里带着一丝激情,心中不禁又涌起一股兴奋和激动。她坐在那儿,屏气凝神,静静倾听着、等待着。

"我知道,你跟我结婚时,其实并不爱我。我也知道你心里爱的是阿什利。可我就是那么傻,以为能让你回心转意。你想笑话我就笑吧,可我那时是真心想疼你、宠你,给你想要的一切。我想跟你结婚,想保护你,想让你放手去做想做的一切,只要你开心就好——就像我对邦妮那样。你曾经吃过很多苦,斯嘉丽,你受过的那些苦没人比我更清楚。我想让你别再吃苦,别再一个人身扛重担。我想替你去扛。我想让你尽情玩乐,就像孩子一样无忧无虑——因为你本来就是个孩子,一个勇敢、容易受惊吓,又倔强任性的孩子。我看直到现在你仍是个孩子。因为只有孩子才这么固执任性、这么愚笨迟钝。"

他的声音很平静,而且带着一丝倦意,却勾起了斯嘉丽模糊的回忆。她好像曾听过这样的声音,在她人生中的某个危急时刻,是在哪儿听到的呢?她记得也是一个男人的声音,独自陷在自己的世界里,没有感情、没有畏惧,也没有希望。

哦——啊——她想起来了,是阿什利的声音,是那年冬天,在塔拉的果园里,寒风萧瑟中,他谈到人生就好比一出影子戏,那声音也是这般平静,带着倦意,但语气中透着命运早已注定、天意难违的心酸和无奈,令人感到无比的凄苦和绝望。那时阿什利说的话她完全听不懂,只觉得不寒而栗。而如今,瑞特的话也让她有同样的感觉,令她的一颗心直沉到了谷底。他的语气和神态比他说的话更让人感到心慌不安,令她突然明白刚才自己高兴得太早了。她觉得情况不妙,非常不妙,可到底怎么不妙,她自己也说不清,所以只好紧盯着他那张黝黑的脸,拼尽全力地听着,希望能听到些令她心里宽慰的话,消除她的恐惧。

"咱俩明摆着是天生的一对儿。显然,在你认识的男人里,我是唯一一个看清了你的真面目之后还依然爱你的人。虽然明知道你跟我一样,冷酷无情、贪婪又狡诈,但我还是爱上了你。我爱你,所以我想碰碰运气,以为你会渐渐忘掉阿什利。可是,"他耸了耸肩,"我用尽了一切办法,但还是没用,可我是那么爱你,斯嘉丽,假如你肯给我一个机会,我会比世上任何男人都温柔体贴,倾尽所有来爱你。可这些我不能让你知道,因为我很清楚,你一旦知道了,就会把我对你的爱当作我的软肋和弱点,并以此来对付我。而且你心里一直放不下阿什利,对他念念不忘。这简直都快把我逼疯了。晚上我没办法坐在餐桌旁,看着对面的你,因为我知道你心里一直盼着坐在我那位置上的人是阿什利。夜里我也没办法把你搂在怀里,因为我知道——唉,算了,这些都不重要了。直到现在我也搞不懂,那时的我何苦伤心成那样。于是我只好去找贝尔。尽管她是个大字不识的妓女,但她真心实意爱我、尊重我,把我看作上等的体面人,跟她在一起,可以让我感到安慰,让我的虚荣心得到满足。而你却从来没给过我安慰,亲爱的。"

"噢,瑞特……"一听到贝尔的名字,她心里就难受得要死,可他挥了挥手,让她住口,听他继续说下去。

"后来,那天晚上我强把你抱上楼——我以为——我希望——我怀着多么强烈的期待啊……以至于转天早晨我都不敢见你,怕我又弄错了,怕你根本不爱我。我怕你会嘲笑我,所以一大早就走了,喝到烂醉才回来。我回到家时,两腿都在发抖,假如那时你能走上前来迎接我,给我些暗示,我会跪下来亲吻你的脚。可是你没有。"

"噢,可是瑞特,那时我是真的想要你,可你说的那些话太可恶了!我真的想要你啊!我想——是的,那是我头一次发现我爱你。而阿什利——自那以后,我就再没对阿什利动过心,可你那时太可恨了,我——"

"哦,是这样啊,"他说,"看来咱们误会彼此了,不是吗?不过现在都不重要了。我只是想把一切都跟你说清楚,免得你以后总纳闷,想不明白。后来你大病一场,那全都怪我,我守在你房门外,盼着你喊我,可你没有。那时我才明白自己有多傻,于是一切都结束了。"

说完,他停了下来,目光越过她看向远处,就像阿什利一样,仿佛在望着什么她无法看到的东西。而她只能无言地呆呆望着他那张忧郁而沉思的脸庞。

"不过毕竟那时还有邦妮,所以我觉得一切还没有结束。我喜欢把邦妮当成你,还是小姑娘时的你,没经历过战乱,没受过穷、吃过苦的你。她太像你了,跟你一样任性、勇敢、快乐、活泼。我可以疼她、宠她、惯着她——就像我当初想宠你一样。可她有一点跟你不一样——她爱我。你不要我的爱,那我就把爱给她,这对我来说也是一种欣慰……可她一死,把一切都带走了。"

斯嘉丽突然为他感到难过,着实地难过,难过得甚至忘了自己的忧伤,忘记了对他话里暗含之意的恐惧。她平生第一次为别人而感到难过,由衷地难过,不带任何鄙视之意,因为她有生以来头一次理解了另一个人的心。瑞特唯恐遭到拒绝而不肯承认自己的爱,他这种精明的狡诈和倔强的自尊,她其实非常理解,因为她自己也是如此。

"噢,亲爱的,"说着她便立刻走上前去,盼着他能张开双臂揽她入怀,把她抱在膝间,"亲爱的,我错了,真对不起,但我会尽一切补偿你的!现在咱们都把话说开了,以后咱们可以幸福快乐地生活在一起,噢——瑞特——看着我,瑞特!咱们——咱们可以再生孩子——不像邦妮,而是——"

"谢谢,不用了,"瑞特说,仿佛在拒绝别人递过来的一块面包,"我可不想拿我的心来冒第三次险。"

"瑞特,求你别这么说!噢,我该怎么说才能让你明白呢?我说了我很抱歉,我真的——"

"亲爱的,你可真是个孩子。你以为只要说声'抱歉',就能把这么多年来的过错和伤害一笔勾销,从脑海中全部抹去,把伤口里渗出来的毒液消除干净……给你,斯嘉丽,把我的手帕拿去吧,你这辈子不管多么危急的关头,我都从没见你用过手帕呢。"

她接过手帕,擤了擤鼻子,又坐了下来。显然,他不打算拥她入怀。显然,他刚才说爱她的那些话没有任何意义,只是陈年旧事罢了。他仿佛只是在讲一个很久很久以前的故事,而那故事跟他没半点儿关系。这让她害怕极了。他几乎用一种亲切友善的目光看着她,神情若有所思。

"你多大了,亲爱的?你从来都不肯告诉我。"

"二十八。"她用手帕捂着嘴,声音闷闷的。

"还不算大。对一个得到了整个世界,却唯独失去了自己灵魂的人来说，还年轻得很呢，不是吗？别害怕，我说失去灵魂，并不是说因为你跟阿什利那事，你就会下地狱，受地狱之火的酷刑。我只是打个比方。自打认识你以来，我知道你心里一直想要两样东西，一是阿什利，二是钱，很多很多钱，然后叫世上的人都见鬼去。而如今，你钱已经有了，多得有底气能对世上任何人颐指气使；现在呢，阿什利你也得到了，如果你想要他的话。可现在看来，你好像觉得这一切还不够。"

斯嘉丽的确害怕，但她怕的并不是地狱之火。此刻她心里想的是："可瑞特就是我的灵魂，而我就要失去他了。如果失去了他，那什么东西都没意义了！无论是金钱还是朋友，还是——还是别的东西，一切都不重要了。我只要瑞特，只要有他在，哪怕再让我受穷也没关系，是的，哪怕再让我挨饿受冻，我也心甘情愿。可他那些话应该只是说说而已，不会是动真格的吧——噢，不可能是真的！"

她擦了擦泪水，拼尽全力挽留他："瑞特，既然你曾经那么爱我，总该对我还留有一丝情意的吧！"

"我只剩下两样感情了，而且是你最痛恨的两样，一是同情，二是连我自己也说不清的怜悯。"

同情！怜悯！"噢，我的上帝啊！"她绝望地想。她最不想要的就是同情和怜悯。因为当她对别人充满同情和怜悯时，也意味着瞧不起那人。难道他也瞧不起她了吗？他对她怎么样都行，无论怎样都比瞧不起强。哪怕是战争时期对她的冷嘲热讽，哪怕是那天晚上他喝醉之后强抱她上楼之后的疯狂，哪怕是他用那粗暴的手指抓伤她的身体,哪怕他说话夹枪带棒、恶语伤人,因为现在她才终于明白,这一切的背后都掩藏着他对她痛苦的爱。只要不是同情和怜悯,什么都行。可是此时此刻,他脸上没有显露出任何感情,只有漠然的同情和怜悯。

"那——那你的意思是说,是我把一切全毁了——你已经不再爱我了?"

"是的。"

"可是,"她像个孩子似的,不肯罢休,以为心里的愿望只要说出来就能如愿以偿,"可是我爱你!"

"那就是你的不幸了。"

她猛地抬起头,想看看他是不是在开玩笑,结果发现他脸上没有半点玩笑之意,说的都是事实。可即使如此,她还是不愿相信——也没法相信。她望着他,眼梢斜翘的眼睛里充满绝望的固执,犹如两团燃烧的烈火,柔和的脸颊突然绷起,下巴也变得刚硬而坚毅,就像杰拉尔德一样。

"别傻了,瑞特!我可以——"

他手一扬,装作一副吓坏的样子,两道黑色的浓眉嘲讽地耸起。

"别摆出这么一副信誓旦旦的样子,斯嘉丽!你吓着我了。我知道你想把对阿什利的那份狂热的感情转移到我身上,可我只想要自由与清净。不,斯嘉丽,我不会像倒霉的阿什利那样被你纠缠不放的。再说,我就要走了。"

斯嘉丽还没来得及咬紧牙关让自己镇定下来,下巴就已经颤抖起来了。要走？不，不能让他走！要是没有了他，她可怎么活下去啊？她身边的人都已走光，就剩下瑞特了。他不能走。可她怎么才能留住他呢？他的心那么冷酷，他的话那么决然，她实在无能为力。

"我要走了。你刚从玛丽埃塔回来时我就想告诉你的。"

"你要抛下我吗？"

"别装得像个哀怨的弃妇似的，斯嘉丽，这角色你演得不像。看来你不想离婚，也不想分居是吧？那好，我会经常回来的，这样别人就不会说你闲话了。"

"见鬼，谁爱说闲话就说去好了！"她气急败坏地说，"我要的是你。带我一起走吧！"

"不行。"他严词拒绝。一时间，斯嘉丽恨不得像个孩子一样大哭大闹，恨不得一屁股坐在地上，大声叫骂，狠狠地跺着脚后跟。可是她身上仅存的那一点儿自尊和体面硬生生拦住了她。她心想："要是我那样做的话，他只会笑话我，或者冷眼瞧着我。我不能哭闹，不能乞求，不能做出任何让他看不起我的事情来。就算——就算他不爱我了，至少也得尊重我。"

于是她扬起下巴，强作镇定地问道："你要去哪儿？"

瑞特回答时，眼里闪过一丝钦佩和赞许的目光。

"没准儿英国——或者巴黎。也可能去查尔斯顿，跟我家里人和好。"

"可你恨他们！我常听你嘲笑他们，而且——"

他耸了耸肩。

"我仍旧嘲笑他们——可我在外漂泊太久了,总该有个头儿。斯嘉丽,我已经四十五了,男人到了这个年纪就开始在意年轻时看不上并且随意抛弃的东西了,比如家族、名誉和安全感,还有落叶归根什么的。噢,不!我并不是认错、后悔,我从来不为自己做过的事而后悔。我过得挺好——好得叫人厌烦了,所以想换个活法。不,我并不是要彻底改变自己,也从没想过要改变自己的本性,只想换换外表,换成自己过去既熟悉又讨厌的那种——无聊透顶却极受人尊重的体面样子。宝贝儿,我指的不是我眼中的体面——而是别人眼里的体面。是上等人的那种平静而尊贵的生活,是旧时代的那种高尚和优雅。年轻时身处那个时代却没领悟到那种日子悠然惬意的魅力——"

听到他的话,斯嘉丽又想起了寒风呼啸的塔拉果园里,瑞特的眼神跟当时阿什利的一模一样。那时阿什利说的话又清晰地回响在她耳边,仿佛此刻说话的是阿什利而不是瑞特。阿什利当时说的只言片语萦绕耳边,斯嘉丽像鹦鹉学舌一般引用起他的话:"极富魅力——就像一件希腊的艺术品,完美而匀称。"

瑞特警觉地问道:"你怎么知道?这正是我的意思。"

"这是——是阿什利从前说过的话,说起过去的日子时提到的。"

他耸了耸肩,神色黯然。

"又是阿什利。"说完他便沉默下来,过了许久才再度开口,"斯嘉丽,等你到了四十五岁时,也许就会明白我说的这些话了。到那时,或许你也会厌倦这种装模作样的体面、矫揉造作的举止和虚情假意的客套。不过我怀疑即便真到了那时,你也不一定能明白。因为你这人向来只看表面,不看本质,凡是金光闪闪的东西都当成是金子。不过,反正我也等不到那天了,而且我也不想等,不感兴趣。我要到那些老城市和老乡村去看看,因为那里肯定还残留着一些旧时代的印记和遗风。我如今越来越怀旧,越来越多愁善感了,而亚特兰大对我来说太新、太陌生了。"

"别说了。"斯嘉丽突然说道。瑞特刚才的话她几乎一句也没听进去,当然更没记在心里。但他那种冰冷且没有一丝爱意的语气,她再也忍受不了、听不下去了。

瑞特停住不语,疑惑地打量她。

"哦,你明白我的意思了,对吗?"他站起身来,问道。

斯嘉丽朝他伸出双手,掌心朝上,一副古老年代乞求的姿势,真心袒露,满腔爱意再次全都写在了脸上。

"不,"她大叫道,"我只明白你不爱我了,你要走了!噢,亲爱的,你走了,我可怎么办呢?"

他一时犹豫了,似乎在心里思索着从长远来看,此刻是跟她说句善意的谎言好,还是实话实说好。然后他耸了耸肩。

"斯嘉丽,我这人向来没有耐心把碎了的镜子一块块捡起来,然后再拼回去,最后骗自己说重新拼上的镜子就跟新的一样。镜子碎了就是碎了——我宁可记住它完好无缺时的样子,也不愿把它重新拼上,一辈子看着补过的镜子上那道道裂痕。也许,假如我年轻几岁——"他叹了口气,"可我太老了,不相信破镜重圆、重修旧好之类的鬼话。我老了,受不了再整天活在光鲜体面的幻灭里，在一个又一个的谎言中度过余生。我不能跟你生活在一起，既欺骗你，又欺骗我自己。即便此时此刻，我也不能对你撒谎。我真希望我能在乎你该怎么办，又该到哪里去，可我真做不到。"

他微微吸了一口气，轻松而温和地说："亲爱的，我真的不在乎了。"

斯嘉丽默默地看着他走上楼，只觉得自己喉咙一阵剧痛，疼得她快要憋死了。随着他的脚步声渐渐远去，消失在楼上的过道里，在这世上最后一个对她来说至关重要的人也走了。现在她才终于明白无论她怎么说、怎么求，都无法再打动他，让他回心转意了。他去意已定，再难挽回。现在她才终于明白，他刚才说的话虽然语气平淡，但字字是真。她懂了，因为她从他身上看到了一种刚强不屈、毫不妥协的个性——而这些正是她在阿什利身上一直寻找，却从未找到的东西。

对于她平生爱过的这两个男人，她哪个都没有真正了解，所以到头来，这两个男人她都失去了。直到此时，她才隐约意识到，假如她真的了解阿什利，那么当初她绝不会爱上他；而假如她真的了解瑞特，那么如今她绝不会失去他。她心中无限悲凉地想，她这辈子真正了解过谁呢？

此时此刻，她心里一片麻木，但经历多了，她自己也得出了经验，知道这种麻木过后，紧跟而来的就是剧烈的痛苦，就像医生用刀划开你的身体时，你会感到先是一阵短暂的麻木，紧接着便是撕心裂肺般的痛苦。

"我现在不能想这些,"她牙关紧咬,再次唤起那句惯用的咒语,"要是我现在想着失去他的痛苦,我会发疯的。我明天再想好了。"

"可是,"她心里痛苦地呐喊,把咒语抛在了一边,任由自己的心剧痛起来,"我不能让他走!肯定会有办法的!"

"我现在不能想这个,"她又对自己说道,而且说得很大声,极力把痛苦推到脑后,努力想办法把汹涌而来的痛苦狂潮挡住,"我要——对,我明天要回塔拉去。"想到这里,她心情才稍稍好转了些。

以前她曾因恐惧和失败回过一次塔拉。在塔拉的庇护下,她重新站了起来,变得自信而强大,再次鼓起勇气投入战斗,夺取胜利。既然她做过一次,那么上帝啊,求您保佑我再做一次吧!至于怎么做,她还没想好。而且现在她也不愿想,她只想有个得以喘息的空间,能让她熬过痛苦;只想要一个安静之地,能让她独自舔舐自己的伤口;只想有个避难之所,能让她筹划之后的战斗。她一想到塔拉,就感觉到仿佛有一只温柔而凉爽的手轻轻拂过她焦灼而痛楚的心。她仿佛看到那座白色的房子,掩映在渐红的秋叶中,闪烁着光芒,欢迎她的归来;她仿佛感觉到乡间的暮霭正悄然降下,亲吻她的头顶,为她献上默默的祝福;她仿佛看到晶莹的露珠轻轻滴落在无垠的绿色棉田和雪白的棉桃上;她仿佛望见一片片未开垦的红土地、高耸繁茂的幽暗松林,还有绵延起伏的山冈。

那美丽的画面令她心里隐隐感到一丝安慰，浑身增添了几分力量，心底的创伤和满腹的悔恨也减轻了些。她站在那儿，呆立不动，回想起许多细碎的片段——通向塔拉的那条林荫道两旁，一棵棵雪松郁郁葱葱，河岸边一丛丛栀子花芳香扑鼻，白墙上爬满鲜绿的青藤，窗口处白色的窗帘迎风轻拂。还有嬷嬷。突然间她好想嬷嬷，就像小时候一样依赖嬷嬷，时刻需要她。她想要依偎在嬷嬷宽厚的胸膛，想要她用那骨节粗大的黑手轻抚她的头发。嬷嬷，是将她与过去的岁月相连的最后一根纽带。

斯嘉丽的祖先向来永不言败，即使面对失败，他们也绝不低头。斯嘉丽秉承这股不服输的精神，毅然扬起下巴。她要重新赢回瑞特，她知道她一定能做到。只要她下定决心，没有哪个男人是她得不到的。

"我明天再想这事好了，等到了塔拉再说。到那时我就能承受得住了。明天，我要想办法重新赢回他的心。毕竟，明天又是新的一天。"